スティーヴン・クレインの「全」作品解説

久我俊二

慧文社

前書き

　本書は、アメリカ19世紀末の作家・ジャーナリストであったスティーヴン・クレイン（1871～1900）の作品に対する解説書である。「全」解説としたが、クレインの場合、無署名の新聞記事や散逸した創作もまだいくつかあるようで、研究は進んでいるが、全作品の確定には至っていない。本書では「クレイン作」の可能性があると、現時点（2014年前半）で思われる作品（未完・メモ書きも含めて）すべての解説を試みた。

　解説にあたっては現在までのクレイン研究で標準とされる研究書・論文などを参照して記述した。とはいえ、当然取捨選択をした上なので、私自身の解説である。私個人の見解については、アメリカの協会誌 *Stephen Crane Studies*（査読あり）に掲載された2000年以降の4点の論文のみを基本とした。何をもって「標準」の批評とするかは難しい話である。またクレインの作品の3分の1程度については、私の知る限り概要説明程度の言及しかない。その際には自分の見解のみで記述している。

　出来るだけ既存の研究を踏まえたので、参照した研究を各箇所で明記すべきであるが、実際に試みると本文の3分の1ほどの量になり、紙幅の関係から残念ながら無理である。そこで註は最低限に留めて、参照した研究（それでも部分的であるが）を参考文献に記載した。

　個々の作品の評価については、発表された当時のものを重視した。というのも、その後批評方法に変化はあるにせよ、評価自体が大幅に変わった、さらに覆された作品は、皆無に等しいと思えるからである。もちろん現在の批評動向も出来るだけ踏まえるように試みた。

　今後クレインの作品が新たに見つかれば、あるいは本書で触れていない研究（将来も含めて）で踏まえるべきものがあれば、何らかの形で補いたいと考えている。

　本書によって、クレインが決して『赤い武勲章』とその他数編の短編だけで評価されるべき作家・ジャーナリストではないことが、その先駆性および限界とともに、少しでも理解していただければ幸いである。またクレインの作品で聞きなれないものがあれば、本書の索引から該当するものを探していただき「ああ、そ

ういう作品か」と参考になれば有難い。繰り返しとなるが、そのためにも「異論」ではなく（時にはそれも含めて）、出来るだけ「標準」の説明・評価を記載した。最後に、出版の労を取ってくださった慧文社に厚く御礼申し上げたい。

久我俊二

目　次

1. クレインの人生概観 ……………………………………………… 5
2. 初期の活動 ……………………………………………………… 73
　　A：ニューヨークに拠点を移す以前の作品 ………………… 74
　　B：「サリヴァン郡スケッチ集」……………………………… 101
3. ニューヨーク州と近郊に関わる作品 ………………………… 115
　　A：バワリー ……………………………………………………… 116
　　B：バワリー以外 ……………………………………………… 145
4. 南北戦争関係 …………………………………………………… 183
5. 西部・メキシコ関係 …………………………………………… 217
6. ギリシャ関係 …………………………………………………… 251
7. キューバ関係 …………………………………………………… 273
　　A：「オープン・ボート」を巡って ………………………… 274
　　B：キューバ・プエルトリコ（米西戦争）関係 …………… 287
8. 渡欧してからの活動 …………………………………………… 335
　　A：イングランド関係 ………………………………………… 336
　　B：アイルランド関係 ………………………………………… 348
9. 詩　作 …………………………………………………………… 357
10. その他 …………………………………………………………… 395
　　A：「スピッツベルゲン物語」 ……………………………… 396
　　B：「ワイオミング渓谷物語」 ……………………………… 403
　　C：『ホワイロンヴィル物語』 ……………………………… 406
　　D：上記の分類に該当しない作品 …………………………… 430
　　E：断片原稿 …………………………………………………… 439
11. 参考文献 ………………………………………………………… 445
12. 索　引 …………………………………………………………… 475

各項目内での作品紹介は初出掲載順である。底本はフレッドスン・バワーズ編集のヴァージニア大学版『スティーヴン・クレイン全集』(10巻)であるが(以下の表記は『全集』として必要な時は巻号を記載)、例外については明記する。なおクレインの記事・エッセイ・創作の区別は付けにくいこともあるので、分類した場合でも便宜上に近い場合がある。

作品名・批評・人名(生没年)・その他主な地名・新聞・雑誌などの固有名詞、また作品中の人物名・架空の場所については、原名を索引と文献目録に記載する。引用は原則として訳文(自訳)のみとする。

以下にクレインの単行本の作品出版略歴を記す。詳しくは個々の作品解説を参照。

1. 『マギー:街の女　ニューヨークの物語』(私家版:1893)ジョンストン・スミス名義(匿名)(改訂版[削除版]:1896)
2. 『黒い騎手たちその他の詩』(詩集)(1895:イギリスでは1896)
3. 『赤い武勲章:アメリカ南北戦争のエピソード』(1895:イギリスでは1896)
4. 『ジョージの母』(1896)
5. 『小連隊とその他アメリカ南北戦争のエピソード』(1896:イギリスでは1897)
6. 『第三のスミレ』(1897)
7. 『オープン・ボートとその他の冒険物語』(1898) 同年拡大版『オープン・ボートとその他の物語』(イギリスのみ出版)
8. 『戦争は優しい』(詩集)(1899)
9. 『戦地勤務』(1899)
10. 『怪物とその他の物語』(1899) 拡大版(1901)
11. 『ホワイロンヴィル物語』(1900)
12. 『雨中の負傷:戦争の物語』(1900) 同年『雨中の負傷:1898年の米西戦争に関する物語集』として再発売
13. 『世界の大戦争』(1901) クレイン名だが実際はケイト・リオンと共作
14. 『最後の作品集』(1902)
15. 『オラディ:ロマンス』(1903:イギリスでは1904) ロバート・バーと共作

1. クレインの人生概観

クレインの人生を概観するにあたっては
- (1) 家族・住居
- (2) 教育
- (3) クレインはジャーナリストとして世に出たので
  新聞社　19世紀末の通信事情の発達を反映して通信社
- (4) 小説家・詩人として
  雑誌・（単行本刊行の）出版社・代理人
- (5) 友人・知人（文学・ジャーナリズム・また女性関係も含む）
  さらに
- (6) 社会状況（戦争も含む）
  などが重要だと考えられる。

　原則として成長期を除いて1年毎に年代順に記述していくが、たとえば1人の人物との交流については、まとめて扱っている。その点で記述が重複する場合や時代が前後する場合がある。また家族に関係する場合、家族の他の成員と区別するために、本章では「クレイン」ではなく「スティーヴン」と（最後を除いて）している。

(A) 1871年（スティーヴン誕生）と先祖・家族

(a) クレイン家の背景

　1871年11月1日早朝に、スティーヴン・クレインはニュージャージー州ニューアークのマルベリー・プレイス14番地で14人兄弟姉妹の末っ子として生まれた。ニューアークは産業都市として発展を続けていた。

　父ジョナサン・タウンリー・クレインは地元メソディスト（当時すでにアメリカではキリスト教最大の宗派）教会の聖職者（統括長老）で、母メアリー・ヘレン（・ペック）・クレインの一族も、メソディストの聖職者・信者が多い。高齢の親から生まれたこともあって、兄弟姉妹の内5人は、スティーヴン誕生の時までに他界していた。また本人も小さい頃は病弱であったようだ。成人しても身長は5フィート7インチ（170センチ程度）で痩せ型であった。結果的に彼も短命で、28歳で1900年に逝去する。これがいかに早世であるかは、たとえばスティー

ヴンの最後の定住地ブリード・プレイスをよく訪れていた友人マーク・バーが同じ1871年に生まれ、第二次大戦後の1950年まで生きていたことを考えるとよく分かる。

　前述の通り、スティーヴンには他に13人の兄姉がいたが5人は早世で、その上年の離れた兄姉も多く、接触の少なかった者もいる。一番上の姉の画家（兼絵画教室経営）メアリー・ヘレン・ヴァン・ノーウィック・マレー＝ハミルトン・クレインとは22歳も、一番上の兄ジョージ・ペック・クレインとは21歳違い、交流がほとんどなかった。8歳年上の兄ルーサー・ペック・クレインは、少年時代に両親の禁酒運動などの社会的活動をニューヨーク州のポート・ジャーヴィスで手伝っていたが、スティーヴンが15歳の時に鉄道事故で死去している。実際にスティーヴンが親しかったのは、兄4人と姉1人といえる。

　両親の話に戻すと、父方のクレイン一家はアメリカ有数の名門である。スティーヴンが生まれた時、父は日記に書いている。「この子をスティーヴンと名づけた。1665年にエリザベスタウン（ニュージャージー州）に定住したクレイン家（初代のスティーヴン・クレイン[1]）、そしてアメリカ独立に挺身した先祖にもちなみ」と。この2人の内、有名なのは後者（3代目[2]）である。この「スティーヴン」は独立戦争の前、保安官や判事を務め、ニュージャージー州議会の議長などを経て、1774年7月に第1回大陸会議に対する、自州からの代表団5人の内の1人に選任された。彼は1775年1月に自州議会で第2回大陸会議の代表に再任されていたが、6月に会議は州代表を一新すると決めた。独立戦争において1780年にエリザベスタウンでイギリス軍に銃剣で刺され、7月1日に死去した。息子のジョナサンも後に処刑されたと伝えられる。ジョナサンの他にも子供はいたが、オハイオに移住して、スティーヴンと関わりはない。

　作家スティーヴンは独立戦争時代の先祖を誇らしく思い、1896年5月6日に「アメリカ独立革命の子孫協会」の会員申請をしている。家系に対する興味もあって、1899年夏にニュージャージー州での独立戦争に関する作品を企画したが、メモ書き程度で終わった。

　母親の先祖はアメリカ植民地時代にコネティカット州ニュー・ヘイヴンに定住し、そこからスティーヴンは9代目になる。母方でスティーヴンに直接関係するのは、祖父ジョージ・ペックであろう。メソディスト・エピスコパル・チャーチの牧師で、1840年にメソディスト・クォータリー・レヴュー誌の編集者になり、クリスチャン・アドヴォケット誌の編集にも後に携わる。1852年にペンシルヴァ

ニアで聖職の現場に復帰し、各地で牧師を務める。その後統括長老になり、説教集や宗教史の執筆を盛んに行なった。

　ジェシー・トゥルーズデル・ペックというクレインの母方の大伯父やその兄弟全員もメソディストの聖職についた。ジェシーは巡回牧師、後にメソディストの神学校の校長を務めた。しばらく彼はメソディスト・チャーチ・トラクト協会の編集者を務め、多くの記事を教会誌に書いた。彼の説教的パンフレット『どうすれば救われるか』(1858)を、スティーヴンは1881年から死ぬまで蔵書にしていたようで、影響（反発も？）を与えたと考えられる。後にジェシーは監督に選ばれ、さまざまな宗教会議を欧米で主宰した。シラキュース大学創設者の1人で理事会の一員であったことが、スティーヴンが後年同大学に入学した動機（奨学金の問題も含め）でもあったようだ。

　ちなみにスティーヴンはミドルネームを先祖と同様に持っていない。後年クラヴェラック・カレッジ・アンド・ハドスン・リヴァー・インスティテュート校に在籍していた頃、それを恥じたのか、スティーヴン・D（異説ではT：多分父親のミドルネームであるタウンリー[Townley]のT）・クレインと名乗っていたと内妻コーラは伝えている。

(b) スティーヴンの両親

　父は1819年6月19日生まれで、スティーヴン誕生は52歳の時。名門の出であったが、幼少の頃孤児になり、ニューアークで鞄業者に弟子入りした経験もあった。元々は長老派であったが、18歳の時にメソディストになり、カレッジ・オブ・ニュージャージー（後のプリンストン大学）を出て1844年に牧師となり、1848年に結婚。ニュージャージー州ハケッツタウンのセンテナリー・カリージェット・インスティテュートの創設者の1人で、またペニントン・セミナリーの校長を務め、1856年に神学博士の学位を取得した。その後ニューヨークとニュージャージー州の様々な教会で牧師、また教会の幹部職を歴任し統括長老を務めた。

　しかし教義上の問題で幹部の地位を失う。彼は厳格なカルヴィン主義者というよりは、リベラルなアルミニウス派に近かったらしい。成人段階での回心体験を求めたキリスト教復興運動に反対した。[3] それでも、メソディスト・クォータリー・レヴュー誌やクリスチャン・アドヴォケット誌に多くの記事を残した。時代の制約はあっても、また息子のスティーヴンほどではなかったが、それなりに

改革志向であったともいえる。著作や説教集などには、その保守的な論調の中にユーモアや皮肉もあり、謹厳実直というよりは案外柔軟性のある性格であったとも推察される。

　彼は1878年4月からは死ぬまでポート・ジャーヴィスのドゥルー・メソディスト・チャーチという小さな教会の牧師であった。1880年2月16日に心臓疾患で急死した。単著を多く残した。特に『ダンスに関する考察』(1849)、『大衆娯楽』(1869)、『熱中の策略』(1870)では、信条としてはダンス、三文小説の読書、トランプ遊び、ビリヤード、チェスやアルコールと喫煙嗜好、野球などを罪だとしている。こういう考えは、当時のメソディストの中でも保守的であった。飲酒はともかく、喫煙、チェスや野球に反対したメソディストの聖職者は少数であったし、また寄稿したクリスチャン・アドヴォケット誌には小説の宣伝も掲載されていた。さらに彼自身、小説めいたものを残している。いずれにせよ、父が禁じた多くのことを息子スティーヴンは嗜み、結果として逆らったとしかいいようがない。もっとも9歳の時に父は死んでいるので、父の信条などを直接知っていたとは思えない。ちなみに1877年に父はスティーヴンをニューヨーク市に連れていっているが、この際父とともにスラム街を初めて目撃した可能性がある。[4]

　母のメアリー・ヘレン・ペック・クレインがスティーヴンを生んだのは44歳、高齢出産である。彼女は1827年4月10日に生まれ、女学校を卒業後、1848年1月にジョナサン・タウンリー・クレインと結婚。ポート・ジャーヴィスで1880年に夫が死んだ後、息子スティーヴンは兄エドムンドの家に一時身を寄せ、2年間近く母と別々に暮らしたが、1883年6月に一家で夏のリゾート地アズベリー・パークに引っ越す。母はポート・ジャーヴィス時代以前から、女性キリスト教禁酒同盟で活発に活動し講演や執筆をして、指導的立場についた。また宗教や禁酒運動（逆にいうと「水」の効用）に関する短編や記事を地元の新聞に寄稿した。1885～6年に精神を患ったが回復して禁酒運動を継続。1891年に、今度は身体的な病気になり禁酒同盟の分会長を辞した後、12月7日にニュージャージー州パタスンで死去した。

　宗教的改革運動に一生を捧げたが、そういう正義・道徳志向は、案外息子に受け継がれたかもしれない。また母はスティーヴンが20歳になるまで生きていて、彼の教育（学校の選択、いじめ問題などへの対処も含めて）にかなり関与したのは、彼自身は母に言及したことはほとんどないが、確かなようである。

　このように両親は2人とも宗教的な人柄であったが、とはいえ、宗教的素養が

子供たちに受け継がれたかといえば疑問である。スティーヴンの兄弟姉妹たちの何人かが一家の宗教に従い、父親が創設者の1人であった上記センテナリー・カリージェット・インスティテュート（当然メソディスト・エピスコパル・チャーチ系の学校で高校に相当）に通ったが、卒業したのは、スティーヴンの幼少期に大きな影響を与えた姉アグネスのみである。もっとも他の兄弟は父親の急死により家計が逼迫して退学したのかもしれない。とはいえアグネスも教師の道を選んだ。他の姉の1人には前述の通り画家もいたし、兄弟姉妹の進路は皆宗教関係ではなく、ジャーナリズムや法曹界・鉄道関係などさまざまであった。

(B) 1872年～1880年（幼少・少年期）

スティーヴンの幼少期については親族の何人かが雑誌への寄稿などで記録を残している。イーディス・F・クレインは、スティーヴンの兄エドムンドの娘の1人で、スティーヴンに関する情報を伝記作者（トマス・ビア、メルヴィン・ショバリン、ジョン・ベリマン、R・W・ストールマンなど）に提供した。ただしスティーヴンが死んだ時、まだ14歳だったので正確さは不明である。またリジー・アーチャー・クレインは、一番上の兄ジョージの妻で「スティーヴン・クレインの少年時代」という短いエッセイをスティーヴンの死亡直後、ニューヨーク・ワールド紙1900年6月10日に寄稿した。「子供の頃から兵隊ごっこが好きで、遊びの多くはおもちゃの兵隊とか、銃とかそんなものだった」と。

1874年春にクレイン一家はニュージャージー州ブルーミントンに引っ越す。母は女性キリスト教禁酒同盟運動の活動をする。1876年4月に同州パタスンに引っ越す。当地のクロス・ストリート・チャーチの牧師に父は任命される。1878年4月ニューヨーク市北西62マイルに位置する、ポート・ジャーヴィスへ引っ越す。ニューヨーク州に位置するが、デラウェア川の流域に位置し、ニュージャージー州やペンシルヴェニア州にも近い。

スティーヴンは同年9月ポート・ジャーヴィスの公立小学校に入学している。だが病弱だったので、一旦退学し別の学校に入り直し、ともかく8歳から11歳まではここで学校に通っている。この頃のスティーヴンを知っていて、後まで交流が続いたのが、（ジョージ・）ポスト・ウィーラーである。スティーヴンと境遇が似ているのは、父親がメソディストの聖職者で、母親が女性キリスト教禁酒同盟で活動した点である。そのため、1878年7月に両方ともワイオミングでの

禁酒同盟の会合に連れていかれ、親しくなったようだ。スティーヴンと母親は、ウィーラーの家に招かれている。ウィーラーの回想では、クレインは7歳で既に酒を飲んだという。真偽は不確かだが。なお10年後の1888年に2人は旧交を温めている。

　1879年12月に、スティーヴンは現存する最初の作品（といっても他愛ない詩）を残している。それはクリスマスのプレゼントとして犬が欲しいというものであった。[5] 最初の創作とは雄弁なもので、彼の犬好きは終生変わらないし、何度か犬を題材にした作品を書くことになる。

　前述の通り1880年2月16日に父親が急死する。

(C) 1881年〜1887年

(a) アズベリー・パークへ

　未亡人となった母は子供たちと共に（ただし前述の通りスティーヴンは兄エドムンドの家にいた）、ニューアーク近くのローズヴィルや、ポート・ジャーヴィスを転々とした後、一家でニュージャージー州アズベリー・パークの4番街508番地にある通称アービュタス（ツツジ科の低木）・コテージへ1883年6月に引っ越す。ただし兄ウィリアムは、弁護士業のためポート・ジャーヴィスに残った。このアズベリー・パークに、1891年12月7日の母の死後数ヵ月の期間まで、断続的にスティーヴンは住む。いわば帰省先である。なおニューアークのスティーヴンの生家は残っていないが[6]、このアズベリー・パークの家はスティーヴン・クレイン・ハウスとして残っていて、一般にも公開されている（存続の努力がなされてきたが[7]、2013年現在先行きが不透明である。[8]）1883年9月からスティーヴンは、姉のアグネスが教師をしていたアズベリー・パーク・スクールに通う。宗教活動に忙しい母親に代わって、アグネスが親代わりであった。

(b) 姉アグネス

　アグネスは正式にはアグネス・エリザベス・クレインで、スティーヴンより15歳年長。前述のセンテナリー・カリージェット・インスティテュートを1880年の総代で卒業した。短期間家庭教師をし、次にポート・ジャーヴィスの小中学校で教えた。クラスの運営がうまく出来なかったようで、1882年12月に辞職。

1883〜1884年の間、一家が引っ越したアズベリー・パークのアズベリー・パーク・スクールで教えた。ここにスティーヴンも通ったのである。神経症的なところもあり健康が優れなくなって辞職し、1884年6月10日にスティーヴンと同じく28歳で、兄エドムンドの家で死去した。悲しんだスティーヴンは、別の兄トゥーンリーからポニー1頭をもらった。

アグネスは文学少女であったらしく、感傷的で道徳的な短編小説を4編残しており、スティーヴンに文学的刺激を与えたともいわれるが（特に「誇らしき敗北」[1883]）、どちらかといえば彼女の時事的エッセイの方が、自己欺瞞の問題や、それに対する皮肉な視点を持っていて、弟スティーヴンに影響があったかもしれない。なお容姿へのコンプレックスや、人生を無駄にしているといった気持ちを抱いていたらしく、幸せな人生だったとはいえないようだ。また影響を受けたはずのスティーヴンも、成人してから姉について、ほとんど言及していない。

(c) ペニントン・セミナリーと最初の「執筆」活動

スティーヴンは1885年9月から、かつて父が校長（第3代1849〜1858）をしていた、ニュージャージー州トレントンに近いメソディスト・エピスコパル・チャーチの寄宿学校ペニントン・セミナリー（・スクール）に進学する。アズベリー・パークの西40マイルほどに位置する。教会礼拝を厳しく義務づけ、飲酒、賭博、喫煙、世俗的娯楽は禁止であった。なおスティーヴンは、最初の短編「アンクル・ジェイクと警報ベルのつまみ」をこの1885年に書いたと思える。

在学中の1887年夏の休暇中アズベリー・パークに戻った折、スティーヴンは地元紙（夏季のみ発行）デイリー・スプレイ紙に6月20日掲載の「夏の浮浪者」や、警察官が無粋にビーチのロマンスを取り締まることを書いた「アズベリーでの新たな動き」（フィラデルフィア・プレス紙7月12日掲載）という記事を発表したといわれる（確定的ではない）。そうだとするなら、これらは弱冠15歳の時のジャーナリスティックな作品になる。

学校は1887年12月に退学した。兄ウィルバーの話では学校での先生とのトラブルが原因（スティーヴンがいじめをしたという説もある）とのことだが、そもそも宗教的で窮屈な規律の学校は、スティーヴンには合わなかったと思われる。母親は彼に宗教教育を身につけさせたかったのであろうが、この時期すでに彼はアズベリー・パークというリゾート海岸の自由な雰囲気を知っていたのかもしれない。

(D) 1888〜1892年（青年時代・習作期）

(a) クラヴェラック・カレッジ・アンド・ハドソン・リヴァー・インスティテュート

　1888年1月から、ニューヨーク州コロンビア郡のハドソン近郊にある、高校と短大を兼ねたような、共学だが軍事教練などをカリキュラムに含む上記の学校に進学する。1890年6月までスティーヴンは在籍した。
　学校の起源は18世紀に遡り、1854年に規模が拡大されてから急速に発展し、音楽教育が呼び物で全国および中米諸国から多くの生徒を集めた。この学校もメソディストとつながりがあり、規律も厳しかった。ただし、かつてはアイヴィー・リーグにも編入可能な（正確には取得単位の一部が換算される）学校であったが、スティーヴン入学時あまりレベルは高くなかったようだ。この頃彼は、母親から見ると素行の面で色々問題があったのかもしれない。息子のルームメートのことなどを気にする手紙が残っている。この学校も教会への出席を義務づけ、ダンス・賭博・酒・煙草を禁じていたので、母親の好みに合っていたと思える。もっともスティーヴン自身は男子必修の、軍事教練隊に魅かれたようである。入学後勉強したのは、作文、科学、歴史、数学に聖書であった。
　学校には、当時ジョン・B・ヴァン・ペトゥンという南北戦争時代の従軍牧師で後に将校になった経歴を持つ歴史の教授がおり、スティーヴンが授業を聞いた可能性がある。彼の執筆活動が、この時期から始まった。本格的に野球に興味を持ち始めた。最初の署名入り記事は、学内誌ヴィデットに1890年2月号に掲載された。内容は探検家ヘンリー・M・スタンリーに関するものであった。その他この校内誌に1、2回寄稿しているようだ。つまりヴィデット誌5月号に掲載の野球シーズン開幕に関する無署名記事「野球」も、スティーヴン作と考えられる。真面目な牧師や校長といったお偉方が、一転して野球に熱中するという様子をユーモラスに描いている。もちろん、彼の野球に対する熱意が書かせた記事である。「軍事短信」という6月号掲載の署名入り記事もある。メモリアル・デーの記念行事について書いているが、平凡で愛国的な調子である。
　スティーヴンは軍事教練隊でたちまち頭角を現した。学内誌ヴィデットの1890年6月号は、彼が中尉から大尉に（あくまで教練隊での階級）昇格したと報じている。野球チームでもキャッチャーを務めた。このクラヴェラックは彼にとって

大いに刺激のある場であった。

　母の期待も虚しく、肝心の授業には不熱心で羽目を外した生活を続けていたようで、級友ハーヴェイ・ウィッカムの証言が残っている。スティーヴンからポーカーを教えてもらったというクラスメートもいる。級友の記憶では、スティーヴンは内気で、人付き合いも少なくて人気のあるタイプでなく、どちらかといえば変わった人物と思われていたそうだ。ただし、同級生アーミステッド・ボーランドによると、女の子には人気があったらしい。若きスティーヴンが魅かれた女性、特にフィービィー・イングリッシュ（彼女から絵をもらい、飾っていたようだ）は音楽や美術が良くできる生徒であった。ヴィデット誌での活動仲間で、絵を描いていて、スティーヴンに絵画への興味を持たせるきっかけを作った女性ともいわれる。他の2人のハリエット・マティスン（音楽科の生徒、ただし在学中に早世）、ジェニー・ピアスともスティーヴンは付き合ったといわれる。マティスンとのことはともかく、スティーヴンが音楽好きであったのは、しばしば見逃される事実である。ギターやフルート、アコーディオンなど、自分で弾いていたようだ。ちなみに先述のボーランドの回想は50年後のもので、多分にスティーヴンを偶像化している嫌いもある。オデル・スネドゥン・ハサウェー2世という級友の方が、スティーヴンの記憶には残っていたようで、スティーヴンのごく初期の手紙には、この後スティーヴンが進学するラファイエット・カレッジやシラキュース大学から彼に宛てたものがある。

　スティーヴンは2年半の課程のみ終えて、1890年6月に退学した。ここでの学業よりも、ウェスト・ポイントに行って、軍人になるつもりであったのかもしれない。学内誌ヴィデット1890年1月号にウェスト・ポイントへの進学の仕方に関する記事が載っていた。だが結果的にラファイエット・カレッジで鉱山技術を学ぶというもっと実用的な面に、自分の志望を変えた。クレイン家はペンシルヴァニアの鉱山株を所有しており、そのことも影響したかもしれない。兄のウィリアムに軍人志望を断念するようにいわれての決断という説もある。一家は遠い先祖は別にして、直近は軍人の家系ではないので、スティーヴンは出世しないだろうと兄は思っていたようだ。退学にあたっては、後ろ髪を引かれる思いもあったらしい。この秋、級友に惜別の情を「君も学校を去ったら、残念だといつも思うだろうよ」と書いている。

(b) 夏のリゾート地

　1888〜1892年の間、夏は主にアズベリー・パークで過ごしていた。スティーヴンをジャーナリズムに誘ったのは、兄ジョナサン・トゥーンーリー・クレインといえる。スティーヴンの18歳年長で、"Townley" と書いて「トゥンーリー」と発音（通常は「タウンリー」）した。ジョナサンは、1880年にアズベリー・パークで夏の間、ニューヨーク・トリビューン紙やアソシエイティッド・プレス社のためにニュース配信の機関を設立した。変人であったが、記者としての評価は高かった。1888〜1892年夏の間、リゾート情報を伝える日曜版コラム「ジャージー海岸便り」向きのニュースを特に弟に委ねた。兄ウィルバー（ウィルバー・フィスク・クレインが正式な名前でスティーヴンより12歳年長）も、しばらくはスティーヴンと同じように取材をしていた。ちなみに、彼はスティーヴンの少年時代について、ビンガムトン・クロニクル誌にスティーヴンの死後1900年12月15日に寄稿した。

　兄ウィルバーより、スティーヴンの方がはるかに記事を書くことに向いていたようだ。リゾート観光地特有の享楽的な（当然裏の表情がある）雰囲気がアズベリー・パークにはあった。また、すぐ南のオーシャン・グローヴでは厳粛な宗教集会が開催され、さらにその南1マイルのエイヴォン・バイ・ザ・シーには文化的雰囲気もあった。こういういくつもの様相があるニュージャージー沿岸で、スティーヴンは取材意欲を大いに刺激され、取材力を鍛えられた。ちなみに、1890年秋以降、ポート・ジャーヴィスのイースト・メイン・ストリート19番地の兄ウィリアムのところにもしばしば滞在している。

　まずエイヴォン・バイ・ザ・シーの夏期臨海講座の取材を始めた。無署名記事が多いが、未発表の「洞窟を通って」は、ケンタッキー中西部のマンモス・ケーヴを探索したH・C・ハヴィ師にまつわるものである。ハヴィは1890年7月のエイヴォン・バイ・ザ・シーの講演会に登場した。7月25日の演題は「マンモス・ケーヴの迷路とその驚異」であった。7月28日ニューヨーク・トリビューン紙掲載の「エイヴォン臨海講座」も、ハヴィ師の一連の講義に触れているので、スティーヴンの記事と判断される。また同紙8月4日付「海辺のエイヴォン学校」も彼の作と推定される。ホテルなどの滞在客に、アメリカ・キリスト教哲学会の会員がいる。その聖職者めいた重々しさには、大学出たての貧しい若者では、服装などでは太刀打ちできない。このように内面ではなく外見をあえて問題にする

ところに皮肉がある。またこの記事には、シラキュース大学の学内誌ユニヴァーシティ・ヘラルド誌1891年5月号「王の贈り物」で書くことになる、テノール歌手アルバート・G・ティースに触れた一節がある。

(c) ラファイエット・カレッジ

1890年9月12日に、ペンシルヴァニア州東部イーストンにあるラファイエット・カレッジに入学し、鉱山技術を専攻した。この大学も宗教的で聖書研究と教会礼拝が義務づけられていた。専攻への前段階としてスティーヴンは7つの科目（数学、化学、フランス語、作図、聖書、雄弁術、テーマ作文）を履修した。とはいえ、どの科目も宗教色が強く、例えば理科系の科目でも「宗教との調和」という観点から教えられた。スティーヴンはデルタ・ウプシロン・フラタニティーに加入してそのハウスに寄宿した。もっぱら大学内の代表野球チームで活動していた。女の子とも付き合っていたが、肝心の勉強についてはそもそも鉱山技術に適性がなかったようである。7科目の内5科目が不合格で、恐らく出席不良であろう。12月に自主退学している。なお、上級生のいじめが退学の原因の1つという説もある。この学校は率直にいうと「柄の悪い」学校だったようで、2年生が1年生をいじめる、悪名高い風習があった。当時この学校でのいじめは地元紙のデイリー・エクスプレス紙でも連続して取り上げられていた。友人の回想では、スティーヴンはそれに銃を持って備えていたともいわれる。

(d) シラキュース大学

1891年1月にスティーヴンはシラキュース大学のリベラル・アーツ・カレッジに転校した。シラキュース大学はオンタリオ湖に近いニューヨーク州シラキュースにあった。選んだ1つの理由は、前述の通り創設者の1人が大伯父ジェシー・ペック師で、奨学金が有利だったことであろう。学生の多くが聖職希望で、宗教的規律が求められた。ただしスティーヴンは選科生だったので、カリキュラムに拘束されなかった。前校と同じくデルタ・ウプシロン・フラタニティーに寄宿し、女の子を物色し（?）、大学野球チームでショートとキャッチャーとしてプレーした。マンスフィールド・J・フレンチという野球仲間の回想が、野球選手としてのスティーヴンに最も詳しい資料である。クレインは痩身の俊敏な選手だったそうである。またフラタニティー・ハウスでのルームメイトであるクラレンス・N・グッドウィンは、スティーヴンのことを「勉強はしないが、頭は良く、

気まぐれで、面白くて、生まれながらに瀆神的であった」と評した。同じフラタニティー仲間のフランク・ノクスンは、後年1895年12月19日開催されるフィリスティン協会の宴会にも出席し、スティーヴンに関する記録を残している。またおかしなことに別の同級生であるクラレンス・ルーミス・ピーズリーが後年作家を一時目指した折には、柄にもなくスティーヴンは「平凡に生きろ」と忠告している。

　ともかく彼は勉強よりも、シラキュースの貧民街やミュージック・ホールなどのある歓楽街、セントラル駅周辺を探索し、警察裁判所で町の下層の実態を観察することの方に熱心であった。そしてニューヨーク・トリビューン紙にシラキュースからも寄稿し、さらにニューヨーク・ヘラルド紙にも寄稿を始めた。また最初の中編『マギー：街の女』に後に発展する作品の原稿を書いていて、すでに短編を発表し始めていた。その最初に公に発表された創作短編が既述の「王の贈り物」で、さらに6月1日にはニューヨーク・トリビューン紙にも「オノンガンダの大きな昆虫」を発表した。7月には、ポート・ジャーヴィス近くのニューヨーク州サリヴァン郡で大学仲間、たとえばフレデリック・M・ロレンスなどとキャンプを楽しむ。これが後の短編集「サリヴァン郡スケッチ集」（そこではロレンスは「太った男」として登場する）の素材となる。これ以降4〜5年の間、2人は夏の間ペンシルヴァニア州のパイク郡や、またサリヴァン郡に他の仲間とともにキャンプに出かけた。

　9月に新学期が始まる前の事実上6月に遡って、スティーヴンはシラキュース大学を退学していた。これでスティーヴンの学校生活は終わりになるが、結局学校で文学を勉強し、読書にじっくり親しむといったタイプではなかったといえる。後年になって、当時の作家で知っているのはハウエルズくらいで、後はアンブローズ・ビアスやラディヤード・キプリングを少しと、本人も文学的知識の乏しさを認めている。ちなみに、彼はアメリカ文学の作家の中でも有数の誤字の多い作家といわれるが[9]、この点に学歴が関係しているか、定かではない。

(e)　ハムリン・ガーランド

　遡って7月から8月には、再びアズベリー・パークで兄の手伝いをし、7月19日付「エイヴォン・バイ・ザ・シーの生物学講座」などといった、夏期臨海講座に関する記事を書いているが、そういう中でスティーヴンはハムリン・ガーランドに会う機会を得た。彼のウィリアム・ディーン・ハウエルズに関する講演を

取材して、ニューヨーク・トリビューン紙の8月18日付で報道した。ガーランドがハウエルズの中に見た、個人的体験と視覚の重要性という創作理念にスティーヴンは引き付けられた。また当のガーランドのリアリズムにも、1890年2月のアリーナ誌に彼が寄稿したイプセン論で「リアリズムには1つの法則しかない。客観的現実ではなく、自分が見た通りの『客観的な現実』を（描く）」と述べた通り、真実の主観性、さらに色彩の感覚的側面の強調といった印象主義的傾向があり、スティーヴンにとって強く訴えるものがあったと思われる。

(f) ニューヨークでの取材・兄エドムンド

　この頃よりニュージャージー州レイク・ヴュー（ニューヨーク市から20マイルほどの距離でパタスンの外れ）に住んでいた兄エドムンドのところにも行き来しながら、ニューヨーク市マンハッタン南のスラム地帯を『マギー』のために探索し、執筆を進めていた。エドムンドは正式にはエドムンド・ブライアン・クレインで、スティーヴンより14歳年長の、スティーヴンが一番親しかった兄弟といえるであろう。このレイク・ヴューのエドムンドの家は、スティーヴンにとって実家に近いものになる。母親が死んでから、エドムンドがスティーヴンの法的保護者になる。彼は1891〜93年の間、ニューヨークで働いていた。後に書く『赤い武勲章』の大部分は1893年の夏、エドムンドの家で書かれることになる。ちなみにエドムンドの妻の旧姓メアリー・L・フレミングから、『赤い武勲章』の主人公の姓は付けられたとの説もある。

　最後まで禁酒運動に熱心だった母は前述の通り1891年12月7日に死去する。

(g) ニューヨークに関する報道と「サリヴァン郡スケッチ集」

　1892年になってニューヨーク・ヘラルド紙1月に掲載された「『ピーティー』を探せよ、そうしろよ」という、不良少年の警察でのやりとりを俗語満載で書いた記事は、スティーヴンの作と思える。一方ニューヨーク・トリビューン紙に「サリヴァン郡スケッチ集」やニューヨーク市を題材としたスケッチが多く掲載される。本格的な執筆活動が始まった。

　「サリヴァン郡スケッチ集」にはフェニモア・クーパーの『モヒカン族の最後』(1826)のパロディである同名の小品もあり、スティーヴンの偶像破壊的精神があふれている。同系統のものに、インディアンの勇者トム・クイックの実像をいう「大した英雄ではなく」もある。彼が後年、旧画学生連盟の建物での仲間や、

イギリスの自宅に押しかけた連中・食客をインディアンと呼んだのは、この作品からの発想かもしれない。6月2日にポート・ジャーヴィスの兄ウィリアムの自宅前で黒人のリンチ事件が起こった。この事件をクレインは知っていたと思えるし、たとえば後の「怪物」などに影響を与えた可能性がある。

(h) リリー・ブランドン・マンロー

　1892年6月下旬に、スティーヴンは年上のリリー・ブランドン・マンローにアズベリー・パークで出会っている。アリス・オーガスタ・ブランドンが元の名で愛称がリリー。1891年にハーシー・マンローと結婚。すぐに不仲になったと思われる（1897年に離婚）。ともかくこれがスティーヴンの本格的な女性遍歴の始まりといえる。2人はその夏当地で多く時間を共にした。これ以降、スティーヴンは何度も駆け落ちを持ちかけている。

　スティーヴンは1894年か1895年に『マギー』の原稿をリリーに渡したが、離婚の際、恐らく嫉妬に駆られた夫が破ったと思われる。多くの手紙が2人の間で交わされた。1895年7月初旬にはマンローに、「サリヴァン郡物語」の原稿を何か持っていないかと問い合せているくらいなので、長期間、（気持ちの上では）相当親密だったのだろう。最後に会った時も、議会図書館でスティーヴンが駆け落ちに誘った。彼女が断り、その後2度と会わなかった。この日付は恐らく1898年4月24日と推定される。キューバに行く途中ワシントンにスティーヴンは立ち寄ったのであろう。となると、コーラと内縁関係でイギリスにすでに住んでいた時になる。また別の女性「エイミー・レズリー」との係争は、一応決着が付いていたが。要するに、リリーにずっとスティーヴンは執心していたのである。

　リリーとの手紙で、よく引用されるのが1894年3月から4月に交わしたと推定されるもので、そこで自分やガーランド、ハウエルズなどは、主流から退けられる流派に属し、その主流を象徴するのがラディヤード・キプリングだとしている。もっとも後にスティーヴンはイギリスで彼と交流している。またキプリングが1899年2月に滞在先で肺炎を起こして倒れた時、イギリスからお見舞いの電報さえ送っている。全体としてスティーヴンの手紙には、「自分は呪われている」といった大げさなポーズでリリーの歓心を買おうとする意図が目立ち、どこまで文学流派云々を本気で書いたのかは不明である。彼のリリーへの手紙には、一種のフィクションの趣さえある。

(i) 1892年夏の活動

　1892年夏の話に戻りたい。7月24日には貧民窟の改革を訴えるジェイコブ・リースの講演評をニューヨーク・トリビューン紙に掲載。またリゾート地アズベリー・パークをピューリタン的に取り締まろうとした創設者ジェイムズ・ブラッドリーを揶揄する記事も同紙にいくつか書く。不動産の薄利多売で財を成したブラッドリーは、アズベリー・パーク、また南に隣接したオーシャン・グローヴとブラッドリー・ビーチを海岸リゾート化した人物である。ところがリゾート建設にあたっては、ピューリタン的規範を適用し、休日閉店を厳格に施行し、酒屋も制限し、女性用水着も規制し、夜間外出も慎むよう勧告した。そもそもアズベリー・パークという名称は、アメリカ・メソディズムの創始者の1人、フランシス・アズベリーに由来する。スティーヴンは「遊歩道で」などの記事で、ブラッドリーの変人ぶりをからかった。無署名記事「アズベリー・パークの混雑」は、夏の行楽季節開幕について書いているが、そこでもブラッドリーが相変わらず遊歩道や海岸に道徳的訓戒を掲げていると報じている。またリゾートでの商魂逞しい商売人を皮肉った記事も書いている。

　スティーヴンの目は皮肉なだけであったわけではない。そこにはユーモアも混じる。たとえば「シャーク・リヴァーの河畔で」は、夏期臨海講座に集まる男女の若者が、実は「芸術や科学の有益な授業を、海辺での遊びや娯楽とつい結びつけたがり」、また生物学の勉強をしにきた教員や学生が「実験所で大きなガラスのジョッキに奇妙に泡立つもの（つまりビール）を満たして調べようとしている」と書いているが、そういう人間の大げさにいえば本性を、笑って見逃す調子もある。「キャプテン」という、ユーモアある短いスケッチは、若者のグループが1日を過ごしにヨットに乗って出かけ、つい羽目を外しそうになる話である。女性の1人は前述のリリー・ブランドン・マンローがモデルと思える。

　このようなジャーナリストとしてのサマー・リゾートの報道とともに、前述の通り「サリヴァン郡スケッチ集」をこの年前半より本格的に書いていた。人為的に起こされる恐怖と、その実態暴露からくる笑いは、たとえば「黒い犬」（1892年7月に発表）のようにポーかビアスを模倣し、そこにユーモアを加えた趣がある。またスティーヴンは自然主義的、適者生存的考えにすでに興味を持っていたようであるが、それを必ずしも当時盛んに取材していたスラム街や後の戦場にだけ適用していたのではない。たとえば同月発表の「クマとヒョウ」では、メスの

ヒョウ対クマ、そしてその勝者を殺す猟師を描いている。

ニューヨークのスラム街バワリーを題材にした作品では、同じく7月に発表した「壊れた荷馬車」は、彼らしい印象主義的作風の最初のものといえる。これは特定の事件を報じたというより、報道形式に則ったスケッチである。一方では住民への観察も鋭い。既述の通りスティーヴンの作品には、記事か創作か、根本的に区別出来ないものがあるが、そのどちらにおいても、色彩語を使った直喩や比喩を多用し、意表をつく表現を使い、それによって独特のイメージを生み出している。「壊れた荷馬車」はその先例である。

ジャーナリスト見習いとしてアズベリー・パーク近隣で活動していたスティーヴンにトラブルが起こる。8月21日にアメリカ青年職工友愛組合のパレードを「揶揄」したと思われる記事をニューヨーク・トリビューン紙に書いて、共和党副大統領候補を目指していた同紙のオーナーの不興を買い（この組合は共和党支持）、兄ジョナサン・トゥーンリーとスティーヴンは解雇された。ただしジョナサンは再雇用されたが、スティーヴンは解雇のままでお互い疎遠になる。ジョナサンはアルコール依存症気味で、最後は精神的変調をきたして死んでいる。ニューヨーク・トリビューン紙はスティーヴンに対してこれ以降厳しい態度を取り、1985年に『赤い武勲章』が評判となった折も、「退廃的で病的な作品」といわんばかりである[10]。

一方で、この8月にガーランドがエイヴォン・バイ・ザ・シーに戻ってきた時、恐らくスティーヴンは『マギー』の初期の原稿を見せたと思われる。ガーランドはクレインに、センチュリー・マガジン誌の編集長で貧民アパート委員会の委員長をしていたリチャード・ワトソン・ギルダーへの紹介状を書いた。スティーヴンがギルダーにその後見せたものは、改稿した『マギー』だったようだが、ともかく採用されなかった。ちなみにギルダーは、ニューアークで活動していたことがあり、メソディストのつながりで恐らくクレインを幼少の頃から知っていたと思える。後にスティーヴンの「男とその他の者たち」を同誌に掲載することになる。

(j) ペンデニス・クラブ

1892年10月下旬にニューヨーク・マンハッタン、イースト・リヴァー沿いのアヴェニューA1064番地にある通称ペンデニス・クラブという下宿へ移る。恐らくこの名前はウィリアム・サッカレーの小説『ペンデニス』（1848〜50）に

由来するのであろう。イースト・リヴァーや、ブラックウェル島（現在ルーズヴェルト島）を臨む場所にあって、周囲は『マギー』の舞台にも使われることになる。居住者の多くは医学生であった。シラキュース大学の仲間で医学生になったフレデリック・M・ロレンスや、ルーシャス・ルーシン・バトゥンと1892～93年の秋と冬の間、しばらくこの場所で交流が続く。ロレンスの回想によると、『マギー』は2人で近隣の地域やバワリーを探索した経験にすべて基づき、アヴェニューAで書かれたというが、これは改稿のことを指しているのであろう。1894年にロレンスはフィラデルフィアで開業し、スティーヴンもそこを何度か訪れた。中でも1896年10月にスティーヴンが、ニューヨークで後述のドーラ・クラーク事件に巻き込まれて警察から圧力をかけられた時、それから逃れにやって来た。恐らく文学仲間以外でクレインが比較的長期間（といってもせいぜい5年足らずであるが）交流のあった友人の1人といえる。

　もう1人のバトゥンは、後に署名入りの1893年版『マギー』をもらった。バトゥンはオハイオ州アクロンの出身で、1895年1月にスティーヴンを34丁目でのお茶の会に誘い、同郷のネリー・クラウスに引き合わせることになる。「サリヴァン郡スケッチ集」の、たとえば「苦しみのテント」などは商業誌に12月に掲載されるが、とはいえ何か定職があるわけでもなく、作家・臨時の記者として生計は立てられず、ある時は兄たちを頼りにし、基本的にはマンハッタンで貧窮生活をしていた。そういう生活を自虐的に読んだ詩、「ああ　やつれた財布よ　なぜ口を開ける」を当時書いている。

（E）1893年

(a)『マギー』（私家版）出版

　3月に『マギー：街の女』を完成し、ジョンストン・スミスの偽名で私家版を出版した。費用のいくらかは、母が死亡した際に相続した鉱山株を兄ウィリアムに売却し、さらに母の自宅の権利も宛てたようだ。色々なところに売り込もうとし、議会図書館にも送った。だが全く売れず、気の毒に思ったのかペンデニス・クラブで友人たちが出版記念会を開き、買ってくれた。ペンデニス・クラブのメードが焚きつけに、残部を使ったという話もある。またほとんどの批評家から無視された。ただし、当時ボストンのスラム街を題材とした『ジェイスン・エド

ワーズ』(1892)を書いていたガーランドは、1893年6月のアリーナ誌において「独創的なスラム研究である。絵画的、生き生きとしてその迫真性は素晴らしい」と評価した。ガーランドへの献呈の辞は、友人バトゥンに贈った時に書いたのと同じ、つまり「環境が人に及ぼす決定的な影響」を強調するものであった。1890年よりフォーラム誌の副編集長を務めていたジョン・D・バリーにも私家版『マギー』を送って個人的に返礼が来ている。もっともその中でも、こういうスラムの生活を生々しく描くことには、否定的な評価しかされていない。

(b) ウィリアム・ディーン・ハウエルズ

しかしスティーヴンにとって大きかったのはガーランドによってハウエルズに紹介された点である。ガーランドは『マギー』の私家版をハウエルズにも贈るようにクレインに勧めた。4月第1週にマンハッタンのハウエルズの自宅にスティーヴンは招かれた。ハウエルズはエミリー・ディキンスンの詩作のいくつかを読んで聞かせたそうである。

(c) 『赤い武勲章』の執筆

すでにスティーヴンは3月から4月に『赤い武勲章』の執筆を開始していた。1月に知り合った画家の友人コーウィン・ナップ・リンスン(彼によるスティーヴンの肖像画が残っている)のアトリエに入り浸り、前述したリチャード・ワトスン・ギルダーが編集するセンチュリー・マガジン誌の南北戦争に関する記事、特にチャンスラーズヴィルの戦いの記述に読み耽ける。リンスンとスティーヴンは、後者がギリシャ-トルコ紛争に出かける1897年3月まで交友関係があったが、特に親密だったのは、1893年から94年の間であった。リンスンによれば、部屋に来たスティーヴンはセンチュリー・マガジン誌の「南北戦争の戦いと指導者たち」にあった退役兵の体験を読んで、「兵士の行動だけが書かれていて、なぜその感情が書かれていないのか」と不満をいったそうである。スティーヴンは独自の視点から『赤い武勲章』を書こうと思い立った。

リンスンはスティーヴンの創作「ある芸術家による物語」ではコリンスンとして描かれ、またその自己陶酔ぶりは「華麗な栄光」でゴーントとして描かれている。『第三のスミレ』の主人公ホーカーも一部はそうであろう。リンスンは初期のスティーヴンの貧乏な修業時代、あるいは「吹雪の中の男たち」や「貧窮の体験」を生んだバワリー探訪のことを具体的に回顧録『私のスティーヴン・クレイ

ン』(1958) に書いているが、日時が経過しているので正確とはいえないようだ。ちなみにこの時期にスティーヴンはエミール・ゾラの『壊滅』(1892) を読んで、『赤い武勲章』の執筆に影響を受けたともいわれる。またこの春にアズベリー・パークを思わせるリゾートを舞台にした、佳作短編「若者のペース」も書いている。さらに『マギー』の続編ともいえる『ジョージの母』をこの年の春から書き始めていた。ただし一旦中断して、完成は翌年11月である

(d) 旧画学生連盟の建物

　夏はレイク・ヴューにいる兄エドマンドの家や例のキャンプに出かけているが、ニューヨークではペンデニス・クラブの解散とともに、秋より旧画学生連盟の建物の屋根裏に、貧しい青年画家・挿絵画家などと住む。この建物については生前未発表の「画学生連盟の建物」(仮題) に詳しい。23丁目東の143—147番地にあった、だだっ広い建物での若き芸術家たちの生活が率直に描かれている。1892年10月に画学生連盟自体は別の建物に引っ越していた。1895年春まで断続的にここに住む。この地を舞台に前述の「華麗な栄光」や「ある芸術家による物語」、それに『第三のスミレ』を書いた。この建物には、多くの友人、後に『黒い騎手たち』の初版の表紙を当初デザインした（採用されず）フレデリック・C・ゴードンや、この詩集をスティーヴンに署名してもらう約束であった（実現せず）挿絵画家のデイヴィッド・エリクスンなどもいた。ともかくこの旧画学生連盟の建物で、スティーヴンはボヘミアン的貧乏生活に大いに苦しみ、だが議論や飲食を共にして楽しんだ。ただし相変わらずエドマンドの家も行き来していたようだ。なお、この時期の記録としては、ジャーナリスト仲間のジョン・ノーザン・ヒリアードや、作曲家兼音楽評論家のハリー・B・スミスなどが残している。後者によれば、スティーヴンの女性関係は当時相当乱脈（マギーのような女性とも付き合って）であったそうである。

　とはいえ、こういう生活をしていたからといって、すべての見方において偶像破壊的であったとはいえない。スティーヴンにもステレオタイプ的な面はある。たとえばアイルランド人への見方であろう。1893年7月に発表した「クランシーの通夜にて」は、典型的アイルランド人と思える特徴・偏見（激情家で酔っぱらい）を基本に書かれている。

　『マギー』の執筆後、作品中で幼い頃死んだトミーに関する短編2編「いやな幼児」と「大いなる失敗」をリンスンに見せている。またもう1作「濃い褐色の犬」

もこの1893年夏に書いている。この短編は後年、スティーヴンが手っ取り早くお金を得ようと、初期の書きなぐった作品を再生しようとしていたその1作にあたり、結局死後の1901年3月号のコズモポリタン誌に掲載された。この作品ではトミーと犬の交流を珍しく皮肉抜きで書いている。

(F) 1894年

(a) アンカット・リーヴス・ソサエティ

　ルームメートであった挿絵画家ウィリアム・ウェアリング・キャロルと、1894年3月初旬に4日間バワリーの取材に行く。これが実地体験に基づいた「貧窮の体験」になる。3月中旬に、スティーヴンはガーランドのニューヨーク105丁目のアパートを訪れて、その場で後に詩集『黒い騎手たち』となる詩のいくつかを口述で語ってみせたこともあった。この後4月初旬には、33丁目西111番地のアパートにも住むようになった。フォーラム誌のジョン・D・バリーが、スティーヴンの未発表であった詩（『黒い騎手たち』の一部になるもの）をアンカット・リーヴス・ソサエティで4月14日に朗読した。先述の通りバリーはクレインの『マギー』を「病的で不健全」と感じたが、詩を高く評価していた。スティーヴンが自作の朗読は絶対にいやだと抵抗したので、代読したのである。スティーヴンの詩はエミリー・ディキンスンの影響を受けていると考えていた。バリーは彼のためにコープランド・アンド・デイ社という詩作の出版先を見つけてあげた。また後にバリーは、イギリスに比べてアメリカではスティーヴンが認められるのが遅いと批判している。とはいえ『ジョージの母』を擁護したが、一方キューバ戦争報道は批判した。

(b) ガーランド・ハウエルズの援助とスティーヴンの文学的独立

　4月下旬にガーランドを訪問した時、ガーランドは抵当として取り上げられていた『赤い武勲章』の原稿の半分を、タイプを依頼していたタイピストから取り戻すように、お金を調達してあげる。同月24日に、取り戻した『赤い武勲章』の半分の原稿を持ってガーランドを再訪する。ガーランドはスティーヴンのスラング・方言の多用には疑問を持ったようだ。

　ところで、これ以降実はガーランドとスティーヴンは疎遠になる。翌日の4月

25日からガーランドは1年半ほどシカゴに転居する。それで交流がなくなったともいえるが、それよりも結局ガーランドとスティーヴンの文学的信条の距離が広がったという方が正しいであろう。また彼の「素行不良」という噂もガーランドには不安であっただろう。スティーヴンはガーランドに恩義を感じ、後に『黒い騎手たち』を献呈した。スティーヴンがキューバから帰還してイギリスに出発する直前、1898年12月28日に2人は最後に会ったと思われる。1899年にガーランドは渡英したが、クレインからの会いたいという誘いを断った。彼の死直後の1900年、及び後年ガーランドは、2人の交流を「過小」に語るようになった。1914年4月のイェール・レヴュー誌のエッセイ「私の知るスティーヴン・クレイン」では「彼の哲学にはどこか本質的に不健康な部分があった。短命で、発展もなかった。悪い方向にしか彼の作品は変化しなかった」と切って捨てている。『マギー』以降の「発展」をガーランドは理解できなかった。1930年にもスティーヴンに言及しているが、矛盾のある部分が多い。余談だが、スティーヴンはある意味ガーランドに恩返しをしている。1930年に、金策のためにガーランドがスティーヴンの署名入りの『マギー』を売ったら、2,100ドルにもなったそうである。[11]

　この点はもう1人の師匠であり、ガーランドに『マギー』を推薦されたハウエルズも同じであった。『マギー』の一般性には疑問を投げかけながらも、忠実な土着性をハウエルズが高く評価したのは事実である。また『ジョージの母』で扱われた母と息子の関係は重要なテーマであるとも認めていたようである。さらにニューヨーク・ワールド紙1896年7月26日掲載の記事で、ハウエルズはスティーヴンとエイブラハム・カーハンの作品を好意的に比較している。

　だが、「素材の誠実な処理」を謳いながらも、「人生の微笑ましい面」を好んで描く「穏当なリアリズム」を標榜するハウエルズには、スティーヴンの『黒い騎手たち』の自由詩形式と瀆神性にはついていけなかったし、その後の小説家としての変貌も納得できなかったであろう。そもそも、たとえばスラムの状況を描いた時に、「観客」であったハウエルズと、そこに直に接しようとする（ただしあくまで美的に）スティーヴンとでは態度が違っていた。穏健かつ保守的なリアリズム作家であるハウエルズには、『赤い武勲章』の象徴性なども受け入れにくかった。ハーパーズ・ウィークリー誌1895年10月26日の書評では、言葉遣いに説得力がないと批判した。最終的にハウエルズは『赤い武勲章』がスティーヴンの「最悪の作品」と信ずるようになっていく。1896年4月7日の後述するランタ

ン・クラブでの、スティーヴンのための晩餐会で、ハウエルズはスティーヴンが「ありのままの人間」をこれまで描いてきたと称えた。これは暗にこの道を行くように勧めたとも思える。スティーヴンも、これまでの厚情に感謝を述べる添え書きまでした『赤い武勲章』を結局ハウエルズに送らなかった。ハムリン・ガーランドと同じく、このもう1人の文学的師匠も、彼のリアリズム以降の発展を理解できなかった。ちなみにスティーヴンにとってハウエルズは一方的師匠ではなく、互いに影響しあったという説もある。[12]

(c) スラム探訪

話を戻して、スティーヴンはスラム探訪記の代表作である「貧窮の体験」を4月22日に発表し、1週後には対となる「贅沢の体験」を発表した。前者では「暗殺者」と呼ばれる人物が、主人公の若者を安宿に連れていく。この「暗殺者」は自分の逆境をいつも他人のせいにする、食客的浮浪者である。後に書いた「吹雪の中の男たち」ではそういう連中は、力及ばずして不幸に落ちた人々と対照して描かれる。

(d) マックルア配信社

この年の前半（諸説あり）、多分4月下旬に『赤い武勲章』の完成直後の原稿をサミュエル・シドニー・マックルアに預けたが、何の反応もなかった。マックルアは通常S・S・マックルアとして知られる。1880年代に文芸関係の配信機関を作り、またジョン・S・フィリップスとマックルアズ・マガジンを創刊した。スティーヴンの死後の1900年代初頭には、マックルアズ・マガジンはいわゆるマックレイキング（醜聞暴露）の雑誌として有名になった。

スティーヴンは『赤い武勲章』をマックルアから配信か、創刊されたばかりのマックルアズ・マガジン誌に掲載してほしかったのであろう。しかしマックルアは6ヵ月放ったらかしであったので、後述の通り怒ったクレインは10月に別の配信社の経営者アーヴィング・バチェラーの元に持っていった。

とはいえ、マックルアとスティーヴンとの関係は深く、5月に彼を雇い、友人のコーウィン・ナップ・リンスン（挿絵担当）と共に、ペンシルヴァニア州スクラントンに炭鉱事情を取材させるため派遣した。スティーヴンの真相暴露的記事（ただし一部は削除）である「炭鉱の奥底で」はマックルアによって7月22日に各紙に配信され、マックルアズ・マガジン誌には8月に掲載された。『赤い武

『勲章』の経緯はともかく、マックルアはこれ以降もスティーヴンの作品を積極的に配信、掲載していく。ニューヨーク関連の作品、ギリシャ―トルコ紛争の一連の報道など、また小説『第三のスミレ』(1896～97) と『戦地勤務』(1899～1900) の新聞版を配信し、1896年1月中旬にマックルアは、スティーヴンをヴァージニアに行かせて南北戦争の戦地を回らせ、有名な戦いについての連載の準備を命じる（実現しなかった）。キューバ関係の記事や、また『オープン・ボートとその他の冒険物語』は1898年にダブルデイ・アンド・マックルア社から単行本で出版された。マックルアは、前金払いの担保という形で、スティーヴンからの作品を確保していった。

(e) 兄ウィリアム

6月には、兄ウィリアムの家に6週間ほど滞在したが、すっかり弟はボヘミアン風になっていたらしく、親族の一部はとまどったようだ。この辺りのことは、スティーヴンの別の兄ウィルバーの娘であるヘレン・R・クレインが、1934年1月にアメリカン・マーキュリー誌に回想録「私の叔父　スティーヴン・クレイン」を書いて明かしている。スティーヴンは、「指はいつもタバコのヤニで黄色く汚れ、髪は風任せのスタイルで」と。スティーヴンは、兄弟たちに金の無心もしたようだが、それほど経済的に助けもしなかったし（ただしウィリアムを除き、裕福ではなかった）、総じて無理解であったという。ヘレンの書き方は暴露めいていて、次いでに後年スティーヴンの内妻となるコーラの職業的「正体」を書き、1898年秋のキューバでのスティーヴンの潜伏生活について、たとえば彼がほとんど食事をしていなかったとか、潜伏先の女主人メアリ・ホーランのことなども記述している。正確さには疑問が残る。

兄のウィリアムは、正式な名はウィリアム・ハウ・クレインでスティーヴンの17歳年長であった。オーバニー・ロー・スクールを卒業して、ポート・ジャーヴィスで独立して法律事務所を構え、弁護士として成功した。そのため、父の死後クレイン家の実質的家父長となった。ポート・ジャーヴィスから北12マイル程の、広大な森林にある狩猟と魚釣りの保護地の所有者となり、近くの所有者とともに1893年1月、半会員制のハートウッド・クラブを創設し初代会長に選ばれた。またエドマンドは翌年春ハートウッド近くの家に引っ越し、3歳年長の兄ウィリアムの地所の管理をした。スティーヴンはこの地を訪れ会員のほら話に耳を傾け、またウィリアムやエドマンドの家をよく訪ねて、ここで執筆した。ウィ

リアムは町の名士で判事なども務めた。ボヘミアン的なスティーヴンとは対照的であったが、交流はスティーヴンがイギリスに行ってからも続いた。

　8月に友人たちとペンシルヴァニア州パイク郡へ恒例のキャンプに行き、この時の経緯を戯作風に書いたのが『パイク郡パズル』である。秋には詩集『黒い騎手たち』の出版交渉をボストンのコープランド・アンド・デイ社と行なっている。一部削除するかしないかで揉めている。

(f) ニューヨークと近郊に関する作品

　10月に先述の「吹雪の中の男たち」を発表。これは2月の吹雪の際、スティーヴンが体験したバワリーでの状況、及びそこにいる浮浪者などの様子を描いたものである。また同月発表の「コニー・アイランドの落日」は、サマーリゾートの季節の終わりの日曜日、享楽の虚しさを、語り手と「偉大な哲学者」が語り合う話である。娯楽とは、いわゆるガス抜きの憂さ晴しでしかなく、若者の反抗や自殺などを招かない防御的システムであると、娯楽の効用と限界を鋭く論じている。またマンハッタンを舞台としたユーモラスな作品としては12月発表の「戦われなかった決闘」がある。バワリーのならず者の蛮勇を皮肉った話である。

(g) 新聞版『赤い武勲章』

　前述の通り、スティーヴンは10月に『赤い武勲章』をバチェラー、ジョンスン・アンド・バチェラー配信社に売却（価格は90ドル）した。アーヴィング・バチェラーは1883～84年の間、ジェイムズ・W・ジョンスンと共に、新聞雑誌に独自の記事を配信する通信社を設立して急成長し、ジョセフ・コンラッドやハムリン・ガーランドなどの小説の販売も手掛けた。イギリス在住のヘンリー・ジェイムズ、キプリング、ロバート・ルイス・スティーヴンスンなどの作品も通信社を通じてアメリカ国内で紹介した。また自国のマーク・トゥエインも紹介に努めた。バチェラー自身、ニューヨーク・ワールド紙の日曜版の編集を担当し、ベストセラー小説も書いた。当時配信のシンジケートに作品が載せられるということは、作家、特に新進作家にとって支払いも悪くなく、全国的に名前が知られるので非常に魅力的であった。バチェラーは非常に長命（1859～1950）で、スティーヴンに関する記録を数多く残した。

　ちなみにこのバチェラーと同じくこの時期に通信・新聞社関係でスティーヴンと関係があったのが、カーティス・ブラウンである。彼はニューヨーク・プレス紙

1. クレインの人生概観　　29

で、スティーヴンのニューヨークに関する作品や記事などを担当する。後年、文芸関係のエージェント業務をするカーティス・ブラウン社を設立する。アーネスト・ヘミングウェイも顧客の1人であった。

　バチェラーに話を戻すと、1894年の末に、『赤い武勲章』を気に入ったバチェラーは、多くの新聞に大幅な短縮版の6日間連続掲載を決定する。たとえば12月3日から8日フィラデルフィア・プレス紙に配信された。他の多くの新聞（ニューヨーク・プレス紙など）に配信されたようだが、詳細は不明である。大好評であった。

(G) 1895年

(a) ランタン・クラブ

『赤い武勲章』の反響に気をよくしたバチェラーは1895年1月下旬、スティーヴンを西部・メキシコへの長期旅行に派遣し、多くの記事・短編を書かせた。これ以降、バチェラーが配信社を売却するまで、スティーヴンとの付き合いが続いた。ニューヨークにスティーヴンが戻ってきた時、バチェラーは自らが名誉会長であるランタン・クラブに彼が入会できるように取り計らった。通常はランタン（"Lantern"）だが、「ランソーン」（"Lanthorn" or "Lanthorne"）ともいわれた。ランタン・クラブはマンハッタンのウィリアム・ストリートの古い家屋に本拠を構え、内装は船のキャビンのようで、ランタンが吊るされていた。いつでも利用が出来て、昼食もあったらしいが、会合は土曜日の晩であった。会員各自の作品が読み上げられ、批判のみが許されるという、いかにも文学者やジャーナリストの集まりであった。クレインは後述する「賢者」たちを朗読したようだが、出席者の反応は不明である。

　ランタン・クラブの主力会員は、若いジャーナリストや気鋭の作家、たとえばエドワード・マーシャル、リチャード・ワトスン・ギルダー、ウィリス・ブルックス・ホーキンズなどであった。最後のホーキンズは、1880年代の後半にアーヴィング・バチェラー社に入り、配信記事を書き、その後宣伝雑誌としては先駆的なブレインズ誌の編集人になった人物であり、バチェラーによって、ホーキンズはスティーヴンに紹介された。スティーヴンがどう思っていたのか、手紙などではよく分からないが、1895〜96年にかけて、文字通りスティーヴンの「世

話役」となる。その他に著名人、特にハウエルズ、マーク・トゥエイン、セオドア・ルーズヴェルトなどもクラブを訪問した。ランタン・クラブはスティーヴンを迎えて何度も宴席を開いた。特に1896年4月7日の晩餐が知られていて、前述の通りハウエルズが主たる講演者であった。会報であるランソーン・ブックは恐らく1898年秋に125部限定版で出版。作品の次に大体寄稿者が署名している。スティーヴンの「賢者たち」は、掲載された7編の最初にあり、半分以上のスペースをこの薄い本の中で占めている。ただし実際のところ、彼はこのクラブではポーカーに興じていたようだ。またここで、メンバーであった前述の幼ななじみのポスト・ウィーラー（当時ニューヨーク・プレスの編集長）と再会し、スティーヴンはウィーラーと同居もしていたらしい。1896年11月にスティーヴンがフロリダに向かって以降は、交流も減った。だが1900年1月に、作家協会会員にウィーラーが推された時に、イギリスから推挙している。なおその後ウィーラーは外交官になった。各国に赴任したが、1906年の東京での駐在が最初である。

(b) 西　部

　西部・メキシコ旅行は1月28日からで恐らく5月18日にニューヨークに戻っている。これ以降1896年11月にフロリダに旅立つまでの間断続的にスティーヴンは、前述の通りニューヨーク州ハートウッドに引っ越していたエドムンド一家のもとや、マンハッタンを転々とする。西部には以前から興味があったらしく、「ビリー・アトキンスがオマハへ行く」というニューヨーク・プレス紙1894年5月20日に掲載された短編は、旅行以前に書いた、西部を題材とした話である。もう一編1895年1月1日発表の「クリスマスの晩餐を勝ち取って」という短編もある。この短編にも、クレインが西部に行く以前からその変化、階層化などを含め、実情を知っていた節が窺える。

　旅行ではさまざまな体験をしたが、中でもメキシコでラモン・コロラドという盗賊に追いかけられたことを、彼は「駆けろ、馬たち」で小説化した。（発表は翌年1月にフィラデルフィア・プレス紙）またメキシコ・シティでは、偽物売りにも引っかかったらしい。

(c) ネリー・クラウス

　先述の通り、ルーシャス・バトゥンを通じてバトゥンと同郷のネリー・クラウ

スと1895年の1月に会っていた。2人は生涯、実はこの一度しか会っていないようだ。いかにもお嬢様であったという以外に良く分かっていない。だがネリーにスティーヴンは一方的に熱を上げ、1895年12月から翌年3月の約3ヵ月間の間に、頻繁に情熱的な手紙を送っている。後述のフィリスティン（誌）の晩餐会に招待されたことや、同誌に掲載された詩などを話題にし、情熱的といえば聞こえはいいが、総じて媚びるような建前主義に終始している。この間1895年1月から11月までの手紙などは残っていない。ネリーは結局1897年6月に別の男と結婚したが後に離婚した。

　繰り返せばスティーヴンの手紙の内容は、シニカルなペシミズムを否定し、人類愛の重要性を肯定し、正義への献身を謳う（たとえば1896年1月12日付及び26日付）、要するに彼らしい皮肉などが見られない。感傷的なレトリックを臆面もなく多用し、必死に自分を変人的芸術家ではなく、まともな男だとアピールしている。もっとも本心ではなかったのだろう。一見難解で抽象的な箴言をネリーに披瀝しているが、彼女自身に向けたといえるかどうかも怪しい。ネリーに必死に手紙を書いている時も、ネリーに振られた時も、だからといって彼の作風が決定的に変わったようには感じられないからである。ネリーに宛てた手紙を最初に編纂した1人であるエドウィン・ケイディーも、スティーヴンの手紙の中での絶望のポーズを額面通りには受け取っていない。[13]ただし一時的影響は否定できない。ネリーは『第三のスミレ』（1895年の秋に書かれた）のヒロインのモデル（の1人）であったと考えられるが、この作品のいかにもスティーヴンらしくないところが、それだけネリーに見せたスティーヴンが彼らしくなかったことを示している。

(d) ウィラ・キャザー

　旅行の話に戻すと、2月初めにネブラスカ州リンカンへ行き、飢饉の取材をする。カーニーに滞在したことが傑作短編「ブルー・ホテル」の背景となったと思われる。ネブラスカ州知事や、飢えに苦しむ農民にも取材し、「ネブラスカでの過酷な生存競争」として広く配信される。一方スティーヴンのユーモラスな面は、たとえば西部を題材にした「カンザス・シティの芸術」と「ラクダ」（両方とも生前未発表）で、アンクル・クラレンスという愛すべき酔っ払いの愚か者を主人公にしたシリーズもの（の予定であったらしい）にもよく出ている。

　新聞版『赤い武勲章』を読んでいたウィラ・キャザーにネブラスカ・ステー

ト・ジャーナル紙の社内で2月13日に会う。スティーヴンの死直後の1900年6月23日のピッツバーグ・リーダー紙に、追悼記事「私が知っているスティーヴン・クレイン」として2人の会話の模様をキャザーが書いたが、これは脚色されている。彼が語ったとされる、執筆する前に「血を通して」経験を濾過するという表現なども、本当であるという確証はない。作家としてのスティーヴンについては、詩集『戦争は優しい』や長編『戦地勤務』などをキャザーは1899年に酷評したが、後年『雨中の負傷』の序文を書き（1926）、スティーヴンを最初のポスト印象主義の1人と述べ、描写の細かさと卓越した力量を賞賛している。

　メキシコには約2カ月スティーヴンは滞在したようだが、その間か、その直後に書かれたエッセイに「重要なのは」（仮題）というのがある。これはメキシコ・インディアンの社会的・経済的な状況を書いたものであり、「メキシコの下層階級」ともいわれるが、生前に発表できず、従って決定的タイトルもなかった。内容が過激すぎると判断され、発表が控えられた形跡がある。過激なのは、恐らくメキシコ・インディアンが自分たちの貧しさを恥じていないと論じた部分ではなく、ニューヨークの貧民は、反対に今にも怒りが爆発しそうで、反社会的行動を起こしかねない、大げさにいえば蜂起しそうだ、と読まれかねない部分であろう。

　5月に旅行より帰国後、旧画学生連盟の建物にいた画家ネルスン・グリーンのところに2週間ほど滞在した。ここで南北戦争ものである『小連隊』のいくつかの短編を書いたと思われる。グリーンはこの時期のスティーヴンについて記録を発表している。もっともこれも正確とはいえない。

(e) 『赤い武勲章』単行本とリプリー・ヒッチコック

『赤い武勲章』は9月後半にアメリカで、11月後半にイギリスで刊行され、その好評によりさらにスティーヴンは名を知られた。単行本版に関しては、スティーヴンが編集者の要請に応じてどれほど削除したのか、それとも自発的意志なのか、などについては諸説があるが、この編集者というのがリプリー・ヒッチコックである。彼は1890年よりD. アプルトン・アンド・カンパニーに文芸顧問として加わり、12年間担当。その後ハーパー・アンド・ブラザーズ社の文芸顧問兼編集長になった。ヒッチコックは作家に助言して原稿の直しを依頼するタイプの編集者であったので、担当した単行本の『赤い武勲章』や『マギー』の決定稿に大いに関与している。スティーヴンとの関係は1892年後半か1893年初期に始

1. クレインの人生概観　　33

まった。そもそもスティーヴンはヒッチコックにも『マギー』の出版を持ちかけたが拒絶され、私費出版したともいわれる。

とはいえ、その数年後ヒッチコックは次作『赤い武勲章』の単行本出版を喜んで引き受けたことになる。西部からメキシコへとニューヨークを旅立つ前に、スティーヴンは完全原稿をヒッチコックに渡した。彼の指示で、どの程度原稿を直したのかは、前述の通り現在でも意見が分かれている。結局タイプミスを直して穏当な形で編集されたこのアプルトン初版を、決定版とするというのが現在では大勢である。また1896年6月にアプルトン社から『マギー』の出版するにあたって、ヒッチコックは、多くの不敬で冒瀆的な言葉を削るように要請し、スティーヴンも同意した。ただしこちらは1893年の私家版が残っているので、決定版とは見なされていない。

(f) ルパート・ヒューズ

この頃スティーヴンに高い評価を与えていた1人として、ルパート・ヒューズが挙げられる。伝説の億万長者ハワード・ヒューズの叔父で、ゴッディーズ・マガジン、クライティリオン誌などの編集者として地位を確立した。スティーヴンをいち早く天才だと確信し、ゴッディーズ・マガジン誌1895年10月号で『マギー』を賞賛した。また1896年9月の同誌で『赤い武勲章』の迫真性を激賞し、スティーヴンを「若い世代のアメリカ小説家の最先端」と位置づけている。一方でヒューズは、印象主義的技法と文法的誤りに対しては辛辣である。文体や自由詩などの面ではその奔放なあり方にはついていけなかったのか、1899年の6月3日のクライティリオン誌で、ヒューズは『戦争は優しい』を「クレイン氏の寄せ集め」と批判した。とはいえ1900年1月6日の同誌でスティーヴンの文学的業績を総括して、それなりの評価を与えている。

(g) 『黒い騎手たち』

一般的に小説の方が評価されやすかったのは、ヒューズの例でも分かるが、スティーヴン自身の文学的野心は、小説よりも当座は詩集『黒い騎手たち』にあったのかもしれない。前述した通り、前年秋から交渉していたコープランド・アンド・デイ社より詩集『黒い騎手たち』が、『赤い武勲章』に先駆けて5月に出版された。世紀末芸術運動の書籍を扱う出版社で、同時にあまり知られていなかった作家たちの著作を出版して支援していた。『黒い騎手たち』は500部が普及版

として市販された。装丁は最初スティーヴンの旧画学生連盟の友人であるフレデリック・C・ゴードンが担当したが（ユリの花の表紙、決定版も同じだが図柄が違う）、コープランド・アンド・デイ社が気に入らなかった。結局自社の挿絵画家が担当することになる。いかにも世紀末的、ビアズリー風の装丁で、揶揄の対象ともなったが、かえって売れ行きは良かった。

　5月に出版と書いたが、この日付は重要である。つまりよく『赤い武勲章』でスティーヴンは一躍有名になったと思われているが、それ以前より『黒い騎手たち』に収録されることになる詩の、その偶像破壊的な内容と大胆な自由詩形式が注目され、ある程度知名度（批判や中傷も含めて）があったのである。内容は簡単にいうと、欲望を抱く人間を作ったのは神なのに、その欲望を神が断罪する。こういう矛盾を告発するとともに、悩める人間に同情的な神を（心の内面に）対置するものである。

　スティーヴンの詩人としての評価には当時から幅があったが、1915年9月11日付のニュー・リパブリック誌にイーディス・ワイアットがイマジストの先駆者と位置づけ、最終的にはウイルスン・フォレット編集の『クレイン全集第6巻』（1926）に寄せたエイミー・ローウェルの序文など（もっとも彼の詩を青春の情熱の産物といった風に限定づけたが）で評価が定着したといえる。

(h) エルバート・ハバードとフィリスティンの祝宴

　春には「ヒロイズムの神秘」という、スティーヴンにとって課題である、英雄的行動の実像を探求（あるいは暴露）する短編を執筆した（発表は8月）。10月に兄エドマンドのハートウッドの家などで『第三のスミレ』の執筆を開始。完成した年末に、自分でも「下らない作品」といっている。

　12月19日にバッファローのホテルで、エルバート・ハバード主宰のフィリスティン協会によって、スティーヴンの成功を祝う宴会が催された。彼の存在・出席は口実で、雑誌の宣伝が主たる目的であったようだ。

　エルバート・ハバードはイギリスに旅行して、ウィリアム・モリスを知り、モリスの出版社であるケルムスコット・プレスのあり方に感銘を受けた。1895年にハバードはハリー・P・テイバーとともにニューヨーク州イースト・オーロラでロイクロフト・ショップを設立した。彼はケルムスコット流の本の装丁を始めた。彼とテイバーは、文学的権威の風刺・嘲笑を主眼としたザ・フィリスティン協会を設立し、1895年6月に同名の雑誌（「反抗の雑誌」と副題）を刊行した。

1890年代に成功した反体制的リトル・マガジンの1つで1915年7月まで発行された。6月創刊号で『黒い騎手たち』をハバードは書評し、スティーヴンに寄稿を依頼して早速8〜9月号に掲載された。ただしフィリスティン誌ではスティーヴンの詩が掲載される一方、同時にパロディや皮肉なコメントも掲載された。ハバードは総計21作のスティーヴンの詩をさまざまな形で掲載できるよう取り計らい、中には複数の発表機会が与えられた場合もあった。短編小説6編も掲載された。

　フィリスティン協会によるスティーヴンのための晩餐会が、彼の生涯を語る1つの逸話になった。ハバード、テイバーとスティーヴン本人以外には28人が出席した。ハバードとしてはそれなりにスティーヴンの「人間的魅力」と「詩才」を認めてもらう機会とも考えていたが、滅茶苦茶な主賓いじりの会になったのは間違いない。そもそもスティーヴン自身が、「世話役」ホーキンズの説得がなければ、出席しなかったといわれる。着る服がないのでと子供っぽい理由で出席を断ろうとすれば、20歳ほど年長のホーキンズが衣服を調達してあげた。ともかく雑誌の趣旨にある意味ふさわしく、宴会に参加した文芸人・ジャーナリストは曲者揃いで、無礼講の大荒れになり、怒って帰ろうとした者もいたらしい。居合わせたクロード（・フィエット）・ブラグドンという作家によると、主賓のスティーヴンがひどく嘲笑われたのに当惑し、耐えがたくその場を去ろうとしたが、当のスティーヴンとホーキンズに止められたそうである。そもそもこういう宴会が嫌いで、渋った挙句出席したスティーヴン自身は、当初は「屠殺場に引かれる雄牛」のようだったが、その後は平然としていたらしい。ちなみに敵対意識をスティーヴンに持ち続けたニューヨーク・トリビューン紙は、この宴会についても12月29日付で、「『三流詩人』への饗応」とけなしている。[14] ハバードは、スティーヴンに手紙を送ったこともある日本の詩人（当時サンフランシスコ在住）ヨネ・ノグチの晩餐会も企画したことがあった。実現はしていない。[15]

　宴会も型破りなら、晩餐会用に作られた式辞も異様に凝っていた。欠席した招待客の遺憾の言葉のいくつかが、ロイクロフト・クォータリー誌（これもハバードの雑誌・ただし短命）発行『思い出とその他』（1896）で式辞の追加として採録されているが、その追加の最後がジョン・L・バーレイ大佐である。ところがどうもエルバート・ハバードが考えた架空の人物と思われる。スティーヴンの文体を誇張してからかった言い回しの内容になっている。

　イギリスにスティーヴンが行ってからも、ハバードは頻繁に手紙を取り交わ

し、その死後も長期に亘って作品を出版し、宣伝した。なおそれ以前に、ハバードはパートナーのテイバーと1896年2月に対立した。テイバーがフィリスティン誌を買収しようとしたり、独自にスティーヴンに作品出版を持ちかけたりしたが、いずれも実現しなかった。ハバードはスティーヴンを有名にするのに貢献したが、一方では問題ある宣伝の仕方で、人物像などを歪んで見せたともいわれる。

(H) 1896年

(a) 作家クラブ

　2月になって、『マギー』の俗語をかなり削って改訂版出版の準備を進めている。前述の通り3月にスティーヴンはマックルア社から南北戦争の戦場に関する作品を書くことを依頼され、戦場の1つであった、ヴァージニア州フレデリックスバーグに行き、またワシントンに行って政治の実態を知ろうとする。両方ともまとまった成果にはならなかったが、短編「第2世代」におけるカドガン上院議員の描写などには生かされたようだ。また3月前後に、「ダン・エモンズ」という諷刺的ファンタジーも書き始めていたようだが、未完に終わった。

　なお、ニューヨークを本拠とした「作家クラブ」（単行本出版経歴のある作家に入会資格）に3月に入会した。「作家クラブ」は1882年に創設されたクラブで、文学的というより社会的レベルでの交流を目指した。アーヴィング・バチェラー、エドワード・ベラミー、ハロルド・フレデリック、トマス・ウェントワース・ヒギンスン、ウィリアム・ディーン・ハウエルズ、セオドア・ルーズヴェルト、マーク・トゥエインなどが会員であり、リプリー・ヒッチコックの要請により、ハウエルズの推薦でクレインは会員になった。ただしクレインは、11月にニューヨークを実質上去ることになってから、活動はしていない。

(b) ポール・リヴィア・レイノルズ

　前述のランタン・クラブで、ポール・リヴィア・レイノルズと出会っている。彼は1892年、つまり国際版権法が成立した1年後、イギリスの書籍をアメリカの出版社に売る仕事を代理人として始める。業務を拡大して、1895年にアメリカで最初の文学専門の代理人として地位を確立する。作家に代わって原稿を雑誌編

集者や出版社に売り、その業務に手数料を取る形式である。

　スティーヴンは自分の作品をもっとよい条件で、しかも時にはすでに契約していた通信社・出版社などを出し抜いて売ろうという目的で、レイノルズを利用した節がある。9月にレイノルズと契約をすると、早々に10月に『第三のスミレ』をマックルア配信社への義務を無視して、直接レイノルズを通じてニューヨーク・ワールド紙に連載権を売るよう（失敗したが）試みている。

(c)『赤い武勲章』・『マギー』・『ジョージの母』の評価

　レイノルズが代理人として、当初はイギリスの書籍を扱っていたのは、ある意味示唆的である。それはイギリスの作品・批評の方が、アメリカより優れているという前提、逆にアメリカから見るとコンプレックスもまだあったということである。『赤い武勲章』について、イギリスで激賞されたので、アメリカでも追随して評価が上がったという誤解が生まれたのも、こういう背景があったからであろう。イギリスでの評価にアメリカの文学界は影響されているという発想である。とはいえこの誤解もやがて解け、作品はほぼ英米で等しく高い評価を受け、スティーヴンの文名は確立した。

　スティーヴンは5月17日にニューヨークのアヘン地帯探訪記である「アヘンによる様々な幻想」を発表した。『ジョージの母』は5月に（イギリスでは6月）、『マギー』の改訂版は6月に（イギリスでは『街の女』ではなく『街の子供』という副題で露骨さを避けた）出版された。『マギー』も『ジョージの母』についても、赤裸々なスラム生活の描写をどう見るかで評価は分かれたが、ともかく無視されず、広く書評され、インタビューなども受けるようになった。7月18日のイラストレイティッド・アメリカン紙に、記者ハーバート・P・ウィリアムズとの会見記事が掲載された。スティーヴンの、一旦書き出せば後は自動的にという創作術や、読者は想像力に欠けているという見解などが紹介され、彼に対する理解とともに、作家としての知名度の一層の向上に貢献したようだ。

　スティーヴンのマンハッタン探訪での隠れた傑作と評価の高い「ある1コマ」は、8月30日に配信された。10月には『第三のスミレ』も新聞に連載される。南北戦争を多く題材にした、短篇集『小連隊』も完成して11月に出版された（イギリスでは翌年2月）。

(d)「2人のエイミー・レズリー」

　ネリー・クラウスへの手紙はこの3月で終わっているが、5月には、前年にはすでに会っていたと思える「エイミー・レズリー」という女性と愛人関係にあり、結婚を迫られていた可能性がある。「エイミー・レズリー」とスティーヴンとの関係は、近年その研究が進んだ。[16] 要はエイミー・レズリーと名乗る女性が別にいて、スティーヴンはほんものんのエイミーとは知人で揉め事はなく、別のエイミーと恋愛関係で金銭上のトラブルにもなっていたというのである。

　まず本当のエイミーは、本名はリリー・ウェストで、公称1860年生まれだが、実際は1855年生まれで、元々は歌手であった。1890年にシカゴ・デイリー・ニューズ紙において劇批評家としてデビューし、かなり知られた存在であった。著作もある。1895年12月19日にバッファローでスティーヴンのためにフィリスティン晩餐会が開催された時、エイミーも招待されている。また、たとえば1896年7月22日付のシカゴ・デイリー・ニューズ紙でスティーヴンの『マギー』を他の作家と比較して論じている。お互いに知っていたのは間違いない。

　後述の通り1896年10月16日に、ドラ・クラーク事件でスティーヴンは証人として警察署に出頭した。その時、スティーヴンは住所を転々としていたようだが、「エイミー」のところにも相当頻繁に通っていたのが分かっている。ところが、繰り返せばこの「エイミー」はそう名乗っていた別の女性・多分売春婦（エイミー・ハンティントン？）であったのではないか、ということが判明した。さらにこの「エイミー」がスティーヴンの子を妊娠した、または出産したこともありうるが、定かではない。スティーヴンがフロリダ州ジャクスンヴィルに、1896年11月終わりに向かった時、「エイミー」がワシントン・D・Cまで同行した。フロリダからスティーヴンは「エイミー」と思われる人物に忠誠と献身を誓った手紙を出している。その時にはすでに「内妻」となるコーラと知り合っていたのは確かである。1897年4月頃には「エイミー」はスティーヴンとコーラとの仲を知ったようだ。そして「エイミー」から借金返済を迫られる。スティーヴンは500ドルを、返却のために例の「世話役」ホーキンズに預けている。が、最終的にホーキンズも仲介をやめた。1897年4月になっても、クレインは借金の一部返済金として、送金などをしようとしていたようだ。同年9月になって、旅行先のアイルランドから何とかなだめようとスティーヴンは「エイミー」に手紙を書いている。

1. クレインの人生概観　　39

1898年1月3日に「エイミー」は結婚不履行なども理由に含めてスティーヴンの資産から550ドルの担保を取った。結局法廷外で翌月決着がついたようで、スティーヴンの兄である弁護士ウィリアムが法的解決に関わった。劇批評家のエイミーの方は、これが自分の話だと思われて仰天し、1月6日付のシカゴ・トリビューン紙で強く否定したと伝えられている。

(e)　セオドア・ルーズヴェルトとドーラ・クラーク事件

　1896年7月中旬に話を戻したい。スティーヴンは、ニューヨーク警視総監のセオドア・ルーズヴェルトと、市の治安状況などについて会談した。ルーズヴェルトは、周知の通り第24代アメリカ大統領になるが、スティーヴンとは因縁がある。1895年の末か1896年の初めにランタン・クラブで2人は知り合ったようだ。歴史家、作家でもあったルーズヴェルトは『赤い武勲章』を賞賛していた。また『マギー』も読んでいて、スティーヴンは『ジョージの母』を署名入りで献呈した。ルーズヴェルトは『赤い武勲章』にも署名してほしいと語っているくらいである。ただしスティーヴンは「男とその他の者たち」のタイプ原稿も送ったが、これにはルーズヴェルトはいかにも白人優越主義的に答えている。「いつか君に別の西部の男とメキシコ人どもの話を書いてほしい。西部の男たちが彼らの上に立つものを。その方がより普通だろう」と。ともかく、ここまで両者の関係は良好であったようだ。

　1896年の夏からニューヨーク・ジャーナル紙の連載物として歓楽街の実態をスティーヴンが調べ始めた時、ルーズヴェルトは最初協力的であった。ジェファスン・マーケットの警察裁判所を見学できるように取り計らっている。ところが、スティーヴンはニューヨーク市警察の実情を知ってその批判を展開し始めた。ただしルーズヴェルトに気を遣ってか、ポート・ジャーヴィスのマイナーな新聞に寄稿している。また9月11日には両者は会食もしている。しかしトラブルが起こる。9月15日の夜（というか翌日未明）、2人の恐らく享楽的なミュージック・ホールのコーラス・ガールと、彼は落ち合う。そこにドーラ・クラーク（別名ドーラ・ウィルキンズで本名ルビー・ヤング）という売春婦が合流してきた。スティーヴンが少しその場を離れた間に、彼女は「多分、何もしていないのに」警官に逮捕され、スティーヴンが弁護に立った。警察を敵に回して家宅捜査され、アヘン中毒者と中傷もされた。さらに彼女が警察官2人を誤認逮捕で訴えた時も、一貫して彼女側に立ってスティーヴンは弁護・証言した。この一連の行為

にルーズヴェルトは怒った。スティーヴンはニューヨークに居づらくなり、配信社バチェラーの命を受けてスペイン統治下のキューバで、独立を求めて起こった反乱を取材に行こうと考える。

(f) ウィリアム・ランドルフ・ハーストとジョセフ・ピューリツァー

スティーヴンの新聞社・配信社との付き合いに関しては、ニューヨーク（・モーニング）・ジャーナル紙を買収したウィリアム・ランドルフ・ハーストも重要であった。スティーヴンは買収1周年にあたり、様々な話題を定期的に寄稿していた縁で、11月8日に「小説家スティーヴン・クレインからの誕生日の言葉」という、お祝いの言葉を一文書いている。

ハーストは、アメリカのマスコミュニケーション史を語る上で欠かせない人物であるが、スティーヴンは、もう1人の代表者であるジョセフ・ピューリツァーとも交流があった。ハーストのニューヨーク・ジャーナル紙はピューリツァーのニューヨーク・ワールド紙と激しい販売競争をした。この競争が記事のセンセーショナリズムに拍車をかけた。ハーストとピューリツァーの争いは米西戦争の報道合戦で頂点に達し、繰り返せばこの両者に関わったのがスティーヴンである。

彼は、ニューヨーク・マンハッタンの取材記事をハースト系のニューヨーク・ジャーナル紙に寄稿していたが、次にギリシャ─トルコ紛争について報道することになる。それから米西戦争の間、一旦雇われたライヴァルのピューリツァーにより実質解雇されて以降は、今度はハーストのニューヨーク・ジャーナル紙でプエルトリコやハヴァナから記事を発表する。

(g) ジャクソンヴィルとコーラ

11月26日か27日にニューヨークを出てスティーヴンはフロリダ州ジャクソンヴィルに向かう。キューバという戦場に向かうこともあって、弁護士の兄ウィリアムの助けを得て遺書めいたものも用意した。しかしジャクソンヴィルに着くと、早速怪しげなところを徘徊していたようだ。そして賭博場であり売春宿にも似た密会場所、ホテル・ドゥ・ドリームのマダムであった31歳のコーラ・テイラーと出会う（スティーヴンより6歳年長）。彼女は夫と離婚係争中であった。すでに12月4日には『ジョージの母』を贈ったりして、愛人関係であったと思える。もっとも当地の他の売春宿の女主人にも、1896年版の『マギー』を翌年2月18日に献呈しているが。

コーラ（・クレイン）はスティーヴンの内妻となるまでは、コーラ・テイラーが通称であった。ボストンでコーラ・エセル・イートゥン・ハワースとしてかなり裕福な家で生まれた。が、コーラが6歳の時に父親の芸術家ジョン・ハワースは死去し、母親の再婚と共にニューヨークに移った。コーラは17〜18歳の頃すでに男と同棲し、歓楽街の賭博場で、いわばホステスとして働いた。21歳で若い金持ちと結婚したが、長く続かず、不貞を理由に離婚が認められた。1889年にロンドンでコーラはイギリス人で元在インド司令官ドナルド・ウィリアム・スチュワートと再婚したが、これもすぐにうまく行かなくなった。が、離婚は終生認められなかった。ニューヨークに戻ったコーラは別の男と同棲し、名目上の夫の肩書きを利用して「レディ」スチュワートと名乗り（もっとも夫スチュワートは1902年まで叙勲されていない）、この新しい同棲相手と旅行などしていたが、パリでその男が浮気をして、コーラは彼の腕を刺した。その後この男と夫との訴訟沙汰も起こる。

　1895年にコーラはジャクスンヴィルでホテルを購入し、怪しい稼業を始めた。どうしてコーラがジャクスンヴィルに来たのかは分からない。ともかく地元民が愛人と密会する場、あるいは船員や、キューバの反乱が激しくなるに従って義勇軍として活動する者たちやジャーナリストなどが売春婦と遊べる場のマダムになった。10数人の女性を雇っていて、地元のリストでは（そういう道での）Aランクの店であった。スティーヴンはそういう場所が好きだったが、コーラと会った直後から、短くはあれともかく終生に渡る関係となった。下記のスティーヴンの遭難騒ぎは、コーラにも事情が細かく知らされている。

(I) 1897年

(a) 遭難・「オープン・ボート」

　正確にいうと、1896年の大晦日からの話になる。スティーヴンの乗ったキューバ反乱の支援船コモドア号が出発した。ところが1月1日未明に、濃霧の中でフロリダ沖の砂州に2度乗り上げた。一日たって浸水を始め、2日朝7時頃に船は沈没した。小さなボートで他3人（船長・給油係・コック）と一日以上漂流して、3日朝7時30分から10時の間に、海岸にたどり着こうとして転覆した。給油係は死亡した。この経緯は各新聞で大きく報道された。コーラはデイトナ・ビーチま

で迎えにきた。7日にまず手記「スティーヴン・クレイン自らが語る」が配信される。小説版である「オープン・ボート」と、このノンフィクションの記事では多くが違っている。たとえば小説では固有名詞が避けられ、人物、物語の普遍化が図られている。

　13日にスティーヴンは一旦ニューヨークに戻りランタン・クラブに寄ってから、恐らく兄エドマンドの家で「オープン・ボート」の一部を執筆している。再度キューバ行きの準備を始めるが、この時期になってもニューヨーク警察から嫌がらせを受ける（1月19日早朝）。ポート・ジャーヴィスの兄ウィリアムの家に行き、その後2月にジャクスンヴィルに戻る。結局キューバ行きは叶わなかった。コモドア号難破の時、スティーヴンはバチェラーからもらったスペイン金貨を、重りになるので捨てたという話もある。派遣したバチェラーには、再度キューバに行かせる余裕はなかった。

(b) ギリシャ―トルコ紛争（注：いわゆる1919年～1922年の希土戦争と区別するために「紛争」と便宜上記述する）

　キューバ行きを断念したスティーヴンは、今度はギリシャ―トルコ紛争の取材のため、ニューヨーク経由で3月20日にリヴァプールへ向かう。ニューヨーク・ジャーナル紙の委託で、マックルア社に配信する契約もしていた。また配信の一部は、ウェストミンスター・ガゼット紙にも売った。コーラはフロリダのホテルの部下であったシャーロット・ルーディーと一緒に、当地での借金を残したまま（ホテルの家具が差し押さえられた）イギリスへ渡るが、スティーヴンと同じ船だったかどうかは不明である。が、ともかくロンドンで合流する。ちなみにルーディーはこの後、1899年6月までコーラと行動を共にしている。

　スティーヴンはロンドン到着（3月29日か30日）の後、ギリシャに向かう短い間にハロルド・フレデリックに会っている。4月になってパリへ向かい、マルセイユ経由でアテネへ向かった。コーラも別室などに分かれながら同行している。イマジーン・カーターのペンネームで女性の立場を強調した記事を、同じくニューヨーク・ジャーナル紙に寄稿した。コーラは女性の従軍記者の先駆けといえるが、記事の執筆はスティーヴンが手伝ったのが見てとれる。ともかく彼女の最初の配信は、アテネ発4月26日である。志願兵が前線に送られる様子や、病院が負傷者で混雑する模様など、アテネで見たことを書いている。その後コーラはファルサラで5月2日の夜、ビリヤード台で眠った経験を書いた記事や、また

5月5日付の「ヴェレスティノの戦闘のあらましをイマジーン・カーターが報告」ではギリシャ軍のヴェレスティノ撤退の模様を書いている。またイギリスに戻った後、ニューヨーク・プレス紙に送った無署名のコラム記事「ヨーロッパ通信」では、女性向けにファッション、ゴシップ、王国貴族の動向などを書いた。なお、ギリシャでコーラは当初「旧姓の」レディ・スチュワートかスチュワート夫人であった。

　スティーヴンの方はといえば、ヴォロの港で赤痢に罹ってしまう。5月4日にヴェレスティノでトルコ軍は大攻撃を仕掛けてきて、それに必死にギリシャ軍は抵抗する。スティーヴンは5日にヴォロから20マイルのヴェレスティノに駆けつけギリシャ軍の戦闘取材に成功する。初めて戦場を目にする高揚感、ともすれば戦争を美化する言葉遣いは、記者仲間のリチャード・ハーディング・デイヴィスに「15分だけ戦場にいて、針小棒大に話を語る」とも皮肉られた。スティーヴンは『赤い武勲章』という戦争小説を書いた後で、戦争を体験したわけだが、この「創作が先、実体験が後」というパタンは、彼の人生で不思議につきまとうものであった。たとえば、『マギー』で売春婦を描いた後、そういう女性たち（内妻コーラも含め）との付き合いが始まり、また難破にまつわる作品を描いた後に、実際そういう目に遭ったなどである。クリストファー・ベンフィーは、このパタンを軸にクレインの伝記を書いている。[17] その当否はともかく、ヴェレスティノでの戦況は、不可解にもギリシャ軍に退却を命じた同国の「臆病な」コンスタンティン皇太子によって決した。この「臆病」が起こしたヴェレスティノからの撤退で混乱するヴォロの様子を、スティーヴンは、5月12日掲載の「臆病の青い勲章」で伝えている。もちろんこのタイトルは『赤い武勲章』の裏返しである。しかしスティーヴンは、皇太子の「臆病」だけに関心があるのではなく、逃げなければならない貧民や飢えた市民の苦しみに同情しながら、批判している。

(c) イギリス・レイヴンズブルックと周囲の文人・「食客」

　スティーヴンとコーラは6月初旬にイギリスに戻り、サリー州オックステッドのマナー・ハウスであるレイヴンズブルック・ヴィラの館に住む。丘陵の麓にある湿地に建っていた。ルーディー及び2人の召使と、ヴェレスティノの戦場で拾った犬1匹と共に居を構え、コーラもクレイン夫人と名乗っている。ちなみにクレインはその拾った犬のことを「戦場の犬」という記事（5月30日ニューヨーク・ジャーナル紙に掲載）にしている。8月1日に犬は死んで、ひどく悲しんだ。

幸いにも周囲の人々、主に文人たちは総じてリベラルで、表立って2人の関係をとやかくいわなかった。とはいえ、スティーヴンの方はアメリカの兄ウィリアムとエドムンドには1899年1月までコーラとの関係を隠していたようである。また出会った経緯などについては、偽っていた形跡もある。貴族の女性と結婚したようなことさえ匂わせていたようだ。レイヴンズブルックの館は前回会った時に意気投合したハロルド・フレデリックが紹介してくれた。だだっ広い館で、近くにエドワード・ガーネットとフォード・マドックス・フォードが住んでいた。

　批評家エドワード・ガーネットとの関係は、このように隣人であったことから始まった。2人の直接的交流よりも、ガーネットはジョセフ・コンラッドの親友であり、コンラッドのガーネット宛への手紙に、スティーヴンの文学の限界について、コンラッドの見方がよく現れていることが重要かもしれない。そしてガーネットも1898年12月17日のアカデミー誌「スティーヴン・クレイン：1つの解釈」で、この評価を引き継いでいる。ガーネットはスティーヴンの印象主義が「表層によって本質を啓示しようとするもの」であるが、そこには限界もあり発展性があるとは考えていなかった。

　フォード・マドックス・フォードは、1897年秋にエドワード・ガーネットの紹介によりスティーヴンと会った。それなりに親しかったはずだし、お互いに訪問もしていたようだ。しかしどういうわけか、フォードはその交流を過大に語っている。彼は多くの証言を残しているが、あまり信用ができない。むしろ、伝記作者のトマス・ビアと同様に、スティーヴンに対する理解を混乱させてきた節がある。その文学的教養を誇大に語り、事実関係が不自然なエピソードを多数書いている。ただしそういう事実はあっても、スティーヴンをコンラッドやヘンリー・ジェイムズなどと一緒に、現代文学の先駆者としたことには、フォードの文学的洞察の鋭さが現れているといえよう。

　スティーヴンは、彼が「インディアン」と名づけた食客が館に押しかけたので、仕事のためにロンドンのホテルに避難することもあった。デトロイト・フリー・プレスの他、多くの雑誌の編集をしていたカール・エドウィン・ハリマンもその食客の1人であったが、同時にスティーヴンに「避難先」を提供している。彼は『戦争は優しい』を署名入りで献呈された、知られている限り唯一の人物である。この時期のクレインに関する逸話を残しているが、信用できないものも多い。

　スティーヴンは住居を定めて、多少なりとも過去を振り返る気持ちが出来たの

であろうか。6月下旬頃に、これまで書いた作品のリストを作成した。たとえば兄エドムンドに過去の原稿を送ってもらうなどして、その所在も確認している。この1897年が、結果的にクレインが一番経済的に潤っていた年だと思われる。推定2,000ドルほどの収入になったようだが、あくまで版権収入であって、もらうのは後であり、手元の金には不足していたようだ。そして『第三のスミレ』の売れ行き不振から、収入が減り始める。彼は贅沢な暮らしによる借金、その返済のために多くの駄作・秀作をこの時期執筆した。一方では望郷の念も募っていたのかもしれない。10月29日付の兄ウィリアムへの手紙には、故郷を懐かしむ思いが窺える。

(d) ハロルド・フレデリック

　ハロルド・フレデリックはスティーヴンと会った当時、ニューヨーク・タイムズのロンドン特派員兼作家で、1896年1月26日に「スティーヴン・クレインの勝利」というタイトルで、『赤い武勲章』のイギリスでの高い評価を伝えていた。数日後スティーヴンは、フレデリックの書評に喜んだとリプリー・ヒッチコックに書いている。そしてリチャード・ハーディング・デイヴィスがスティーヴンのために催した、1897年3月31日のロンドンの昼食会で、フレデリックと初めて会った。スティーヴンがギリシャ―トルコ紛争の取材に行く直前である。スティーヴンの方が15歳も若いが、同じアメリカ人ジャーナリストということもあり急速に親しくなった。

　6月にスティーヴン「夫妻」がギリシャより帰国すると、フレデリックは2人に上述の通りレイヴンズブルック・ヴィラを紹介したのであった。クレイン「夫妻」はフレデリックと（すでにケイト・フレデリックと自称していたが、実際には愛人の）ケイト・リオン「夫妻」は家族ぐるみで交流した。8月19日のフレデリックの誕生日に、その自宅にスティーヴン「夫妻」が訪問する途中、馬車の事故で負傷した。その後3週間ほどアイルランドで休暇を共にする。ここでクレインは「怪物」を書き、「アイルランド・スケッチ集」の取材をする。ちなみにアイルランドに関するエッセイにも、スティーヴンの印象主義的特質はよく表れているが、一方では「酔っぱらいで情熱的」というアイリッシュのステレオタイプに則った作品も書いている。

　アイルランド旅行は、『オラディ』の執筆の動機ともなった。フレデリックと二家族で同居する話も持ち上がったが、実現しなかった。前述の「ヨーロッパ通

信」の1897年9月26日付でスティーヴン（もしくはコーラ）は、原稿で読んでいたフレデリックの『グローリア・ムンディ』(1898)を賞賛した。スティーヴンのエッセイ「ハロルド・フレデリック」は、彼の数少ない文芸批評で、同年11月に執筆された。ただし掲載は1898年3月15日にシカゴのチャップ・ブック誌であった。チャップ・ブック誌はシカゴを本拠とし、1890年代の有数なリトル・マガジンの1つで、ストーン・アンド・キンボール社が設立し影響力も大きかった。

　フレデリックは同年5月1日のニューヨーク・タイムズ紙でいわばお返しに「オープン・ボート」を激賞した。とはいえ、2人の文学的気質、つまり相変わらずロマンティックな面のあるスティーヴンと、もっと保守的、妥協的なフレデリックの違いは明らかなようだ。スティーヴンは、前述のエッセイでフレデリックの「プロフェッショナルな技巧」を称賛しながらも、フレデリックが特に『三月ウサギ』に見られた「イギリス的主題」に転向した点に不満を述べている。

(e) ジョセフ・コンラッド

　10月15日に、文学上の共通性が指摘されることもある、ジョセフ・コンラッドに会う。2人の共通の出版社であるウィリアム・ハイネマン社のシドニー・ポーリングにロンドンで昼食の席上紹介された。コンラッドは、テオドル・ユゼフ・コンラト・コジェニョフスキが本名で、ロシア支配下のポーランド生まれである。子供の頃から船員が志望で16歳の時に修業のためマルセイユに行く。その後1878年には自殺騒ぎなども起こしたが、イギリスの貨物船に一般船員として乗り込む。その間英語を学ぶ。16年以上色々なイギリス商船に乗り、1886年に船長資格を得る。同年イギリスに帰化し、1891年にイギリスで作家生活に入る。1896年にジェシー・コンラッドと結婚し2人の息子を持つ。

　コンラッドは『赤い武勲章』を読んでいて、スティーヴンと自分に共通するものを感じていたようだ。たちまち意気投合して、長時間話しこみ、それからも頻繁にやりとりした。すでに3番目の小説『ナーシサス号の黒人』(1897)が、ハイネマン社のニュー・レヴュー誌で連載が始まっていた。2人の内でスティーヴンの方が当時は有名であるという暗黙の認識はあったようだ。『ナーシサス号の黒人』は1884年のボンベイ（現ムンバイ）からロンドンへの嵐の航海に基づいているが、これが発表後『赤い武勲章』の影響を受けているとされた。たとえばデイリー・テレグラフ紙は12月8日付で、「コンラッド氏はクレイン氏を手本に

選んだ」と書いた。ただし気を遣ったのは「模倣した」といわれたコンラッドの方である。なぜなら、模倣した結果『『赤い武勲章』より良い作品である」と評されたので。もっともスティーヴンはあまり気にしていなかったようだ。

　ともかく結果的に短い間であったが、イギリスではコンラッドがスティーヴンの一番親しい文学上の友であったといえる。コンラッドは、コーラに配慮して「クレイン夫人」といつも呼んで手紙も多く交わした。スティーヴンは特にコンラッドの幼子ボーリスが気に入り、犬好きな彼はこの子のために犬を飼ってあげた。また船の「共同」所有も試みた。もっともスティーヴンは代金が払えなかったが。

　コンラッドは、1897年12月1日にスティーヴン宛ての手紙で、短編「男とその他の者たち」を激賞している。また「オープン・ボート」は「特に面白い」と…。だが4日後のエドワード・ガーネット宛ての手紙で、コンラッドは彼の「素晴らしい視覚センス」への賞賛に厳しく制限をつけている。表層的な印象に留まり、瞬間的な感情の起伏のみを描写していると、けなしたようなところがある。「もちろん読んでいるうちは問題ない。最後まで読者を放さない。が、その最後の瞬間、理由は明らかに見当たらないのだが、その手を放してしまう」と。その点で、自分の方は哲学的だといいたかったのであろうか。1900年1月19日付の友人への手紙では自作について「クレインのただの印象主義よりはまし」と露骨な表現もしている。とはいえ一方、1898年12月4日の手紙で「馬具の代価」に対し、スティーヴンが大きく成長しているのを確認したと、コンラッドは称賛していた。振り返ると、まだ若い盛りに散ったスティーヴンに「騎士道的精神」の華やかさ、儚さを見て、その欠点も含めていささか英雄視、意識しすぎていた面もあったようだ。

　コンラッドの妻ジェシーも、スティーヴン一家と親しくなり、子供たちとともに、レイヴンズブルックやブリード・プレイスの館を何度も訪問している。彼女は労働者階級の出身で、コンラッドと結婚した時はタイピストであった。先述のボーリスと、ジョンという2人の子供が生まれた。回想録を書いていて、スティーヴンのイギリス生活、特に夫コンラッドとの交友に関して重要な記録となっているが、「内妻」コーラに対しては厳しい見方をしていて、中傷的なことも書いている。たとえばスティーヴン逝去の時、コーラは「安堵」したなど。[18]

(f) 旺盛な執筆と経済的困窮

　スティーヴンの創作活動は極めて旺盛で、上記の「怪物」や、ステレオタイプな西部の銃撃沙汰へのパロディである「花嫁イェロー・スカイに来る」などの傑作を残している。ただしこれでは豪勢な館暮らしの生活費には充分ではなく、作品の前金を強引に要求することが多くなる。また12月中旬に、これまで「利用」してきた代理人のレイノルズへの全面的委託を無視して、「5匹のハツカネズミ」と「死と子供」のイギリスでの版権を他に売却しようとしたが、レイノルズが抗議したので止めた。

(J) 1898年

(a) 共作の企画

　借金返済の一方法と考えたのであろうか、スティーヴンは1898年初めに「先人」という劇を共作しないかとコンラッドに持ちかけている。しかしコンラッドは自分には劇作の才能がないのでと尻込みした。なおもその計画を持ちかけるスティーヴンに対し、コンラッドは当時『ロード・ジム』(1900)にかかりきりで、劇作は気が進まないと繰り返した。スティーヴンは「先人」の構想を放棄したらしく趣意書しか残っていない。コンラッドの方はそれを部分的に参考にして「マラタ島の農園主」(1914)に仕立てたといわれる。[19] スティーヴンはコンラッドの作品に関する唯一のエッセイ、ブックマン誌3月号「イギリス『アカデミー』について」で、『ナーシサス号の黒人』を手放しで称賛している。

(b) 「死と子供」

　同じく3月に、前年のギリシャートルコ紛争を舞台にした短編「死と子供」を2部に分けて発表した。戦争を実体験した後の最初の創作である。前年秋に執筆を開始していた。同紛争を舞台にした純粋な創作は後年発表する、最長編(だが駄作)『戦地勤務』と、この「死と子供」のみである。実際に戦争の恐怖を体験すると、戦場で成長や成熟を感ずるなどありえない。ギリシャからの配信記事で見せた高揚感から、時を置いて明らかに冷静な距離感がある。ヒロイズムに対する疑問・皮肉といった意識も持たず、ただ無感覚に立ちすくむ心理を描いてい

る。

(c) キューバへ

　2月15日にアメリカ戦艦がキューバのハヴァナ湾で爆発沈没した。アメリカとスペインの間の緊張が高まり、キューバが再び内戦に陥ると、スティーヴンは今度こそ行きたいと思いだした。が、資金がなかった。そこでコンラッドの助けも借りて、4月第1週にロンドンの出版社を回り、アメリカへの渡航費用の援助を頼んだ。エディンバラ・マガジン誌編集者のウィリアム・ブラックウッドが経営するブラックウッド社より、寄稿を条件に前借りに成功する。が、結果的に同誌に掲載されたのは、前述の「馬具の代価」（12月号）だけであった。

　4月13日にリヴァプールからニューヨークに向かう。今回は、コーラは残った。ニューヨークに着いた後4月22日にピューリツァーのニューヨーク・ワールド紙の派遣記者として契約する。米西戦争は、ハーストのニューヨーク・ジャーナル紙とセンセーショナルな報道合戦で競い合う、いわゆるイェロー・ジャーナリズムの頂点であった。結果的に両紙とも発行部数を押し上げた。ちなみにスティーヴンとの契約は3,000ドルだったようだ。彼は4月25日か26日にキー・ウェストに到着した。

(d) フランク・ノリス

　ところが、今にも始まると思えたスペインとの開戦が遅れた。スティーヴンは通信船スリー・フレンズ号に乗って視察に行く。ちなみにアメリカ自然主義のパイオニアとしてスティーヴンと並び称されるフランク・ノリスと、5月14日から2日間このスリー・フレンズ号の上で乗り合わせている。後にニューヨーク・イヴニング・ポスト紙1914年4月11日記事で、ノリスはスティーヴンが身なりに一切構わずビールを瓶飲みする様子を揶揄した。ただしこの記事発表はノリスの死後ということになる。2人とも6月22日のダイキリでの軍の上陸や、エル・ケーニーでの殺戮と荒廃を目撃した。ノリスはスティーヴンと比べるとそれほど長くキューバに滞在せず、戦争報道も少ない。[20]2人は2度と会っていない。とはいえ、ノリスはスティーヴンの作品をよく知っていた。彼はこれ以前の1897年12月18日付ウェイヴ誌で、『マギー』や『赤い武勲章』、「オープン・ボート」や『黒い騎手たち』を批判し、文体や一節をパロディにした短編「不安な緑の小石」[21]を書いている。執筆者はS——N・CR—Eとされている。同じ「自然主義」

ということで 2 人は一括りにされるが、前者にはクレイン的アイロニーや独自の文体がないといわれる。なお、スティーヴンの方はといえば、ノリスに一度も言及していない。[22]

(e) 戦争報道

　5月14日にハイチへ向かい、15日にドミニカ共和国のポルト・プラタ（プエルト・プラタ）に到着した。キー・ウェストへの帰途に同胞の戦艦マチアス号より警報を受けた後、接触した。5月下旬、キューバ沿岸封鎖を試みるニューヨーク号を追って行く。5月末には別の通信船ソマーズ・N・スミス号に乗り込んだが、スペイン船に追跡され、一時は捕縛も覚悟する。再度キー・ウェストに戻ってからスリー・フレンズ号に乗り直し、キューバのグアンタナモ湾でのアメリカ海軍の上陸を 6 月 10 日に目撃した。スティーヴンも軍に同行を認められる。17日にサンチャゴ（・デ・クーバ）を拠点にし、翌日キューバ反乱軍の別の拠点へ移動する。22日にはサンチャゴの東、ダイキリでのアメリカ軍の上陸を報道した。それから数日の戦闘の模様などを次々に配信している。たとえば 6 月 22 日から 23 日のことは、ニューヨーク・ワールド紙 1898 年 7 月 7 日掲載の「クレインが上陸の模様を語る」で詳しく報道している。

　6月24日には、例のルーズヴェルトが率いる義勇軍（志願兵）ラフ・ライダーズがラス・グアシマスの奥地へ進攻を始め、急襲を受ける。この件についてラフ・ライダーズを一方的に責めることなく、スティーヴンは 1898 年 6 月 26 日付ニューヨーク・ワールド紙の記事で一定の弁護をしている。それにもかかわらず、ルーズヴェルトは大統領になってからの 1902 年 9 月に、ニューヨーク時代のことを挙げて、すでに亡くなっていたスティーヴンを素行不良の人物だったと批判した。この時猛烈に反論したのが、キューバでスティーヴンと取材仲間であったコリアーズ・ウィークリーの写真家ジェイムズ・H・ヘアであった。

　スティーヴンは、義勇軍ラフ・ライダーズに対しても公正であったが、一方では義勇軍・志願兵よりも、正規兵にもっと目を向けるようにという一連の記事を書いている。7月になってマラリアに罹り、13日にヴァージニアへ他の負傷者とともに送還される。一旦ニューヨークに戻るが、配信記事をあまり送ってこないという理由で、ニューヨーク・ワールド紙より解雇されている。実際には20以上の記事を送っている。グアンタナモ湾での海軍の上陸や、サンファン丘陵での戦闘も含まれ、いくつかは非常に質が高い。解雇された理由は、遡って 6 月 24 日

にニューヨーク・ワールド紙の宿敵であるニューヨーク・ジャーナル紙の記者エドワード・マーシャルがラス・グアシマスでラフ・ライダーズに対する奇襲攻撃に巻き込まれて重傷を負い、それでスティーヴンが代わりにマーシャルの記事を海岸まで持っていって配信したのを、ニューヨーク・ワールド紙が怒ったというのが、どうも可能性としてありそうだ。

(f) ヘンリー・シルヴェスター・スコヴェル

　スティーヴンと、このキューバで一番行動を共にしたのは、ヘンリー・シルヴェスター・スコヴェルかもしれない。実は遡って1896年11月下旬にスティーヴンがジャクスンヴィルに行った際、取材のために同行している。いわゆる不法戦士の船を探す陣頭指揮をスコヴェルは執っていた。これが2人の最初の出会いであろう。この時は、スティーヴンの方は渡航に失敗するが、スコヴェルはキューバに行っている。彼はコーラにジャクスンヴィルで会っていて、1897年5月にアテネで、スティーヴンとコーラと再会する。1898年にキューバでスコヴェルとスティーヴンはニューヨーク・ワールド紙の仕事で共に働いた。スコヴェルがサンプスン提督を知っていたので、スティーヴンは1898年の4月29〜30日に、旗艦船ニューヨーク号に乗ることが出来た。5月4日にスコヴェルとスティーヴンはアメリカ側のスパイ、チャールズ・H・スロールに会見した。5月半ばにはスコヴェルかその妻が、スリー・フレンズ号に乗っていたパジャマ姿でだらしないクレインの有名な写真を撮っている。

　それ以降も、たとえば6月17日にサンチャゴに拠点を構えた時も、スティーヴンはスコヴェルや同僚のアレキサンダー・ケニーリーと行動を共にしていた。またスティーヴンはスコヴェルと一緒に、サンチャゴ港に配備されていたスペイン艦隊を確かめに行っている。2人はまた7月1日のサンファン丘陵の攻撃にも同行した。この模様を7月16日のニューヨーク・ワールド紙に無署名の記事として書いたのはスコヴェルであろう。ニューヨーク志願兵71連隊の士官を臆病だと批判したのであるが、当時はスティーヴン作と見られ、これもニューヨーク・ワールド紙と絶縁する一因になったかもしれない。スコヴェルは、スティーヴンのキューバ関係の創作では、ウォークリーという名前で「善良なる者よ、神が汝らを安らかにすることを」に、そして実名で「戦争の思い出」に登場している。

(g) リチャード・ハーディング・デイヴィス

　もう1人スティーヴンが関わった当代を代表する記者がリチャード・ハーディング・デイヴィスである。彼はスティーヴンが初めて渡英した折の1897年3月31日に、ハロルド・フレデリックを紹介した人物であるが、当時はロンドン・タイムズと契約していて、スティーヴンと同じくギリシャ―トルコ紛争の報道に携わった。この時のスティーヴンに対しては、既に述べたように戦場での取材ぶりを皮肉り、またコーラのことも「つまらない女」とけなしている。2人はキューバ戦争での行動を共にしたが、この時はスティーヴンの密着した取材のやり方にデイヴィスは敬意を抱き、その報道だけでなく作品「馬具の代価」などを激賞することになる。

(h) 身体の不調・和平締結・ハヴァナ潜伏

　スティーヴンは身体の不調に気づいていたようだ。一旦キューバから帰還した折、7月後半にニューヨーク州の有名な結核医である、E・L・トルドー博士の診察を受けた記録がある[23]。そもそも子供時代に感染していた可能性があるし、また結核が蔓延していたスラム街を探訪していたことも影響したかもしれない[24]。

　ニューヨーク・ワールド紙を解雇されたスティーヴンは、今度はニューヨーク・ジャーナル紙と契約して、7月下旬に再びフロリダに行き、そこからプエルトリコに向かう。ところが、プエルトリコのポンセでは、戦闘は終わっていて、しばらくスティーヴンは当地の安酒場で時を過ごしていたが（一旦フロリダに戻っているが）、8月12日に休戦条約の締結で戦争が終わった後、キューバのハヴァナに入って8月の第3週から12月下旬まで当地で潜伏生活を送った。色々な証言から、怪しげなバーに通い酒に溺れ、相当すさんだ生活をしていたようだ。しかし記事の配信や創作は行い、また詩集『戦争は優しい』の執筆をしていた。

　一方イギリスのコーラの方は、10月19日に一家の親友ハロルド・フレデリックが死んだ後、その愛人ケイト・リオンが、信じていたクリスチャン・サイエンスに従って、フレデリックを医者に治療させなかったことでマスコミから批判され、ついに逮捕されるに至り、2人の間の子を引き取り、その養育費を募る運動などをしていた。が、それ以上に自分自身も借金に追い回されて、肉屋などへの付け払いでトラブルになっていた。スティーヴンがキューバに行って以来、彼とコーラの手紙は、作品の原稿料に言及したものが目立っていて、初期の未完の作

1. クレインの人生概観

品などを改稿して売ろうとしていた。

　と、前述の通りすでに8月後半からスティーヴンは潜伏生活を始め、音信が（8月16日以来）取れなくなっていた。明らかにイギリスのコーラのもとに帰りたくなく、文学上の代理人レイノルズとのみ連絡を取った。またこの11月にスティーヴンはイギリスでの代理人をジェイムズ・B・ピンカーに代えている。ピンカーは、イギリスの作家や多くのイギリス在住のアメリカ作家の代理人をしていた。コーラは必死になってスティーヴンと連絡を取ろうとした。コーラ自身もケイトの弁護側として証言台に立つことになる（11月28日）。ケイトの無罪は12月13日に確定する。

　12月16日にハヴァナはアメリカ軍によって占領され、スティーヴンの金遣いの荒さ、または不透明さに疑問を持った雇い主のニューヨー・ジャーナル紙が給与を打ち切ると、スティーヴンは12月24日にキューバを出て28日にニューヨークに戻り、大晦日にイギリスへ出航した。兄エドムンドは弟に会いに来たが、絶えず咳をしているのに気づいた。

　スティーヴンはセンセーショナルに愛国的報道を求める母国アメリカには一貫して批判的なように見える。ただしそれは「報道ぶり」にであって、キューバや、またフィリピンへのアメリカ軍事侵攻そのものは支持していた。それで、彼自身の報道にも「愛国的」で、裏返して現地人への侮蔑が見え隠れする記事がある。

(K) 1899 年

(a) ブリード・プレイス

　1899年1月11日にスティーヴンはイギリスへ戻って、イングランド南部のサセックスにあるブリード・プレイスに2月19日に移り住んだ。スティーヴンとコーラは、レイヴンズブルックの館に不満があり、キューバ戦争取材のためにイギリスを去る前、エドワード・ガーネットにこのブリード・プレイスを紹介されていた。

　スティーヴンがキューバにいる間に死んだフレデリックの遺児3人の内2人を、ブリード・プレイスに移ってからも連れてきて一緒に生活した。当面シャーロット・ルーディーも同居していた。フレデリックの秘書で、イギリスでの遺言

執行者であるジョン・スコット・ストークスが遺児の養育費の資金集めをコーラと共に行なった。ジョージ・ギッシングの力添えもあった。子供を養子にすることまでスティーヴンとコーラは考えた。アメリカ法の下での方が実現性は高いとも考えて、3月にニューヨーク州判事のオールトン・ブルックス・パーカーに問い合わせもした。結局ケイトがアメリカのシカゴに1904年に帰国の際、すべての子供を連れて帰った。

　ブリード・プレイスは、そもそも15世紀に建てられたマナー・ハウスである。家の最古の部分は、（ゴダルド・）オクスンブリッジ家が建て、これをサー・エドワード・フルーアンが18世紀初めに購入した。1世紀以上空き家で、19世紀末にモレトンとクララ・フルーアン夫妻（妻の旧姓はクララ・ジェロームで、ウィンストン・スペンサー・チャーチル首相の伯母）の所有となった。賃料はスティーヴンがキューバにいる時から、コーラが交渉をしていた。一家より僅か年間40ポンドで、しかし改装を条件に貸すとの話が来た。館は、多くの地方にある同時代の旧館と同じく、現代的排水設備や電気がなく、多数の部屋が住むのに適さなかった。生活に不便な家であるのに加え、幽霊伝説、処刑伝説などもあり、召使も含め、人が寄りつかなかった。この「幽霊」騒ぎについては、マーク・バーの証言が面白い。バーと妻のメイベルはブリード・プレイスをしばしば訪問している。メイベルはフレデリックの愛人であるケイトの姪で、イーディス・リッチー・ジョーンズの姉にあたる。そういう縁でクレインとのつながりがあった。バーはブリード・プレイスの「幽霊」部屋で寝たことがあった。ドアの不可解な開閉は蝶つがいが壊れているためだと知って、自分で直した。すると「幽霊」は出なくなったそうである。ちなみにバーは科学系のジャーナリストである。

　フルーアンとの約束で、大勢の召使は解雇せず、派手な暮らしをスティーヴンとコーラは続けた。レイヴンズブルック時代の家賃も含めて借金は清算していなかった。近隣に住むコンラッド一家はブリード・プレイスを頻繁に訪れた。ヘンリー・ジェイムズ、H.G.ウェルズや、「インディアン」とクレインが呼んだ者たちをレイヴンズブルックの時と同様に客として招き、自らをイギリス貴族になぞらえたような、刹那的で豪勢な暮らしをした。

(b) H・G・ウェルズとヘンリー・ジェイムズ

　H・G・ウェルズは、スティーヴンの作品をイギリスで最初に評価した1人で

あった。サタデー・レヴュー誌の1896年9月5日付無署名記事は、『ジョージの母』を高く評価しているが、恐らくウェルズが書いた。12月19日には『マギー』を同誌で、署名入りで批評しているが、評価はやや控えめである。アカデミー誌に、1896年に傑作を書いた優れた作家とその作品は誰かの記載を求められて、ウェルズはスティーヴンの前2作を挙げている。2人は、1897年6月初めにスティーヴンがレイヴンズブルックに転居してきた直後、恐らく初めて会ったと思われる。そしてこのブリード・プレイスにクレインたちが移ってから、より一層親密だった。

　一方ヘンリー・ジェイムズであるが、彼もスティーヴンも、アメリカからイギリスに渡った作家である。が、両者はジョセフ・コンラッドほど親しかったわけではない。1898年初頭に恐らく会ったようだが、その事情は詳らかでない。1899年2月にスティーヴンがブリード・プレイスに引っ越した時、ジェイムズは比較的近いライに住んでいた。ジェイムズは南北戦争に興味を持ち、『赤い武勲章』を読んでいた。スティーヴンはジェイムズの作品を好んでいた。ブリード・プレイスの彼の蔵書の中には、ジェイムズの長編数冊と短篇集があった。1898年3月発表の「イギリス『アカデミー』について」で、ジェイムズの作品を「偉大な職人の手による技で、精彩を放つ」と評している。両者とも、芸術としての小説、人生の印象を語ること、視点、揺れ動く心理などへの興味では一致している。とはいえジェイムズは、スティーヴン、コンラッドやH・G・ウェルズよりも、いわゆる上流階級の方が付き合いやすかった。ジェイムズは、ハロルド・フレデリックとケイト・リオンの間に生まれた遺児のためにコーラが基金を募った時、5ポンド差し出した。バーデンヴァイラーでクレインが死んだ時、ジェイムズは50ポンドをコーラに送っている。

(c) 回顧の気持ち・経済的逼迫

　スティーヴンはこの時期訪問した客の記録をつけている。この頃から、すでに「晩年」の心境になっていたのであろうか。突然、シラキュース大学時代に、忠告をしてくれた恩師チャールズ・J・リトル教授へ、2月6日付で回顧の手紙めいたものを送っている。なお2月23日に返事を貰っているが、話が噛み合っていない。余談だが、それはそうだろう。何しろリトル教授の歴史の授業はシラキュース大学時代朝7時45分開始であった。スティーヴンが毎回出席していたとは思えない。単に教授にとっては怠惰な学生だったのではないかと一般的には思える

が、遡って在学当時、シラキュースでニューヨーク・トリビューン紙にスティーヴンが寄稿できたのは、教授の紹介ともいわれる[25]。また夏になると、ニュージャージー州の歴史協会に（8月26日付）手紙を送っている。作品執筆の資料に関する問い合わせであるが、自分の先祖に関する興味も募っていたようだ。

　レイヴンズブルックから引っ越す前に付近の店から借金で訴えられていた。家賃もピアノ代も未払いであった。またこのブリード・プレイスでも、スティーヴンとコーラは、賃貸の条件であった改修の約束を果たさなかったし、家賃もちゃんと払っていない。それでも家主のフルーアン夫妻との関係は良好であった。ブリード・プレイスと夫妻をスティーヴンが気に入っていた事実は、1900年4月23日に『雨中の負傷』を献呈し、「友人」と呼んでいることでも分かる。またフルーアンの方も、スティーヴンが死の床にあった1900年5月に、療養に必要な費用の義援金を著名人に募っている。

　豪勢な生活は、借金と客に追い回される生活でもあった。スティーヴンとコーラが客を歓待するお人好しぶりを、ジェシー・コンラッドが6月に呆れたように書いている。金稼ぎの執筆を効率よくするため、タイプや口述を駆使するようになるが、作品の質はそれに従って落ちたとも思える。コーラはロンドンのアメリカ女性協会に加入し、その活動で忙しかったが、スティーヴンの家族や出版社、代理人などとのやりとりを多く引き受け、口述の筆記役も務め、記事や小説のタイプ原稿を作成した。前述した通り、スティーヴンは初期の未完の作品などを集めて、手っ取り早くお金にしようとし、劇作にも手を出そうとした。上記の通りアメリカ独立戦争を題材とした小説も目論むが実現していない。登場人物を考える時間を惜しんだのか、『ホワイロンヴィル物語』の1つ「オオヤマネコ狩り」のように、あのヘンリー・フレミング（「退役兵」という短編で鮮やかな余韻を残して死んだはず）を再登場させるという、ある意味痛ましいこともあった。一方「戦争の思い出」のように、無償のつもりで寄稿した雑誌の所有者ランドルフ・チャーチル夫人（ウィンストン・チャーチル首相の母）より、執筆料をもらったということもあった。アメリカ在住の兄のエドムンドやウィリアムとは音信も続いていたが、お金の無心もしていた。とはいえ、別の証言もある。前述のイーディス・リッチーは、館の「食客」の1人で、スティーヴンとコーラとともにパリやアイルランドに旅行し、彼の短編やエッセイの書き取りもしたが、およそ半世紀後の1954年にブリード・プレイスについて「牧歌的な記録」を残している。つまり、彼女はお金の話は聞いたことがないし、招かれざる客も見たこと

がないと。

　詩集『戦争は優しい』を5月に出版した。ニューヨーク・タイムズなどの書評では、好評とはいえなかった。『戦争は優しい』の装丁も、『黒い騎手たち』と同じく、ページの下方が広い余白になっていて、アール・ヌーヴォーの挿絵が添えられている大胆なものであった。その奇抜さのため詩の内容とともに、当時非常に批判された。

　スティーヴンは9月29日にアフリカでのボーア戦争取材のために査証を申請したが、実現はしなかった。長編『戦地勤務』は、キューバ戦争に行く前から執筆を始めていたが、現地に行っている間中断していた。帰国後の1899年1月頃からスティーヴンは本格的に取りかかり、5月中旬に完成し、8月から各新聞に掲載され、単行本として10月に出版された。ウィラ・キャザーより酷評されたが、正当だったといえる。そもそもスティーヴン自身が、自ら「酷い作品」と自認している。1897年のギリシャ・トルコ紛争が舞台であるが、『赤い武勲章』のリアルさからはかけ離れている。ロマンティック・コメディーであり、ありがちな恋人同士の（わざとらしい）気持ちのすれ違いの挙句、ハッピー・エンドに至る作品である。

　しかもこの7月に代理人レイノルズと決裂した。スティーヴンがレイノルズを無視していたのが露見したからである。ピンカーを英米両方での代理人としたが、ピンカーのやり方は荒っぽく、まだ書き終えていなかった時点でも『戦地勤務』を既に売る形にしていた。が、実はスティーヴン自身はそれ以上に無茶苦茶で、別の出版社と契約をしていた。それでピンカーは対象を次作の長編『オラディ』に変更したりした。スティーヴンとピンカーの関係は、前者が書いてもいない作品の先払いをあてにし、その目をかいくぐって他とも交渉するので、しばしば緊張した。

　秋に『オラディ』の執筆を開始したが、これも金銭目当てである。また母方の親族、ジョージ・ペックの著作を元にした「ワイオミング渓谷物語」という、独立戦争時代のペンシルヴァニア州のワイオミング渓谷を舞台とした連作を書いている。

(d) 劇「幽霊」・喀血

　スティーヴンは豪勢な生活をコーラとともに続け、12月の豪雨のクリスマスから人を集めて宴会を数日（主に27日から）繰り広げ、50名以上の訪問客があっ

た。もっともスティーヴンは1人物静かだったという証言もある。11月くらいから、そこで上演する劇「幽霊」に作家仲間に1行でも書いてくれと頼んでいる。12月28日に近郊の小学校で上演された。翌日金曜日の宴会後の夜、スティーヴンは喀血する。劇に寄稿し、出席していたH・G・ウェルズがライまで自転車で、ヘンリー・ジェイムズのかかりつけの医者であった、アーネスト・B・スキナーを呼びに行った。当初の見立ては楽観的であったが[26]、翌年4月初めに再出血すると、診察は専門医に任され、スキナーは4月21日にスティーヴンの遺書作成（1896年にジャクソンヴィルで書いたものの改訂）の立会人となる。「幽霊」が死を呼んだわけである。

(L) 1900年～

(a) 最後の執筆活動と死

　1900年になっても、病状と戦いながら借金返済のためにスティーヴンは執筆を続ける。しかしどの作品も売れ行きは不振であった。レイノルズとの関係は1900年1月に修復した。というか、スティーヴンは彼にも頼らざるを得なかった。

　1899年後半からスティーヴンは死の直前まで、リッピンコッツ・マガジン誌から依頼のあった戦争に関する連続作品、後に『世界の大戦争』として出版されるものを、ほとんどケイト・リオンに資料調査を依頼して執筆した。4月に病状が重くなると、最初の原稿の大半をケイトに書いてもらい、それを自分が校閲する形にした。それでも「ソルフェリーノでの戦い」、「ブルケルスドルフ高地の攻撃」は恐らくそのままケイトの創作であろう。

　さすがにこうなると、作家としてのスティーヴンを見限った評価も出てくる。前述したコンラッドの1月19日の「クレインのただの印象主義よりはまし」という酷評も、その1つといえる。ただし『ホワイロンヴィル物語』の中でも異色作、実際には傑作の「怪物」に対しては、死後の1901年2月16日付のスペクテイター誌のように高い評価が目立つ。

　4月初めに再び喀血（コーラによれば3月31日）した。彼女はその時、パリにヘレン（・メアリー）・クレインと一緒にいた。ヘレンはスティーヴンの兄ウィリアムの娘で、素行の問題があり18歳の時、ブリード・プレイスに前年の6月か

ら来ていた。スティーヴンとコーラが預かるということだった。その後スイス・ローザンヌのロゼモン・デザレイ校に行った（スティーヴンがその際同行している）が、盗み、詐欺まがいの行為を働いた。スティーヴンの再喀血の際、コーラは退学になったヘレンを迎えにパリにいたのである。

　コーラは「夫」が倒れたという知らせを聞いて、在ロンドンのアメリカ人弁護士ラファイエット・ホイト・ド・フリーゼ夫妻に助けを頼んだ。スティーヴンの作品の愛好者で、ハロルド・フレデリックの紹介で知り合った人物である。妻のキャサリンはロンドンのアメリカ女性協会の役員で、コーラが会員になる後援をした。夫妻でブリード・プレイスの館も何度か訪れていた。キャサリンは、肺の専門医であり、トマス・カーライルも治療したJ・T・マクラゲン医師の診察を手配した。それでもなお、スティーヴンはポーチを見渡す部屋で借金返済のために執筆した。コーラは金策に走り、ブリード・プレイスのまた貸しも検討する。スティーヴンは4月21日に前述の通り遺書を書く。兄ウィリアムも心配する手紙を寄越し、ポート・ジャーヴィスに来ないかと誘う。またギリシャで知り合った（当時の）ギリシャ特命全権大使エベン・アレクサンダーからも、アメリカのノース・キャロライナに来ないかと誘われていた。けれどもこの頃から、スティーヴンの直筆は見られなくなる。コンラッド（所詮大衆的人気はなかった）や兄ウィリアムも金銭的援助には応えられない。5月14日に、ドイツのサナトリウムに向かうために、ドーヴァーへ向けて出発。ヘレン（・メアリー）や愛犬スポンジも同行した。15日にロード・ウォーデン・ホテルに到着。16日にコンラッド夫妻が会いに来た。17日にH・G・ウェルズも来た。19日に『オラディ』の共作を頼んだロバート・バーが来て、残りをどうするかで打ち合わせる。コンラッドが最後に会ったのは23日である。ドーヴァー海峡からドイツに渡る前日であった。バーとコンラッドによる、病室でのクレインの様子が、正確な事実かどうかはともかく、印象的な記録として残っている。

　24日に海峡を渡り、28日にバーデンヴァイラーに到着した。この後もスティーヴンは『オラディ』を口述で創作。6月4日に昏睡状態となり、6月5日朝3時に、サナトリウム・コッテージの1つであるエーヴェルハルト・ヴィラで死去。コーラによれば、スティーヴンは「オープン・ボート」に描いた1場面、つまりボートの中で、漕ぎ手を変わるための位置の交代について、うわごとをいっていたそうである。兄ウィリアムは前日に「故郷で埋葬されたい」というスティーヴンからの電報を受け取っていた。彼は、遺言執行者としての役目を果たした。

惜しむ言葉としては、ヘンリー・ジェイムズが6月7日に記した、以降の文学的展開の可能性を強調した、早世を痛む感慨が印象的である。またエドワード・ガーネットの6月9日アカデミー誌「極めて現代的な作家で、文体に悩むことなく、即時に本質をつかむ」という、スティーヴンの天才性を強調する言葉も残っている。

　そもそもブリード・プレイスの館は湿気も多く、衛生関係もよくなかったことが、スティーヴンの寿命を短くしたかもしれないと、館の訪問者でジャーナリストのカール・ハリマンなどは証言しているが、思い込みもあるようだ。ともかく「夫」の死後、コーラはキャサリン・ド・フリーゼ一家が住んでいたファミリーホテルに引っ越した。

　ブリード・プレイスでスティーヴンが幸せか不幸だったのか、何ともいえない。彼がどれほど自分の早世という運命を甘受していたのか、その点も明らかではない。[27] 一般的には、戦争というテーマを一貫して扱った作家の早世はドラマティックに受け入れられるだろう。後年、アーネスト・ヘミングウェイが『アフリカの緑の丘』(1935) で評したように「クレインは生まれた時から死にかかっていた」という印象はある。彼自身、かつて（1896年1月12日付の手紙）ネリー・クラウスに35歳までには死にたい、などと語っていた。けれども、実際に死の床に臥せってからの様子は詳らかでない。『オラディ』の執筆を今後誰がするかを気にしている、という程度の記録しか残っていない。

(b) 追悼式・葬儀・反響・出版

　6月6日にニューヨークで、キューバでの戦争取材仲間による追悼会が行われた。遺体は9日にドーヴァーに戻った。10日にはニューヨーク・ワールド紙にスティーヴンの追悼記事が載った。ただし宿敵ニューヨーク・トリビューン紙は、6月16日の訃報記事でも辛辣であった。ともかく見直す、あるいは追悼する機運が、一瞬ではあれ高まり、死の直後には『バワリー物語』と称される『マギー』と『ジョージの母』の両方を収めた再版が、大手ウィリアム・ハイネマン社から発行された。

　6月12日に遺体はロンドンへ戻り、シャーロック・ホームズが住んだという設定のベーカー・ストリート221B番地の反対側の通りにある、82番地の建物で1週間ほど公開された。昔世話になったニューヨーク・プレス紙のカーティス・ブラウンも来ている。

17日に遺体はコーラやヘレン（・メアリー）、愛犬スポンジと共にサザンプトンよりアメリカに向けて出発した。なお、ブリード・プレイスは後に家主のフルーアンに戻される。27日にニューヨークに到着し、翌日ニューヨーク7番街のセントラル・メトロポリタン・テンプルで葬儀が行われ、親族が出席した。クレイン家と親交のあったジェイムズ・M・バックリー師が、追悼の言葉を述べた。その葬儀は侘しく、人も集まらず気の毒で似つかわしくなかったとウォレス・スティーヴンスは書いている。かつて1896年5月3日に、生まれ故郷の新聞ニューアーク・サンデー・コール紙で自分の一家は「生粋のニュージャージーっ子」だとスティーヴンはいっていたが、その気持ちに応えることもあってか、また前述の電報の通り、ニュージャージー州ヒルサイドのエヴァーグリーン・セメトリーの、クレイン一家の墓地に埋葬された。

　死直後の出版は、単行本『ホワイロンヴィル物語』が発行部数を誇ったハーパーズ・マガジン社より8月に出版された。またキューバ関係の短編集『雨中の負傷』が9月に出版された。前述の通り1899年の夏に借金苦を少しでも解消するために、フレデリックの愛人ケイト・リオンが資料を収集し、大部分執筆をした『世界の大戦争』が単行本として1901年に出版される。1902年にはコーラはスティーヴンの初期と後期の作品、および定期刊行物掲載の記事の原稿をまとめて編集した（一部加筆も）『最後の作品集』をイギリスのみで出版した。スティーヴンには従来なじみのない、代理人ジョージ・H・ペリスを通じて、ディグビー、ロング・アンド・カンパニーより出版された。他からは断られたと思われる。内容も雑多なため不評で、スペクテイター誌1902年4月12日付のように、『赤い武勲章』や「オープン・ボート」などに比べると、失望させるという評価が一般的といえる。スティーヴンが共作を依頼した遺作長編『オラディ』が、ロバート・バーの手によりようやく1903年に完成して（バーは、乗り気ではなかった）出版された。

(c)　コーラのその後

　内妻コーラの後日談であるが、アメリカでのスティーヴンの葬儀の後、彼の一族と数週間過ごしたが、イギリスに戻る。その後アメリカに再び帰国した。この間コーラは、アメリカのジャーナリスト兼歴史家で既婚者のポウルトニー・ビゲローに熱を上げ始めた。ビゲローとスティーヴンはキューバ時代に知り合ったとも思われるが、ともかく1899～1900年にかけてビゲローと妻のイーディス・

イーヴリンはブリード・プレイスにスティーヴン夫妻を時々訪問していた。コーラとイーディスはアメリカ女性協会の会員であった。ビゲローを通じて、コーラは自分も作家生活を始めたいと考えていたが、実を結ばなかった。[28]

　その後コーラはジャクスンヴィルに戻り、売春宿を再び営み、「支店」も開業した。1905年6月には25歳のハモンド・P・マクニールと「結婚」した（コーラより15歳年下）。ところが1907年5月にコーラの愛人と思った19歳の若者をマクニールが射殺した。コーラは裁判に巻き込まれるのを嫌い、再度渡英したが、12月に戻った。1909年に2人は「離婚」し、コーラは心臓発作で1910年9月に45歳で死去したが、コーラ・E・クレインと墓石には記された。

　コーラのために公平を期すなら、その浪費癖、恋愛遍歴などはともかく、人情に厚かったのは疑いない。上記のアメリカ女性協会で、女性の地位向上活動をしたのは事実だし、何よりもハロルド・フレデリックの死後、愛人との間の遺児を引き取って、その養育費を募る活動に奔走した。もっとも、スティーヴンとギリシャ、キューバで一緒だったニューヨーク・ジャーナル紙の記者ジェイムズ・クリールマン夫妻に義援金を断られて激怒したことなどは、自分が以前もクリールマンに、ハヴァナで潜伏しているスティーヴンを探しにいく、その費用を無心した（クリールマンは少額寄付したが、他の点では冷たかった）ことをすっかり忘れている。コーラはどこまでもお騒がせな人物だったといえる。なお、スティーヴンの死の直後にコーラは伝記用のメモを作成している。『全集第10巻』（1975）に採録された。

(d) 以降の評価（概観）

　スティーヴン・クレインは死んだ時、当時の有名作家の1人であったことは間違いない。ただし彼の人物、その派手な動静に対する関心で、作品そのものに対してではなさそうである。つまりそれほど売れていなかった。もちろん先述の通り逝去を機会に、代表作のいくつかが再販された。だがまもなく、それから20年間ほど彼は忘れられたといえる。『赤い武勲章』以外はしばらくの間絶版であった。

　こういう状況をコンラッドやH・G・ウェルズは嘆いているし、またエドワード・ガーネットはコンラッドと同じく、クレイン文学に限界を見ていたが、それでも1900年6月9日のアカデミー誌の追悼記事で、先述のような評価をし、またこの後1922年にエッセイ集『金曜の夜』で、再評価を試みている。

H・G・ウェルズはノース・アメリカン・レヴュー誌1900年8月号に追悼記事「イギリスから見たスティーヴン・クレイン」を書いた。「オープン・ボート」が「彼の最高傑作」で、裏を返せば『赤い武勲章』以降衰退したのではないと評価をしている。また絵画との関連を指摘し、生まれながらの天才というよりは、当時の技法などにも習熟し、その中であえて独自のものを打ち立てたと評価した。ウェルズのユニークな点は、自分とは作風や性格が大きく違うにも関わらず、クレインの人物・芸術を理解しようとした点かもしれない。
　廉価版の『マギー』と『ジョージの母』が1915年に発行されたが、先にクレインは詩人として復活したといえる。既述の通りイーディス・ワイアットは彼の詩をイマジスト運動の先駆的なものと位置づけた。またポエトリー誌の編集者ハリエット・モンローも1919年6月に同誌でそのイマジスト的才能を限定つきで認めた。彼女は散文作品も評価した。また、第一次世界大戦中は『赤い武勲章』が戦意高揚の気分から評価・言及された。
　コンラッドは、1919年12月のロンドン・マーキュリー誌掲載の随筆「スティーヴン・クレイン：日付け抜きの覚書」で彼の印象主義を見直して「表面的だけではない」とした。『赤い武勲章』の1925年ハイネマン版にコンラッドは「クレインの戦争小説」という序文を書き、クレイン文学の普遍性を認めている。今から考えると、お互いの直接的影響関係はともかくとして、2人に文学的共通性（主観的・印象主義的・相対的価値観・現実だと思わせる迫真的「幻想・虚構」を描く）があったのは、明らかである。だからこそコンラッドはその限界を意識しながらも、早くから彼の文学的復活を願っていたといえる。この2人及びヘンリー・ジェイムズも加えて共通していたのは、繰り返せば「語るより見せる」ということにある。違いはクレインが人物の経験を直接的に描くのに対し、コンラッドやジェイムズは記憶や内省を通して経験を描く傾向にあった点だ。また前者2人とも個人と集団の関係や、行動の道徳的問題に関心があった。『赤い武勲章』や「オープン・ボート」とコンラッドの『ロード・ジム』や『ナーシサス号の黒人』などはその好例だといえる。
　1923年に、シャーロック・ホームズ研究家としても名高いヴィンセント・スターレットによる作品目録の作成が試みられた。1923年にトマス・ビアの（20世紀末になって不正確だと分かる）伝記が書かれた。エドムンド・ウィルソンが1924年1月2日のニュー・リパブリック誌で、限定的評価ながらクレインを紹介した。その限定とは本人よりも、彼が活躍した1890年代の文学を総じて低く見

ることから来ていた。ウイルスン・フォレット編集の12巻の全集（とはいえ不完全）が1925～27年に出版された。750部限定で総額90ドルと高価なため、普及というわけにはいかなかった。この全集には、エイミー・ローウェル、シャーウッド・アンダスン、H・L・メンケンといった当時の批評家、作家の第一人者が序文などを書き、穏健なハウエルズ流のリアリズムから一歩進んで、「相対的でアイロニカル、かつ印象主義的」なクレインの作品は19世紀より20世紀的な作風だとされた。一方1930年代にはクレインは自然主義の1人と見られることがあった。1920～30年代において、すでにクレインの生誕地ニューアークで、研究というより同好会的趣のスティーヴン・クレイン・アソシエーションが成立していた。アーネスト・ヘミングウェイは、1935年に前述の通り『アフリカの緑の丘』でクレインに触れており、ヘンリー・ジェイムズやマーク・トゥエインと並ぶ作家と評した。

本格的にクレインが復活したのは、第二次大戦後でジョン・ベリマンが1950年に伝記を書き、またR・W・ストールマンの宗教的解釈に偏ったとはいえ、1951年以降の一連の研究、未発表作品や記事の発掘・出版（特に『スティーヴン・クレイン：オムニバス』[1952]）に負うところが大きかった。同時期に、クレインが在学していたラファイエット・カレッジでクレインの研究が組織的になされるようになった。またダニエル・ホフマンのクレインの詩の全般的研究が1957年に発表された。1966～70年には、ジョセフ・キャッツがスティーヴン・クレイン・ニューズレター誌という、クレインにまつわる史実的情報や、短評などを定期的に掲載する会報を発行した。そしてフレッドスン・バワーズによる1969～1975年の『全集』（今なお大部分が決定版）が、クレインの普及を決定づけたといえる。

クレイン研究は着実に進んでいった。彼の新聞記者としての特質や創作との関係、ガーランド、ハウエルズ、さらにキプリングが彼に対して与えた影響・反発、また絵画との関係、そして色彩に関するゲーテとのつながりなどの研究[29]、さらに『赤い武勲章』の歴史的背景などの調査が行われた。また作品全体に流れる信条や不条理の問題、アイロニー、もちろん印象主義などテーマを特定した論考が次々に発表された[30,31]。そして作品の個別研究も盛んになった。短編の評価も始まった。つまり、決して『赤い武勲章』のみの作家ではないということである[32]。

スティーヴン・クレイン・ソサエティが1990年に創設され、また1992年から

スティーヴン・クレイン・スタディーズ誌が現在クレイン研究の第一人者ポール・ソレンティーノの編集によって刊行され、今日に至っている。さらに1993年には、クレインはニューヨーク大聖堂のアメリカ詩人コーナーに、彼がその詩をパロディにしたこともある、ヘンリー・ワーズワース・ロングフェローと共に「殿堂」入りしている。ちなみに2013年には前述したクレインの伝記を書いた詩人、ジョン・ベリマンが殿堂入りした。

クレインに対する現在までの評価を一言でいうなど、当然であるが不可能である。が、たとえば『赤い武勲章』の項で触れる前述のR・W・ストールマンが行ったような、様々な比喩的・宗教的解釈も早くからあり、また一方ではたとえばフィリップ・ラーフが指摘した通り、象徴性をむやみにクレイン作品に読み込むことへの批判も同様に早くから根強いといえる。

前者の流れが1980年代以降になると、様々なポストモダン的批評理論のもとでの解釈になっていったと思える。たとえば新歴史批評的な「市場」概念、当時普及しつつあった「写真」という観点からのウォルター・ベン・マイケルズの「5匹のハツカネズミ」論[35]、読者応答批評（たとえばロナルド・K・ジャイルズの「怪物」論[36]）、フェミニズム（『赤い武勲章』でのヘンリーが負傷を求めるのは、戦争に行かなかった世代の男性性の代償的主張と見る、ジェニファー・トラヴィスの批評[37]）などもある。またポスト構造主義、たとえばマイケル・フリードによる画家トマス・イーキンズとの比較批評では、クレインの作品に頻出する死体の仰向けの顔が注目される。つまりその目は開いていて、見ているようであるが当然見ていない。この顔をフリードは原稿用紙、キャンバスなどと見立て、クレインの創作行為（「書く・描く」）ということに結びつけていく。当然極めて難解・牽強付会という批判もあるが刺激的な批評でもある[38]。また脱構築批評では、チャールズ・スワンの『マギー』や『赤い武勲章』評（イメジャリー、表現の曖昧さ、不統一性などを積極的に評価する）[39]や、クリスティン・ブルック=ローズのように、ヘンリーの自己満足のみならず、戦争に関するすべてのことがアイロニーという形で脱構築されているという考えもある[40]。またさらにクレインが経験したリゾートやキャンプ地、あるいは身体的運動などを通じての「遊び」を基点に、クレインを論じたというよりも、彼を通じて広義の文化評論を試みたビル・ブラウンなどの批評もある[41]。リー・クラーク・ミッチェルのように「怪物」におけるヘンリーの顔の喪失にさまざまな象徴性・意味を読み込んでいく解釈もある[42]。一方クレインの印象主義とは「見せる」や「見せ物」の大衆文

化の反映で、一過性的印象主義は、近代消費主義の所産というジョルジオ・マリアーニのような批判もある。ちなみにクレインのジャーナリストとしての評価、またその創作への影響などについては、マイケル・ロバートスンが先駆的といえるであろう。彼はクレインがアズベリー・パーク時代においてもすでに成熟した新聞記事を書いていたこと、報道の公正なことなどを論証した。[44]

また一方ではこういう風にあえていえば理論に「貶める」ことに対する批評に対して、「伝統的な」側から、ジェイムズ・コルヴァートなどの強い批判がある。[45] またクレインの詩は、非常に象徴性が強くほとんど社会的言及がないので、新歴史批評などでは捉えにくいというのも容易に想像がつく。基本的には、クレインが存命当時からいわれた自然主義的作家としての解釈が多いと思える。それは今日、自然主義の捉え方が非常に広義となったことによるのではないか。[46]

註

1. Crane は Crayne とも表記されたらしい。埋葬地は不明。なお、クレイン・ペック両家の家系を一番詳しく調べたのは、ロバート・ケロッグ・クレイン（作家スティーヴン・クレインの兄ウィルバーの孫で著名な生化学者）である。本稿でもこの調査を主に参考にした。Robert Kellogg Crane, "Stephen Crane's Family Heritage," *Stephen Crane Studies* 4:1 (1995):1-48.
2. ちなみに2代目はダニエル・クレイン。この Crane は Craine とエリザベスタウンの墓では表記されている。
3. この点については、Christopher Benfey, "Stephen Crane's Father and the Holiness Movement," *Courier* 25:1(1990): 27-36.
4. Paul Sorrentino, *Stephen Crane: A Life of Fire* (Cambridge :Harvard University Press, 2014), pp. 31-32.
5. これ以外にも少年を題材にした作品を書いたようだが、残っていない。Paul Sorrentino, *Stephen Crane: A Life of Fire*, p. 41.
6. 何らかの形で保存する動きもあったが、1940年に建てられたモニュメントも現在は壊された（1997年に）状態である。Kathryn Hilt, "Changes at Crane Birth Site," *Stephen Crane Studies* 6:2 (1997):15-6.
7. Frank D'Allessandro, "The Preservation of Asbury Park's 'Arbutus Cottage,'" *Stephen Crane Studies* 11:1 (2002) 3-7; Kathy Hall, "Community Activists Join with Artists to Save Stephen Crane's Family Home," *Stephen Crane Studies* 6:1 (1997): 21-23.
8. なお、ロック歌手のブルース・スプリングスティーンが改装のために300万円以上を寄付した。クレインの今なお知名度が高いことを示す、1つのエピソードでもある。Sorrentino, *Stephen Crane: A Life of Fire*, p. 8.
9. Ibid., p. 31.
10. 一方では、ニューヨーク・トリビューン紙のクレイン評は、公正であったという評価もある。Thomas A. Gullason, "Stephen Crane and the *New York Tribune*: A Case Reopened," *RALS* 22 (1996): 182-86.
11. Sorrentino, *Stephen Crane: A Life of Fire*, p. 114.
12. Sorrentino, "A Re-Examination of the Relationship between Stephen Crane and W. D. Howells," *American Literary Realism* 34:1 (2001): 47-65.
13. Edwin H. Cady and Lester G. Wells eds. *Stephen Crane's Love Letters to Nellie Crouse* (Syracuse: Syracuse University Press, 1954), pp. 17-23. ("Introduction")
14. この宴会については、Sorrentino, "The Philistine Society's Banquet for Stephen Crane," *American Literary Realism* 15 (1982): 232-38.
15. Sorrentino, *Stephen Crane : A Life of Fire*, p. 181.
16. Kathryn Hilt and Stanley Wertheim, "Stephen Crane and Amy Leslie: A

Rereading of the Evidence," *American Literary Realism* 32:3 (2000): 256-269.
17 Benfey, *The Double Life of Stephen Crane* (New York : Alfred A. Knopf, 1992).
18 Jessie Conrad, *Joseph Conrad and His Circle*. (New York: Dutton, 1935), p. 75.
19 これには、「7つ島のフレイア」（1912）だという説もある。Sorrentino, *Stephen Crane : A life of Fire*, p. 260, p. 431 参照。
20 クレインとノリスの報道については Wertheim, "Two Yellow Kids: Frank Norris and Stephen Crane," *Frank Norris Studies* 27 (1999): 2-6.
21 ノリスのパロディについては Wertheim, "Frank Norris's 'Green Stones of Unrest,'" *Frank Norris Studies* 15 (1993): 5-8.
22 Joseph R. MacElrath, "Stephen Crane in San Francisco: His Reception in *The Wave*," *Stephen Crane Studies* 2:1 (1993), 4.
23 それ以前にもすでに一度訪れていた可能性がある。Sorrentino, *Stephen Crane : A Life of Fire*, p. 300
24 Ibid., p. 166.
25 Ibid., p. 77.
26 スキナーによる治療については、Peter Miles, "Ernest Skinner, Henry James, and the Death of Stephen Crane: A Cora Inspection," *ANQ* 8 (1995):19-26.
27 この点についての「文学的解釈」に関しては、Keith Gandal, "A Spiritual Autopsy of Stephen Crane," *Nineteen-Century Literature* 51 (1997): 500-30.
28 Wertheim, "Cora Crane's Thwarted Romance," *Columbia Library Columns* 36:1 (1986): 26-37.
29 ゲーテも含め、クレインの色彩・印象主義に関する考察としては、アール・ヌーヴォーや広告における原色の使用、および当時開発された合成塗料などの影響も含めて、近年優れた論考が発表された。Nicholas Gaskill, "Red Cars with Red Lights and Red Drivers: Color, Crane, and Qualia," *American Literature: A Journal of Literary History, Criticism, and Bibliography* 81.4 (2009): 719-45.
30 『赤い武勲章』に関する批評的変遷については、Malcom Bradbury, "Stephen Crane and His Critics," *The Red Badge of Courage by Stephen Crane* (London: Dent, 1993), pp. 135-52.
31 クレインの文体に関する先駆的研究としては、1つ挙げておくなら恐らく Gordon W. Milne, "Stephen Crane : Pioneer in Technique," *Die Neueren Sprachen* 8 (1959): 297-303.
32 ただし一方で『赤い武勲章』を書いた戦争作家クレインのイメージがいつまでも強いことは否定できない。その出版100周年大会は1995年11月末から12月始めに「アメリカ空軍アカデミー」によって盛大に催された。Major James H. Meredith, "One Hundred Years After the Publication of *The Red Badge of Courage* and Stephen Crane Still Draws a Crowd," *Stephen Crane Studies* 4:2 (1995): 64-68.

33 R. W. Stallman, Introduction to *The Red Badge of Courage* (New York: Modern Library, 1951), v-xxxiii.
34 Philip Rahv, "Fiction and the Criticism of Fiction," *Kenyon Review* 18 (1956): 276-99.
35 Walter Benn Michaels, *The Gold Standard and the Logic of Naturalism: American Literature at the Turn of the Century* (Berkeley: University of California Press, 1988), pp. 224-5.
36 Ronald K. Giles, "Responding to Crane's 'the Monster,'" *South Atlantic Review* 57:2 (1992): 45-55.
37 Jennifer Travis, *Wounded Hearts: Masculinity, Law, and Literature in American Culture* (Chapel Hill: The University of North Carolina, 2005), pp. 46-50.
38 Michael Fried, *Realism, Writing Disfiguration: on Thomas Eakins and Stephen Crane* (Chicago: The University of Chicago Press, 1987), pp. 91-161. また Fried, "'A Blankness to Run at and Dash Your Head Against': On Conrad's *the Secret Agent*," *ELH* 79 :4 (2012): 1039-71 も参照。批判については、Donald Pizer, "Bad Critical Writing," *Philosophy and Literature* 22 (1998): 69-82.
39 Charles Swann, "Stephen Crane and a Problem of Interpretation," *Literature and History* 7:1 (1981):91-123.
40 Christine Brooke-Rose, "Ill Logics of Irony," *New Essays on the Red Badge of Courage*. Ed. Lee Clark Mitchell. (Cambridge: Cambridge University Press, 1986), pp. 129-46.
41 Bill, Brown, *The Material Unconscious: American Amusement, Stephen Crane, and the Economics of Play* (Cambridge: Harvard University Press, 1996).
42 Lee Clark Mitchell, "Face, Race, and Disfiguration in Stephen Crane's 'The Monster,'" *Critical Inquiry* 17:1 (1990):174-192.
43 Giorgio Mariani, *Spectacular Narratives: Representations of Class and War in Stephen Crane and the American 1890s* (New York: Peter Lang, 1992). また同系統と考えられる批評に Mary Esteve, "A 'Gorgeous Neutrality': Stephen Crane's Documentary Anaesthetics," *ELH* 62:3 (1995): 663-89.
44 Michael Robertson, *Stephen Crane, Journalism, and the Making of Modern American Literature* (New York: Columbia University Press, 1997).
45 James B. Colvert, "Stephen Crane and Postmodern Criticism," *Stephen Crane Studies* 1:1 (1992): 2-8; "Stephen Crane and Postmodern Theory," *American Literary Realism* 28:1 (1995): 4-22.
46 この点については Stephen C. Brennan, "Literary Naturalism as a Humanism: Donald Pizer on Definitions of Naturalism," *Studies in American Naturalism* 5:1 (2010): 8-21. またエリック・カール・リンクなどは、クレインの自然主義を、「超絶的なロマン主義」("transcendental romanticism")などと定義している。Eric

Carl Link, *The Vast and Terrible Drama: American Literary Naturalism in the Late Nineteenth Century* (Tuscaloosa: The University of Alabama Press, 2004), pp. 57-61, 129-40.

2. 初期の活動

A：ニューヨークに拠点を移す以前の作品

　この項では、クレインが少年時代から執筆活動を始めた頃と、青年期に夏を過ごし、取材したリゾート地アズベリー・パーク、オーシャン・グローヴ、エイヴォン・バイ・ザ・シーなどにまつわる記事・エッセイ・創作（詩を除く）、およびその時期と重なる学校時代に書いたものを扱う。

　無署名の記事で、クレイン作がまだ他にもあるようで、調査が続けられている。『全集』でクレイン作、および可能性のあるものと分類されて以降、いくつかの記事が新たにクレイン作として発掘された。たとえば近年では、下記で扱う17編がクレイン作といわれ、さらに他にもクレイン作と思えるものがある。本項では、新しくクレイン作と推定された17編と、それ以外でクレイン作といわれるものを最後に列挙する。

　なお『全集』での分類でクレイン作の可能性があるとして掲載され、その後確定されたケースもあり、その点は個々に記載する。

　クレインの作品には、執筆時13歳と推定されるものもあるが、本格的に「書く」ことを始めたのは、17歳くらいからである。ニュージャージー州アズベリー・パークは、19世紀末のアメリカの代表的リゾート地で、最盛期にはホテルが200軒ほどあったが、この地で18歳年長の兄ジョナサン・トゥンーリーが、ニューヨーク・トリビューン紙などのためにニュース配信の仕事をしていた。1888～1892年の間、夏のリゾート情報を伝える仕事を弟に委ねた。これをきっかけにクレインは記事を書き始め、1891年の夏には隣接のエイヴォン・バイ・ザ・シーでハムリン・ガーランドを知ることになる。そしてガーランドにより後にウィリアム・ディーン・ハウエルズに紹介され、文壇への道が開けた。

　クレインは、社会の風俗因習に対し、軽妙にやや皮肉を込めた記事を書くのが得意であった。特にアズベリー・パーク、オーシャン・グローヴをリゾート化した、ジェイムズ・A・ブラッドリーが、自分のピューリタン的モラルを町に適用するのをしばしばからかった。このリゾート地の中では、店の休日閉店が施行され、酒屋は厳禁、慎み深い水着を着用という海水浴客への訓告が掲げられ、また夜間の外出が戒められた地域もあった。とはいえ、リゾートでは賭博や男女間の風紀の乱れも当然ある。クレインがブラッドリーを槍玉に挙げたのは、そういう

ものに敢えて目を閉ざし、突き詰めれば人間の本性とは異なるものを作り上げようとする、自己満足の権化と見たからである。

　綱紀粛正の下で抜け道を探そうとする人間の性向に目を閉ざすのは、禁酒運動に精を出す母も同様であっただろう。記事の表面には出ていないが、母への皮肉が含まれている場合があるかもしれない。時にはクレインは、そういうリゾート地の表と裏の違いを面白がった節もある。たとえば、アズベリー・パークでリゾート客が賭けポーカーに興じて、チップをチャラチャラいわせる音に、少し離れたオーシャン・グローヴから、頌栄を歌う大勢の信者の声が混じって聞こえてくるといったことを…[1]。クレインの風刺癖は、1892年8月21日掲載の、アズベリー・パークでのアメリカ青年職工友愛組合の年次パレードに関する記事が怒りを買うことにつながった。組織のメンバーからニューヨーク・トリビューン紙に抗議が来た。同紙編集長であるウィリス・フレッチャー・ジョンスンは誤解を解こうとした。が、社主のホワイトロー・リードが当時共和党の副大統領候補であり、青年職工友愛組合は支持基盤であったので許されなかった。ジョンスンによれば、これでクレインを解雇したわけではないそうだが、同社は解雇の決定以降（一定期間クレインは記事を寄せている）、クレインの作品を1度も掲載しなかった。それどころかこれ以降大抵、彼の作品・記事を批判した。

　クレインの場合、ジャーナリスティックな記事と創作とは渾然一体としているが、マイケル・ロバートスンによれば、これは1890年代のジャーナリズムの特徴であり、それを最もうまく生かして「力強い」作品を生み出したのがクレインなのである[2]。

　以下ニューヨーク・トリビューン紙に記載された記事が多いので日付のみとして、それ以外は掲載先も記す。

(a) 『全集』で正式にクレイン作とされている記事

1. 「ヘンリー・M・スタンリー」

　クラヴェラックの学内誌ヴィデットに1890年2月掲載。作品というより、授業での課題が、署名入りで掲載されたといった感じである。ジャーナリスト兼探検家のスタンリーがアフリカに行ってデイヴィッド・リヴィングストンに会い、コンゴ河を遡り、アメリカに戻ったことを書いている。スタンリーの性格は「素朴

で謙虚であった」そうだ。リヴィングストンについて、「イギリスのために暗黒大陸に侵攻した」といった記述もあるが、そこに批判などがあるというわけではなさそうだ。

2.「野球」

クラヴェラックの学内誌ヴィデットに1890年5月掲載。野球シーズン開幕に関する無署名記事。いつもは冷静な牧師や校長が、ゲームに熱中する様子などを書いている。キャッチャーであるクレインは、主将を断ったと、彼自身のことに記事が触れている。なお。メンバー表も図で示され、またハドスン・ハイスクールが雨にかこつけて引き分け狙いをしたことを「汚いやり口」と小見出しにして批判している。

3.「エイヴォン臨海講座」

1890年7月28日掲載の短信。残った原稿と突き合わせてクレインの執筆と判断された。臨海講座での美術・講演・その他の活動と、それとは別の音楽や宗教講座の開講について報じたもの。「洞窟を通って」で詳しく書くことになる、ケンタッキーのマンモス・ケーヴの探検をした著名な探検家H・C・ハヴィ博士の講演についても触れている。また赤銅色に日焼けした逞しいライフ・セイバーがいるので、海水浴客に重大事故は起こっていないとも伝えている。

4.「海辺のエイヴォン学校」

1890年8月4日掲載。エイヴォンにおける臨海講座の内容についての記事。講師陣はその道で一流の人ばかりだという。ただし、ホテルなどの滞在客には、アメリカ・キリスト教哲学会の会員がいて、「賢人めいて重々しく、いかにも聖職者らしい雰囲気が漂っている」と少々皮肉に書き、大学出たての貧しい若者では、会員たちの「ピカピカのシルクハットからブーツに至るまで」、その立派な身なりにはとても太刀打ち出来ないという。テノール歌手アルバート・G・ティースに触れた一節がある。ティースがアフリカ滞在の折に、天然痘が大流行して、彼は危うく難を逃れた。ズールー族の（自称）王セテワヨの前で彼が歌ったことについて、クレインは後にシラキュース大学のユニヴァーシティ・ヘラルド誌1891年5月号に「王の贈り物」として書く。

5.「エイヴォン・バイ・ザ・シーの生物学講座」

　1891年7月19日の無署名記事。エイヴォンでの生物学臨海講座の開始を知らせている。この分野での著名な学者のことや、講座が行われる近代的建物、図書館その他の施設に関する記事。基本的には事実の羅列であるが、最初にクレインは、生物学者の不可解な研究を訝しく思う若者と、そういう無知な連中を馬鹿にする学者との対立（？）をふざけて述べている。

6.「ハウエルズのことがエイヴォン・バイ・ザ・シーで論じられる」

　1891年8月18日掲載。前日17日のハムリン・ガーランドによるウィリアム・ディーン・ハウエルズについての講演の記録。記事は事実を伝えるもの。が、ガーランドやハウエルズが、クレインに早くから影響を及ぼしていたことが分かる。ガーランドはハウエルズの『新しい運命の浮沈』(1889) を「都市に関する最も賢明で真実に近い研究」と激賞した。ガーランドによれば、ハウエルズは知覚と経験の主観的解釈を重視しており、その真価は50年後に分かるといったと報じている。そして作家は「自分の見たままに忠実で」なくてはいけないと強調したと。リアリズムとその一見矛盾する主観性の併存が、クレインの印象主義的文学の根幹を成すものとなっていく。

7.「オーシャン・グローヴでの集会開催」

　1892年7月2日掲載。オーシャン・グローヴで開かれたメソディストの年次集会に関するもの。総じて講演者の名前の羅列であるが、聴衆には「陰気な感じの紳士」が集まっていて、「目にはいかにも軽薄さを拒否したような表情を浮かべて」いる。聖職者たちは、改心した「悪党」による、たとえば「悪党の生態や手口」などの講演に非常に熱心に出席していると、クレインは皮肉に語っている。

8.「アズベリー・パークの混雑」

　1892年7月3日掲載。アズベリー・パークの夏の行楽季節開幕についての記事。ホテルの支配人は金儲けを企み、強気に「パラソルも値段表も出していない。」もっとも手荷物係は、押し寄せる行楽客の荷物の選別や指示が大変である。遊園地でも新しいアトラクションである「滑り台」などが出来た。また当時有名なボクサーであるジェイムズ・J・コーベットがコーチや練習相手を連れて来た。こ

ういった、大衆化されたリゾート地の草創期をクレインは記している。現代と違うのは、リゾートの創設者ジェイムズ・A・ブラッドリーが遊歩道や海岸に道徳的訓戒を掲げようとしている点である。そのブラッドリーもボクサーとは楽しそうに話していた。

9.「海辺の楽しみ」

　ニューヨーク・ジャーナル紙1892年7月17日掲載。アズベリー・パークとオーシャン・グローヴで、行楽客向けに提供される娯楽を細かく風刺的に取材したやや長い記事。写真の陳列館、メリー・ゴー・ラウンドや「ドタバタ劇の見世物舞台」、行商人が粗悪な品を売りつける。もっとも押し付けがましいのはインド人で、絹のハンカチから刺繍入りの下着までしつこく買わないかと迫ってくる。「彼らは褐色の肌を守るため日傘をさしている」という表現は、今から見ると差別的かもしれない。また男女どちら用なのか分からない、そんな衣装を着た踊り子と歌い手などの様子をクレインは具体的に書いている。ともあれ、金を持った行楽客は、商売人からすると「合法的な餌食」なのだと結論する。

10.「アズベリー・パークの夏の住人たちとその様子」

　1892年7月24日掲載。アズベリー・パークでの色々な出来事が列挙される。たとえば観覧車が、その運転音などへの苦情から閉鎖の憂き目に遭いそうであるなどであるが、クレイン自身との関連でいえば、ジェイコブ・リースによる都市貧民についての写真付き講義（7月20日）に触れていることが興味深い。同じ問題に興味を持つクレインが、リースを意識していたのが窺える。とはいえクレインのコメントは「リゾート客も不幸な人々を忘れないために」、リースの講演が催されたと皮肉な表現になっているが。またキリスト教関係の集会、漁獲量の過剰などを話題にしている。

11.「遊歩道で」

　1892年8月14日掲載。遊歩道を歩く人々についてのユーモアあるやや長い記事。「人は人を見に来る」とクレインはいう。典型的な夏のリゾート客である都会からのビジネスマン一家、女の子たちと誘いたがる若者たちなど。世智に長けたはずの前者が、無造作にお金を使うなどとクレインは皮肉っている。アズベリー・パークの創設者ブラッドリーも結構派手な格好をしている。羽目を外す

連中は嫌っても（彼の注意書きは「一種の芸術」になったとからかう）、自分が作った遊歩道を多くの人が歩き、砂を踏みしめることそれ自体は気に入っているようだ、とクレインは嫌みを忘れない。もっともそういう楽しみに加われない僻みも入っているのかもしれないが。ちなみに「今風の目抜き通りにかかる電飾」といった華やかな「電飾・電気」のことを、クレインは晩年の中編「怪物」に至るまで、終生作品中で魅せられたように描く。[3]

12.「シャーク・リヴァーの河畔で」

　1892年8月15日掲載。エイヴォン・バイ・ザ・シーの夏期臨海講座で行われた、科学や芸術関係の行事に関する報告。とはいえそれは表向きで、クレインはここに集まった男女の若者は、そういうアカデミックな活動を海辺での遊びや娯楽とつい結びつけたがり（写生に行ってもおしゃべり半分で写生し）、また生物学の勉強をしにきた教員や学生が「大きなガラスのジョッキに奇妙に泡立つもの（つまりビール）を満たして調べようとしている」とユーモラスに書いている。「陽気な連中ばかりで、袖をたくし上げて鼻は日焼けしている」と、真面目な勉強とは裏腹の印象である。

13.「パレードと娯楽」

　1892年8月21日掲載。この短い無署名のアメリカ青年職工友愛組合（JOUAM）という愛国的社会組織のパレードに関する記事は、クレインの運命をある意味変えることになった。兄トゥーリーとの間に溝を生み、その後ほとんど没交渉になったようだ。さらに彼にとっての貴重な発信媒体であるニューヨーク・トリビューン紙を失った。兄が釣りで留守をしている折、クレインはこのパレードを取材した。「下手なブラスバンドに合わせて、非常にぶざまで、どうしようもない…。とぽとぽと歩くだけで、何の理解もしていないようで、ぼんやりと無関心な様子で…時々沿道の知っている人と笑顔で挨拶し」と、クレインはこの労働者階級のパレードを、「見せ物にされて」という哀れみの気持ち、同情を交えながら皮肉った。が、同様の（多分それ以上の）辛辣な視点をアズベリー・パークの住民や夏の観光客に向けている。「アズベリー・パークは何も生み出さず、作らず、ただ楽しませていればいいのである。」アズベリー・パークのホテルや商店の所有者は、観光客を単に金を巻き上げるための対象に過ぎないと思っているし、その観光客自体も軽薄だと。

この記事はそもそもこのことだけを書いているのではない。ホテルの活況についても述べているし、また講演会の記録も含まれている。が、予想に反して23日にJOUAMが抗議してきた。というか、クレインの揶揄の主な対象であったアズベリー・パークの住民などは、すぐには新聞が入手できなかったようだ。8月24日のニューヨーク・トリビューン紙にJOUAMの抗議が掲載され、同紙は謝罪した。新聞の所有者であるホワイトロー・リードは、ベンジャミン・ハリスン共和党大統領候補の副大統領候補（JOUAMは支持団体）で、兄もクレインも解雇された。この経緯については、クレインの幼なじみであるポスト・ウィーラーと共同で、同じく当地にニュース支局を開設していた、クレインのラファイエット時代の友人アーサー・オリヴァーの証言が詳しい。彼もパレードを参観していた。ともかくクレインの兄は再雇用される。しばらくクレインの記事も掲載されたが、それも彼に対する最終的決定が決まるまでの間であったと思える。その後彼の記事が掲載されるどころか、ニューヨーク・トリビューン紙は宿敵となった。『黒い騎手たち』、『赤い武勲章』や『ジョージの母』を酷評し、その姿勢はクレインの生涯変わらない。

14.「エイヴォン臨海講座の近況」

　1892年8月29日掲載。夏期臨海講座の内容、特に表現法に関する講義がジェスチャーたっぷりで聴衆に大受けしていることや、ヨットの係留や観光開発のためにシャーク・リヴァー運河の浚渫工事が計画されていることなどを、いつものような皮肉な調子ではなく、淡々と報道している。13.の記事で懲りたのだろうか。もっとも、この14から16の記事は、13より前に書いていた可能性もある。

15.「臨海講座：その2」

　タイトルには「エイヴォン」とはないが、実質は14.の続編である。1892年9月6日掲載。講座では毎朝礼拝も行われているが、決して特定の宗派に偏るものではないこと。あくまで趣旨は教養であると断ってから、より詳しく臨海講座の哲学・音楽・生物学などさまざま内容を列挙している。が、もっと娯楽的なものもあり、啓発的な「講演を聴くことも、冗談に笑うことも出来る」そうである。

16.「海辺のホテルのダンス・パーティー」

　1892年9月11日掲載。夏のホテルで毎土曜日に開催される、ダンス・パーティーのことを冷かし半分で書いたもの。「せいぜい楽しんでくれ、これで食事も注文が増える」と喜ぶホテルの経営者。短めのスカートを身に付け、痩せた体つきで大きなリボンをして、習ったばかりのダンスを見せる女の子。なぜかテニスシャツ姿の若者だけが一緒に踊る。男を付き従えた大人の女性たちがレモネードを飲んでいる。深夜12時の10分前には、名残惜しそうに去っていく。クレインの皮肉には、いかにも若者らしい羨望・嫉妬混じりの気持ちも含まれている感じがある。

17.「ルイーズ・ジェラルド ― ソプラノ歌手」

　ミュージカル・ニューズ誌の1894年12月号とミュージカル・クーリエ誌の1894年12月26日号に掲載。ただし話はずいぶん前のことで、クレインはエイヴォンの臨海講座で、1890年の夏にルイーズ・ジェラルドとその夫でテノール歌手のアルバート・ティースに会ったようであり、そのことが元になっている。夫妻はコンサートを開いていた。クレインは「王の贈り物」で、ズールー族の族長（自称王）セテワヨの前でティースが歌った時の話を書いている。ティースに興味があったから妻のルイーズ・ジェラルドの宣伝めいたものも書いたのかもしれない。ヨーロッパで彼女がどれほど活躍したか、その知的理解力のある歌唱が芸術家の証拠であるという。また人柄も素晴らしいとの他の新聞からの評も引用している。

18.「スティーヴン・クレインから見たアズベリー・パーク」

　アズベリー・パークに関する（分かっている限り）最後の新聞記事で、ニューヨーク・ジャーナル紙の1896年8月16日に掲載。他の町では聞けないようなユニークな面白い話が欲しいのだが、アズベリー・パークなどは非常に「健康的で理性的で」、センセーショナルな記事を期待する新聞には不向きだとクレインは嘆く。禁酒やその他多くの禁止事項以外に、この町には特別な点がないと皮肉をいう。「そういうところが、目新しさや面白さを探す者にとっては極めて面倒な」障害であると。以前のアズベリー・パークに関する記事と同じく、「強力な中産階級」向けリゾートの創設者ブラッドリーが、道徳的訓戒を書いた掲示を、遊歩

道に掲げたことをさんざんからかっている。ただし最後は「日没とともに寄せ波が鉛色に輝き、海は緑がかった乳白色になる」とクレインらしく色彩豊かに終わる。

19.「外交政策の３つの点描」

　1891年前後に、アメリカでイギリス帝国主義への反感が高まっていた頃に書かれたと思われる創作的エッセイである。R・W・ストールマンが『ニューヨーク公共図書館会報 61号』で1957年に発表。最初の「点描」は、1870年代の南洋諸島の原住民に対するイギリスの略奪と残虐行為を揶揄するもの。「原住民たちは純粋で、心から（イギリスを）歓迎した。」それなのに略奪の挙句争いになると「白人たちは自分たちの指導者さえ置き去りにした」と。ともかく「イギリスの権益を守らねば」が繰り返しいわれた理由であった。次はイギリスのアフガニスタン併合後の1884年に、ロシアと対立した際のイギリスの弱腰が皮肉られる。ここではロシア皇帝の言葉は「ロシア語風英語」にされている。最後の「点描」は、アメリカ軍艦ボルティモア号問題（1891年10月16日にチリでアメリカ水兵と地元民が起こした乱闘による両国の緊張関係）に関して、アメリカはチリに対して威嚇的だとイギリスのマスコミが素早く批判したことへの反論である。要は愛国と反欧州という態度をクレインは示している。

20.「洞窟を通って」

　R・W・ストールマンが『ニューヨーク公共図書館会報 61号』(1957) で発表。ニューヨーク・トリビューン紙1890年7月28日掲載の「エイヴォン臨海講座」で触れた、ケンタッキー中西部のマンモス・ケーヴを探索したH・C・ハヴィの話である。彼とガイドが、空洞のグラグラした石板をどのようにして渡ったかを書いたもの。もっとも話は、ガイドに賄賂を渡そうとしても同行を渋るなど、ユーモア（偏見？：「有名な黒人のガイドはようやく命よりもお金が好きだという素振りを見せた」）を交えながらドキュメンタリー風に語られる。ハヴィは1890年7月25日の講座で「マンモス・ケーヴの迷路とその驚異」という演題で講演している。

(b)『全集』でクレイン作の可能性があるとされた記事

1.「ヤットマン師による信仰復興」

　その後クレイン作と確定。1888年8月27日掲載の短い記事。オーシャン・グローヴでのメソディストの集会で、C・H・ヤットマン師による説教に6,000人もの信者が熱狂したことを、やや皮肉っぽく書いている。

2.「アズベリー・パークの当たり年」

　1889年7月14日掲載。この夏はこれまでになく観光客が多い。15,000人もの群衆が遊歩道に集まっている。冬の嵐で遊歩道は損傷を受けたが、もう少し内陸側に再建築された。新しい娯楽施設には足こぎボート（スワン・ボート）などもあるという事実報道。

3.「オーシャン・グローヴを行きかう人々」

　1889年8月10日掲載。当地に来る人々がますます増えていて、ニューヨーク、ニュージャージー、ペンシルヴァニア各州などから列車で来る、幼児を連れた家族連れが多い。子供は海岸で、砂遊びなどで遊んでいる。砂で作ったものが、翌日には潮で流されているといった話。

4.「ジャージー沿岸での楽しみ」

　1889年8月26日掲載。リゾート地は賑やかだが秩序は保たれていること。巨大ホテルの建設などが計画されている。釣りも大漁である。特にシャーク・リヴァー付近でのカニ漁が盛況である。
　クレインはふざけて、なぜ皆がエサにこだわるのか、釣り人の出身地によってエサが違うなどといいながら、網でも掬えるのに、という声を紹介している。

5.「アズベリー・パークの電線事故」

　1890年7月6日掲載。大嵐のせいで電線が切れて感電する者（「人殺し！」と叫んだそうである）、また復旧作業の際に事故に遭う者がいた。

6.「エイヴォン・バイ・ザ・シーの観光客」

1890年7月6日掲載。シャーク・リヴァーが好漁場であると紹介し、それと同時に若いカップルも大勢来ている。タイトルはこの記事に観光客の名前が掲載されていることに基づく。

7.「アズベリー・パークの人だかり」

1890年7月15日掲載。ホテルの大混雑で経営者は喜んでいるが、観光客は空室がなくて困っている。創設者ブラッドリーの精勤ぶりや、鉄道が工事中で、観光客が乗り換えを強いられていること。さらにウォーター・ポロが新しくブームになっていると伝えている。

8.「オーシャン・グローヴでの流行」

1890年7月19日掲載。フランネルのシャツが当地で流行していて、若い人にも人気がある聖職者ヤットマン師が、若い人がドレスアップするのを面倒に思って集会に来ないと知ると、率先してカジュアルなフランネルを着た。すると200人以上数が増えた。

9.「アズベリー・パークのパレードでの幼児たち」

1890年7月22日掲載。200人ほどの母親たちが、嗜好を凝らした（日本の提灯などもつけた）ベビーカーに幼児を載せて、リゾートの創設者ブラッドリーの後援でパレードした。観客は約15,000人。

10.「アズベリー・パークでの『ピナフォア』」

1890年8月17日掲載。鉄道が何度か事故で止まっていること。またコミック・オペラ『ピナフォア』（1878）（イギリスの大衆オペラ作家アーサー・サリヴァンとウィリアム・ギルバートの大ヒット作品）の素人芝居が2度上演されたこと。オーシャン・グローヴでの空き巣狙いの頻発や、ゾウの絵にキバを描く目隠しゲームが流行していることなどを伝えている。ともかく行楽シーズンが最高潮となっている。

11.「アズベリー・パーク」

　その後クレイン作と確定。1890年8月24日掲載。オーシャン・グローヴで野外宗教集会が開かれて大勢の人が来ているが、話題はこの禁酒の町でラム酒売りが繁盛していることである。また豪雨により鉄道が被害を受け、表向き日曜運休は安息日のためとなっているが、実際は毎日運行が出来る状態ではないこと。また乗客は感電を恐れているとも記している。

12.「アズベリー・パークの大遊歩道」

　その後クレイン作と確定。1890年8月31日掲載。リゾートの創始者ブラッドリー自慢の板張りの遊歩道に大勢の人が集まってくる様子を書いている。クレインの目はひたすらその雑多な人々に注目している。つまり鋭い目付きのマンハッタンのビジネスマン、痩身のニュージャージーの農夫、褐色のインド人移民、物静かな中国人、黒髪の南部出身者…と。1マイルもの遊歩道に夕刻には20,000人ほどがそぞろ歩きをしていた。また酒の取締りがうまくいっていないとも伝えている。

　なお、タイトルの「大遊歩道」は"Big Broad Walk"と"Broad"であるが、本文中では"the big board walk"となっているので「大遊歩道」とした。

13.「オーシャン・グローヴの整備」

　1891年6月10日掲載。夏のシーズン到来を前にコテージやホテルが改装されて美しくなり、また歩道なども海水で土が流されたりしないように整備されている。電灯の整備も進み、桟橋も充分な照明がなされる予定である。

14.「ジャージー沿岸の雷」

　1891年6月13日掲載。ニュージャージー沿岸を激しい雷を伴った嵐が襲い、歩道を洗い流し、また観光施設がせっかく整備した花壇などを水没させた。個人宅や市内電車や電話会社に落雷があった。家で飾られていた絵が、落雷で激しい損傷を受けたそうである。

15.「オーシャン・グローヴに着くと」

　その後クレイン作と確定。1891年6月29日掲載。駅に大勢の行楽客と宗教関

係者が来ている。一方で「馴染みの客」は、「昔とは変わった」という感慨を抱きながら、混雑を避けてホテルに直行している。並木道や日陰の芝生も、華やかな服装の人々で混雑している。ホテルは満員であり、町は7月4日の独立記念日の準備をしている。

16.「アズベリー・パークの土曜日」

　1891年7月5日掲載。海水浴場の整備がされている。創設者ブラッドリーによって大遊歩道の前の芝生がきれいになり、スペースも広げられ多くの観光客がそぞろ歩きをしている。大勢の幼児が、乳母などとともに海岸に来ている。改修・工事などにブラッドリーは多額の金をつぎ込んでいる。

17.「エイヴォン・バイ・ザ・シーの改修」

　1891年7月5日掲載。夏のシーズンに向けて海岸の改修が行われた。監視が行き届き、ここ8年水難事故がない。さらに夏期臨海講座が規模を拡大し、アメリカ文学などの講義も開かれる。一方で若者は、サイクリング・魚釣りなどあらゆる娯楽が当地にあるので満足している。

18.「シャーク・リヴァーの河畔で」

　その後クレイン作と確定。1891年7月11日掲載。夏期講座の講師たちの動向などが主であるが、他にバス釣りの人々の様子とともに、近郊のシャーク・リヴァーの行楽客がカニやカキを満喫しているとも伝えている。特に彼らが海岸で広げている白いパラソルをマッシュルームに例えているのが面白い。

19.「ブラッドリー氏の勧告にもかかわらず、店は開店」

　1891年7月20日掲載。タイトルの通りで、アズベリー・パークの創設者ブラッドリー氏の日曜日休業命令（タバコ屋、理髪店など）にもかかわらず、すべての店が営業していると報じている。

20.「臨海講座：その1」

　1891年7月26日掲載。臨海講座が成功裏に開催されている。講座の委員長であるジョン・ウォード・スティムスンは産業美術の推進者であり、その経歴・人柄の紹介。いかにも神経質そうだという言葉が目を引く。また芸術関係の2講師

（コンラッド・ロッシ・ディールとＳ・Ｅ・ル・プリンス）についての経歴が詳細に書かれている。特に面白いのはシカゴの大火（1871）の折に、前者が自分の絵をいかに守ったかの逸話。また砂遊びを通じての、一種の児童教育講座のようなものが開催されている。

21.「遊歩道での幼児のパレード」

1891年8月4日掲載。お堅い創設者のブラッドリーが、その埋め合わせにというか、ときどきくだけた催しをする。その1つが幼児のパレードで、着飾った幼児がオーシャン・グローヴからアズベリー・パークまで装飾を施した乳母車に乗ってパレードする。中には「ピンク色の」船の形をしたものや、花で飾られた乳母車もある。

22.「お客が臨機応変に」

1891年8月12日掲載。ノースウッド・インというホテルで、朝食後従業員たちがいなくなって250名の客たちが大いに困ったが、1人の若者客が仕事を買って出て、それに何人かが引き続き、他の客から喝采を浴び、かえってうまくいったという顛末。

23.「エイヴォン・バイ・ザ・シーの芸術講座」

1891年8月16日掲載。2人の女性講師による講座が、これまでにないほど受講者を集めている。それはデルサルト式運動（19世紀後半、特にアメリカで流行した表現術で、創始者フランソワ・デルサルトに関するメモ書きをクレインは残している：10. E. 1参照）や一種のダイエット法、健康増進についての講座である。また臨海講座が開かれている会場についての説明。

24.「アズベリー・パークの花々」

1892年6月19日掲載。アズベリー・パークの街並みの紹介記事。通りは緑生い茂る樹木に覆われ、花が咲き誇り、立ち並ぶアン女王様式の建物などで美しく、また特に町の自慢は4番街の公園である。そういう中でレイク・アヴェニュー・ホテル（恐らく町一番のホテル）が夏季シーズンの開催を迎えた。

25.「アズベリー・パークの大勢の観光客」

　1892年7月10日掲載。大勢の客が押しかけて創設者のブラッドリーが非常にご満悦であるという短信。またジョン・L・サリヴァンとの対戦を控えるボクサー、ジェイムズ・J・コーベットの動向も伝えている。

26.「アズベリー・パークでの幼児のパレード」

　1892年7月31日掲載。恒例の幼児のパレードが遊歩道で開催され400人近くが参加し、その中には外国の子供も交じっていた。母親に背負われた4ヵ月の赤ん坊も参加していた。観衆は20,000人にも達した。

27.「アズベリー・パークでの夏のスポーツ」

　1892年7月31日掲載。ボクサーのコーベットだけでなく、自転車競技のジンマーマン選手などもキャンプに訪れ、それに応じて運動競技場や大きな体育館、ボウリング場、ボート競技場なども整備されている。一方で、そういう浮ついた（？）催しばかりでなく、宗教集会も開催される。

28.「アズベリー・パークの夏の最盛期」

　1892年8月14日掲載。夏のシーズンが最盛期を迎え華やかであるが、一方では過度な（水着などの）露出は戒められるかもしれない。また禁酒地域であるのに酒を販売していた店が取り締まりにあい、店主以下数名が逮捕された。短信だが、華やかさとその取り締まりの、いわばせめぎあいがよく分かる。

(c) 創　作

1.「王の贈り物」

　シラキュース大学ユニヴァーシティ・ヘラルド誌に1891年5月号掲載。恐らく最初の署名入り短編。1890年の夏、一連のエイヴォン臨海講座を報道していた時に、クレインはテノール歌手のアルバート・G・ティースに会ったと思われる。ニューヨーク・トリビューン紙1890年8月4日掲載「海辺のエイヴォン学校」は、ティースのことに触れている。クレインは、ズールー族の王（自称）である首長

セテワヨにまつわるティースから聞いた逸話を、「王の贈り物」では、大げさな語り口で話を広げている。ティースが戦いに関する歌を歌うと、通訳抜きでもセテワヨには理解できたようで、「捕虜としての屈辱から伏し目がちで不機嫌だった視線が輝きだし、胸を膨らませた」と物語風にクレインは書く。ティースの歌唱を非常に喜んだ、当時イギリスの捕虜になっていたセテワヨから、4人の妻の1人を上げると持ちかけられ、ティースは相手の気を損なわないようにしながら断るのに苦労したということである。

2.「オノガンダの大きな昆虫」

ニューヨーク・トリビューン紙とシラキュース・デイリー・スタンダード紙に1891年6月1日掲載。後者でのタイトルは「大きな電気で光る昆虫」であった。後者には序章及び結末のような一節が追加されていて、このふざけた話は、「目つきのおかしい」アルコール中毒の男が新聞記者に語ったものだとされ、そこからの引用だということで話が始まる。そして最後に「到底信じられない話で、恐らく素面の時に見た記事か何かを、自分の体験にして脚色したのだろう」と解説がなされる。

その話とは、殻が異常に丈夫な昆虫の大群が鉄道線路を覆い尽くし、列車を止めるというものである。「色は真っ黒で」、「カメのような甲羅」をした大昆虫が「線路を覆い尽くし」、これを列車が轢いてしまう。翌日、掲載した両紙はこの大げさな話の事実関係について謝罪文を寄せているが、それはさらにふざけている。もし昆虫学者がもう1期当地で仕事をしたいと思ったなら、鋼鉄製の殻の怪物（つまり鉄道）に乗って、事故現場であるシラキュースに急ぎ、この新種の虫について報告すれば良いというのである。これはニューヨーク・トリビューン紙のウィリス・フレッチャー・ジョンスンが付け足したようだ。

3.「キャプテン」

ニューヨーク・トリビューン紙1892年8月7日掲載。若者のグループがヨットに乗って出かける。ヨットは老いたキャプテンが操縦する。女性は3人いるが、ボルティモア、ニューヨーク、フィラデルフィアの出身とされ、名前は明かされない。「可愛いね」「私のことどう思う？」といった他愛のないやりとりの下に性的な意識も伺えるが、それを冗談の応酬ではぐらかす。いかにも青春の話。女性のモデルの1人は、クレインが当時仲良くなっていた、リリー・ブランドン・マ

ンロー(ニューヨーク出身)のようでもある。

4.「若者のペース」

　1893年春に執筆されたと思われる。だが遅れてバチェラー、ジョンスン・アンド・バチェラー社により2回に分けて1895年1月17日～18日または18日～19日に全国に配信。少し違う内容のものが「ザ・メリー・ゴー・ラウンド」というタイトルで先駆けて2日付でイギリスの週刊誌「ザ・スケッチ」に掲載。[4]

　物語の舞台はアズベリー・パークを思わせるリゾートの遊園地である。クレインはこの地のメリー・ゴー・ラウンドについて、ニューヨーク・ジャーナル紙1892年7月17日に掲載した「海辺の楽しみ」で触れている。また、ニューヨーク・トリビューン紙に1892年8月14日掲載した「遊歩道で」では、魅力的な海辺の女の子、誘おうとする男の子のことを話題にしている。そしてクレインは人妻のリリー・ブランドン・マンローとこの時期に知り合っている。その後彼女には駆け落ちを何度も持ちかけている。そういうことを元にした創作(あるいは願望充足)と思われる。[5] リゾートで遊ぶ観光客よりも、その地で働く人間に焦点をあてたところが、「日常」の生活を描くというハウエルズのリアリズム理論に従ったものだといえる。同時に「駆け落ち」や「銃を振り回す」という点で、そういう「日常」をいかに越えるかという側面もある。

　ジョン・スティムスンはメリー・ゴー・ラウンドの所有者で、娘のリジーはレジで働いているが、恋人のフランクはその従業員である。娘は「怖そうな父親がいるとしても、それでもどんな若者でも思わず微笑みかけてしまいそうな」、そんな魅力的な存在である。スティムスンは強欲でいかにも柄の悪そうな男で、貧しい従業員と娘の関係を好ましいと思っていない。2人を見張っているが(というかいつも睨みつけている)、当の2人は何とか「アイコンタクト」で連絡を取りあっている。そのためにお互い愛していないと誤解もするし嫉妬もする。一度はスティムスンに2人は「釘を刺される」が、リジーの女友だちの計らいにより海岸で会い、心を確かめあう。最終的に2人は、父親を出し抜いて「若馬」に引かれた馬車で駆け落ちする。妻の制止も聞かずスティムスンは手に銃を持ち、「老馬」に引かれた貸し馬車で追いかけるが、すぐに離されてしまう。スティムスンは、その時自分の様子は老人がよたよたしながら鳥を追いかけるようなもので、それに比べて若者の(馬の、あるいはその人生の?)ペースは追いつけないほど速いと悟る。追跡を諦めて「スティムスンは黙従し、怒り、いかにも絶望の

様子をする。」禿げた頭が寒くて、そこで初めて彼は帽子を忘れていたと思い出す。自分は若者の「世界に拒まれたのだ」と思い知る。最後に「彼はちょっとした仕草をする。自分の責任じゃない」という風に。諦観の境地に至るのである。

　華やかなリゾート地を舞台にした、若さは老いに勝るという、典型的な青春小説である。それを視覚に訴えるようなヴィジュアルな表現で描いて成功している。若者の乗る馬車の疾走感と、老いがもたらす遅滞を鮮やかに対照している。メリー・ゴー・ラウンドの「延々と同じところを回る」繰り返しは、若者と年寄りの世代交代が何度でも繰り返される、普遍的なものであることを示すようである。そしてまた、メリー・ゴー・ラウンドに乗って無邪気にはしゃぐ子供たち、親たちの心配そうな「気をつけなさい」という叫びが、親子の思惑の違いを象徴すると思える[6]。若者のペースは年寄りとは違うのである。若者の情熱も分かるし、だが親の気持ちも分かる。

　あるいはメリー・ゴー・ラウンドは、（元に戻ってくるということで）日常の決まりきった生活を示し、「駆け落ち」とはそこから飛び出すことで、メリー・ゴー・ラウンドとは対照的な非日常的行動を示すのだという解釈もできる[7]。要は「どこにでもいそうな若者」の話を象徴的次元にまで高めたところに、この作品への評価があるといえる[8]。

　社会的な背景からいうと、ヴィクトリア朝的モラルとそれに反発するリゾート地の若者というものを、軽やかに華麗に対照させたのである。描写もリゾート地をきらびやかに描き、そのこと自体が「老い」というくすんだ色彩を駆逐するかのようである。クレイン初期の佳作という評価が定着している[9]。そこには皮肉な意味もあり、これ以降もクレインは男女の恋愛を描くが、この短編だけが文学的に成功した作品だということである[10]。

5.「心ならずもの航海」

　この作品は一部、「サリヴァン郡スケッチ集」の「叫ぶ木」の原稿裏に書いてあった。1893年の作と常識的には推定される。その春に友人のコーウィン・ナップ・リンスンがこの作品の挿絵を依頼されたと回想している。リンスンのスタジオの屋上で、2人が登場人物を気取っている写真が残っている。結局当時は未発表。クレインは原稿をイギリスに自ら持参したのか、あるいは取り寄せたらしい。1900年2月11日と18日に2部に分けてイギリスから配信され、ニューヨーク・プレス紙などに掲載された。全6章に細かく分けられた短編。2人の登場人

物トム・シャープとテッドは、「のっぽの男」と容姿に自信のない「そばかすの男」と呼ばれている。2人は（多分ニュージャージー州の）リゾートの海岸で泳いでいる。海の家の従業員がそばかすの男のサイズを間違え、大きすぎる水着を貸す。恥ずかしくて、そばかすの男は海に飛び込む。のっぽの男が従う。筏まで泳いでいくが、安心して2人はつい眠ってしまう。気づくと筏は沖に流されていた。と、船に救助されるが、彼らは笑いものにされる。そして予想に反してニューヨーク市の最もファッショナブルなところに連れていかれる。つまり水着のままでタクシーを呼び止め、パーク・プレイスに住む友人のアパートに行く羽目になるのである。

物語の最後では、そばかすの男がのっぽの男をあげつらい、こんな苦労をしたのはお前のせいだといって聞かせる。最初はのっぽの男の方が、乗って休んでいた筏が沖に流されてしまうと、おまえが自分を誘拐したのも同然だとそばかすの男を言い負かし、怒鳴りつけていた。その立場が逆転するのである。ただし迂闊さから始まったこういう顛末から、2人は「懲りて」何か教訓を得たとは思えない。

荒唐無稽な話であるが、それは要するに登場人物が自分の思い込みに捉えられているからである。いいかえれば主観的な知覚や、限りのある経験に頼り切っている。彼らのものの見方に合わせるように、印象主義的に、たとえば漂流の際、日没は「西方の炎」とされ、また海岸の明かりは「赤と緑の光が暗闇を照らし出した」ものなどと表現される。そして夜のとばりが降りると、筏の上で2人は色々妄想し始める。のっぽの男は危険を無意識に忘れようとし、反対にそばかすの男はむやみに暗黒に脅威を感じる。この辺りは、後にクレインが実体験して書いた「オープン・ボート」での漂流を予兆させるともいえる。また外界は擬人化して感じられる。たとえば2人にとって「水平線は落っこちそうであり」、海は「痛々しそうで」ある。が、一転そういう自分の思い込みに気づくと、自然は自分に無関心だと感じて今度は怒り始め、次に無力感により「自分は分子のようだ」と思う。そしてそういう無関心ということも含めて、一切の感想・妄想・印象が、現実に引き戻される。彼らの思ったような船ではなく、普通の商船に救助され、南国ではなくニューヨークという都会に連れ戻された。夢と現実、限られた視点、自然の無関心というクレインらしいテーマがこの作品には凝縮されているが、大仰な会話や、まだるっこいテンポが習作だと思わせる。付け加えると、海の家の従業員は「世界を、優越感でもって針穴を通すように見ている」が、こ

の点は後にクレインが書く「ロンドン印象記」(1897)でいわれた「各人が自分の視点という、いわば小さなシリンダーから覗いている」のに似ている。

6.「『ニュー・イーラ号』の難破」

恐らく1891年に書かれたと思われるが生前未出版。最初の掲載はコネティカット・キャンパス・ファイン・アーツ・マガジン誌(大学の学内誌)1956年4月28日。1854年11月にアズベリー・パークの近くの砂州で、ドイツ移民380人を載せた定期船が座礁し、沈没した話を扱っている。船長と船員は船を捨て、見捨てられた乗客は10人近くが死んだ。後年クレインの親友となるジョセフ・コンラッドの『ロード・ジム』に似ていないこともない。ただし『ロード・ジム』とは違い、船乗りはいわば公然と逃げたので「目が血走って震え、叫ぶ乗客の祈りや罵りを無視した」修羅場になったと、クレインは語っている。海岸にたどり着こうとした救命ボートも波で3度転覆し、14人のうち5人しか生存しなかった。この作品は後の傑作「オープン・ボート」を考えると、クレインが早くから難破、そういう緊急時の勇気や臆病な行為に関心があったことを示しているともいわれる。波に打ち上げられた遺体の「土気色の仰向けの顔」などといった表現も、晩年の佳作「仰向けの顔」を考えると、ともかく予見的な作品といえる。

7.「アンクル・ジェイクと警報ベルのつまみ」

トマス・A・ガラスン編集による『スティーヴン・クレインの全短編とスケッチ集』(1963)で初出。クレインの内妻コーラによれば、クレインが13歳か14歳の1885年に書いた。コーラがクレインより正確な話を聞いたとすれば、これが知られているところでは最初のクレインの散文創作になる。

作品は、老農夫アンクル・ジェイクとその姪サラの2人が、馬車で町にカブを売りに来て、代わりに農場で必要な食料などを買う話である。町は雑然として混雑しているように2人には見える。それは彼ら自身も混乱するであろうことを暗示する。アンクル・ジェイクは田舎者で、酒場の前でたたずむ男たちにむやみに挨拶し、カブを買う卸売人に値段のことで騙され、馬を止めた厩では今度は値段を吹っかけられる。彼とサラはホテルに泊まり、夕食を待っている。物見高くホテルの中を見て回っていると、警報ベルのつまみと思えるものをアンクル・ジェイクは見つける。何気なくそれを引いてみると、正にその時ホテルのウェイターがやってきて食事の合図のゴングを鳴らす。近くの馬は皆逃げてしまい、すでに

眠っていた住民まで起こしてしまった。アンクル・ジェイクは自分が騒ぎを起こしたと思いこみ、間違って消防署や警察や救急隊を呼んでしまう。彼とサラは家に慌てふためいて帰る。パニック的展開・それが収まる様子（「アンクル・ジェイクとサラは、なじみのある納屋の前庭にたどり着いてほっとするまで、何度も恐ろしげに振り返って見ていた。」）は「サリヴァン郡スケッチ集」を彷彿とさせるし、皮肉な調子などは終生クレインにおいて共通している。

8.「ジャック」

クレインが終生愛して止まなかった犬に関する断片原稿。『全集10巻』（1975）初出。原稿は2つに分かれているが、物語はアディロンダックの夏、狩猟のためにキャンプをしているが、クマが出没する地域で、連れてきたジャックという黒い犬が監視に忙しい。と、クマが少年を襲うが、犬によって守られるという話のように思える。クレインの友人フランク・ノクスンの回想によると、シラキュース大学での学生時代に書いたらしい。犬の普段の仕草などが細かく書かれている。雑誌に掲載を依頼したが、断られたようだ。

(d) 新しくクレイン作と推定されたもの。

掲載はすべてニューヨーク・トリビューン紙であり、その後「スティーヴン・クレイン研究」2000年秋号第9巻2号でクレインの作品ではないか、という形でコメントとともに再掲載[11]。ニューヨーク・トリビューン紙の掲載日時を記載する。

1.「科学とカニ漁」

1889年7月30日。タイトルそのものが一種の冗談になっている。フィラデルフィアのタバコ製造業者エドワード・バチェラーが開発した、ニュージャージー州のキー・イースト・ビーチ（バチェラーが命名したエイヴォン・バイ・ザ・シーにある地域の一部。当初はタバコ工場の敷地の予定であったようだ）発の記事。話は2つに分かれ、前半はここで開催された夏期臨海講座を扱っている。この講座の広範な内容（音楽や聖書など）の紹介に加え、参加したキリスト教の研究者たちが「自然科学以外の科学はありうるか」という議論をした後、カニ漁に興じ、今度は「魚の尾以外にカニのエサはありうるか」と論じている、などとふ

ざけている。

　後半部分は創設者バチェラーの作ったキー・イースト・ビーチの話で、初期イギリス風のデザインで町が設計されていること。大勢のリゾート客が来ていて、海の幸に恵まれているという話で終わっている。

2.「オーシャン・アヴェニューで」

　1890年6月29日。ロング・ブランチ（アズベリー・パークの北に位置する町でオーシャン・アヴェニューは海岸沿いの大通り）発で、リゾート・シーズンの開幕が雨にたたられて出足を挫かれ、猛暑が待ち望まれていると書いている。また客足の冴えなかった過去を忘れて、良かった時のことを思って、期待に胸を膨らませているリゾート業者の心理を皮肉っぽく語っている。

3.「ロング・ブランチの人だかり」

　1890年8月24日。夏のシーズンが非常に好調で、ホテルなどは営業期間を延長しそうである。特に忙しいのは駅の手荷物係で、駅の混雑と混乱を、ユーモアを交えて描いている。

4.「来るべき夏に備えての動き」

　1892年5月29日。夏のシーズン到来を前にロング・ブランチのホテルの準備を報じたもの。大工仕事の音、新しく塗ったワニスの香りといった感覚的表現も見られる。鉄道は線路のレールを新しく敷設し直し、大勢の行楽客を運ぼうと準備している。

5.「スプリング・レイク（注：アズベリー・パークの南の町）のほとんどのコテージが予約済み」

　1892年6月22日。当地での夏のリゾート客を迎える準備は順調で、客が来てから、遅ればせの準備の騒音に悩まされることはないだろうという。コテージの予約はほぼ満杯で空き室の争奪戦になっている。

6.「ベルマー（注：アズベリー・パークの南、スプリング・レイクの北に位置する）でのブラックバス漁」

　1892年6月26日。ブラックバスが例年にないほど大漁で沸き立っている。特

にシャーク・リヴァーの河口でよく釣れるという報道。

7.「スプリング・レイクの滞在客の中に混じって」

1892年6月26日。冬とは一変して、ホテルや滞在客などの華やかな様子を短く記載。海岸もホテルのベランダも行楽客の赤、白、金色の衣服で活気づいている。

8.「モンマスパーク競馬（注：ロング・ブランチに隣接するオーシャン・ポートにある競馬場）を目当てにロング・ブランチの混雑」

1892年7月3日。競馬開催もあって町は一層混雑し、ニューヨークやフィラデルフィアから臨時列車も出ている。ホテルでは音楽が流れ、ダンスが行われ、賭博場も開いている。一方海岸に防波堤を作ることを拒んだ住民もいたので、侵食の被害が遊歩道などに著しく及び、景観が損なわれた。

9.「スプリング・レイクの滞在客」

1892年7月3日。ダンス・パーティーのシーズンがたけなわで、きれいな若い女の子と青年がダンスで戯れている様子を報道した短信。若者の甘い囁きで女の子は一週間も心がときめくという。

10.「軍隊の登場が一般の人の目を引く」

1892年7月10日。第2連隊がシー・ガート駅（スプリング・レイクの南の駅）に到着し、黙々と隊列を組んでキャンプ地に向かっていった。食事班が準備をする様子などを伝える一方、一般のホテルがますます混雑しているとも報道している。

11.「ホテル滞在客の動向」

1892年7月10日。暑い日が続いて、ベルマーのホテルに都会から多くの人が来ている。ホテルに客が到着する様子などの短信。

12.「ホテル側の期待を上回るほど客が殺到」

1892年7月24日。ロング・ブランチのホテルには、ホテル側の予想を超えて滞在客が大勢いるので、騒々しいが、人々が恐れていたほどではなく、総じて秩

序は保たれている。競馬のある日は、昼は閑散とし、夜になるとまた洒落た身なりの男女で賑わっている。日曜には地元の教会に行く信心深い人もいる一方、大衆オペラの音楽に耳を傾けている人もいる。

　賭博場は繁盛していて、大損をした人がいるという噂も飛び交うが、真相は不明である。高級賭博に集まる人の中にはウォール街などに関係する金持ちもいる。一方、地元の人間は大人しく自宅で、ポーカーで遊んでいるとユーモアで締めくくっている。

13.「ベルマーは繁盛」

　1892年7月24日。ホテル側は最近まで気を揉んでいたが、結局繁盛しはじめたという短信。

14.「スプリング・レイクの大勢の客」

　1892年7月24日。カーニヴァルが予定されていて、準備が始まり、また参加の申し込みも開始されたという短信。

15.「スプリング・レイクは繁盛」

　1892年7月31日。軍隊がいなくなった後では、若い女の子の気に入る遊びが少なくなった。というのも、軍人たちは彼女たちの気まぐれを何でも聞いてくれたので。そうなると他の格好をつけた青年でも相手にするしかないが、適当な相手がそれほどいないという短信。

16.「スプリング・レイクでのテニス」

　1892年8月7日。地元の土地が売り出され、50区画が売れた。ホテルが繁盛しているのは、ホテルの持ち主の満足そうな髭で分かるというユーモアのある短信だが、表題のテニスのことは本文に出ていない。

17.「ベルマーでの楽しみ」

　1892年8月7日。シャーク・リヴァーの河口はカニ漁や魚釣りで賑わい、また大勢の人々が日光浴をしている。感傷的な波の音を聞きながら、夜、若い男女がデートしている。

（e）その他クレイン作品と推定されたもの。

1.「夏の浮浪者」

　デイリー・スプレイというアズベリー・パークの地元紙に1887年6月20日に掲載された、上記タイトルの寄稿記事が存在するという説がかつて（1920年代）あったが、この記事自体が手に入らない。浮浪者を題材とした「ビリー・アトキンスがオマハへ行く」（1894）の原型的作品ではなかったかといわれる。

2.「アズベリーでの新たな動き」

　フィラデルフィア・プレス紙1887年7月12日号掲載。警察がアズベリー・パークの海辺で若者のロマンティックなデートをぶち壊しにしているという話。クレイン作であるなら、弱冠15歳の時の記事になる。最後は、「それでも若者は今後も同じようにするだろうし、分かってくれる人なら喝采してくれるだろう」と権威に逆らう姿勢を見せている。

3.「派手な水着と小説は追放」

　ニューヨーク・トリビューン紙1888年8月5日掲載。タイトルそのままで、オーシャン・グローヴがいかにメソディストの戒律のもとで、堅苦しいかを報道した。ダンスももちろん禁止とのことである。

4.「オーシャン・グローヴの興隆」

　ニューヨーク・トリビューン紙1889年8月17日掲載。記事は辛辣で、何か一見知的と見える刺激のようなものに飢えた人々が、7〜8,000人も収容できる公会堂に集まって、宗教的に熱狂しているという。それが、オーシャン・グローヴの活気なのである。

6.「オーシャン・グローヴでのテント生活」

　ニューヨーク・ヘラルド紙に1891年7月19日掲載。クレイン一家はオーシャン・グローヴのキャンプ地に土地を持っていた。そこはリゾート地だが、メソディストが復活集会を行う地でもあり、クレインは子供時代、夏の間訪れたことがあった。母親はアズベリー・パークとオーシャン・グローヴの女性禁酒運動の

幹部であった。記事は長く、論理的であり、斜に構えるような諷刺性はなく、正面的攻撃が目立つ。復活集会の場では「絶対的な支配」がなされ、プライヴァシーがないとずばり批判し、またメソディストの聖職者やその家族の偽善性も暴露している。彼らは品位を欠き、厳しい規則とは裏腹に、簡単に酒や煙草を手に入れていると。誰が書いたにせよ、この記事がそのまま掲載されたのは不思議な感じもする。

註
1 オーシャン・グローヴでのメソディストの活動を記録したものとして、クレインの記事を考察した批評が、Jamin Rowan, "Stephen Crane and Methodism's Realism: Translating Spiritual Sympathy into Urban Experience," *Studies in American Fiction* 36:2 (2008):133-154.
2 Robertson, pp. 6-7.
3 Jonathan Tadashi Naito, "Cruel and Unusual Light: Electricity and Effacement in Stephen Crane's *The Monster*," *Arizona Quarterly* 62 (2006): 35-63.
4 この点については Robert Morace, "Stephen Crane's 'the Merry-Go-Round': An Earlier Version of 'the Pace of Youth.'" *Studies in the Novel* 10 (1978): 146-53.
5 Michael W. Schaefer, *A Reader's Guide to the Short Stories of Stephen Crane*(New York: G. K. Hall & Co., 1996), p.354.
6 この解釈については、Christopher P. Wilson, "The Pace of Youth: Stephen Crane's Rhetoric of Amusement," *Journal of American Culture* 6 (1983): 31-38.
7 Holger Kersten, "'The Pace of Youth' and the Phantoms of Hope," *War, Literature and the Arts*(Special Edition, "Stephen Crane in War and Peace," 1999), pp. 172-82.
8 G. C. Schellhorn, "Stephen Crane's 'The Pace of Youth,'" *Arizona Quarterly* 25 (1969): 334-42.
9 Schellhorn, ibid.; Wilson, ibid.
10 Milne Holton, *Cylinder of Vision: The Fiction and Journalistic Writings of Stephen Crane*(Baton Rouge: Louisiana State University Press, 1972), p. 132.
11 *Stephen Crane Studies* 9:2 (2000): 2-33.Eds. Michael Robertson, David I. Holmes and Roxanna Paez. なお、次も参照。David I. Homes, Michael Robertson, and Roxana Paez. "Stephen Crane and the *New York Tribune* : A Case Study in Traditional and Non-Traditional Authorship Attribution," *Computers and the Humanities* 35 (2001) :315-31.

B：「サリヴァン郡スケッチ集」

　クレインの内妻コーラが、夫の死後、ニューヨーク州サリヴァン郡を題材にした作品につけた名前である。大体以下の作品が「サリヴァン郡スケッチ集」と分類される。物語と、事実に一応基づいたエッセイに分かれるが、クレインの場合、この区別は便宜上であり厳密にはつけられない。両者の数はほぼ同じだが、一般的には物語とされた方が比較的よく論じられている。
　クレインは1891年の6月中旬に、3人の友人とポート・ジャーヴィスの北西約12マイルにあるサリヴァン郡で、キャンプをして楽しんだ。物語は概ねこの時のことに基づいている。
　物語に関していえば、登場人物たちが田舎で狩りや釣りをし、それが突如とんでもない事件に発展する、あるいは環境そのものが超自然的になり、そのため自発的またはやむを得ず色々な冒険をする、そういった内容である。自然というものは、アメリカ人の想像力を昔からかきたててきた。想像が過ぎて、話が大げさに語られる場合も多い。
　突飛な事件が起こっても、誇張されると、それだけ疑いも募る。語っている人物がいかに話を歪めたか、そういう語りへの疑いが根本にあり、それに対するコメントが、通常の小説の枠内を飛び出すような地点から出てきた時、またそのこと自体を問題にした場合、「サリヴァン郡スケッチ集」は、一種のメタフィクションだという解釈も生ずる。
　もっと簡単にいえば、パニックが起こるが、その根拠のなさが小説内外から示されて笑い話に終わるというパタンといえる。笑い飛ばそうとする作者自身が、一方では登場人物に同化している部分もあって、そういう愚かな人間にどう対処していいか分からないという側面もある。
　田舎者的登場人物がいて、その行動や思考にアイロニーを示すのは、どちらかといえば洗練された都会の声である。この解説めいたアイロニー、つまり物語に疑義を示す「天の声」をどこで挿入するかが、エッセイでも物語でもポイントに見える。それは時には通説の打破につながる。
　自信のなさが裏返しになって、不安を隠す哄笑につながるという点で、いかにも習作段階の作品群と思える。物語においては、登場人物は通例名前がなく（ただし主人公に近いリトルマンは時折ビリーと呼ばれている）、単にニックネーム

で呼ばれている。つまり、モデルとなったクレインの3人の友人、ルイス・C・センガー・ジュニア（クレインのポート・ジャーヴィス時代からの幼ななじみ）はのっぽの男、ルイス・E・カー・ジュニアが主役のリトルマン、フレデリック・M・ロレンスは太った男、クレインは静かな男とされている。ただし、クレイン自身がリトルマンに近い印象がある。リトルマンと太った男の性格描写が詳しい。

　主人公のリトルマンは客観的事実とはあまり関係なく、外の世界に未知なるもの・カオスを突如察知する。その象徴としてたとえば洞窟が出てくるが、それを不思議に思い、探検・征服しようとする。彼は無垢だが、見栄っ張りでその癖、人の評価は気にする。「リトル」とは、可愛らしいといった愛情や同情を読者に抱かせる、つまり憎めない喜劇的「愛すべき」人物ということでもあるし、逆に人間が「小さい」という非難や侮蔑も含む形容詞にも思える。繰り返せば、基本的には「何もない」ところに「何かを感ずる」という、いいかえれば手ごたえのない現実に、あえて現実（夢？）を見て色々思う、経験不足の「自己喚起型」若者といえる。

　彼を中心とした人物たちの自分を買い被るプライドの高さ・自己主張と実際の自己実現の手段との落差、つまり幻想・理想と現実の対照などが、この後、あるいは同時期に書いていた『マギー』や『ジョージの母』における主人公たちの場違いな中産階級的夢、『赤い武勲章』のヘンリーのヒロイズム志向と臆病さ、「オープン・ボート」での新聞記者たちの限られた思考と「バルコニーから見た」視点の対照、そして「ブルー・ホテル」では、そういう夢想・虚偽こそが人間を動かすものという考えにまで発展していく。

　ただし「サリヴァン郡スケッチ集」は、あくまで喜劇である。表現的には、早くもクレイン流の印象主義的な色彩用語、意表をつく表現、直喩や隠喩などが見られる。

　掲載のきっかけであるが、ウィリス・フレッチャー・ジョンスンという、クレインと同じくペニントン・セミナリーに在籍した人物が、たまたまニューヨーク・トリビューン紙で1887年から1894年まで編集業務にあたっていた。ジョンスンは1891年の7月に、クレインにアズベリー・パークで久しぶりに会った。クレインはジョンスンに「サリヴァン郡スケッチ集」を2作見せ、それをジョンスンはニューヨーク・トリビューン紙の日曜版の付録用に受け入れた。14作の「サリヴァン郡スケッチ集」が1892年の2月から7月にかけてニューヨーク・トリビュー

ン紙に掲載された。他の作品については、初出の媒体名・日付を個々に示す。

(a) エッセイ

1.「モヒカン族の最後」

　1892年2月21日掲載。ロマンティックな物語一般を風刺する意図が感じられる。そういう話は、リアリズム的観点からいうと「悪い芸術」とまで示唆される。

　具体的には、クーパーの『モヒカン族の最後』の嘘を暴くことになる。クーパーの読者は、モヒカン族の最後はアンカスだと思っているが、実際そうではない。最後の人物とは、アルコール中毒で、物か金か酒をねだるか、あるいは盗むかしか能のない、要はクレインのスラム小説に出てくる浮浪者と大差ない人物であった。そして惨めに死んだと。「虚構の世界の高貴な野蛮人と、このサリヴァン郡での実録との間には、哀れなほど違いが」ある。そうなった原因は「どうでも良いことでも、口伝えに年々伝えられていくと、とんでもなく重要なものとして認められるようになる」からである。ただ大げさになるか、美化されるかなのだとクレインはいう。メタフィクションは「虚構と批評の境界を劇化するもの」というマーク・カリーの定義に従えば、そういう要素がこの作品に読み込めるともいわれる。[1] 同時にこの作品などがクレインの「インディアン」に対する偏見の原点であるという向きもある。

2.「野ブタ狩り」

　1892年2月28日掲載。ニューヨークの裕福な銀行家がヨーロッパから野生のブタを輸入したが、その多くが逃げ出した。そのブタをクレインの兄ウィリアム[2]と猟師のルー・ボイドが200マイルも追いかけて仕留めた。とはいえ、この手の冒険譚はいくらでも似たものがあったようで、当然「ほら話」的要素がある。ただし、この話でブタを追いかけて仕留めたボイドへの賞賛に、そういう皮肉が込められているかは微妙である。話は長くやや平板である。「今日のアメリカでは野ブタを殺して、人を驚かせるのはわずか3人だけ」という大げさな語りは、そこからひねりがないので空回りに終わっている。

3.「最後のヒョウ」

　1892年4月3日掲載。「サリヴァン郡の昔の思い出」という副題が付いている。ネルスン・クロッカーという人物が7頭のヒョウに遭遇して3頭を殺す。サイラス・ドッジという人物は池の近くで6頭のヒョウに遭遇するが、腰まで水に浸かりながら4頭を殺す。カルヴァン・ブッシュという「ヒョウ退治の王子」といわれる人物は、愛犬を襲ったヒョウの頭を、斧で一撃しようとした。と、ヒョウは牙でその斧をねじり曲げた。ブッシュの「指もねじ曲がり」と、具体的なことも語られるが、どの話も真偽に疑問があることは、「～とかつていわれた」や「昔ある時」といったぼかした表現がされ、例えば最初のネルスンについて、「その偉業たるや、どんな妄想家も思いつかないほどだ」と断ってあることで分かる。

4.「大した英雄ではなく」

　1892年5月1日掲載。「トム」・クイックは、18世紀に初めてデラウェアに定住した白人の息子にあたり、英雄として伝説化している。その墓石には「善良なる者　ここに眠る」と記されているが、その通りかどうかを検討する。「クイックとは善行と人殺しの両極端を示す典型である。」フレンチ・インディアン戦争中、父親がインディアンに待ち伏せされ撃たれた後、「クイックは容赦ない復讐鬼となる。寝込みを襲って殺戮を繰り返した」と事実関係を断り、面白いことに読者の判断を、概ね選択肢を以下のように示して迫る。

　つまり（1）三文小説で描かれた通りの、白人の移住者のためにインディアンと戦った屈強な英雄　（2）白人のためというよりは、個人的恨みが動機の文字通りの復讐鬼　（3）単なる（快楽？）殺人犯、というものである。偶然であろうがこういう選択肢には、妙に現代性があり、これもメタフィクション的に解釈されるかもしれない。

5.「サリヴァン郡のクマたち」

　1892年5月1日掲載。クマの餌の食べ方などの生態、あるいは猟犬の習性を解説した後（たとえば「犬の中にはクマの臭いをかいでも、追いかけるのとそうでないのがいる」とか、「新しい臭いになると逃げ帰る犬もいる」とか）、クレインはこのエッセイでも現実と理想との違いを強調する。「現実のクマと虚構で描かれるクマとの間に共通性を見つけるのは難しい」と述べ、歴史とは史実ではなく

誇張であるという、「サリヴァン郡スケッチ集」を集約する考えが記される。クマは無闇に獰猛なのではなく、従ってクマ狩りも誇張されている。少なくとも「若いクマは殊更戦うことはしない。」そういう現実暴露の一方で、森林が消え伝統的狩猟が脅かされているとも指摘している。

6.「サリヴァン郡の風習」

　1892年5月8日掲載。副題は「狩猟話の進化に関する研究」であった。風習とは、要するに辺境地帯でのほら話のことである。猟師は作家と同じく、真実はいわないと冗談めかしてクレインは語る。「狩猟の世界ではやりたかったこと、そうなれば良いと思うことを話すべきである。」そういう嘘の例を主に2つ挙げている。1頭のクマを狙って一撃で3頭を仕留めたと、不思議にも6人の男が自慢する話。もう1つは、2人の猟師がクマとヒョウを別々に撃つ。クマとヒョウはお互いに人ではなく相手にやられたのだと思い込み、戦って最後はヒョウが勝つ。「頭が良くて哲学的でさえある」猟師たちはじっと戦いを見ていた。そしてヒョウを殺す。いわゆる漁夫の利である。

7.「インディアン戦争の記録」

　1892年6月26日掲載。サリヴァン郡で独立戦争時の1779年7月、独立反対派とインディアンが民間人をデラウェア渓谷で襲い、殺戮したことを語っている。他の話のように、狩猟や民話ではないので、「サリヴァン郡スケッチ集」の中では異色である。

　民兵は、デラウェア渓谷を荒し回って退却したインディアンを無謀にも追いかけていった。作品は皮肉な話をして終わる。この作戦責任者は、その場にいず、当然多くの仲間が殺された戦いそのものに参加していないと。なお戦闘を描写する部分では、後の『赤い武勲章』を思わせる色彩の豊かさがある。たとえば「インディアンめがけて、銃の黒煙からヘビの舌のように小さな赤い炎が飛ぶ」というように。最後はサリヴァン特有の「ほら」話に関係して終わる。戦闘に参加もしていないのに、責任者は「いかにも勇ましく語ってみせた」と。

8.「クマとヒョウ」

　1892年7月17日掲載。メスのヒョウと、その巣に入って2頭の子供のヒョウを殺したクマとの死闘を、かつて2人の若い猟師が目撃した。そのことが土地の古

老によって語られる。ヒョウがクマを木の上に追い詰める。窮地のクマは身を地上に躍らせる。しかしヒョウが仕留める。と、猟師がヒョウを射殺する。「クマの毛皮はすでにずたずたに切り裂かれていた。」凄まじい生存競争をリアルに物語る。「クマは顎で嚙み、ヒョウの子供をひねり潰した。」「ヒョウはクマの喉に歯を埋め、強力な爪でクマの内臓を引きちぎった。」

9.「2人の男とクマ」

1892年7月24日掲載。「クマはボクサーであるが、『離れて』とか『リングのコーナーに戻れ』といったことには無縁である」とふざけた調子で始まる。それだけ戦う気満々で、力が非常に強く犬などはひとたまりもない。2人の木こりがクマに出くわし、斧を振り上げて飛びかかった話がされる。とても歯が立たなかったが、クマがどういう訳か立ち去ったので、2人は助かった。正確にいうと「木に逃れた1人が、クマが去るのを見ていた。それから木を降りて、気絶している仲間を遠くの家まで抱えていった」で終わる。

(b) 創 作

1.「洞窟の4人」

1892年7月3日掲載。「町に帰ったら面白く話せるような」話題がないかと、月夜の晩、リトルマンは大きく黒い口をあけた洞窟の中を、マツヤニのたいまつに火を点して探索する。他の3人、つまり太った男、のっぽの男、静かな男もついてくる。ところがだれが最後（最初ではなく）に中に入るかを巡ってもめる。と、バランスを失って、4人は一斉に20フィートほど滑り落ち、たいまつも消えてしまう。すると、4人はベッドやテーブルが置かれた小さな部屋にいる。粗末な服を着た長い髭の不気味な男の姿が見え、両手で一冊の小さな本を持っているようである。本と見えたものはトランプ一式だと分かり、4人がこの男は何者か（吸血鬼かドルイド族か、アズテクかなど）と怪しんでいると、男がいきなり「おまえの番」だと告げる。リトルマンは震えながら賭けポーカーに応じ、負け続ける。仲間の誰も、それに口を出さない。もうお金がないというと、手に「フォー・カード」を持っていた男は怒って洞穴から4人を放り出す。

キャンプ地に戻ると、彼らのガイドから、洞穴で会ったのは農夫で、町の賭博

場で賭博に熱中して農場を失った、トム・ガードナーだと知らされる。妻が死んで、その後狂って引き籠ってしまったのだ。物語は恐怖が喚起され、そして謎の解消という、「サリヴァン郡スケッチ集」の典型となっている。神秘的雰囲気とポーカーという下世話な賭博の対照が面白い。またこれ以降のクレインの賭博好きを予兆（？）させる作品でもある。なるほど「町に帰ったら面白く話せるような」話だと、リトルマンはからかわれるという「落ち」がある。ともかく、すでに人間を皮肉に見るクレインらしさが窺える[3]。

2.「オクトプッシュ」

　1892年7月10日掲載。別の版（ただし句読点や単語・段落の入れ替えのみの違い）が「魚釣りの冒険」というタイトルで存在し、これはコリアーズ・ウィークリー誌1900年8月25日掲載[4]。

　リトルマン一行4人が、ダムを堰き止めて作った荒野の池に、カワマス釣りにいく。その水面には木の幹が多く残っている。4人は自分を案内役にしろという男に会う。4人を4つの木の幹にボートを漕いでそれぞれ連れていき、その男は5番目の幹に行く。大漁となるが、夜が来ると戻りたいと思い出す。暗くなって辺りは不気味な雰囲気になる。すると、ずっと酒を飲んでいた男がようやくやってきて、「おまえたちはみんな、地獄へ堕ちろ」と叫び、聞き入れてくれない。夜が深まり、4人は幹の上で我慢が出来なくなってくる。突然何の理由もなく男が立ち上がり、リトルマンのいる幹までボートで来て「幹はその中がオクトプッシュになった。自分は口の上に座っている」と叫ぶ。訳の分からない話に怒ったリトルマンは酔っ払ったこの男を蹴り始める。それでも男は「オクトプッシュの足が全部動き出した」という。怒り狂うリトルマンに他の3人はやめろという。男が乗ってきたボートでリトルマンは3人のところまで行って合流し、その後男を捕まえる。その夜は男のいつまでも続く「オクトプッシュ」という喚きに耐えながら過ごす。

　木の幹で立ち往生している状態により、孤立が強調されている。「それぞれが突然思った。自分はたった1人で、超え難い溝によって他から切り離されていると。」夜になると幻想の世界、即ち「亡霊のような霧が池の水面にかかる。池は墓場と化す」となる。幻想ともいえるが、要は酔っぱらった「ある男」のアル中による妄想に、皆が引き込まれただけとも思える。その点では単に喜劇であるが、ともかくイメージが豊かである。「姿を見せない生き物が、水草や小枝の間

を這い回るかと思うと、バサっと動く。」オクトプッシュは、当然（人を海中に引きずり込むような、大きな）「タコ」(octopus) の連想から来た名前であろう。[5]

3.「悪鬼の計算役」

1892年7月17日掲載。日も暮れてリトルマンがキャンプ・ファイアの近くで3人の仲間と寝ていると、悪鬼のような者に起こされる。リトルマンを三叉の槍（悪魔のイメージ）で脅かして、ある小屋に連行し、テーブルそばの椅子に放り投げる。そこには年取った男が座っている。と、リトルマンは妙に現実的な話を聞かされる。悪鬼が「ポテト33ブッシェルは、1ブッシェルが64.5ドルだったらいくらだ？」と尋ねる。リトルマンが正解を応えると、悪鬼は勝ち誇って、計算違いをしていた老人にどうだといわんばかりに叫ぶ。すると、老人は恐ろしい大声とともにリトルマンに飛びかかり、小屋から蹴り出す。「洞窟の4人」と同じく、幻想的状況と俗っぽい「計算」（あるいは「計算間違い」）との落差が面白いが、同工異曲といえなくもない。物語の荒唐無稽さはともかく、描写にはクレイン的なヴィジュアルな面もいくぶんか見られる。「キャンプの火が2つの毒々しい炎をもたげるようにして揺らめき、消えた」など。

4.「黒い犬」

1892年7月24日掲載。副題が「幽霊にまつわる夜の恐怖」とある。4人が嵐の晩に荒野で迷ってしまう。ずぶ濡れになってリトルマンが藪の中にある小屋に皆を連れていく。そこにはぼろ着をまとった男がいて次のようにいう。自分の老おじであるジム・クロッカーが「重体」だが、人が死ぬ時にはこの辺では犬が現れると。と、みすぼらしい捨て犬が、男がクロッカーのために作っていた肉のスープを嗅ぎつけ、小屋にやってきてドアの前で座って吠えだす。クロッカーが恐怖で叫ぶ。リトルマンが窓を開けて、肉のスープを鍋ごと放り出す。と、「ベッドで老人は死んでいた。外では『幽霊』がシッポを振っていた。」恐らくエドガー・アラン・ポーかアンブローズ・ビアスのパロディと思える。

最後の「落ち」まで行かなくとも、「遠くに犬の声を聞いた」リトルマンの足が震え、太った男に馬鹿にされていっそ「殺してやりたい」と思うが、その太った男も「幽霊犬」の声を聞いて怯えだし部屋の隅で「訳の分からないことを口走る」など、終始大げさな喜劇的調子で一貫している。

5.「クマを殺す」

　1892年7月31日掲載。リトルマンが凶暴なクマを殺すという、後のフォークナーばりのリアルな物語だが、表現などは極めてクレイン流で、色彩用語や比喩が多く、またその場にいるかのように語るかと思えば、あるいは遠くから眺めるように描写する視点の変換もある。クマの死に厳粛な運命を見て、その自然主義的なテーマが、『マギー』や『赤い武勲章』に近いとする解釈もある。[6]ストーリーは単純で、要は表現なのである。

　最初の場面から、マツの木が「ひしめきあって」、「震え声で歌っている。ツララが木々の端に垂れ下がり、細かな雪がその葉にかかる」で始まる。リトルマンは、クマを追いかける猟犬の吠え声を、耳をすまして聞いている。クマが近づくに従い、リトルマンは神経を張り詰め、「天地も轟かせるほど」気分が高揚してくる。「クマは死が迫っていることを知らない。」彼は仕留める一撃に集中する。クマは致命傷を負い、リトルマンは数百ヤード追いかける。その死体に近づくと、勝利の興奮を感じる。「彼はクマによじ登り、その肋骨を蹴る。その表情には、恋を成就した者の微笑みが浮かんでいた。」

　喜劇的側面があるとすれば、結局彼には恐怖を発砲という手段・いわば安全装置で隠そうとしている印象があることだ。また、「狂気じみた、世界を揺るがすほどの激情にも」大げささがつきまとう。そのためか、読者の同情はリトルマンよりクマに寄せられ、ある意味厳粛なイメージも残る。なお、タイトルは「彼の("his")＝自分の」クマを殺すのであり、そこには「恋」という言葉に示された通り、クマへの愛憎がある。

6.「苦しみのテント」

　この作品は比較的商業雑誌であるコズモポリタン誌に1892年12月号掲載。「サリヴァン郡スケッチ集」の中でも短い。リトルマンをテントに残して3人の仲間が食料を求めに農場に行く。と、クマが現れ、リトルマンはあわててテントから逃げ出す。クマは暴れ回ってテントの布に絡まってしまう。仲間が戻ると、「白い布をまとった幽霊」が押し寄せてきて仰天し、丘へ逃げ出す。クマはテントを切ってあわてて森に退散するという他愛もない喜劇である。ただ、絡まったクマの動きだけで、話をおかしくしようとしている。「テントが湖の方へドスンと跳ねていく。中から信じられないような音が聞こえる。切り裂き引きちぎる音、呻

きに喘ぎ声」と。

7.「ハックルベリー・プディングの叫び」

　副題は「キャンプ体験のよく分からない考察」で、シラキュース・ユニヴァーシティ・ヘラルド紙に1892年12月23日掲載。リトルマンが狩猟キャンプでハックルベリー（の実を入れた）・プディングを自分と3人の仲間のために作った。3人は一口しか食べず、リトルマンだけが食べた。夜寝ていると、プディングを食べなかった3人が、恐ろしい声を聞いて目覚める。リトルマンがいなくなっていた。しかし森の中で、3人は激しい胃痛で身悶えして、悲痛な叫びを上げているリトルマンを発見する。この話には、意外な展開というのが見られない。ただしこれ以降のクレインを彷彿とさせる冒頭部分「松の木の暗い影に大きな輝きが明々と揺らめいていた」といった、色彩というか明暗の表現もある。その他「木々の葉が揺らめき、雫を落とす。それが夜明け前の薄明かりに光る」なども情緒的である。が、ここでは単に思わせぶりに物事をみせようとするための表現だともいえる。

8.「7人の赤ん坊の大泣き」

　生前出版されず、ホーム・マガジン・オブ・ニューヨーク誌の1901年1月号に「サリヴァン郡エピソード」の名前で掲載。リトルマンが森で迷い、石の壁に出くわす。その向こうでは大女がジャガイモ畑で働いている。小屋の軒の下に7人の赤ん坊が座って泣きながらお腹をさすっている。空腹のようである。壁をよじ登り越えてリトルマンが道を聞くと、大女に罵られ攻撃される。大女はどうもハエ取り紙のセールスマンのことを恨んでいるらしい。リトルマンは自分が「食べられてしまうのか」と脅える。太った男が壁を登って来た時、一瞬大女は気を取られ、その隙にリトルマンは大女のつかみかかった指をほどく。リトルマンは7人の赤ん坊の方に逃げると、赤ん坊が大泣きする。と、大女は追っかけてくる。男2人は壁をよじ登って逃げ、仲間たちのところに戻る。彼らはハエ取り紙のセールスマンと話していたが、大女はそのセールスマンとリトルマンとを間違えたのだ。リトルマンは怒ってその男のお腹を蹴飛ばす。

　話全体がよく分からない面もあるが、子供に対する母親の（行き過ぎた）愛情の発露が根底にあるということであろうか。ただし表現の誇張が多すぎる。「褐色の巨人が、猛り狂って壁に激しく突っ込んだ。その馬鹿でかい拳をリトルマン

めがけて振り回した」など。

9.「魔の山」

　コーラが編集したクレインの『最後の作品集』(1902) に初出。書かれた時期は他の「サリヴァン郡スケッチ集」と同時期と思われる。リトルマンはキャンプ地近くの小山で、道に迷ってすっかり疲れるが、森の迷路のような入口に興味を持ち、どこに続いているのかと思う。太った男はリトルマンを嘲笑うが、リトルマンは「どこか凄いところに通じている」と思い込んで、森の入口から中に入って、高い松の木に登る。と、ジョーンズ・マウンテンが見える。森から抜け出ると、その山から離れてきたはずなのに、また山の麓にいる。突然山が近づいてくるように見える。逃げ出すが、しばらくするとまた自分の前に山がいる。まるで山が追いかけてきているように…。怒って小石をいくつかつかみ、山の斜面に向かって投げつける。彼は決然と山を登りだし、頂上にたどり着いて勝ち誇る。ところが実際は「足元の山は動いていなかった。」

　要は、行動の結果がどう見えるかはすべて主観次第だということであろう。山という自然に登り征服するというのは、人間の勝利の欲望を示すが、その勝利は究極的幻想なのである。その幻想が動きもしない山が動くという形で表されている。ジェイムズ・B・コルヴァートによれば、このイメージは『赤い武勲章』や詩集『黒い騎手たち』にも登場する[7]。そしてここではそういう幻想が、リトルマンの一人芝居で示される。「山に目があるぞ！」「分かるんだ、目がある！」「山がやってくる！」「追いかけてくる！」と。

10.「叫ぶ木」

　ゴールデン・ブック・マガジン誌に1934年2月に初出。執筆時期は、この原稿の裏側が『ジョージの母』の一部、および『赤い武勲章』の初めの草稿に使い直されているので、1893年と推察される。

　4人が狭い山道を歩いていると、リトルマンが誤って転びそうになり太った男にぶつかる。彼は卵を籠に持っていたので、リトルマンに気をつけろと注意する。空洞の木があり、リトルマンは中に宝物があるのではというが、太った男は取り合わない。実は怖いのだが、リトルマンは怒って、それなら中に入って確かめるから、その結果を賭けようといい出す。太った男も見栄から断れない。リトルマンが木の幹によじ登ると、太った男が木の空洞の中に入れと急かす。と、リ

2. 初期の活動

トルマンは入ろうとして身動き出来なくなる。こうなったのは太った男のせいだとリトルマンは怒る。いらだってリトルマンは木の幹を切る。それが太った男の頭に当たる。リトルマンはいい気味だと思う。だが、籠の卵は落ちた木の幹によって粉々に割れている。それでも意気揚々とリトルマンは「ざま見ろ、おまえの卵が幹の下に」と言い放つ。

　人間の見栄のおかしさを語った話であるといえる。思ったことと実際に行った結果の落差、それに気づいたかどうかも分からない人間が皮肉に見られている。降りてきたリトルマンは堂々と歩き出す。「その足取りは精鋭兵のようであった」とからかわれる。せっかく汲んできた水がこぼれて台無しになる、後年の「ヒロイズムの神秘」に似ているという指摘もある[8]。なお、作品は大部分が2人のやりとりの会話で構成されている。

註

1. Mark Currie, edited and with an Introduction. *Metafiction* (New York: Longman, 1995), pp. 2-4.
2. この事実関係などについては George Monteiro, "Judge William Howe Crane Gets His Wild Boar," *Stephen Crane Studies* 16:2 (2007): 21-25.
3. Thomas A. Gullason, "'Four Men in a Cave:' A Critical Appraisal," *Readers and Writers* (1967): 30-31.
4. この点については Monteiro, "The Publication of 'A Fishing Adventure' in *Collier's Weekly*," *Stephen Crane Studies* 12:1(2003): 2-3.
5. ちなみに案内役の男を作家に見立て、さらに「オクトプッシュ（タコ）」の吐く墨をインクと見なして、メタフィクション的にこの話を解釈する批評がある。Joseph Churuch, "Reading, Writing, and the Risk of Entanglement in Crane's 'Octopush,'" *Studies in Short Fiction* 29 (1992): 341-46.
6. Wertheim, *A Stephen Crane Encyclopedia* (Westport, Connecticut: Greenwood Press, 1997), pp. 186.
7. Colvert, "Stephen Crane's Magic Mountain," *Stephen Crane: A Collection of Critical Essays*. Twentieth Century Views. Ed. Maurice Bassan. (Englewood Cliffs, NJ: Prentice-Hall, 1967), pp. 95-105.
8. Holton, p. 31; Marston LaFrance, *A Reading of Stephen Crane* (Oxford: Clarence, 1971), p. 30.

3. ニューヨーク州と近郊に関わる作品

A：バワリー

　クレインは主に1891年から1893年にかけてニューヨーク・マンハッタンの貧民街であるバワリー地区を放浪・取材をした。ニューヨークのスラム・アパートは1867年まで全く無規制に建てられた。建物内に水道設備のあるものは少なく、調理や暖房は薪か石炭で、換気は良くなかった。また屋外のトイレは、住民数に比べて著しく不足し不潔であった。当時はまだ児童を保護する法律も、最低賃金法もなかったし、こういう地域には労働組合も縁がなく、また国からの援助といったものもなかった。

　クレインのスラムに関する記事や作品の特質は、そういう悲惨な状況のスラムを、思い込みや感傷性を排して描いたことであろう。微妙な「審美的」距離を置きながらも対象に肉薄し、身体的息遣いを伝えるという離れ業を演じている時がある。ウィリアム・ディーン・ハウエルズが1896年7月26日付のニューヨーク・ワールド紙掲載の書評「小説に描かれたニューヨークの貧民生活」で、クレインとユダヤ系作家の先駆者エイブラハム・カーハンの作品とを並べて論じたのは慧眼である。クレインとカーハンは、8月25日にハウエルズの計らいで、また文芸クラブのランタン・クラブで同年9月26日に会っている。カーハンはリトアニアより移住したユダヤ人で、ニューヨーク・サン紙やニューヨーク・プレス紙などに、都市における移民の生活に関する記事を寄稿し、またユダヤ系新聞の編集に携わった。小説『イェクル：ニューヨークのユダヤ人貧民街』(1896)はリアリズム文学の手本としてハウエルズに賞賛される。後にユダヤ移民体験の傑作長編『デイヴィッド・レヴィンスキーの向上』(1917) を書く。前述の書評で、ハウエルズはクレインの『マギー』や『ジョージの母』と『イェクル』を比較し、前者は悲劇的で後者は喜劇的であるが、両者ともスラムの環境描写が真に迫って説得力があると評している。カーハンやクレインは、アメリカ・リアリズム、もしくは自然主義のスラム描写において、皮肉であるが当のハウエルズと違い、あからさまな感傷性・説教性を排除したパイオニアである。ハウエルズが描くスラムには、所詮距離があり、環境よりも最終的に個人の我欲に状況を帰結させる、そして「教化」するところがあった。

　もう1人、クレインのスラムに関する作品でよく比較されるのがジェイコブ・リースである。1890年代後半にニューヨーク貧民街の生活状況について、当時

目新しい写真を使用しながら、リースは講演して回った。スラム生活に潜入して、有名な『別世界の生活』(1890)を書いた。彼は著作でも写真を入れて貧民の非衛生的な生活状況を暴いている。とはいえ、暴いているのか、むしろ観光客的視点から「別世界」として神秘化しているのか、後者のように思えなくもない。その手法は、読者に貧困なスラムを見せて、どちらかというと嫌悪感・距離感を持たせるものである。[1] クレインはアズベリー・パークにいた時、ニューヨーク・トリビューン紙1892年7月24日付「アズベリー・パークの夏の住人たちとその様子」でリースのことを報道している。『マギー』の改訂や、その他スラム関係の執筆にあたってリースの講演や著作に、彼は影響されたかもしれない。実際両者は会う機会はあったが、個人的に親しいところまでは至らなかった。リースは本質的にモラリストで、やはり「教化」することに関心があった。だから具体的に貧民アパートの改良、学校の改善、道徳的指針の重要性と共同体の結成の必要性などを訴えた。特に伝統的な家庭観を重視した。一方クレインの場合、『マギー』で分かる通り家庭の崩壊を「親身な説教」など入れずにあからさまに描いている。[2] よりリアリストであったともいえるが、逆にそのアイロニカルで高踏的立場に、彼の貴族性のようなものが窺われるかもしれない。とはいえ両者には共通の認識があって、それはスラムという「別世界」から、もう1つの世界に越してくることは、まず不可能だということである。

(a) 記事・エッセイ

1.「壊れた荷馬車」

　ニューヨーク・トリビューン紙1892年7月10日に掲載。無署名。「ニューヨーク市紀行」という見出しの欄に掲載。クレインの記事には時にあることだが、特定の事件を報じたのではなく、実は報道形式に則ったスケッチである。冒頭、それぞれ4頭立ての2台の大きな荷馬車がゆっくりと進んでいく。ラッシュアワーの渋滞に後続の荷馬車などはいらいらしている。1台の後輪が外れ、立ち往生する。後にいる荷馬車の御者たちは盛んに文句をいう。歩道の通行人は何があったのかと興味をそそられ、理由がわかると無責任なアドバイスをする。抗議の叫び、口笛、人の声に加えて、高架電車が頭上を、轟音を立てて走っていく。ようやく車輪の交換がされて、交通の流れが元に戻る。車輪を交換しようとする当事

者の切実だが喜劇的な様子と野次馬が対照的である。

　混雑した都市でいかにも起こりそうな情景を描いている。表現的には、印象主義的な色彩の多用、たとえば光の色を白、赤、青と様々に描写しているが、特に赤色が目立つ。荷馬車の赤色、御者の髪も赤、その手綱を引く手元も赤…。「元気をなくした車輪」、「ありえない景色」とか「無力となった荷馬車」などの奇抜な表現も多い。一転して無機的な「朝食13セント、夕食15セント…」という看板の言葉も忘れない。そういう視点の移動によって描かれる、交通だけでなく、周囲の状況、たとえば事故を見守る商店主などの様子も面白い。興味があるような、どうでも良さそうな、見物人の心理を巧みに描いている。さらに全く無関係な1人の少女が恐らく酔っぱらいであろう親に持っていくビール。また「大きなビール桶を抱えて、半ブロックごとに一旦置いて休まないと進めない小さな男の子。」競馬の結果を掲載した新聞を売る少年。すでに性的対象だが、まだ幼さの残る女工、つまり『マギー』の主人公を思わせる少女もいる。もっともこの子は気が強い。床屋の主人が「遊ばない？」と声をかけると、「フン、つけ上がって」と一蹴する。そして馬も我慢できないのか蹴り始める。それを宥める御者…。

　作品は都会の混雑・喧騒・人々の好奇心と冷淡さ、人間関係のギスギスした感じなどを鮮やかに切り取っている。インフラ以上に増えた人間と交通量、それに伴う緊張と苛立ち。そういうものを見逃さないクレインの目には、タブーがない。ちなみに、「4人のユダヤ人が、質屋からそれぞれ顔を出している」といった、いかにもと思わせる記述もある。

2.「貧窮の体験」

　ニューヨーク・プレス紙（日曜版）に1894年4月22日掲載。実地体験を元にしたエッセイだが創作性を強めたものである。この時（3月初旬）同行したのが、1893～4年の秋と春、旧画学生連盟の建物でクレインのルームメートになった1人である、画家兼挿絵画家のウィリアム・ウェアリング・キャロルである。彼の回顧録は、クレインと2人で冷たいビールとパンとスープで夕食を取ったこと、害虫がウヨウヨする安宿で寝たこと、印象に残った物乞いのことなどを記録している。この乞食が下記の「暗殺者」のモデルである。1893年から翌年初めにかけては、アメリカは記憶に残るほどの不況であった。そういう背景がある。なお、実体験に基づくだけではなく、当時スラムを盛んに取材していたトマス・フリントやジョシュア・ウィラードの記事・作品をクレインが参考にしていた可能

性も指摘されている[3]。1週間後に発表された、「贅沢の体験」と対をなしている[4]。

　当初作品は、主人公の若者（職業は明記されていないがジャーナリストと思われる）と、浮浪者を眺めている年長の友人との会話が、最初と最後に置かれ、「貧窮を実際に体験してみよう」という形式になっていた。それで若者は、芸術家仲間のところに行って、浮浪者じみた服を借りる。そして最後に体験を終えた若者に友人が聞く。「浮浪者の気持ちが分かったかね？」と。ところが作品が単行本の一部として収められた時（『オープン・ボートとその他の物語』）、この会話は両方とも省かれた。「体験」ではなく、まるで若者ともう1人の連れが浮浪者そのものに見えるようになった。正確にいうと、すでに浮浪者じみていて、自分も浮浪者の不幸な生活に完全に染まるのではないかと恐れているような人物に…。当然表題の「体験」も不自然になった。当初の形では、あくまで一般人の「体験記」になっている。この距離感が新聞の読者を安心させる役目をしたといわれる。

　本体の作品の構造は地理的に円環的である。とはいえ、正確に路程を記述しているのではなく、あくまでその場その場の印象を記すための便宜上のものといえる[5]。新聞社という「権威」の集まるパーク・ロウの東端のシティー・ホール・パークからスタートして、若者がとぼとぼ歩く。彼は早々にその汚い身なりを子供たちから野次られる。自分でも家路に向かう身なりの良い人々との違いを感じ始める。そこからバワリーの南の端である、酒場や安宿街のチャタム・スクェアまで行く。チャタム・スクェアの先のバワリーの角で、若者はビールを注文すると温かいスープが食べられる酒場に入る。若者は安宿を知っていそうなみすぼらしい男の後に従い、今晩のねぐらの話を持ちかけようとする。と、「暗殺者」（とはいえ彼は所詮無害であり、その点でこの名前は皮肉である）めいた顔つきの男が若者と連れに近づいてきて、死体安置所のような宿に連れて行かれ、石板めいたベッドを与えられる。入った瞬間から強烈な臭いがしていた。ロッカーは墓標に似ている。死体さながらにベッドに男たちが寝転がっている。「その死体のようなものと、じっと見つめあっている」気分になる。浮浪者の1人が夜中に喚き声を上げる。と、それが若者には「ある集団、階級、人々の嘆きを象徴する、哀れな者による抗議」に聞こえた。つまり単なるスラムの現場のみならず、抑圧の構造そのものに目がいくのである。しかし朝の光が射すと、こういう雰囲気は消え去る。軽口を叩きあっている者もいる。暗殺者じみた男に若者は朝食を奢る。と、この人物が虐げられた階層の代表などではなく、人に頼る癖のついた、怠け

者ではないかとも感じる。

　ビジネス街に若者は戻ってくる。身なりの良い人たちが慌ただしく前を通り過ぎていく。背後の巨大な商業ビルディングが、足元でもがく虐げられた者を無視する国家の象徴のように見える。そして町全体から「耳慣れない言葉が取り留めもなく意味不明に混じり、硬貨の触れ合う音が聞こえる。それは町の希望を意味するものであろうが、彼自身にとっては絶望に聞こえた。」若者は、自らも零落した気分になる。そして挑戦的な姿勢を見せる。目にしたものに大いに影響されたと公言するのである。

　弱者に全面的に共感したわけではない。とはいえ、昔からよく言及されたクレインの「バワリーの住人の根源的問題は臆病」という手紙は、伝記作者トマス・ビアの捏造の可能性もあり、従ってこの手紙を典拠にして、作品は浮浪者を「単なる怠惰な者」と一方的に決めつけているともいえない。確かに前述の「暗殺者」には、その呼び名から「サシガメ」（吸血性の昆虫：“assassin bug”）が連想され、食客的なイメージといわれる。だが、そういう連中を含めて、社会状況を考慮すれば、同情もできるといった側面があるのかもしれない。要は、「貧民の視点が理解できたか」と聞かれた時、「それはともかく、自分自身の視点は大きく変わった」というのでも分かるように、政治的、経済的な不平等への（弱者に代わっての）抗議というよりも、個人の意識の覚醒に重点がある。

　そもそも描写も論理的というよりは一貫して情緒的で色彩豊かである。たとえば、「夜遅く、細かな雨が静かに舞い降り、舗道を青々と光らせた」とか。また前述の「石版めいたベッド」や「墓標に似たロッカー」のようにイメージも豊かである。つまり全体に心象風景の趣がある。「ありふれたものが突然恐ろしく見え」てくる。酒場は通りがかりの人を食い尽くす所に思え、高架鉄道は「線路を這いつくばる巨大なカニ」だと感じる。逆にいえばこういう表現によって通常のルポルタージュとは一線を画している。安易な論理化を阻むほど実体験は感情的に強烈だったともいえよう。

　同じスラム街を描いた『マギー』では、あくまでその住人に対し、アイロニカルな距離感が保たれていた。しかしこの『貧窮の体験』では、繰り返せば正にそういう住人そのものの立場になれるか、そこが問われて、結果は明らかではない。「自分が追放者のように思えた。深くかぶった帽子から覗く目つきには、邪悪な感じが見られた。ある確信犯めいた犯罪者の表情になって。」体験者個人への還元は、あるいは逃げの姿勢と受け止められるかもしれない。クレインは元々

名門の出でもあり、零落者気取りがなかったかといえば、それを完全に否定するのは難しい気もする。ともかく、色々矛盾した思いを持ちながら、若者はスラムの反社会性を個人のレベルで一瞬共有したのであろう。

3. 「吹雪の中の男たち」

「貧窮の体験」と取材対象が似ている作品で、1894年2月26日の夜、クレインがバワリーで過ごした時の体験に基づいている。その晩はニューヨーク市全体を吹雪が襲い、45センチほどの積雪があった。アリーナ誌に最初に掲載され（1894年10月）、フィリスティン誌に再掲載（1897年1月）された。アリーナ誌には、編集長のベンジャミン・オレンジ・フラワーによる、クレインの将来性をハムリン・ガーランドになぞらえて高く評価するコメントが付いている。この作品には、1年ほど前に出版された、同じ厳冬を舞台にしたアルフレッド・スティグリーツの写真集『5番街の冬』（1893）の影響があったともいわれる。[9]

「貧窮の体験」も印象的スケッチであったが、一応リアルな探訪記であった。この「吹雪の中の男たち」はそのエピソード的描き方において、「壊れた荷馬車」に近い印象がある。午後から夕方、そして夜半にかけて雪が激しく降る。歩行者が顔をコートに深く埋めて急いでいく。どこに急ぐのかといえば家路であろう。「多くの歩行者が…逃げていく。慣れ親しんだ色合いの温かく馴染みのある場所と思えるところへ。」

そういう逃げ場のない大勢のホームレスが、安宿の前で凍えながらひしめいている。入館時間を待っているのだ。クレインはこの人々を分類する。それは「アメリカ人、アイリッシュ、ドイツ系」という分類（そういう客観的観察もしているが）ではなく、「生存競争で敗れた失業者」と、「貧窮の体験」の「暗殺者」のように「バワリーの安宿にいる怠惰になれきった常連」の2種類である。この区分は「貧窮の体験」より明確である。けれども1929年からの大不況以前では最も深刻ともいわれた、1893年から翌年にかけての不況では、等しく皆が困窮していた。彼らが待つ安宿とは対照的に、通りの反対側の衣服店が、自分の境遇にいかにも満足したような贅沢さと快適さを誇示している。「頼むから早く入れてくれ！」「入れてくれ。凍え死ぬ！」「何でこんな寒いところで待たせるんだ！」安宿の扉がようやく開くと、群集は前に突進した。

この記事に明白なイデオロギーはない。そういうものを説くのではなく、ともかく忠実に、一瞬の場面をリアルに、視点を変えながら淡々と表現している。激

しい吹雪が経済不況を含めた外的環境の力を象徴し、バワリーの住人を追い詰める。

(b) 創　作

1.「新聞配達少年の胴元」(A Newsboy Capitalist)

　クレイン作ではないかと推定される短編。ニューヨーク・トリビューン紙1890年8月3日掲載。新聞配達の少年が賭けをしていて、一人(「胴元」)がお金を巻き上げている。ジミーという『マギー』のジミーを思わせる靴磨きの少年が、賭け金を貸してくれと「胴元」に持ちかけて揉める。が、靴磨きの客が来て、その靴磨き代でジミーは賭けに加わる。俗語満載で、運試しの話という点では、後の「5匹のハツカネズミ」に似ていないこともない。

2.「『ドゥ・ギャング』がバンド演奏を聞くところ」

　ニューヨーク・ヘラルド紙1891年7月5日掲載。『マギー』の原版かその改訂版の1部の原稿が下敷きと思われる。中心人物はマギーと兄のジミーである。マギーは工場で働いていて、フレッドというボーイフレンドがいる。ジミーが呼んでいる通り「洒落た恋人」で、『マギー』のピートを思わせる。ところが、この作品のマギーは「したたかな女」である。一方頑なで皮肉屋のジミーの性格は、すでにこの作品で出来あがっている。スラムの俗語がふんだんに使われているが、まだ不自然で、たとえば同一の文に俗語と標準的言い回しが併存していることがある。一方人種の多様性は『マギー』より明確な印象がある。タイトルは、そういう「一行」(「ギャング」)が、バンドの演奏をトムプキンス・スクェアで聞くから。

3.『マギー：街の女　ニューヨークの物語』

　当時の代表誌センチュリー・マガジンなどから断られ、1893年2月下旬から3月初旬にジョンストン・スミスという偽名でクレインが自費出版した中編。費用として兄ウィリアムに遺産の鉱山株や実家の権利などを1月に売っている。偽名を使ったのは、内容が衝撃的であると承知していたクレインが、自分の一家の宗教的背景に配慮したからではともいわれる。匿名にしたが、いかにも大衆的な

ジョンスンという名前を少しひねったものにしようとして、ジョンストンと「ト」（"t"）を入れたと語っている。スミスはもちろん平凡の極めつけである。1,100部出版でかかった費用は869ドル（法外だったともいわれる）。1冊79セントの予定であったが、実際は50セントにした。それでも当時の著名作家のペーパーバック版の倍ほどの値段であった。『マギー』はほとんど売れなかった。20冊程度を友人などに寄贈した。クレイン自身処分したのであろう。元の作品は、本人の手にも1冊しかなかったらしい。

　批評家からは事実上無視された。ジョン・D・バリーのように、クレインへの手紙1893年3月22日付で「こんな醜悪な内容は文学であるのか」といってのけた者もいた。ベンジャミン・オレンジ・フラワーが創刊した社会変革を訴える雑誌アリーナ誌に、ハムリン・ガーランドが書いた（1893年6月）短評が、出版年の唯一の反響であった。（もっともクレインの地元紙に「出版のお知らせ」程度の告知はあったようだ。）そのガーランドでさえ、作品の価値は認めながらも、クレインの直截な描き方、俗語の多用には抵抗を示した。後に1895年6月8日付のハーパーズ・ウィークリー誌で、もう1人の師匠であるウィリアム・ディーン・ハウエルズも、作品は一般向けではないので「知られないままであろう」と書いている。この評価は様々な新聞などで引用された。ちなみに、当時ニューヨーク・サン紙の記者だったエリシャ・ジェイ・エドワーズは、あまり知られていないがクレインの後援者であった。エドワーズは、ニューヨークでクレインが放浪生活をしていた初期の頃、自宅を寝場所として時々提供したようだ。また、ニューヨーク・プレスとフィラデルフィア・プレス両紙に1894年4月15日に同時掲載された、前述とは別のハウエルズの（賞賛しているが、やはり一般読者向きでないという）『マギー』評を教えてあげた。もっともエドワーズ自身も『マギー』の過激なリアリズムについていけなかった。

　伝説の億万長者ハワード・ヒューズの叔父ルパート・ヒューズ（雑誌の編集者兼批評家）は、ハワードと同じく変わった人物であったが、クレインを天才だと早くから確信したのか、例外的に後の1895年10月に、ゴッディーズ・マガジン誌で、穏健な読者へのいわばショック療法として、作品の効用を認めている。

　削除版が1896年6月にD. アプルトン・アンド・カンパニー社から公に出版されて、『マギー』は広く批評された。今では1893年の無削除版が底本であるが、当時はこの削除版を読んで批評されることも多く、その点で当時の評価には注意する必要がある。もっともその削除版にしても、言葉遣いが酷すぎるという批

判も目立ち、またニューヨーク・タイムズ紙の出版に先んずる書評（1896年5月31日）のように、作品は現実に忠実であるが、もっとまともな生活と比較対照して読むべきとの指摘もあった。同年9月にイギリスでハイネマンより出た削除版は『マギー：街の子供』とされて、不穏な意味合い「女」が消され、ハウエルズの紹介文が付いていた。そこではギリシャ悲劇やトマス・ハーディーの『日陰者ジュード』（1895）と比べられている。

　クレイン自身、『マギー』が無視されてひどく落胆したと、削除版出版にあたって（『マギー』の削除版が出版できたのは『赤い武勲章』が売れたからである）、レズリーズ・ウィークリー誌のハーバート・ウェルチに1896年5月28日にその悔しい気持ちを書き送っている。

　ところで、そもそも執筆の経緯であるが、シラキュース大学時代のクラスメートである、たとえばフランク・W・ノクスンによれば、クレインは1891年の春に『マギー』の草稿を書き出していたそうである。彼はシラキュースの下層社会に興味があり、ミュージック・ホールによく出入りし、警察裁判所で売春婦と会見したりしていたが、それはニューヨーク・トリビューン紙のウィリス・フレッチャー・ジョンスンから地元通信員の仕事を委託されていたからだともいわれる。いつの時点から、副題が示す通り「ニューヨークの物語」に変わったのかは不明である。ニュージャージー州レイク・ヴューの兄エドムンドの家を拠点として、クレインは1891年から92年の秋から冬にかけて、ニューヨークの貧民街も探訪していた。ペンデニス・クラブのルームメートであった、フレデリック・ロレンスによれば、クレインはバワリーに行った時に子供たちの石の投げ合いを見て、『マギー』の書き出し部分を始めたというが、これは恐らくバワリー探求の経験に照らして元の原稿を書き直していたのであろう。ハムリン・ガーランドはクレインにセンチュリー・マガジン誌の編集長リチャード・ワトスン・ギルダーへの紹介状を書いてあげた。クレインは改稿した原稿をギルダーに持っていったが断られたようである。

　単行本として刊行した際、クレインがこの後盛んに寄稿することになるウェストミンスター・ガゼット紙は、師匠の「ハウエルズよりも洞察力が上だ」と1896年7月31日付で称賛している。ただし後にクレインを高く評価することになるH・G・ウェルズなどは、同年12月19日のサタデー・レヴューにおいて、「独自であるが、小説（家）として力強いか」どうかについては態度を保留している。H・D・トレイルは、フォートナイトリー・レヴュー誌（1897年1月号）で、アー

サー・モリスンの『ミーン・ストリート物語』(1894) に描かれたロンドンのイースト・エンドと比較し、『マギー』のような「粗雑な描き方や題材はアメリカの素人作家がすることで、そこがイギリスとは違う」と評している。

　削除版に関する『マギー』評を他にもいくつか紹介しておきたい。たとえば、ジョン・オハラ・コズグレイヴは1896年7月4日付のウェイヴ誌で、作品の印象主義的技法は断片的で浅薄だと述べている。また登場人物に対するクレインのアイロニーを見破っていない。ちなみに『ジョージの母』の方をコズグレイヴは高く評価した。とはいえ、題材そのものに対してではないので、まだ穏当だったといえる。そもそも「本当のことが書いてあるにせよ、汚い現実・真実に過ぎる。こういう作品に存在価値があるのか？」という先述のような拒絶反応が強かった。しかし、そこから皮肉にも作品の不自然さに気づいたものもある。たとえばボストン・バジェット誌は、「唯一不思議なのは、どうしようもない環境の中で、マギーが美徳を維持している点だ」と書いた（1896年6月21日付）。また人間の動物的様態を描いたということで、アニマリズムの作家という呼称を与えたのもある（ネイション誌1896年7月2日アーサー・ジョージ・セジウィック）。なお友人の「エイミー・レズリー」（彼女に関しては1．(H)(d)参照）がシカゴ・デイリー・ニューズ紙7月22日号に書評を書いていて、「クレインの作は真実であるが、(後世に)残るかどうか」といっている。ちなみに『マギー』も『ジョージの母』も、主人公を死や破滅に追い込むその要因が家族の中で母（両主人公の母は人物的には前者が過度に自堕落、後者が過度に潔癖と対照的であるのに）であり、男たちではないところに、クレインの女性像に「傾向」があるといえるかもしれない[11]。

　この作品に対する他の文学からの影響という点については、エミール・ゾラ（特に『居酒屋』[1876]）がよく挙げられる。また、エドガー・フォーセットの『人間が為す悪』（田舎娘が都会で騙され売春婦になって最後は殺されるという物語）(1889)からの影響も推測される。が、当時スラム文学という1つのジャンルとして成立しつつあった小説よりも、都市における移民の急増、産業の発展に追いつかない労働・住居環境、犯罪と疫病の深刻化などを扱った社会的資料やドキュメンタリーの単行本・記事などの方に、クレインの関心はあったのではないか。一番影響を考えやすいのが、既述の通りジェイコブ・リースの『別世界の生活』や『貧困の子供たち』(1892) などであろうが、たとえばその種の記事を盛んに掲載していたアリーナ誌の他に、一見穏健なスクリブナーズ・マガジン誌に

も「大都市の貧困」といった連載があり、こういうものをクレインは参考にしたかもしれない。

『マギー』は、クレインが友人・知人への献呈の辞で、ほとんど変わらず書いた通り（たとえばバワリーの環境改善に尽くしていたトマス・ディクスン師への、1895年1月の献呈の辞）「環境とは非常に大きなもので、個人に関係なくその生活を決定する」という環境決定論を色濃く出した、アメリカ自然主義最初の作品の1つといわれる。なお、キャサリン・ハリスという人物の質問に答えてクレインが送ったとされる手紙（1896年11月12日付）にある、『マギー』に関して「バワリーの住人の根源的問題は臆病」という言葉は、繰り返せば捏造で悪名高いトマス・ビアの伝記でしか確認できないので、これを論拠に『マギー』を語ることは今日では不可能である。

　自然主義の作品と評されるが、骨太で長大な自然主義の小説ではない。短い19の章で繋がれ、しかもその繋がれ方も論理というよりは、ムードやイメージによってゆるやかに結びつけられている。純粋な自然主義作品と決定的に違うのは、いわゆる自然主義的作品が環境の影響、運命の開示を延々としていくのに対し（当然繰り返しも多い）、省略して、このムードやイメージに全てを語らせようという手法であろう。当然長編が多い自然主義の作品に比べて短い。「売春婦への転落」とは、ありふれた話なので、省略も可能だったということかもしれない。

　こういう点から過酷な内容に似合わず、夢幻的、ロマンティックな印象もあるが、それは主人公たちの実態のない夢とも関係している。そもそもバワリーの描写は、登場人物たちの見た目から綴られた、すべてフィルターがかけられたような主観的なものである。基本的には、現実のバワリーというより、そこの住民がどう（偽って）感じているか、その心象風景を映し出している。スラムはリアルな存在というより、登場人物の希望、欲望、恐怖の投影である。加えて比喩的にいえば、スラム特有の酒場の紫煙が実態を覆い隠し、またアルコールによる心の歪みが曖昧さを倍加させるかのようにさえ感じられる。舞台となった場所も、近年の研究で実はバワリーだけでなくミッド・タウン・マンハッタンのイースト・サイドまでも含み、特定の地域ではない（あるいはクレインが作品を改稿していた当時のマンハッタンでの居場所である、アヴェニューAから近い範囲）ということが分かってきた。[12]またその俗語も奇妙に統一されていて土着のものともい

えない。その点でも実態重視の自然主義作品とは違う。

　作品のエピソード・モンタージュ的進行を支えるのが比喩的あるいは色彩豊かな表現である。それは冒頭近くの「黄色の服をまとった囚人たちが、虫のようにつながって灰色の不吉な建物の陰から現れ、ゆっくりと川堤を歩いていった」などから一貫している。色を使った表現としては、『赤い武勲章』を想起させる、たとえば（直訳すれば）「黄色い不満」（"yellow discontent"）、「無為の赤い何年間」（"red years without laboring"）といった表現もある。後述するように、作品の冒頭のジミーの喧嘩などは恐ろしくリアルな描写であるが、その喧嘩からジミーがボロアパートに帰る部分は、彼の主観から描かれている。母から下されるだろう罰を思うと、すべての女たちが「恐ろしく」思え、アパートは「揺らめき」、戸口は「不気味」なのだ。

　作品は、アイルランド移民が多いスラム地区で、街の不良の子供が二手に分かれて喧嘩しているところから始まる。前述した最初の迫真的場面とは、「一つの石がジミーにぶちあたった。血が顎をつたわり、ボロシャツの上に滴り、泥まみれの頬に涙の筋が出来ていた」である。子供の残酷さを、クレインは初期のこの『マギー』から、生前最後の連作『ホワイロンヴィル物語』まで一貫して書いていくが、ただしスラムでの大人顔負けの喧嘩の壮絶さは、後者の牧歌性とは大違いである。むしろスラムの子供は、子供らしい「喧嘩」や「遊び」を奪われているといった印象さえある。一方では、こういう環境で育ってきた大人は、そういう子供の有様を単に冷ややかに見ている。売春宿を営む女や、「また労働者たちは一瞬注意を引かれて喧嘩を見ていた」だけである。

　この喧嘩を、16歳という年齢ですでに悟りきったような冷笑を浮かべた不良ピートが一掃してみせる。マギーはジミーを喧嘩のことでひどく叱る。というのも喧嘩した傷だらけの酷い姿のままだと、家で2人ともこっぴどく殴られるからである。実際に家に帰るとジミーは母親のメアリーからひどく叱られる。が、口答えすると、マギーも巻き込まれ、母親はマギーを叩く。帰ってきた父親はジミーを叱る。父は母を怒鳴りつける。ここからはお決まりの夫婦喧嘩になり大立ち回りになる。マギーはひたすら怖がるが、ジミーや幼児トミーは毒づいている。ちなみにこのトミーはすぐに死ぬ。「トミーは死んだ。マギーとジミーは生き残った」という簡潔な表現が、生存競争の過酷さを物語る。（トミーについては別に短編が3作ある。）ジミーは成長して荷馬車の御者になると、多くの歩行者や他の馬車を威嚇しながら通りを駆け抜ける。[13]

3. ニューヨーク州と近郊に関わる作品　　127

マギーは自分の家を呪い、密かに乙女らしいロマンティックな夢想に耽ける。憧れの対象はピートである。マギーは大人になると美しく成長し誘惑も増える。近隣の若い男たちが彼女に目を付け始めると、ジミーは次のような選択をマギーに与える。「マギー、いってやるぜ。地獄に行く（＝売春する）か、まともに仕事するかのどっちかだな」と。それでマギーはカラーとカフス製造の工場に働きに出るが、そこはむさ苦しく陰鬱な仕事場であり、帰ってくればまたボロアパートの惨めさ、汚さが身にしみる。逃げ場はピートの「貴族的人柄」（と思えたもの）であった。彼はバーテンダーでやたら身なりに気を遣っている。威勢の良いピートはマギーにとって「洒落た理想の男」、「騎士」で、バワリー風の荒っぽい虚勢が、逆にどういう訳か「優雅さ」と「上流の習慣」を備えた若者だと映る。

　マギーは酒場と並ぶ、もう一つのバワリー住民の精神的逃避場所、即ち大衆劇場のメロドラマ劇に連れて行かれて夢中になる。金持ちにとっては単なる気晴らしの慰みものである劇に、貧しい者は人生を（少なくとも見ている間は）本気でなぞらわせる。マギーが、この中身のない通俗劇を見て「考え始める」ことは皮肉である。そのメロドラマにのめり込み、ヒロインに自分を重ね合わせる。クレインは「超絶的リアリズム」（"transcendental realism"）と、そういう舞台上のありえない物語を辛辣に表現する。その夢物語と比べると、マギーには自分の境遇が改めて惨めに思える。付き合いの苦手な彼女は、工場仲間に混じって噂話で気を晴らすことも出来ない。この境遇から救ってくれるヒーローはピートだと改めて信じ、その誘惑にたやすく堕ちる。母親はマギーの「堕落」に仰天して怒り、家から追放する。最初は家族への愚痴をピートはお座なりにでも聞いてくれたが、その内捨てられ、後はお決まりの転落劇をマギーはたどる。生計のために売春婦になるがすぐに売れなくなり、やがてハドソン川にその身が浮かぶ。自殺と思われるがこの点は曖昧になっている。自殺は戒めの対象であり、それを具体的に描くのは憚られるという当時の事情を考慮したのかもしれない。また最後の「客」になりそうだった、（恐らく）ユダヤ人による他殺説もある。[15]

　『マギー』におけるヒロインの選択肢は、兄ジミーが話した通り極めて限られている。そういう彼女の反抗は、実質上反抗にならない。だからこそ劇的な展開はない。彼女の所詮見込みのない行動に対する皮肉な視点が小説内にあるのも事実だが、だからといってその皮肉が「もっとよい結果もありえたのに」といった可能性を暗示しているとも思えない。確かにマギーはピートを「選んだ。」しかし

ピートを選ばなくとも、周囲の若者は似たような人物ばかりという「環境」にいる。そもそもマギーが第一の選択肢として選んだ工場の、その移民の工場長は女工哀史さながらの搾取の見本のような人物で、当時の工場労働の非人間性を雄弁に物語っている。そして救いであるはずの教会では、スラムの人間は「おまえたち」呼ばわりされ説教をされる。ピートに誘われ捨てられた後、マギーは牧師に出会い救いを求めようとするが、「男は思わず飛びのいてあわてて脇によけて体面を保った。」そして意外かつ皮肉にも、この「体面」("respectability") という考えはピートがマギーを拒絶する時にも使われる。作品におけるある種キーワードなのである。

マギーの破滅は、ピートや彼女の一家と隣人たちの偽善的で場違いな道徳的批判によって引き起こされる。「あんな風に自分がちゃんと育てたのに、何でマギーは堕落したのか」という母親の言葉にそれは象徴される。そもそも本人はアルコール中毒で、いかつい肩をし、腕も手も太くいつも興奮している、およそ人間とはかけ離れた、動物的イメージさえある人物である。もっぱら叫ぶか罵るか、訳も分からず感情的な暴言を吐くかであるのに、気分次第で独りよがりの道徳や泣きながらの自己憐憫がない混ぜになる。「子供をぶっ叩く」か、訓戒を垂れている。「ろくでもない世界をたっぷり味わってこい」といいながら、それに従った娘を後に断罪する。喧嘩ばかりの家なのに、家庭の価値観を拠り所にしている。その「体面」を重んじるモラルは、キリスト教的中産階級からの借り物であるがゆえに[16]、どこか劇場で語るセリフめいた性格を帯びる。まるで観客がいるかのように、口に出してその正しさを訴える。それはマギー一家の隣人も同じで、最後に彼女の悲劇をメロドラマ化する。他者に対して思い込みの想像力しかない彼女たちには、およそ「理解」がない。だからこそ、それまでマギーに陰口をいい、古典的悲劇のいわばコーラスのように後方から運命の断罪の声を浴びせていたのであった。そしてマギーが死ねば哀悼の言葉で口裏を合わせる。

すべてマギーの周囲の状況は過酷である。が、作品は環境決定論のみを強調しているともいえない。『マギー』の登場人物の中には、自己の選択権を排除されていない者もいるように見える。たとえば、生存競争の世界で中産階級的モラルをでたらめに説く母親には、環境ゆえの犠牲とはいい難い面がある。そしてまた「自分の妹である女が、どういう事情で道を踏み外したのか」と何となく不審がるジミーも、実際には女を自ら酷い目に遭わせていた。ストーリーは厳密な因果関係というよりは、流れ・雰囲気に任せて淡々と進む傾向にあると先述したが、

これはマギーも含め登場人物たちが何かをまともに考え、決断して行動するといった面が欠如しているからでもある。象徴的なのは、ジミーが妊娠して捨てたハッティに泣き言をいわれた時の態度である。彼は女のことなどどうでもよく、ただ空を見上げて、「月がやけにきれいだな」とだけ思う。正しく「気分」でそう感じる。捨てた女も、この一過性の「気分」も、それ以降の彼の行動に何の関係もしない。また次の気まぐれで行動を決めていく。

　子供の頃からのジミーの成長・選択の過程とは、マギーが持ったような幻想を一切捨てることだったといえる。彼にとって現実とはジャングルであり、戦うか、シニカルに無視をするかのどちらかである。彼には体面はあるが、マギーのように（下らない）理想はない。ジミーと母親の「気まぐれ」が行動へと暴発した時、作品の自然主義的傾向が如実に出てくる。母親は母性というより凶暴な獣性を示し、ジミーは、ジャングルで戦う動物そのものと化す。事実、ジミーとピートの大喧嘩は動物的形容で語られている。「ヒョウの目の輝き」に満ちていて、表情は「ブルドックのように勇敢で」、動作は「バワリーのノラネコのような素早さ」であった。

　大きな矛盾を抱えながらも、中産階級的モラルでもって他人を平然と弾劾する住民とは、実はそういうモラルで正される対象でもあった。前述したリースのように、当時のスラムに関する記事や作品はよくそういう視点から描かれていた。マギーの周囲の人物は、皮肉にもそのモラルをわが物として取り込み、身の程知らずに他者を非難する道具に使っていたのである。加えて、そうなった背景にはスラムの風俗そのものが中産階級的なものと混ざりつつあったという事情もある。それはピートが連れていくメロドラマ劇、セントラル・パークの美術館（なお、この場面はイーディス・ウォートンの『無垢の時代』［1920］に影響しているともいわれる）や動物園などが、いかにも中産階級的娯楽であったことでも分かる。作品は中産階級的意識・文化・娯楽の下層への浸透を描く記録ともいえる。

　とはいえ断っておけば言語は別かもしれない。作品中で多用されるスラム特有の言葉は、当時の批評家をためらわせ、またそれ以降では逆に生き生きと描いたものとして評価されているが、そのスラングを使うスラムの住人の多くの対話に「意味があるか」といわれれば、疑問である。それは多くの場合単に恫喝、見栄、嘘などのために使われている。会話が精彩を放つのは、その内容の「空虚さ」を「生き生きと」明かしているからという逆説的な面がある。またスラングでない

場合も表現が陳腐、語彙が貧困なために、その言葉を発しても、本人の真意とは違っている時さえある。この作品はジミーが御者として怒鳴り散らして通る道、ミュージック・ホールの喧噪（ここでは「外国からの移住者」が、皮肉にも感極まってアメリカ国歌を詠唱するというか、喚く）、家庭からの怒声など喧噪に満ちている。基本的にバワリーの人々は自己防衛のために激情に走り、自己主張をがなりたて、虚勢の大声で罵り合う。ともかく作品は非常に騒々しいのである。そして珍しく意味のあることをいってもその騒音によってかき消され、文字通り聞く耳を持たれない。いわば「音量」が「音質」を圧倒する。ヒステリー的な、無意味な大声が飛び交っているのである。

　ただし主人公のマギーは例外である。物静かで、密かに場違いな夢想を抱いたことで、彼女はよくギュスターヴ・フロベールの『ボヴァリー夫人』（1856）のエマ・ボヴァリーに似ているといわれる。ピートの気を引くために、マギーは自分の家の見栄えを良くしようとする。花柄のクレトンの飾りかけをキッチンの暖炉に掛けてみる。しかしピートは気づかず、間もなく酔っ払って暴れた母親によって引きちぎられる。ささやかな自己主張が、無残にも潰されるのである。そういう環境の中でも現実離れしたメロドラマのヒロインに自分を相変わらず重ねてみせる。その姿は喜劇ですらある。けれども、喜劇的だが作者による最終的なアイロニーは逃れているようにも見える。何よりも、内面は汚されていないようであるから。確かに彼女は奇妙なくらい環境に染まっていない。逆にいえば、周囲の状況が分かっていない。そういう人物像は、実は1880〜90年代にT・D・タルミッジや、既述のリースといった慈善的改革者たちがスラムの少女に見出そうとした人物像でもあった。マギーに即していうと、「泥水の中に花が咲いた…。汚辱がその体の中を流れているようには見えない。」マギーは売春婦になってからも驚くほど純粋である。環境に負けて死ぬが、内面は最後まで負けなかったということになる。その点で読者の感傷に訴える人物ともなっている。実際それは不自然で、リアルではないであろう。あえて理由づけるなら、彼女は（悪知恵も含む）知性、感受性といったものが乏しく、それゆえ内面的堕落のしようがなかった人物とも思える。そういう知性、感受性の欠けた人物像にすることによって、クレインはマギーを皮肉に見る——他愛もなく大衆劇を自分に重ねるのもそうであるが、たとえばマギーが工場長を見る目などは、工場長も女工たちを人として見ていないが、マギーも彼を「太った指」に「脂ぎった髭」、「汚らわしい」と身体的にしか捉えていない——と同時に、その「魂」を救ったようにも見え

る。

　マギーは、そもそも内面を表現するはずの口数が極端に少なかった。主人公として登場しているが、8章から最後までで、発する言葉は数回だけである。マギーの売春婦としての具体的行動を、時代の制約はあったにせよ、クレインはほとんど書いていない。またマギーの死に至る過程の描写は、まるで遠方から見た客観的な「もの」のように距離がある。それは究極の突き放しなのか、「描くに忍びない」のか、要するに皮肉なのか同情なのか不明に思えるところもある。恐らく、まだ20歳を過ぎたばかりのクレインには、女性へのロマンティックな夢もあったであろうし、それと皮肉な視点が共存したのであろう。売春婦となったマギーは隣人から避けられるが、それはかつてマギーが売春婦から思わず自分のスカートを避けようとした、その裏返しになっている。どこまでもそういう皮肉をクレインは忘れていない。しかし、繰り返せばあくまで同情もしたのであろう。マギーはバワリーで生きるタフさを生まれつき持っていないのであるから。要は弟のトミーは肉体的に生き残る運命になく、マギーは精神的にそうだったのである。

　さらにクレインのために公平を期すと、彼はピートを振るしたたかなネルという売春婦も描いている。[19]ピートがいつも浮かべている「冷笑」には、社会を見透かした印象があるが、実は虚勢だけの単に馬鹿な酔っぱらいだというのが、ネルによって暴露される。むしろネルこそ冷徹である。マギーの服従の眼差しとは違い、男たちを直視し、ひたすら男を利用する、いわば「自立した売春婦」である。頼りにならない男であれば乗り換えるかしかない。このネルの女性像は、セオドア・ドライサーの『シスター・キャリー』(1900)のキャリーを思わせる。[20]ちなみにドライサーはクレインの一連のスラム小説を知っていて、同時代人として早くから名声を勝ち得た彼に複雑な思いを抱いていたようだ。ともかくクレインのネルには、他の人物が耽るような自己陶酔、逃避願望などは縁遠い。そしてこの人物像は、従来スラムの人間は「矯正すべき問題・単なる対象」であって、つまり個人としては深く描かれない傾向があったのに、生きたリアルな女性として描かれた点で、『マギー』の価値の1つといえる。もっともネルのようなタフな人物像も、マギーと対極にあるが同じく現実離れした、やはり「類型」であったと感じる向きもあるだろう。

　『マギー』は短い章のエピソードをつないで淡々と進むと前述したが（それゆえ強調点がないという批判もある）、実は意外に凝っている。そもそも前半はマ

ギーへの誘惑、後半はその堕落という風に作品構造が成立しているし、またたとえばピートがマギーを連れていくミュージック・ホールは7章、12章、14章の冒頭にそれぞれ現れるが、その度ごとにミュージック・ホールはどんどん安っぽいものになっていく。それは2人の関係の推移——誘惑するピート、2人の関係の成立、ピートの心がマギーから離れること——を明確に反映している。そしてこのような質の段階的低下は、マギーの売春婦としての束の間の成功から、やがて誘う男の質の低下にも見られる。最後は社会的に見てかなり身分の低そうな連中からも大抵断られる。ほとんど誰からも好かれず、「見た目」でも拒否される。ついに（前述の通り恐らくユダヤ人の）「破れた汚れ服のひどく太った男」に出会う。その直後マギーは死ぬ。いや、その前にすでにマギーは精神的に崩壊・死んでいるのであるが。それが相手もいないのに「誰？」とつぶやくことで象徴されている。

　作品はピートの酩酊状態、ネルに他愛なく振られ、お金まで奪われることを描いて、マギーの憧れの対象の実像（もしくは虚像）、延いては彼女の夢の空虚さを暴露する。作品はそういう「勘違い劇」を、弔う母と喪服の1人の女との見当違いな応答で締めくくる。いかにも道徳的なやりとりの後、母は「もちろん、許してやってもいいよ。許してやってもいいよ」と叫ぶのである。誰が許しを乞うべきか、いうまでもない。とはいえ、ピートやマギーの母に見られるような、極端にコミックな面（前者の騎士道面影と実は子供っぽい虚勢の落差、後者の中産階級的モラルと飲んだくれの落差）がかえって作品を教訓、説教めいた面から解放しているところもあり、また最後の究極の「ずれ・落差」という笑劇は救いにもなっている。

　もちろん逆に、こういう笑劇性や、そもそもマギーのあまりにも的外れな夢想、そのはかない人生の夢幻性などが、相対的に「リアルさ」を損ねているともいえる。[21] 結局その「リアルさ」の欠如ゆえに、読んでいる（中産階級の）読者がスラムという対象を前にして自らの危うさなど感じないだろうと…。「見せ物」として、しかも「リアル」ではなく印象主義的に描いたことで、結局対象に妥協し、延いては取り込まれているのではという批判も生じてくる。[22] また「印象」であるからあくまで主観的、相対的であり、だからこそ別の現実・必然もあるといった論理的逃げ道が用意されているともいえるだろう。いずれにせよクレインは何か現状のスラムを正面切って告発し、答えを出そうとしたのではないだろう。またスラムの住人の姿勢に何らかの肯定的な「反逆の倫理」を見よとい

3. ニューヨーク州と近郊に関わる作品　　133

うキース・ガンダルのような評価も、根拠に乏しく思える。[23]

ともかく『マギー』の真価は、スラムという対象をむやみに道徳的に見ることはせず、議論の余地はあれ「美的」に処理し、同時にある程度「リアル」にも見せた点にあるだろう。

4.「いやな幼児」

「トミーもの」の第1作。一般的にこういう分類はされていないが、『マギー：街の女』で幼くして死んだマギーの弟トミーについては、いわばスピンオフとして3作の短編がある。マギーが通りから引きずって連れ戻そうとすると「勇ましくも踏みとどまろうとし、姉を罵り、喚き立てながら噛んでいたオレンジの皮を食べてみせる」汚らしい幼児である。そういう「性格」を背負って、4, 6, 7の作品に登場する。ただしトミーという名が明言されている訳ではない。

アリーナ誌に1894年5月掲載。執筆は前年の6月頃。バワリーという環境以外から見ると脅威となる点で、表題の通り「いやな」子供なのである。ボロをまとったトミーが上流中産階級の住む場所に「迷い込み」、身なりのよい子供に出会う。その子は「赤と金色に彩られた派手なおもちゃの消防車を持って」いる。おもちゃを貸してくれとトミーは頼むが断られると、それを奪って逃げる。

掲載紙には（恐らく）編集者ベンジャミン・オレンジ・フラワーによる作品へのコメントが載っていて、社会的対立を読み込んでいる。「おもちゃを持つ少年が、危険を感じた瞬間、浮浪児がおもちゃで少しでも遊ぶのを拒否し、後ろに隠す。現代の富裕階級が事実上独占する所有という『聖なる権利』が、この小さな貴族の何気ない行動に顕著に表れる。しかし彼はおもちゃと危険の間に身を晒し敗北する。」子供こそ、環境に責任がない。無力で無垢な子供には、貧富の影響が如実に表れる、とフラワーは力説する。だがクレイン自身に「子供が現実を暴く」という社会的メッセージがあったかは不明である。むしろトミーを通じ、もっと原始的な物欲という人間の自己主張が感じられる。「欲しい！」「それは僕のだ！」という繰り返しを、単なる所有欲か、それとも何らかの（生硬な？）社会的メッセージが込められていると見るかの違いであろう。というのも、こういう小競り合いは、典型的中産階級の子供を描いた『ホワイロンヴィル物語』でも見られたので。

なお、前述の通り「トミー」という名前は一度も出て来ないが、当時のクレインを良く知る友人コーウィン・ナップ・リンスンが、「トミー」の話であったと

述べている。さらにトミーが奪ったおもちゃを持ち帰った後の場面も、元の原稿にはあったそうだ。

5.「戦われなかった決闘」

　ニューヨーク・プレス紙に1894年12月9日掲載。これまで何度も喧嘩して負けたことのあるバワリーのいわゆるチンピラ、パッチー・タリガンが深夜痛飲した後、2人の友人と共に6番街南の酒場に立ち寄る。自分の後ろのボックス席に座っていたキューバ人のきざな男が「少し騒がしくした」ことから喧嘩になる。その男は剣で決闘を、と脅してくる。パッチーは剣の腕に全く覚えがないが、行きがかりからやめようとしない。この辺はお互いに見栄の張り合いになる。と、警官がキューバ人を酒場から引きずり出していざこざは終わる。
　物語は向こう見ずな虚勢を風刺している。いつまでも格好をつける（というか、警官が来たからこそ「剣で戦ってやる」と言い張る）主人公のその「蛮勇は大寺院の尖塔ほどにその影が長い」と皮肉られる。つまり「細い影」であって実態ではないのであろう。「5匹のハツカネズミ」や[24]「花嫁イェロー・スカイに来る」と対決の肩透かしという点で共通している。なお、残っている別原稿では主人公はマイク・タリガンとなっていて、より俗語が目立つ。

6.「大いなる失敗」

　フリスティン誌に1896年3月掲載。「いやな幼児」「濃い褐色の犬」と並んで、『マギー』に登場したマギーの死んだ弟トミーを思わせる主人公である。1893年6月頃に執筆された。物語の悪戯っ子は、高架鉄道近くの角のスタンドでイタリア人が売っているフルーツが欲しくて仕方がない。イタリア人が新聞を読んでいる隙に、そのフルーツを引っつかむがたちまち捕まる。物語は次のように終わる。「イタリア人が大声を出した。素早く立ち上がり、3歩で子供を捕まえた。子供を放り投げてその小さな指からレモンをもぎ取った。」物語の中心的関心は、トミーと思われる子供より、むしろレモンにある。というのも、盗りそこねたフルーツとはレモンだと最後に明かされる形になっているので。
　盗もうとする泥棒ネコのように「果物に触れそうな位置にじわじわと近づき、ゆっくりと汚れた手を出す。目はひたすら売り手を見ている」という一節が、『マギー』と同じく人間の動物性を感じさせる。なお断っておけば2人のいわば静かな対決であるが、周囲は「高架鉄道が轟音を立て、ひっきりなしに足音と車

輪の音がして、だからこそ誰も気にしていない。」そういう中での「対決」である。

7.『ジョージの母』

　エドワード・アーノルド社より1896年5月出版の中編。執筆の開始は1893年春である。『赤い武勲章』執筆のため中断したが、1894年5月に再開し11月に完成した。『マギー』の姉妹作であり、バワリーのアイリッシュ居住区（これも断っておけば『マギー』と同様、あくまで想像上のバワリーで、実際にはミッド・タウン・マンハッタンのイースト・サイド辺りも含む）を同じく舞台とし、主人公ジョージ・ケルシー母子は同じ貧民アパートで、マギー・ジョンスン家の二階上に住んでいる。マギーはジョージの憧れの対象である。『マギー』の冒頭でジミーが戦ったラム・アリーの悪戯っ子ブルー・ビリーは、街角の不良に成長し、『ジョージの母』の最後の方でジョージと一戦交えようとしている。その時、母が死にそうだとジョージは聞かされるのである。

　主人公ジョージと母のケルシー夫人は、田舎町ハンディヴィルからこのバワリーに引っ越してきた。父は建築現場の事故で亡くなり、5人の子供の最後の生き残りがジョージである。この親子が、過去を背負っていることは、ジョージを咎める時、死んだ子供たちをケルシー夫人が引き合いに出すのでも分かる。とはいえ、そういうジョージを理由もなく優秀な子供だと母は過信し溺愛している。「息子の中に、白馬の王子」のイメージを見ているのである。母の教育のせいか息子も、自分の運命や将来に関して法外な幻想を抱いている。自分は中世のロマンスのように、「崇高な王で…城のような館に住み」と夢見るのは、マギーと同じであり、強烈な皮肉となっている。なぜなら現実のジョージは、怠け者で大した仕事についていない落ちこぼれ寸前の若者だからである

　ジョージは失敗する度に絶えざる自己弁護を繰り返す。自分を一角の人物と思い続け、それが裏切られると、自然・宇宙を恨むところなどは、後の「オープン・ボート」のパロディ的予兆にも思える。最初親子は、いわばこの共犯関係の妄想の下で、それなりに仲もよかった。ジョージは母の口やかましさに閉口しながらも、概ねいうことを聞いていた。幻想を崩すのは、息子の方からである。マギーへの恋心については、確信なく彼女が振り向いてくれると思っていた。マギーの家から喧嘩の声が聞こえると、むしろ「幸福」に感じる。なぜならば、自分が救い出す役目を負っていると確信できるので。ところが、そのマギー

が洒落たバーテンダーであるピートと恋仲になり、ジョージの夢を潰してしまうと、やけになって酒場に出入りするようになり、ブリーカーを中心とする年上の仲間（彼らにはバワリーのさまざまな人種が反映している）と親しくなる。彼らもまた根拠のない自尊心を持った連中で、怠惰を棚に上げて自分の不遇を嘆いている。みすぼらしい労働者階級のアルコール中毒者たちは、上辺だけの「身内意識」を固めるために、妙なしきたりを設けている。ジョージは仲間として認められたと自己満足的に錯覚し、仲間のためなら「自己犠牲」さえ厭わないと思う。ジョージにとって、ブリーカーへの理由のない信頼は、ある意味代理的な父親を彼に見出したからではという解釈もされている。[25,26] ところが飲み会のいざこざであっさりと追放される。失職して金を借りに行っても、当然相手にされない。こういう「仲間意識」の虚偽性は、パロディックな描写で当初から明らかであるし、ジョージの意志薄弱さによる、仲間に流され、そして騙される顛末も全く意外ではない。

　母の嘆きをよそに、ジョージは教会へ行くことも渋る。教会では、「所詮怪しげにじろっと見られるのが常」であった。また実際行っても、「自分はダメな人物と思い知らされ、その結果何の効き目もない」のであった。ついに町角で通行人を脅すような不良連中にジョージは加わる。その飲酒癖は加速度がつく。「労働をつまらないと軽蔑し」、代わりに「世の中で穏やかにしていたいと願う人間」に狙いをつけて恫喝する不良たちと、酒をめぐって仲間割れの一戦を交えそうになった時、ジョージは母の危篤を知る。家に帰って呆然と見守る中、母は喚き声を上げて息絶える。ジョージにはアルコール中毒の影響か、壁の「褐色のバラの[27]房模様が、脳みその上を這い回るカニに見える。」母が亡くなって、ジョージは一つの束縛から解放された。しかしその自由でもって彼が何かを成し遂げるとは思えない。この話は、そういう自由の逆説を暗示してもいる。解放されても、彼の選択はやはり変わらず町の不良であろうからだ。一瞬後悔はあったのかもしれない。しかし、「つい先ほどの喧嘩を思い出し、連中への仕返しを思いめぐらせて」いるのである。彼は世界を騎士道的戦いとかつて見ていた。それがスラムというジャングルでのストリート・ファイティングに変わるだけの話なのである。

　作品の短さもあってか、ジョージの転落は急激に起こり、親子の対決が長期間続かずに母が死に至る。ジョージの母も、ジョージも、そしてその仲間たちもすべてが過去に生きているようで、その後ろ向きの心象が印象主義的筆致で描かれ

3. ニューヨーク州と近郊に関わる作品　　137

る中、主人公が時代に取り残されいわば「詩的」に没落していく。意志薄弱で怠惰なのに相応しく、いとも簡単に、いやほとんど自虐的に脱落するのを見ると、ブリーカーたちの「時代に遅れた」という嘆きなども併せて、作品には世紀末的、退廃的趣さえある。

　主人公ジョージの母には、クレイン自身の母であったメアリー・ヘレン(・ペック)・クレインの影響(というか彼女への反発)が色濃く表れているようである。信心深く禁酒運動に献身し、そして子供たちの多くと死別する中で、生き残った末っ子クレインにも当然教会通いと禁酒を勧めたはずである。だが、クレイン自身も作品中のジョージもいうことをきかなかった。そういう自戒を込めたのか(?)、作品は酒が人を堕落させる大きな要因であるとの考えに貫かれているようである。その点ではここでもエミール・ゾラの『居酒屋』との関連や、ティモシー・シェイ・アーサーの『酒場で10日間夜を過ごして』(1854)やその続編『誘惑の場所での3年』(1872)などの影響が考えられる。

　作品の当初のタイトルは、母が田舎から来て3年間守り通した息子の、その堕落に打ち勝つ手段がないことを象徴する『素手で立ち向かう女』であった。作品中で最初に母親が登場する時、彼女は貧しいアパートの部屋を熱心に掃除している。箒と塵取りを「武器のように」して、「戦っているように」奮う。一方ではボロアパートの向こうに、「他の建物を圧倒してビール工場が聳えている。」要するにアルコールに対する負け戦である。息子にかける夢は所詮「滑稽で」あるとは知りながらも、「人生の火の消えた祭壇の上」に、それでも見えるかのような「小さな希望の灯」をどうにか守りたい。そして母親の敗因は息子の酒だけではない。そもそも息子の怠惰、失職という事実を受け入れられず、無力な宗教——小さな教会が貧民アパートに圧倒されそうになっているのが、それを示唆している——に頼り、いつまでも息子を理想化しようして「家」に縛り付け、「世間」を拒もうとする、自分自身の問題でもある。母の臨終に立ち会うジョージのアパートの外で、口うるさい母親に逆らう子供の声が聞こえている。この子供もまたジョージと同じ反発の道を辿るであろう。その点で貧乏説教師一家のいわば同じような円環を描いたセオドア・ドライサーの『アメリカの悲劇』(1925)に似ている。つまり親子の相克はスラムや酒といった要素を超えて、普遍的なのである。また「男らしく」あってほしいという母の夢、それに応えきれない息子という構図の他に、田舎から来た人間の都会での挫折というお馴染みのテーマも入っている。

貧困は戦いであり、ケルシー夫人が示した戦いの姿勢でも分かる通り、戦争と同じなのであろう。クレインにとってスラムも戦場も根本的に同じ題材であったのかもしれない。最後に母親は喚いて死ぬが、それは必死に品性を保とうとした彼女に似つかわしくない。当初は誠実な息子に毒づかれて驚きたしなめ、そして失職を、飲酒癖をごまかされひっそりと嘆いていた母が、最期に喚き毒づくことは、そういう罵声が飛び交うバワリーに同化した、その瞬間だったのであろうか。しかもその喚き声は戦場でのそれにも聞こえる。

　作品は『マギー』よりも読みやすいといえる。方言・俗語の使用はやや控えめで、登場人物の出身地による言葉の違いなども微妙に反映されている。たとえば、ケルシー親子は他からの移住者の面影が言葉に残っているが、総じて不良仲間はこのスラムの土着民のようである。その中でブリーカーは、巧みに中産階級的言葉を操るところがあり、その丁寧さに当初ジョージは騙された節もある。土着の人間の不敬な罵り言葉をジョージが真似するようになるところに、即親子の離反が反映している。繰り返せば、結局それに母親も屈服したようであるが…。一見淡々と書かれているが、類型的であった『マギー』の登場人物より現実性があり、エピソードの羅列といった感も減っている。また街を非常にリアルに描いていて、環境決定論よりも親子の欠点が強調されているところも合わせると、自然主義小説というよりは、リアリズム小説と思える。

　また断っておけば、『マギー』に見られた印象主義的な描写もある。特に冒頭の、雨に濡れるバワリーの大通りを描いた部分、町は「絵の中でこう描いたなら、かなりひどく非難を受けそうな、あの深く青みがかった色合いで光っていた。正面が純粋に黄金の光で輝いている商店の長い列…、火災報知器のありかを知らせる、赤い街路灯からの、明滅してゆらめく深い紅の照明」といった表現は、それこそ色彩の濫用で「非難を受けそうな」クレイン流の印象主義的描写である。比喩表現も頻出する。たとえば「連中は赤いロブスターのような理解力しかない」とか、「ジョージは赤い生活の虚しさ全てに気づいた」など。また彼の酩酊により「目くるめく光が視線を過ぎる」場面など、ある意味クレインの印象主義的言葉遣いがぴったりである。この描写については出版当初から注目されていた。(たとえば、恐らくH・G・ウェルズによる、サタデー・レヴュー誌1896年9月5日号の評価)

　当時の評価であるが、この作品は、『赤い武勲章』出版後に発表されたので、比較的注目された。ただし「迫真的だが、こういうスラムの生活を描くことに意

味があるのか」といった、『マギー』と同様に受け取る方の戸惑いが率直な批評もあった。1896年7月号のブックマン誌で、ハリー・サーストン・ペックは「断片的で意図のわからない」統一性を欠く作品とした。同趣旨のことがクリティック誌1896年6月13日付でも指摘された。宿敵？ニューヨーク・トリビューン紙は1896年7月1日紙で、リアルでも何でもなく、すべて「作りごとで実態がない」と断定した。前述のウェイヴ誌1896年7月4日号でジョン・オハラ・コズグレイヴは『マギー』より読みやすいとしたのであったが、あくまで外部から見た、同情の欠けた観察であるという指摘もしていた。ただしジョン・D・バリーは、今回は「リアルかどうかではなく、印象主義的に見た描写として秀逸」だとした。(デイリー・タトラー紙1896年11月12日付)

　余談ではあるが、『マギー』のヒロインであるマギーが、この小説に登場したことに意味を見出したくなる。つまり、恋人があのピートではなく、ジョージであれば、マギーはどうなっていたかと。だが所詮意志の弱いジョージはマギーを守れなかっただろう。どの道マギーに未来はなかった。『ジョージの母』は、ある意味マギーの絶望をさらに裏付ける。

8.「捨てられて」

　生前未発表でハーパーズ・マガジン誌に1900年11月号掲載。執筆は1894年。スラムと思われるアパートに女の子が帰宅すると、父親が背を向けて食卓に座っている。勤め先の工場の好色な親方が誘惑してきて困ると、娘が話し始める。父親が不機嫌になったのだと思い、椅子に近づいて抱きしめようとする。が、思わず飛びのいて恐怖で叫ぶ。父親が死んでいるのだ。『マギー』と構造が似ているのは、隣人の噂話がコーラスのような役割をしていることである。3人の女が、こんな酷い環境から、女の子の父親がどれくらい娘を守れるものか、などと廊下で話している。物語の最後で、隣人たちは女の子の叫びを親子喧嘩だと間違え、口うるさそうな女がいう。「ひどい。親父が娘に無理やり体を売らせようと。」この皮肉はいささか見え透いている印象もあるが、ともかく話はどこまでも残酷である。

「捨てられて」というタイトルは、恐らく父によって庇護されていた娘が、父の死によって「捨てられた」ということであろう。それともその前にとっくに捨てられていたのか。あるいは周囲全体から見放されていたのか。別の原稿が、娘が帰ってきて父に会う場面まで残っている。この方は事実関係を淡々と書いている

もので、メモに近い。完成原稿の冒頭部分のような「ドアの両側にある窓はともに埃まみれで、ガス燈の明かりが通りにくく、かえってそれがアパートの廊下でしゃべっている女3人の姿に奇妙な色合いを与えていた」といった詩的描写はまだ出来ていない。

9. 「濃い褐色の犬」

　コズモポリタン誌1901年3月号に掲載。1893年の6月以降、つまりもう2編の「トミーもの」である「いやな幼児」と「大いなる失敗」の完成直後に元の原稿は書かれたと思われる。この話でもトミーという名が出てくるわけではないが、ただしここではもう少し成長した子と想定されているのか、「幼児」ではなく「子供」になっている。1899年の12月か1900年初頭に仕上げられた。その頃クレインは手っ取り早くお金を得ようと、初期の書きかけの作品を再生していた。

　トミーが小さな野良犬を見つけ、貧しい集合住宅の5階（多分『マギー』のマギー・ジョンスンの家）に連れ帰る。犬はすっかりなつく。「よちよち歩いて、子供の後を追うようになる。」ある日父親がいつもより酔って帰宅する。そして妻との喧嘩から暴力沙汰に及んだ後、ついでに犬の足をつかんで窓から放り出す。後で一家がトミーを見ると、「黒い褐色の友だちの死骸のそばに」座っていた。いつものクレインに似つかわしくなく、物語は感傷的に終わる。クレインは犬が大好きであった。犬をいつも飼っていて、犬のことを何度も作品に書いた。こういう事情が、同情的な形で話に現れたのかもしれない。何らかの皮肉などは見られないようである。粗暴な人間が単なる気まぐれで動物を、そして子供に「長く悲痛な声を上げ」させて心を傷つけることへの素朴な怒りがある。[29] 子供と犬との交情を巧みに描いていて、たとえば子供がふざけて犬を虐めるようにしてみせる。それでもすまなそうに犬はこそこそとついてくる。そのリアルな描写が結末を余計痛々しく感じさせる。

註

1. クレインとハウエルズ・リースの違いについては、Joseph Entin, "'Unhuman Humanity': Bodies of the Urban Poor and the Collapse of Realist Legibility," *Novel* 34 (2001): 313-37.
2. さらに、クレインとリースの比較については R. James Giles, *The Naturalistic Inner-City Novel in America: Encounters with the Fat Man* (Columbia, South Carolina: University of South Carolina, 1995), pp. 15-46.
3. Maurice Bassan, "Misery and Society: Some New Perspectives in Stephen Crane's Fiction," *Studia Neophilologica* 35 (1963): 104-20.
4. この点を意識しての批評は、Bassan, "Stephen Crane and 'the Eternal Mystery of Social Condition,'" *Nineteenth-Century Fiction* 19 (1965): 387-94.
5. クレインの詳しい行程については Scott Petty, "The Veracious Narrative of 'An Experiment in Misery': Crane's Park Row and Bowery," *Stephen Crane Studies* 3:1 (1994) 2-10.
6. この「背後の巨大な商業ビルディング」と「耳慣れない言葉が取り留めもなく意味不明に混じり」という描写には、バベルの塔を思わせるものがあると指摘する批評家もいる。Michael Tritt, "The Tower of Babel and the Skyscrapers in Stephen Crane's 'An Experiment in Misery,'" *ANQ: A Quarterly Journal of Short Articles, Notes, and Reviews* 16:2 (2003): 46-51.
7. Thomas Bonner, Jr. "Crane's 'An Experiment in Misery'" *Explicator* (1976): Item 56.
8. 一方あくまで、個人の覚醒ではなく他者との共感であるという解釈もある。Robert Shulman, "Community, Perception, and the Development of Stephen Crane: From *The Red Badge* to The Open Boat," *American Literature* 50:3 (1978):441-460.
9. Jay Bochner, "The Coming Storm of Modernism," *American Modernism across the Arts* (New York: Peter Lang, 1999), pp. 7-30.
10. 削除版については、むしろこの方がクレインの意向に沿うものではという説もある。Friz Oehlschlaeger, "Stephen Crane, Ripley Hitchcock, and Maggie: A Reconsideration," *Journal of English and Germanic Philology* 97 (1998): 34-50.
11. クレインにおける、このような女性に対する「偏見」をこの2作も含めて、広く詩作、『戦地勤務』や『ホワイロンヴィル物語』までたどった先駆的論考が Carol Hurd Green, "Stephen Crane and the Fallen Women," *American Novelists Revisited: Essays in Feminist Criticism*. Ed. Fritz Fleischmann. (Boston: G. K. Hall & Co. 1982), pp. 225-242. ただし伝記的事実について誤りも含まれている。
12. Wertheim, "The New York City Topography of *Maggie* and *George's Mother*," *Stephen Crane Studies* 17:1(2008): 2-12.
13. このジミーの姿を迫真的だとして賞賛したのが、ジョイス・キャロル・オーツで

ある。Joyce Carol Oates, "Imaginary Cities: America," *The Profane Art: Essays and Review* (New York: Dutton, 1983), pp. 9-34.

14 この選択肢がいかに当時の典型であるかについては、Laura Hapke, "The American Working Girl and the New York Tenement Tale of the 1890s," *Journal of American Culture* 15:2(1992) 43-50.

15 Robert M. Dowling and Donald Pizer, "A Cold Case File Reopened: Was Crane's Maggie Murdered or a Suicide?" *American Literary Realism* 42:1 (2009): 36-53.

16 この点については、Andrew Lawson, "Class Mimicry in Stephen Crane's City," *American Literary History* 16 (2004) :596-618.

17 Judith P. Saunders, "Wharton's Borrowing from Crane's *Maggie* in the Age of Innocence, " *Edith Wharton Review* 19:1(2003): 1, 4-8.

18 Robert M. Dowling, "Stephen Crane and the Transformation of the Bowery," Ed. Mary E. Papke. *Twisted from the Ordinary: Essays on American Literary Realism* (Knoxville: The University of Tennessee Press, 2003), pp. 45-62.

19 Hapke, "The Alternate Fallen Woman in Maggie: A Girl of the Streets," *Markham Review* 12 (1983): 41-43. 参照。

20 Lawrence Hussman, "The Fate of the Fallen Woman in *Maggie* and *Sister Carrie*," *The Image of the Prostitute in Modern Literature* (New York: Frederick Ungar, 1984), pp. 91-100.

21 こういう夢幻性は、結局リアリズムから離れ、「神秘化」、「劇場化」、「メロドラマ化」、極端には事実と違うという意味での「グロテスク化」につながったという指摘もある。William Dow, "Performative Passages: Davis's *Life in the Iron Mill*s, Crane's *Maggie*, and Norris's *McTeague*," *Twisted from the Ordinary: Essays on American Literary Realism*, pp. 23-44.

22 Mariani, pp. 69-98.

23 Keith Gandal, *The Virtues of the Vicious: Jacob Riis, Stephen Crane and the Spectacle of the Slum* (Oxford: Oxford University Press, 1997), pp. 128-9.

24 この点については、Holton, p. 130.

25 Agnes M. Jackson, "Stephen Crane's Imagery of Conflict in *George's Mother*," *Arizona Quarterly* 25 (1969): 313-18.

26 一方ではブリーカーたちこそ(偽善的な)「世間」を代表し、母親の「家」からジョージはこの「世間」に逃げようとしたという解釈もある。Pizer, "From a Home to the World: Stephen Crane's *George's Mother*," *Papers on Literature and Language* 32 (1996): 277-90.

27 ジョージの人物像には、アルコール中毒であった、クレインの兄ジョナサン・トゥーンーリー・クレインが反映しているとの指摘もある。Sorrentino, *Stephen Crane: A Life of Fire*, p.141。

28 この点についての詳しい分析は George Monteiro, "The Drunkard's Progress: Bowery Plot, Social Paradigm in Stephen Crane's *George's Mother*," *Dionysos: The Literature and Addiction TriQuarterly* 9:1 (1999): 5-16.

29 親・子供・動物という形で強者から弱者への系譜を、この作品に見る批評もある。Paul Harrington, "No Mongrels Need Apply," *Minnesota Review: A Journal of Committed Writing* 73-74 (2009): 224-25.

B：バワリー以外

　クレインは主に1894年から1896年の間（西部やメキシコ旅行の期間や、長編小説の執筆の際などを除いて）、ニューヨーク・マンハッタンやその近郊に関する多数の作品・記事を精力的に寄稿した。裏事情も含めてニューヨークの夜を扱ったものも多い。彼はいわば文学的な記者であり、ニュース報道と創作の区別があいまいである。その点が、初期のアズベリー・パーク時代などよりさらに顕著なので、本項では記事と創作とを分けていない。クレインは、記事の体裁で起こりもしなかった火事の模様を描いたりしている。

　報道・出版関係でクレインと一番接触があったのは、配信社マックルアの支配人S・S・マックルアとともに、ニューヨーク・プレス紙のカーティス・ブラウンである。彼は1894年12月9日の日曜版に『赤い武勲章』を一括掲載した。また画家・挿絵画家であるヘンリー・マクブライドとは、歓楽街でよく食事を共にしていて、彼の残した回想録はこの時期の後期（1895年から1896年後半）のクレインに関する情報を提供している。影像家のチャールズ・J・パイクやその兄の建築家ゴードン・パイクも歓楽街での遊び仲間で、クレインは食事や賭博を一緒にしている。ハリー・B・スミスというオペレッタ作者は、クレインの部屋を訪れた1895年の10月初旬、彼が部屋で「マギーのような女の子」と一緒にいたのを目撃している。

　1890年代において、大都市探訪というのはよくある題材・記事であった。だが探訪といいながらも、あくまで読者とは関わりのない別物として扱っていて、予期せぬ体験が出来る、いわば外国のように（実際当時マンハッタン在住の40%以上の住民が移民第1世代であった）、その神秘性を強調して描くのが通例であった。探索しながらも距離を置き、いってみれば心理的に逃げる用意をしておく。それに比べてクレインの場合比較的対象に切り込んでいる。しかし彼が見たその対象からは、逆説的にも重厚な現実の手ごたえというよりも、都会に特有の表層的一過性が浮かび上がってくる。その表層性を美的にコメントなしで表現することがクレインの持ち味であったともいえる。だが、時には意識して詳細・具体性を省略して一気に本質を捉えようともしている。

1.「『ピーティー』を探せよ、そうしろよ」

　ニューヨーク・ヘラルド紙1892年1月4日に無署名で掲載。『全集』には収められなかったが、近年ではクレインの作といわれている。スラング満載で、記事とも創作ともつかない話。3人の子供がジェファスン・マーケット警察裁判所の法廷に窃盗容疑で召喚されている。リーダーである7歳の子供は、自分たちは「ピーティー」という奴にくっついて行っただけだとぬけぬけと弁解する。子供の頃からしたたかだった『マギー』のジミーを彷彿とさせる。

2.「なぜ若い店員は罵ったのか。期待はずれのフランス小説」

　トゥルース誌に1893年3月18日掲載。エミール・ゾラを意識し、かつパロディーにした印象がある作品。男性用服飾店の暇そうな店員が、雨の日に不気味なフランス小説を耽読している。外の雨の光景は『ジョージの母』の書き出しを思わせ、風の強さを示すところなどは巧みである。(「ぬかるんだ歩道で、何人かの歩行者が猛り狂う傘と戦っていた。」)いい場面、つまりエロティックな場面まで読み進む度に、客に邪魔され、店員はぞんざいに応対する。小説は貞淑な女に対する若者の誘惑を描いているが、余計なのは、そのうんざりするほど微細な自然主義的描写である。ここにゾラへの風刺がある。我慢できず、店員は読み飛ばす。彼は淫らな場面を期待していた。「若い女は気絶しそうであった。頭を男の肩に埋めようとした。彼女の首への温かいキス…。」ところが、女が男の熱い抱擁から身をよじらせて逃げる場面で裏切られる。店員は、小説を放り出し立ち上がって罵る、というのが結末である。作品の大部分が、その小説の中身の引用という形式になっている。なお、引用された小説内に「2匹のブタが餌を競って食べていた。牛が遠くの原っぱで鳴いている」といった動物の記述が多いことに注目して、これを人間と絡めて自然主義的な先祖帰りの発想だという指摘もある。[1]強いていえば、エロティックな場面を期待する性欲と動物的欲望の結びつきかもしれない。

3.「クランシーの通夜にて」

　ユーモア雑誌のトゥルースに1893年7月3日掲載。作品は典型的なアメリカでのアイルランド人像、つまり芝居じみた話し方をして政治と酒が好きというのを踏襲している。「政治家の子分」であったマイク・クランシーの通夜で、未亡

人や子供が悲しみにくれ、友人たちがロレツの回らない口調で生前のマイクを褒め称えている。と、死亡記事を書くために生前のエピソードを取材しに記者が来る。未亡人もラム酒（「高貴なウィスキー」と称される）で深酒をしており、せがまれて記者も飲んでついには酩酊して、肝心の取材がどうでもよくなる。「ご主人の結婚する前は何という名前で？」「クランシーに決まっているでしょ！」とグラスを交わしながら話し、ますます訳が分からなくなる。なお、アイルランド系政治家の子分は、この時代同胞に職を分配することを請け負っていた。生前のクランシーは投票なども取り仕切ったというのが会話の中で匂わされている。いわゆるポリティカル・マシンの一員である。

4.「大金持ちクラブの夜」

　トゥルース紙に1894年4月21日掲載。大金持ちのクラブの読書室で、会員が、「世間という野蛮人」から解放されてくつろいでいる。クレインはその内装の豪華さを大げさに描く。召使が訪問客の一団が来たと告げる。ラルフ・ウォルドー・エマスン、ナサニエル・ホーソーン、ジョージ・ワシントンにアレキサンダー・ハミルトンなどのお歴々である。会員は邪魔されたくないのか「追い返せ」という。と、その気持ちを代表してか、エロール・ヴァン・ダイク・ストラスモアは「そんなアメリカ人など一人も知らないので、自分たちは面識がないから」、お引き取りを願うように命ずる。一方、当時ニューヨーク・セントラル鉄道の社長、チョーンシー・M・デピューは、10分毎に冗談をいっているが受けずに（というか皆うたたねを始める）、怒り出す…。

　こういった金持ちのたむろするクラブの様子を、デピューのいう冗談も含めて何事もお金に換算しながら（たとえば壺は7,000ドル、デピューが怒って投げつけたシャンペンは4,675ドルとか）皮肉っぽく描いている。そもそも会員は「1平方インチ74ドルもする天井の装飾を大抵じっと見ている。」

　当然寓話であるが、このデピューやウィリアム・C・ホィットニーが登場するので、ニューヨークが舞台と思われる。ただしクレイン自身は架空の人物扱いをしているのかもしれない。ストラスモアはエマスン一行に「手を洗って、よだれ掛け」でもしてきたら戻ってきてもよいと伝えろというので、要は古い（洗練されていない？）アメリカ人と彼らを見なしたのだろう。だから連中のような「アメリカ人は一人も知らない」と。ただし戻ってきても玄関先までの話で、連中が帰ったら「玄関を洗って、マットは他にくれてやれ」とまで命ずる。逆にいえ

ば、こういう金持ち連中は歴史的人物・著名な文学者も知らない俗物だということの暴露にも思える。デビューはテーブル・スピーチの名手といわれていたので、その冗談が受けないなど、諷刺の効いた話ということなのだろうか。直後の4月29日にやはり大金持ちを扱った「贅沢の体験」を発表しているが、この方は「リアル」でストレートな話である。

5．「贅沢の体験」

　ニューヨーク・プレス紙1894年4月29日掲載。バワリーを舞台にした「貧窮の体験」の一週後に掲載された。一転してニューヨーク富裕層の生活の探訪記。旧友が、「金持ちは貧乏人と同じほど煩いを背負っていて、惨めだ」との巷間いわれる話は嘘っぱちだという。ではその点を確かめようと、ジャックという名の金持ちの家を、「貧窮の体験」の主人公である若者が訪問する。若者は自分が贅沢な生活に魅かれ（「富はある意味で自由につながる」）、心地よさを感じているのに戸惑うが、一方では金持ちのつまらなさも知る。父親はもっぱら子ネコや子供に目を細めている。母親は上昇志向が強く、ジャックの姉妹たちは美人だが退屈である。そして何より上流階級特有の儀式的些事に心を砕いて休まず、ある意味「不幸」でもある。とはいえ、貧乏人を貧乏のままで納得させようとする前述の「富は幸せを意味しない」とか「金持ちの心は惨めだ」といったキリスト教的清貧の教えが、やはり間違っていると若者は判断する。

　作品は、スラムの人間の視点を共有できるかを問う「貧窮の体験」の裏返しになっている。つまり、金持ちの視点を共有できるかが問題である。ある程度若者は、金持ちの「快適さ」に自分の心が同化するのを認める。しかしその心は、結局中産階級を攻撃することに向かう。中産階級は「金持ち」になるのを自らが諦める論理として例の俗説をでっちあげ、また貧乏人からの攻撃をかわすためにもそういう俗説を振りかざしたのである。とはいえ断っておけば、金持ちと貧乏人、それをつなぐ中産階級という、格差をもたらす社会構造への批判などにクレインは向かわない。貧乏人も金持ちも（そして多分その中間も）偶然、環境の産物であるという彼の視点は誠実でもある。また金銭が豊かであれば心地よくなるという、人間の心の変わりやすさをも正直に書いている。だがこれ以上に行かないところに（行ってどうなるのかは別にして）クレインの限界があるかもしれない。

6.「出航日の情景」

　ニューヨーク・プレス紙1894年6月10日掲載の短信。ヨーロッパに向かう船をニューヨークの桟橋から描写している。クレインは出発が近づくにつれて高まる興奮をリアルに描いている。表面では皆笑顔を浮かべているが、万感の思いもある。家族の別れ、特に夫の旅立ちを見送る妻の気持ちなどに焦点があてられている。肝心の別れの時に子供の姿を必死で見つけようとする父の「トミーはどこだ、見えないぞ」という切羽詰まった感じも、極めて印象的に描かれている。「別れの言葉が飛び交う喧騒の中、少年が負けずに声をあげた。『パパ、ここだよ！　さよなら』と。」

7.「ビンクス氏の休暇」

　ニューヨーク・プレス紙1894年7月8日掲載。マンハッタンで働く簿記係のフィル・ビンクスが、ハーレムのアパートへの帰途ケーブルカーの中からマディソン・スクェア・パークの緑の芝生を見て、田舎での休暇が欲しいと思う。しかしお金がなく、ビンクスと妻と3人の子供は列車で土曜の午後、近郊のニュージャージー州のラマポ丘陵にある、妻の叔母の家に遊びに行く。普段の慌ただしい生活との違いを感じて、一旦は気持ちが安らぐ。ところが、何となく自然に触れて活力が沸いた気もするし、子供たちも無邪気に喜んでいるが、ビンクス夫妻は夕暮れに崖の縁の枯れ枝に座っていると、1日が無為に終わってしまうという不安な感覚に襲われる。

　毎日の都会の喧騒こそが現実の迷いを抑える。そのことを自然の平穏さ・退屈さによって気づかされるという、都会人（主人公の場合は労働者というべきかもしれない）の心理あるいは病巣を鋭く抉った先駆的作品。クレインは「都会は戦争の雰囲気だ」と作品の中でいうが、その「戦争」が人を惑いから解き放す妙薬なのかもしれない。ビンクスは思う。「平和や美徳を含んだ静謐な情景は、都会の戦士には何とも退屈だ」と。いや、クレインは都会という枠を超えて、こういう気持ちは「何世紀にも亘る言葉に出来ない疑問だ」ともいっている。クレインの「戦争好き」を解く鍵かもしれない。ともかく作品の最後では、ビンクスが自分の肩に妻を預けるようにする。クレインには珍しく、孤独や迷いに耐えうる家族の情愛のようなものを描いている。

8.「炭鉱の奥底で」

　友人の挿絵画家コーウィン・ナップ・リンスンの挿絵つきでまず短縮版で1894年7月22日にマックルア社から様々な新聞に配信。マックルアズ・マガジン誌1894年8月にも掲載。これも一部削除だが、リンスンの挿絵は14枚すべて掲載。社会批判の強いマックルア誌に掲載されたことでも分かるように、社会的洞察が鋭い作品。1894年5月18～19日にペンシルヴァニア州スクラントン近くの炭鉱に、リンスンと一緒にクレインは調査に出かけ、2度地下炭鉱に入った。石炭を粉砕機に投入する人夫たちや、まだ年端もいかない子供たちが石炭とスレートを選り分ける仕事をしている。「母親はいるのか、学校は行かないのか」とクレインは思う。大きくなって鉱夫になると、落盤事故で生き埋めになるか、老人になって鉱夫特有の喘息を患うかである。それでも彼らは「前向きだ」とクレインは痛烈な皮肉をいう。鉱夫と地下の炭田との関係は、戦いであるが、常に敗者は前者である。炭鉱内で一生働くチャイナというロバにも言及している。ロバは日光に当たると喜びのあまり興奮する。そこには炭鉱夫も同じだという暗示がある。そしてまたクレインも、地上に上がると炭鉱近辺の荒廃した地帯でさえ天国に見える。

　クレインの元の原稿が残っていて、それを見ると炭鉱業界に露骨に批判的だとして、特に後半部分をマックルアが削除したのが分かる。具体的には鉱山経営者と石炭ブローカーを激しく非難している部分である。「鉱夫は生きるために絶望的なほど酷い仕事をしている。(ブローカーは)その惨めさと苦しさ、その価値をちゃんと理解すれば、然るべき賃金を払うだろう」と、クレインは締めくくりで力説している。リンスンの証言によれば、クレインはスクラントンで書いていた原稿を、ニューヨークに帰ってから、相当抑えた調子にしたようである。それでも削除され、当然怒った。ただしこのように書くと極めて社会的メッセージが強い作品と思えるが、基本的に文章は詩的である。そもそも、こういう風に社会改良主義的なエッセイは、クレインでは例外的である。彼は地下に降りていくことは、即自分の想像力を刺激する機会と捉えている。炭鉱の中は「地獄」のイメージがつきまとうが、ある意味夢で、外が現実のようである。こういう心象、象徴性でもって、露骨な社会的批判を覆ったともいえる。その点は、非人間的な機械を、人間的にあえて比喩する描写にも伺える。ただしこれは炭鉱の「非人間的な」要素を逆に際立たせるとも、あるいは反対に「文学的」に逃げてしまっ

たとも、両方に解釈できる。「回転するシリンダーについた大きな歯車が石炭をつかまえ食いちぎる…。異常な食欲でこの巨大で恐ろしい怪物が石炭を平然とむしゃむしゃ頬張り、その馬鹿でかい顎でこの世のものとも思われぬ音を立てて嚙み砕く。」またエレヴェーターを操縦する男の黙々とした仕事ぶりに魅せられてしまうところにも、クレインの感性的限界があるかもしれない。

なおこの記事には、人種的背景に関する言及もある。そもそも炭鉱のロバの1頭には、「モリー・マグアイアズ」という名前（1870代の炭鉱紛争で多くが処刑されたアイルランド人炭鉱夫のグループ名）が付けられている。この炭鉱では多くのアイルランド人が働いているということが示唆されていて、実際削除される前の原稿ではこの炭鉱で働いているのは、アイルランド人とウェールズ人と明示されている。

9.『パイク郡パズル』

この話は事実関係の説明が必要であろう。ポート・ジャーヴィス・ユニオン紙より1894年8月28日に印刷された（掲載ではない）。1894年8月に一月余り、フレデリック・ロレンス、ルイス・C・センガー・ジュニア、コーウィン・ナップ・リンスン（いとこにあたるセンガーより、1893年の冬に紹介された。クレインの伝記を書いているが、まとめられたのが1958年94歳と高齢で最晩年［翌年死去］にあたり、どれほどクレインに対する記憶が正確かどうかは不明である）、ウィッカム・W・ヤングなど、ニューヨーク州ポート・ジャーヴィスやマンハッタンから来た友人と、ペンシルヴァニア州のパイク郡のトゥイン・レイクスでキャンプをして過ごした。この地（クレインたちはインターラーケンと名づけた）でキャンプした者は通例として自分たちの体験を記念に残すことになっていた。クレインは4ページの笑劇的記事を書いた。それが『パイク郡パズル』である。

田舎町の新聞のパロディーになっている。田舎の新聞はどうでもよいことを細かく記述し、少しでも間違うと咎める。それに倣って、「毎週の炉辺の敷物」といった瑣末なふざけたことや、キャンプでの行事を微細に、またとんでもないほら話などをどうでもよく記載している。たとえばコンサートが開催され、「その声の（良さではなく）大きさで」圧倒したとか、カナダに移住した人の理由が「入れ歯に税金がかからない」からとか。キャンパーはクレイン自らも含めて、すべて冗談の対象である。クレインが「自分の考えの絶頂に登ろうとして落っこ

ちて負傷した」というのは、自らの知性への揶揄であろう。ドイツに行く予定のリンスンは黒パンなどを全部食べてしまいそうだと書かれた。クレインとセンガーは、『パイク郡パズル』を作る使命を受けた「使い走り」と「そのまた使い走り」にされている。

　内容は身内話に終始していて、本当に面白いかどうかは別問題であろう。当時のことへの言及に関しては、今となっては分からない部分もある。けれども、クレインのはしゃぎ振りを見ると、その短い生涯の中で、一番楽しい時期であったのではと思える。それは田舎をからかいながらも、ジョセフ・キャッツが述べた通り、大都市の醜悪さから逃れていることから来ているようである。[3] ちなみに作品は小見出し・リスト・図表・宣伝文のような掲載・詩や会話の形式などを使って、まるで一昔前のいわゆる「学級新聞」に似た体裁である。

10.「コニー・アイランドの落日」

　ニューヨーク・プレス紙1894年10月14日掲載。リゾートの季節が終わる日曜日に、語り手が自称「偉大な哲学者」の話す、リゾートに対する「軽蔑しきった」思いを聞いていく形式になっている。

　コニー・アイランドから人々は戻っていく。「憂鬱な月曜日に。」その前に「哲学者」は、コニー・アイランドの遊技場、ミュージック・ホール、観光客などの俗悪さをあげつらう。よく引用される言葉であるが、哲学者は次のようにいう。「人はメリー・ゴー・ラウンドなどで束の間遊べば良いのだ。長きにわたっての憂さ晴らしになる。」そして楽しそうな3人の若者を見て「反抗して自殺するなどしないように、時折慰みを与えてやった」のだ。そういう風に仕向ける「この残虐な世界の意図は明らかである」と。要するに、所詮娯楽・気晴らしは労働（効率の向上？）のためだというのである。

　大衆化された「娯楽」の意味を先駆的に捉えたものといえる。そして哲学者は「海などを見ると、何と自分は小さいものかといつも思う」とも答える。だが、こういう「哲学者」の悟りきった、しかし若さや娯楽を楽しむ者への羨望の混じる態度に、若者が落ち着き悪そうに笑うのも、充分理解できる。実際、「哲学者」の鉄道員への感想などは、憎まれ口にしか聞こえない。人間は自己卑下の裏返しのような形で、自己の限界を知らない無知と思える他者を非難するという「傲慢」さがある。自分に対する「ある程度のうぬぼれ」が欠かせず、そしてそれは他人も同じなのだと認める必要もあるだろう。

リゾートの現状を伝えるという事実報道と同時に、評価を加える人物を架空で登場させる。こういう実（ファクト）と虚（フィクション）の入り混じったところにクレインの真骨頂があるという評価は定着している。(2.A.の註2を参照)。

11.「ハウエルズによれば、リアリストは時を待たねばならない」

マックルア社によってニューヨーク・タイムズ紙などに1894年10月28日掲載。クレインがハウエルズの自宅で会見した際の模様を伝えている。2人の共通点は、まずいわゆる「改革小説」への反対ということである。そういう風に「小説は説教してはならない」とハウエルズはいう。また「単に楽しませるものも論外」という言葉にもクレインは賛成する。そのどちらでもないリアリズム文学に当節反感があるのでは、とクレインはハウエルズに尋ねている。特に後者の娯楽小説、つまり人生は即ちラブロマンスであると見なすロマンティックな小説の人気が、人生のそういう側面は、ほんの一部だとして相対的に見るリアリズムの文学の受容を遅らせるのではないかと。

人生に対してつりあいの取れた見方・「パースペクティヴ」を人々に教えるのが文学だということで2人は一致するが、何を「つりあい」と見るかでこれ以降両者は別れていったともいえる。

12.「パーク・ロウのレストランで」

ニューヨーク・プレス紙1894年10月28日掲載。いきなり見知らぬ男の「こういうところに来ると、必ずゲティスバーグの戦いを思い出す」という言葉で始まる。ここはパーク・ロウのレストランで、語り手と見知らぬ男がランチの時間の混雑に身を置きながら食事をしている。「戦い」とは、この物凄い混雑をたとえたようである。男はかつてネヴァダで保安官をしていたと語り始める。レストランのウェイターの急ぎ足、皿のぶつかる音、口論、店のドアが開くと、猛烈な外の騒音が入ってくる。男はこれが西部だったらどうなるだろうと想像してみせる。

別の原稿が残っていて、そこでは客がウェイターに「ナプキンがないぞ」などと呼んでいる会話文が数行入っている。

クレイン流の何事も「戦い」という発想の作品の1つとも思える。ただし男の発想がやや突飛で、曖昧かつ散漫な印象がある。

13.「ある芸術家による物語」

　ニューヨーク・プレス紙1894年10月28日掲載。コーラ・クレイン編集の『最後の作品集』収録の際には、「ニューヨークのある芸術家による物語」となっている。この話は改訂されて『第三のスミレ』の19章と20章に導入された。1893年から1895年までクレインが断続的に住んでいた旧画学生連盟の建物の中の、クレインとそのルームメートとの様々なエピソードが書かれている。クレインとネルスン・グリーン、R・G・ヴォスバラ、ウィリアム・W・キャロルはそれぞれ、リトル・ペノイエ（ペニー）、パープル・サンダースン、ウォーウィクスン（グレート・グリーフともいわれる）とリンクルズになっている。別の場所に住むコリンスンは、友人コーウィン・ナップ・リンスンをモデルにしている。

　3つの物語「『グレート・グリーフ』が休日の晩餐にありついた顛末」、「家賃の支払いについて」、「ペノイエが日曜の晩餐を調達した経緯」がある。どれも内容はタイトルそのままで、貧乏暮らしの訴えという以外に見るべきものはないが（なお「休日」とはご馳走を食べる感謝祭の日を指している）、若者らしい冗談、斜に構えるシニシズム、「日曜の晩餐」といってもケーキという「落ち」、モデルのアルバイトや記事の掲載を見込んで、何とか家賃の算段をするなど、若者たちの泣き笑いの混じったボヘミアン的生活が描かれている。ちなみに、最後の話の季節は、「画家が皆休暇を取ってニューヨークを離れているので、モデルは職がなく飢え死にしそうだ」ということからも夏と分かる。

14.「ニュージャージー海岸の幽霊」

　1894年11月11日にニューヨーク・プレス紙掲載。「メテデコンクの恐ろしいスフィンクス」と共に、地元民から聞いたニュージャージー海岸にまつわる幽霊話をいくつか紹介する。「今は華やかなリゾート地ということからすると、話に重みがないが」、ともかく「血も凍らせるよう」に話は語られる。海賊船がマストに骸骨を掲げて航行する。インディアンが、自分が殺した花嫁を探している。若者と恋人の幽霊が逢瀬の約束を果たそうとしている。一番詳しく語られるのは、斧の傷を頭に受けた黒い犬の亡霊を漁師が目撃する、植民地時代の逸話である。当時この地に悪党がいて、難破した船から略奪するのは当たり前で、船員も殺していた。そういうことから主人を守ろうとして犬は死んだのである。もっとも話をする漁師たちは「詩人」であり、話は大げさだと匂わされているが、いく

つかの話には歴史的背景もあるといわれる。最後は「深夜、ニュージャージーの海岸でこの幽霊にあったら、逃げるにしかず」という、怪談話のいかにも決まり文句で終わる。

15.「皆がパニックに駆られた時」

　ニューヨーク・プレス紙1894年11月25日掲載。「火事」というのが、クレインが自らの作品目録で付けたタイトル。『全集第8巻』(1973)ではこのタイトルで掲載。いかにも記事のようだが実際には、6番街のスラムアパートで、真夜中起こった火事という設定の創作。

　語り手ともう1人「見ず知らずの男」が話している。通りの静寂がかえって次の動きを予兆させ、そして火事が起こる。漆黒の建物から女のくぐもった叫び声、ガラスの砕け散る音…。警察官が走ってきて、火災報知機を作動させる。1階のパン屋が火元で建物全体に広がって、人が集まり騒がしくなる。消防車が並んで現場に駆けつける。中から逃げ出した女が、赤ん坊を置き去りにしてきたのを思い出す。警官が救出に中へ入っていくが、どうなったかは語られない。一方では梯子が建物に掛けられ、消防士が登っていく。それなのに語り手と「見ず知らずの男」は大通りの方に向かって歩いていく。赤く黄色い炎が広がるのを背景にすると、2人は黒いカブト虫のようだ。大きな炎の雲が、漆黒の空にゆっくりと立ち昇る。

　クレインにおいて火事といえば、「退役兵」や「怪物」のビジュアルな描写が鮮烈であるが、この2作では火事は主な登場人物の運命（前者は死、後者は人格的・社会的破滅）に関わっていた。ところがこの話では、ただの傍観者（興奮する野次馬も含め）であり、それだけ火事の描写そのものが浮かび上がる。ただし、クレインがこの架空の話で、そして2人の態度によって、都会の1コマという以外に何をいおうとしたのかはよく分からない部分もある。消防士たちの冷静さも併せると、「『皆が』パニックに駆られた時」というのは皮肉にも聞こえる。ともかく鮮やかに、印象主義的に情景描写することが優先であったのだろう。

16.「男が倒れて、人が集まる」

　ニューヨーク・プレス紙1894年12月2日掲載。イタリア移民の男と少年と思える（イタリア語で会話している）2人が、イースト・サイドの通りをフェリーの乗り場へ歩いている。と、突然男が（多分）てんかんの発作で倒れる。群衆が

たちまち集まる。倒れた姿を見ようと、押し合いへしあいする。野次馬は人が死ぬかもしれない現場に立ち会っているのだが、我が身に照らしてその意味を考えているようでもあり、同時にあくまで他人事に魅せられているようでもある。その点で、ひときわ倒れた男の孤独が浮き彫りになる。そこには「移民」という他者性も加わっているかもしれない。辺りの景色も無関係である。路面電車と高架鉄道が決まった時間に轟音を立てて通過していく。群集の背後には看板に「夜定食20セント」とある。警察官が群衆を散らせ、救急車が病人を連れていくと、群衆は安心したようで「自分自身が苦しんでいて、ようやく助かったみたい」である。一方では、救急車が「突如病人と好奇心の間に割って入ったようで、不正みたいに思えた。」

　見る側の反応、群集心理といったことに焦点を当てた極めて鋭い考察といえる。「皆がパニックに駆られた時」にも似ている。なお、この作品はクレインの死後、イギリスのウェストミンスター・ガゼット紙1900年10月9日号にタイトル「ニューヨークのある通りでの情景」として掲載された。あくまでこういう傍観は「アメリカ・ニューヨーク市民の特質」と特定したかったのではないかともいわれている。

　それはともかく、当事者と傍観者（時には全知の語り手）との立場の違いという問題は、クレインがたとえば「オープン・ボート」などで終生課題とすることになる。そしてまた傍観者ではいられずに介入したのが「ある小説家の冒険」になっていく。さらに創作的にこの問題を描いたのが「怪物」だといえるかもしれない。

　別原稿があるが、ほとんど違いはない。ただし、倒れた男について「歩道に倒れた体は、人という大勢の海に沈んだ残骸のようだ」という一節が付け加えられている。

17.「混雑した車中での罪のない騒ぎ」

　ニューヨーク・プレス紙1895年1月6日掲載。ショッピングに向かう市内電車の乗客は、多くがすました顔をしている。と、酔っ払いが「傘を振り回し」騒ぎ立てながら電車に乗ってくる。車掌は降ろすぞと警告するが、それを無視して、酔っぱらいは喚きたて、何か歌いながら車内の雰囲気をかき乱す。ショッピング街を過ぎて女性客がいなくなると、ようやく男は乗り過ごしに気づき、電車を止めろといい出す。急停車すると歩道に転げ落ちるようにして降りるが、すぐに体

勢を立て直し、走って引き返そうとしている。電車の後部から、男の小さくなっていく姿を乗客や車掌が見ている。男は車内を酒場と勘違いし、酒を奢ろうと乗客にからんでいた。それによって際立つ、無秩序な酔っぱらいの振る舞いと体面を装う都会の乗客の対照が面白い。

とはいえこの酔っ払いは無害でどこか愛すべきように描かれている。乗客が車掌に「あいつはいい奴（"peach"）で」という。皮肉にせよ何にせよ、そこに怒りの気持ちはない。そういう風に酔っぱらいを見る目は、クレインの師匠であるハウエルズが「馬車でボストンへ」（1870）などで、酔っぱらいをけしからぬ者とし、それが移民だという社会的視点（あるいは偏見）から見るのとは対照的である。

18.「メテデコンクの恐ろしいスフィンクス」

ニューヨーク・プレス紙1895年1月13日掲載。1891年か1892年に書かれたもので、ニュージャージー州メテデコンク近くの海岸に現れる、白い衣装をまとって髪を振り乱した若い女性の幽霊話。「唯物的」な若者がかつてこの話を疑ったこともあったが、今では付近一帯では広く信じられているという。彼女は、1815年に溺死した恋人の船長を探して尋ね回っている。その亡骸のありかを答えられなかった者は、翌朝自らも海で死体となって発見される。その質問には実は答えようがない。なぜなら彼女自身、船長の亡骸が海岸に打ち上げられたのをかつて目撃しているので。この話の背後には、恋人が遠くブエノスアイレスに行くのを怒って、別れをしなかったことへの幽霊の後悔がある。彼女は海岸に何か浮かんでいるのを見ると、それがブエノスアイレスから流れ着いたのだと思い込む。ともかく、狂った亡霊の償いは永遠に果たされない。

19.「アヘンによる様々な幻想」

マックルア社の配信で1896年5月17日に色々なタイトルで新聞に掲載。表題のタイトルはニューヨーク・サン紙。たとえばカンザス・シティ・スター紙では「アヘン患者：スティーヴン・クレインがアヘンの害と犠牲者を語る」であった。クレインはチャイナタウンのアヘン地帯を取材し、特にどうしてアヘン中毒になるか、吸引用器具、吸引の仕方、吸引者および中毒者などの実情、アルコール中毒とどう違うかなどを、皮肉っぽいユーモアを交えながら細かく説明している。ここにも通説の打破が見られる。たとえば、アヘン吸引者の多くは中国人ではな

く白人であること。外見では分からないこと。この地のアヘン患者に対策を立てようとすると、下手をすれば中毒患者の単なる拡散になること、などである。また吸引すれば「精神は極めて安定し、人生の迷いごとはなくなる。非常に落ち着き…。世の中が違って見える」という迫真的な描写も相まって、クレイン自身も中毒患者だという根拠のない批判につながった。

　クレインはそういう歓楽街の住人の心理も分析している。刹那的に見えるが感受性が強く、死、人生や運命を考えていると。最後の「人生がアヘンで破滅になるとしても、そういう破滅をごまかすためによりアヘンに依存するのだ」は中毒心理の秀逸な洞察である。

20.「序文」

　ロイクロフト・クォータリー誌の1896年5月号『思い出とその他』に初出。文字が、『黒い騎手たち』と同じく大文字で印字され、詩と劇の中間のようにも見える。薄暗い舞台に窓がありテーブルが置かれている。その上の本に、窓から月光があたっている。沈黙が一瞬あって後、隣室から飲酒の様子、笑い声、口論、殴り合いの喧嘩の声が聞こえてくる。間があって女の叫び声で「何ということ、息子よ」と聞こえ、その後また一瞬の沈黙、という、いってみればこれだけの内容。12行で終わる（「幕」というト書き）。

21.「蛇」

　バチェラー社によって1896年6月14日に配信。たとえばミネアポリス・トリビューン紙などに掲載。この話は1894年8月にクレインがペンシルヴァニア州のパイク郡で大きな黒いガラガラヘビに遭遇したことに基づく。犬を連れた若者が、森の小道でガラガラヘビに出会う。男はヘビに本能的、原始的な恐怖と憎悪を感じる。それはお互い様で「ヘビの目にも憎悪と恐怖がある。」男はヘビを棒で叩き、ヘビは毒牙で立ち向かう。ついにヘビは打ち殺される。クレインは抑えた調子で人間の自然主義的「原初的怒り」によって撃ち殺されるヘビの末路を「ヘビは最後の抵抗までのたうち、抗い、嚙もうとし、自らの命を奪うこの棒に激しくまとわりついた」と描く。ところが作品は軽妙な調子で終わる。「さてこのヘビ君を持って帰って、女の子たちに見せよう」と。

　最後の部分はともかくとして、人間と他の生物の宿命的対決、その儀式的性格に、同じ儀式的な「仰向けの顔」との共通点を見出す向きもある[5]。とはいえ、

そう思っては話にならないのかもしれないが、そもそもなぜ殺さないといけないのか、見過ごせないのか、には分からない面もある。

22.「ニューヨークの自転車レース場」

　マックルア社により1896年7月5日配信。たとえばニューヨーク・サン紙で掲載。ウェスタン・ブールヴァードが自転車道路に実質上変貌したことをユーモラスに書いた記事。自転車の突然の流行が、静かな住宅地域の道を何千もの自転車が通行する大通りにしてしまった。馬車などの御者からすると「自転車に乗っている人は迷惑至極」である。クレインは自転車屋がコロンビア・サークルにたくさん出現していることや、自転車の「飛ばし屋：スコーチャー（"scorcher"）」を取り締まるという新しい警察の仕事――こちらも自転車に乗って、いわゆる「覆面」で取締りをする――などについて書いている。また様々なスタイルや色のブルマーを穿いた若い女性も目立つと。自転車もブルマーも、将来において経済的、社会的な重要性を持つとクレインは結論しているが、自転車が起こす社会の活性化と新たな問題、服装が象徴する女性の進出に着目している点は鋭い。

23.「ケラーは霊媒になる」

　1896年7月12日にH・F（またはH・T）・ジョコサの筆名で、ピッツバーグ・リーダー紙などの新聞に配信された。『マギー』以外でクレインがペンネームを使った唯一の例である。理由は不明。19世紀末に名声を博した手品師ハリー・ケラーの話。ある若者が、父親が霊媒師に凝ってしまい、怪しげな投資をしそうになっているので助けてほしいと頼みに来る。ケラーは自ら霊媒師を装い、降霊会を催し、トリックでスレートの板に「お告げ」を書かせて、父親を「正気」に戻す。トリックか超常現象かという今でも通じる話題を扱った話。なおケラーはアメリカ人で、スレートも「アメリカの」となっている。『全集第10巻』（1975）ではニューヨーク・スケッチの1つ（補遺）と考えているのでその分類に従う。ただし、4.「大金持ちクラブの夜」と同じく、特定の場所は作品に出てこない。

24.「ブロードウェイのケーブルカーで」

　マックルア社により1896年7月26日に配信。ニューヨーク・サン紙などに掲載。ケーブルカー（バッテリーからブロードウェイ沿いに36丁目までの路線）を通じて町の一日を描いた記事。薄明の頃、ケーブルカーは荷物の運搬人などの

労働者や、この大都会の一日を始めさせる人々を運んでいく。夕暮れ頃にはケーブルカーの流れは逆になる。人々は歓楽街のレストランや劇場に向かう。深夜には、6番街の酒場から酔っぱらいがケーブルカーに乗り込む。「人の数が減って、警察官が巡回して…朝になるまでの数時間…、ケーブルカーは」休んでいる。都会特有の活気をクレインは書いている。特にケーブルカーの車掌を巡っての描写が面白い。朝のラッシュアワー時に「車掌の機嫌を測る温度計はどんどん着実に上がっていく。そして乗客が吊り革につかまり、隣の客の足を踏んづけるようになると、沸点に達する。」ラッシュアワーが過ぎても気は休まらない。ショッピングのご婦人方は、つり銭の必要な紙幣を皆よこすので。

25. 「6年の漂流」(注：クレイン自身の覚書では「筏の物語」)

マックルア社の配信で1896年8月2日にポートランド・オレゴニアン紙など数紙に掲載。材木運搬用の巨大な筏に遭遇した船長の話。「陸でもない！　船でもない！　クジラでもない！」と驚いたのは、長さ600フィート、1万トンの重さもあるからだった。それが海で見失われ、6年後にカナダのラブラドル沿岸で発見された、というほら話の一種。結構長々と語られるが、最後に「この筏の物語は信じられない。普通バラバラになっているだろう」という「落ち」ともいえない「落ち」がある。

26. 「『ニューヨーク』の屋上庭園とそこの人々」

マックルア社より1896年8月9日に配信。ワシントン・ポスト紙などに掲載。19世紀後半にニューヨークで流行した夏の大屋上庭園について報じたもの。クレインは、最近公開された2つの屋上庭園、つまり1つは広大なグランド・セントラル・パレスの屋上と、もう1つは池に白鳥が泳ぐブロードウェイのオリンピアについて書いている。仕事が忙しく田舎の自然を見に行く余裕のない者には代りになるだろうとクレインはいう。もっとも催されるショーの方がお目当てだろうが、とも付け加えている。

クレインがユニークなのは、対照的に、貧民アパートの屋上には、スラムの住民が夏の暑さに耐えかねて追いやられている状況にも最後に目を向けていることである。「ここには窒息しそうになって、空気、より多くの新鮮な空気を求める大勢の人がいる」という。

27.「黄色い小型犬」

　マックルア社から1896年8月16日配信。ただしボストン・グローブ紙を含め3紙にしか掲載されていない。ハーレムの建設現場をうろつく小型犬が、発破が爆破されそうになると吠え、空中に跳びはねるようにする。付近の住民に警告する警備員の身振りを真似しているつもりのようである。そうなると警備員の仕事は簡単になる。要するに犬がちゃんと警告するのを監督しておけば良いのだ。犬は「普通の人、いやそれ以上の人間」より責任感があり、「脳は小さいが仕事に全霊を捧げている。」すっかりハーレムで有名になったこの犬に対して、「その背に山ほど仕事を背負った犬が歩いている」という言葉で終わる。

28.「ある1コマ」

　バチェラー社から1896年8月30日に配信。シカゴ・デイリー・ニューズ紙などが掲載。歓楽街の大通り6番街の喧騒の真っただ中で、老女が錯乱したように必死に雇ってくれるところを探している。彼女は派手な身なりをした、暇そうにウインドー・ショッピングをしている女の子2人に会う。老女は、実際には売春婦であるこの2人を普通の女性と間違えている。これに読者が気づくと、初めてこの出会いが皮肉なものだと分かる。老女は、どこで仕事が見つかるかと聞く。若い女2人は別の意味に取られかねない老女の言葉を残酷な気分で面白がる。老女はお針子などの経験が田舎であったらしく、「いい殿方が大勢おられるところで、繕いなどもしていまして。私にきてほしいと殿方が思われるところはありますか？」と尋ねる。若い女2人は微笑みあう。が、そういうとんでもない無垢な質問に対し、「知らない」と答えながらも優しい微笑みを浮かべ、個人的同情に近いものも2人は感じる。落胆してよぼよぼと老女が去って行くのを2人が見送っている。喜劇であり、かつ悲劇とまではいえないにせよ、哀愁のある話である。慰めか、残酷なふざけた気持ちからか、2人は老女から連絡先を聞いていた。それに深々と頭を下げて礼をいう老女…。後に1898年5月7日付のアウトルック誌は、この話の巧みさを激賞した。

　別の原稿が残っているが、そこには掲載された記事にある、若い女の身なりの説明「大きな袖のついたドレスで満帆のヨットのようだ」という、いかにも商売女の目立つ服装が記述されていない。

29.「ある小説家の冒険」

　ニューヨーク・ジャーナル紙1896年9月20日掲載。そもそもクレインの歓楽街探訪に市の警察と対立するという意図はなく、単なる取材が目的であった。少なくとも委託したニューヨーク・ジャーナル紙はそのつもりだった。ところがトラブルに巻き込まれる。9月15日の夜（というか翌日未明の2時頃）、2人のミュージック・ホールのコーラス・ガールとクレインは落ち合う。

　クレイン一行がいたミュージック・ホールは、多分ブロードウェイ・ガーデンである。この31〜32丁目の間のブロードウェイ街にあった所は、売春婦（しかも3流）の溜まり場として悪名高く、クレインは『マギー』で「陽気な騒がしいホール」として描いた。コーラス・ガールという職業が、率直にいえば売春にも走るものであったのは事実である。そこに「ほんものの」売春婦と思われるドーラ・クラーク（別名ドーラ・ウィルキンズで本名ルビー・ヤング）も合流した。

　発端は、店を出てクレインが1人のコーラス・ガールを見送りに少しの間その場を離れていると、残ったコーラス・ガール1人とドーラが、第19分署のチャールズ・ベッカーという警官にいきなり尋問されたことによる。売春の勧誘をしていたという理由である。恐怖のあまり、コーラス・ガールはクレインを夫だといい、戻ってきたクレインは勇敢にもこの言葉を肯定した。だがドーラはベッカーにより客引きの罪で逮捕された。彼は売春婦に金銭を強要することで有名であった。

　クレインが何のために彼女たちと会っていたのか、純粋に取材のためか、それとも別の目的もあったのかはよく分からない。ニューヨーク・ジャーナル紙の17日付で、彼はドーラ・クラークを「全く知らない」と語ったが、それは事実と違うのではという話もある。ともかく16日早朝に話を戻すと、もう1人のコーラス・ガールも見送った後、クレインは第19分署に戻り、署内の巡査部長の説得も聞き入れず、ドーラ逮捕に抗議して無実を申し立てる陳述をした。「強く諭された。売春婦を助けようとするなんて。君はまともな男のようだし、傷つくぞ、と。自分でもせっかく築いてきた評価を損なうのではと分っていた。しかし1人の女が不当に裁かれるなんて…。だから男として自分の責務を果たしたのだ。」彼は決して衝動的に弁護しようとしたのではなく、それによって自分の評判が傷つくかもしれないことを承知していた。

　一連の経過をもう少しまとめて書いたのが、この記事である。まず冒頭で、

ニューヨーク・ジャーナル社がクレインにニューヨークの生活の実態を取材するようにその前の週に命じ、クレインが最初に警察裁判所を取材の対象に選んだということが断られている。裁判所は24時間「営業」している。だがその流れ作業ぶりはいかにも官僚的、事務的で「不幸な者たちの実態をもっと良く知るべきだ」と思ったとクレインは述べている。彼は決して勇敢にこういう事実を暴露しようとしたのではない。ようやく勝ち得たそれなりの名声が、このことによって脅かされるかもしれないという意識は、作品中で「不本意だが目撃した者」("reluctant eyewitness") という表現を25回も使っていることでも分かる。

　この事件はニューヨークの他の新聞でも報じられ、クレインは擁護もされ批判もされ、揶揄された。ニューヨーク・ワールド紙には、ドン・キホーテにクレインをなぞらえた投書が掲載された。10月2日に、ドーラ・クラークは費用の資金を募った上で、誤認逮捕と不当な告発を理由に、ベッカーなどに対し訴訟を起こした。怒ったベッカーはドーラを殴ったともいわれる。クレインが彼女のために今回も証言に立つと知られると、警察は反撃に出た。雇い主のニューヨーク・ジャーナル紙は10月11日付で「自室にアヘンの吸引用具を所有しているとの容疑で、クレインは告発されるであろう」と警察がクレインを脅したと報じた。警察はアヘン吸引の用具一式の「モンタージュ写真」（実物ではない）を家宅捜査で押収した。クレインは10月15日夜半にドーラ側の証人としてそれでも証言に立ったが、非常なダメージを受けた。反対尋問では、クレインは売春婦の稼ぎで生活しているアヘン中毒者だといわんばかりだった。ちなみに、その時に名前を挙げられた女性「エイミー」が、批評家のエイミー・レズリーと混同されることになる。

　警察署の怒りを買い、報道記者としての仕事は困難になった。警視総監セオドア・ルーズヴェルト（後の大統領）は、クレインを庇おうとしたと、後年ハムリン・ガーランドに語っているが、クレインはいうことを聞かなかったそうで、ルーズヴェルトは怒った。アズベリー・パーク時代からの宿敵（？）ニューヨーク・トリビューン紙は10月29日付でクレインの悪評を喜び、イギリスでの『赤い武勲章』の先行的評価を持ち出し、イギリスは文学的な一時的流行を追いかける癖がある。その習性が彼をスターにして増長させたと毒づく。クレインはこの記事の終わりで「この話をしたのは、ニューヨークの一般市民に知ってほしいと思ったから」と書いたが、正直なところ聞き届けられなかった。ニューヨークに居づらくなり、バチェラー社の命を受けてスペイン統治下のキューバでの独立を

3. ニューヨーク州と近郊に関わる作品

求める反乱を取材に行こうと考える。

　なおクレインは、キューバ行きが失敗に終わり一旦ニューヨークに戻った1897年1月19日未明、マディソン・スクェア・ガーデンで開かれた(ザ・)フレンチ・ボール(音楽とダンスの会だが、売春婦なども出入りする怪しげな催し)から出てきたところを、警察から酩酊の罪で逮捕されかけた。ちなみにチャールズ・ベッカーは、そもそも上司のアレクサンダー・「クラバー」(「こん棒を振り回す」の意味)・ウィリアムズを見習ったような、強硬な警備をしていた。ウィリアムズは汚職と腐敗の歓楽街を「テンダロイン」と名付けた人物でもある。ドラ・クラークによるベッカーへの訴追は単に職務に少々熱心すぎたのだということで、罪はすべて免除された。その後順調に出世したが、1915年7月30日シン・シン刑務所で電気椅子による処刑を受けた最初の警官となる。容疑は自分の賭博仲間のハーマン・ローゼンソール殺害であった。この事件はスコット・フィッツジェラルドの『偉大なるギャッツビー』でも言及されている。

　クレインの警察との対立は、1890年代半ばのニューヨークにおける警察権力対市民の対立を象徴する出来事だったともいわれる。ちなみにこの時のクレインの「蛮勇」は、後に彼が書く中編「怪物」でトレスコット医師がヘンリー・ジョンスンを庇う姿勢に呼応しているようにも見える。この事件はクレインの評価にかなり付きまとったようだ。たとえば1898年8月6日付のフィラデルフィア・アメリカン紙の『オープン・ボートとその他の物語』評でも、まだ言及されている。

　なお、発表記事の他に原稿の断片、タイプ原稿の断片と2種類残っているが、前者では「道徳的責務というのは間が悪くやってきて、そこには屈辱が伴う」と書き、クレイン自身、「間の悪い場所、時間に居合わせた」戸惑いが感じられる。タイプ原稿の方はもっと物語風に語ろうとしたようだが、ここでも証言すべきか、名声を危うくするかの葛藤が描かれている。

30.「『歓楽街で』：目覚まし時計と自殺の意図との一刻の争い」

　タウン・トピック誌1896年10月1日掲載。スィフト・ドイヤーは街の不良・男娼である。この名前はマンハッタン中華街のドイヤー・ストリートに由来している。この歓楽地帯の悪名高さは、ドイヤー・ストリートが、不正直な人間に対し、「ドイヤー・ストリートと同じくらい不正な奴」という比喩として使われたことでも分かる。なおスィフトは「アヘン中毒のビルとその恋人」でも端役とし

て登場する。

　スィフトは恋人を不実だとひたすらなじって口論になる。「おまえは嘘つきだ！　俺に嘘をついて。だから頭に来るんだ。」そして目覚まし時計で思い切り彼女の頭を打ちつける。すると、彼女はスィフトに、痛み止めのモルフィネを致死量服用してしまったという。ここにおいて「自殺の意図が目覚まし時計に先んずる」という。つまり「時間の戦い」になり、何とか解毒が間に合うようにと彼は彼女をキッチンに連れて行きテーブルに載せ、ウィスキーを何度か飲ませ、次にコーヒーを飲ませる。スィフトは、彼女は死なないと思う。というのも、自分が思う死のイメージと違うからだ。死ぬのなら、人は昔話をするというのが、彼が劇や小説から吹き込まれたことである。この辺りは通俗劇でやはり固定観念を植え付けられた『マギー』のマギーを思い起こさせる。彼女はうわごとをいい続け、スィフトは眠ってしまう。朝になると2人はテーブルの上で寝ている。男娼と娼婦のどん底状態をリアルに描写したクレインの自然主義的短編の1つ。なお、前述の「自殺の意図が目覚まし時計に先んずる」の「先んずる」は原文では"ahead"になっていて、彼女の"head"を撃ちつけたこととの縁語になっている。

31.「悪魔のいる場所」

　ニューヨーク・ワールド紙1896年10月25日挿絵付きで掲載[7]。シン・シン刑務所の死刑執行室と処刑者の墓場の探訪記。「看守に鍵を開けてもらい中に入る…明らかに大金持ちの部屋ではない」と書き出し、刑務所の殺風景な様子が説明される。クレインの描写は、内部のくすんだ色やワニスの匂いなどに注目している。機械的に完全で、構造も精巧な「快適そうでピカピカの（電気）椅子」と、その恐ろしい用途を説明している。30年間囚人に関わった人物との会見と、その人物が囚人の葬儀を「3度の食事と同じように思って」淡々としてきたことが語られる。ハドスン川を見下ろす丘陵の墓地には、処刑された死刑囚が埋葬されている。貧弱な板切れの墓標は「たちまち忘れ去られる。」表題の「悪魔がいる場所」とはこの丘陵を指している。

32.「『歓楽街』見たまま」

　ニューヨーク・ジャーナル紙1896年10月25日掲載。劇場やホテルもあるが、賭博場、売春宿も多いマンハッタンの歓楽街に関する、虚構も交えた記事の第一弾。歓楽街はピークを過ぎたという説もあるが、クレインは、それは「年老いて

3. ニューヨーク州と近郊に関わる作品　　165

いく者が歓楽街の死と重ね合わせている」ので、要するに誤解だという。たとえば7番街の騒々しいダンス・ホールで、ビリー・マコニグルなる男がフロッシーという女と踊っている。と、そこに自分の女だと名乗る男ジョニーが現れ、口論になり、結局3人とも店から放り出される。もう1つ、クレインは5人の男がブロードウェイで朝まで飲み明かす話を紹介する。喧嘩もあれば飲み明かしもある、それほど活気があるといいたいのである。「その精神はなお生きている」のである。ただし恐らく白昼堂々ではなく「暗闇で。」

33.「『歓楽街』で」

　ニューヨーク・ジャーナル紙1896年11月1日掲載。歓楽街に集まる人々を取材した連続ものの第二弾。歓楽街のレストランで深夜食事をする人々の会話や様子を書き取った形の、報道的作品。喧嘩をしそうになって和解する2人。常連客が、他の客や行きかう人のエピソードを語る。紫煙が漂う中での会話は、がやがやと早朝まで続き、クレインらしい朝のさわやかな冷たく青い光や、牛乳配達の荷車の情景描写で終わる。一方、店で働く従業員の、そういうささやかなドラマとは無縁の、慣れきった様子もクレインは描いている。

34.「ハーヴァード大学対カーライル・インディアンズ」

　ニューヨーク・ジャーナル紙1896年11月1日掲載。マサチューセッツ州ケンブリッジで行われたアメリカン・フットボール2試合の第1ゲームの報道。予想では圧倒的にインディアンズが有利であった。クレインはインディアンズを宿泊先でインタビューしている。「インディアン」に引っかけて、「これまで大陸を奪われたようにタッチダウンを奪われた。審判も馬鹿にした。仕返しだ」といったふざけた調子で選手の気持ちを書いている。実際試合はインディアンズ優勢であったが、しかし唯一のタッチダウンはハーヴァードであった。戦況が選手メンバーの掲載も合わせて細かく説明されている。

35.『第三のスミレ』

　1896年秋にマックルア社より配信で、たとえばニューヨーク・ワールド紙には、11月4日より14日まで連載。単行本は翌年5月にアメリカではアプルトン、イギリスではウィリアム・ハイネマン社より刊行された中編。『赤い武勲章』とは全く趣の違う若い男女を巡っての伝統的でロマンティックな小説である。当

時、ジョルジュ・デュ・モーリエの、モデルと画家を話題にした『トリルビー』(1894)という小説がヒットしていたので、これに刺激されたのかもしれない。また、亡き姉アグネスの作品に触発されたのではという説もある[8]。とはいえ、こういう作品が不得意であることを自覚していたようだ。加えて金銭目的だったことも「自白」している[9]。当然出版当時の評価も低く、『赤い武勲章』の作家がこんなのを書くとは…というものさえあった。クレイン自身の文学的成功と、では「次作を書けるか」というプレッシャーが、そのまま主人公ホーカーの心理の不安定さに投影されているような、落ち着かない作品である。最後は余韻で終わろうとしたのであろうが、見事なくらい見え透いていて失敗している。

　当初「永遠の忍耐」という題で書き始めたようだ。クレインは旧画学生連盟の建物でボヘミアン的生活を送っていたが、それを元に1894年秋頃、「ある芸術家による物語」や「華麗なる栄光」を書いた。『第三のスミレ』は部分的に、前者を下敷きにしている。また「パーク・ロウのレストランで」とも重複している箇所がある。1895年の秋にニューヨーク州ハートウッドの兄エドマンドの家で大部分執筆された。小説の中での田園風景は、1894年春以降よく訪れたエドマンドが管理するハートウッド・クラブと、ペンシルヴァニア州のパイク郡で友人と一緒に過ごした、1894年夏のキャンプをもとにしているようである。なお、この作品のヒロインのモデルについては、ヘレン・トレントという恋人の存在も取り沙汰されたが、現在ではこの人物は、クレインを「偶像化」した伝記作者トマス・ビアの「作りもの」というのが定説である。一説では、この名前は1916～17年に上演されたブロードウェイ劇の登場人物からの借用ともいわれる[10]。ビアの『スティーヴン・クレイン：アメリカ作家の研究』(1923)は、信憑性に疑問が早くから寄せられていたが、それでもそれなりに典拠として書かれた研究も多い。が、今日ではクレインやコーラ、他の作家の手紙や出来事の多くをビアが捏造したことが分かっている。そもそも証拠となるようなクレインの手紙（ビアが持っているとされた）は見つかっていない。ビアがクレインを知っていた多くの人たちと会い、手紙を交わしていたのは事実であるようだ。だから全くの捏造ではなく、改竄の場合もあるだろう。しかしその程度は不明である。別の例を挙げると、（アーノルド・）ヘンリー・サンフォード・ベネットとの関係である。このカナダ人とは、ハロルド・フレデリックの紹介でクレインは知り合ったというのが、ビアの主張である。クレインがベネットと交わした手紙には、コンラッドのことなど、色々言及があって面白いが、手紙の真偽、実在が疑わしい。リッ

トン・ストレイチーの『ヴィクトリア朝偉人伝』(1918)や『ヴィクトリア女王』(1922)のような虚実織り交ぜた劇的な伝記が売れたことに触発されて、ビアはクレインの伝記を仕上げようとしたのではないか。ちなみにクレインの不幸は、同じく伝記を書いた詩人ジョン・ベリマンの『スティーヴン・クレイン』(1950)のあまりにも精神分析的な解釈（たとえばクレインの恋人は年上でなくては「ならない」という偏見）も災いしている。さらにクレインの伝記的事実を発掘しようとした、メルヴィン・ショバリンにせよ、R・W・ストールマンもまた、自分（の思い）とクレインを重ね合わせることに時に熱心で、事実関係を歪めた面がある。

ちなみに最も興味深い「説」は、ヒロインのファンホールにまつわることかもしれない。旧画学生連盟時代の友人のアパートに、グレイス・ホール・ヘミングウェイという女性が住んでいたようだ。この女性が名前から見てもヒロインのモデルではないかというのである。この女性は、アーネスト・ヘミングウェイの母である。

若き画家ウィリアム（ビリー）・ホーカー（クレインの親友であるウィリス・ブルックス・ホーキンズに由来する）が、故郷の農場に戻ってくる。ホーカーは駅馬車でグレイス・ファンホールという若い女性と乗り合わせる。彼はたちまち、この遺産相続人である上流のお嬢様を好きになる。リリー・ブランドン・マンローかネリー・クラウスがモデルともいわれる。小説内では、ホーカーという、純粋な芸術を目指すために妥協できず苦しむ芸術家と、ホーカーの友人で皮肉屋の世慣れた作家、大衆受けを厭わないジョージ・ホランデンとが対比される。ホランデンは、きどった饒舌な人物で、長たらしい哲学めいた言葉によって、グレイスの愛を勝ち得たいホーカーの、その不器用さをからかってみせる。気の弱いホーカーではあるが、それでも彼なりにグレイスの気を引こうとする。が、潔癖な取り巻きの中年女性がじっと見守っていることもあってうまくいかない。それでもグレイスもホーカーに気があるのは、テニス・コートの脇に彼女が落としたスミレで（少なくとも読者には分かりすぎるほど）分かる。

ホーカーにはジェム・オーグルソープという、金持ちで社交的なプレイボーイの恋敵がいる。それに比べてホーカーは農夫の息子で自分もまだ大して売れていない画家である。ホーカーとグレイスは、ホーカーの農夫の父親が雄牛に荷車を引かせているところに出会う。ホーカーは戸惑うが、グレイスは喜んで荷台に乗る。この出来事が重要なのは、ホーカーは自分とグレイスの階級差を強く意識し

ているのに、彼女はそういう先入観から自由であると見えるからだ。平たくいえば2人の障壁になっていないということである。

　グレイスはニューヨークに戻る時、ガウンにつけていた花飾りから（第二の）スミレを取ってホーカーに渡す。次の場面はニューヨークの彼のスタジオのある建物になる。そこで彼は、無一文同然の芸術家仲間と貧しい生活をしている。ウォーウィクスン、リンクルズ、パープル・サンダースンとペノイエ（ペニー）たちである（誰がモデルであるかは「ある芸術家による物語」の項を参照）。これに加えて、モデルのフロリンダ・オコーナー（「スプラッター」：多分ネルスン・グリーンが雇っていたモデルのガートルード・サリーンが原型）がいる。彼女はホーカーを非常に愛している。とはいえホーカーの方は気もそぞろで、封筒に隠した2つのスミレを思いながら気持ちが落ち込んでいるのを友人たちに気づかれる。ホーカーはグレイスの「巨大なシャンデリアの館」を何度か訪れ、夏の思い出について語る。その中でホーカーは自分の貧乏と、芸術家としていかに地位を確立するのに苦労しているかを話す。彼女は「貧乏は恥じるものではない」というが、ホーカーは自分の身分の低さに相変わらず神経質で、聞き入れない。小説は、突然メロドラマ的逆転で終わる。ホーカーが最後にグレイスを訪れた際、自分はニューヨークを出ていくという。しかし彼はあの2つのスミレをこれからも持っていると告げる。するとグレイスは怒ってもう1つスミレを投げつける。そして叫ぶ。「立ち去ってください。ぜひそうしてください」と。ホーカーは意味が逆であるのに気づく。

　ウィリアム・ディーン・ハウエルズが扱うような、生活と芸術との葛藤、ホーカーの父の農場に忍び寄る不況が象徴する農村の疲弊など、深刻な問題が背景にあるが、それらはすべて表層的な恋愛劇のためにお座なりにされた。ハウエルズ流のいわば正統派リアリズムは、所詮クレインには不向きなのであった。ヘンリー・ジェイムズ的なテーマである階級の問題も、扱いが中途半端である。そもそも上流階級の所作ふるまいなどをクレインはうまく描けない。作品ではボヘミアンたちが象徴する都会の住人の孤独、それに比べて田園での温かさ（冷たいのは都会から来たグレイスの取り巻き連中である）が対照されている。比率的にも都会半分、田園半分（その情景描写は優れている）に近い構成になっている。だがホーカーには、田舎も都会も、芸術家仲間とも合わないような自意識の過剰がある。というか、何でも深刻に考えるホーカーは、芸術家らしいといえばそれまでだが、行き過ぎて滑稽な印象さえある。ホーカーを通じて、クレインは、大衆

の下品な好みにより芸術が理解されない風潮を嘆いているかのようであるが、それも単なるすね者、あるいはディレッタントの気まぐれにしか見えない。

　何よりも、グレイスのいかにもお嬢様風ステレオタイプな人物像が、作品を平凡なロマンスに貶める決定的要因である。クレインは根本的に女性を理解していない。特に会話においてそれが顕著で、勢い台詞も陳腐になる。「贅沢の体験」で見られた通り、恐らく彼にとって上流の人間は距離のある存在なのである。グレイスについては、気取りのない温かさ、率直さ、前述の通り階級偏見にとらわれない大らかさがあるが、それは現実が分かっていないからそういう性格でいられるのでは、とも思わせる。一方のホーカーも観察力のある芸術家であるはずだが、恋愛になると、ものを全く見通せない人物と化す。この現実離れした両者の会話でもってクレインは話をだらだらと引き延ばしている。グレイスが世間知らずなら、ホーカーは、必要以上に女性を不可解なものとして崇める、やはり妙な人物である。

　作品に救いがあるとすれば、前述した通り生き生きとした田舎の自然や、ホーカーがニューヨークで住む建物の風変わりな様子、及びホーカーの故郷の愛犬、スタンリーなどの描写である。この点は出版当時、スペクテイター誌も1897年5月29日付で指摘した。クレインの犬好きはいくつかの作品で示されているが、その例でもある。が、逆にいうと、この作品では「人間」はつまらないのである。いかにクレインが型にはまった筋書きやものの見方をすることが苦手かを、そういう型にはまった会話や恋愛を通じて皮肉にも暴露した作品と考えられる。皮肉という言葉との関連でいえば、そもそも登場人物に対し、作者がどのように（皮肉に）距離を置いて考えているのかが分からない。特に保守的で中身の乏しいお嬢様であるグレイスに皮肉が及んでいるのかどうか…。すべてそのぎこちなさも仮に計算づくだとするなら、その無様さにおいて、当時のロマンス小説への、あるいは自爆的？パロディーとさえ思える。[14]

『第三のスミレ』は面白くない、下らないと広く酷評された。もっとも比較的イギリスでは評判が良かった。多くの保守的雑誌が作品を好意的に捉えたのも事実である。アカデミー誌1897年5月22日付のように「それなりの心理洞察がある」といった評価もあった。だがH・G・ウェルズがクレインの死後の1900年8月にノース・アメリカン・レヴュー誌に書いた通り、クレインには恋愛小説は書けないのである。酷評ばかりなので個々には取り上げないが、「退屈」で「クレインの本領ではない。」人物描写が「生煮え・中途半端」という批評が主であった。

また牧歌的恋愛劇と芸術家仲間のスラング（悪評であったし、ともかく仲間内の会話に終始している）とが合っていないという指摘も何度もされている。極めつけは「クレインの作家としての汚点」とまでいうものもあった。

　ホーカーは「色の配合を熟慮する」画家であり、世間に抗して独自の作風（印象主義）を貫こうとしている。その画風は、たとえば「火薬の煙を通して見ているように、空一面を赤く燃えるように」描き、それにより「絶望」や「悲惨な戦場の最後」を象徴するのである。こういう挑戦的画風を、ホーカーは世間と、その世間に妥協したがる「自分の心性」には受け入れられない表現だと感じて葛藤している。とはいえ、そもそもその意味がよく分からない面もあるし、作者クレイン自身も色彩豊かな描写を心がけたようであるが、目立つのは、列車は「黒い」怪物、畑を総称する黄色、「スミレ」の濃い紫色くらいかもしれない。ホーカー自身の「世間への挑戦」の姿勢と、そういいながらも結局は金持ちのお嬢様と結婚したいという本音との矛盾を反映してか、作品全体における「挑戦的な色の配合」も今ひとつ冴えを欠く。

　ホーカーの絵と、作者クレインの間に直接のつながり（つまり印象主義的画家・作家としての）を見て、絵を描くホーカーそのものを作者の創作行為への言及だとしてメタフィクション的に捉える解釈もあることを付け加えておきたい。ただしその考察によって作品の評価が劇的に高くなっているわけではなさそうである[15]。

　クレインの創作は、いわゆる伝統的でロマンティックな作品などとは一線を画す点に真価があったといわれる。しかし断っておけば伝統的な作品も結構書いている。長中編（この『第三のスミレ』に『戦地勤務』と『オラディ』）3作がそうであり、またキューバ戦争を舞台にした「無名の部隊」や、あるいは彼の思いがけない書評「ウィーダの傑作」なども、ある意味クレインのロマンス好きな「保守性」を物語っている。当時の感傷的な、三文小説の影響がクレイン流の自然主義にもあるともいわれる。もちろん同じ自然主義作家といわれるフランク・ノリスやジャック・ロンドンなどもロマンティックな傾向を持っていた。その点で伝統性と革新性を兼ねる過渡期の作家の1人とクレインを見ることもできる[16]。

　最後に「ネコのマーチ」という、『第三のスミレ』に登場する芸術家のモデル、フロリンダにまつわる話をクレインが書いていたという説を紹介しておきたい。クレイン研究者のヴィンセント・スターレットによれば、キューバで書かれたそうであるが、原稿が残っていない。フロリンダは『第三のスミレ』に登場した

ホーカーとは違う芸術家と結婚し、小さな町に住むが、偏見に遭い、地元の女性より仲間はずれにされる、という話だったとされる。

36.「小説家スティーヴン・クレインからの誕生日の言葉」

　ニューヨーク・ジャーナル紙1896年11月8日掲載。ウィリアム・ランドルフ・ハーストがニューヨーク・ジャーナル紙を買収した1周年にあたり、普段記事を寄稿している作家や挿絵画家よりの記念祝辞に、紙面の1ページが充てられた。クレインは署名した上でお祝いの一文を3行書いている。「ジャーナリズムとは、それをどう定義して良いのか分らないというのが、そこに身を置く者にとって実情ではないか。なぜなら貴紙は毎日変化し進歩しているので。」この言葉は皮肉にも聞こえる。「変化」や「進歩」とは、時になりふり構わない取材合戦であり、そういうイェロー・ジャーナリズムをクレインは批判していくことにもなるので。

37.「プリンストンがケンブリッジでハーヴァードと対戦」

　ニューヨーク・ジャーナル紙1896年11月8日号掲載。ハーヴァードでのアメリカン・フットボールゲームに関する報道第二弾。試合より観客や雰囲気に焦点があたっている。というより、実は凡戦だったと思える。印象主義的筆致で、ハーヴァードの派手な深紅の旗と「チームを彩るオレンジと黒の熱狂」が、試合を目立たなくさせたという。プリンストンがタッチダウンした瞬間にハーヴァードの旗は止まり、ファンの声援も一瞬止んだ。ハーヴァードが負けた夕闇に、プリンストン側の応援団の「300ほどの菊の花が熱狂し、薄暮にいささか不気味に踊った。」ケンブリッジの警備の警官までがプリンストンのファンを内心蔑んだように横目で見ているというのがおかしい。

38.「アヘン中毒のビルとその恋人」

　ニューヨーク・ジャーナル紙1896年11月29日掲載。イェン・ノック（Yen-Nock）という言葉が新聞タイトルでは使われているが、イェン・ホック（Yen-Hock）の間違いである。イェン・ホックとは、吸引の際にアヘンを詰める針のような道具である。つまり原題の"Yen-Hock Bill"は、「アヘン中毒のビル」の意味になる。この物語では、ジュリーという献身的な恋人が、肺炎にかかっているアヘン中毒の恋人ビルを自分のアパートで介抱しようとする。というのもビルは

自分の居場所の家賃が払えそうにないので。ところがビルはいつもと同じく彼女をいじめ続ける。それを聞きつけた隣人は「あんな男、殺してしまえば良いのに」といっている。最後は女の「お願い、そんなに責めないで」という悲痛な言葉で終わる。どん底にいる人間の、ある意味救いがたい話である。

39.「ミネッタ・レーンのスティーヴン・クレイン」

恐らくバチェラー社の配信による。1896年12月20日に、たとえばネブラスカ・ステート・ジャーナル紙など多くの新聞に掲載。元はミネッタ・ブルックであったところに、19世紀中にミネッタ・レーンが出来て、グリニッジ・ヴィレッジの住宅街の一部になった。クレインはこの悪名高い、黒人の住む犯罪地域では、無事に出て来られたら（お金は取られても「歯があったら」）ましであったという。伝説となっている悪党たちについて触れる。当時を知っているマミー・ロスに会見し、有名な殺人事件や窃盗のエピソードを語らせている。記事は、現在は警官も巡回しているし、また黒人がイタリア移民に取って代わられているので、犯罪のスケールが小さくなったと冗談めかすように終わっている。この黒人に対するコメントを差別的に取るかどうかは、人によって異なるであろう。ちなみに1890年代のニューヨークにおいては黒人の比率が少なかったので、逆に動向が目立っていたという事情もある。

40.「オークション」

イギリス版『オープン・ボートとその他の物語』(1898) に掲載。ニューヨークが舞台だといわれる。執筆は1896年。元船長のジム・ファーガスンはアルコール依存症で身を持ち崩し、家具や日用品をオークションで売る破目になる。ペットのオウムの無邪気な冷やかし、合いの手が買い手の間に笑いを巻き起こす。とはいえ、その笑いが船長と妻にとって、かえって深刻さを紛らわせてくれるという泣き笑いの話。妻を愛するがために海を捨てた、雄々しかったはずの男の哀れな顛末である。オークションの主催者の狡猾そうな様子や対照的に助手の事務的な感じが、いわばまな板の鯉となった夫婦の無力さを際立たせる。

41.「雄弁な悲しみ」

イギリス版『オープン・ボートとその他の物語』(1898) の「ミッドナイト・スケッチ集」の中に収められた。1896年9月14日の朝、グリニッジ・ヴィレッ

ジのジェファスン・マーケットの警察裁判所での取材記。傍聴人は物見高く、日常とは違う苦しみを見に来て（楽しんで）いる印象があるという。雇い主から衣類を盗んだとして訴えられた、まだ若い使用人の少女が登場する。クレインはその苦しみを描いて、裁判機構の無機質さを暴き、鋭い批判を加える。裁判所は慈悲のない教会みたいで、ドアのところにいる警官は、帽子を取らない者たちを叱責する。訴追されると決定され連行される時、少女は「心の奥から悲痛」に訴える。それが「雄弁な悲しみ」で「日常というカーテンを短剣ですっと切り裂いた」ように人の心を一瞬打つが、裁判所の心は打たず、事務的に次の事件に進む。「彼女の叫びは石畳の通路へと消えていく。」そして誰もが忘れて気にも留めなくなる。

42.「独立独歩の男」

　コーンヒル・マガジン誌に1899年3月号掲載。舞台はニューヨーク。「誰もが出来る成功の例」と最初に書いてあるが、もちろん皮肉である。「靴に穴の開いた」トムという貧乏な若者が職探しにブロードウェイを歩いていると、文盲の老人に会う。若者が老人に、弁護士からの手紙を読んであげる。それによると老人の息子が、老人を騙して西部の土地を売ったと書いてあった。トムは老人の弁護士になりすまし、息子と対決し、その代金を返却させた。その結果老人は、トムが大変な美徳を持った人物だと思い込み、彼の出世を手助けする。そしてトムは取材までも受けるようになり「長い署名入りの記事を、苦労している若者たちに向けて書いた。そこにはどうやったら金持ちになれるか、可能な最良の忠告が書いてある。」

　19世紀には、ホレイショ・アルジャーの出世物語（一応「独立独歩」ということになっている）と共に、詐欺師の話も流行した。その両方（弁護士を騙ったので）を併せたような話であるが、クレインが言いたいのは、人にどう評価され出世するかなど、若干の嘘と運があれば、どうにでもなるということである。なお、「カメラが人の心の写真を撮って（写して）いる」という表現が、写真の時代を思わせる。

43.「ダルースからの男」

　生前未発表。メトロポリタン・マガジン誌1901年2月号に掲載。コーラによって改訂されたと思われる。日曜夜のニューヨークの生活を西部ミネソタ州のダ

ルースから来た男が体験する話。彼は当初退屈だと感じ、「面白くない、こんなつまらないとは」とニューヨーク在住の友人を責める。友人もその通りだと思い、刺激を求めて、2人でグリニッジ・ヴィレッジのミュージック・ホールに行き、歌や踊りを見るが、ダルースから来た男にはやはり面白くない。観客同士のいざこざが始まっても、「その男たちは離れたままで、拳は空を切る」だけである。西部の人間の目からすると、「何とインチキな！」としか思えない。と、フランス人の女が「両手をワシが爪を広げたようにして」喧嘩に参戦する。ダルースからの男はその本気ぶりに思わず「感激」して声援を送る。すると、その女が「何だと！」と、今度は彼の方に向かってくる。ダルースから来た男は、もはや手に負えなくなったと思って、ドアのところに飛ぶように走っていった。

　執筆時期が不明なので、クレインの西部旅行の前後いずれの作品であるかは分からない。この話によって西部と東部はその暴力性（？）において同じ、あるいは違うなどとユーモラスに示したかったのかなど、色々考えられる。それに加えて、ダルースの男の声援は「アメリカ」国旗にかこつけてのものであるが、それに「フランス」人の女がからんでくるというのも、興味深い。

44.「ポーカー・ゲーム」

『最後の作品集』(1902) に収録。ヤング・ボビー・シンチというシカゴ出身の大金持ち（遺産相続人）がニューヨークにやって来て、ポーカーをする。父親の友人であったニューヨークのかつての大地主、ヘンリー・スパイタンダイヴァルが相手の1人であった。最後のゲームで両者ともストレート・フラッシュを手にする。しかしそこまで大勝していたシンチの方が、手が弱い。自分の手が強いと思っているスパイタンダイヴァルは、それまでの負けを回復しようとする。そこで少額ずつ賭けを上積みする形でシンチを降ろさせないように企む。しかし自分の方こそ手が強いと信じているシンチは、敵をこれ以上負かすのは逆に忍びないと思う。そこで相手の手に乗らず、当初の少額の賭け金で勝負を終えてしまう。クレインが、いかにポーカーが好きであったかを物語る作品であるが、逆にポーカーを知らないと話の妙味がよく分からない面もある。確かに勝負を見守る人間の固唾を呑む様子、また神経戦を象徴するタバコの煙など、面白いが…。ポーカーというゲームを巡る人間の心の動き、また「運」の要素を描いた作品である。なお、スパイタンダイヴァルという奇妙な名前はニューヨーク・ブロンクスの地名（"Spuyten Duyvil"）のスペルを変えて（"Spuytendyvil"）使ったようだ。

45.「華麗な栄光」

『最後の作品集』(1902) に初出。旧画学生連盟の建物を舞台にし、グレート・グリーフやリンクルズ、ペノイエなどが登場するので、「ある芸術家による物語」と執筆時期は同じかもしれない (1894年秋)。グレート・グリーフとリンクルズとペノイエがゴーント (痩身の男) のスタジオを訪問し、彼が描いている作品を酷評する。パリから来たゴーントは、自分では偉大な芸術家になれると信じている。ある日ゴーントが凄い絵を描くと狂気のような目で宣言する。しかし3人が彼の部屋を再び訪れると、ゴーントが床で死んでいた。「彼に画才なんてあるはずもなかったのに」が「落ち」である。話の内容は「芸術と才能」という普遍のテーマに関わっているといえなくもない。なお、「華麗な栄光」と"the silver pageant"を意訳したのは、ゴーントが夢見る人生、あるいは彼の芸術目標がそう表現されているからである。ちなみにゴーントの一部はクレインの親友コーウィン・ナップ・リンスンであろう。

46.「画学生連盟の建物」(仮題)

生前未発表。R・W・ストールマンによって『ニューヨーク公共図書館会報 60号』(1956) に掲載。仮題はストールマンによる。執筆は恐らく1894年。23丁目東143〜147番地にあった古い建物で、若き芸術家たちがどのように学んでいたか、また骸骨の標本に関する逸話などが内容である。

ここを舞台として、クレインは「華麗な栄光」や「ある芸術家による物語」、『第三のスミレ』を書いた。内部が入り組んだ建物の中で、クレインたちは大いに羽目を外したという。

作品の内容自体よりも、ここでクレインが関わった人物たちのことの方が重要であろう。1893年の秋にクレインはこの建物に引っ越してきて、友人と一室で共同生活をする。ネルスン・グリーンは挿絵、政治風刺漫画家で、後にニューヨーク州史などの執筆も手がけた長命の人物で、クレインに関する回想を1940年代に書いている。重要ではあるが、記憶違い、確認不可能な部分もある。[17] R・G・ヴォスバラは、クライティリオン誌の1901年2月号に『赤い武勲章』成立前後のクレインの考えなどを紹介した記事を書く。「貧窮の体験」に同行したウィリアム・W・キャロルは挿絵画家で後にメソディストの牧師。このルームメート3人の他に、フレデリック・C・ゴードンは『黒い騎手たち』の初版の表

紙原案をデザインした画家・挿絵画家であるが、階上のスタジオに住んでおり、ディヴィッド・エリクスンもこの建物の住人であった。ブックマン誌1895年5月号に掲載されたクレインに関する記事には、エリクスンがペン画でクレインの素描を描いている。クレインたちは、ベッドも食べ物も衣類も共有した。画家はモデルとサンドイッチを分けあった。1895年の春まで断続的にクレインはこの建物で暮らした。

クレインはここにラルフ・ウォルドー・エマスンからの一節などが落書されていたといい、「良き時代の記憶だ」と締めくくる。

47.「ダイアモンズ、ダイアモンズ」

生前未発表。R・W・ストールマンによる『ニューヨーク公共図書館会報 60号』（1956）に初出[18]。1896年の執筆と思われる。ニューヨーク歓楽街で、（ほくろ）のジミーというニックネームの詐欺師兼コンサート・ホールの歌手が、ボストンでの公演を頼まれるが交通費もない。そこでフラッシャーという女性に頼んで交通費を調達してもらい、さらにダイアモンドを借り受ける。そしてボストンで、ダイアモンドを「太った男」に買わないかと持ちかけ宝石屋で本物と確認させ、すりかえて模造品を渡す。最後はそういう詐欺師の「いつもの手口」が政治家（政治屋？）と比べられる。「サリヴァン郡スケッチ集」にも似た大げさな口調で話は語られている。

48.「ダン・エモンズ」

未完の小説原稿で生前未発表。トマス・A・ガラスンとR・W・ストールマンにより研究誌『短編小説研究 1号』（1963）に発表。1896年3月にクレインはアプルトン社の編集人リプリー・ヒッチコックに手紙を出して、「ダン・エモンズ」という作品を別の出版社から出すことの言い訳をしているが、これが「ダン・エモンズ」をクレインが執筆していた証拠になる。5月に『ジョージの母』を刊行してくれることになったエドワード・アーノルド社から、刊行予告までされたが、放棄したようだ。10ページのタイプ原稿が残っているが、後年、コーラとイギリスの代理人であるジェイムズ・B・ピンカーがこの部分だけで短編として売ろうとした。クレインの遺作『オラディ』に似ている点がいくつかある。まずアイリッシュが主人公であり、父と子の関係で話が始まり、ストーリー展開を重視する冒険物語のようであることなどである。ただし書かれているところまでで

は悲劇的結末なので、その点は『オラディ』とは違う。もっとも、話の急展開もありそうだが。

ニューヨークに住むアイルランド移民2世（父親は酒場の経営で成功した）の若者ダン・エモンズが長い航海の旅に出るが、オーストラリアの沿岸で嵐により座礁する。「船は唸り声のようなものをあげて粉々になった。」若者はニワトリのカゴを浮輪代わりにして、死んだ豚バーソロミューと共に漂流する。若者は近くの島から来た小船に救助された。が、言葉も分からない。しかも連中は人食い人種ではないかと疑い始め、ひどく脅える。船は島に向かう。物語は豚に対するダン・エモンズのお別れの言葉で終わる。「幸せだな、バーソロミュー。こんな苦労して航海した挙句、仮に僕が殺されるのなら、君の方が実際幸運だったと。」

未完なので何ともいえないが、デフォーやスィフトを意識した作品に見えるし、「オープン・ボート」との（予見的？）関連を読むこともできるだろう。

49.「6番街」（仮題）

生前未発表でR・W・ストールマンとE・R・ハーゲマンの『スティーヴン・クレインのニューヨーク・スケッチ集』（1966）に初出。ニューヨーク・プレス紙の日曜版編集者カーティス・ブラウンの元にあった原稿ではないかと思われ、仮題はそのタイトル「6番街」に基づく。執筆時期は1894年頃と推定される。冒頭部分の原稿13行のみ残っている。歓楽街である6番街は、昼は上品なショッピン街で女性客も多く忙しい。が、夜は色々「よからぬこと」があって…と書きたかったように見える。

50.「ニューヨークの下宿屋の物語」（仮題）

R・W・ストールマンとE・R・ハーゲマン編の『スティーヴン・クレインのニューヨーク・スケッチ集』（1966）で初出の未完の小説。仮題はストールマンによる。1896年に立法化された酒類販売制限に関するレインズ法に言及しているので（登場人物の1人がこの法律に関する記事を読んでいる）、それ以降の作品と思われる。多くの下宿人が出てくる。ソープという老簿記係、店員トリクセルなど。下宿の女主人には美しい娘がいて、彼女に下宿人は皆恋している。謎めいた若者が下宿人に新たに加わり、やはり娘に魅せられる。下宿人たちは皆、自意識過剰で、「彼女は自分の話し方に注目しているだろうか」とか「自分の境遇に同情してくれるだろうか」とか思っている。『第三のスミレ』の主人公ホー

カーに似ている。クレインが後期に書いた、黙々と任務に励む兵士とは対極にあるように見える。

51.「選挙の夜に街頭で聞いたこと」

　ニューヨーク・プレス紙に掲載されたとの説があるが、日付は不明。クレインのスクラップブックには記事本体が残っている。『全集第8巻』（1973）に初出。1894年11月のニューヨークでの選挙についての会話や議論、政治スローガンなどを集めて記事は構成され、選挙の結果とニューヨークの政治状況を記している。1885年から1891年まで知事であったディヴィッド・ベネット・ヒルが再出馬したが、共和党のリーヴァイ・P・モートンに敗北したこと。共和党のウィリアム・L・ストロングがニューヨーク市長に選ばれたこと。市の記録官（司法などを担当する高官）に共和党のジョン・W・ゴフが選ばれ、タマニー・ホール派（アイルランドの移民が多く占め、いわゆるポリティカル・マシンとしてニューヨークで有力であった民主党の一派）のヒュー・J・グラントが敗れたことなどで、要は共和党の勝利を伝えている。そのことが「どこに民主党が残っている。あのタマニー派の連中はどこに？」などという会話の断片で描かれる。

　途中までの別原稿が残っているが、文章の順番の入れ替えや、たとえば「タマニーが勝ったら、ニューヨークを出てキャムデン（ニュージャージー州の町）へ行かないと」が、この別原稿では「ニュージャージーに行かないと」になっているなどの違いである。

52.「アスファルトの花」

　原稿断片のみ。まずクレインの作とは思えないが、可能性は完全には捨てきれない。『全集』には入っていない。伝記作者トマス・ビア所蔵の「クレイン資料」にタイプ原稿が残っている。クレインはニューヨークに滞在した初め頃に、音楽などの批評家ジェイムズ・ギボンズ・ハネカーと知り合った。ハネカーの証言では、2人は1894年4月か5月、女装の少年の男娼に会った。クレインは興味を持ち、話を聞いた。梅毒持ちの少年はお金を求めてきた。クレインはアーヴィング・バチェラーに金を借りた。こうハネカーはいうが、クレインとバチェラーは『赤い武勲章』の件で10月に初めて会ったと思われ、この時点で知っていたかどうか疑わしい。その後ハネカーの勧めで、ユイスマンスの『さかしま』（1884）を読んだが、クレインは現実的ではないと感じたそうである。ともかくクレイン

は少年売春の物語を考え、ハムリン・ガーランドに話したら、驚愕してやめるように求めた。1898年10月にクレインが小説を書き始めたともハネカーはいっているが、この時期クレインはハヴァナで潜伏生活をしていた。彼に関する情報がハネカーにあったとは思えない。また遡って同年7月にクレインがニューヨークに一旦戻ってきた時、ハネカーは会ったというが確証はない。

　以上がハネカーの「証言」で、タイトルも「アスファルトの花（「の」は"of"または"in"）」となる予定であったというが、どうも上記のタイプ原稿は他ならぬハネカー自身が書いたのではと現在ではいわれている。なぜ、クレイン作とハネカーが主張したのか、理由は分からない。この原稿がしばしば取り上げられるのは、当時クレインが「裏世界」に深く関わっていたという推測に合致するものだからと考えられる。ちなみにクレインと会ったという直後の1898年8月3日のミュージカル・クーリエ誌で、ハネカーはクレインの戦争報道を、特に色彩語の多用について皮肉っている。

註

1. Wertheim, *A Stephen Crane Encyclopedia*, p. 371.
2. とはいえ、この削除版の方が優れているともいわれる。Patrick K. Dooley, "Openness to Experience in Stephen Crane's 'In the Depths of a Coal Mine,'" *Caverns of the Night: Coal Mines in Art, Literature and Film*. Ed. William B. Thesing. (Columbia, South Carolina: University of South Carolina Press, 2000), pp. 186-98.
3. Joseph Katz, "Solving Stephen Crane's Pike County Puzzle," *American Literature* 55 (1983): 171-82.
4. この「物語」の「エッセイ」との中間的性格については, John Fagg, "Stephen Crane and the Literary Sketch: Genre and History in 'Sailing Day Scenes' and 'Coney Island Failing Days,'" *American Literary Realism* 38 (2005): 1-17.
5. Holton, p. 33.
6. Wilson, "Stephen Crane and the Police," *American Quarterly* 48:2 (1996):273-315.
7. この作品のヴァージニア版にはいくつか誤植がある。Sorrentino, "Stephen Crane's Manuscript of 'The Devil's Acre,'" *Papers of the Bibliographical Society of America* 94 (2000): 427-32.
8. Donna M. Campbell, "More than a Family Resemblance? Agnes Crane's 'Victorious Defeat' and Stephen Crane's *The Third Violet*," *Stephen Crane Studies* 16:1 (2007): 14-24.
9. Kelvin J. Hayes, "*The Third Violet* in Fort Worth," *Stephen Crane Studies* 16:2 (2007): 26-27.
10. Monteiro, "Helen Trent," *Stephen Crane Studies* 13:2 (2004):32-3.
11. ビアの「捏造ぶり」の詳細については Wertheim and Sorrentino, "Thomas Beer: The Clay Feet of Stephen Crane Biography," *American Literary Realism* 22 (1990) 2-16.
12. この点については、John Clendenning, "Stephen Crane and His Biographers: Beer, Berryman, Schoberline, and Stallman," *American Literary Realism* 28:1 (1995): 23-57.
13. Clendenning, "Crane and Hemingway: A Possible Biographical Connection," *Stephen Crane Studies* 5(1996): 2-6.
14. 実際に意図的な「自爆」であるという評価については、Sorrentino, "Stephen Crane's Struggle with Romance in *The Third Violet*," *American Literature* 70 (1998) : 265-91.
15. Fagg, "Unfulfilled Potential: Reading Ekpharasis in Stephen Crane's *Third Violet*," *Letterature d'America* 23:96 (2003): 5-27.
16. ヘンリー・ジェイムズを伝統的といえるかどうかは別にして、階級・上流社会の問題を扱うのを「ジェイムズ的」と見るなら、そういうテーマがクレインの長編3作にも共通しているという観点からの考察が、Gullason, "The Jamesian Motif in

Stephen Crane's Last Novels," *The Personalist* 42 (1961) :77-84.
17 彼によるクレインに関する記録・記憶の重要性・間違いについては、Sorrentino, "Nelson Green's Reminiscences of Stephen Crane," *RALS* 24:1(1998): 49-83.
18 従来はこのようにいわれていたが、実際には少し異なる版（20箇所程度の主にスペルの違い）が、1902年にボストンのポピュラー・マガジン誌（秋季号）に発表されていた。Monteiro, "The Publication of 'Diamonds and Diamonds,'" *Stephen Crane Studies* 10:1 (2001): 8-10.

4. 南北戦争関係

(a)『赤い武勲章：アメリカ南北戦争のエピソード』

『赤い武勲章』は一般にクレインの最高傑作とされ、南北戦争について最もリアリスティックであり、かつ同時にイメージ豊かな表現は通常のリアリズムを超えた作品と評価されている。この作品を書いた時点のクレインに、もちろん戦争体験はなく、執筆を思いついた背景・影響などに関しては、色々な話が伝えられている。

クレインは1893年春頃、ニューヨーク・イヴニング・サン紙の記者で、エミール・ゾラが大好きであったアクトン・デイヴィーズに対して次のように語ったともいわれる。つまり当時評判であった、普仏戦争からパリ・コンミューンに至る戦争記録文学であるゾラの『壊滅』(1892)について、自分ならもっと良い作品が書けると豪語したというのである。こういったことから『壊滅』の影響が考えられるが、当てにはならない。というのも、クレインは、トルストイなどに言及したこともあるが（ネリー・クラウスへの1896年2月11日付の手紙）、そもそも欧米の19世紀の作品をあまり読んでいない形跡がある。どちらかといえば、南北戦争を扱った雑誌の記事や個人の体験談などの方が彼に大きな影響を与えたのではと思われる。なお、『赤い武勲章』と同じく南北戦争を扱った短編「ヒロイズムの神秘」に関しては、何らかの資料からの直接的影響は見られない。

1880～90年代に有力な雑誌であったセンチュリー・マガジン誌はリチャード・ワトスン・ギルダーの編集の下で、1884年11月から1887年11月まで「南北戦争の戦いと指導者たち」(4巻本として1887年にセンチュリー・カンパニーより単行本発行)という兵士の回想録を連載した。ちなみにギルダーはメソディストの家系に生まれ、ニューアークで1870年代にジャーナリストの仕事をしていた。同じメソディストでしかも著名なクレイン家であったから、幼少のクレインを知っていた可能性が高い（クレインより27歳年長）。クレインは小説の舞台となったチャンスラーズヴィルの戦いの資料を、この回想録から多く得ていると推定される。1893年の初め、お金のないクレインは芸術家の友人コーウィン・ナップ・リンスンのスタジオで暇潰しも兼ねて、古いセンチュリー・マガジン誌を読み漁っていた。この頃のクレインについて、旧画学生連盟でクレインのルームメートであった画家兼挿絵画家のR・G・ヴォスバラが、1901年2月号のクライティリオン誌に寄稿した「スティーヴン・クレインの人生の知られざる時期」で、『赤い武勲章』執筆当時のクレインの文学的考えや手法も含めて記述してい

る。また同じ画家兼挿絵画家ネルスン・グリーンもクレインと同居していたが、彼が1940年代に書いたいくつかの記録も、『赤い武勲章』を書いていた頃のクレインの生活を知る手がかりになっている。それによると画家などとの交流が、クレインのヴィジュアルな印象主義的文体の発達に、影響を及ぼしたそうである。

　センチュリー・マガジン誌の連載ものの話に戻ると、恐らくその中でもチャンスラーズヴィルの戦況に関する、特に召集兵であるウォレン・リー・ゴスの「一兵卒の思い出」(1890) や、同じく召集兵のジョン・L・コリンズの「ストーンウォール・ジャクスンが正しいと分かって」(1887) などの記事が、クレインに直接影響したと思われる。これらの話は『赤い武勲章』の出来事や状況と細かい部分で似ている。

　一方クレインは若い兵士が志願して戦いを経験するまでのもっと一般的な体験記も、また読んでいただろう。その点ではアロンゾ・F・ヒルの『我らの仲間たち：ポトマックの陸軍兵士の個人的体験』(1864) やウィルバー・F・ヒンマンの『シ・クレッグ伍長と彼の「仲間」』(1887) などと共に、フランク・ウィルクスンの『ポトマックの陸軍兵卒の思い出』(1887) といった単行本の影響が考えられる。ただしそこに書いてあるような具体的出来事よりも、新兵が戦争を経験していくその心理に焦点を移したのが、クレインの独創といえる。ポート・ジャーヴィス時代からのクレインの友人で、上述のリンスンをクレインに紹介したルイス・C・センガー・ジュニアは『赤い武勲章』や初期の詩の原稿を見せられた1人であるが、彼に対してクレインは1893年6月頃「自分流で書かなくては」と語っていたそうである。クレインの意図は多分兵士の心理に重きを置き、しかも独自の印象主義的技法で書くということであっただろう。ただし断っておけばクレインの南北戦争に関する他の作品は、どちらかというと、伝統的なリアリズムに近い面がある。たとえば同じヘンリーでも『赤い武勲章』では、その感じる恐怖は想像上のリアルな怖さで、だからこそパニックになって逃げる。そういう心理を独特のカラフルな筆致で扱っている。「退役兵」のヘンリーにとって「燃え上がる納屋」の恐ろしさはそれこそリアルである。だがそこに彼は突っ込んでいく。そういう様を淡々と描いているのである。

　『赤い武勲章』は心理が中心の話であるから戦いの戦略や状況には重点がない。小説内で登場する地名は、3箇所だけ（南北両軍のそれぞれの首都であるリッチモンド、ワシントンと［ヴァージニア州］ラパハノック）である。しかし現実的背景となっている場所や出来事は、ヴァージニア州北部のラパハノック川の堤で

行われた、1863年の4月後半と5月初旬のチャンスラーズヴィルでの戦いの事実関係に従っていると分かっている。ここでの戦いは霧と煙、加えて見通しの悪い森林の中であるため両軍とも苦闘した。ほとんど戦況は変わらず、ある意味不毛な戦いであったが、その分、クレインの皮肉な感覚にはぴったりであったともいわれる。率いたのはジョセフ・フッカー将軍。南軍はロバート・E・リー将軍であった。クレインが創作したニューヨーク州所属304連隊の動きは、オレンジ・ブラッサムスとして知られる、チャンスラーズヴィルが初戦であったニューヨーク州志願兵124連隊（総勢5,000人ほど）に大体対応している。そもそもクレインが住んだポート・ジャーヴィスには、この124連隊の功績を称える記念碑があった。とはいえ、念を押しておくと、こういう歴史的事実よりも、あくまでクレインは想像力で改変したのであり、その点が重要だというのが一般的評価である。[1]

　クレインは前述のセンガーの言葉にもあった通り、恐らく1893年の6月に作品の執筆を始めた。その夏レイク・ヴューにいる兄エドムンドの家で熱心に執筆した。秋にはニューヨークの23丁目東の旧画学生連盟の建物に移り、1894年4月に作品を完成させた。その直後多分4月21日か22日に、クレインはハムリン・ガーランドのアパートを訪れた際に、『赤い武勲章』の自筆原稿の前半部分をガーランドに見せた。ガーランドは、タイピストに預けてあった残りを取り戻すように（借金の担保になっていた）、親切にも15ドルを調達してくれた。23日に原稿を取り戻し、24日にガーランドに見せると、彼は原稿を読んで、いくつか訂正をするようにアドバイスもした。特に口語を少なくして標準語に戻すように求めたが、結果的にクレインはあまり聞き入れなかった。

　発表には苦労した。ニューヨーク・サン紙の記者エリシャ・ジェイ・エドワーズ（ジョナサン・エドワーズの子孫）は、クレインが『赤い武勲章』の出版先が見つからず放浪していた頃、自宅を寝場所として時々提供していた。1894年4月22日のフィラデルフィア・プレス紙に、エドワーズは両手に断られた原稿を持って、ある新聞社の前に立ちつくす、孤独で絶望したクレインの様子を書いている。5月頃にクレインは、S・S・マックルアに新聞に配信してもらうか、マックルアズ・マガジン誌に掲載してもらうために原稿を送った。マックルアやスタッフは、6か月の間作品を放置していた。クレインはハムリン・ガーランドに「マックルアは人間以下だ」と怒りの手紙を書いている。とはいえ、マックルア社としては、当時経営状態が悪く、それどころではなかったようだ。10月中旬

になってエドワード・マーシャルの勧めで、クレインは取り戻した原稿を配信社の経営者アーヴィング・バチェラーの元に持参した。マーシャルはクレインと知り合った当時、ニューヨーク・プレス紙の日曜版の編集者でもあった。同紙は多くのクレインのニューヨーク探訪記や短編をすでに掲載していた。紹介されたバチェラーは妻と一緒に原稿を音読して読んで、その力強さと生き生きした描写に興奮した。彼は作品の短縮版（大幅な短縮で3分の1ほどにして18,000語程度）を自社の配信により、「6日間連続」で発表するように手配した。クレインは短縮されたことに不満であったようだが、ともかく作品は12月3日から8日（多少前後あり）に多くの新聞に掲載された。当のニューヨーク・プレス紙については、編集担当カーティス・ブラウン（後に独立して文学関係の代理人となり、アーネスト・ヘミングウェイも顧客の1人）が手配し、日曜版で一括掲載（12月9日）した。どれほどの新聞で掲載されたかは不明である。従来確認されていたのは、新聞7紙のみであったが、近年さらに3紙が確認された。大好評であった。バチェラーは、クレインが掲載紙フィラデルフィア・プレスのオフィスを訪れた時（12月中旬）、関係者からどれほど歓待されたかを後に回想している。またバチェラーは「トルストイやゾラに匹敵する」作品であるといった趣旨の宣伝を事前に多くの新聞に寄せていた。

　ちなみに、たとえばネブラスカ・ステート・ジャーナル紙掲載のものを、当時大学生で、同紙で働いていたウィラ・キャザーが読んでいる。もっとも彼女は作品の文法的誤りを正すために編集に呼ばれたようである。12月中旬にクレインは新聞の切り抜きを、当時 D. アプルトン・アンド・カンパニーの文学顧問であったリプリー・ヒッチコックに見せた。クレインとの関係は1892年後半か1893年初期に始まっていた。アプルトン社は正式には2月初旬に単行本出版を承諾したが、その実現はバチェラーの配信社の仕事でクレインが西部とメキシコに出かけていたので遅れた。契約は6月半ばで、アプルトンの記録では、アメリカでの初版の発行は1895年9月27日である。印税10％の約束であったが、アプルトンがイギリスのウィリアム・ハイネマン社に売った版権に関しては、クレインの印税はなしであった。ハイネマン社からは11月26日に出版された。

　新聞の短縮版と単行本（46,000語）とでは、今日後者が決定版で前者はあまり重要視されない。そもそも短縮版は主人公ヘンリーの内的葛藤よりも、新聞読者向きに戦闘に重点が置かれ、話の進行速度も速い。多くの分かりにくい口語も省かれた。仲間との会話、軍の上層部に対して文句を兵士たちがいう場面、負傷者

や死者のリアルな描写なども欠けている。また最後はヘンリーとウィルソンが連隊長に誉められ「幸せな気分だった」で終わっている。重要部分である、仲間への裏切りや嘘をついたことなどへのヘンリーの回顧はない。逆に単行本の初版にはなかった、挿絵があった。さらに強調する際には、単語の最初が文中でも大文字になっている。要は戦争を一種のスペクタクルとして示そうとしている。また、まだ退役兵が多く存在した南北戦争について、道徳的教訓をはっきりと込めていない作風には抵抗があったのかもしれない。そこで配信を掲載した新聞社の内で2社以外は、作品の副題「アメリカ南北戦争のエピソード」を省いて、「南北戦争」という事実をいわばぼかしている。こういう事情があったにせよ、当時の多くの読者は新聞掲載の短縮版で読んだのであり、それがクレインの評価に直結したのは否定できない。

　さらに単行本についても、1982年のノートン版で、削除されていない部分（約9,000語）を復活させたものが発表された。新たに1章が元々の原稿にはあったことが分かり、合計3章の終わり方が違うのも分かる。この版では、よりはっきりと、主人公ヘンリーの人間的成長に疑問を投げかける形になっている。ただし一方、元の原稿からの削除はクレインの意志であった部分もあるともいわれ、決定版をどちらと見なすかについては決着がついていない。しかし、断っておけばクレイン自身の自作へのコメントは、どうもこの「完全版」に対するものであるらしい。なお、話は複雑になるが、通常クレイン作品の典拠とされる『全集第2巻』の『赤い武勲章』(1972)は、削除部分の復活などについて折衷的で、かえってあまり典拠とはされない。[2]

　既に触れたが、作品への反応は良かった。そもそもこの迫真的戦争小説を書いたのは一体何者という驚きがあった。今ほど反応が早くないのは、当時のマスコミ事情を考えると当然であるが、たとえばフィラデルフィア・プレス紙の編集者タルコット・ウィリアムズは、1894年12月3日から8日のニューヨーク・プレス紙に『赤い武勲章』の掲載を担当したが、それ以後クレインの多くの作品をブック・ニューズ誌で書評した。具体的には1895年11月号で改めて『赤い武勲章』の迫真性を激賞したのである。もっとも彼は1896年7月号では、『マギー』の方が優れた作品だとしたが。前述したエリシャ・ジェイ・エドワーズは、フィラデルフィア・プレス紙での『赤い武勲章』の連載最終日である1894年12月8日には、春にクレインが原稿を完成した後、自分が通読して、その想像力を認めていたといい、コラムに祝福の言葉を書いている。クレインはこの記事が大いに気に

入り、自筆で書きとっていた。リアリティということについては、ニューヨーク・タイムズ紙1895年10月19日付が、新兵の緊張した心理を理想化せずに描ききっていると評した。

サンフランシスコのザ・ウェイヴ誌は、フランク・ノリスが関わった週刊誌であるが、1895年10月19日号で編集者ジョン・オハラ・コズグレイヴが、(『黒い騎手たち』のような狂気めいた詩に比べ) イギリス小説に比肩しうる発展性を持つ、「散文による戦争叙事詩」と誉めた。ザ・ウェイヴ誌は以降もクレイン作品を書評しているが、大抵は厳しい評価であったのでこれは例外的である。

同じく高い評価を与えた者でトマス・ウェントワース・ヒギンスンは19世紀後半の有力な文芸批評家で、元は北軍の解放奴隷部隊の隊長であった。ヒギンスンはフィリスティン誌1896年7月号で『赤い武勲章』の迫力を「戦場写真のようだ」と評している。特に士官、将校などではなく、ただの一兵卒の「戦場での日常生活」が語られていることを重視した。ルパート・ヒューズは、ゴッディーズ・マガジン誌1896年9月号で『赤い武勲章』の真実性を激賞し、クレインを「若い世代のアメリカ小説家の最先端」と位置づけている。もっとも、あくまでそのリアリズムを高く評価したようで、印象主義的技法と文法的誤りに対しては辛辣である。さらにセオドア・ルーズヴェルトがいる。周知の通り第24代アメリカ大統領であるが、英雄らしい行動が好みで、彼自身アメリカ史を舞台にした小説を描いている。クレインの作品、特に『赤い武勲章』を限定付きながらも賞賛した。だが両者の蜜月関係は長続きしなかった。

特に反応が良かったのがイギリスにおいてである。ジャーナリスト兼小説家ヘンリー・ブレレトン・マリオット＝ワトスンが『赤い武勲章』に関するイギリスで最も早く、好意的な書評の先鞭となった。1895年11月26日のイギリスでの出版当日に、その書評はポール・モール・ガゼット誌に掲載された。しかし、何といっても決定打となったのは、ジョージ・ウィンダムの詳細な『赤い武勲章』評であろう。彼自身がエジプトやスーダンで近衛兵として軍務についた経歴があり、1899年には戦争省次官になる。彼は1892年からしばらく文筆活動に力を注いでいたが、その批評が1896年1月のニュー・レヴュー誌に掲載され、大きな影響を持ち、イギリスでの批評の基調を作った。ウィンダムはクレインの独創性が、戦争での上層部の戦略を描くことや、いかに無心で戦争に挺身するかなどといったことよりも、1人の兵士の限られた視点から戦争を率直に見るところにあると考え、エミール・ゾラの『壊滅』やトルストイの『セバストポール』(1855)

と比較した。特にクレインが人生はすべて戦いだという認識に立っていると見た。クレインはウィンダムの芸術的、哲学的な洞察を喜んだ。1896年1月27日にウィリアム・ハイネマンに書いた通り「ウィンダム氏は自分の著作について最も望ましいものを大部分読み取ってくれた」のである。ジョセフ・コンラッドやハロルド・フレデリックもウィンダムの洞察力を誉めた。なおウィンダムとは後年、個人的な交流もした。1899年9月10日に、クレインは夏の来客に閉口したなどとウィンダムに愚痴を書き送っている。またフレデリックはニューヨーク・タイムズ紙に1896年1月26日付で、『赤い武勲章』がいかにイギリスで歓迎されているかを書いて、「読むべき本」と後押しした。

　とはいえ、このイギリスで先に評価されたことを、北軍のウィリアム・T・シャーマン将軍のもとで従軍したアレクサンダー・C・マックラーグのような南北戦争の体験者で有名なシカゴの出版商は、かえって問題にした。1896年2月1日の自らの雑誌ダイアルに短評を書き、『赤い武勲章』の、戦場での若い兵士を臆病者とした心理描写には説得力がないと批判した。さらに1896年4月16日号では、『赤い武勲章』がイギリスの雑誌や新聞で受けている賞賛を非難した。イギリス批評家の不当な賞賛で評価が高まり、それがイギリスの評価に盲従するアメリカの書評家の目に留まったと考えたようだ。マックラーグはイギリスで歓迎されたのは、作品がアメリカ兵士を風刺しているからだと思った。その風刺の理由は作品の主人公が倫理ではなく、無意識的反応で動いているからだというのである。イギリスで風刺の対象であったかどうかは別にして、この「無意識的反応」という指摘そのものは鋭いといえる。1896年5月1日付のダイアル誌でアイダホ州議員のJ・L・オンタードンクはマックラーグの『赤い武勲章』批判を支持した。こういう批判は、今から見ると的外れにも思えるが、1890年代には、南北戦争をアメリカ国家の成長の分岐点であるという見方が定着しつつあり、その歴史的意義を問う試みがなされていた。そういう中で、称賛する、あるいは逆の批判的視点も欠落し、ひたすら一兵卒の目から、しかもその兵士が情緒的で時折間違いも犯すこの作品に、違和感があったことには理解できる面もある。とはいえ、同じ号にD．アプルトン・アンド・カンパニーからマックラーグ宛への手紙が掲載された。恐らくリプリー・ヒッチコックが書いたと思われる。それはイギリスでの出版以前にアメリカでも多くの評価があったことを記している。そして5月16日付の同誌にはイギリスの批評家シドニー・ブルックスの寄稿が載った。彼は1896年1月11日付で『赤い武勲章』に好意的書評を書いていたが、こ

れはマックラーグのいうようなアメリカに対する風刺とは何の関係もないとしたのである。ちなみに、イギリスで『赤い武勲章』から逆に影響された作品としては、A・E・ハウスマンの抒情詩集『シュロップシャーの若者』(1896) などが挙げられることがある。

　これとは別にアメリカでの否定的な評価はなかったのかといえば、大いにあった。ハーパーズ・ウィークリー誌の1895年10月26日付『赤い武勲章』評では、クレインの師匠ともいえるハウエルズはあまりこの戦争小説を歓迎してはいない。長すぎて首尾一貫せず、その言葉遣いに説得力がないとした。が、可能性だけは窺えるともいっている。クレインがイギリスで評価を勝ち得たことを1896年1月26日付の手紙で祝福したが、『マギー』の方が良いと付け加えている。一方クレインの方も興味深いことに、1896年8月17日までハウエルズに『赤い武勲章』を贈ろうとしていない（クレインの記憶違いで1895年8月17日付の献呈の辞が記されている）。ハウエルズのいう日常的リアリズムからどれほど自分が離れたのか、彼は自覚していたのだろう。結局『赤い武勲章』の単行本を、実際にはハウエルズに送らなかった。ノース・アメリカン・レヴュー誌に1902年12月、つまりクレインの死後、ハウエルズは「『赤い武勲章』その他は、確固たる知識を持って確固たる献身をしたいと思うような題材を失った、その苦しみの産物といえる」と冷ややかに書いた。

　常識的にクレインと作風が近いと思われるアンブローズ・ビアスは、『赤い武勲章』を少なくとも当初全く評価しなかった。話が複雑になるが、ロバート・H・デイヴィスという1895年から1898年までニューヨーク・ジャーナル紙や、後にニューヨーク・サン紙に寄稿した人物が、ビアスのクレイン評価を誤って伝えた形跡がある。たとえば、デイヴィスはビアスが、クレインは「感受性の持主である」と誉めたとしている。だが実際はニューヨーク・ジャーナル紙の1896年5月22日付で、作品をビアスの下手な模倣だと酷評したパーシヴァル・ポラードに、当のビアスは賛同したといわれる。またニューヨーク・プレス紙の同年7月25日付には、ビアスがクレインを事実批判したという間接的な話が載っている。なるほどビアスが『赤い武勲章』を軽蔑していたのは、作品を酷評した書評に関連して、手紙で2度に亘って共感するような趣旨のことを書いていることでも明らかだ。[3]

　ちなみに『赤い武勲章』は英語圏以外でも当然翻訳されたが、国際的反響を当時巻き起こすまでには至っていない。特にフランスなどでは（1911年仏訳出版）、

その翻訳の出来の悪さが低評価の一因であったともいわれる。さらに、劇作家のデイヴッド・ベラスコがクレインの死後『赤い武勲章』の劇化を考えていたが、実現しなかったという話も残っている。もう1つの逸話としては、作品のあまりの迫真性ゆえ、「私はクレインとアンティータムで一緒に戦った」という「証言」をパロディーとしてエルバート・ハバードが作ったことが挙げられる（9.詩作の項を参照）。要はそれだけ色々な反響を巻き起こしたのである。

　20世紀になって『赤い武勲章』は他のクレイン作品と同じく一時期無視されたが、復活後、この作品への評価が揺らいだことはないといえる。作品の各場面に繋がりがないという批判もあったが、むしろ作品の断片的、エピソードで繋ぐような構造は欠点ではなく特長で、主人公ヘンリーの経験が断続的でその感情的心理が連関なく移り変わる、まさにその反映であると理解されるようになった。さらに実はこの作品の構造は散漫ではなく意外に凝っているとも判明してきた。全24章で、前半はヘンリーの臆病と逃亡、後半は勇気と部隊への回帰と分かれているのである。つまり前半と後半で、その心理がいわば折り返す形になっているのであり、そういう審美的構造が評価されるようになった。また、従来の戦争小説は長くてサブ・プロットがあり、ロマンスや謀略などが延々と語られるといった、ウォルター・スコットやラディヤード・キプリングのような巨視的・大河的作品が多かった。繰り返せば『赤い武勲章』では直接的にヘンリーのみに焦点があてられていて密度が高い。20世紀になって『赤い武勲章』を誉めた代表的な作家としては、たとえばウィリアム・フォークナーが、「知る限り唯一の優れた戦争小説」と1932年に述べた。またヘミングウェイは、1942年には「南北戦争を描いた最初のリアルな作品」と語っている。

　ところでクレイン自身の『赤い武勲章』への評価であるが、正直なところ、この傑作の重圧に押しつぶされそうになったこともある。この作品で成功する前の方が幸せだったなどと、1896年5月頃に、デモレスツ・ファミリー・マガジン誌の編集者に書き送ったことさえある。そもそも、実体験を重んじた作品を書いてきたクレインが、全くの想像上の産物で世間に認められたという皮肉もあった。また散文作より詩作に自信を持っていたという面もある。「個人的には『赤い武勲章』より、ささやかなあの『黒い騎手たち』の方が好きだ。後者に人生全体の思想を込めようとした。前者は、単なるエピソード、またはその増幅に過ぎない」と。

　クレインが『赤い武勲章』のテーマや人物を引きずったのは事実であろう。ヘ

ンリーは「退役兵」のみで復活したのではない。「オオヤマネコ狩り」(『ホワイロンヴィル物語』の1つ)にも登場する。この2つの作品では老いて温厚な農夫として描かれている。またギリシャートルコ紛争でギリシャ軍がトルコ軍の攻撃を巧みに退けていたにもかかわらず、ギリシャ軍のコンスタンティン皇子が撤兵命令を出したことを「臆病の青い勲章」として1897年5月11日に配信したのは、いうまでもなく『勇気の赤い勲章』の自らのパロディーであろうし、1898年6月14日のキューバのクスコでのアメリカ兵士の活躍を「赤い武勲章が彼の手旗信号」というタイトルで報じたこともある。

　物語は主人公ヘンリーが志願する経緯から始まる。彼は戦勝を祝う教会の鐘楼の響きや、新聞報道に突き動かされ、戦争で英雄になろうと志願する。まずこの夢(彼は母親が涙を流す場面を夢想していた)に、母親が冷水、つまり「黄色い(恐らく客観性を表す色彩イメージ)光」を浴びせる。母親はじっとジャガイモの皮を剥いているだけで、兵士になるより農家での方が役に立つと息子に自分の無力さを言い聞かせ、戦功を立てようという夢を打ち砕く。こういう息子への醒めた見方は、過度な期待を子供に抱いた『ジョージの母』のケルシー夫人とは対照的である。母は「大勢の中のたった1人だから、黙ってみんなのいう通りにするのだよ」と諭す。所詮は一兵卒のいわば駒なのだという母親の言葉は予言的となる。そもそも主人公はヘンリーと個人名で呼ばれることは稀で、単に「若者」なのである。そしてそういう非個人性は、戦場での他の仲間も同じである。たとえばただの「のっぽの兵士」(ジム・コンクリン)、「大声の兵士」(ウィルスン)である。

　ヘンリーは母親の言葉に醒めたものを感じながらも、対照的に歓呼の声で送り出してくれた2人の若い女の子のことなどもあって、夢を損なわないまま、戦場に赴きニューヨーク州所属304連隊に入る。田園の平和から、一転して戦場への突入である。当初、駐屯地を転々としている頃は、行く先々で歓迎されて喜んでいたが、幻滅が始まるのは、ある野営地で数ヵ月を過ごすようになってからである。「古代ギリシャの戦いを見ようなどとはとっくに諦めてしまった。そんなものはもうない。人間はもっと利口になったか、もっと臆病になったのだ。」ただ待つだけの退屈さは、果敢な英雄的行動とは縁遠い。すると、考える時間もあって、ヘンリーはようやく本気で戦争のことを考え始める。とはいえ、彼は戦争の大義などには一切こだわらない。自分の名誉を守る、その点だけが関心事であ

り、それを危うくするような恐怖に襲われたらどうしようかと、そればかり気にする。それは「明日は必ず俺たちの隊は出発するぞ」という「のっぽの兵士」の言葉で現実味を増す。いざ戦闘に赴くというのに、恐怖や不安に仲間がとらわれていないように見えるので、ヘンリーは孤独感を募らせる。当の「のっぽの兵士」も悩んでいるように見えない。ヘンリーは自分を買い被っている反面、一方では劣等感に悩まされている。ところが「のっぽの兵士」の言葉がデマだった。そのことが今後の戦況の不確かさ、ヘンリーの心理のおぼつかなさ、延いては結末での彼の成長の不確かさまですべての事実の曖昧さの予兆となる。

　そもそも一兵卒にとって戦況など分かりはしない。突然進撃や撤退を命じられ、また捨て駒の決死隊にもされる。その通り、ヘンリーの部隊はいきなり移動を命じられる。新兵の集まりで、いざ行進し始めると皆緊張しているのか口数が少なくなる。その緊張ぶりには、たとえば思わず躓いてライフルをうっかり落とした兵士が、拾おうとすると他の兵士に踏まれて毒づき、仲間の笑いを誘うといったように、喜劇的な面もつきまとう。ヘンリーは不安を一層募らせる。彼は、自分がこの事態に至ったのは己の意思、ヒロイズム気取りが原因ではなく、外部のせいだと思い始める。「自分は無情な政府によって、この戦場に引きずり出され、今は殺されるのだ」と。しかし今更逃げ出せない。そうなると彼はこの集団の一員でいたいと思いながらも、その集団の中で恥をかくことをひたすら恐れる。彼はこれ以降、絶えざる自己の過大評価・過小評価、そのための欺瞞・都合のよい合理化、集団志向と孤立感、恐怖によるパニック・猪突猛進という矛盾した心理・行動を繰り返していく。

　そしてついに戦闘に入る。ヘンリーの当初の対応は支離滅裂である。南北戦争くらいから銃の精度が上がってきて、命中率も飛距離も上がったといわれる。が、ここでは両軍とも新兵ばかりらしく、その射撃の腕は当てにならない。地形も手伝って結果的に見えないところ、遠くから弾丸が盲滅法にやってくる。当然応戦も「盲滅法に第一発を発射した。彼は武器を自動機械のように操っていた」となる。「赤い怒り」という動物的感情に突き動かされ、ただ必死に煙の中で発砲する。ヘンリーの部隊の少尉であり、若い兵士たちと最も接触のある将校のハズブルックは、ヘンリーが「怒り」の裏返しの「臆病」に支配されるのとは対照的に、一心不乱の勇気を示す軍での理想的人物である。最初の交戦でハズブルックは手を撃たれるが、それでも逃げようとした部下を捕まえ、隊列に戻す。

　一旦敵の攻撃が緩むと、ヘンリーには自分を尊大に思う感情が一瞬湧き起こる

が、敵の再来襲で自信はたちまちなくなり、気づいたら後方に逃げている。逃げる時ほど恐怖が一層増す。そういう中で事実上の脱走により仲間から外れてしまう。逃げたことを自らに弁明しようとするが、この言い訳の嘘は自軍が敵の攻撃に耐えたと知ってすぐに露見する。それでも自己弁護を必死に考え「自分が逃げたのは部隊が全滅しないように」とか、あるいは「逃げたのは自己保存の動物的本能だ」と思いたがる。

　ヘンリーは「高い木の枝がアーチ状になって教会を作っている」場所に迷い込む。穏やかな様子は心の平安をもたらす。自然は「悲劇を忌み嫌う女性」なのである。もっとも、元々はその平安＝退屈さが嫌で戦場を求めたのであったが。と、死体があるのに気づく。「口は開けっ放しで本来の赤みが恐ろしげに黄ばんでいる。灰色の顔を小さなアリが這いずり回る。」死体は、アリという、生きているものが、死んだものを食べて生き残ることを教えている。と、ヘンリーという「生者」と「死者が視線を交わす。」が、その死体はそれ以上の何ら形而上的なことを教えてくれない。生存競争という戦争での極限的事実を突きつけるだけである。安息の場と思えたところに死体がある。死に逃げ場所や聖域はない。教会のイメージが戦死者と結びついたのは不思議ではなく思える。というのも、この作品では戦いと神は結びつけられていた。当初戦いは馬などの動物との連想を呼び、「巨大な馬」や「狂気の馬」であったが、「赤い馬、血で膨れた神」へと変貌していく。

　再び戦場に戻ると、ヘンリーは負傷者の列に出くわし、それに同行する。仲間の「おんぼろの兵士」に会うが、その「どこを撃たれた」という質問に傷つく。いつの間にか亡霊のような兵士がそばに来るが、それが「のっぽの兵士」即ちジムだと分かる。ヘンリーは彼の長びく死の苦しみを目の当たりにする。この「のっぽの兵士」の小説内での役割については、1950年代から60年代にかけて、論争がなされた。クレインの先駆的研究者R・W・ストールマンがジム・コンクリン＝キリスト（J.C.と頭文字も共通している）とし、その死によりヘンリーの贖罪がなされたという宗教的解釈をしたのである。特に焦点となったのが「ウェイファー（wafer: 聖餅）」のイメージである。[4]

　ジムの「ふと青い上着がはためいてめくれた。と、若者（＝ヘンリー）はその脇腹が狼に食いちぎられたようになっているのに気づいた。若者は突然戦場の方を激怒して見た‥‥。『畜生！』赤い太陽が『ウェイファー』のように空にかかっていた」という一節が、聖餐で祝福される犠牲を暗示するというのである

（聖餅は、キリストの肉の象徴である）。ストールマンはこういう太陽のイメージを、クレインの親友であり彼が影響を与えたといわれるジョセフ・コンラッドの『ロード・ジム』の最後の場面の「空の血のような赤さ」とも関連付けている。しかし犠牲による贖罪という仮説は、ジムの死と、不名誉な脱走兵からヘンリーが戦場に復帰していくことを強引に結びつけているように感じられる。単純に「赤い太陽」は、ヘンリーの「赤い怒り」などと同じ感情の強烈さを表したと思える。いや、それこそもっと単純に、「ウェイファー」には封緘紙の意味があり、赤い封緘紙は、南北戦争当時実際よく使われていた。それから思いついて、クレインは描写に使ったとも思われる。ジムの苦しんだ挙句の死には、残酷にもコミックな面もあり崇高とはいい難い。その苦しげに開いた口は「歯を見せて笑っているようである。」ヘンリーが森で遭遇した例の死体にも、グロテスクな喜劇性があった。あえて「封緘紙」に意味を求めるなら、自然の摂理は人間の悲劇・喜劇などと無関係であるということを、クレインは太陽の、あえて封緘紙みたいな「薄っぺらさ」の強調でいいたかったのかもしれない。場面全体は、立派な兵士と思える者でも戦争では不運に見舞われ、不様な姿を晒すという現実があり、それが正しく戦争・死のリアリティを示すというのが妥当ではないか。

確かにジム（の死）は、ヘンリーに形而上的意味はともあれ、強い印象を残したであろう。ヘンリーは短編「退役兵」でジム・コンクリンを思い出す。「若きジム・コンクリン。皮革なめし工場を経営していた老いたシ・コンクリンの息子」と。そしてヘンリー・フレミングの孫が「リトル・ジム」と示唆的な名を付けられている。ちなみにジム・コンクリンは実在し、前述のニューヨーク州124連隊・オレンジ・ブラッサムスにいた。

だが、ジムの恐ろしい死も、作品のこの時点ではヘンリーを直接悔い改めさせたとは見えない。軍の規律に背いたといった意識や、ましてキリスト教的倫理などは彼の心理に表立って関係しない。ひたすら気になるのは、前述の通り出会った「おんぼろの兵士」によって突きつけられた「世間というナイフ」をどうするかである。つまり彼の、戦って「どこを撃たれた」という問いにどう応じるかである。とはいえヘンリーは自分の心の中で誤魔化すことができれば問題ないのだ。彼は「おんぼろの兵士」を見捨てるようにする。さらに軍が結局退却していくのだと分かると安堵する。それなら遅い早いという違いはあれ、自分が逃げたのも正当だといえよう。それでも歩兵隊の前線部隊が現れた時、さすがに彼は目を伏せる。連中は「選ばれた者」だと感じ、自分との距離を痛烈に感じる。と一

転、ヘンリーはまだ自分もやれるというロマンティックな思いに回帰していく。

突然、森から兵士たちが波のように走ってきて、彼は巻き込まれる。ヘンリーが事情を聞こうとすると、その内の1人の男が恐怖のあまり混乱して、ライフルでヘンリーの頭を打ちつける。これが小説の最大の皮肉である、ヘンリーが味方から受けた負傷、彼の（勇気の）「赤い武勲章」である。ここには、ジムの受けたほんものの傷との対照があるし、またヘンリーが「頭」を負傷したというのが暗示的である。というのも、彼はこの後あえて「考えず」に猪突猛進する戦い方に慣れて「臆病」を克服する。つまり「勇気」を得る、そういう予兆になっているからである。また人にはいえない負傷の「赤」の秘密に、ナサニエル・ホーソーンの『緋文字』(1850) の赤（緋）色と同じ秘密も連想されよう。

ヘンリーは呆然としたまま「陽気な声の男」と呼ばれる兵士によって部隊に連れ戻される。混乱して苦しんでいるヘンリーとは違い、この見知らぬ男は大胆で自信がある。ジムが死んだ後のヘンリーの新たな手本のようにも見える。そしてヘンリーが負傷して震えている時、この偽の武勲章をほんものと認めてしまうのが「大声の兵士」ウィルスンである。ヘンリーは戦った負傷兵として迎えられた。彼は、喧嘩好きのほら吹きだった「大声の兵士」が、戦闘直前に恐怖を感じ、死んだ時の家族への手紙を自分に託していたのを思い出して喜ぶ。だが一方、彼は実戦を経験して物静かにもなっていた。そういう成長をヘンリーは不思議にも思う。ともあれ、自己欺瞞によってヘンリー自身のプライドは回復する。「腹が満ち足りて、仲間の尊敬を受けている人間は、宇宙の成り行き、あるいは社会の成り行きについて、何か間違っていると文句をいい立てる必要はない。」反面ではもちろん、やましさ、秘密が露見しないかという恐れも抱いているが。

戦闘の2日目になってヘンリーの部隊は果敢に攻撃するが、敵の反撃にあって退こうとする。ここでの304連隊の攻撃は無謀ともいえ、ひるむ者は例の指揮官ハズブルックに一喝される。と、ヘンリーは敵の進軍に対して、今までは宇宙を憎んでいたのに、いや、ともすれば味方を憎んでいたのに、今度は純粋に敵を憎む。彼はともかく銃をひたすら撃ちまくる。「野蛮」な行動で仲間に一目置かれたと思い、「英雄」になったと確信する。

「大声の兵士」とともに水汲みに行った時、自分の連隊が突撃攻撃をすると耳にする。自分たちは「ラバ追いで、多くが生きて帰れない」と平然と将軍が話している。改めて自分は単なる一兵卒の駒に過ぎないと思い知る。いざ戦闘になると、ヘンリーは戦いながらもまるで観客のようで、他人事のようでもある。「な

ぜ自分がそこにいるのかを除いて、絵のように心に描かれた。」さらにスポーツ感覚なのかもしれない。「フットボール選手のように頭を低く下げて」進む。それだけ距離を保て、客観的になったということであろう。[6]

　旗手の軍曹が倒れようとした時、「大声の兵士」と同時に旗を救おうとして、ヘンリーは彼を押しのける。それは旗を掲げる危険を自らが背負うという純粋な自己犠牲なのか、それとも単なる自己犠牲のポーズであり、どこまでもヒロイズムに執着した欺瞞の心理なのか。また、旗を持ったことで仲間と一体化したのか、あるいは戦闘員としての無能を知って、事実上戦闘員として離脱して旗手を選んだのか微妙である。ともかく彼は旗を掲げ続けようとする。いずれにせよその行動は意識的という風には見えない。

　結局ヘンリーは、その時その時の欲望に従っているだけの話なのである。戦いを他人事みたいに見たかと思えば、一転して動物的感情に支配されて参戦し、英雄的行動に見えることもする。つまるところ臆病も勇気も意識的なものではない。恐怖や臆病を克服というより、本能的に誤魔化したのである。恐怖を、旗取りというゲームに転化して耐えようとしたともいえる。ともかくその行為は「絶望と死に瀕した錯乱である。束の間であるが崇高な自我の放棄であるの」だ。考えてみると、ヘンリー自身元々知的な人物ではなかったし、基本的に情緒に左右される人間である。この点は兵卒全体にもいえることであった。それが如実に表れているのが、彼らが発する言葉である。俗語（ただし南北戦争当時ではなく、実際には概ね1890年代のもの）、罵り語、そして常套句的な勇ましい表現の満載で、語彙の貧困という点では、『マギー』のスラムの住人にも似ている。そしてそういう語彙の貧困は、自分に対して語りかける時も、またその気持ちを説明する時にも影響して、「ずれ」を起こしている面があり、これも欺瞞、誤魔化しにもつながっている。

　ヘンリーは常に他人志向であった。彼の当初の不安は、部隊の中で「他者に比べて不適応」ではないのかと感じることからきていて、裏返せば、常に彼には他人によく思われたいという意識があった。そもそも自分は「青色（＝北軍の軍服の色）の見世物」だと最初から自認していた。彼の戦場での劇場感覚は、自分自身もどこからか見られているという気持ちと一体でもあった。それが「旗取り」という劇場的行為につながったのかもしれない。彼とウィルスンは、ハズブルックにより以前の臆病は許され、称賛され認められた（気になる）。ともかく次に彼は敵の軍旗にも目をつける。そしてそれを2人で奪い取る。戦闘が終わると

「戦友たちに目撃された行為は、紫と金色の列を作って、燦然と輝いている」のである。

　作品は、最も解釈の分かれる最後の部分に到達する。ヘンリーはかつて味方を見捨てた。そして戦場からも逃げたのであった。何よりも「傷」について嘘をいっている。それもあってか、戦い抜いたことの喜びに陰が射す。「が、次第に」と語り手がいう。ヘンリーは「力を振り絞って罪を遠ざけた。」そして自分の心境に合うかのように、「静謐な空、生き生きとした牧草地、落ち着いた印象の小川、それは優しく永遠の平和の存在である」と自然を肯定する。過去に自然をどう思っていたかはすっかり忘れている。結局彼は改めて確認した。自分がどう見るかという「主観」が結局は「客観」であり、延いてはどう見られている（と思う）かも決める。その点から、自己満足したわけである。

　これは究極の想像力でもあり、また無駄な想像力は捨てるということでもあろう。ヘンリーは戦争というものを勝手に想像し、自分を英雄視したり、卑下したりしていた。その点で舞台は現実の南北戦争というより、単なる個人の「想像上」の戦いという面があった。「空想が舞台を作り上げる。騒音も雄弁な語り手となって情景を描写する」と。が、彼は、今後は冷静になれるというのである。「これからは、どこに行けといわれても怯むことはない」と。それが「静かな成長」なのである。

　両義的な見方をするなら、作品は成熟の物語でもあり、自己欺瞞の皮肉な研究でもある。「運命は自分にとって親切だった」という彼の感慨は、生き残る技を会得した「選ばれた者」であることを自負しているようでもあり、同時に「運命」であるから偶然だと認めているようでもある。要は、ヘンリーは「運」任せでうまく「逃げおおせた」だけであったのかもしれない。「成熟」と「自己欺瞞」をせいぜい折衷するなら、状況をうまく凌ぐことに慣れただけということであろう。しかも動物的な行動によって、かつ集団の中の1人という、人間性、個性を犠牲にして生き延びたのだ。彼は、正真正銘非個性的な個人となった。（かけがえのない）「自分がある」というのは根本的な幻想に過ぎず、彼がかつて己を重ねた動物に事実近づく行動をしていたのかもしれない。皮肉にも新兵ばかりのこの連隊では、規律は行き届かず、上官のいうことなど聞かずに逃げる、そういう自由さもあった。それでも人は戦争でどれほど自由（意志）でいられるのか。結局は帰属意識を募らせただけで、集団の兵として実に使いやすい、繰り返せば捨て駒になって自ら戻ってきたようにも見える。

ハロルド・ビーヴァーのように、最後に最初と同じ場所にヘンリーが戻っていることが、彼の人生の「成熟」を完全に否定したと見る向きもあるが[7]、少なくともいえるのは、恐らく完全な「成熟」などありえず、そういう「成熟」の過程は胡散臭く微妙で紆余曲折もあるということではないか。ともかくヘンリーは経験をし、逆説的ではあるが自己欺瞞も含めたある程度の自己認識を得て、戦争という環境の理解も少しは進んだとはいえるかもしれない。その点で正直で現代的でもある。個人が完全に自分を客体視し、戦争を構造的に理解するなどありえない。戦場では限られた立ち位置で、己に何とか意味を見出すのがせいぜいであるかもしれない。

　その中途半端さをいみじくも吐露したのが、彼の「機械的だが強固な印象、後に自分なりに回顧でき説明もできた。ただし自分がどうして戦場という現場にいるのかを除いては」という感慨であろう。有名な言葉「彼は男になった」は、恐怖、勇気や戦いについてある程度の洞察をしたが、完全理解などではなく、繰り返せば危うさも間違いも含んでの理解が出来るようになったということであろうか。それが「鉛のような雨雲」もあるが「太陽の光も見える」という小説の最後の併存したイメージで象徴されているといえる。この作品は、主人公を通じていわゆる世間知を教えるものだったともいえる。つまり「思うような人間にはなれなかったが、それなりに処理できるようになる」ことを。

　とはいえヘンリーは、人間の行為はほとんど外的状況に振り回されながら感情的反応に左右されるので、英雄的理念・行動は嘘であると少なくとも知った。この点だけは確かであろう。一貫してヒロイズムに憧れたヘンリーをホーマー（この小説の章数は、ホーマーの『イーリアス』と同じである）や、ヴァージル、ミルトンなどの英雄叙事詩の系統としてとらえる解釈をしたチェスター・L・ウルフォードも、この英雄伝説の崩壊をヘンリーに見ている。そしてついでにキリスト教的倫理も[8]。「彼（ヘンリー）は昔の自分の大げさな信条を振り返ることができた。今は馬鹿にしているのを知って大いに喜んだ。こう信ずると自信が湧いた」が、その根拠である。

　英雄伝説は別にしても、繰り返せば以上のような両義性、曖昧性、折衷性こそが、作品の持ち味であるといえるであろう。作品は印象主義的相対観に染まっている。全知的と見えるコメントも単に別のリアリティ「観」を示したものかもしれない。

　現実的にいえば、曖昧な形で残していたからこそ、ハッピー・エンディングを

望む当時の（単行本を含めての）読者に認められたという側面もあるだろう。また クレイン自身、最後の部分に来て、何かモラルを示さなくてはいけないのかと感じて、こういうある意味中途半端な描き方になったとも思える。その点で結論部分は欠陥かもしれない。とはいえ、彼は何かの信条を「説くのは致命的」と、この『赤い武勲章』に関連して、前述の1896年5月頃のデモレスツ・ファミリー・マガジン誌への手紙に記している。ともかく結論で断定だけは避けたかったのであろう。

　ラルフ・エリスンが先駆的に述べた通り[9]、この作品に1880〜90年の時代状況を読み込むことが、可能であろう。まずもちろん、ダーウィニズムの影響は、ヘンリーの動物的恐怖などに容易に読み込める[10]。またヘンリーというロマンティックなエゴイストがどこまで軍隊の中で自らを捨てたのか。仲間との関係は決して「友愛的」なものではなく、組織の中の一因としての合理性・功利性に近い。この点が当時流行したフレデリック・テイラーのテイラリズムの「経営管理」的理念に沿っているという指摘もある[11]。ヘンリーの「成熟」は、彼の属した新兵の連隊全体にもあてはまるともいわれる。となると集団性、企業性の問題になるが、機械のように動くヘンリー（彼は発砲の際、自分を大工に準えている場面がある）に、当時の産業社会全体の反映を見る向きもある[12]。これはつまり、戦争も日常の延長に過ぎないのだという発想にもつながるし、一方では前述した通り個人の喪失・人間性の喪失ということにもなる。突き詰めれば、人間性と兵士・企業戦士とは根本的に対立するということかもしれない。ヘンリーの最後を見ると、クレイン後期に顕著な、心を「無にして」任務に挺身する兵士像への橋渡しになっているようにも見える。

　さらに作品は、1890年代に海外進出を始めたアメリカの好戦的雰囲気（代表的にはセオドア・ルーズヴェルトに代表されるマーシャル・スピリッツなど）を反映（もしくはパロディ）したものとも考えられる[13]。また、ヘンリーが戦場に赴こうと決意させた「教会」の鐘楼も、考えてみれば「宗教的」雰囲気の変質、無力さを暗示する皮肉であったかもしれない。なぜなら「教会」に鼓舞されたにもかかわらず、それ以降ヘンリーの追い求めるヒロイズムは（異教の神も含めての）一貫して神なき時代の問題であったから。

　ヘンリーの戦いは逆説的な意味を含みながらも「全面的な主観」の勝利と見る向きもある。たとえばデイヴィッド・ハリバートンは、「ヘンリーは見たいものを見た」のだという[14]。つまり彼の想像力とは、実は自分が見たいと思う気持ち

に支配されている。だからこそ、しばしばこの作品については、ヘンリーの思いが先にあり、それに応じて事件・事態が起こるような傾向があると指摘されることにもなる。その点が具体的に論証されているかどうかは別にして、こう思われる理由は分かる。ヘンリーは常に、自分が予め思っていたことに合致するように事態を解釈するから（つまり自己弁護の一種であるが）、そう見えるのである。要は「魔法のような頭の働きで、すべてが誇張され、拡大され」るのだ。とすれば、実は英雄伝説の無効性さえ、前もって期待していたのかもしれない。そういえば、彼はそのことに全く失望していなかった。とはいえ、この主観の先行・優勢は、集団への帰属による個性の埋没・放棄と矛盾していない。要はそういう集団への屈服という方向を彼の想像力が前もって求めていたのである。見方を変えるなら、外界が彼の想像力を狡猾にも支配し、あたかも自らの想像によってと思わせるように仕向けたということかもしれない。

　小説におけるクレインの印象主義的描写の特徴を述べておきたい。作品では、色彩による直喩・隠喩や、主観的な視点、擬人化などともに、自然主義的発想とも関係する動物的イメージなどが多用されている。色彩言語の多用は、ゲーテの『色彩論』との関係・影響が考えられる。シラキュース大学時代の級友フランク・W・ノクスンによれば、ゲーテの色彩論をクレインは知っていたという（1891年春頃）[15]。『赤い武勲章』の出版当時、早くもハーパーズ・マガジン誌（1896年5月号）のチャールズ・ダドリー・ウォーナーが、クレインの色彩使用に注目した。ただし「異様なリアリズム」と必ずしも肯定的ではないが。小説中では40近くの色彩用語が350回ほど使われているという[16]。たとえば小説の冒頭で敵に対する自軍は「青い制服の兵士たち（北軍）」の「示威行動」と表現され、その兵士たちの縦列も「二本の黒い柱状の縦じま」だと形容される。そして野営の赤い火、日光の黄色とオレンジの光、森の緑など数え切れない。こういう単純な表現を超えて、そこに隠喩的に意味が込められる場合、傾向としては、赤は戦争と怒りを連想させ、あるいは「赤い声援」といったように外向きといえなくもない。また時には恐怖も勇気も表す。黄色は虚偽を暴く機能を持ち、一方灰色は死の色でもある。また死（体）にも黄色のイメージがつきまとうことがある。黒は「黒い苦悩の重荷」や「黒い激怒」と、どちらかといえば内向きの心象である。こういった色は、概ねヘンリーを通して感じられる。

　クレインにおける擬人法は、外界が生き物のように描かれるだけでなく、人間が「もの」に、あるいは動物的表現で描かれるという逆転の発想にもつながって

いく。冒頭の書き出しで、クレインは「寒さが嫌々ながら（"reluctantly"）薄らぎ、霧が退き（"retiring"）…」と自然を擬人化して描く。さらに荷車は「恐怖にかられ」、また煙は「怠惰で無知」など、数え切れない。そして逆のパタンが、敵の部隊は「夜の洞窟から出てきた2匹のヘビがはいずり回るよう」であり、ヘンリーの部隊の大佐が「酔ったオウムが叱るようにする」や、ヘンリーは「犬に悩まされる気の良い雌牛のように」感じるなど、人間と動物との近似性をいう。また人を「ヒツジの目で」見るとか、「ウサギみたいに」、あるいは「ニワトリさながらに」逃走する。

　比喩的表現とは客観を主観に引き戻す効用がある。敵＝戦争を見るのがヘンリーの心象であるように、自然の見方も彼の気分次第で、自然が敵対していると思えば恐怖につながり、また自然が自分に同情していると思えば自己肯定（満足）につながる。そして一瞬でも客観が分かり、それが自分の期待と違えばただ驚愕していた。印象主義とは、文字通り心を過ぎった瞬間的印象を描写する。一過性だから当てにはならない。そういう曖昧さは前述した通り、そもそも部隊の兵士たちの当てにならない噂話にいたるまで及んでいた。印象主義的技法によって描かれたヘンリーの主観は、その現実感覚が疑問とされ、自己欺瞞が暴かれ、延いては心理的、道徳的に成長したのかが疑われることになる。色遣いを中心とする表現が、作品のテーマそのものにかかわっている。

　ヘンリーの想像行為の究極が、戦争のいわばエッセンスである「死」に関わることは当然だといえる。戦争とは戦死と不可分で、死とは唯一の想像行為で、しかも誰でも経験するものである。ヘンリーは「死」を軸にして物事を考えていた。彼の英雄観は英雄としての死と結びついていた。死んで英雄になろうと彼は夢見ていた。それが彼の名誉を守る最終手段であった。ヘンリーはずっと「死」に魅せられていた。彼の戦争での隠れた願望は死を見たい、死体と一緒になりたいということであった。伝統的な勇気を生きて示したいとも思えば、いっそ死んで「墓の彼方の心理」を見たいと彼は焦る。自分が死ぬことで、死体となることで、戦争の秘密が分かるだろうかと考えていた。ところが実際の戦闘では、戦死者の死体は、ただ運命の神に裏切られたように見える。そして生前の貧困を晒す、すりへった靴底、無様な服を見せるだけである。今や不死身になった死体の目に、ヘンリーは「疑問」に対する回答をとっさに読み込もうと思う。とはいえ結論は、「大いなる死に触れんがために出て行って、結局それが大いなる死に過ぎないことを知った」であった。死に形而上性、偉大さといった回答は見つから

ない。とはいえヘンリーが死の卑小性を傲慢にも知ったと感じているのなら、それも間違いかもしれない。要は、死を知りえない。ということは、戦争の真実を捉えきれないということでもある。ジョルジオ・マリアーニがいった通り、クレインは戦争を、比喩的にいえば所詮死者の目からは描いているのではないのだから[17]。

　論じられることの多い小説であるから、各方向から色々な解釈がなされている。最初に登場する「箱の上で踊っている黒人」は、ステレオタイプ的黒人なのかということから発する人種の問題。また、ヘンリーが出征の際に気にした女の子がブロンドっぽい明るい髪（なので多分白人）の子の方ではなく、もっと色の黒い子であった点などに由来する、人種とジェンダーの問題などである[18]。この小説の「暴力性」、生存競争、犠牲を厭わない面に、ある意味危ない先見性を見ることも可能であろう。あるいは、戦争の舞台が明示されていないことで、前述のウルフォードの論の前提のように、戦争は神話化されている。それにより時代から戦争が引き離され肯定されているともいえる。さらにまたマリアーニなどの見解に沿えば、そのヴィジュアルな描き方で戦争が見せ物化していないかという批判も出てくる。こういう戦争肯定の傾向には、一般的にはクレインは物事にはシニカルであるが、一方では先祖の武勇に無条件に誇りを持っていた。そういう事実も反映しているのではとも思える。

　この作品では、ビル・スミザースというヘンリーの仲間が一貫して噂話や冗談の対象などになることで、小説の展開にからんでいるという指摘に触れておきたい[19]。ヘンリーとは対照的に、スミザースは普通の兵士で、勇気や臆病や宇宙の本質などに色々考えて悩むことがない。というか、そういう風な面があっても描かれていない。前述した小説の初めの方で転んでライフルを取ろうとした時、仲間に足を踏まれた、あの兵士である。その後断片的会話で、ある兵士がスミザースの指が砕けたという。「それで戦争中に病院に行った。」敵の再来に困惑した時、兵士が叫ぶ。「ビル・スミザースが俺の手を踏んでくれたら。逆じゃなくて。」そういえば、ヘンリーは友軍によって「負傷」させられるのであった。結末近くの場面でも別の兵士が、スミザースが前線より病院のほうがもっと危険だといっているという。これはヘンリーが逆に「戦場で安心し、自信を得る」伏線にもなっているのかもしれない。ちなみに、ビル・スミザースという名前を、クレインは渡英してから書いたエッセイ「一旦アメリカズ・カップを取り戻したら」でも使っている[20]。

(b)『小連隊とその他アメリカ南北戦争のエピソード』ほか

　元々はマックルアズ・マガジン誌の編集者兼出版者ジョン・S・フィリップスが、『赤い武勲章』の出版直後、クレインにマックルア社の配信用かマックルアズ・マガジン誌のために、南北戦争の戦いについての連載記事を依頼したことがきっかけで単行本に発展した。クレインは、1896年1月中旬にヴァージニア州の北部に旅行し、主な戦いがあった地を調査し、退役兵にも話を聞いた。特にフレデリックスバーグに興味を持った。ただし、現地調査が「小連隊」以外の作品にどれほど影響を与えたかは微妙である。6作が収録されているが、そのうちの1作「退役兵」のみが南北戦争を舞台としていない。というか、南北戦争の後日談になっている。各作品の配信後、単行本としてアメリカでは1896年11月にD.アプルトン・アンド・カンパニーより、イギリスでは1897年2月にウィリアム・ハイネマンより出版。内容は「小連隊」「3人の素晴らしい兵士」「ヒロイズムの神秘」「インディアナでの戦闘」「灰色の袖（イギリス版では原題"Gray"は"Grey"に）」と「退役兵」である。どちらかというと一般受けを狙った、感傷的、ロマンティックな筋か、もしくは滑稽な行為を描いたものもある。そういうこともあってか、ニューヨーク・タイムズ紙1896年10月31日付は、『赤い武勲章』で見られたクレインの特徴がやや修正された、と評した。読む側も『赤い武勲章』の作者の、同系統の作品という期待が強かったということである。クレインは自らの名作のプレッシャーを感じて、苦労して書いたようだ（1896年1月7日付の手紙）。より伝統的リアリズムに近づき、人間をイメージで捉えるのではなく、もっと合理性をもって探究しようとしている。珍しくニューヨーク・トリビューン紙は12月20日付でこの点を賞賛している。クレインの表現の革新性が衰退したのか、兵士に対する見方が「成熟」したのか、見解が分かれたといえよう。なお表現といえば、戦場の場面で神秘性、不可解性を強調する「霧」の使い方を称賛する声もある。また細かな事実よりも、戦争が個人の心理面に与える影響を重点的に描いた点で共通する、アンブローズ・ビアスの『豹の眼』（1891）からの影響を指摘する声もある。[21]作品には温かい笑い、救い、償いといったものが見られ、その点で（時には死を通じて）「生」を肯定する、ある意味キリスト教的、宗教的な作品群ともいえよう。[22]

1.「ヒロイズムの神秘」

『赤い武勲章』出版の前、1895年の春に書かれた。バチェラーの配信により様々な新聞で一般には2部に分けられて1895年8月1〜2日に掲載された。執筆したのは西部・メキシコへの旅行中か、あるいは帰国直後の5月と思われる。この南北戦争についての物語は、副題として新聞版では「アメリカでのある戦いの詳細」が付けられている。

丘の上から北軍の砲兵部隊が敵対する南軍の砲列と激しく交戦している。A歩兵中隊の下級兵士フレッド・コリンズは、激しい銃火にさらされている牧草地の向こうの家近くの井戸へ、彼と仲間のために水汲みに行こうとする。連隊長と大尉は止めるが結局許可を与える。コリンズは水汲みなど、割に合わない危険な行為だと知っているが、仲間のからかいもあって、プライドから引き下がれない。「不思議な感情に盲目的に引きずられて、まともに死の面前に歩み寄るという義務に身をさらす。」牧草地を素早く通って井戸に身を躍らせて近づくと、彼は突然恐怖にとらわれる。「水筒に水は、気が狂いそうなほどゆっくりと満ちていく。」さらに井戸にあったバケツに水を満たし、牧草地をこそこそと戻ってくる。負傷した砲兵隊の将校が落馬して牧草地に倒れていて、水を欲しがる。一度は彼を無視しようとするが、戻って水を与える。けれども手が震えてその将校の顔に水をぶちまける。隊に帰ると、コリンズはバケツを2人の若い中尉に渡す。1人が飲もうとすると、もう1人の肘が当たり、バケツを落とす。

『赤い武勲章』と同じく、クレインは戦争の中でのヒロイズムの虚偽を暴露する。というか、ある意味その喜劇性を強調している。戦争での行為は無意識や、プライドなどの入り混じったもので、要は倫理とは無関係である。最後にバケツが空になったことが、コリンズの行為の最終的価値を規定している。その結末の単純さを文学的にも全く評価しない批評もある[23]。とはいえ逆に、死にかけの将校に水を与えようとしたところに、一見無駄な水汲みという行為の中にも辛うじてヒロイズムはあるとの指摘もある[24]。さらにもっと実存的に、虚しい行為にも自らを賭す意味を見出す批評もある[25]。ともかく違いがあるとすれば、『赤い武勲章』のヘンリーよりもコリンズは自分の行為に対してもう少し客観的、意識的である。彼は思う。「自分の心が身体をこんな状況におびきこむ結果になったのが、超自然的ともいえるほど不思議だった[26]。」

ヘンリーは戦争という「神秘」を解き明かすために戦争に赴いたが、コリン

ズにとって最初から戦争はリアルである。その中で同じくあえてゲームのような行為を試みて——ヘンリーの旗取りに似ている、ある意味「行為のための行為」——、より一層恐怖を感じるのであるが、だがそういう狂気まがいの行為でもしない限り耐えられないという側面もある。コリンズだけでなく周囲の仲間たちも、彼の行為を最初から最後まで「笑い」で見ているが、考えてみれば異常である。死にゆく将校のみならず、馬の断末魔もリアルな状況の中での——「流血して倒れた馬の一群から1頭、傷ついた体を前足もろとも高く上げて、神秘的な意味ありげな何かを雄弁に語りながら鼻面を空に向けている」——、戦う当事者たちの不条理な反応・行為をクレインはこれ以降もたとえば「死と子供」や「軍曹の部下の狂気」などで描いていく。ともかく『小連隊』の中では最も評価が高い[27]。ただし描写はリアリスティックだが、逆にいうとイメージや象徴性に乏しいともいわれる。

　ちなみに、さらに他の作品との関連としては、向う見ずな行動に乗り出して、悲喜劇的結末になることで、「サリヴァン郡スケッチ集」の、特に大切な卵を割ってしまう「叫ぶ木」が似ているという向きもある。(2. B註8参照)　また見栄からの行動という点では、退役兵トム・ボールディンが、見栄を張って戦争まがいの行為に走る「インディアナでの戦闘」と結びつける声もある[28]。

2.「灰色の袖」

　1895年10月8〜10日、3回に分けられてバチェラーの配信で多くの新聞に掲載され、単行本に収められる前に英米の雑誌に掲載された。執筆したのは、直前の夏から秋と推定される。クレイン自身、この北軍の兵士が南部の美女と出会うという現実性の乏しい作品には嫌気がさしていたらしい。クレインが男女の恋愛を描いた他の作品（たとえば『第三のスミレ』など）と同じく、失敗作といえる。北軍の騎兵隊が馬を下りて、南軍の狙撃兵を探していると、1軒の家にたどり着く。2階の窓のブラインドのところで灰色の袖をした腕が動くのが見えて、南軍の兵士（軍服が灰色）ではないかと疑う。部隊はゆっくりと家に入っていく。すると、若い美女が背中に銃を隠しもっていた。彼女は負傷した南軍の兵士である兄を守ろうとしていたのである。北軍の隊長は、気が弱く泣いている女性の美しさに圧倒され、その兄を捕虜とせずに立ち去ることを部下に命じる。物語は、この戦争が終われば2人は恋仲になるだろうと示唆して終わるという、何ともロマンティックな話である。

最初の激しいリアルな戦闘場面との落差が激しい。ただし南北戦争を題材としたこういう話は、実は珍しくはなく、その点で時流に乗ったともいえる。クレインらしい皮肉はないが、家の様子、彼女が何を持っているのか、などを徐々に明かしていくサスペンスには見るべきものもある。ともかく、隊長は部隊が攻撃を受ける中「動揺もせず思慮深」く、一転して反撃する時は異様に勇猛果敢と、一貫してどこか人間離れしたヒーローで、最初から話が、現実からずれている。クレインはこの話を1896年1月6日に当時夢中であったネリー・クラウスに送っている。ただし「つまらない作品」と自認（卑下？）して。そして（だが？）彼女が気に入ってくれたことを喜んでいる。

3.「3人の素晴らしい兵士」

1896年3月14日か15日に多くの新聞に、マックルア社によって短縮版で配信。完全版が出たのは単行本で。執筆は兄エドムンドの家にいた1895年10月から翌年2月と推定される。皮肉も少なく、伝統的・感傷的な面があることでは「灰色の袖」に似ている。メアリー・ヒンクスンという若い南部の農家の美女が、追われてきた南部の3人の兵士を納屋の餌箱にかくまう。ところがさらに進撃してきた北軍が南部の士官を捕えて、偶然にも納屋に閉じ込める。メアリーは大衆小説を読んでいて、南軍兵士を守る活動にロマンティックな夢を抱いている。そもそも北軍兵士も、彼女にとっては「伝説の途方もない物語上の兵士で」あり、それに対して「自分はヒロインになる責務がある。ペンシルヴァニアの寄宿舎で読んだ本からすると、こういう事態に女性が直面したら、皆大胆な行動をしていた。」この点で、英雄伝説に自分をなぞらえた『赤い武勲章』のヘンリーや、あるいは三文小説にかぶれた「ブルー・ホテル」のスウェーデン人と同じである。もっとも、彼女には冷静に行動しようという知恵もないわけではない。

だが実際には、彼女は南軍兵士が逃亡の際に北軍兵士を殴り倒すと泣いてしまう。夢に描いたヒロイズムと現実の違いが示され、彼女は戦争の実態に、それなりに気づいたようである。ところが物語は女性の「情」を擁護する言葉で終わる。泣いている彼女を見て、北軍の兵士はいう。「戦争は多くを変えるが、変わらないものもある、有難いことに」と。戦争においても、人間の感情が残っている証だというのである。この点については、その陳腐さに批判もあろうが、逆にヒロイズムとはこんなもの——つまり平凡な同情——という実像を描いたものともいわれる。

メアリーが薄暗い納屋の状況を「節穴」から見て、「色々」考える。こういう「限界のある視点」から見る印象というのは、クレインの多くの作品に共通するし、彼の印象主義的技法の特質を表すものともされる。[32]文字通り「色々」かもしれない。というのもたとえ「節穴」から覗かなくても、彼女にとって事情の変化は「我が家の敷地とは思えない。新たに青の光った、あるいはくすんだ黄色が、馴染みのある緑や茶色に取って代わった」と見える。クレインの作品では珍しく女性が主人公であるが、彼女1人の視点から見られている限り、物語の運びは成功しているように思える。またほとんど触れられることはないが、彼女は母と一緒で、何とかしようとする娘、ひたすらうろたえる母との世代差も面白い。ただしこういう戦争の中であっても、クレインの描く男女の出会い・会話はぎこちないという指摘もある。[33]そして最後の兵士からのコメントは説教臭く蛇足であるとも思える。

4.「インディアナでの戦闘」

　バチェラーの配信で1896年5月23日と25日に2部に分けて様々な新聞に掲載。1895年の10月から翌年2月にかけて、兄エドムンドの家で執筆した。インディアナ州の田舎町ミグルズヴィル（架空？）から、多くの男たちが、南北戦争に赴いていった。トム・ボールディンというメキシコ戦争（1846～48年）を経験した老兵が町を守るために残っている。ある暑い夏の日、町の酒場の玄関に置かれたベンチでトムがうたた寝をしていると、少年に起こされる。南軍の兵士が母親の飼っているニワトリを何羽か盗んで、森へ逃げたというのである。トムは勇んで旧式銃を手にして追っかけていく。その後には、やはり老兵のピーター・ウィズビーや頭の弱い（村の群集の混乱状態を象徴するともいわれる）若者ジェロズル・ブロンスン、さらに怯えた女たちが続く。ところが見つけてみると、町の酔っぱらいで「老いぼれのミルト・ジャコービー」であった。

　追っかけていく「町の世話役」である老兵トムや女や子供たちは、その慌てふためく会話のやりとりや動作からけたたましいニワトリに例えられ、[34]描写もストーリーも本質的に喜劇である。穏やかな何も起こりそうにないところでの空騒ぎという点で、クレインの初期の「サリヴァン郡スケッチ集」との共通性を指摘する声もある。[35]追っかける側には自然でさえ、「虫の不気味で意味ありげな、そしてトウモロコシの風に揺らぐさらさらいう音」として聞こえる。ところが、事態が判明すると途端に、老兵のトムに「こんなこと分かっていたでしょうに」

といい放つ女たちの落差が笑える。この点は「皆が町の面倒をトムに任せていた」という作品冒頭の一節があるから、余計に効いているともいえる。

5.「小連隊」

　マックルアズ・マガジン誌の1896年6月号に、またイギリスでは同月にチャップマンズ・マガジン誌に掲載された。執筆は2月に兄のエドマンドの家で。クレインは、作品をヴァージニア州フレデリックスバーグに行く前に書き出した。戻ってきて完成した作品は、戦場での事実関係を反映している[36]。

　物語は『赤い武勲章』を連想するような「霧のため、道にいる連隊の服がかえって目立った。重砲兵隊が身につけたコートも改めて青色に見えて…」とヴィジュアルに始まる。ダン・デンプスターと弟ビリーは、フレデリックスバーグ付近と思われる南部の町周辺で、歩兵隊として激しい戦闘に従事する。この情景はリアルに描かれる。2人はいつも口論しているし、お互い無視もするが、実際は気遣っている。というか、2人のそういう仲は部隊でもよく噂になっている。戦闘になると、ビリーとダンは心の中でお互いを心配している。彼らの所属する部隊は、攻撃に失敗した後、自分たちを「小連隊」と卑下する。ビリーが戦闘で負傷し、行方不明になる。ダンは心配でたまらない。しかし2人は再会すると、特別に感情を表さず、さり気なく言葉を交わすのみである。

　戦闘前、2人はお互い素知らぬ顔で、内心の不安を隠そうとしていた。その点で『赤い武勲章』のヘンリーに通じる。だが結末部分では、クレイン後期に見られるストイックな兵士にも見える。あるいは前半ではそういう兵士の実は不安な内面の心情を描いたといえるかもしれない。とはいえ、その「内面」も抉られたというよりは、さらっと描かれている。見方を変えれば2人の交情に最初から話は絞られていて、単調でもある。

　作品は熟練兵と新参の兵士の戦闘能力の違いにも言及しているが、戦争での生死は結局運次第であり、全体の戦況の、兵士は誰であれ一部に過ぎない。そういう中では、心理的に誰か（ここでは兄弟）に頼らざるをえない。基本的に、最後まで独善的な『赤い武勲章』のヘンリーとは描かれ方が違う。

　物語は「やあ、ビリー」というダンの言葉で終わっているが、繰り返せば話に粗筋らしいものは乏しい。結末も見え透いているかもしれない。ただし描写にはクレインらしい面が随所に見られる。たとえば「突然、暗闇で動きがあった。何か横たわって奇妙にうめいている。突然身をゆっくり起こして座り、それは人に

なった」などである。ただし逆にいえば、こういう『赤い武勲章』から引き継いだような描き方が、デンプスター兄弟のさらっとした、リアルな交情に合っていないともいわれる。[37]

6.「退役兵」

　マックルアズ・マガジン誌に1896年8月に掲載。『小連隊』に収められた作品で南北戦争に関係していないが、『赤い武勲章』のヘンリーが同じく主人公なので続編ではある。執筆したのは1895年10月から翌年2月の間に、兄エドムンドの家でと推定される。

　老いたヘンリー・フレミングは素朴な語り口で、『赤い武勲章』で経験した、戦争の話をして聞かせている。聞き手の中には孫のジミーもいた。ジミーは大いに残念がるが、ヘンリーは自分が最初の戦闘で逃亡したことを素直に認めている。そもそも「敵は皆自分を狙っていると思った」とも。それに比べ戦友であった「のっぽの兵士」ジム・コンクリンは、自分とは違って、最初から戦闘に慣れていたと認める。素直な回顧なのか、こういう「謙虚さ」こそ、所詮は年老いての自己美化なのか、意見は分かれるであろう。

　と、舞台はヘンリーの農場になる。雇われ農夫の1人は単に「スウェーデン人」と呼ばれるが、酔っ払ってランタンをひっくり返し納屋に火をつけてしまう。そのパニックぶりは「ブルー・ホテル」の同じスウェーデン人に似ていなくもない。それを知って、ヘンリーの表情は一変する。というか「マスクと化す。目と口元に恐れが浮かんだ土気色に。」それでも彼は馬や雌牛を助ける。が、納屋を出られなかった2頭の仔馬のことは忘れていた。彼は再び納屋に飛びこむが、その時屋根が崩れ落ちる。これによってヘンリーは恐怖に打ち勝って『赤い武勲章』以来の宿願のヒロイズムを達成したように見える。というのも、最後にヘンリーが突っ込んでいく部分は、正しく戦いのイメージであるからだ。炎は、彼が『赤い武勲章』で奪い取ったあの「旗」にも見える。今回は一瞬たりともひるまなかった。が、これもまた衝動的で無意識の行動かもしれない。その点では『赤い武勲章』のヘンリーと同じかもしれないし、また仔馬に自分の命を賭ける勇気の意味・無意味（その皮肉な点で「ヒロイズムの神秘」との類似を指摘する声もある）[38]が問われてもいるようである。さらに南北戦争を生き残った者が、どう死に場所を選ぶか、そういうテーマに作品は関わっている印象もある。

　文体は『赤い武勲章』の華麗さとは対照的に簡潔であるが、最後には輝きを取

り戻す。「煙は炎のためにバラ色に染まった。宇宙が言い表しがたいほど暗い真夜中であっても、おそらくこの老兵の魂の色を威圧できないと思われた」で作品は終わる。どこまでも皮肉はつきまとうのかもしれない。老ヘンリーは、孫のジミーに従軍の時、恐ろしくて「空が落ちてくるかと思った」と語った。だが、実際には「燃え盛る屋根が落ちた」のだから。いずれにせよ彼は英雄になることで神話化され、平たくいえば偉くなりすぎて、逆にこの世の人物（の行動規範）とは関わりがなくなった気もする。極論では、『赤い武勲章』の蛇足とまでいわれる[39]。

7.「戦争のエピソード」

　一般家庭向けのザ・ユース・コンパニオン誌に1896年3月にクレインが寄稿している。だが、その時は発表されず。恐らくこの南北戦争にまつわる話が残酷だと判断されたのだろう。なお、クレインは「腕の喪失」と1897年の自分の作品執筆目録に記載している。結局イギリスでジェントル・ウーマン誌に1899年12月号に初出。ザ・ユース・コンパニオン誌には1916年3月16日号に掲載。主人公は実在の人物とクレインは断っている[40]。執筆は兄エドマンドの家にいた1895年10月から翌年2月にかけて。戦争の残酷さは描かれているが、直截にそれを批判するものではない。

　この作品は『赤い武勲章』といわば表裏一体である。『赤い武勲章』では、ヘンリー・フレミングが軍隊に適応できるかが一つの焦点であった。「戦争のエピソード」の中尉は当初軍隊の一員としてすっかり溶け込んでいて、部隊の班の代表がそれぞれ集まった中で、コーヒー豆の分配を毛布の上で「剣」を使って行っている。「配分がうまくいっていると誇らしげに思いかけたその矢先」に、彼は流れ弾で右腕を負傷する。自分を誇る気持ちは、戦争の不可解さを象徴する「突然不思議にもやってきた弾」によってあっさり壊される。この傷により彼はもう戦えず、部隊から孤立する。慣れ親しんだ「武器は突然、馴染みのない代物になった。」かつて有能で熟達した腕が、「剣の抜き差しに苦労する。」中尉は人に頼り切る無能の象徴となる。

　だが反面、彼は前線から退いて新たな立場を確保する。それは現場で戦う兵士たちとは違った、客観性である。「戦争に従事する者には分からない、多くのことが見えるようになった。」しかもその腕の傷が彼に奇妙な威厳さえ与える[41]。この傷という恐ろしい権威に対して、まだ負傷していない兵士たちは尻込みす

る。

　野戦病院に彼は行き、そこで外科医の事務的な診察に腹を立てるが、結局その腕を切断される。彼は個人の無力さを痛感したようだ。だから腕のない袖を家族が見て悲しむ時、彼は「そんなに大ごとではないと思うが」と答える。ヘンリーの自己欺瞞的な適応とは異なり、中尉は自分の無価値さ、人を頼ることの屈辱感、ロマンティックなヒロイズムの虚しさ、戦争の無益さ、残酷さを思い知った。そしてそういった真実を知った者としての代償として、人に頼りながらも孤立を厭わない。が、そういう状況一切を受け入れて広義の「人生」に適応するのである。もっとも、重大事をあえて小事と見る中尉の発想を単に場違いで不条理、あるいはヒロイズムの中の喜劇性と見る指摘もある。

8.「国家による感謝を」
9.「一年ごとに退役兵の影は薄くなり」

　この8と9は、1894年4月26日の戦没者追悼記念日のパレードに関する記事である。どちらか（あるいは両方？）をクレインが書いたといわれるが、完全には決められない。いずれかを書いたのは、クレインがこの後5月9日にハムリン・ガーランドに対して、ある自分の記事が「兵士の」ことに関して的外れと評されたと、記事の名を示さずにいっているからである。前者は原稿が残っているが、掲載先などは分からず、1957年に『ハーパー版 赤い武勲章とその他の物語（序文）』でダニエル・ホフマンが初めて紹介した。生存者がどんどん減っていく南北戦争の退役兵に対する、極めてありきたりの賛辞である。生きている間に彼らの愛国的献身が認められるべきだという。「我々は責任を現状に負っている。後世の歴史家に多くを委ねるのは適当ではない」など、陳腐ないい回しが目立つ。

　後者は無署名でニューヨーク・プレス紙に1894年5月31日掲載。この記事では、戦没者記念日のパレードで行進する南北戦争の退役兵の影が薄いことを、クレイン流の斜に構えた筆致で扱っている。クレインの記事は、内容からこれであると判断するのが妥当のようにも思えるが、一方では前者の記事は、詩集『戦争は優しい』XV「あるとき家の屋根に男が登って」を思わせるという指摘もある。なお、『全集第8巻』（1973）は前者の記事のみ掲載。

註

1. Pizer, "What Unit Did Henry Belong to at Chancellorsville, and Does *It* Matter?" *Stephen Crane Studies* 16:1 (2007): 2-13.
2. 無削除版（ノートン版またはバインダー版）、元のアプルトン版、及び折衷のヴァージニア版の『赤い武勲章』への評価・批判については、Colvert, "Crane, Hitchcock, and the Binder Edition of *The Red Badge of Courage*," Ed. Donald Pizer. *Critical Essays on Stephen Crane's The Red Badge of Courage* (Boston: G. K. Hall, 1990), pp. 238-63; Michael Guemple, "A Case for the Appleton *Red Badge of Courage*," *Resources for American Literary Studies* 21:1 (1995): 43-57; Pizer, "Self-Censorship and Textual Editing," Ed. Jerome J. McGann. *Textual Criticism and Literary Interpretation* (Chicago: University of Chicago Press, 1985), pp. 144-61.
3. ビアスとクレインの戦争小説の比較については、Bonner, Jr. "Experience and Imagination: Conscience in the War Fiction of Stephen Crane and Ambrose Bierce," *War, Literature and the Arts*, pp. 48-56.
4. Robert W. Stallman, Introduction to the Modern Library Edition of *The Red Badge of Courage* (New York: Radam House, 1951), v-xxxii.
5. John C. Orr, "A Red Badge Signifying Nothing: Henry Fleming's Cooperate Self," *War, Literature and the Arts*, pp. 57-71.
6. このスポーツ感覚ということでは、クレインが親しんだ野球との関連で作品を考察した批評がある。Rick Burton and Jan Finkel, "Stephen Crane, Baseball, and a Red Badge," *Nine: A Journal of Baseball History and Culture*, 21:1 (2012) 103-117.
7. Harold Beaver, "Stephen Crane: The Hero as Victim," *The Yearbook of English Studies* 12 (1982): 186-93.
8. Chester L. Wolford, *The Anger of Stephen Crane: Fiction and the Epic Tradition* (Lincoln: University of Nebraska Press, 1983), pp. 69-73.
9. Ralph Ellison "Stephen Crane and the Mainstream of American Fiction," *Shadow and Act* (New York: Random House, 1964), pp. 60-76.
10. 次の書がこの点について詳しい。Bert Bender, *Evolution and the Sex Problem: American Narratives during the Eclipse of Darwinism* (Kent: The Kent State University Press, 2004), pp. 52-71.
11. Terry Mulcaire. "Progressive Visions of War in '*The Red Badge of Courage*' and 'The Principles of Scientific Management,'" *American Quarterly* 43:1 March (1991):46-72.
12. Lawson, "The Red Badge of Class: Stephen Crane and the Industrial Army," *Literature and History* 14:2 (2005): 53-68;Daniel Shanahan, "The Army Motif in *The Red Badge of Courage* as a Response to Industrial Capitalism," *Papers in Language and Literature* 32 (1996): 399-409.
13. この点については、クレインには直接言及していないが、Jackson T. J. Lears, *No*

Place of Grace: Antimodernism and the Transformation of American Culture 1880-1920. 1983: rpt. (Chicago: University of Chicago Press, 1994), pp. 117-40 が背景を分かりやすく説明していると思える。

14 David Halliburton, *The Color of the Sky: A Study of Stephen Crane* (Cambridge: Cambridge University Press, 1989), p. 125. また Randal W. Alfred, " 'The Gilded Images of Memory,' *The Red Badge of Courage* and 'The Veteran,' " *War, Literature and the Arts*, pp. 100-15.

15 Robert L. Hough, "Crane and Goethe: A Forgotten Relationship," *Nineteenth-Century Fiction* 17:2 September (1962): 135-148.

16 コンピュータでの調査によると、39 色の色彩用語で使われた総数は 343 回。William E. Newmiller, "The Color of War: A Computer Analysis of Color in *The Red Badge of Courage*," *War, Literature and the Arts*, pp. 141-46.

17 Mariani, p. 165.

18 この 2 つの問題の先行研究が、Verner D. Mitchell, "Reading 'Race' and 'Gender' in Crane's *The Red Badge of Courage*," *CLA Journal* 40 (1996): 60-71.

19 最初の指摘は恐らく、Edward Stone, "Introducing Private Smithers," *Georgia Review* 16 (1962): 442-45.

20 8. A. 18 参照。

21 Lars Ahnebrink, *The Beginnings of Naturalism in American Fiction: a study of the works of Hamlin Garland, Stephen Crane, and Frank Norris, with Special Reference to Some European Influences.1891-1903*. 1950:rpt. (New York: Russell and Russell, 1961), p. 351.

22 John Clendenning, "The Thematic Unity of *The Little Regiment*," *Stephen Crane Studies* 14:2 (2005): 2-9.

23 John W. Shroeder, "Stephen Crane Embattled," *University of Kansas City Review* XVII (1950):122.

24 LaFrance, p.194

25 William Bysshe Stein, "Stephen Crane's *Homo Absurdus*," *Bucknell Review* 8 (1959):168-88.

26 ヘンリーとコリンズの比較については、Schaefer, " 'Heroes Had No Shame in Their Lives': Manhood, Heroics, and Compassion in the *Red Badge of Courage* and 'a Mystery of Heroism,' " *War, Literature, and the Arts: An International Journal of the Humanities* 18:1-2 (2006): 104-13.

27 Schaefer, *A Reader's Guide to the Short Stories of Stephen Crane*, p. 279.

28 Donald B. Gibson, *The Fiction of Stephen Crane* (Carbondale and Edwardsville: Southern Illinois University Press, 1968), p. 93.

29 この点については James Nagel, "Stephen Crane's Stories of War: A Study of Art and Theme," *North Dakota Quarterly* 43 (1975): 5-19.

30 ロマンティックなヒロイズムへの諷刺が作品のテーマであるという解釈については、Mary Neff Shaw, "'Three Miraculous Soldiers': A Satire on Romanticized Notions of Traditional Heroism," *Studies in Contemporary Satire* 17 (1990): 58-64.
31 Charles W. Mayer, "Stephen Crane and the Realistic Tradition: 'Three Miraculous Soldiers,'" *Arizona Quarterly* 30 (1974): 133.
32 James Nagel, *Stephen Crane and Literary Impressionism* (University Park: Pennsylvania State University Press, 1980), p. 48.
33 Gullason, "Stephen Crane's Short Stories: The True Road," *Stephen Crane's Career: Perspectives and Evaluations*. Ed. Thomas A. Gullason. (New York: New York University Press. 1972), p. 475.
34 Wolford, *Stephen Crane A Study of the Short Fiction* (Boston: Twayne, 1989), p. 66.
35 Holton, p. 143; LaFrance, pp. 179-80.
36 同時に資料からの影響や、またビアスとの関連を見る向きもある。Ahnebrink, p. 351.
37 Colvert, "Stephen Crane: Style as Invention," *Stephen Crane in Transition*. Ed. Joseph Katz. (Dekalb: Northern Illinois University Press. 1972), p. 142.
38 Gibson, p. 93.
39 LaFrance, p. 179.
40 一説では叔父ウィルバー・フィスク・クレインではないかといわれる。Sorrentino, *Stephen Crane : A Life of Fire*, pp. 39-40 参照。
41 この点の分析については、Dooley, "'A Wound Gives Strange Dignity to Him Who Bears It': Stephen Crane's Metaphysics of Experience," *War, Literature and the Arts*, pp. 116-27.
42 Shaw, "Stephen Crane's 'An Episode of War': A Demythologized Dramatization of Heroism," *Studies in Contemporary Satire* 18 (1991) 26-34.
43 もちろん、こういう態度は、単なる誤魔化しという解釈もある。George W. Johnson, "Stephen Crane's Metaphor of Decorum," *PMLA* 78 (1963): 250-56.
44 Arno Karlen, "The Craft of Stephen Crane," *Georgia Review* 28 (1974):482.
45 Daniel Hoffman, *The Poetry of Stephen Crane* (New York: Columbia University Press, 1957), p. 168. (Endnotes)

5. 西部・メキシコ関係

クレインは1895年1月28日より、バチェラー、ジョンスン・アンド・バチェラー通信社の特派員として、前年夏の日照りから一転して例年にない極寒になった西部と、それからメキシコに取材旅行をした。まずフィラデルフィア、シカゴ経由でセント・ルイスに月末に着いた。彼は『赤い武勲章』新聞版の好評によりある程度知名度を得ていて、行き先々で動向が報じられていた。例えば、リンカンではリンカン・イヴニング・コール紙とネブラスカ・ステート・ジャーナル紙が2月2日付で、さらに3月7日にはガルヴェストンでガルヴェストン・デイリー紙が、その来訪を伝えていた。
　そもそもクレインは西部からメキシコにすぐに向かう予定であったようだ。一説ではすでに金を使いはたし、バチェラーからの送金を待っていたらしい。ともかく中（西）部ネブラスカの飢饉の取材もあって、リンカンに2月1日に立ち寄り、13日には当地でウィラ・キャザーに会っている。キャザーはまだ18歳の大学生で、新聞版の『赤い武勲章』をネブラスカ・ステート・ジャーナル紙の1894年12月4〜9日付で読んでいて、ネブラスカ大学の学内誌に書評を書いている。ちなみにクレインとの会話の模様を、クレインが死んだ直後、1900年6月23日付ピッツバーグ・リーダー紙に追悼記事を「私が知っているスティーヴン・クレイン」としてキャザーは書いたが、そこには事実に反する批判なども含まれていた。しかしこれ以前も、これ以降もクレインの作品にキャザーは一貫して興味を持ち続け、批判・賞賛している。彼をエドガー・アラン・ポーのようなイメージで見ることには、キャザーの影響もあるといわれる。
　2月6日から2日間ほど、クレインは同州のエディヴィルで猛吹雪に遭いながら、現地取材を行い、一旦リンカンに戻りホルコム知事と会見した。2月20日までにはニューオーリンズに到着していた。3月17日にテキサスのサン・アントニオからメキシコへ。3月19日に現地到着。5月17日か18日にニューヨークに戻っている。
　クレインに旅行以前から西部やメキシコに詳しい予備知識があったとは思えない。ただし西部では暴力沙汰もまだ一般的であったし、飲酒も東部より寛容であった。そういう風土はクレインの好むところであっただろう。ニューヨーク時代の旧友（年齢は離れていたが）である風景画家のジェイムズ・ヘンリー・モーザーに、クレインは3月6日付の手紙で西部旅行での自分の酒豪ぶりを自慢している。また西部・メキシコには予見不能な要素（成功は運命次第、あるいは運任せの賭博の隆盛）も多く、男性の優越性・行動優先が顕著でもあった。そういう

点もクレインには合っていただろう。もっとも逆にそういった男性原理を皮肉に見る平衡感覚を持つ作品も書いている。また所詮西部は、東部化される西部であるという見方もしている[1,2]。

ところで、クレインがメキシコ人をどのように見ていたかについては、意見が分かれている。個々の作品などに関しては、以下に記すが、全般的にいって、レイモンド・パレデスのように差別的であるという見方と[3]、ジュアン・J・アロンゾのような19世紀末という枠内では公平であるという見方に分かれている[4]。それはたとえば「駆けろ、馬たち」の脱出劇で、メキシコ人通訳の役割（手助けになったか否か）の評価や[5]、「5匹のハツカネズミ」においてキッズがメキシコ人との間の「平等性」を理解したかどうかなどの解釈に起因している。当時はアメリカ帝国主義の拡張の時期にあった。そういう状況を反映して、クレインも、ともすれば「他者」に対し優越的でステレオタイプな見方をしていたかもしれない。また東部の伝統の家柄出身という彼の「育ち」も影響したかもしれない。とはいえ、「知らない世界」をリアルにではなく、常に典型的観光客の視線で見ているともいいきれない。またセオドア・ルーズヴェルトのいかにも愛国主義的な意見、またジョン・スチュワート・ミルの『自由論』(1859)における、いわゆる「後進国」に対する「差別的」発言なども引き合いに出して、それに比べればクレインは「まし」というのも極端であろう。恐らく妥当なところは、明白な差別性も、その逆も、露骨には見られないということではないか。ただしD・H・ロレンスのような、ある意味偏見を持っていても、本質を見通す鋭さがクレインにあったかといえば、これも議論があるのではないか。

(a) 記　事

1.「ネブラスカでの過酷な生存競争」

1895年の2月24日にバチェラー社より広く配信。クレインの西部・メキシコ取材による最初の記事。前年の1894年夏に飢饉と嵐と、1895年初めに吹雪によって受けたネブラスカ北西部の被害の模様を取材した記事。前年夏の天候異常で荒廃したのは、いくつかの郡だけであったが、冬には広範囲に農作物などに被害が及んだ。収入を絶たれたある農夫は妻と赤ん坊と別れて仕事を探しに行った。残された妻子の食糧は尽きた。それなのに妻は夫から仕事がないという絶望的な手

紙を受け取った、という話をクレインは紹介している。2月6〜8日まで、被害の中心地エディヴィル村とカーニーに赴いた。後者は後の「ブルー・ホテル」のフォート・ロンパーのモデルと思われる。(ただし、舞台となったホテル自体は、サーストン郡のペンダーにあるパレス・ホテルがモデルともいわれる。)1890年代に入植により一旦人口が激増し、この天災などで人口が急減した地域である。最初の日は一日中時速60マイルの吹雪であり、その後も温度はマイナス20度近くまで下がった。クレインは凍えるホテルの部屋から、渦巻く雪が「弾丸のように横なぐりに降る」様子を生き生きと描写している。また彼はリンカンに戻ってからホルコム知事とも会見して全体の状況と今後の対策、干ばつに備えて大規模な灌漑計画などを読者に伝えようともしている。

　この記事を通して、クレインは度重なる災禍にもかかわらず、農夫たちの揺るがない不屈の勇気・忍耐を賞賛している。そしてまた救援隊の指導者であるL・P・ラドゥンが、「ネブラスカで一番不人気」であるにもかかわらず、実際には勤勉に職務に励んでいることに敬意を表している。これらの人々が、後期のクレインにおける（ただし軍人に転化されて）理想像となっていく。

2.「ホット・スプリングス見聞」

　1895年3月3日の配信。ネブラスカ・ステート・ジャーナル紙などに掲載。ニューオーリンズに行く途中で、クレインはアーカンソーの鉱泉の地ホット・スプリングスに1日立ち寄った。最初は「この町は哲学者の通説を打破する。通常人間は春になれば暗い気分から蘇るが、ここでは冬から『熱い（暑い）』」などと冗談をいいながら、実際には自分がよく知っている、ニュージャージー州沿岸のリゾート地と比較したりしている。が、話はそれほど深まらず、取り留めなく書いている。この地は常春であるが、景色は良くなく、ホテルは地味で…などの印象記である。ちなみに、クレインらしく酒場に入って、賭け事めいたことに興じている。

3.「ニューオーリンズのグランド・オペラ」

　1895年3月24日配信。ネブラスカ・ステート・ジャーナル紙などに掲載。クレインがフレンチ・クォーターの真ん中にあるフレンチ・オペラ・ハウスで前月に見たフレンチ・オペラ・カンパニーの公演（見たのはジャック・アレヴィの代表作『ユダヤの女』[1835]など）を取り上げ、歌い手とオーケストラを激賞し

ている。オペラ劇団の長年の歴史を、フランスからの移住者は生来の音楽好きといいたいのか、「戦士を指揮者に変貌させるのは簡単だった」などとふざけながら延々と説明し、劇団は市の長年に亘る支援もあって、生活に根付いていて、安価な公演によりあらゆる階層の市民に愛されていると強調している。

4.「メキシコのスティーヴン・クレイン：その1」

　1895年5月19日が大体の掲載日である（たとえばフィラデフィア・プレス紙など）。メキシコ・シティの町の様子を記している。要は、「もし読者がメキシコに来たら」式の観光記録である。ポーターやロバが、多くの荷物を運んでいること――「ロバは出来るだけ荷物を積む。それ以上積めなくなると、ただ倒れる。」タクシーやホテル、レストランの価格などを淡々と語っているが、あえて特筆するなら、いいかえれば淡々と書いていない部分は、泥棒についての驚き（「家の2階のバルコニーの鉄柵を盗んだ」）と共に、クレイン自身が、屋台の売り子の詐欺的手口に引っかかったことかもしれない。オパールの偽物をつかまされて、ニューヨークまで持ち帰ったと、友人のコーウィン・ナップ・リンスンが証言している。「屋台の売り子より物を買うべからず」と訓戒をクレインは記しているが、自戒だと思える。

5.「メキシコでの銀貨自由鋳造」

　1895年6月30日に配信。同日掲載はネブラスカ・ステート・ジャーナル紙。19世紀後半に話題となった、金貨に対して一定の比率で銀貨を自由鋳造する案で、要はインフレ政策であり、1893年当時の不況・デフレの折には大いに議論された。が、実はこの記事はそのことに何も触れていない。単にメキシコとアメリカのものの値段を比較している。通貨交換の実質レートの恩恵、いいかえればドルの強さをアメリカ人旅行者は充分受けていない。物価は、プルケという酒以外は総じて高い。メキシコ人の生活水準はアメリカと比較にならないほど低いという。たとえば、メキシコでは労働者は靴を買えずにサンダルであるし、中産階級の人間でもそれなりの洒落た服を着る余裕はないと。

6.「メキシコのスティーヴン・クレイン：その2」

　1895年7月21日の配信。フィラデルフィア・プレス紙などに掲載。すでにこの時クレインはニューヨークに戻っていた。「メキシコのスティーヴン・クレイ

ン：その１」よりは設定が凝っていて、物語仕立てに近い。ボストン出身の自称考古学者（クレイン自身がモデル）が、サン・アントニオからメキシコ・シティへ、シカゴの資本家（旅の途中で会ったエンジニアがモデル）と２日間の旅に出る。２人ともスペイン語をほとんど知らないというので、かえって異国の旅への期待が高鳴る。変わっていく景色の色と、人々が着ている衣服などを、クレインは印象主義的筆致で描いている。

　列車がメキシコ国内に近づいている事実を、小屋の戸口で横たわっているメキシコ人の女性や、ソンブレロをまとっている羊飼いで実感する。国境を越えたヌエヴォ・ラレードでは、女性の一団が古ぼけたショールを身にまとい、男たちは暗い色合いのセラーペに身を包んでいる。その後一転して、赤いセラーペを着て馬に乗った人や、栗色、真珠色、黄色の長身のソンブレロ姿が、色鮮やかで目を惑わせる。列車はいよいよメキシコ・シティへと昇り始める。ネヴァド・デ・トルーカの山が黄金色に輝いていて、雪に覆われた地帯が見える。そして遠くにはアズテクの広大な緑の平原が視界に入る。当初メキシコに入った折には「旅行者というものは急な変化を期待する…、しかし実際はテキサス南部の延長だ」といったように醒めた気分になることもあったが、徐々に、外国の地を旅して高揚する自分を、率直に語り始める。

7.「プルケ酒で酔うのは辛い」

　1895年8月10日と11日に配信。面白いのは珍しくソルトレイク・シティ・トリビューン紙にも掲載されていて、その禁酒の土地柄か、副題が長ったらしく「邪悪な蛇の妄想を起こす酒…」となっていることである。クレインはメキシコの大衆用の酒プルケは、「緑色のミルクみたいだが、普通緑色のミルクなどない」とふざけて書き、その味は卵の腐ったようであるという。とはいえメキシコ・インディアンはこの酒に取りつかれていて、経済的、精神的困窮さえ起こしている。インディアンの生気のない黒ずんだ表情は、アメリカ都市のスラム住民、つまり「囚われた人々」であり「犠牲者」とも共通するとクレインは感じ、場所を問わず貧民地区でのアルコールの影響が深刻であると語る。もっとも書き方は軽い調子であるが。

8.「告解火曜日の祭り」

　クレインが1895年2月中旬にニューオーリンズで見物したものであるはずだ

が、1年後の1896年2月16日まで配信されなかった。理由は不明である。クレインの場合、記事の内容が「不穏当」という理由で、配信が見送られたりすることはあるが、見たところ、この記事にそういう面は見られない。また掲載紙もネブラスカ・ステート・ジャーナル紙など、いつもと変わらない。むしろ、祭りが最高潮に達した折のニューオーリンズのキャナル・ストリートの興奮の模様や印象をうまく捉えている。

　数日前に雨が降って、文字通り水を差されるかと思ったが、人々は当日晴れると信じていた。その通りさわやかな、いかにも南国晴れとなった。期待にはやる群衆、子供たちの扮装、告解火曜日のパレードでは王と王妃に扮した2人の後に壮麗な従者が続き、飾りを施された建物は照明に煌々と照らされている。群衆は押し合い、見えないと不満の声が聞こえる。様々な色の花火が上げられ、クレインは花火そのものより、色鮮やかな煙に注目する。フレンチ・クォーターのオペラハウスの前でパレードは散会する。そこは夜、大規模な仮面舞踏会の舞台となる。

　クレインの印象主義的な色遣いを駆使できる格好の情景であったために、非常に独特で際立った記事になっている。彼らしく祭りのいわば舞台裏に目を向けて記事は終わる。「裏道の暗い所で、血のように赤い少鬼の扮装のまま、黒人たちが、無人となった山車のロバたちに号令をかけている。その山車は漆黒の中では霜のように白く輝いている。」

9.「メキシコの帽子、シャツ、拍車」

　1896年10月18日に発表。サンフランシスコ・クロニクル紙などに掲載。クレインは、典型的な観光客としての立場から、異国がどう見えるかを書いている。ソンブレロ、派手な上着、またセラーペといった観光的には新奇なものに目を向ける一方、多くの住民はニューヨークやロンドンと身なりは変わらないという。そして戒めもする。もの珍しいものが見つかるからといって笑ってはいけない。「他の人々の身なりを笑うのは賢明ではない。2年もしないうちに、ニューヨークの人間だって真っ赤なシャツを着ているかも」と。結論は、異国のことなどすぐには理解できないということである。だから人は勝手な想像もすると。それを彼はソンブレロで顔を覆って寝そべる男を例にとっていう。「彼についてどう思ってもいい。だって本質は分かるはずもないので」と。クレインはこの記事では、階層的に平均以上のメキシコ人を対象としているようである。

10.「スティーヴン・クレインのテキサス」

　1899年1月8日にオマハ・デイリー・ビー紙などに掲載。1895年春に行った西部と、メキシコに行く途中のサン・アントニオやアラモに対する、4年ほど後の回顧的な印象記である。「いい町だよ」と皆がいう。テキサスの中でも詩的な心をかきたてる町だと。だが行ってみると、全く近代的な街並みでがっかりする。一見のんびりした雰囲気もなく、「日向ぼっこをしているような市民はいない。」とはいえ反面、探せば小さな古ぼけた建物や、時代に取り残された庶民もいないわけではない。そこからクレインは町の古い歴史、修道院の遺跡などに触れていく。そしてアラモの砦（1836年にアメリカ人が200人足らずで、侵入するメキシコ軍に抵抗したが全滅したといわれる）については、彼らしくひねった視点から、砦に残って仲間と一緒に死ぬことを拒んだ、あるアメリカ人に言及している。ちなみにこれも賭博好きのクレインらしく、メキシコ人居留地の賭博場が非常に混んでいるとも伝えている。

11.「1895年テキサス州ガルヴェストンにて」

　この記事は、1900年11月6日のウェストミンスター・ガゼット紙に掲載された。ガルヴェストンに関する印象が様々に語られている。クレインは1895年3月5日に立ち寄った。翌日、ジェイムズ・ヘンリー・モーザーに「ガルヴェストンは素晴らしい」という手紙を書いたとされるが、1898年に書いたこの記事では、真逆である。つまり「どこも東部化・産業化は同じ」で町は平凡極まりないという。苛立ったように、観光客とは「違いを見つけたい気持ちのあまり、概ね似ているということに気づかないのだ」と記している。当地の新聞はクレインを「当代きっての冴えた面白い書き手」と、彼の来訪時に紹介したが、そういう才気はこの記事では嫌味な印象もある。クレインはいう。「南部の人には他人でも疑わずに受け入れる鷹揚さがあり、そういう歓待の気持ちは、都会の皮肉屋にとって教訓となる」と。残念ながら、クレインには教訓とならなかったらしい。というのも、そういう気質の違いがあるのなら素直に認める鷹揚さが、都会の皮肉屋クレインのこの記事には見られないので。そもそも、町の外面的歴史・沿革を長々と語って記事の引き延ばしをした気配もある。

12.「メキシコ・シティの目抜き通り」

　1895年の春メキシコ・シティ滞在中に書かれたと思われる。生前未出版。R・W・ストールマンによって『ニューヨーク公共図書館会報 71号』(1967) に初出。メキシコ・シティの様々な様子を、どこの都市とも同じような喧騒の都市であるという観点から描いている。そもそも理髪店にも洋服屋にもレストランにも「アメリカ風」スタイルという宣伝が誇示されている。クレイン自身あまり関心が持てなかったのか、まとまりなく雑多な短いコメントで終始している。つまり天気、女性の服装や行動、建築、宮殿、闘牛士の立ち居振る舞い、司祭たちの様子などであり、たとえばメキシコの女性は美しいが視線に輝きがなく、心の問題だろうとか、闘牛士の残酷さを「一種の道徳的暗殺者」("a kind of moral assassin" ——この「暗殺者」という表現をクレインは好んで使う）と評したりしているが、今一つ説得力に欠ける。

13.「ヴィガ運河」

　クレインがメキシコ・シティに滞在した1895年4月に執筆されたと思われる。生前未発表。R・W・ストールマンによって『ニューヨーク公共図書館会報 71号』(1967) に初出。メキシコ・シティに関する印象記。市のホテルからタクシーで南東部の船着場に行き、そして船に乗ってサンタ・アニタのいわゆる水上庭園とリゾート地に向かう。人々の様子と自然の情景とをクレインはうまく絡めて描写している。遊覧ボートへの騒がしい呼び込み、ボートに乗り込むと飛ばせという客、ポポカテペトルとイスタシワトル山の頂上の景色。サンタ・アニタの酒店の前での喧噪。酔っぱらいを叱る警察官。支払いを巡るトラブル。乞食が手当たり次第にせがむ。こういう人間臭い騒然とした中にたたずむ、まるで人々を咎めるような厳粛な教会。観光客目当てに眠気をそそる音楽を奏でる音楽家。満天の星。色々なことに思いをはせる旅人。「ボートの漕ぎ手の足元にあるランタンが、漕ぎ手の影を大きく作り、同乗の客に威嚇するようにかかっている」と非常に情感に溢れた叙述が続き、創作に近くなっている。散漫なようだが、クレイン流の印象主義的筆致が冴えている。

14.「重要なのは」(仮題)

　生前未発表で、R・W・ストールマンによって『ニューヨーク公共図書館会報

71号』(1967)に初出。仮題もストールマン。このエッセイは、メキシコ・インディアンの社会的・経済的状況を主に扱っている。「メキシコの下層階級」という題で言及されることもある(『全集第8巻』[1973]はこのタイトル)。1895年春メキシコに滞在した2カ月の間か、その直後に書かれたと推定される。

　異文化の人間の心や意図を推し量るのは不可能だとクレインは認める。「最も下らない文学とは、ある国の人間が他国の人間について書いたものであった」という。また異国に対しては論理的な判断ではなく、あくまで「形や色」(つまり印象主義的)への心象しか持ちえないものだともいう。それでも驚きなのはメキシコ・インディアンの下層民が自分たちの存在を恥じていない、不満に思っていないことだ。ただひたすら受け身に生きているとクレインは見た。その点が『マギー』やニューヨークに関するエッセイなどで記したような、アメリカの都会の貧民の鬱積した不満とは好対照である。

　このメキシコ貧民を扱ったエッセイは、よく指摘される通り[6]、むしろアメリカ大都市の貧民の潜在的脅威、暴力蜂起の可能性の方に、間接的に目を向けさせる形になっている。その不穏なメッセージゆえに、生前発表されなかったのかもしれない。また一方で、メキシコ人は自足しているという印象が、結局「他者」として距離を置いた、クレインの勝手な思い込み、偏見であるという考えもあるだろう。メキシコ関係の記事では、特に彼の人種観を論ずる時、一番言及されることが多い記事と思われる。ともかく、「原住民は王として生まれつかなかったからといって不満はないようだ」とか「その道徳性は、平穏な様子と自足によって計られる」や、一転して「人間には反抗の権利がある」とか「アメリカの大金持ちの美徳(慈善)が自分(クレイン)より優れているとは限らない」など、意味はともかく挑戦的な言い回しが目立つ。

(b) 創　作

1.「ビリー・アトキンスがオマハへ行く」

　ニューヨーク・プレス紙1894年5月20日号掲載。『全集第8巻』(1973)では「旅行切符」というクレインがつけた名前で掲載。「クリスマスの晩餐を勝ち取って」と共に、1895年の初めにバチェラーの命を受けて西部旅行をする前に書いた、西部を題材とした話である。「ビリー・アトキンスがオマハへ行く」は、バ

ワリーの浮浪者が衝動的に、デンバーからネブラスカ州オマハへと貨物列車を密かに乗り継いで目指した経緯を、ユーモラスに大げさな身振りとともに巧みに語る話である。貨物列車の制動手との「お金を持っているのか？」「いや。」「なら出て行け！」の会話の繰り返しで、やっとの思いでオマハに着いても寝場所は監獄しかない。と、またすぐにデンバーへ戻ろうとする、というふざけた話である。

　面白いが、ただしジャック・ロンドンの浮浪者ものなどに比べると話に深みや精彩がない。精彩があるとすれば、主人公のビリーがいう「心が最も真っ白（無垢）な」放浪者仲間である「黒」人のブラック・ジョン・ランドルフの人物像であろう。ビリーに子供たちが石を投げつけるのを、彼は身を挺してかばい、一緒に貨物列車で放浪していく。クレインにしては、珍しく黒人の描き方が肯定的である。主人公が衝動の赴くままにということからいえば、ある意味自然主義的かもしれない。

2.「クリスマスの晩餐を勝ち取って」

　1895年1月1日のプランマーズ（配管工）・トレード・ジャーナル・ガス・スチーム・アンド・ホット・ウォーター・フィッターズ（取り付け業者）・レヴュー誌という、文芸誌ではない雑誌に掲載された。理由は主人公が配管工であったからであろう。設定はレヴェルヴィルという西部の町である。主人公トムは、文明化・東部化すれば人々が衛生状態に気を遣うようになるので、水道工事の店が必要であろうと考えた。その予想は当たって、鉄道の到来とともに町は発展してトムも有力者となる。彼は鉄道会社の社長フォートマン大佐と親しくなり、その娘ミルドレッドと恋に落ちる。が、フォートマンは今でもトムは単なる成り上がりと思っていて、娘との結婚話を怒って拒絶する。

　ところが鉄道ストが起こる。新移民の労働者が怒ってフォートマンの館を襲撃する。トムは群衆を止めて、大佐の娘と妻を救う。大佐は後悔してトムをクリスマス・ディナーに招待し、娘との結婚を認める。地方の産業化、階層化（「町は5つの階層に分かれた」）やその軋轢などは、クレインの友人であったハロルド・フレデリックの作品（ただし彼の場合は東部の田舎町における偏見）で詳述されたことであるが、ともかくクレインも、実際に西部・地方に行く前から、産業社会へと地方が変化していると気づいていたのであろう。大佐のような頑固な老経営者はやがて、この町の名前のように「レェヴェル化」（平均化）される運命に

ある。というよりは、「階層化かつ平均化」という矛盾した要素は、階層が新しく整備され、恐らく中産階級という「平均化」したものが現れるということかもしれない。クレインが、西部神話に異を唱えた最初の作品とも評される。ただし話は『戦地勤務』のようにメロドラマが過ぎる印象もある、たとえば窮地を救ったトムは、ミルドレッドと大佐の「どこに行くんだ？」という問いに「家に帰る。この家の敷居をまたぐつもりはなかった」といってみせるとか。

3.「山の声」

　1895年5月22日にバチェラー社によって配信。ネブラスカ・ステート・ジャーナル紙での題は「メキシコの物語」。とはいえ、リアルな話ではなく寓話であり、山の名がメキシコ・シティの南55マイルほどの中央部にある休火山ポポカテペトルだというに過ぎない。便宜上この項目に以下の「ロバがいかにして丘を持ち上げたか」や「月の勝利」とともに分類した。

　ポポカテペトル山は非常に空腹である。彼は小さなタカにどうやって食べ物を見つけるかを聞く。タカは、「2本の腕、2本の足、頭は1つで非常に勇敢そうな雰囲気の小さな動物（つまり人間）」を呼べばいいという。その「小動物」が現れ、山に羽をつけることに同意する。ただし自分とその仲間が、山を囲む平原に住むのが許されるなら、という条件で。山は同意し、「小動物」がその平原に住むが、約束を破って、山に羽を作ってあげなかった。「羽だって？　この馬鹿！いつまでも座って、羽が欲しいと喚いていろ。このアホ！」という「小動物」の毒づきで終わる。「サリヴァン郡スケッチ集」（ただし自然と人間の立場は逆転しているが）を思い起こさせる話である。擬人化された山と「小動物」との会話で主に成り立っている。

4.「ロバがいかにして丘を持ち上げたか」

　1895年6月6日のネブラスカ・ステート・ジャーナル紙に掲載。その後バチェラーのポケット・マガジン誌1897年6月号に掲載され、『最後の作品集』にも収められた。「山の声」や下記の「月の勝利」と同じく、この多くが会話で成り立った寓話もクレインのメキシコでの経験を反映したものといえる。

　誇り高い動物であるロバは馬に対し、自分が怪力アトラス並みの力持ちで、背中に山脈だって背負えると豪語し、本当かどうか賭けに応じる。2頭は山に出かけ、農夫たちに出会い、ロバの背中に土を掘り起こして載せるのを手伝ってもら

う。ロバは重さに耐えかね潰れそうになって、許してくれという。農夫たちは、ロバにそれなら奴隷になれという。「これからは教会や宮殿や3つの村を背負っているロバがいて、非常にゆっくり足を1本ずつ動かしているのを見かけたら、怠けていると思うな。それが彼の（約束を守るという）プライドなのだ。」

　擬人化した動物を使って、行き過ぎたプライド、自然に逆らおうとする行為をからかった寓話であり、書き出しの言葉「皆はロバを怠けものというが、それは大間違いで、彼のプライドなのだ」の、これが答えだという。とはいえ、話の中で目立つのは、シャベルで容赦なくロバに土を載せ、「ぶっ叩く」人間の残酷さかもしれない。

5.「月の勝利」

　1895年7月24日のネブラスカ・ステート・ジャーナル紙に掲載。遅れて1897年7月号のポケット・マガジン誌にも掲載。「山の声」や「ロバがいかにして丘を持ち上げたか」と同じくメキシコを題材にした寓話である。丘の上で「強い男」が妻を失い、若い哲学者に相談する。哲学者は男に妻を取り戻そうと戦うよりは、大地と空の美しさを愛でるようにと諭す。「強い男」はこの忠告を無視し、月に攻撃を仕掛ける。というのも、彼は月が自分を馬鹿にしていると信じ込まされていたからだ。月で彼は妻を発見する。ところが妻は夫のご機嫌取りを嘲笑い、一方攻撃された月は、勝ち負けといった下らないことにこだわるような、人間の考えとは一体何だろうと思う。恐らく、そういう人間の実像に気づいた「月の勝利」なのであろう。妻の夫への毒舌が凄い。「何とつまらない。あくせくして。ほんとうにあなたは並みの人ね。どうして昔、面白い人だと思ったのか。」勝ち負けなどより、風流な自然観賞が重要だといいたいのだろうか。ともかく「強い男」は妻の前では肩なしである。

6.「駆けろ、馬たち」

　1896年1月3〜4日に2部に分けて多くの新聞に配信。この物語がどれほど1895年の春にクレインが西部・メキシコ旅行で実体験したことなのかは不明である。執筆は1895年9月のようである。

　リチャードスンというアメリカ人が、案内役兼通訳のホセとメキシコの田舎で泊まる。宿の大きな部屋から騒がしい声がして起こされ、盗み目的でリチャードスンを殺そうという、メキシコ人の盗賊たちの話が聞こえる。が、悪漢たちは売

春婦が宿に来たので、この計画を一旦中止する。夜明けにリチャードソンとホセは宿屋から馬に乗って逃げ出す。一味がすぐに追ってきて、必死の逃走劇になるが、平原を警護するメキシコ軍騎兵隊の分遣隊により、何とか救われる。

クレインの作品には、「所詮、運である」といったメッセージが込められていることが多い。なるほどリチャードソンの果敢な逃走劇は、喜劇じみているが個人の意志でもある。が、結局彼が命を救われたのは、折よく売春婦が来て、また折よく騎兵隊に会ったという、運が良かったからである。

異国の地では言葉の不自由さもあって、一層知識・知覚には限界があり、それによって恐怖は増幅する。リチャードソンが悪漢たちの様子を宿の部屋から恐る恐る探る時に隔てている「ブランケット」が、そういう限界を象徴する。[7] 状況を知りえないからこそ、余計運頼みにもなるのである。

知識の限界は、偏見にもつながっている。何よりも明らかなのは、メキシコ人に対する、リチャードソン（そしてクレインも？）のステレオタイプ的発想であり、現代の読者からすれば違和感があるだろう。彼はどうも必要以上にメキシコ人に脅威を感じ、ホセ（実は彼が土壇場で助けを見つけてくれたのに）共々すべて現地人はずるいという発想を抱いている。この見方は主人公において最後まで変わらず、実情（実は悪漢どもは警備隊に媚びへつらう臆病な連中である）が分かっても、それは同じである。心理的変化が乏しいことが作品の欠点だと指摘される場合がある。[8] クレイン自身は、このストーリーの喜劇的な結末により、ステレオタイプな見方を修正しているともいえるが。いや、それ以前にたとえばリチャードソンが忍び足で逃げようとして、「拍車がシンバルみたいな派手な音を立てる」とか、馬が「甘えるように鳴き声を上げて、殺してやりたくなる」など、充分に喜劇的であったから、笑ってすませれば良いのかもしれない。

表現的には「異国情緒」ということか、クレイン流の印象主義的な色彩表現が目立つ。「西方の山は先が尖って真っ青に染まっていた。その上の空は素晴らしい緑で、日光を反射した静かな水の色に似ていた。絵でそう描いたら、非難されそうな。」またリチャードソンがメキシコ人の様子を探ろうと起き上がるが、「腰の筋肉だけを使ってぎこちなく、機械的動作はほの暗い月光の下で死体が起き上がるように見えたに違いない。月光は、あらゆるものを墓地の色合いにしてしまう」などもその例である。

7.「貨物列車での出来事」

　1896年4月12日に全国に配信された。「親分」という呼び名の冷徹な鉄道員が、クレインにはよくある「対決劇」じみた話を語る。舞台は小さな西部の町で、鉄道会社が土地の競売をしている。社長が病気になり、「親分」が貨物列車の一両に忍び込んで、積まれた荷物から社長の額を氷で冷やすための器具を取り出そうとする。しかし突然ドアが閉まり、暗闇で「親分」はもう1人の男と一緒に閉じ込められたと知る。それは有名な無法者ルーク・バーナムで、彼は敵対する者たちが自分を暗闇の貨車に閉じ込め、外に出たら一斉射撃するつもりだと思い込んでいる。銃を抜いて、「親分」に貨物車の扉を開けろと命じる。が、扉を開けると競売の赤旗が立っていた。
「奴はどこだ？」と何度も繰り返して、いるはずもない対決相手を探すバーナムの姿がおかしい。「花嫁イェロー・スカイに来る」と同じ、拍子抜けの結末であるが、落ちがある。語り手の「親分」が「バーナムは殺されなかったのだな？」と聞き手に聞かれると、「親分」は答える。(その場では殺されなかったが)「その晩酒場で殺されたとか」と…。「競売」という（東部からの）資本主義的ルール（？）と共に、無法な西部も残っている。要はその過渡期だと、クレインはいいたいのであろう。一見して「ブルー・ホテル」に良く似ているが、「親分、あの頃を覚えているか」で始まる昔話風の語りの形式は、さまざまな人物が登場して、その思いが交錯し、最後に語りで唐突（とも思える）に締めくくられる「ブルー・ホテル」ほど、凝っていない。

8.「男とその他の者たち」

　1897年2月号のセンチュリー・マガジン誌にフレデリック・レミントンのイラスト付きで掲載された。発表にあたっては、主人公が話す俗語の変更などを求められた。西部・メキシコでの経験に基づいて、1896年の春から夏にかけて「賢者たち」、「5匹のハツカネズミ」と同時期に兄エドムンドの家で執筆。ジョセフ・コンラッドによって激賞された（1897年12月1日のクレインへの手紙）。テーマは前述2作のような運命の支配ということではなく、むしろ「オープン・ボート」のように、極限状況で、いいかえれば抗し難い運命のもとで、それでも人間はどう振る舞うべきかに関わっている。

　物語はテキサス南西の人里離れた、「隣の白人の家まで馬で半日のところ」に

住む、ビルという牧場主にまつわる。彼は、元々はワイオミングの鉱山主であったが、そこから流れて東部などでさまざまな経歴——ユニオン・パシフィック鉄道の制動手・バワリーの酒場の用心棒などや犯罪も含む——を経てここに逃れてきた。この間の経緯については「運命」によって、そうなったということが強調されている。ところが、敵対するメキシコ人の一団に牧場から出るよう脅される。物語の視点は、北部から来た純真な若い「よそ者」を中心としている。彼は無邪気で、「今晩メキシコ人が襲いにくるようだ」と聞いて、この無法地帯でも、揉め事があれば保安官を呼んだらと平気でいうほどである。ところが実際その晩の夜半から明け方に、若者の目の前で、銃撃戦が起こりビルとメキシコ人の悪漢の大半があっけなく死ぬ。実際には彼も成り行きで1人殺したのであったが、あまりの事態に呆然としたまま、彼はただビルの死体を毛布で覆い、他の死体の周りを恐る恐る動き回るだけである。

　絶望的状況の中で人間がどう振る舞うかは、クレインにおいてはそれを目撃した人物がどう覚醒するかの問題に転化されることがある。最後の「人を殺すのは簡単である」という目撃者の若者の言葉に、ある意味純粋無垢さからの変貌を見る向きもあろう[9]。けれどもたとえば（同じくコンラッドが激賞した）「オープン・ボート」などでは、「覚醒」は自分の無力さ、実存的自覚につながっていた。この作品の第4章、つまり決闘直前の箇所で西部の殺風景な情景描写と絡めながら、2度「個人の悲劇など無価値」という言葉が全知の視点と思われるものによって繰り返されていた。だが、こういう厳粛な意識に「教養ある」若者が近づいた感じはしない。呆然とした段階で止まっていて、どう思ったかははっきりしていない。そもそも彼にとって出来事は「夢のよう」であった。また彼が目撃したビルの行動自体が、どうもよく分からない。クレインにとってのあるべき行動規範であったという声もあるが[10]、所詮時代遅れの西部の行動規範に従おうとしただけで、その点「花嫁イェロー・スカイに来る」に似ている面もある。あるいは追い詰められた流れ者の歪んだ一種意固地なプライドが、絶望的行動へと駆り立てたのではという印象もある。ビルの死には横暴なメキシコ人と戦ったヒロイックな面と、自暴自棄の両面がつきまとう。

　ただし、敵方のメキシコ人の描き方は問題かもしれない。最初からひたすら無理難題をなすりつける貪欲な悪漢と一面的に描かれていることには、差別的という批判もある[11]。ビルは迫り来る死という現実を直視するが、対するメキシコ人にはそういう覚悟がない。それはメキシコ人側からの視点がないからだけの話に

も思える。彼らは所詮、「その他の者たち」としてのみ扱われている。最後、逃げていくメキシコ人のセラーペ姿も「子供時代のクリスマスの飾り物のよう」と戯画化される。

　ちなみに、こういうメキシコ人の描き方でもまだ不足だというのが、セオドア・ルーズヴェルトであった。彼は西部に関する作品を書いた創作家としてもよく知られていた。実際政治家などの道を歩む前は、その方が有名であった。彼は開拓地のアメリカ人がメキシコ人に負けるというこの作品のストーリーに不満を表明した（1896年8月18日のクレインへの手紙）。強者は白人というルーズヴェルトの信念からいうと、納得できなかったであろう。一方、ジョセフ・コンラッドはこの話を激賞したが（1897年12月1日付のクレインへの手紙）、今から見ると、異論も多い。それは人種差別的発想をコンラッドが看過していることもあるが、恐らくクレインの作品の中では珍しく東部の人間と（流れ者ではあるが）西部の人間とメキシコ人との3者が登場する、そういう話の面白さに引きつけられて、その審美的欠点（話が要はメロドラマ、また長くて結論も弱い）[12]を見逃した点にあろう。

9.「花嫁イェロー・スカイに来る」

　アメリカではマックルアズ・マガジン誌、イギリスではチャップマンズ・マガジン誌の1898年2月号に掲載。執筆したのは、1897年の9月から10月にかけて、イギリスの最初の居住地レイヴンズブルックで。「ブルー・ホテル」と並んでクレインの西部ものでは論じられることの多い作品である。発表当時から評判は良かった（たとえばマンチェスター・ガーディアン紙1898年5月27日付）。ただし、「ブルー・ホテル」での「固定観念」が生む陰惨な結末とは対照的に、典型的なアンティ・クライマックスの作品、喜劇である。ただし、このアンティ・クライマックスを単に「ぎこちないもの」と見る評価も昔からある[13]。クレイン自身出来栄えには自信があったようだ（1897年10月の代理人レイノルズへの手紙）。この話で主人公のジャック・ポッターが自分の結婚について評判を気にしているのには、クレイン自身のコーラとの関係を反映しているという指摘がある[14]。またポッターとスクラッチーは「雪上の月光」で、全く違った関係で登場するが、両作品とも変わりゆく西部でのアナクロニズムという共通のテーマを持っている。

　物語は保安官ジャック・ポッターとその花嫁が故郷テキサス州のイェロー・スカイにサン・アントニオから列車で戻ってくるところから始まる。「テキサスの

平原が東に流れていく」という書き出しの一部は、逆に2人が西へ向かっていることを意味する。乗っている派手なプルマン・カーが、東部の洗練された文明が西部に侵入することを象徴する。昔の西部が急速に消えていく。「メスキートの灌木、サボテン…木造小屋…これらすべてが東へと押し流される。」田舎臭い新婚の2人（「かしこまったような」男と「不器量な」女）は列車の豪華さにとまどい、動作もぎこちなく、乗客の中にはこみあげてくる冷笑をどう抑えようかと困っている者もいる。

　ポッターは町の友人に結婚を話さなかったことで決まりが悪い。もちろん、それは彼の独りよがりで、「人々は一般の習慣に従って好むままに結婚」してきたのだが、彼は必要以上に西部の男の友情のようなものに縛られているのである。ともかく新婚夫婦はイェロー・スカイ駅のプラットフォームに降り立つ。一方スクラッチー・ウィルスンという、いかにも昔ながらの西部のならず者、その「最後の生き残り」が酔って町で暴れている。ポッターとスクラッチーは長年の因縁がある。ポッターは町の住人が結婚を知ったら祝福するに決まっているし、それが嫌で裏道から急いで戻ってくる。と、スクラッチーに出くわす。お決まりの西部劇の対決のお膳立てが成立する。が、結婚式帰りのポッターは、自分が丸腰だと告げる。「いよいよ決着を付ける時」といきがるスクラッチーは慌てる。さらにポッターが自分は結婚したというと、スクラッチーは言葉も出ない。そういう文明の「儀式」に対処の仕方が分からない。「別の世界をちらと見せられ」動揺し、礼儀という「騎士道に通じていない。」その結果、彼は「昔の大平原の無邪気な子供同然」と化す。

　そもそもよく観察すると、この対決劇そのものが元々「儀式」のようである。暴れ回っているスクラッチーも、はずみということはあるにせよ、本気で銃で狙っているのか怪しい。「怯える」酒場の中の連中にも、どことなく滑稽なところがある。せいぜい驚いたのは酒場の前で寝ていた犬だけだったようでもある。西部の代表スクラッチーの服も実は「ニューヨーク製」である。また「赤い折り返しのついたブーツ」には子供っぽさ（「冬のニュー・イングランドの山腹で子供が橇すべりで身につけるような」）も窺える。ちなみに季節は夏であるから、余計に場違いである。この作品は東部の人が抱く、保安官対ならず者というパタンの風刺といえるであろう。ポッターもストイックな保安官のイメージからかけ離れ、いささか間が抜けている。劇的な西部風対決が見られると期待した物語は、丸腰の保安官ポッターを見てスクラッチーが銃を下ろすことで拍子抜けとな

る。ポッターの頭の中には東部の象徴である「プルマン・カーの記憶」と「結婚式の華やかさすべて」がまだ残っている。所詮は荒くれの無法者と対決する心境ではない。ポッターの結婚が「新しい状況」をもたらし、スクラッチーが知っていた「無法」という逆説的「西部の秩序」は消えてしまう。最後の場面で彼が漏斗状の足跡を砂につけて去るのは、(彼のような存在は)「すぐに消える」という意味である。とはいえ、一方のポッターも、新しい時代が来ていることを、自らの結婚、それを巡る環境の変化で追認するのみである。ならず者対保安官という昔ながらの西部は、両者とも時代遅れになった。そういえば、時間の推移を表す典型的な時計を、ポッターは花嫁にプレゼントしていた。時代の変化には抵抗しようもないというのが作品のテーマであるといえよう。そしてその東部対西部という図式は、花嫁という女性原理と荒くれの男性原理と置き換えられよう。[15]

　作品は4部構成と考えられる。即ち車中、酒場、スクラッチーの乱行、対決である。またスクラッチー(Scratchy)の名前から"Old Scratch"(悪魔)を連想して、スクラッチーとのポッターの対決を善悪の対決(のパロディー)とも見ることが可能である。[16]ともかく、コミックな中にシリアスなものを絶妙に組み合わせた作品といえる。表現も巧みである。道路の真中でスクラッチーが挑発の声を喚いても、「静かなレンガの家はその身構えを崩さない」とか。あるいは、「町を相手に遊んでいる、町は彼のおもちゃ」など。所詮は「びくとも動かぬ家に対して、カッカとのぼせ上がって激怒する男の一人芝居」とも形容されている。とはいえ、東部的なものがすべて良き進歩とも見られていない。ポッターと花嫁が乗ったプルマン・カーの車掌の丁寧さは東部的洗練さの見本であるが、明らかにそれは慇懃無礼でもある。それに比べれば、素直に驚くスクラッチーの方が、正直であるのだから。

10.「5匹のハツカネズミ」

　ニューヨーク・ワールド紙1898年4月10日に掲載(ただし短縮版)。完全版は1898年4月に『オープン・ボートとその他の冒険物語』(及び『オープン・ボートとその他の物語』)に掲載。執筆は1896年の春か夏に、兄エドムンドの家で始めたと考えられ、イギリスにクレインが行ってから、この原稿を送ってくれるように頼んでいる。メキシコを舞台にした短編の1つ(他に「賢者たち」と後述するように条件つきで「その名が地に落ちた男」)。1895年のメキシコ旅行の経験が反映していると常識的には思われるが、1890年秋にクレインがラファイエッ

ト・カレッジに在学していた頃の、上級生とのいざこざ（銃をクレインが抜いて対抗しようとしたとの説もある）が、作品の由来という指摘もある。[17] 筋としては、ニューヨークのバワリーを題材した「戦われなかった決闘」が似ている。また、他者に対する無理解、そこから起こる恐怖というのは、クレインの西部・メキシコもの（たとえば、「駆けろ、馬たち」）に共通している。フォード・マドックス・フォードが1935年（サザン・レヴュー誌創刊号）に、作品中の「対決劇」における心理描写をクレイン流印象主義の独創として激賞した。もっとも彼は「3匹のハツカネズミ」とタイトルを誤解しているが。

　ニューヨーク・キッドが視点人物である。その分身「フリスコ・キッド」（サンフランシスコ・キッド）も登場する。上記3作で、ニューヨーク・キッドとフリスコ・キッドは、分身であり「いつも行動は一緒」ということになっている。アメリカ人の溜まり場である酒場、カーサ・ヴェルデでセブン・アップというさいころゲームが行われている。ここで何人かの人物、賭博師、億万長者、列車の車掌などが登場するが、それはこの後の展開に関係ない。そのさいころが「ネズミ」と呼ばれる。賭けの対象は有名なサーカスに行くお金を誰が出すかである。「運命の5匹のハツカネズミ」というおまじないの効き目もなく、ニューヨーク・キッドは負けてしまう。

　約束通り遊び仲間のベンスン（第3のキッドともいわれる）などをサーカスに連れていった帰りに、地元の乱暴な連中に出会う。肩が触れたという因縁でたちまち睨み合いになる。思わず（行きがかり上のはずみ・つまり偶然）ベンスンが相手にする形になったからだ。連中がナイフを持っていると思い、ホルスターの銃に手をかけながら、ニューヨーク・キッドは目まぐるしく色々想像する。自分の死亡のニュースに家族がどう反応するかなど…。キッドの思いは「幻燈」のように変わり、幻想と現実が交錯して「非現実的現実（"the unreal real"）」になる。この心理の描き方がいかにも印象主義的であるという評価は、前述のフォード以来、何度となくなされてきた。そこでキッドは例の「5匹のハツカネズミ」というおまじないを唱える。と、今度は突然この危機に対処できるという気持ちになる。銃を抜くと（これもかなり偶然に素早く抜けた）、メキシコ人のならず者は退却する。どうして勝ったのか、そのことをベンスンなどは色々と解説してみせるが、偶然以外に、究極の説明などない。おまじないは効く時もあれば、効かない時もある。その点で、傑作短編「ブルー・ホテル」での偶然の展開と同じである。違いは、「ブルー・ホテル」では殺人が起こった。「5匹のハツカネズミ」

では、最後の皮肉な言葉「何も起こらなかった」の通り、何も起こらなかった。ただし、メキシコ人も自分たちと同じく、恐れを知る者たちだと悟ったことを除いては…。

　物事の結果というのは偶然や、当事者のその時の行動など、複合的要素の複雑な絡まり合いで、どうにでも変わるということである。そういう意志と偶然との絡み合いがテーマといえる。ちなみに「ハツカネズミ」というさいころの隠語は、西部ものの「駆けろ、馬たち」の"One Dash"（駆けろ・賭けろ）という、さいころを投げる時の、いわゆる一か八かという意味の言葉と並んで、クレインの賭博好きを彷彿とさせる。

　ところで、敵対した「未知の、野蛮な」メキシコ人の描き方を差別的とする見方は当然あるだろう。「自分たちと同じように恐れを知る者」だと分かることは「理解」ではなく、「怒り」の種にしかキッドにとってなっていない。一方、結果の肩透かしは、西部・メキシコで白人が現地人と軽蔑しながら対決し、「勇気」を奮う的外れな行動への皮肉という見解もある。その根底には、そんな西部・メキシコとの対立の図式などないという発想がある[18]。

　ちなみにこの作品には、当時のメキシコでのさまざまな大衆娯楽・風俗が描かれている。奇術師やカトリック教会のミサ、サーカスや賭博、そして幻燈や初期の活動写真映写機などを呼び物にした劇場などである[19]。

11.「賢者たち」

　ラドゲート・マンスリー誌に1898年4月号掲載。またクレインが属していたニューヨークの文芸クラブであるランソーン・クラブの会報「ザ・ランソーン・ブック」（1898）に掲載。ただし会員向けで発行は125部のみ。1896年の春から夏にかけて、兄エドムンドの家で書いたものを、2年後イギリスから出版の手配をしたと思える。

「5匹のハツカネズミ」と設定と登場人物がほぼ共通である。副題は「メキシコにおけるアメリカ人の生活の一端」であるが、アメリカ人経営者の酒場に「朝8時に現れる時もあれば、朝4時30分までいる時もある」といった、そういう暇を弄ぶアメリカ人たちにとって、メキシコ・シティの町は、実質何の関係もない。いかに外国人が異国で好き勝手に振る舞うか、そういう「植民地的発想」を登場人物は露骨に示し、それを「賢者たち」として皮肉ったものともいえる。

　H・G・ウェルズは既述の追悼記事でこの作品を激賞した（ノース・アメリカ

5. 西部・メキシコ関係　　237

ン・レヴュー1900年8月号)。話題は再び暇潰しの賭けである。ニューヨーク・キッドとサンフランシスコ・キッドは、ポップというカフェ・コロラドの太り過ぎの老バーテンダー（ただし元短距離選手らしい）が、カーサ・ヴェルデの若くてやせたバーテンダーであるフレディーに徒競争で勝てるかという賭けで、あえてポップに賭ける。アメリカ人居留区の連中がパセオ・デラ・レフォルマに集まってくる。そこが競技の会場である。意外にもポップが勝つ。それによって、逆に賭けたベンスンが負ける。

　ある意味「若者のペース」で若さに老いが勝てなかったその裏返しであるが、要は偶然・運次第ということである。パセオ・デラ・レフォルマの歴史が書かれているが、その「威厳」や「旧世界の」名残の「伝統」など、そういうメキシコの歴史とは一切無関係に刹那的な楽しみ（「彼らの子供っぽい顔は喜びで輝いている」と揶揄される）に興ずるアメリカ人の姿が、おかしくもあり哀れでもある。対する地元のメキシコ人も「アメリカ人は変な奴らだが、金払いが良いので」利用する対象に過ぎない。そういうことは置いておき、要はクレインには珍しい純粋な喜劇として楽しめば良いのかもしれない。[20]

12.「ブルー・ホテル」

　コリアーズ・ウィークリー誌に1898年11月26日と12月3日に2部に分けて掲載された。元々は短縮版で掲載の予定であったが、偶然、完全版が掲載された。書いたのは、レイヴンズブルックで、1897年の終わりから翌年の初めにかけて。クレインの西部を舞台とした作品で、「花嫁イェロー・スカイに来る」と同様論じられることが多い。自分でも気に入っていて自信作であったことが手紙でも（1898年2月7日付）分かっている。また入念に書き直していて、たとえば登場人物ブランクのスペリングをBlankからBlancに変えて、「白」及び「虚無」というイメージを際立たせ、ホテルの「青」と精妙な対照にしている。なお、かつては実際にクレインが西部旅行で青いホテルや酒場で暴力騒ぎを目撃しており、それが物語の背景にあるともいわれたが、例の伝記作者トマス・ビアの捏造のようである。基本的には『赤い武勲章』と同じく、主人公の歪んだ知覚・幻想が巻き起こす話であるが、その展開はいわば突拍子もなく、はるかに不気味な悲喜劇になっている。アシニーアム誌とアカデミー誌（いずれも1901年3月16日付）は、そういう作品の特殊な性格を指摘しながらも、評価そのものは高かった。

　北ネブラスカのフォート・ロンパーという田舎町に、場違いに派手な青塗りの

「パレス・ホテル」がある。ある朝、ホテルの主人であるアイルランド人のパトリック・スカリーは、3人の客を確保するが、そのうちの1人であるニューヨークから来たスウェーデン人（名称なし：洋服屋）は最初からひどく落ち着かなく、甲高い笑い声で皆の注目を引く。ちなみに残りの2人はカウボーイと、東部から来た男「ブランク（白紙）」（雪の白さと照応、あるいは無関心の象徴か）である。スウェーデン人は、西部は危ないという考えに取りつかれ、周囲にパラノイア的恐れを抱いている。トランプ（ハイ・ファイブ）で時間を潰していると、突然自分はここで殺される危険があるので、すぐに出ていくといい出す。ホテルには一般に秩序感や、ストーブに象徴される温かい歓待、そして何よりもここでは外の猛吹雪からの避難所といったイメージがあるが、そういうものをスウェーデン人の恐怖感が否定する。もっとも、燃え盛るストーブの炎には、裏に隠された情念なども暗示され、物語の展開から考えると、この方が当たっているかもしれないが。ともかくスカリーはこの町は危険ではない、文明化されていると、スウェーデン人に説明する。野蛮な西部はもはや想像の中にしかないという。東部の男によれば、「奴は下らない小説を読んで、西部を危険なところ」と思い違いしているのである。このスウェーデン人には、「異国人性」もつきまとい、余計に孤立感が強調されている。

　彼はスカリーに宥めすかされ、ウィスキーを飲まされると一転、陽気かつ傲慢になる。夕食中も傍若無人で、その後再びトランプをしようと主張する。皆も一応同意する。と、いきなりスウェーデン人が、スカリーの息子ジョニーはいかさまをしていると喚きだす。この言い立ては西部ではとんでもない侮辱であった。「どんな部屋でも悲劇的様相を呈することがあるし、どんな部屋でも喜劇的になりうる」と全知のコメントが事態の急転を告げる。そして、この諍いをトランプの「太った厚化粧のキングやクィーンが、間の抜けた顔つきで」見つめている。とうとう猛吹雪の中での決闘騒ぎとなってしまう。

　カウボーイが「殺せ、ジョニー！　殺してしまえ！　殺せ！」と叫ぶのに煽られて、ジョニーは激しく戦うが負かされてしまう。この展開は、東部のヒステリックで弱そうな男（実際彼は弱音を吐いていた）が、屈強な西部の男に勝つという点で意外であり、ここからスウェーデン人は彼自身も西部風に染まったようになる。父親のスカリーは、それまでスウェーデン人を宥めていたのに、息子のジョニーがスウェーデン人に敗れると、皆と一緒に殺意を露にする。「石でぶっ叩き、棒でぶちのめしてやりたい」と。皮肉にも「危険な西部」という考えを否

5. 西部・メキシコ関係

定した人間（息子の1人は弁護士である）が、それを実証するような言動をする。そして皆が隠していた本音を剥き出しにする。

　スウェーデン人は意気揚々と猛吹雪（荒んだ人間の心理に照応するかのような、あるいは逆にあのトランプのキングやクィーンと同じく、人間の思惑など知ったことではないという自然の無関心を示すとも思える）の中、ホテルを出て行く。尊大な気分の人間は、自然の脅威の中でも自分の無価値を理解できない。しかし逆にいえば無理解だからこそ、うぬぼれて行動もできる。「人間のうぬぼれはまさに生命の原動力である。」

　スウェーデン人は酒場を見つける。まるで「下らない小説にある、危険な西部」のヒーロー気取りで調子に乗ったスウェーデン人は、そこにいた賭博師に酒に付き合えと強要する。賭博師はその職業にもかかわらず周囲からは一目置かれていて、しかも模範的な家庭人で、だから地方検事と同席していた。ところが、賭博師はあっけなくナイフでスウェーデン人、「人間の肉体という美徳と英知と権力の要塞を、メロンのように柔らかく」突き刺す。スウェーデン人はあっけなく絶命する。死体の目は、「レジの機械の上に書いてある恐ろしい文字にくぎ付けになっていた。『お買い上げの金額が表示されます。』」因果応報というのであろうか。賭博師（名前は示されない）は、いかにも身なりが良く、もの静かで、上品そうで、いってみれば東部的、中産階級的であった。だが一転その男が暴力という牙を剥く。賭博師は、仮面をかぶってはいるが、本来泥棒根性の人殺しもやりかねない、西部の典型的無法な人物であった。だが、その穏やかな外面に騙されたスウェーデン人は知る由もなかった。皮肉にも、西部で「殺される」という彼の予感は当たった。

　彼が恐怖を感じたホテルが実は平和で——だがその青色には潜在的な攻撃性が伺えるし、また単純にこの田舎町に派手な青色は、スウェーデン人の場違いさにぴったりだったとも思える——、一方彼が安心だと思った酒場が、彼が恐れた西部そのものであった。話は意外な展開に終始するが、それは人間がいかに間違い、予想外れの行動を起し、その結果運命に翻弄されているかということを意味する。人間が起こした行為なのに人間には制御できないのである。西部の暴力神話をひとたびスウェーデン人に持ち出されると、皆がそれにこだわり振り回されてしまった。ともかく西部の神話は生きていた。「ここはワイオングとは訳が違う。ネブラスカだぞ」といっていたカウボーイの言葉は（その地域的識別の怪しさも含めて）虚しくしか聞こえない。

とはいえ、一切人知の及ばないことだったのであろうか。それは疑問とされる。なぜなら後日談としてカウボーイのもとに東部の男がやってくる。東部の男は、ジョニーはいかさまを本当にやっていたのを知っていた。妄想家のスウェーデン人――ちなみに1890年代には、時にスウェーデン人は酒乱的妄想家というイメージ・偏見がアメリカであったようだ[22]――は、たまたまほんとうのことをいっていたのである。実はジョニーは賭博師と同じで、地元の農民などを餌食にしてトランプで騙していたのではないか。その点は冒頭のジョニーと農夫とのトランプが必ずいい争いになっていたので暗示されていた。もっとも少なくともスウェーデン人との間でお金は絡んでいないが…。ジョニーは不正をしたのに、それでもプライドを守ろうし、決闘騒ぎになった。それを黙認した全員が、スウェーデン人死亡の共犯だと東部の男は主張する。カウボーイは「俺は何もしなかった」というが、彼こそ決闘の時に「殺せ！」と叫んでいた。

けれども断っておけば、この言葉はクレインの解説そのものではない。東部の男の話は、何とかして一連の事件を「解釈」したいという熱意の表れによるもので、正確かどうかは決められない。また傍観という他人の罪を言い立てる東部の男自身、ジョニーがいかさまをしたという事実を知っていて、しかしその場で話さなかったのであるから、一番冷淡かもしれない。それに彼も決闘の時、皆と同じくらい熱心にジョニーを応援していた。もちろん、スウェーデン人を手にかけた賭博師こそ、直接的には責めを負う。が、東部の男がいう通り、彼はこの悲劇の一要素に過ぎないようにも見える。たまたまスウェーデン人と同席し、無礼な行為に立腹し殺してしまった。スウェーデン人がいなければ…。そもそもスウェーデン人は、偶然この酒場を見つけたのであった。そう辿ると、因果関係より偶然性に重みがあると見える。

強いていえば、スウェーデン人の死は第一に、小説内で人間を動かす要因といわれた、彼の「うぬぼれ」が原因かもしれない。彼に同情する読者はあまりいないだろう。逆に彼の死はキリストにも似て待望される印象すらある[23]。そういう敵＝世間＝読者を想定して、理解されない者として彼は立ち回っていた節もある[24]。また偶発的だという解釈を嫌って、究極の必然、つまりスウェーデン人には、そもそも「死への願望」があったという、心理分析的・パラノイア的読みもある[25]。確かに、東部の男が話すように「何だって起こりえた」のである。さらに後日談は、事情をいたずらに複雑に見せよう、神秘化しようとする余計なものという指摘すらある[26]。要は、解釈は多様であり完全ではなく、混沌としたこと

に一貫性を押しつけても空しいのだとクレインは訴えたかったのであろう。クレインの印象主義を正に実証する、「解釈は人の印象による」ということかもしれない。

なお、付け加えておけば、例の決闘騒ぎがあった後の、パトリック・スカリーの妻などの、熱くなった男たちとは一味違う感情・日常感覚が、この異常な展開の、人間の暴力性・その潜在性を浮き彫りにした作品の中に、常識・日常性感覚を辛うじて持ち込もうとしているようにも見える。また「下らない三文小説」（ダイム・ノヴェル）にスウェーデン人は影響されたとなっていたが、確かに当時このポケットサイズの10セント（ダイム）の小説本は大いに売れ、大手の出版社ビードゥル・アンド・アダムスなどは7,000以上の作品を発行した。影響されたことは大いに考えられる。ただし、西部を題材としたそういう小説では、実際には西と東の違いなどあまり強調されていないようだ。その点で、スウェーデン人が俗説に影響されたということこそ俗説かもしれない。

クレインはこの作品でもトランプを話題にしていた。彼がトランプに惹かれたのは、トランプのカードの配り方は運次第だが、しかしその配られたカードをどうするかは人の手によるということで、運と人間の介在のバランスを象徴するものであったからだろう。それは正にこの話に当てはまる。

作品は評価が高く、既に触れた通り多様な解釈がなされているが、基本的には西部というものの実情の誤解・理解という点で、「花嫁イェロー・スカイに来る」と喜劇・悲劇の表裏一体をなすものとされる。また、さらにこういう誤解・理解をクレインにおける普遍的テーマとして、初期の「サリヴァン郡スケッチ集」に遡って関連を指摘する声もある。[27] いわゆる「西部劇」の中でも虚無主義的なものの先駆との指摘もあるが、[28] 単に西部といったことに留まらず、根源的な秩序と無秩序に関する人間の洞察に関係しているといった、もっと形而上的捉え方もされている。[29] 批評の振れ幅としては、一旦展開が決まったら、それ以上人間の手の及ぼしようのないという極めて決定論的なものから、[30] どんな逆境でも人間には（いいかえれば登場人物の誰かに）行為の責任があるという考え、[31] いうなればクレイン的実存主義まである。[32] また精神分析的研究では、たとえばスカリーがクレインの父に相当し、息子のジョニーとスウェーデン人にはクレイン自身の父に従う面と反抗する面が分裂して反映しているという、古くはジョン・ベリマンの解釈もある。[33] ただし作品の欠点とあえていわれるものを取り上げたとしたなら、スウェーデン人があまりにも奇矯過ぎて、その印象が強すぎるという

ことである。また一転実利的立場に基づいたら、そもそもトランプにお金もかけていないのに、いんちきがあろうがなかろうが、どうということはない話だったのではないかとも思える。

　そういったテーマ的なことからは離れ、表現としては、クレインにおいてよくいわれる発想の突飛さ、つまり文脈との乖離、それがスウェーデン人において、ぴったりとその奇怪な発言に当てはまったともいえる。また特に猛吹雪の描写の秀逸さも特筆されるし、たとえばホテルの青色を鳥のサギに例えたことなども注目される。

　最後にクレインの全作品の中では、「オープン・ボート」などの「団結」のテーマとは裏腹の物語で、真実をいった者を村八分にするという点では「怪物」に似ていると指摘しておきたい。

13.「12時」

　ポール・モール・マガジン誌に1899年12月号掲載。執筆はこの年の8月までと推定される。町のホテルのロビーにあるカッコー時計を巡っての銃撃騒ぎという、一見理不尽な物語。しかし時計が、東部文明・機械文化を指していると考えると、「花嫁イェロー・スカイに来る」と同じく、時代の流れに逆らえない西部という話に思える。

　ある西部の町は、暴力で悪名高く、町に東部の資本が入ってこないと市民が不満をいっている。ベン・ロドゥルがそういう市民の代表で、カウボーイに銃を置かせるための市民運動を組織しようとしている。彼は一見大人しそうなカウボーイを見ても「今はまともに見えるが、半時間もしないうちに…」というが、その予言は以下の通り皮肉にも別の人物について当たるのである。

　そういう荒っぽい「カウボーイ」を象徴するジェイクが、カッコー時計の仕掛けに驚いて皆に吹聴するが馬鹿にされる。怒って皆にも実物を見ろと一緒にホテルに戻る。ところが全くの行きがかりでビッグ・ワトスンという別のカウボーイと銃撃戦になり、止めに入ったホテルの支配人プレイサーを殺してしまう。と、もう1人カウボーイも銃撃で死ぬ。

　この意味のない戦い、しかも巻き込まれた人間も死ぬという不条理な暴力と死の結末は、「ブルー・ホテル」に似ているというか、それ以上かもしれない。そもそも喧嘩のきっかけになったのは「文明の利器」であるカッコー時計（の仕掛け）で、それを信ずるか（受け入れるか）であった。乱暴さというか、子供にも

近い幼稚さの前では、「市民運動」もまだ虚しいということかもしれない。それでも最後に時計は「12時」という時を告げて、文明化への抗いようのない時間の流れを示唆する。ただしこの話では「ブルー・ホテル」に比べ、人物の性格づけの描写などが乏しい。そのため話の展開があまりにも唐突に見える。ホテル内に留まらず「混乱した町の通りでは、一瞬誰もが誰かを撃ちそうな雰囲気になった」ところまで行くというのは、単に不可解さの強調というか町のあり得ないような正体の暴露というか、不条理だから説明が実質不要といった開き直りか単に大げさに終わっている可能性がある。そこに「ブルー・ホテル」で見られた皮肉な観点がなく、単に不条理への屈服に映るとも指摘される[34]。プレイサーが殺された時、「帳簿とインクスタンドが彼の上に落ちて、血とインクの見分けがつかなくなった」などの表現も冴えているが、「ブルー・ホテル」のように、入念なコンテキストが用意されていないと、ただの陰惨な表現にも見える[35]。

14. 「雪上の月光」

　アメリカのフランク・レズリーズ・ポピュラー・マンスリー誌の1900年4月号に掲載。執筆はブリード・プレイスで1899年8月に始めたが、『ホワイロンヴィル物語』の執筆のために一旦中断し、10月に完成したようである。「花嫁イエロー・スカイに来る」の登場人物であった保安官ジャック・ポッターと、その敵方であったスクラッチー・ウィルソンがその副官になって登場する。

　テキサスの町ウォー・ポストは典型的な西部の無法地帯である。ならず者がたむろし、近隣のカウボーイが賭博で食いものにされている。この悪評のため、東部からの投資や移住が進まない。住民は町のイメージを法律の厳正な適用や秩序の遵守によって改善しようと決め、今度人殺しをした者は絞首刑だとする。この点は「町の賭博場の経営者だが穏当な教育もどこかで受けた」トム・ラーパント、つまり「町のある意味、代表である人物」も同意する。

　しかしその翌朝彼はトランプでいんちき呼ばわりした男を撃ち殺してしまう。有力な隣人である人物を絞首刑にすることになって、ウォー・ポストの住民は実行を躊躇う。ラーパント自身は平然としている。と、駅馬車がやってくる。その御者はアイク・ボストンという暗示的な名前（ボストン＝東部）である。駅馬車から「東部」の聖職者とその一家、若い美女と幼い子供が出てくる。彼らは野蛮なことの成り行きに仰天する。子供たちは恐ろしくて泣き、若い美女は気絶する。町の住民も世評を気にして、東部資本が入って来なくなると困るので、絞首

刑は中断、延期となる。これによってウォー・ポストは混乱を回避する。

　ジャック・ポッターとスクラッチー・ウィルソンが町に来てラーパントを捕まえ、法の裁きのために連行するが、誰も証言はしないであろう。それでも「花嫁イェロー・スカイに来る」と同じく、西部の東部化は避けられないというのがテーマである。そもそも縛り首用の木は、すでに商店の商品吊り下げ用クレーンとして使われていたもので代用される。街中の木は伐採され、適当なものがないのである。西部の変化は、改心したウィルソンも体現している。もっとも東部化を推し進める者たちにもいんちき臭さがあると作品は指摘している。[36]特にビリー・シンプソンという元バプティストの牧師で、今はアルコール中毒の、町の利益代表のような人物に対しては「町の連中はこの不動産投機屋みたいな輩の登場に権威を与えた」と、辛辣なコメントがある。また自分の絞首刑を淡々と論理的に認める教養あるラーパントに比べ、おどおどしたシンプソンは皮肉な対照である。

　作品には喜劇性が過ぎるところがある。また、「東部」を象徴する馬車の到来が見え透いているし、また縛り首の寸前でといった筋書きが「やりすぎ」にも見える。ともかくテーマは「変わろうと決断した西部の町が、実際には他人頼み」という皮肉にあろう。[37]

15.「その名が地に落ちた男」

『最後の作品集』(1902) に収録された。舞台は西部・メキシコではないが、登場人物の関係上ここで扱う。この作品は、「賢者たち」と「5匹のハツカネズミ」と並んでニューヨーク・キッドとその相棒であるフリスコ・キッドの3番目の物語。舞台は多分ニューヨークであり、メキシコ・シティにいる時とは違って、2人には威勢の良さがない。どちらかのキッドがもう1人のキッドについて、友だちから姿が見えないがどこに行ったと冷やかされる。別のキッドは、コーラス・ガールらしい女を追いかけていて、2人のキッドは仲を裂かれたみたいである。一方は、自分の分身がいなくて途方にくれている。女を追いかけている方のキッドも、「彼女の悩みを聞いてやり、何度も食事に連れ出して」ようやく女に「一番目の男」と認められた。その女に冷たくされると平身低頭である。女に他の男がいるとしても「ひたすら高貴」に振舞おうとする。だが実際は「時がたって、キッドは高貴でなくなり」、かくしてキッドの「名が地に落ちた」のである。

16.「ラクダ」

　生前未発表。トマス・A・ガラスンによって『スティーヴン・クレインの全短編とスケッチ集』(1963) に初出。「カンザス・シティの芸術」と同じく、アンクル・クラレンスといういかにも人のよさそうな田舎者を主人公兼ナレーターとして書かれた。クレインは、この主人公の作品をシリーズ化しようとしていたようだが、実際には2作しかない。執筆の期日は不明。

　アンクル・クラレンスがメイン州に出かける。禁酒地域に酒を持ち込むためである。彼はソーダ水3ケースと1ダースのスコッチを仕入れる。それを奇想天外にもそれぞれ2頭のラクダの胃袋に「素晴らしい技でもって」注入する。ただしこれがラクダに及ぼす影響は忘れている。「自分でも不注意だった」と認める。帰り道に立ち寄った町で、ラクダを預けて、クラレンスは新しい教会の銘石を取り付ける儀式を見にいく。と、ラクダが酔っ払って「ニヤニヤ笑いながらおぼつかない足取りで」現れ、儀式は台無しになる。牧師が木に登って逃げるが、クラレンスは無邪気にその「機敏さ」に感心する。彼は追っ払われるが、最後までとぼけている。要は、アルコールの影響を面白おかしく語った話である。教会という設定といい、クレインの両親が宗教家で熱心な禁酒運動の指導者であったこととの関連（反発？）があるかもしれない。

17.「カンザス・シティの芸術」

　R・W・ストールマンによって『短編小説研究 1号』(1964) に発表。「ラクダ」と同じく、アンクル・クラレンスを主人公にした話。水彩画を描く乳牛（「素人にしては上手で将来性もある」そうだ）に、カンザス・シティでクラレンスが「出会った」という奇想天外な設定になっている。ところが飼い主は、このため乳牛のミルクが薄くなったので（「水」彩だからか）、油彩で描くことを許そうとする。しかし、水彩で描くことを止めさせる本当の目的は、カンザス・シティでの芸術発展に大打撃を与えるためではないのか、といったこれまた突飛な推測がなされる。1895年1月にクレインが西部に行った折、ネブラスカに向かう途中のカンザス・シティで書いたとも考えられるが、正確な時期は不明。ほら話を通じて、クレインはアメリカ中部地域の芸術を風刺したのでは、という指摘もある。[38]

註

1. こういう西部神話へのクレインの皮肉な態度については、Matthew Everston, "Stephen Crane and 'Some Others': Economics, Race, and the Vision of a Failed Frontier," *Moving Stories: Migration and the American West, 1850-2000*. Ed. Scott Casper. (Reno: Nevada Humanities Council, 2000), pp. 71-98.
2. 一方この問題をクレインは深刻に考えていたとする批評家もいる。Robert G. Deamer, "Stephen Crane and the Western Myth," *Western American Literature* 7 (1972): 111-23.
3. Raymund A. Parades, "Stephen Crane and the Mexico," *Western American Literature* 6 (1971): 31-38.
4. Juan J. Alonzo, *Badmen, Bandits, and Folk Heroes: The Ambivalence of Mexican American Identity in Literature and Film* (Tucson: The University of Arizona Press, 2009), pp. 22-32.
5. この「通訳」・「翻訳」という問題から発する偏見については、Melani Budianta, "A Stained Glass Window: Stephen Crane's Cultural Translation," *American Studies International* 37(1990): 71-78.
6. Wertheim, *A Stephen Crane Encyclopedia*, pp. 1-2.
7. Holton, pp. 125-6.
8. Gibson, pp. 123-4.
9. Holton, pp. 126-27.
10. Deamer, "Stephen Crane's 'Code' and Its Western Connections," *The Importance of Place in the American Literature of Hawthorne, Thoreau, Crane, Adams, and Faulkner* (New York: Edwin Mellen, 1990), pp. 139-152.
11. Ben Merchant Vorpahl, "Murder by the Minute: Old and New in 'The Bride Comes to Yellow Sky,'" *Nineteenth-Century Fiction* 26 (1971): 210-13.
12. Stallman, *Stephen Crane: A Biography*, pp. 327-28; Gullason, "Stephen Crane's Short Stories: The True Road," *Stephen Crane's Career: Perspectives and Evaluations*, p.478.
13. Maxwell Geismar, "Stephen Crane: Halfway House," *Rebels and Ancestors: The American novel, 1890-1915: Frank Norris, Stephen Crane, Jack London, Ellen Glasgow, Theodore Dreiser* (Boston: Houghton Mifflin, 1953), p. 102.
14. Geismar, ibid.
15. Shannon Burns and James A. Levenier. "Androgyny in Stephen Crane's 'The Bride Comes to Yellow Sky,'" *Research Studies* 45 (1977): 236-43.
16. Sanford E. Marovitz, "Scratchy the Demon in 'The Bride Comes to Yellow Sky,'" *Tennessee Studies in Literature* 16 (1971): 137-40.
17. Schaefer, *A Reader's Guide to the Short Stories of Stephen Crane*, p. 144.
18. Jamie Robertson, "Stephen Crane, Eastern Outsider in the West and Mexico,"

Western American Literature 13 (1978): 243-57.
19. Bradley C. Edwards, "Stephen Crane's 'The Five White Mice' and Public Entertainments in Mexico City in 1895," *Stephen Crane Studies* 14:1 (2005): 16-27.
20. LaFrance, p. 72.
21. このホテルのモデルについては諸説がある。Ronald J. Nelson, "A Possible Source for the Palace Hotel in Stephen Crane's 'The Blue Hotel,'" *Stephen Crane Studies* 8:1 (1999): 2-12.
22. Richard D. Beards, "Stereotyping in Modern American Fiction: Some Solitary Swedish Madmen," *Moderna Sprak* 63 (1969): 329-37.
23. Bettina L. Knapp, *Stephen Crane* (New York: Ungar Publishing Company, 1987), p. 273.
24. あるいは彼は、「西部」に自己のアイデンティを実は求めていたのだという解釈もある。Todd W. Nothstein, "Performance and Perspective on a Space-Lost Bulb: The Value of Impressionism in Stephen Crane's 'the Blue Hotel,'" *EAPSU Online: A Journal of Critical and Creative Work* 5 (2008): 193-211.
25. 一方では、彼こそ真実を当初から見通していたという解釈もある。Church, "The Determined Stranger in Stephen Crane's 'The Blue Hotel,'" *Studies in Humanities* 16 (1989): 99-110.
26. J. W. Shroeder, "Stephen Crane Embattled," *University of Kansas City Review* 17 (1950): 122.
27. Gibson, xiv.
28. Frank Bergon, Introduction to *The Western Writings of Stephen Crane* (New York: New American Library, 1979), pp. 23-7.
29. たとえば Chester Wolford, *Stephen Crane: A Study of the Short Fiction* (Boston: Twayne, 1989), pp.32-33.
30. たとえば James T. Cox, "Stephen Crane as Symbolic Naturalist: An Analysis of 'The Blue Hotel,'" *Studies in Short Fiction* 1 (1964): 224-26.
31. たとえば Edwin H. Cady, *Stephen Crane* (Boston: Twayne Publishers, 1980), p. 155.
32. William Bysshe Stein, "Stephen Crane's *Homo Absurdus*," *Bucknell Review* 8 (1959): 173-74.
33. John Berryman, *Stephen Crane: A Critical Biography*. Revised ed. (New York: Farrar, Straus & Giroux, 1950), pp. 212-14.
34. Holton, p. 243.
35. Solomon, *Stephen Crane: From Parody to Realism* (Cambridge: Harvard University Press, 1966), p.276.
36. Jamie Robertson, 255.

37 Monteiro, "Stephen Crane's 'Yellow Sky' Sequel," *Arizona Quarterly* 30: (1974): 119-26.
38 Wertheim, *A Stephen Crane Encyclopedia*, p. 10.

6. ギリシャ関係

クレインは1897年初め、キューバへ戦争取材に行こうとするが、乗り込んだコモドア号の沈没により叶わなかった。ハートウッドの兄エドムンドの家やマンハッタンにしばらく滞在した後、ギリシャートルコ紛争報道に従事しないかという話が、ニューヨーク・ジャーナル紙の編集長サミュエル・S・チェンバレンからあって受諾した。ハースト系の配信ということになるが、クレインは現地からマックルア社に配信する契約もし、配信の一部を、ウェストミンスター・ガゼット紙にも売ることになる。

　3月20日にまずイギリスのリヴァプールへ旅立つ。恋人あるいはすでに事実上内妻であるコーラも記者の契約をされた。3月29日か30日にロンドンへ。4月1日パリに着き、4月3日にマルセイユ経由でクレインは船旅でギリシャに向かい、4月8日にアテネのピレウス港に到着した。コーラはイマジーン・カーターというペンネームを使った。一方彼女はレディ・スチュワートとも名乗っており、離婚係争中の夫の肩書きを使いながら、クレインと一緒にいることに、ニューヨーク・ワールド紙より派遣された記者シルヴェスタ・スコヴェルは、「ヨーロッパで唯一道徳的といわれるギリシャ人にとって、これはどう映るのか」と皮肉っている（5月19日付の妻への手紙）。

　また当時の花形記者であった、ロンドン・タイムズ紙より派遣のリチャード・ハーディング・デイヴィスは、コーラのことをクレインよりは酷く年上で退屈な女とけなしている（5月16日付の家族への手紙）。そもそもデイヴィスとクレインとは、両者ともスラムの環境に焦点を当てた創作などをしていた点でも、立場が似ていた。ただしデイヴィスはクレインとは違い、都市の醜い面を率直に描くのは避けていた。ジャーナリストとしてこのギリシャートルコ紛争に加えて、ニューヨーク・ワールド紙、ロンドン・タイムズ紙、スクリブナーズ社との契約でキューバ戦争を報道した。この時クレインと再会する。さらに後に南ア戦争および日露戦争なども報道している。生き生きとした劇的な描写が得意で、脚色とも思える手法で、戦場でのロマンティックな冒険のヒーロー、いわば現場の立会人としての自分を伝えながら報道している。[1]

　クレインとの最初の出会いは、1897年3月31日、上記のようにクレインがパリに向かう前日で、パリまでは同行し、4月28日にアテネでコーラも含めて3人は再合流した。ヴェレスティノの戦場で、戦闘の2日目の5月5日に共に取材したが、クレインは赤痢にかかって病気で1日目は戦場にいなかった。それなのにクレインは「15分だけ戦場にいて、針小棒大に話を語る」とデイヴィスはけなし

ている。

　確かにクレインの報道ぶりに批判の余地はあったかもしれない。ギリシャの砲撃隊が、眼下の平原に位置するトルコの砲兵隊を攻撃するのを、砲弾の飛び交う中、弾薬箱に座って眺め「平然と煙草を吸っていた」というクレインは、勇敢ともいえる。が、これは戦争の期間、ニューヨーク・ジャーナル紙の主幹を務め、現地取材をしたジョン・バスによる、ニューヨーク・ジャーナル紙5月23日付の「戦場で小説家クレインはかく行動する」という記事に基づく。つまりいわば同行した上司であったから割り引く必要もある。逆にシカゴ・ポスト紙5月14日付では、クレインは「わざと愚行を気取り」たかったのだとも非難された。

　そういうクレインの「冷かし半分」の気持ちが、遡って5月11日に「ヴェレスティノのクレイン」、及び「ヴェレスティノでのスティーヴン・クレイン」というタイトルでそれぞれニューヨーク・ジャーナル紙の都市版と郊外版に掲載された記事に表れているともいえよう。コンスタン・スモレンスキー大佐指揮下のギリシャ軍攻略に失敗した後、5月4日にトルコ軍はテッサリアのヴェレスティノに大攻撃を仕掛けた。先述の通り1日目を見逃したクレインは、翌日初めて本格的戦闘を目撃した興奮のためか、マスケット銃の轟音を「最高に美しい」と語り、戦争を美化する表現をしている。早速5月18日に、ニューヨーク・トリビューン紙に彼の戦争美化をパロディーにした詩が掲載（実際は地方紙からの転載）される。もっとも、記事の中でクレインは、自分の見方にこの戦場で死んだ人間は共感しないだろうとも認めているが…[2]。

　ヴェレスティノでの敗北は、不可解にもギリシャ軍にヴォロへの退却を命じたコンスタンティン皇太子の決断力不足のせいだと、クレインは考えている。スモレンスキーは皇太子の無能ぶりに激怒したが、命令に従い軍を退かせた。「臆病の青い勲章」はヴォロでのギリシャ軍の退却を伝えている。クレインは人々と共に5月10日に今度はヴォロからカルキス（ハルキダ）へ逃げた。一旦アテネに戻ってから再び17日にドモコへ。18日に再度のコンスタンティン皇太子の撤退命令で混乱する様子を伝えながら、ドモコでの負傷者を満載した病院船でアテネに戻った。

　5月20日の休戦協定後、同月最終週にギリシャを発って、クレインとコーラは恐らく一緒にマルセイユ、パリ（2週間ほど滞在）経由でイギリスへ戻った。なお2人はアドニー・トルミーとコンスタンティン・トルミーという戦争難民のギリシャ人の双子をイギリスに連れ帰り、しばらくレイヴンズブルックで執事とし

て働かせている。付け加えれば戦地で拾った犬も一緒に。

　なお、コーラ・クレインの記事にはギリシャものが多いので、便宜上この項でまとめて扱う。

(a) 記事・エッセイ

1.「スティーヴン・クレインによると、ギリシャ人は止めようがない」

　1897年4月29日配信。翌日にニューヨーク・ジャーナル紙では一面を飾った記事。4月17日にトルコはギリシャに対し宣戦布告した。アテネで目撃した、人々が街頭、王宮の前、いやあらゆる公共の場所に出て興奮している様子を描いている。店に行くと、男の子しかいない。「店主は？」とクレインが聞くと、「すでに志願した」とのことであった。滞在したホテルでも従業員不足になっている。クレインは「アテネではほとんど誰もが武器を持ってトルコと戦おうとしている」と書いた。しかし「トルコの首都まですぐ奪取できると思って、戦争を仕掛けようとしていると考えたら大間違いだ。この国民ほど勝ち目がどれほどあるかを見通している者もいない」ともいう。この日のニューヨーク・ジャーナル紙はギリシャ―トルコ紛争の記事で埋めつくされた。イマジーン・カーター（つまりコーラ・クレイン）、ジョン・バス、ジュリアン・ラルフ、ジュリアス・チェンバースの記事も掲載されている。

2.「『コンサート』の印象」

　ウェストミンスター・ガゼット紙に1897年5月3日掲載のかなり長い記事。「フランスの汽船グアディアナ船上より」とされている。クレインは4月3日にマルセイユを発ってアテネのピレウス港へ「退屈な」航海をしていた。と、4日目の7日に船は行き先を変え、クレタ島のスーダ湾に向かった。「コンサート」とは、19世紀にイギリス・フランス・ドイツ・オーストリア・ロシア（時にイタリアも）が「ヨーロッパ協調（"Concert"）」の理念に基づいて、平和の模索と戦争の回避を目的に繰り広げた外交政策である。それに基づいてヨーロッパ共同艦隊（「コンサート」：この時はイギリス・フランス・イタリアが中心）が3月21日よりクレタ島の諸港を封鎖して、同島のギリシャ人とトルコ人との対立、およびギリシャ軍に無言の圧力をかけていた。そこに郵便を届けるためグアディアナ号は

向かったのである。遠景から近づくにつれて次第に景観が変わるさまを、印象主義的筆致で色彩豊かに描いている。クレインは実際の景色は、「風船の高みから見たような、いつもの新聞の挿絵画などとは全然違う」という。スーダ湾に同船は3時間滞在した。封鎖の任務にあたっているイギリス艦船などや、行き来するボートが郵便を取りに来る様子、その時に見られるお国柄の違いなどをクレインは伝えている。

3.「ヴェレスティノのクレイン」

　ニューヨーク・ジャーナル紙の都市版1897年5月11日に掲載。少しタイトルが異なる「ヴェレスティノのスティーヴン・クレイン」が郊外版で同日掲載。表現はやや異なる部分があるが、基本的に内容は同じである。トルコ軍はスモレンスキー大佐指揮下のギリシャ軍を3度攻撃したが攻略できなかった。そこで5月4日にトルコ軍はテッサリアのヴェレスティノに大攻撃を仕掛けた。クレインは赤痢にかかり、最初の攻撃を見なかった。翌5日ヴェレスティノに入り初めて本格的戦闘を目撃した。以下の文はクレインの高揚ぶりを示すものとしてよく引用される。
「マスケット銃の轟音は凄かった。美しい音だ。想像もしなかった美しい音だ。というのも、そこには人間の不可解な悲劇があるから。経験した中で最高に美しい、共感をかきたてる音だ。命中する音はこの上ない。」この戦争を美化するような表現には反発もあるだろう。そもそもこの記事の書き出しから「ヴェレスティノは最大の激戦地として記憶に残るだろう」と興奮気味であった。また一転して突き放したように「遠くから見るとゲームみたいで、血も恐怖の表情も見えない。単にちっぽけな悲劇の動きでしかない」とか。
　既述の通り、記者仲間のリチャード・ハーディング・デイヴィスはこの時のクレインを短時間しか戦場にいないのに、一言でいえば大言壮語だと非難している。とはいえクレイン自身そのことを感じていた。この戦場で死んだ人間は自分の高揚感に共感しないだろうと認めている。「(銃声は)ナイアガラ瀑布や雷鳴、大雪崩より凄い…。だが、これは1つの見方だ。この地で死んだ人間には別の見方もあっただろう」と。さらに、そういう自分の高揚感とは裏腹に、兵士たちがどんな騒音にも慣れていて、普通の会話を交わしていることにも気づいている。そしてまた、トルコ軍の軍事顧問団を務めるドイツ人について、クレインは次のように非難している。「ドイツ文化の必然的結末だ。まず兵士であれと教える。

だから単なる兵士となって、人間にならない」と。ヴェレスティノでの敗北は、不可解にも退却命令によりギリシャ軍を見捨てたコンスタンティン皇太子の「臆病」によるとクレインは考えた。スモレンスキーはまた（近郊の）「ヴォロも見捨てることになる」と皇太子に激怒したが、命令に従い軍を退かせ、戦争が終結していった。スモレンスキーは泣いていたという。

4.「臆病の青い勲章」

　1897年5月11日に配信。ニューヨーク・ジャーナル紙などに翌日掲載。いうまでもなくクレインは自作『赤い武勲章』を裏返しにしている。トルコ軍の攻撃を退けていたギリシャ軍に、コンスタンティン皇太子が撤兵命令を出した。軍は「怒り、不機嫌で、興奮している。どんな軍隊でもそうだろう。」その落胆して撤退する軍の模様を、ヴェレスティノから約11マイルのヴォロ港について書いた記事。難民の混乱でリゾート地のヴォロは修羅場となった。「食料もない。アメリカ人なら慈善活動などを考えるだろう。だがもう遅い。」そういう状況を同情の目で見ている。その裏返しの怒りが、難民救助に携わらないイギリス赤十字の船に向けられ、クレインは思わず口汚く罵っている。

5.「イェールの男が逮捕される」

　1897年5月13日に配信。ニューヨーク・ジャーナル紙などに翌日掲載。ジョージ・モンゴメリーという1892年イェール大学出身で、ロンドン・スタンダード紙の新聞記者がギリシャで逮捕された事件を巡っての事実関係を報じた短信。モンゴメリーとオーストリアの新聞記者が前線をさまよっていた。クレインによると、モンゴメリーはトルコ帽をかぶりトルコ人を従えていた。それでギリシャ人はこの2人をスパイと疑ったが後に釈放した。

6.「ギリシャ紛争の従軍記者」

　配信日付は不明であるが、1897年5月16日にピッツバーグ・リーダー紙などに掲載。クレインは英米の新聞記者（総勢131人：ただしクレインによれば）の尊大で傲慢な様子をからかっている。まず「国際紛争には利点もあり、それは従軍記者を生むことだ」と皮肉をいう。だが、問題なのは軍の動きを邪魔している点である。「パルテノン神殿は小さい、ニューヨークのアメリカ・トラクト協会の建物より」と、遅れて来たのにいってのけるアメリカ人記者などを紹介してい

るが、自己風刺の面もあるかもしれない。というのもクレイン自身が「アテネはそれほどでもなく遺跡ばかり」と、馬鹿にしたような手紙を残しているので（兄ウィリアム宛4月10日）。この記事のポイントは恐らく、「イギリスの特派員は気難しいが、（内心）自分の知性に揺るぎない自信がある」のに対して、アメリカの特派員は「自分だけが（状況を分かっている）」とすぐにいいたがるという、気質の違いであろう。逆にいえばギリシャのことはどうでもいいのかもしれない。

7.「スティーヴン・クレインが戦争の恐怖を語る」

1897年5月22日に配信。ニューヨーク・ジャーナル紙などに翌日掲載。書き出しが「ドモコからの負傷兵を移乗している」と、報道者ではなく当事者のスタイルで描いている。5月18日にクレインとコーラはギリシャ軍の撤退に伴い、負傷兵の選別などを手助けし、同日その後ドモコで乗せた負傷者を満載した、カルキスからアテネに向かう病院船に同乗している。この記事は5月22日にパリに戻る船上で書かれた。負傷兵や民間人の悲惨さを強調し、「名誉や英雄的な死、および勝利よりも、こういったことの方が重要だ」と結論をしている。特にクレインの目は、兵士や負傷兵の落ち着いた、無感動ともいえる姿に向けられている。この記事は、各紙で掲載された時に、記者仲間のジュリアン・ラルフの記事と並んでいたことが多く、後者が一般的な政治的・軍事的状況の分析になっているのとは対照的である。クレインによれば乗り遅れた者もいた。「兵士が1人やってきて、通訳に何か話した。通訳は駄目だと首を振った。兵士は何もいわず振り向いて去った。」こういう、「個人」への目がある。

8.「テルモピレーで待機するギリシャ軍」

1897年5月22日に配信。ニューヨーク・ジャーナル紙などに24日掲載。クレインはヴェレスティノからの撤退を手始めに、テルモピレーからもギリシャ軍は撤退するのではと書き出す。「勝っているのに退却の命令」ばかりを軍は受けている。兵士の士気は高く「再戦も辞さず」の心意気だが、コンスタンティン皇太子の一貫しない方針に将校たちは嫌気がさし、肩をすくめて「休戦の方がまし」という。「ゲームのルールに従って戦争が進むのなら」、当地は防御を構えるのに好適であっただろうとクレインは語る。もっともこの記事はタイムリーではなかった。すでにギリシャ軍は5月17日に当地を撤退、5月20日に休戦協定が結ば

れていた。恐らく配信遅れではないか。「自分はギリシャ軍完全勝利の記事を書きたい」といっているが…。またギリシャ精鋭部隊について、「進軍は最初、撤退は最後」と賞賛している。

9.「戦場の犬」

　ニューヨーク・ジャーナル紙に1897年5月30日掲載。ヴェレスティノの戦場でクレインが拾った子犬（名前は「ヴェレスティノ」）の話。銃声が響き砲弾が炸裂する中で、クレインは子犬を捕まえ、新聞社の犬と命名した。戦争のことなど構わず無邪気に遊ぶ様子をユーモラスに書いている。撤退にあたりヴォロで一度盗まれたが、再びクレインはカルキスで見つけ出す。通訳を通じて、「これは僕の犬だ」というと、盗んだ農民が「馬鹿な、犬なんていくらでもいるだろう」と答える。すかさずクレインは「そんなことはない」と返し、「これはそもそも新聞社所属だ」と主張するところなどがおかしい。クレインの犬好きは広く知られていて、この記事でも犬の容貌や仕種を細かく書いているし、他にもいくつかのエッセイや短編がある。8月1日にこの犬はレイヴンズブルックで亡くなり、彼はひどく悲しんだ。

10.「ヴェレスティノ断章」

　ウェストミンスター・ガゼット紙に1897年6月3、4、8日に3部に渡って掲載の長い記事。ヴェレスティノの戦いに関する最も詳細で、報道記事というよりは叙述的エッセイに近い。「ギリシャートルコ両軍に同行して」という連載として発表。

　クレインが初めて戦争を体験したことによる、砲声を美しく感じるといった、ある種の高揚感が否定されているわけではない。またこういう感慨を冷ややかに打ち消す、たとえば自然の静謐さが殊更強調されているわけではない。総じてただ淡々と出来事がエッセイ風に書き連ねられ、それによって戦争の無意味さ、不条理さが次第に伝わるようにされている。そしてどう気を紛らわせようとしても「時が来れば、心配事が押し寄せる。（その前に）無駄話でもして、くつろいでタバコの回し吸い」をしている兵士の様子を描いている。

　書き出しは単に「好天で空は真っ青だ」で始まる。ヴェレスティノからの帰途に見た兵士は「ゆっくりと辛抱強く歩いている。顎に大きな白い包帯をし、祖母が孫の歯痛を治す時にするように、頭のところで大きく結わえている。」兵士が

祈る道端の礼拝堂が、いきなり砲弾の炸裂で破壊される。隊長は、死体の間でそれでもなお殺戮に忙しい。胸を撃たれた兵隊の顔に品位はない。隊長の命令を取り違えて、部下が双眼鏡の代わりにワインの瓶を持ち帰ってくる。こういう事実に語らせる手法は、キューバ戦争での「戦争の思い出」で一層発展していく。正にヴェレスティノの状況からの「断章」である。だからまとまりを欠いて無駄に長いという印象もあるかもしれない。

11.「『兵士6人』との話」

　ウェストミンスター・ガゼット紙に1897年6月14〜15日に連載。いかにもクレインらしく、多くの人が国王、皇太子、スモレンスキー大佐にギリシャの敗因を聞いているので、それなら一般兵士の意見を聞くのも「公平ではないか」といっている。長い記事であるがかなりの部分が会話のやりとりで成立している。兵士の意見によると、ヴェレスティノからの撤退は早すぎたそうである。「もっと戦いたいか」と聞くと、「もちろん」と返ってくる。「みんな兵士はそうなのか」と聞くと、「そう思う」と。「行進は疲れるが戦闘そのものは何ともない」とも。1人は、軍のスモレンスキー大佐は立派だが、王族は「臆病で、ギリシャ人ではなく外人だ」だといってのけた。最後に「国王に軍は復讐するのでは」という兵士もいた。王族はヴィクトリア女王の縁戚（孫娘とコンスタンティン皇子は1889年に結婚していた）にもあたり、困惑した掲載紙は、負けた兵士は常に最高指揮官を非難するものという注釈をつけた。なお、クレインは病院の様子も取材しているが、担架に乗せられた人々が順番を待っている様子を、ニューヨークの劇場で客を待つ馬車の列にたとえているのが面白い。

12.「白い帽子の男」

　ウェストミンスター・ガゼット紙に1897年6月18日掲載。この記事は遡って4月下旬、アテネの憲法広場の王宮の前に集結した群集について書いている。彼らはある男が近くのカフェで演説するのを待っている。と、反抗を示す白い帽子を被った男が現れ、群衆は熱狂する。その演説は歓声で聞き取れないほどである。国王にギリシャの名誉のためにトルコに強硬策をとると訴えようとする。が、男は呆気なく追い返される。警護部隊の1人が、群集に向かって投石して騒ぎになる。ところで、この「白い帽子」の男は有名な雑誌の編集者兼代議士とされているが、詳細は不明である。ともかく「威厳をもって国王に面会を求めた」男は、追

い返されても群衆から歓呼で迎えられる。そして男は時折「白い帽子」を掲げて応えていた、で締めくくられる。あくまで焦点は帽子にあてられている。

13.「ギリシャ人の気概」(仮題)

1897年4月17日、つまりギリシャがトルコに宣戦布告した日の日付が残っている。短い原稿であるが、恐らく未発表。R・W・ストールマンとE・R・ハーゲマンの『スティーヴン・クレインの戦争報道集』(1964)に初めて掲載。仮題は2人による。この不安定な情勢の中でも変わらぬものがある。それはギリシャ人の気概であると書き出し、アテネの憲法広場の王宮前で戦争賛成を叫ぶ群集の高揚する様を描いている。クレインは、多くのギリシャ人が、トルコに対するクレタ人の反抗を支援しようと決意し、ヨーロッパ列強(「コンサート」)の圧力は不当だと感じているという。端的に一言「ギリシャ人の意志は戦争である。」そしてまた「皆が兵士として戦う気持ちになっている」と。

14.「東方問題」

生前未発表。原稿にはコーラの筆跡が一部見られるので、彼女が口述筆記を手伝うようになった、イギリスに在住後書かれたと思える。R・W・ストールマンとE・R・ハーゲマンの『スティーヴン・クレインの戦争報道集』(1964)に初めて掲載。「ヨーロッパの病人」といわれたトルコはギリシャに戦争で勝っただけでなく、虚偽や引き延ばしを織り交ぜた手練手管の外交を通じて、ヨーロッパの大国をも出し抜いたのである。外交とは欧米列強がいうような高尚なものではないとの証拠でもある。彼らは仲間争いをしているが、その中で微笑んでいるのはトルコである。「東方の暗闇から赤いトルコ帽をかぶった小さな男が立ち上がり、帽子を取ってそれで世界を拭いて回る」かもしれない。トルコを侮るなというメッセージである。

15.「スモレンスキーの肖像」

生前未発表。『全集第9巻』(1971)に初出。クレインはギリシャ軍の司令官スモレンスキー大佐を、3日間ヴェレスティノでトルコ軍の猛攻に耐え、ヴォロを守ろうとし、撤退命令を出される前に敵に多大な損出を与えたのだから、文句なしの英雄だという。また皇太子の撤退命令にさぞ彼は悔しかっただろうともいう。とはいえ、人々は皇太子に責任を負わせていたが、彼のみが悪いわけではな

いとも気づき始めている。その他、クレインは山岳地帯に習熟したギリシャ精鋭歩兵部隊を賞賛している。

16.「トルコ軍」

生前未発表で未完。原稿にはクレインとコーラの筆跡が見られる、両者がどの程度分担したのかは判然としない。『全集第9巻』（1971）に初出。トルコは長い間欧州のパワー・バランスでは問題外とされてきたし、「ヨーロッパの病人」と自認していた。それなのに、手練手管の外交のみならず、戦争でもギリシャに勝った。その意外性について書いている。トルコ軍の砲兵術は近代的ともいえず不正確で、また捕虜の兵士を見るとアメリカの浮浪者も好まないような酷い服を着ているのに、ともかく強いという。

(b) 創 作

1.「死と子供」

2部に分かれてイギリスではブラック・アンド・ホワイト誌に、「死」に冠詞がついて（"The Death"）1898年3月5日と12日に、また当時発行部数を誇った、ニューヨークのハーパーズ・ウィークリー誌に1898年3月19日と26日に掲載。執筆したのはクレインがレイヴンズブルックの館にいた1897年後半と思われる。戦争を実体験したクレインが、初めて創作に生かした作品である。「ヴェレスティノ断章」の創作版とも見なせる。クレインはギリシャートルコ紛争で初めて戦争の実情を見たが、当初はやや無邪気に興奮していた。それは従来思い描いていた戦争のイメージと、実際の戦争に違いがないことを発見しての喜びのようでもあったが、もちろんこれは、自分の「思い込み」に現実を合わせた可能性もあるであろう。

実際、この「死と子供」は、そういう「思い込み」が裏切られていく経過を告白するような内容といえる。主人公のペザは、当初自分の目撃したものを絵画と重ね合わせて見ている。が、現実に圧倒されて、そういう先読みが一切出来なくなり、自己崩壊をきたす[3]。

ペザは若いイタリア人ジャーナリストであるが、ギリシャ人の血を引いている。彼は特派員としてテッサリアにやって来た。作品の最初は、全知的視点であ

り、そこから主人公の視点に移っていくに従い、当然ながら話が主観的になる。代わって、後述する子供の視点が全知の役目を果たしているともいえる。[4]農民の一団が山道を降りて逃げていく。彼らは「非常な恐怖」に襲われ、そのせいか、いやそれにも拘らず、逃げる表情には「無感情」さえ窺える。一方では風光明媚な自然が広がり、「海や空や丘の壮大さは、こういった人間の窮状を何とも思っていない。」人々の混乱を見て、ペザは自分も兵士として戦おうと思う。ここで彼はジャーナリストとしての客観的な立場を捨てる。「熱狂にかられ、状況に突き動かされて」いる彼には「悲劇役者」という形容が与えられ、ほんとうに現実が分かっているのかという疑念がつきまとう。ギリシャ軍の砲兵隊の中尉が、「奇妙な微笑みを浮かべて」冷静にペザに対し、「自分たちが戦う場合には加えてやるが、そうでなければ他のことを」と答える。一方戦闘を「悲しみのカーニヴァル」と感じているペザはますます興奮し、その熱狂の言葉はどんどん大げさになっていく。とはいえ、塹壕の兵士が「くつろいでいる」のを見て、ペザは何か場違いだとも思う。彼らは「おかしくもあるが、また畏怖」も感じる存在である。少なくとも彼らの態度の理解の仕方を、「大学では教えてくれなかった。」

と、一旦場面が変わり、両親に置き去りにされた1人の子供が、頂上から峡谷の戦闘を無感動に見ている。棒遊びに夢中で、すっかり気を取られている。子供にとっては、遊びは「遠くの軍隊より大きい。」ここにも戦争に興奮するペザとは違う視点がある。そしてまた当のペザに戻る。彼は前線に近づくと、負傷者たちに会う。だが彼はすぐに「同情の量には限度がある」と感じ始める。凄惨な場面に対する感動と無感動がペザの心を交互に襲い始めるが、取りあえずは、あの「微笑んだ」中尉の態度を侮辱と思い出し、戦意に燃え立つ。

ペザの心の中では、戦場で平静な兵士を見ると、自分を卑下すると同時に彼らを「引っ掻き回したい」気持ちとが交錯する。そして将校たちが自分の「高揚した宣言」に無感動なのに再び腹を立てる。彼は突き進むが、顎を半分撃ち抜かれた、胸まで血だらけの負傷兵に会う。それは「幽霊」のようだ。彼は思わずその場を逃げる。と作戦中の前線にぶつかる。彼の興奮した質問に答えてくれない。彼は再び1人で移動し、射撃部隊の塹壕に出くわす。

歩兵隊の隊長が、毛布で覆われた死体の塊を指し示し、死体の1つから弾薬帯をはぎ取ってペザにライフルを与える。それはまるでペザが与えたタバコと交換のようであった。弾薬帯は「死体が巻きついたみたいに」感じられる。ペザと負傷者、死者との感情的距離がなくなっていく。死体の剥き出しの顔に引き寄せら

れる。「そのまだ生きた目が」彼を見ている。そして「死者によって地下の秘密の部屋にゆっくり、しかし着実に導かれる」気がする。彼は思わず走り出す。恐怖というより、恐怖の幻影から逃げているようである。一方では鈍感そうな農夫が黙々と戦っている。そして「パンを口にしていた兵士はその逃げ方を皮肉に評していた。」

物語の最後では、山で遊んでいてようやく周囲の異常に気づき始めた子供が、疲労困憊したペザに出会い、その顔を覗き込んで尋ねる。「ねえ、男(人間)なの?」そういわれて、ペザは全く状況を見失う。「ただ水から揚がった魚があえぐに似て」、そして「自分の苦悩は葉っぱに書けるくらいのものだ」と。

この最後の不可解な表現は(もちろん不自然とも批判されよう[5])、従来色々な解釈を生んできた。ただし自己の卑小化(「魚」や「葉っぱ」と等価と思う)という点と合わせて、様々な「解釈」の根底に共通すると思えるのは、ペザが状況を的外れな表現でしか捉えられない、そういう心理の強調だということである。考えてみれば主人公には一貫して状況把握が的外れなところがあった。そしてまたそういう彼に、上官から兵士たち、いや逃げる農民まで誰も構わなかった。実質上彼は誰とも交流していない。ギリシャ兵はこの悲惨な状況の中でも黙々と、ペザのように興奮せず、ストイックに戦っていた。それは敵も同じであろう。そういうペザと兵士の「ずれ」を、子供が結末で(それでも)「人間なの」と象徴的に問い質したのだともいわれる。H・G・ウェルズのように、この子供を自然の子供というのではなくケルビム(つまり知恵を司る天使)のようなものと見る向きもある(ノース・アメリカン・レヴュー誌1900年8月号)。確かに子供について、「恐れを知らぬケルビムに似た表情」という形容が作品内にある。もっとも、こういう子供の存在は不自然だともいわれる[6]。

しかし別の考え方も可能であろう。兵士たちのようにある意味状況に無感動になることが戦争の極意であるのかもしれない。子供もようやく親がいないことに気づき始めたとはいえ、そういう事情とは一見無関係な最後の問いかけは、それこそ無邪気・無感情にも思える。そして子供に対するペザの混乱した思い・表現は、やはり妄想状態に近い。それが、いわば一種無感動になる一歩手前のようでもある。2人の反応は、いや悲惨な戦争で妙に冷徹な兵士たちも含めて、状況から逸脱している点で共通しているともいえる。無感情の究極が死であろう。ペザは撃たれて死んだのだという解釈もされている[7]。また反対にペザが茫然自失から一歩踏み出して無我の境地に至るのなら、彼にとっては新たな意識の覚醒であ

6. ギリシャ関係　263

り、兵士にも似たストイックさを会得し、彼らに共感したともいえる。こうして人間として再生したのだという解釈もされている。[8]

あるいは、ペザの言葉も子供の問いかけも何らの比喩ではなく、単に意味の不可解さ、非決定性をいうものともいわれる[9]。さらに発展して次のようにもいえるのではないか。そもそもクレインにおいては、文脈とは関係のない一見奇抜な表現（隠喩・直喩）で押していくことがあった[10]。そういう技法によるここでの2人のやりとりは、文字通り気持ちや一切の表現不能性を表すことになったものだと。この究極がキューバ戦争に関するエッセイ「戦争の思い出」の「何も自分は伝えていない」という感慨にまで進んでいくのではないか。また、「スピッツベルゲン物語」の1つである「仰向けの顔」で、兵士たちが冷静さを保てないためにどこかちぐはぐな言葉遣いや場違いな行動をする、その悲喜劇性とも関連があるようにも見える。

少なくとも「死と子供」のペザには、『赤い武勲章』のヘンリーのような自己満足はもたらされなかった。クレインの戦争体験は彼自身の言葉とは裏腹に、戦争において成長や成熟を肯定する。あるいはそれを皮肉に見るという二者択一そのものを疑わしくしてしまったようである。まして当初ペザが感じていた愛国心などは吹き飛んでしまう。『赤い武勲章』のヘンリーは、戦争体験によって疑わしくはあれ仲間との一体意識を持つことになった。ところがこの作品のペザは、この時点では孤立を深めただけである。クレインはこれ以降の戦争関連の創作・記事で、一方ではストイックな兵士に不完全であれ理想を見ながら、他方その心境まで至らない、また本当にそういう心境があるのかという問題を追求していく。

2.『戦地勤務』

すでに名前が売れていたクレインのこの作品は、マックルア社を通じて、多くの新聞に1899年8月から10月まで連載された。単行本としてはニューヨークのフレデリック・A・ストークス社とロンドンのウィリアム・ハイネマン社より10月に刊行。舞台はニューヨークとその郊外、および大部分がギリシャである。一応ギリシャ―トルコ紛争が時代背景になっているが、戦争という深刻な状況は一部の背景に留まっている。実際には風刺を織り交ぜたセンチメンタルな風習喜劇である。クレインはキューバ戦争に行くためにイギリスを出発する前から『戦地勤務』の草案を書いていたが、1899年1月にキューバよりアメリカ経由でイギリ

スに帰還するまで、恐らく本格的に執筆していない。5月中旬に完成した。しかし自分でも駄作と認めていた。なお作品のアメリカ初版の献呈は、1897年4月にクレイン「夫妻」が会い、親しくなった当時のギリシャ特命全権大使エベン・アレクサンダーになされている。本人も作品中トマス・M・ゴードナーとして登場している。コーラはアレクサンダーと知り合ったことで、ギリシャでそれなりの待遇で扱われた。

　作品への評価は基本的に『第三のスミレ』に似ていた。ブックマン1900年1月号のように好意的なものもあった。保守的な雑誌などは、クレインが新たな方向、成熟へと向かう兆しと歓迎もしたが、やはりH・G・ウェルズが『第三のスミレ』と同様、恋愛ロマンスとは「クレインの手に及ぶ」題材ではないと評したのが、最も的を射ているだろう（ノース・アメリカン・レヴュー誌1900年8月号）。なお、アメリカでは『戦地勤務』を、報道記者であるクレインによる取材集と勘違いされないように、『戦地勤務：小説』として出版された。

　大学教授のハリスン・B・ウェインライトは、娘のマージョリーに、突然ルーファス・コールマンと結婚したいと告げられ、激怒する。コールマンはニューヨーク・エクリプス紙の日曜版の編集者である。彼は元教え子だが、教授によると酔っぱらいの賭博狂（クレイン自身の一部世間でのイメージか）なのであった。かつ彼の働く新聞社はイェロー・ジャーナリズム、つまりセンセーショナルな記事、たとえば奇形児に関する挿絵付き記事などを売り物にする三流新聞社である。これはクレインを雇ったことのあるジョセフ・ピューリッツァーのニューヨーク・ワールド紙と、ウィリアム・ランドルフ・ハーストのニューヨーク・ジャーナル紙のパロディーであろう。

　教授はコールマンとの仲を引き裂くために、娘を学生とのギリシャへの古代研修に同行させる。マージョリーは典型的なお嬢様で父に逆らえず、コールマンに別れを告げる。彼の方も、素直に自分の気持ちを打ち明けるには、プライドが邪魔する。かくして風習喜劇風に、お互いに相手は自分のことを好きではないと思い込む。

　コールマンは休暇を兼ねてギリシャで戦争取材をしたいと雇い主に申し出る。願いは受け入れられ、彼は大西洋を船で渡るが、船上で、ノーラ・ブラックというかつての恋人でコミック・オペラのスターと遭遇する。ノーラは自立心の強い官能的な女性で、マージョリーとは対照的であるが、今もコールマンを愛している。恐らくクレインの実人生でのコーラ・クレインや「エイミー・レズリー」な

どの投影があると思われる。ただしマージョリーよりは「生きた」人間として描かれている。コールマンはイギリス経由でアテネに行く。そこで彼はトマス・M・ゴードナー公使に会う。ウェインライト教授一行の所在を尋ねると、戦争に巻き込まれ、トルコ軍の前線部隊に行く手を遮られて立ち往生していると聞く。戦闘も迫っている。コールマンは救いに行こうとたちまち決心する。折り良く（ご都合主義の展開で？）雇い主からも行方不明のウェインライト一行を取材しろと命令される。アメリカで大騒ぎの話題だというのである。

現地に赴く途中、戦争の不吉な現場を目にする。この場面は、戦争の深刻さ、リアリティを作品中で比較的よく伝えている。それは兵士たちがトルコ人の死体を埋葬する場面であった。藪の中から足元にヘビが出てくる。と、兵士がヘビの頭を踏みつける。そのヘビは苦しみ悶えて死んだ。コールマンにとっては、この残虐な出来事が、マージョリーの行方に一層不安をかきたてる。

ギリシャ軍と合流したり、また単独で行動したりしながら、結局コールマンはトルコ軍の反撃の噂を聞いて、退却してきたギリシャの砲撃部隊と、最終的に合流する。と、彼と通訳は背後からも迫られ、敵の挟み撃ちにあったと思う。一瞬観念するが、実はウェインライト教授の一行であった。コールマンが救助に来たと知り、見る間に教授の彼を見る目は変わっていく。もっとも、マージョリーは奇妙にも冷淡であった。途中で（またあり得ない偶然であるが）、ノーラ・ブラックに出会う。ノーラも（多分コーラのように）新聞からの特派員になっていたのだ。ノーラは手練手管で一行を混乱させ、学生や教授夫人のコールマンに対する不信感をかきたてるのに成功する。特にコークという大金持ちの息子の学生がマージョリーに恋心を抱いているので、それを巧みに利用して、コールマンとマージョリーを引き離そうとする。

色恋沙汰の紆余曲折があった後、全員がアテネに帰還する。マージョリーはコールマンが自分を愛していないと思い込んでいる。教授だけは、コールマンを今は救いの神と見ている。結局彼が2人の仲を取り持ち、その結婚を認める。つまりハッピー・エンドである。

クレインの最長の作品であるが、要はだらだら長いだけで退屈である。金銭目当ての作品といわれても仕方がない。そういう一般受けを狙ったであろうことは、たとえばアシニーアム誌1899年11月11日付でも見抜かれている。皮肉っぽく、その分従来の支持者を戸惑わせるだろうと評されている。そもそも最初は軽い調子で話が始まったのに、戦場に行くと段々深刻になり、最後はまた一転

ハッピー・エンドの笑劇と化す。この一貫性のなさが読者にとって理解出来なかった。その点も含めて、リテラリー・ニューズ誌1899年11月号のように例外的に「クレインの新境地」とする評価もなくはなかったが…。ウィラ・キャザーのピッツバーグ・リーダー紙1899年11月11日付での『戦地勤務』評、「粗雑で退屈で魅力がない」は、的を射ている。わざとらしいプロット、平板な登場人物像、たとえばマージョリーの中見のなさ、自立心のなさもある意味見事で、結局父親からコールマンに依存の対象を代えただけであるようだ。小説中の人物像の中身のなさについては、シカゴ・イヴニング・ポスト紙1899年11月1日も鋭く指摘した。さらにニューヨーク・タイムズ紙は、1899年11月18日付で、作中のスラングがギリシャートルコ紛争当時というより、1890年代初めのニューヨーク・バワリーのものでは？とも皮肉った。

先述したようなストーリーの分裂に対応してか、主人公コールマン自身が、見事に分裂している。恋人への優柔不断な態度と果敢な行動の矛盾、世智に長けたイェロー・ジャーナリズムの編集者の割には純情、自分のヒロイックな行動に自己陶酔する一方、教授一行を巡るマスコミの過度な報道を思っての醒めた気持ちなど…。

『第三のスミレ』に対する評価のように[11]、作品のトーンの一貫性のなさが、伝統的ロマンスという構造そのものを風刺しているのだともいえなくもないが、そういう意図がクレイン自身にあったかどうかは不明である。ウェインライト教授が代表する既成の権威の空虚さと、新興勢力を代表する、ポピュリスト的イェロー・ジャーナリズムの2項対立を描くものという、文学的面ではなく、1890年代の文化的事情を反映した作品であるという評価もある。つまりお上品なヴィクトリア朝的なものが、大衆文化に屈服するということである[12]。ジョルジオ・マリアーニは、クレインの作品を、端的にいうと大衆文化をアイロニカルに見ながらも結局はそれに呑み込まれていくものと解釈したが、この『戦地勤務』での主人公が大衆ジャーナリズムの旗手であり、そのことに自嘲しながらも、彼が勝利を収める事実は、正にこの解釈にぴったりかもしれない[13]。

なるほど、作品で結局目立つのはアカデミズムの無能さである。たとえば、ウェインライト教授の学者ぶりは、「その書く文章は大げさで延々と長く、前置詞や、形容詞、名詞の大盤振る舞いでお互い意味が対立し、思考を言葉で表すものになっておらず」とからかわれる。しかも教授のギリシャ語が戦場のギリシャでは役に立たない。また教授の勤める大学での学生同士の小競り合いは「戦争」

といわれるが、それは所詮本当の戦争の前では児戯に等しい。そういう幼稚な学生の代表といえるのがコークであった。もっとも、学生の中にはピーター・タウンリーのような勇気もあり洞察力のある者も例外的にいるが。さらに止めは教授の妻メアリー・ウェインライトである。お高くとまっていかにも教授夫人とプライドは高いのに、実利に弱く、コールマンの高額な給与を聞いて態度を一変させるのであった。

　見方を反対にすれば、結局イェロー・ジャーナリズの代表であるコールマンは、教授の娘と結婚することで、既成の価値観・アカデミズムに迎合するともいえなくはない。が、いずれにせよ、そういうことを深く作品が追求しているとは思えない。ちなみに、当初はだらしない主人公がいかに「男の中の男」（"man's man"）になるかというテーマを持つ作品とも近年解釈されることがある[14]。しかもそれが異国・辺境の戦争で試されるところが真に迫っていて、騎士道じみた振る舞いをするおかしさや、それへの自虐的コメントに留意しながらも、総合的に作品を評価するというのである。さらにまた、この作品でのトルコの扱いに対して、いわゆるオリエンタリズム的な謎めいた見方（偏見）を指摘する解釈もある[15]。それからマージョリーとの対比で出てくるノーラをいわゆる「新しい女」の先駆と見る向きもある[16]。

　以上のように、作品の価値を何とか見出そうという試みもあるが、やはり恋の成就という世俗受けのプロット、そのためにはバラバラな要素がそれぞれそのままでも気にしない作品というのが率直な感想であろう。あるいは世俗受けが動機ではなく、クレイン自身こういうお嬢様と結婚したかったという願望充足かもしれないが。

(c) コーラ・クレインの作品 （注：単独かクレインとの共作か判別できない）

　コーラはギリシャートルコ紛争の際には、イマジーン・カーターという名前で、女性従軍記者として、ニューヨーク・ジャーナル紙と契約し、イギリスに戻ってからニューヨーク・プレス紙に「ヨーロッパ通信」を寄稿した。クレインが加筆修正したものがほとんどと思えるが、個々の記事におけるその程度などは不明である。参考までに以下の通り挙げておく。

1.「女性の目から見た戦争」

1897年4月26日にアテネより配信。だが5月14日までニューヨーク・ジャーナル紙に掲載されなかった。アテネでの見聞録。志願兵が前線に送られる様子や、病院が負傷者で混雑する模様などを書いている。「これが戦争だ。戦地へ送る母親の涙。群集の歓呼の声、そして負傷兵の定まらない視線」と書いているが、掲載時点では事実上戦闘は終わっていたので、いわば気の抜けた記事であったとも思われる。

2.「前線の女性特派員」

1897年4月29日に配信。翌日ニューヨーク・ジャーナル紙に掲載の短信。「砲声の聞こえる中にいる唯一の女性特派員である」といい、皆は反対したがコーラは前線に向かうためにテッサリアに行くと書いている。

3.「ヴェレスティノの戦闘のあらましをイマジーン・カーターが報告」

1897年5月9日配信で、ニューヨーク・ジャーナル紙とサンフランシスコ・エグザミナー紙に翌日掲載の短信。5月6日に書いた。ギリシャ軍のヴェレスティノ撤退の模様を記している。コーラが乗ったヴォロからの帰途の列車は砲撃を受けたとのことであり、今にもトルコ軍が追跡してきそうであるという。より長い別の原稿が残っているが、戦況が具体的に書いてある。

4.「ヨーロッパ通信」

ニューヨーク・プレス紙に8月15日から10月10日まで無署名で連載された相当の分量のコラム記事。クレインがかなり手を入れていて、共作ともいえる。ただし新聞雑誌のほとんどそのまま切り抜きの部分が多く、クレインの加筆があるとしても作品としては事実上無視されている。女性向けのトピックを扱っていて、国内外のゴシップ記事が多い。シャム国王の訪米などに関すること・ドイツ人が寝台列車で寝過ごしたこと・ロンドンで洗髪剤に引火して女性が火傷した事故・バッキンガム宮殿に来たアメリカ人旅行客・ヴィクトリア女王即位60年祭（1897年6月20日）・ロシアで子供が乞食として憐みを乞うために手足を切断される話などである。一方8月29日付のトルコのハーレムの印象記などは、コーラ自身の前夫との旅行の記録ではないかと思われる[17]。またハロルド・フレデリッ

クの作品『グローリア・ムンディ』（仮題は『イチゴの葉』であり、この名で記事内では言及されている）についても、野心作として触れている。

5.「イマジーン・カーターのファルサラでの冒険譚」

　生前未発表。リリアン・ギルクスのコーラの伝記『コーラ・クレイン』（1960）に初出。なお最初の3分の1ほどはクレインの筆跡で、残りがコーラの筆跡である。書き出しは「重要な最初の任務が終わって、本当に嬉しい」となっている。コーラはファルサラで5月2日の夜、コーヒー・ハウスのビリアード台で眠ったが、寝つけなかったそうである。そういう落ち着かない雰囲気を強調している。当地に皇太子の軍本部があって、5月3日にコーラは会見しようとしていた。この時クレインはヴォロに行っていたが同日遅くに合流。

註

1 クレインとデイヴィスのジャーナリストとしての違いについては、David Traxel, "Stephen Crane & Richard Harding Davis—Au Unlikely Friendship," *War, Literature and the Art*s, pp. 11-22.

2 なお、この他でもクレインは記者仲間のデイヴィスと共にパロディーにされている。E. R. Hagemann, "'Correspondents Three' in the Graeco-Turkish War: Some Parodies," *American Literature* 30 (1958): 339-44.

3 ジョン・クレンデニングによる精神分析的解釈では、「死と子供」には、クレインが想像力で描き、そしてヘンリーの戦争観を肯定した『赤い武勲章』に対する後悔の念が伺えるという。Clendenning, "Visions of War and Versions of Manhood," *War, Literature and the Arts*, pp. 23-34.

4 この3つの「視点」については James Nagel, *Stephen Crane and Literary Impressionism* (University Park: Penn State University Press, 1980), pp. 72-76.

5 LaFrance, p. 215.

6 Gibson, pp. 100-101.

7 Schaefer, *A Reader's Guide to the Short Stories of Stephen Crane*, p. 104.

8 LaFrance, pp. 220-21.

9 Rodney O. Rogers, "Stephen Crane and Impressionism," *Nineteenth-Century Fiction* 24 (1969): 301.

10 この点の説明については James Guetti, "Gambling with Language: Metaphor," *Wittgenstein and the Grammar of Literary Experience* (Athens: University of Georgia Press, 1993), pp. 122-46.

11 3. B. 註14参照。

12 Michael Robertson, "The Cultural Work of *Active Service*," *American Literary Realism* 28 (1996) 1-10.

13 Mariani, 特に pp. 21-3 参照。

14 Andrew J. Furer, "I fear the war business is getting rather tucked: The Use of War in Stephen Crane's *Active Service*," *American Literary Realism* 33:1 (2000):21-32.

15 D. A. Boxwell, "'Whipping the Turks': Stephen Crane's Orientalism," *American Literary Realism* 31 (1998) : 1-11.

16 Charlotte Rich, "Nora Black and the New Woman in *Active Service*," *War, Literature and Art*s, pp. 223-35.

17 あるいは愛人との旅行だったようだ。Elizabeth Friedman, "Cora's Travel Notes, 'Dan Emmonds,' and Stephen Crane's Route to the Greek War: A Puzzle Solved," *Studies in Short Fiction* 27:2 (1990): 264-65.

7. キューバ関係

A：「オープン・ボート」を巡って

　クレインは1896年秋にニューヨーク市の歓楽街で、居合わせた売春婦ドーラ・クラークが逮捕された件を弁護してニューヨーク警察当局と対立した。この結果ニューヨークでの取材活動が難しくなり、アーヴィング・バチェラーの要請を受けてキューバでの反乱運動を報道する特派員となり、キューバへの渡航地であるフロリダ州ジャクスンヴィルに11月27日に向かい、しばらく滞在した。キューバの反乱に、アメリカ政府は中立の立場を表向き取っていたが、国民感情とは違っており、政府はその点に配慮して義勇軍的行動を多くの場合黙認していた。たとえば、クレインが乗船することになるコモドア号などは、積んでいた義勇軍への物資に関して、「嵐で安全のために荷を捨てなければならず」といい、それでなくした（渡した）ことの言い訳として通っていたようだ。とはいえ、キューバに行くことは危険を伴った。義勇軍、いわゆる「不法戦士」としてキューバに向かった船で実際に行き着いたのは、1895年から1898年まで71隻中27隻であった。[1] 地元の記者が、渡航しようとしてスペイン側のゲリラ船に捕まり、虐殺されたこともあった。またスペイン軍のヴァレリアーノ・ウェイラー将軍の残虐さも喧伝されていた。[2]

　危険を冒してまでクレインがキューバに行こうとしたのは、既述の通りニューヨークで取材活動が難しくなったことの他、キューバ独立運動の大義に賛同してでもあった。ただし、11月28日にニューヨーク・ワールド紙のスタッフと共に泊ったセント・ジェームズ・ホテルでは、サミュエル・カールトンという偽名を使って、早速クレインは怪しげなところを徘徊していたようだ。売春宿の女主人に、彼は1896年版の『マギー』を献呈したとの話も残っている。そして「内妻」となる別の売春宿の女主人コーラとも知り合っている。なお、この時期に日本の詩人ヨネ・ノグチ（野口米次郎）がクレインに手紙を書いている（11月28日）。

　大晦日の恐らく夜8時頃に、キューバ反乱の支援船コモドア号（1882年建造でこの時の乗組員27〜8人の内キューバ人は16名）に武器弾薬と共に同乗して出発した。船の大きさは180トン足らず、全長40メートル前後といわれる。船自体は3度目のキューバ行きであった。このコモドア号の出航がどれほどアメリカ政府によって黙認されていたかについては諸説がある。[3] 元日未明に、濃霧の中で

フロリダ沖の砂州に衝突して2度座礁した。その時はアメリカの監視船（いうまでもなく、本来は反乱の支援船を取り締まるはず）が助けてくれた。ところが夜10時頃に原因不明の浸水が起こる。船内はパニックになったが、クレインは落ち着いていたそうだ。だが、2日朝7時頃に船は沈没した。クレインは最後に脱出したといわれる。小さなボート（長さ3メートル程度）に他3人（エドワード・マーフィー船長・給油係ビリー・ヒギンス：ビリー[Billy]のスペルは「オープン・ボート」では[Billie]・コックのチャールズ・B・モンゴメリー）の乗組員と約30時間前後漂流した。海岸にいる人に気づいてもらおうと船長は発砲したが無駄であった。3日7時30分から10時の間に、海岸にたどり着こうとしてボートは転覆し、給油係ビリーは死亡した。この経緯は各新聞で大きく報道された。不謹慎なものとしては、エルバート・ハバードのようにフィリスティン誌で2月号にクレインの死亡記事（訂正付）を冗談で出すケースまであった。ともかくコーラがデイトナまで迎えにくる。クレインはビリーの埋葬式に参列した。7日にまず手記「スティーヴン・クレイン自らが語る」が配信される。このノンフィクションの記事は、小説版である「オープン・ボート」と、後述の通り多くが違っている。なおマーフィーは1月5日のニューヨーク・プレス紙でコモドア号遭難の際のクレインの行動を賞賛している。「勇敢であり、根性がある」と。さらにモンゴメリーは、コモドア号は破壊工作で沈み、また事故の際キューバ人乗組員は非常に行動が臆病であったと主張したが、そういうキューバ人の混乱を制したのがクレインであったとも語っている。給油係の溺死の原因には矛盾した報道がなされ、真相は不明である[4]。なお、クレインがジャーナリスティックなリポートと創作と2つを書いた理由は、1890年代には事実として疑えない「写真的」（しばしば軽蔑的に使われた）で一般読者対象のものと、3人称の語りを使って自由に登場人物の意識内外を行き来することで、重層的に意味やモラルを考えるような創作とを分ける傾向があり、それに従ったという説もある[5]。

　コモドア号難破の時、クレインはバチェラーからもらった700ドル相当のスペイン金貨が邪魔になるため捨てたという話がある。バチェラーはこの件は諦めたようだが、キューバに再びクレインを行かせる資金的余裕がなかったようだ。バチェラーが通信社を手放して以降、仕事上の付き合いはなくなる[6]。

1.「スティーヴン・クレイン自らが語る」

　1897年1月7日に配信。手記の日付は前日で場所はジャクスンヴィルとなって

いる。表題はニューヨーク・プレス紙に従っている。短縮されずに掲載されたのは4紙のみのようで、他は削除版か、要約のみであった。ともかくそれだけ「事実」を知りたいと思われたのであろう。確かに事故の概要を語ることが主眼のはずで、短編「オープン・ボート」の実際的背景を提供しているが、クレインらしく、この記事にも文学的な面がある。そもそも日時などは最初に書いてあるだけで、後は記録というよりエッセイのようでもある。ただし唐突に1人称から3人称になったりで、統一性にやや欠けているが、急いで書いたことの影響であろう。

2カ国語の別れの言葉が飛び交う中、コモドア号は悠々と出発した。港の灯台を過ぎるにつれて「不法戦士」の任務に向かう実感が湧いてくる。夜明けの光が水面を照らし、外洋に乗り出すと船酔いする者もいる。「空から見るとフロリダは大きいだろうが、横から見ると紙切れのように薄く」見える。ともかく航海が丸一日ほど過ぎて、クレインは興奮して眠れずにコックなどと話していた。と、船長に一等機関士が異変を告げに来て、事態が暗転する。

クレインには事情がよく呑み込めなかったが、ともかく浸水で機械室が異常を起こし、そのうち船内が熱くなって甲板に追い立てられる。コモドア号付属の3メートル足らずの救命ボートが下ろされ始める。総出で作業にかかる。この時はまだ旅行かばんなども一緒に下ろす余裕もあった。だが、急変してコモドア号の汽笛まで異常をきたす。「絶望と死の音調というものがあるのなら、正にこれであろう。」そしてクレインも給油係などとともにボートに乗り込む。当初はそれでも楽観的だったのかもしれない。まだ浮かんでいるコモドア号のことで、冗談をいっている。

救命ボート3隻のうち1隻が水没し、仕方なく7人が筏を作る。筏の1つに飛び下りようとして海に突っ込み、一等航海士が死ぬ。またもう1人の船員はこれを限りに「不法戦士」稼業から足を洗うつもりだった。そしてコモドア号が沈んだ時、3人が船に残ったままであった。「彼らは自分たちをじっと見ていた。」この記事は「オープン・ボート」で「救助」に焦点が当たっているのに比べ、「失われた者」への印象が強い。

この作品が論評される時、例外なく引用されるのが、つまり最も痛ましいのが、間に合わせの筏に乗った者たちをクレインたちが見放す場面である。クレインたちのボートは最後に下ろされたのであったが、本船が沈むまで夜の間、その横にいた。筏に乗った者たちをボートから救おうとした。最初は筏に乗った火

夫がボートにロープを投げて、筏を引っ張ってもらおうとした。火夫はボートに乗り移ろうともしたが、すでに海面すれすれの位置までボートは沈んでいて、しかも火夫はロープを引っ張り始めた。「彼は悪魔と化した。トラのように必死に、筏で屈み込むような姿勢から、ボートに飛び乗ろうとしていた。」やむなくボートの方からロープを放す。「だが何の叫びも呻きもなく、ただ沈黙、無言であった。」コモドア号が沈んだ時、筏も波に巻き込まれる。

　一方ここからデイトナの海岸にたどり着くまでの約一日間、ボートで過ごした経緯は、創作「オープン・ボート」で語られる。ただし、「海岸に急ぎ、走りながら衣服を放り投げて」、海に飛び込んでコックとクレインが上陸するのを助けたジョン・キッチェルについては、実名を挙げてその英雄的救助活動を語っている。ともかく上陸した時、給油係の「ビリー・ヒギンズが砂地でうつ伏せになっていた。彼は死んでいた」のである。

2．「オープン・ボート：事実の後で記された物語　沈没した蒸気船コモドア号の４人の経験」

　スクリブナーズ・マガジン誌に1897年6月掲載。クレインの短編で最高の称賛を友人たちからも得ているし、現在まで最も評価が高い。クレインの技法・思想はこの短編に凝縮されたともいわれる。コンラッドは、1897年12月1日にクレイン宛ての手紙で、「オープン・ボート」は「特に面白い…。あなたの気質が古いものを新しくし、新しいものは素晴らしくする」と激賞している。コンラッドは「男とその他の者たち」も賞賛したが、実際このクレインの2作に共通性——抗し難い運命・状況の中でどう振る舞うか、それは体験によって理解されること——を見る批評家がいる。[7]また1898年5月1日のニューヨーク・タイムズ紙で、ハロルド・フレデリックも「オープン・ボート」を賞賛した。また一般的にも、たとえばサンフランシスコ・クロニクル紙1898年5月22日付は「死が迫る極限状況の中での無力感と怒りを描いた」古典であると評した。ニューヨーク・プレス紙も1898年5月1日に、「極限状況の人間心理」を描いたものとした。さらにH・G・ウェルズもノース・アメリカン・レヴュー誌の1900年8月号に掲載されたクレインの追悼記事で、「オープン・ボート」が「彼の最高傑作」という評価を述べている。もっともウェルズは、キューバへの行きではなく帰りにクレインが難破を経験したと思い込んでいて、この遭難によって健康を損ねて早世したと勘違いしているが。またクライティリオン誌1898年4月23日付のように、これ

まで色々嘲笑され、パロディにされたクレインが、ここで「天才」を示したという評もあった。またデイリー・テレグラフ紙1898年4月27日付は、これまでシニカルであった新聞記者が「団結」を信じるようになるところに、クレインの作家としての新境地を見ている（あるいは期待している）。

　コンラッドが「象徴的な話」と書いた通り、この短編ではクレインの実体験が、極限状況で人間（船長以下4人の集団が、社会を体現している）がどう思い、悟り、行動するかの原型的物語に昇華されている。つまりリアリスティックでかつ象徴的な話になっている。[8]「心ならずもの航海」や「ニュージャージー海岸の幽霊」といった遭難を扱った従来の創作や、「『ニュー・イーラ号』の難破」という記事との偶然や、何らかの照応を指摘する声もある。

「オープン・ボート」では、新聞記事「スティーヴン・クレイン自らが語る」とは違い、コモドア号沈没までの経緯はフラッシュ・バック的に触れられるだけである。余りにも有名な「誰も空の色を知らない」という始まりの言葉は、すでにボートで漂流しているところから始まっている。それで「振り向いた7人の顔」（どの時点で、をいっているのかは不明だが、つまり船に取り残された者たち）や「折れたトップ・マスト」といった表現は、「スティーヴン・クレイン自らが語る」か、「オープン・ボート」での船長の短い回想部分を注意深く読んでいないと必ずしも分からないかもしれない。たとえば「スティーヴン・クレイン自らが語る」によると、7人の内4人は沈没前に船を離れている。[9] そして「空の色は知らない」が、「海の色は知っている」という対照的な言葉は、目前のことに心を奪われている状況を表現している。いいかえれば広く「あたり一面の光景はきっと不思議なほど美しい」はずだが、「ボートの男たちはそれを見る余裕がなかった」のである。

　クレインも含めて乗り合わせた3人の名前は出てこない。クレインは「新聞記者」で船長エドワード・マーフィーは、腕に負傷しているにも関わらず、着実な指揮を行う「船長」、「辛抱強い船長」である。なお「オープン・ボート」執筆の際、クレインはマーフィーにジャクソンヴィルで2月初旬に再会して、事実関係の詳細を確認している。ボートを水没させないように、海水を必死で汲みだすコックのチャールズ・B・モンゴメリーは、単に「コック」である。例外は給油係ビリー・ヒギンスである。彼は「ビリー」と呼ばれることもある。もちろん大抵は単に「給油係」であるが。彼が一番ボートを漕いでいる。なぜなら船長は負傷し、新聞記者とコックは船の素人であるから。その彼がなぜ溺死したのか、ク

レインは「スティーヴン・クレイン自らが語る」と同様、説明していない。とはいえ、彼が一番ボートの中で奮闘し、最初に泳ぎだし、しかし死ぬことには、運命の皮肉と同時に、予め例外的に名前が挙げられることで、まるで墓碑が用意されていたかのようでもあり、妙に「必然」とも思わせる。ちなみに匿名であるのは、上陸の手助けをした、ジョン・キッチェルも同じである。彼の場合、個人性が意図的に薄くされ、比喩的、象徴性が与えられている。「その頭には光輪が射していた。聖人のように輝いて」と。

　新聞記者が物語の中心的意識を構成する人物であるが、語りは3人称である。視点は新聞記者から語り手に、また自然の無関心や人間の連帯の可能性などに思いを巡らせる時は4人の集団的視点へと移っていくこともある。集団の視点は、かなり便宜的な意味合いもある。裏返せば、新聞記者が自分個人ではなく「集団の視点」だと思いたい願望でもある。そうでないと、孤独には耐え難い。もっとも話の展開に従って徐々に新聞記者の視点が増えていく。語り手のコメントは恐らく陸の視点と仮想され、たとえば「バルコニーから見ると、この有様は間違いなく奇妙な見せ物だっただろう」と語る視点である[10]。その客観的事実と、ボートの中で陸から隔絶され恐怖におののく男たちの極めて限られた視点とが対置され、時には皮肉な状況を生みだす。最も強烈な全知のコメントは彼らが探し求めていた「水難救助所など存在しない」というものである。とはいえ、同じ極限状況にあっても『赤い武勲章』のヘンリーと異なるのは、新聞記者が内省的であることだ。話はヘンリー同様に内面で起こっている。しかしその質は決定的に違う。作品の副題「事実の後で記された物語」とは、物語が浄化された、つまり単なる事実の文学的描写でなく、新聞記者の知性による体験の解釈を通じて、広く社会的、形而上的意味のある問題提起をクレインが加えたということである。

　ボートの4人はひたすら「壁のような」、「途方もなく不条理な」波が押し寄せて来るのに抵抗して、ボートを水没させないようボートを漕ぐことに心を砕く。ボートを漕ぐという繰り返しの行為が、時間の進展が止まった感覚に陥らせる。彼らの心では楽観と悲観が堂々巡りをする。最初、避難所についてコックは根拠のない楽観を口にし、新聞記者はそれに皮肉をいい、給油係は常識を持ち出す。そもそも避難所と水難救助所の違いについても対立していた。こういう心の違いはあってもやがて危機を共にして、「精妙な同胞愛」が4人には生まれ、役割分担も決まる。とはいえ団結しても、客観的な状況は全く分からない。

　しかもその状況は不可解かつ皮肉であり、ただ翻弄されているとしか思えな

い。たとえば自分たちのボートをバスタブより小さいものだと感じる。バスタブは湯を入れるものであり、彼らはボートに水を入れまいと必死にかい出しているのであった。さらに彼らは荒海でまるで「野生の馬」を乗りこなすようにしているとも感じる。このどこか「遊び」という、何とも状況にそぐわない発想が、新聞記者たちにはついて回る。期待した水難救助所（避難所）は当て外れで、気づくと沿岸をホテルの乗合馬車がのろのろ走っている。最初は救難の手はずをしているのかと思う。合図のようにコートを振っている男がいる。が、海岸からは誰も来ない。彼らは単にリゾート地のレクレーションに参加しているだけのようなのだ。皮肉にも陸の人間たちは、彼ら4人の行動をこの荒天に気まぐれにもボートを出している「遊び」だと見ているのかもしれない。

「陸の」人間に見放されたと感じ、新聞記者は他の者が眠ってしまうと「この大海原に自分1人で漂っている気になる。」そして波を渡ってくる風の声が、哀しく聞こえる。サメが「巨大なナイフで海面を切った」跡も目にする。彼の切実な願いは、この目撃を他の3人にも共有してほしいということである。また前後するが、カモメが船長の頭に止まりたそうにするという喜劇的出来事も起こる。実際にはカモメは天気の回復の予兆ともいわれるが、それに誰も気づいていない。4人にとっては、どこまでも「不気味で不吉な生き物」である。状況の不条理は内面の不条理を呼び込む。コックがいきなり給油係のビリーに「おまえの好きなパイはなんだ」と聞く。極限状況での感情、それを表す言葉は、必ずしも的確ではないのである。

最初新聞記者には自分たちをこういう状況に陥らせた宇宙、世界には意図的悪意があると思えた。次にともかく何らかの意図があると思え、最後には自分たちに無関心だと思えてくる。[11]その「無関心」だという感慨に暗然とすると同時に、「それでも自分がかわいいのです」といいたくなる。また反抗もしたくなる。「自然が自分のことをどうでも良いと思っていて、自分をどうしようが宇宙を毀損したことにならないというのなら、最初はその自然の寺院にレンガでもぶつけてやりたくなる。が、レンガも寺院もないと気づいて一層酷く憎んだ。」

新聞記者がやや不正確であるが思い出すのが、レディー・キャロライン・ノートンの「ライン川のビンゲン」（1883）という涙を誘う詩である。子供の頃暗記させられたその一節に、「アルジェの外人部隊にいる兵士が死にかけていた」があった。新聞記者が思い出す内容から察すると、どうもウィリアム・T・スメドリーその他の挿絵付きのもののようである。[12,13]その兵士に共感したことなど

かつて一度もなかった。ちょうど『ホワイロンヴィル物語』の「雄弁家を作る」で、ジミー・トレスコットが暗記を強要されたテニスンの詩の意味に全く興味がなかったように。しかし改めて思うと、月と空高く冷たい星の下の兵士の状況は、そのまま新聞記者にもあてはまる。この陳腐な詩に、「自然の無関心」という点で新聞記者は痛いほど共感する。それは一見無縁な人間との共感、延いては共同体の重要さを呼び覚まさせてくれる。そう思うと新聞記者には正邪の問題など一切が自分にとって今は明らかで、もう一度生きるチャンスを与えられたら悔い改めて行動するのに、と思う。感傷的な詩への共感や素朴な悔悟の情は皮肉かもしれないが、凡庸な詩でさえ、それを思い出せば何らかの意味を見出そうとする、そういう必死な人間的行為であるともいえる。

　朝になると海岸には誰もいない。4人は独力で波を突っ切ってボートを進ませるしかないと悟る。砂浜に立つ風車を見て、新聞記者は思う。あれは「アリの苦しみなどには背を向けているのだ。ある意味で、個人の戦いの中における自然の冷淡さを表していた。風の中の自然。人が見る自然。人間にとって残酷でも慈悲深くも、裏切るものでも賢いものでもない。ただ無関心なのだ。全く無関心なのだ。」自然主義作品においては自然をむしろ擬人的に見て、それを色々に表現してそこに無関心や残酷さなどの「意図」を読み込むことはある。しかしこのように「風車」という人間が作ったものに、自然の無関心を見るパタンは、いささか特異かもしれない。その点で風車が示す無関心とは、風車の位置する「陸」と、「海」にいる人との孤絶、結果的に「陸」の「海」に対する無関心も意味しているともいえる。風車は明らかに海に面していて、いわば海を見ている。見ながらの無言は、それだけ見放していることを強調している。

　ついに海上に留まって疲労で死ぬより、泳いで陸を目指そうと4人は決める。寄せ波に翻弄されてボートが海岸に近づいた時、海に投げ出されて泳ぎだす。無関心な自然は偶然（と人には思えるもので）によって人を弄ぶ。給油係は岸に向かって「力強く素早く」泳いでいく。新聞記者も泳ぐが、彼は奇跡的に大波によって「偶然」放り投げられて、腰ほどの水深のところにたどり着いて上陸する。船長は片腕でボートの竜骨をつかんで助かる。コックは仰向けになって、オールを1本取って海岸へと漕ぎ出していた。自分の力で一番波に抵抗した給油係が溺れる。その意味で最後まで皮肉はつきまとう。一番力強いものが勝つという適者生存でもない。それとも彼は贖罪だったのか。とすれば何の贖罪だろうか？　結局彼は最後に仲間を見捨てて我先に泳ぎ始めた。いいかえれば「団結」

を崩壊させたという解釈もあるが、奇矯に過ぎるだろう。団結していても、最後は個人任せ、そして運任せなのであった。というか、事情は不可解としか思えない。合理的説明の仕様がない。事実は何も証明してくれないのである。

　だからこそ、要はどのように心の中で整理するかである。作品冒頭の「誰も空の色を知らない」から、最後に生き残った者が思う「解釈が出来るかもしれないと感じた」ところで話は終わる。しかし、どう解釈するのか。解釈が出来ると「感じた」だけなのである。解釈には自己憐憫も含まれる。誤りも限界もあるだろうし、自然の無関心を忘れ、自分たちは幸運で祝福されたものと思い込むかもしれない。助かった今、本当に新聞記者は海上で例の詩を思い出した時のように、悔い改めて行動するだろうか。そもそも自然の無関心や、それでも自分がかわいいという発想は、極限状況であったからこそ説得力のあるもので、安全な「陸」でどれほど切実に響くものだろうか。給油係の死には、その無意味さ、不条理さに抗して、先の奇矯な説も含めて何らかの理屈、意味を見出してやらないと、本人が救われないし、また生存者は耐えられないという気持ちもあるだろう。事実とは、どれほど偏った解釈でも、解釈されてこその事実なのである。

　この短編はアメリカ文学の中で最も論じられることの多い作品の１つである。主要な論考だけでも軽く100本を超える。その詳細をここで記すことは到底不可能であるが、自然主義的観点から論ずる（つまり新聞記者たちの行動の価値に悲観的な）もの、それに反対するもの、両者のバランスを考えようとするもの、実存的解釈、認識論的、（反）宗教的、視点（の違い・アイロニー）の問題から論ずるもの、イメジャリーの問題、…など、どれほど列挙しても際限がない。

　新聞記者の体験は「（恐らく未経験の）若者にとって極めて有益」——「スティーヴン・クレイン自らが語る」で別の作品、つまり「オープン・ボート」で書く目的とクレインが宣言したこと——なのだとクレインは断言した。その意味は、ともかく「体験」が大事だというジャーナリスト兼作家である彼の本音であろう。そして体験したことは繰り返せば解釈しなくては意味がない。クレインは新聞記者が解釈できる「感じた」と書いた時点で、それは１つの解釈であり、多くの他の解釈を捨てたという感慨も持っていたのではないか。だから、すべての解釈・論考に意義があり、同時にそれは１つの解釈に過ぎないのであろう。この作品にはそういう相対性を色濃く伺わせるところがある。

　作品にはクレイン流の印象主義的な描写もあるが、その色調は『赤い武勲章』

の派手な赤や黄色などの原色より、くすんだスレート色や灰色が目立っていて、総じて抑制されている。クレインは通常その描写力で評価される。確かにこの「オープン・ボート」でも色遣いのみならず、描写は絶妙である。ボートの中での位置の交替は「ニワトリが抱いている卵をそっと盗む」より、もっと注意が必要だという表現。新聞記者が泳ぎ着く時の「海岸は、まるで芝居の舞台装置のように目の前に置かれていて、彼はそれを眺めながら、そのすみずみまで自分で見届けた」という一見劇場的でリアルな表現。また泳ぎ出した時、3人を追って「(漂流物の) 水差しが陽気に波の上を踊る」という不可解だがありうる事実。「人間は自分自身の死を自然界最後の現象と思っているに違いない」という思い。そして泳いでいる最中の「痛い思いをしたくない」という切実な心情。そういうあらゆる記述が、漂流からの帰還という、ある意味パタン化されたテーマを持つ作品を、出色のものにしている。

　作品は、あえて単純化すれば (これも1つの解釈である) 真正面から自然主義的な状況、それと共にそういう状況において人間はどう振る舞うかという実存的問いかけを凝縮して先駆的に描いた。コンラッドも認めた通り、そういう経験を新聞記者とともに共有できる読者にとっても、「人生最上の経験」である。

3.「フラナガンとその束の間の不法戦士活動」

　イラストレイティッド・ロンドン・ニューズ紙に1897年8月28日に掲載され、アメリカではマックルアズ・マガジン誌に1897年10月号掲載。クレインはコモドア号沈没の体験を、「オープン・ボート」とは別の形でさらに創作性を加えて作品を書いている。創作したのは同年3月の渡英前と思われる。一説ではマックルア通信社への借金返済のために書いたといわれる。[23]

　ファウンドリング (捨て子) 号の船長フラナガンは「金でも名誉」でもなく、「ほとんど面白半分で」不法戦士の仕事に携わる。船は古く、エンジンは頼りない。フロリダ南岸沖の海で、他の船からキューバ反乱軍支援者と武器弾薬を積み込み出航するが、途中で嵐に遭い、乗船しているキューバ人の反乱軍兵士は完全に船酔いし、船員同士はトラブルとなり負傷する者もいる。が、ともかく荷物と反乱軍兵士をキューバ海岸で下ろす。帰途、一旦敵の小型砲艦を出し抜くことに成功するが、しかしまた嵐に遭い、フロリダ沿岸で船は航行不能に陥る。フラナガンは救命ボートを下ろせと命ずる。彼は、全員を救命ボートに乗せた後、船が沈む前にボートに乗り込む。その時はコモドア号の船長のようには冷静ではいら

れず、「罵り、すすり泣く。」そして彼は波に呑まれる。海岸のホテルにダンスに来た一行に、死体が発見される。その時には安らかな表情をしている。

　クレインは「ファウンドリング号の冒険は英雄的とは思われないだろう」と締めくくる。この言葉は反語なのであろうか。つまりフラナガンの面白半分から始めた行動は、実は英雄的であったのか。この点はよく分からない。彼は、慌てるキューバ人を前に「トラブルが起こったが、言う通りにしてほしい。皆大丈夫だから」と極めて冷静であった。そしてまた「この不法戦士活動というのは、よく考えると色々ある」という心境にも途中で達する。とはいえ全体として行動が淡々と描かれていて心理描写などは不足している。フラナガンが何を思ったのか、また彼の死体を見つけたホテルの客たちが何かを感じたのかなどは深く触れられていない[24]。ただし気になるのは、キューバ人への冗談混じりとはいえ差別的な描写である。彼らは船酔いした、臆病で役立たずとして一貫して描かれている。（「連中は予めウィスキーを持ち込んでいたが、今は汽罐室で船酔いになり、これから2、3年は飲む気がしないであろう。」）「オープン・ボート」の船長の、その視点から描いたということなのか。あるいは船長は「助からなければ」こういう状況及び心境であったのか、とクレインは想像したのかもしれないが、あまりうまく描かれていない。ともかく「オープン・ボート」とは違い、キューバ人とも、それから同胞の乗組員とも「理解」や「団結」はなく、フラナガンは最後まで孤独であった。

註

1. Robin O. Warren, "The Cuban Insurrection and Northeast Florida in 'Stephen Crane's Own Story' and 'The Open Boat,'" *Stephen Crane Studies* 8:1 (1999): 10.
2. 不法戦士を巡る当時の状況については、ibid. 8-19.
3. Ibid.,14.
4. 考えられる理由を考察したものとして Oliver Billingslea, "Why Did the Oiler Drown?" *American Literary Realism* 27 (1994): 23-41.
5. とはいえ、クレインの場合この違いはどこまでも精妙である。その点については、Phyllis Frus, "Two Tales Intended to Be 'After the Fact': 'Stephen Crane's Own Story' and 'The Open Boat,'" *Literary Nonfiction: Theory, Criticism, Pedagogy* Ed. Chris Anderson. (Carbondale: Southern Illinois University Press, 1989), pp. 127-135. 実際「オープン・ボート」も思いのほか事実に即しているという指摘もある。Stefanie Bates Eye, "Fact, Not Fiction: Questioning Our Assumptions about Crane's 'The Open Boat,'" *Studies in Short Fiction* 35: (1998): 65-76.
6. Katz, 'Stephen Crane and Irving Bacheller's Gold," *Stephen Crane Newsletter* 5:1 (1970): 4-5.
7. たとえば Deamer, "Remarks on the Western Stance of Stephen Crane," *Western American Literature* 15 (1980):135-137.
8. この融合を指摘したパイオニアとしては、Stallman, Stephen Crane: A Reevaluation," *Critiques and Essays on Modern Fiction: 1920-51*. Ed. John Aldridge. (New York: Ronald, 1952), pp. 244-69.
9. Schaefer, "'I... Do Not say That I am Honest': Stephen Crane's Failure of Artistic Nerve in 'The Open Boat,'" *Philological Review* 31 (2005): 1-16.
10. この点についての詳しい分析は、Cory Hutchinson, "The View from a Balcony: Narrative Distance and Its Effects on Perceptions of Knowledge and Meaning in 'The Open Boat,'" *Publications of the Arkansas Philological Association* 26:1 (2000): 25-35.
11. Mordecai Marcus, "The Three-Fold View of Nature in 'The Open Boat,'" *Philological Quarterly* 41 (1962): 511-15.
12. ちなみに、思い出す一節には、原詩とは違う部分がある。Monteiro, "Text and Picture in 'The Open Boat,'" *Journal of Modern Literature* 11 (1984): 307-11.
13. あるいは新聞記者が間違って詩を記憶しているともいえる。この点については David H. Jackson, "Textual Questions Raised by Crane's 'Soldier of the Legion,'" *American Literature: A Journal of Literary History, Criticism, and Bibliography* 55:1 (1983): 77-80.
14. Solomon, p. 174.
15. 代表的なものとして(異論もあろうが)、あえて1つ挙げれば、*John Conder,*

Naturalism in American Fiction: The Classic Phase (Lexington: University Press of Kentucky, 1984), p. 24.

16 たとえば Cady, *Stephen Crane* p. 131.
17 Stanley B Greenfield, "The Unmistakable Stephen Crane," *PMLA* 73 (1958):564-5.
18 Donna Gerstenberger, " 'The Open Boat': Additional Perspective," *Modern Fiction Studies* 17 (1971): 557-61.
19 Bert Bender, "The Nature and Significance of 'Experience' in 'the Open Boat,' " *Journal of Narrative Technique* 9 (1979): 70-80.
20 Monteiro, "The Logic beneath 'the Open Boat,' " *The Georgia Review* 26 (1972): 326-35.
21 Joseph X. Brennan, "Stephen Crane and the Limits of Irony," *Criticism* 11 (1969): 183-200.
22 Leedice Kissane, "Interpretation through Language: A Study of the Metaphors in Stephen Crane's 'the Open Boat,' " *Rendezvous: Journal of Arts and Letters* 1:1 (1966): 18-22.
23 Sorrentino, *Stephen Crane, A Life of Fire*, p. 234.
24 逆にそういう視点の違いが成功していると見る向きもある。Rogers, 292-304.

B：キューバ・プエルトリコ（米西戦争）関係

　クレインは1896年大晦日に、「不法戦士」に同行してキューバ行きを試みたが失敗した。念願の実現は1898年になってである。2月15日にハヴァナでアメリカ海軍戦艦メイン号が沈没し（原因は不明）、愛国的風潮が高まった。イギリスに住んでいたクレインは、再びキューバ情勢が不穏となり、アメリカとスペインが開戦する可能性が高まったので、何としても取材に行きたくなった。4月の最初の週に友人のジョセフ・コンラッドとロンドンの出版社を回って、渡航費用と特派員としての仕事を探した。最終的にウィリアム・ブラックウッドが、自社のブラックウッズ・エディンバラ・マガジン誌に寄稿するという条件で60ポンドを提供した。しかし実際には同誌は、1898年12月号に「馬具の代価」を掲載したが、「ウィリアム・B・パーキンズのたった1人の攻撃」、「無名の部隊」と「グアンタナモで砲火をぬって手旗信号を送る海軍兵士」は掲載拒否した。またクレインからのさらなる前借りも断ることになった。

　帰米してからジョセフ・ピューリツァーのニューヨーク・ワールド紙とも契約し（契約金3,000ドル）、現実にはこちらがメインになった。ニューヨーク・ワールド紙は、ウィリアム・ランドル・ハーストのニューヨーク・ジャーナル紙とキューバ戦争中、当時の中産階級の好みに媚びるような、扇情的な愛国主義的報道競争を行い、両紙とも発行部数を押し上げた。一説では、両者が戦争を煽ったとさえいわれる。他紙の記事を勝手に引用し、あるいは事実に基づいていない記事もあった。スペイン軍のヴァレリアーノ・ウェイラー将軍は現地人を収容所に送っていたが、そこでの膨大な死亡者を根拠に「残虐な殺人者」と呼び、伝えられる蛮行を繰り返し記事にしていた。戦争が開始されると、ニューヨーク・ジャーナル紙だけで50人もジャーナリストを派遣した。

　クレインは英独の帝国主義に一貫して批判的であったが、キューバやフィリピンへのアメリカ軍事侵攻は支持した。ただしキューバにおけるアメリカ軍の陸軍少将ウィリアム・R・シャフターのことは、高く評価していなかった。この点は他の記者仲間やセオドア・ルーズヴェルトなどと同じである。

　クレインは4月13日にイギリスを発ち、21日か22日にニューヨークに到着している。当初は記者としてではなく、軍用のヴィザ取得（つまり兵士）を望んだようだ。4月24日にキー・ウェストへ向けて出発した。ギリシャートルコ紛争と

は違い、今回は、コーラは残った。29日より2日間、ニューヨーク・ワールド紙現地支局長のシルヴェスタ・スコヴェルのつてで、アメリカ海軍提督のウィリアム・T・サンプスンの旗艦ニューヨーク号に同乗してキューバ沖のマリエル湾を視察する。すでに25日にはアメリカも戦争状態を認めていた。だが正式な開戦はまだであった。5月4日から2日間ニューヨーク・ワールド紙がチャーターした通信船トリトン号に乗る。

　5月6日にクレインはニューヨーク・ワールド紙とニューヨーク・ヘラルド紙が共同でチャーターした通信船スリー・フレンズ号から、再びニューヨーク号に乗せてもらう。5月14日にアメリカ艦隊を追いかけて、キー・ウェストからスコヴェルやフランク・ノリスと共に再度スリー・フレンズ号に乗り込んで当初はハイチ、ドミニカへ向かう。なおこの時、スコヴェルかその妻が、パジャマ姿でだらしないクレインの、広く知られている写真を撮った。こういうだらしなさを、同じ自然主義の作家といわれるフランク・ノリスは嫌っていたようである。

　一旦ハイチに到着したが、15日にドミニカのポルト・プラタ（プエルト・プラタ）へと移動。19日にキー・ウェストへ戻る時、アメリカ小型砲艦マチアス号より警報を受けた後に接触した。

　5月20日以降5日間再びスリー・フレンズ号で、キューバ沿岸封鎖を試みるニューヨーク号を追跡する。5月29日には上記2社がチャーターした別の通信船ソマーズ・N・スミス号に乗り込んだ。ジャマイカの北160マイルを航行中スペイン小型砲艦に追跡され、一時は捕縛も覚悟するが、追跡してきた船は急に右に舵をきった。実はアメリカの援軍が来たからであった。6月2日にキー・ウェストに戻る。クレインはこの事実関係を短編「アドルファス号の復讐」で生かした。また船上で『ホワイロンヴィル物語』の1つ「彼の新しい手袋」を執筆する。

　スリー・フレンズ号にまた乗り直して出航し、キューバのグアンタナモ湾でのアメリカ海軍の上陸を6月10日に目撃。戦争は「喜劇」ではなく、現場では「シニカル」にもなれないと認める。クレインも兵隊に同行を認められる。彼の活動については、ニューヨーク・ヘラルド紙特派員のアーネスト・E・マックレディが、ハイチ行きやグアンタナモ湾での海軍の上陸、及びシボニーに進軍した模様などを同行取材しているので詳しい。冷静なマックレディと向う見ずなクレインは合わなかったようだが、特に6月12日にクレイン1人が通信船に戻ろうとせずに苛立ったというエピソードが残っている。そしてこの11〜12日にはアメリカ側の犠牲者も出てくる。14日には、クレインは海軍160連隊より派遣された

ジョージ・フランク・エリオット大佐が、グアンタナモより海岸沿い6マイルのクスコに進軍するのに同行した。武勇伝も伝えられていて、この日他の4人の海兵に混じって、スペイン側のゲリラ兵による砲火の中、信号を送る手助けをしたと伝えられる。17日にサンチャゴ(デ・クーバ)近くにシルヴェスタ・スコヴェル、アレキサンダー・ケニーリーと共にニューヨーク・ワールド紙のキューバ支局を設営した。翌日キューバ反乱軍の近くへ移動する。クレインはスコヴェルと一緒に、サンチャゴ港のスペイン艦隊の配備を確かめに行った。この時期になると、クレインの報道はパロディーの対象にされたり、また彼自身、アメリカ海軍のサンプスン提督を無邪気に誉めたり、報道が過熱気味になっている。

　6月20日にスコヴェルと共にニューヨーク号に乗船する。22日未明、サンチャゴの東18マイルのダイキリにジョセフ・ウィーラー少将が率いる6,000人の軍が上陸。クレインはこの上陸した時の模様を見ている。敵の抵抗はほとんどなかった。アメリカ国旗が掲揚された時には喜びに沸き立った。ただし部隊(黒人の隊)の2人が溺れた。23日にクレインは上陸したアメリカ軍営地への取材が許可される。24日にセオドア・ルーズヴェルトの義勇軍ラフ・ライダーズが、ダイキリからさらに7マイルの港町シボニーから奥地のラス・グアシマスへ進攻を始める。ニューヨーク・ヘラルド紙のリチャード・ハーディング・デイヴィスやニューヨーク・ジャーナル紙のエドワード・マーシャルが同行した。ところが急襲を受け、マーシャルは重傷を負い、生涯下半身不随となる。部隊の後方にいたクレインはこの時のことを非常に客観的に伝える。ただしクレインはこの頃より、何かと話題になる義勇軍の陰で、報われない正規軍を話題として取り上げ始める。6月30日のラス・グアシマスでの本格的戦闘を彼は取材した。

　7月1日の夜明け前にアメリカ軍は、スペイン側が陣取っていたサンチャゴの東にあるサンファン要塞と、サンチャゴから東北6マイルの村エル・ケーニーへ進軍する。クレインは戦況がよく見えるエル・ケーニーの南2.5マイルのエル・ポゾ丘陵に行き、ここから開始された戦闘を目撃する。この数日が、クレインにとって一番身近に戦争を見た時といえるかもしれない。包括的な「スティーヴン・クレインがサンファンでの戦いを迫真的に語る」という記事など、多く記録に残している。「砲撃による激しい交戦」という7月3日に掲載された記事によると、相当危険の伴う取材であった。ただしクレインは、3日にパスクワル・セルヴェラ提督率いるスペイン海軍がサンチャゴ港から脱出しようとして、大敗するのは見逃した。リチャード・ハーディング・デイヴィスは、遡って7月1日のサ

7. キューバ関係　　289

ンファン攻撃開始の際、クレインが勝手に行動し、アメリカ軍への砲火を引きつけるような真似をしていたという。こういう一見自己顕示的なクレインの態度、また彼のキューバ現地人を「役たたず」と見る発想は問題かもしれない。キューバ住民が戦争に直接全面的に関与しなかったのは、アメリカ側の戦略であったという話もある。

ただしギリシャで共に従軍した時とは違って、デイヴィスはクレインを新聞記者として次第に尊敬するようになった。1899年3月のハーパーズ・マガジン誌で「最近の紛争における特派員の中でも筆頭だ」と認めている。1899年5月同誌掲載の「キューバやプエルトリコでの戦争特派員仲間」で、デイヴィスはクレインを出来事に抽象的、視覚的解釈を与える、そういう文学的な特派員だと理解している。クレインを「文学的な」特派員と見たのには、先見の明がある。「自分の見たものをどう一般的に見せようかとするクレインの能力は、口では説明しにくいだろう」と彼は書いた。

7月5日にクレインはサンチャゴ住民のエル・ケーニーへの撤退の様子を、また6日にはスペイン側との捕虜交換の儀式を見た。その直後にマラリアに罹り、8日に輸送船シティ・オブ・ワシントン号でヴァージニアのオールド・ポイント・カムフォートへ、他の負傷者などと一緒に送還される（13日に到着）。

ところが、クレインはニューヨーク・ワールド紙より解雇されている。まともな記事は1つしか寄越さず、ニューヨーク志願兵71連隊の士官を臆病だと批判して、新聞の立場を危うくしたといわれた。が、この7月11日付の記事はスコヴェルの作であろう。また実際にはクレインは20以上もの記事を配信した。開戦前からグアンタナモ湾での海軍の上陸、サンファンでの戦闘にまで及び、非常に質が高いものもある。また遡って6月24日にニューヨーク・ワールド紙の宿敵であるニューヨーク・ジャーナル紙の記者エドワード・マーシャル（『赤い武勲章』の原稿をアーヴィング・バチェラーに持っていくように勧めた恩人）が、既述の通り重傷を負い、それでクレインが代わりにマーシャルの記事を海岸まで持っていって配信してあげたのを、ピューリツァーが怒ったという噂がある。また金銭トラブルという話もある。ともかくクレインはニューヨーク・ワールド紙を解雇されてから、ライヴァルのニューヨーク・ジャーナル紙の編集長サミュエル・S・チェンバレンによって、今度はプエルトリコ戦争の取材特派員になる。一旦ニューヨークに戻っていたが、7月下旬に再びフロリダに行き、そこからプエルトリコに向かう。

クレインは多分キューバにいる頃、自分が結核だと知ったようだ。ニューヨークに戻る前後に、ニューヨーク州サラナック・レイクにあるアディロンダック・コテージ・サナトリウムに行き、当時の結核の権威であるエドワード・リヴィングストン・トルドーに診てもらい、（この時点では）「深刻ではない」とのことだった。結核に罹患したというのが、キューバで軍人のような活動を好み、また命知らずとも思える向う見ずな行動をした一因かもしれない。

　プエルトリコのポンセに向かった時（8月1日）は、戦闘は終わっていて、しばらくクレインは当地の安酒場で時を過ごしていたが、8月12日に休戦条約の締結で戦争が終わった後（ただし実際の調印は12月10日）、一旦フロリダに戻って、キューバのハヴァナに入り8月中旬から12月下旬まで当地で潜伏生活を送った。8月の第3週から約3ヶ月間、代理人以外とは事実上音信していない。メアリー・ホーランというアイルランド生まれでスペイン人船長と結婚した未亡人が営む下宿屋で、4ヶ月間実質身を潜めていた。コモドア号遭難でクレインが救ったキューバ人船員に遭遇したなどという、確証の取れない話もある。

　クレインと連絡が取れなくなったコーラは、陸軍長官であるラッセル・A・アルジャーに対し、9月25日に安否を問い合わせる電報を送った。彼はこれをアメリカ軍の撤退任務にあたっていたJ・F・ウェイド少将に伝え、少将は後述のオットー・カーマイケルを通してクレインにコーラの言葉を伝達した。しかしクレインは明らかにコーラの願いを聞き入れなかった。またその際には、ハロルド・フレデリックの秘書であったジョン・スコット・ストークスが出版社より用立てして、ウェイド少将を通じてクレインに50ポンドを渡している。コンラッドも金策を試みてあげた。11月にクレインがイギリスに戻るのを渋って、ハヴァナにずっと滞在しているのは、借金があって帰国できないからと間接的に言い訳してきたからである。12月16日にアメリカ軍がハヴァナを占拠し、状況も一段落して、ようやくクレインはクリスマス・イヴにハヴァナを出て、ニューヨークに28日に戻った。ガーランドにも会ったが、彼によれば、「クレインの自分に対する接し方は変わった」とのことである。そして大晦日にイギリスに向かった。

　この時期クレインと関わった、上述以外の記者を何人か紹介しておきたい。クレインのように、行動するジャーナリズムをモットーにした記者としては、同じくピューリツァーやハーストに雇われたジェイムズ・クリールマンが代表格の1人である。彼は日清戦争、ギリシャートルコ紛争、そしてこのキューバ反乱の特

派員として活躍し、特にキューバ反乱ではエル・ケーニーでのアメリカ部隊の攻撃を先導し、スペイン士官との降伏交渉中に負傷した。クレインとはニューヨーク・ジャーナル紙派遣としてギリシャやキューバで一緒だったが、あまり親しくはなかった。またコーラに対してはクリールマン夫妻ともに冷たかった。1898年9月にクレインがハヴァナで音信不通になった時、コーラが現地に行ってクレインを探すために取りあえずニューヨークまでの旅費を募った。コーラはイギリスに戻っていたクリールマンの協力を期待したが、彼は冷たかった。後にケイト・リオンとハロルド・フレデリックの間に生まれた子供の養育費の協力をコーラは依頼したが、クリールマンの妻アリスは断った。

　ミネアポリス・タイムズ紙ワシントン支局の記者オットー・カーマイケルは、ハヴァナでのクレインの様子をオマハ・デイリー・ビー紙に1900年6月17日掲載の「ハヴァナのスティーヴン・クレイン」という回想録で語っている。クレインは乱れた生活をする一方、毎日600語を自らに課して書いていたとも認めている。またレズリーズ・ウィークリー誌や後にコリアーズ誌の記者となったエドウィン・エマソンは、ハヴァナでのクレインの隠遁生活の明るい面について、数多くの出来事を面白おかしく1900年に単行本で書いている。ニューオーリンズ・タイムズ・デモクラット紙のウォルター・パーカーの「スティーヴン・クレインについて」（1940）も、ハヴァナでのクレインの活動を詳細にかつ劇的に述べている。クレインがハヴァナで書いたとされる『戦争は優しい』に収められた連作詩「不義」の伝記的背景に触れた部分もある。

　他にクレインの記者ぶりを目撃した者としてはL・S・リンスンがいる。彼はクレインがニューヨークで旧画学生連盟の建物にいた頃の友人コーウィン・ナップ・リンスンの弟で、キューバ戦争の間、リンスンはニューヨークからの志願兵の隊長であった。クレインとはシボニーとサンチャゴで会っている。リンスンによると、クレインは従軍記者として気迫に満ちていて、ニューヨークで会った時の落ち着いた様子とは好対照だと兄に語っている。レズリーズ・ウィークリー誌の報道兼写真記者バー・マッキントッシュは、6月22日のダイキリでのアメリカ軍上陸、7月1日のサンファン要塞攻撃の間のクレインの活動を、1899年の単行本の中で記事と写真で証言している。マッキントッシュはクレインや、シカゴ・トリビューン紙のヘンリー・J・ウィガムと共にエル・ポゾで、戦闘の決定的局面を目撃することが出来た。またルーベン・マクナブというクラヴェラック・カレッジでの旧友を偶然7月1日にサンチャゴ近郊アグアドーレス川の前線救護

所「ブラディー・ベンド」で、重傷を負っているのをクレインが見つけたこともあった。ハーストの傘下にあったサンフランシスコ・エグザミナー紙のチャールズ・マイケルスンも、1927年のウィルスン・フォレットの『スティーヴン・クレイン全集』の序文で、クレインの様子、活動、人物について詳しく語っている。クレインとマイケルスンとは遡って1896年秋にジャクソンヴィルで会っていた。クレインはプエルトリコのポンセで、到着後すぐに街の下層社会に潜入したという。裏通りの酒場で、ろくでもない酔っぱらいや売春婦、いんちき賭博師と付き合っていた。それはハヴァナでも同じであった。マイケルスンはクレインの死後、クレインから預かっていた鞍袋をコーラに返した。その一つには詩「戦争の賛歌」の原稿が入っていた。

　フィラデルフィア・プレス紙のラルフ・デラヘイユ・ペインも、昔馴染みであった。ペインはクレインに最初ニュー・ジャージーのアズベリー・パークで夏の行楽シーズンの取材仲間として会った。1896年12月にフロリダのジャクスンヴィルで再会する。クレインは沈没することになるコモドア号で出航したが、ペインはスリー・フレンズ号に乗って無事キューバに行った。この船は1896年に通信船となり、前述の通りニューヨーク・ワールド紙、フィラデルフィア・プレス紙、ニューヨーク・ヘラルド紙と時に応じて契約した。5月14日から、クレインやニューヨーク・ヘラルド紙のハリー・ブラウンと共にスリー・フレンズ号に乗り込み、ハイチやドミニカへ、アメリカ艦隊を追いかけていった。ペインは6月10日のグアンタナモ侵攻の際、クレインがどのように活動したかについて単行本で1922年に貴重な記述をしている。またニューヨーク・ジャーナル紙の特派員ジョージ・ブロンスン・リーも、クレインと同行し、6月24日のラフ・ライダーズへの奇襲や、30日のラス・グアシマスの戦いを報道した。7月8日にマラリアに罹っていたクレインを治療のためにアメリカに帰還させようと、シティ・オブ・ワシントン号に乗船させたのは彼である。

　挿絵画家フレデリック・レミントン（センチュリー・マガジン誌のクレイン作「男とその他の者たち」の1ページ全面挿絵を担当）はキューバで特派員兼挿絵担当として、多くの雑誌のために挿絵を描いた。彼も1898年7月1日朝、エル・ポゾの良く見える場所から、サンファンでの雌雄を決する戦いの開始を見ていた。コリアーズ・ウィークリー誌から派遣され、報道写真も撮った従軍記者ジェイムズ・H・ヘアとは、1898年の5月29日にクレインは、通信船ソマーズ・N・スミス号の船上で会っていた。6月30日にクレインはラス・グアシマスの戦場に

ヘアを連れて行った。そして7月1日の午後、前線救護所「ブラディー・ベンド」に同行し、その後2人はエル・ポゾに行った。ヘアはセオドア・ルーズヴェルトと大統領就任後会見している（1902年9月）。その際クレインの『雨中の負傷』（「戦争の思い出」にはヘアも登場している）が話題になった。ヘアは、クレインの人格を誹謗する大統領に怒って反論したそうである。

　なお、キューバ戦争に関するほとんどの創作短編は1900年9月に『雨中の負傷：戦争の物語』としてアメリカではフレデリック・A・ストークスから、また同年10月に『雨中の負傷：1898年の米西戦争に関する物語集』としてイギリスではメシューエンからクレインの死後出版された。内容は「馬具の代価」、「ウィリアム・B・パーキンズのたった1人の攻撃」、「無名の部隊」、「善良なる者よ、神が汝らを安らかにすることを」、「アドルファス号の復讐」、「軍曹の部下の狂気」、「戦争の美徳」、「グアンタナモの砲火をぬって手旗信号を送る海軍兵士」、「この壮大な嘘」、「戦争の思い出」に「第2世代」から成る。恐らくなお米西戦争に関心が高かったためか、クレインのものでは比較的売れ行きが良かった。[1] クレインの報道記事を虚構化した作品で多くは成り立っている。登場する兵士はストイックな戦闘に厳しいプロで、どちらかといえば内省的ではなく、『赤い武勲章』のヘンリーの心に取りついていたヒロイズムにも興味がないし、また臆病でもない。黙々と任務をこなすからこそ、ドラマも少ない。筆致もリアルで淡々としている。『雨中の負傷』の「雨中」は、その色合いが陰鬱さ、苦しみ、虚しさ、そして戦争の混乱を強調しているように見える。総じて地味な感じの文体を成熟と見るか、『赤い武勲章』の独特の華麗さをなくしたと見るか、評価は難しい。

　とはいえ発表当時は、クレインの冷徹なリアリズムは概ね好評であった。ニューヨーク・タイムズ紙1900年11月10日付の書評のように、戦争の醜悪さ・ヒロイズムの実情を鋭く描いたとして注目するものもあった。「戦争の思い出」で、クレインは真実に近づくことの難しさを吐露しているが、それに充分近づいているというニューヨーク・メール・アンド・エクスプレス紙（1900年11月10日付）の評価もあった。もちろん批判もあって、たとえば1900年10月27日付のアウトルック誌は、「クレインは戦争を実体験する前の方が戦争をリアルに描けた」と辛辣に評した。一方1901年1月のクリティック誌は「クレインの戦争描写の迫真性は想像上も実体験でも同じ」と評価したが。

　出来不出来はあるが、クレインのキューバに関する記事・創作は総合的には、

前述のリチャード・ハーディング・デイヴィスの言葉通り、この戦争を取材した記者・作家の中で最も優れたものといえよう。確かに、クレインにも現地のキューバ人やスペイン人に対して偏見があったであろう。せっかくアメリカが解放してあげたのに、それに現地人が感謝しないという苛立ちをクレインは隠していない。またこれと関係するが、サンファンでの戦いの報道には、エイミー・カプランが指摘した通り、帝国主義的傾向がないとはいえない[2]。ただしそれがデイヴィスやフランク・ノリスのようなむき出しの偏見ではなかったという評価もある[3]。一方クレインの現地人に対する描写には、彼がニューヨークで見たスラムの住人に対する描写が重なるという指摘もある[4]。さらに、職業軍人・正規軍に対する称賛も根拠が充分あるかといえば疑問が残るであろう。それから、第三者・観察者としての自分が究極的に何を伝えられるのかという疑問・限界の意識が、ある種芸術的開き直り・追求の弱さにつながっているといえるかもしれない。

　なお、クレインの配信記事では、掲載された時には少しずつ異なる体裁・内容になっていることがある。それがこのキューバ・プエルトリコ関係の記事では顕著だともいわれる。どれを決定稿の記事として認めるかについては、さまざまな考えがあるが、ここでは『全集』に従っている。また、1999年に2つの記事が見つかっている。1つは17.「砲弾による激しい交戦」の異稿で、これについては17.に併せて記載する。もう1つは「サンチャゴ砲撃」という全く新しいもので(a)記事の項の最後に説明する。

(a) 記　事

1.「不法戦士の業界事情」

　最初に断っておけば、この記事は実際にクレインがキューバに行く前の、つまり1896年末のフロリダ州ジャクソンヴィルでの経験を踏まえて書かれている。ただし配信は遅れてバチェラー社より1897年5月2日付でアメリカの新聞、たとえばピッツバーグ・リーダー紙に掲載。まずクレインは、ジャクスンヴィルがいかに「親キューバ反乱」の気持ちで燃えているかを語る。反乱軍援助を目指す不法戦士活動とは、本来内幕を明かせないものであるが、内幕を明かすことが仕事である新聞記者が関わるようになって、内幕が「遺憾ながら」明らかになった、

と彼はいう。具体的には、アメリカの密輸監視船と戦艦による封鎖をかいくぐって、キューバの反乱軍に人員と軍需品を送る不法戦士の船3隻について説明している。この中にはクレインが乗って座礁・沈没したコモドア号も含まれる。スリー・フレンズ号は後にクレインも含めてアメリカのジャーナリストをキューバに派遣する船になった。もう1隻はドーントレス号である。総じてキューバへの援助という使命を果たせなかったが、その理由は新聞記者たちが、反乱の大義よりも報道を先行させたからだという。つまり、新聞記者も巻き込んで活発化した行動が、彼らによって損なわれたことにもなる。

　以下2から25まで（12を除く）の記事はニューヨーク・ワールド紙などへの記事。掲載日のみ記す。

2.「捕獲されたパナマ号の悲痛な船長」

　これ以降の記事は1898年の話になる。1898年4月28日掲載。キー・ウェストで書かれた。当地には大勢の新聞記者が待機し、アメリカ軍のキューバ攻撃のニュースを待っている。スペインの蒸気船パナマ号が捕獲され、船長たち2人は上陸してイギリス領事と話をすることを願っているが、当地の住民は反スペイン・親キューバ反乱軍の気持ちに燃えている。「町の通りで船長たちを、怒りをたぎらせる住民が見かけたらどうなるだろう。」ニューヨーク・ワールド紙のランチ船で船長が上陸した際、「彼の足はおぼつかなく、よたよたし、震えた」状態であったが、「何も起こらなかった」。この言葉は、クレインが「5匹のハツカネズミ」などでも使った、そうなるかもしれないスリリングな状況を描きながらも、肩透かしをするいわば決め台詞である。

3.「サンプスンがマリエルで港を調査」

　1898年5月1日掲載。この記事を理解するために、次の事情がよく説明される。つまり、ニューヨーク・ワールド紙の支局長シルヴェスタ・スコヴェルと、北大西洋艦隊の指揮官であり、海軍少将であるウィリアム・T・サンプスンとは知人であった。それでクレインはアメリカ海軍の旗艦巡洋船ニューヨーク号に4月29～30日に乗る機会があった。航海の目的はハヴァナの西約50キロの港湾都市マリエルでスペイン側が防備、要塞などを新たに築いているかを調査することであった。湾への入り口は非常に狭く、船から海岸のタバコ倉庫の様子なども見え

る。沿岸から、スペイン騎兵隊の発砲があり、ニューヨーク号も応戦した。クレインらしく、「水平線をサーチライトが忙しく照らしている」という表現で、緊迫した感じを伝えている。またキューバは森が多く、背後が山なので防備する側には格好であろうとも、遠景から見た印象をいっている。

4.「作戦停滞がキー・ウェストの艦隊の士気を損なう」

　1898年5月6日掲載の短信。ハヴァナ沿岸に停泊中のトリトン号船上から電信。アメリカ艦隊には倦怠感が漂っている。「士官も部下たちも面白くない」といっている。事実関係としては、提督セルヴェラのスペイン艦隊の航行を妨害し、フロリダ海峡をアメリカ海軍が安全に兵員を輸送できるように艦隊は配備されているのであったが、ウィリアム・T・サンプスン率いる艦隊の乗組員の士気は高まっていないという。こういう長期間の警戒任務は徐々に戦闘能力を損なうのでは、とクレインはいう。「実際の作戦が遅れれば、それだけ最初の交戦で人命損傷も増えるのではないか。」特にそれは海流が激しいので魚雷艇で起こるのではないかと。

5.「スティーヴン・クレインによる、C・H・スロールの素描」

　1988年5月8日号掲載。なおスロール自身による「ワールド紙先遣隊によるキューバでのスリルに満ちた冒険」が同じ紙面に掲載。クレインは5月4日に、ニューヨーク・ワールド紙の派遣船トリトン号に乗った。ニューヨーク・ワールド紙の特派員という表向きになっているが、実際はアメリカ側のスパイで4月13日よりハヴァナで情報収集していた、チャールズ・H・スロールが戦艦ウィルミントン号に乗っていた。彼は名門イェール大学出身で、長くキューバ方面で事業をしていたが、米軍スパイになりスペイン側につかまった。その後釈放されキー・ウェストに戻されることになっていた。トリトン号がウィルミントン号に横付けしていた折に、スロールにクレインは会見した。クレインはスロールの人物像と、アメリカの攻撃を待つにあたって、ハヴァナが混乱しているという話を聞き出している。「人々の顔は青ざめ、『開戦だ!』と通りで叫んでいると。」クレインはスロールをジョニーという名前で短編「この壮大な嘘」で扱っている。米西戦争後、スロールはハヴァナに戻り、そこで電気製品の取次ぎ会社を設立して社長になった。

7. キューバ関係　　297

6.「キューバ沿岸の封鎖とともに」

　1898年5月9日にフィラデルフィア・プレスなどに掲載。5月6日の通信船スリー・フレンズ号発。ハヴァナ近くのキューバ沿岸をアメリカ海軍が戦艦を連ねて封鎖した。その結果膠着状態に陥り、毎日が退屈であるという。士官たちは遅い朝食を食べている。水浴びをしようする者もいれば、甲板で眠る者もいる。手紙を書いたり、集まって「差し当たって、交戦なんてない」と話したり、あるいはうろうろする者も。ピアノの音も甲板まで漏れてくる。究極のところ「唯一の楽しみはハヴァナから6マイル離れたこの船上で気ままに思い、想像し、おしゃべり」することだというのが、逆に戦場になるかもしれないハヴァナ沖での開戦前夜を感じさせる。旗艦船ニューヨーク号は、防衛側の砲台の射程距離に入らない沿岸ぎりぎりを東へ航行する。その後を、何かが起こることを期待する記者を満載した派遣船が、煙突から黒煙を上げて続く。他のアメリカ海軍船の動向を伝えながら、劇的状況のない現状を「ハヴァナは依然として不思議なくらい静かである」といい、その結果「平和だ。一旦戦争気分だったので、余計そうだ」とクレインは締めくくる。

7.「海上封鎖をする艦隊、タレット・ジャックス号船上での会話」

　1898年5月15日掲載。キューバ沿岸を封鎖しているアメリカ戦艦の上での断片的で俗語満載の会話を再現した形式になっている。

　さまざまな船の水兵が乗り合わせているようで、どの船の所属だと聞きあっている。また赤十字の病院船への移送が話題になっている。1人の船員は甲板士官に叱責をされたことを語る。ランチ船を本船に戻す時、彼が手旗信号をたぐって下ろすのを忘れたからである。捕獲されたスペイン船に乗っていた女性がアメリカ海軍中尉の怪しい誘いをはねつけた逸話。「女はナイフでも投げつけそうだった」と。「旗艦に俺は乗っている。おまえはどこだと」と聞く船員や、要するに暇潰しである。そして最後にふざけた質問がある。「どこにヴィズカヤ（スペインの巡洋艦）はいるのか。彼女はここに来た時は威勢がよく、ハヴァナの人を凄く楽しませてくれた。しかし今どこに。それが知りたい。」この記事にはないが、事実関係を補足するとこの時点ではヴィズカヤ号はプエルトリコに向かっていたが、結局5月19日にキューバのサンチャゴ（デ・クーバ）港に寄港する。その後7月3日に、ヴィズカヤ号はサンチャゴ港を密かに出港しようとして、攻撃され

座礁した挙句爆発し大勢が死ぬ。最初から最後まで代名詞的に「彼女」である船を巡る「すれすれの」猥談的会話が効いている。

8.「ハイチとサン・ドミンゴはアメリカに好感」

1898年5月15日配信。5月24日号に掲載。ハイチとドミニカに関する最初の記事。サン（ト）・ドミンゴのポルト・プラタ（プエルト・プラタ）発。ハイチとドミニカに在住するヨーロッパからの移住者はスペインに親近感を持っている。フィリピンでアメリカがスペインに対して優勢なこと（5月1日のマニラ湾海戦を指すと思われる）も、「そんな電報は信じられない」という。少数いる英国人と現地人は例外なく親米である。もっともハイチ人の兵士の中には、アメリカの軍事的成功を無条件で認めていない者もいる。なぜならハイチはすでに黒人の独立国家であったが、独立への脅威になるのでは感じているからである。「独立してはいたい。しかしいつの日か世界に輝く文明となる偉大な共和国アメリカにもついていきたい」が正直なところだとクレインはいう。それにしても最後の言葉「人間は清潔好きで近代的であればあるほど、アメリカ贔屓だ」は露骨な表現である。

9.「サンプスンがいかにその包囲網を狭めたか」

1898年5月27日掲載。まず事実関係でいうと5月19日にスペイン提督パスクアル・セルヴェラの艦隊が、アメリカ海軍ウィンフィールド・スコット・シュリー司令官の艦隊をかわして、サンチャゴ港に停泊した。この間、いかに巧みにスペイン側がそうしたかが、「ゲーム」や「曲芸」風に語られる。5月25日から30日までスリー・フレンズ号がサンプスン提督の旗艦ニューヨーク号の後を追った。サンチャゴ港沖に展開するニューヨーク号は、セルヴェラの艦隊が今度は港から逃げるのを防ごうと待機していた。いかにも「開戦前夜」と新聞の見出しになりそうな雰囲気であったが、振り返るとサンプスンの真意が分からず、艦隊の各船の動きとサンプスンや他のアメリカ海軍指揮官の意向を探りながら、新聞記者仲間で激しく議論していた。クレインらしい色彩表現が目立つ。「薄明に赤いランタンが不気味なスレート色の船を照らす。突然信号の輝きが旗艦の濃い影を照らす。瞬き、消え、また瞬き、白、赤、白…宝石みたいに。」

10.「スリー・フレンズ号の間一髪の脱出」

　1898年5月29日掲載。ハイチからドミニカのサン・ドミンゴ経由でキー・ウェストへの帰路の19日、通信船スリー・フレンズ号が誤って小型砲艦マチアスに衝突した。記者たちが残念がったのは、以前配置についていたマチアス号に、なけなしの酒を譲ってやっていたからであった。マチアスは衝突直前に警告のために発砲した。幸いスリー・フレンズの損傷は軽微であった。実際には小型砲艦であったのに、急接近してきたためか「一瞬の間があって、死のような静寂さの中、暗闇から突然、悪魔のような操縦で猛烈に船が飛び出してきた」と脅威を語り、「マチアス号ほど大きな船を見たことがなかった」という。「スリー・フレンズ号か？」という声に「そ、そう。」「大丈夫か？」「はい」という会話体がそのまま掲載されている。通信船の緊迫した状況とは裏腹に、マチアス号の「食料はないか？」という問いが笑いを誘う。

11.「最初の陸上戦で我が軍4名が死亡」

　1898年6月13日号に掲載。6月10日からのグアンタナモ湾でのアメリカ海軍とスペイン側との戦いを、攻撃開始から報道している。夜間は攻撃してくる発砲の光か、サーチライトの照射でしかスペイン側の所在が分からず、そういう戦闘の中で犠牲者が出た。死者4人（名前が列挙されている）の中には陣地のキャンプ・マッカーラで撃たれた海軍従軍外科医補佐のジョン・ブレア・ギブスがいた。「戦争の思い出」で、その痛ましい死の状況を創作としてクレインは描いた。ここでは最後の部分で彼の人となりにも触れている。この記事では、戦死した2名の遺体は激しく損傷していたとなっているが、16日掲載の新聞（ただしニューヨーク・ワールド紙ではなく、ボストン・グローブ紙など）で、弾丸のみによる損傷と訂正された。この記事は無署名であったが、その理由は記者仲間のアーネスト・マックレディがクレインから聞き書きをしたからと思われる。

12.「弾丸での損傷のみ」

　元はニューヨーク・ワールド紙に送られたものだが、1898年6月16日のボストン・グローブ紙と翌日フィラデルフィア・プレス紙に掲載。ニューヨーク・ワールド紙は掲載しなかった。6月13日のニューヨーク・ワールド紙の記事に対する訂正。その記事とは11.の「最初の陸上戦で我が軍4名が死亡」で、6月11

〜12日のグアンタナモ湾での戦闘で戦死した海軍兵の内、2人の死体が損傷されたというもの。クレインは、医者の診断でも傷は弾丸のみによるもので、蛮行の形跡は全くないとの結論を導いている。遺体の1つはスペイン陣地に2日間あったが、武器が奪われただけであったと、論評抜きで伝えている。ニューヨーク・ワールド紙がこの訂正記事を掲載しなかったのは、「遺体は激しく損傷していた」と書いた矢先の記事をわざわざ否定したくなかったからであろう。

13.「ルーズヴェルトのラフ・ライダーズが果敢な攻撃で損失」

　1898年6月26日掲載（フィラデルフィア・プレス紙を含む）の短信。要旨は、陸軍中佐セオドア・ルーズヴェルト率いるラフ・ライダーズが6月24日にラス・グアシマスに行く途上で、敵側の攻撃に無防備に自隊を晒したという批判に対し、中立的というか、「果敢な失敗」であったと結論している。そもそもどう敵を叩こうかという策もなく部隊は騒々しく森の道を進軍し、奇襲を受けた。しかしその攻撃に対しては勇敢に戦った末被害を受けたというのである。クレインは1896年9月にニューヨークのマンハッタンで売春婦ドーラ・クラークの誤認逮捕を弁護して以来、当時警視総監のルーズヴェルトからは睨まれていたが、報道において公正であったといえるだろう。それでもルーズヴェルトには、そもそも部隊の後方にいたクレインに何が分かる、という不満はあったようだ。

14.「サンチャゴに急ぐパンド」

　1898年7月1日掲載の事実関係の短信。6月30日にプラヤ・デル・エステ（ハヴァナ東部）発。クレインはスペイン将軍ルイ・マニュエル・ドゥ・パンド・ィ・サンチェスがサンチャゴにおよそ8,400名の部隊を引き連れて進攻するという噂について書いている。現地では、行く手を阻む反乱軍の数は不明で、一説では7,500名ともいわれる。それで将軍がサンチャゴでの作戦に成功するか疑問視されている。

15.「赤い武勲章が彼の手旗信号」

　1898年7月1日掲載のかなり長い記事。6月14日の出来事を扱っている。事実関係をいうと、クレインはジョージ・フランク・エリオット大佐に率いられたアメリカ海軍とキューバ反乱軍合同による、スペイン側ゲリラへの攻撃に、グアンタナモ湾近くのクスコまで同行した。記事はまず彼への称賛の言葉で始まる。部

隊の移動。しばらくの無言。そして命令が発せられ、戦闘開始という一連の出来事を淡々と伝えている。とはいえそういう緊迫感の中で、銃声はどう聞こえるか。まるで口笛のようだなどともクレインはいう。そしてまた戦争の中で際立つのは自然の静謐さである。激しい戦闘の間、空は雲一つなく、太陽は灼熱を降り注ぎ、湾には青い海…。

この広大な自然の中で1人の兵士の行為にクレインは「赤い武勲章」という形容をつけた。ジョン・H・クイック軍曹による敵砲火をくぐっての手旗信号が、沿岸にいたアメリカ海軍戦艦ドルフィン号からの発砲を指示したのである。ちなみにクレインも大いに役立った。エリオットは6月18日付の公式文書にクレインのことを「戦場で本当に助けてくれた。一斉射撃命令の伝達などを、様々な部隊の指揮官にしてくれた」と書いている。

とはいえ、ここでもクレインの描写には、まるで敵のスペイン側ゲリラを狩りの獲物のように見るところがある。味方の海軍が彼らを射止める時、そこにはクレインの無邪気な興奮が感じられる。また味方のキューバ反乱兵（多くが黒人で農民）についても、アメリカ兵に比べて差別的な描写にも見える。

16.「大きなスペイン戦艦に追われて」

1898年7月3日掲載。事実関係をいうと5月29日に起こった冒険譚に基づく。クレインを含む7人の特派員がジャマイカの北を通信船ソマーズ・N・スミスで航行していた。と、船の煙が見える。どこの船？と思っていると、こちらに向かってくる。「味方か？」クレインは会話によって緊迫感を出すのに成功している。その船はスペイン小型砲艦であった。「あの煙からすると敵は全速力だ！」「距離を詰めてくるぞ！」新聞記者はスパイと見なすとスペインは宣告していたので、クレインたちは身の危険を感じた。発砲してくるかも。いや捕まって拷問か？と、追跡してきた船は急に右に舵をきった。見るとアメリカの特務船セント・ポールの船体が見えた。この正体をクレインは最後の一文でようやく明かすという形でサスペンスを生み出している。彼はこの事実関係を短編「アドルファス号の復讐」で生かした。いわゆるスリルとサスペンスをかき立てながら、最後は「落ち」というクレインお馴染みのパタンである。

17.「砲撃による激しい交戦」

1898年7月3日掲載の事実関係の短信。7時間にも及ぶ戦闘後アメリカ軍は進

撃し、7月1日朝にサンファン要塞への攻撃が開始された。クレインはエル・ポゾの戦況が良く見える地点に登り、攻撃の模様を見た。アメリカ軍の砲撃隊は、森に隠れて塹壕に立てこもるスペインの銃撃隊と激しい戦闘を交わした。この記事については異稿が存在する。「スティーヴン・クレインによる話」でニューヨーク・ワールド紙に7月2日に掲載されている。内容にほとんど違いはないが、「我が軍」("our men") といったように、読者の愛国心を喚起するような書き方となっている。

18.「クレインが上陸の模様を語る」

1898年7月7日掲載（ボストン・グローブ紙を含む）。アメリカ軍が6月22日の夜明けとともに、サンチャゴに近いダイキリに初めて上陸した時の模様を語っている。クレインは「10分前まで大勢の兵士が上陸の作業をしていた」と臨場感を出すように書き始めている。輸送船から小型ボートが出撃して部隊を組織的に上陸させた。敵の抵抗はなかった。すでに退却しているようであった。その慌てて逃げた証拠として、「バスタブがひっくり返って放置されていた。」アメリカ国旗が掲揚された時には喜びに沸き立った。ただし、輸送用の小型ボートが転覆した折に犠牲者が出た。毛布や銃弾のベルトの重みに耐えられずに岸から目と鼻の先で溺れたのである。小説では「善良なる者よ、神が汝らを安らかにすることを」に対応している部分がある。また現地のキューバ人（味方のゲリラ）は上陸を「ただ見ているだけ」だという記述もしている。戦闘が終わると、彼らは野営の火を囲んで奇妙な歌を即席のドラムに合わせて歌っている。「しきりに戦況を聞きたがる」同胞のアメリカ兵に比べて、距離のある書き方をクレインはしている。

19.「スティーヴン・クレインがワールド紙のために最前線に」

1898年7月7日掲載（ボストン・グローブ紙を含む）。6月24日のサンチャゴ周辺での戦いを描いている。クレインはセオドア・ルーズヴェルト中佐などの指揮下にあった、義勇軍ラフ・ライダーズのシボニーからラス・グアシマスへの進軍の近くにいた。ジャングルの中、灼熱に苦しめられていた。と、義勇軍が奇襲を受けて大損害を被った。この記事でクレインはラフ・ライダーズの勇気を称えたが、志願兵にありがちな素人的不注意さは批判している。この志願兵たちは陽気にしゃべりながら、大きな音を立てて歩いていた。そのためにいつ襲われるかと気

が気でなかった、と彼はいう。エドワード・マーシャルが負傷した場面にもクレインは遭遇した。記事にはないが、旧友である彼のために、クレインは海岸まで戻って彼の記事を配信した。これがライヴァル社の記者を助けたとして、ニューヨーク・ワールド紙からの解雇の一因になったといわれる。クレインはまた前線救護所で忙しく働く医者たちを称賛している。

この時のことをクレインは他に創作「善良なる者よ、神が汝らを安らかにすることを」と「戦争の思い出」で書いている。特に後者で見られるような、事実の単純な記載がここでも見られる。「皆が負傷した。皆が死んだ。誰もいなかった。やがて人が現れた。負傷者が。重傷者が。そして死者が。」

20.「エル・ケーニーの難民に混じってスペイン人の脱走者も」

1898年7月8日掲載。7月5日エル・ケーニーより配信。2日間戦闘が収まっている間に、難民の多くがアメリカ軍の攻撃を恐れてサンチャゴから近郊のエル・ケーニーに逃げ込んできた。多くは女性であった。こういう状況にこそ「戦争の真の恐怖がある」とクレインはいう。彼はアメリカ軍が難民に援助の手を差し伸べているのに、逆にスペイン側ゲリラは、退却する人々の列などを攻撃していると非難する。ケーニーの野戦病院ではアメリカ人医師がスペイン兵も治療しているともいう。「同胞が苦しんでいるのに何でこんな奴らに時間の浪費を？どうしてこんな親切を？」とクレインは訴える。極めて愛国的な報道である。

21.「飢餓のためにキューバ人は諦めの境地に」

1898年7月12日に掲載の長文。6月27日付となっているので、配信ではなく郵送であったようだ。アメリカのマスコミは戦況が膠着状態の時でも劇的な報道を期待する。そのことへの批判が込められた記事。戦争の進展を求める読者に対し、戦闘部隊の移動・兵站などには時間がかかると断った上で、いわゆる暇ネタを提供している。たとえば山の頂上に登ったらそこからサンチャゴ港のスペイン艦隊が見えたなど。一方この記事では、キューバ反乱軍兵士の一見「ストイック」だが無感動で、冷淡ともいえる態度に注目している。アメリカ軍に対して感謝も、いかなる感情も示さないように見える。勢い、お互いに自分たちのやり方、あり方に固執すると。キューバ人は、空腹に悩む「スラム一般」の人々のように無感情になってしまい、それが諦めの境地と結びついているとクレインはいいたいのか。ちなみにアメリカ軍については、義勇軍の活躍に気を取られて正規

軍の活動をマスコミが軽視していると、彼は嘆いている。

22.「スティーヴン・クレインがサンファンでの戦いを迫真的に語る」

　1898年7月14日掲載。またハーパーズ・ウィークリー誌に7月23日掲載。クレインのキューバ関係の記事の中で、恐らく一番有名で賞賛と批判を受けたもの。長文である。配信の日付はサンチャゴの前線より7月4日、アメリカ・ヴァージニア州オールド・ポイント・カムフォート経由7月13日となっているが、後者の日付はクレインがマラリアに罹患して輸送船シティ・オブ・ワシントン号でアメリカに着いた日である。多分オールド・ポイント・カムフォートから実際には直接配信したのではないか。

　7月1～2日にサンファン要塞と、サンチャゴの北東にあるエル・ケーニーの村をアメリカ軍は奪取した。これが戦争を決した。クレインは戦いでの主な出来事を時系列に従って語っている。砲兵隊によるスペイン軍の塹壕の砲撃や、行進する友軍への砲撃を引き起こした観測気球の破裂、サンファン要塞への攻撃、前線から戻された負傷者、前線救護所、エル・ケーニーでの執拗な敵の反撃とその撃退。こういった事柄は、創作「戦争の思い出」でより劇的に描かれることになる。

　この記事について、クレインの愛国的精神に行き過ぎを感じる向きもあるだろう。彼は兵士の団結を強調し、この戦いは「誰にとっても最高の時であった」と強調する。しかしその「団結」は「オープン・ボート」では生存のためであったのに対し、ここでは殺し合いの上で成立している。そしてその愛国心は裏返してキューバ人への露骨な「軽蔑」になっている。アメリカの兵士は無私の援護をしているのであって、そういう理想をキューバ人も見習うようにとも書いている。ちなみに興味深いのは現地の家並みを「日本的」と評し、外国からの観戦武官の中に日本人を見て、「彼だけが（むごたらしさに）肩をすくめるのみで無言であった」といっていることである。柴五郎（後に中佐）か、秋山真之（後に海軍中将）のことだと思える（前者の可能性が高い）。

23.「海軍への夜襲と勇敢な救出」

　7月16日掲載。グアンタナモ発7月4日の短信。アメリカ海軍のグアンタナモ湾侵攻が行われた6月10日の出来事を回顧して、兵士の勇気を称えている。事実関係としては1月近く遅れた配信に「何を今さら」かもしれないが、ともかく野

7. キューバ関係　　305

営キャンプにスペイン軍ゲリラが夜襲してきた。夜間の戦闘は極めて疲弊するもので、東の空が明るくなると、最悪といわれる朝飯を食べて、その後は死んだように眠る。包囲された先遣隊の救助に17人が志願した。この記事で一番よく取り上げられるのは、兵士の中にノランという名があることだ。クレインはこの名前を短編「馬具の代価」などで登場させている。

24.「押収したモーゼル小銃を志願兵に」

1898年7月7日付で配信。が、掲載は7月17日（フィラデルフィア・プレス紙を含む）。スペイン側は無煙のライフルや、砲兵隊は無煙の火砲を使っている。これに対しアメリカ正規軍は、黒い火焔を放つライフルを使っていて、この点を批判している。その火焔のせいで敵に居場所が分かり、無用の犠牲をもたらす。クレインはまた、正規兵に比べて、さらに劣る時代遅れの銃を志願兵が使っていることもおかしいという。彼は、志願兵には、敵より押収した使い方も簡単なモーゼル小銃を与えるべきと示唆している。志願兵だってよい武器を使いたいのは、倒れた正規兵の銃を志願兵が使っていることでも分かるとクレインはいう。

25.「正規兵に栄誉はなく」

ニューヨーク・ワールド紙にクレインが送った最後の記事で、1898年7月20日に掲載。7月9日シボニー発なので郵送だったと思われる。マスコミは、とかくセオドア・ルーズヴェルト率いるラフ・ライダーズなどの上流階級出身の義勇軍に注目して、正規兵を無視している。そのことへの批判である。ただしクレインは志願兵（義勇軍）をけなしているのではない。彼らの個人的な武勇伝などが喧伝されているが、クレインはそういうものは、「全体に埋もれている」はずのものだという。逆に「臆病なら目立つだろうが」と、彼は皮肉る。たとえば真面目な正規兵の一員に過ぎない「その名前は、恐らくマイケル・ノランであろうが、入隊を祝って写真が新聞に掲載されることはない。」ノランはクレインの描く典型的正規兵で、「汗みどろで、罵りながら、荷物をたくさん持って、飢えて喉も渇き、睡眠不足のノランは有刺鉄線にもつれて…銃で撃たれる。」そういうノランの姿を「忘れる者は恥知らず」だとクレインはいう。この状況をそのままクレインは短編「馬具の代価」で、丘を登って攻撃するところで撃たれて死ぬ人物として使っている。

以下26から44までの記事はニューヨーク・ジャーナル紙への記事。掲載日のみ記す。

26.「地元民を休日にした兵士の埋葬」

ニューヨーク・ジャーナル紙と契約してから最初の記事。1898年8月15日に掲載。プエルトリコ発で8月5日となっているので郵送か。クレインは兵士の葬儀に際してアメリカ歩兵隊は厳粛に振る舞っているのに、地元住民は騒がしいと比較している。群集はざわざわしながら物見高く、「首を伸ばし、視界を阻む人を避けようとする。」「無意味な声が棺をうつ。もう何もいえない死人」に。荘重な礼砲も、群集を驚かせただけである。ここにもクレインの愛国主義、翻って地元民への軽蔑心が伺える。

27.「グランドラピッズ・アンド・ポンセ」

1898年8月17日掲載。プエルトリコ発。アメリカ人（グランドラピッズとはアメリカ・ミシガン州の町）とプエルトルコ人（ポンセはプエルトリコの中心地）を比較している。つまり、平均的アメリカ人から見たら、ということである。ポンセの住民は、スペイン人が退去しアメリカ人が来たことを「表面的には」喜んでいる。だが彼らの微笑は「測りがたい」し、実は歓迎の「拍手」の中に「欺瞞」も潜んでいる。農民たちは、スペイン人は必ず戻ってくると思っている。スペイン支配という刻印は、そう簡単に中南米の人々の気質から抜けない。なお、ポンセの町はメキシコ・シティに似ているとクレインはいう。売り子の騒がしい声はないけれども。

28.「プエルトルコ人の『日和見ぶり』」

1898年8月18日掲載。プエルトリコのフアナ・ディアス発8月10日なのでこれも郵送か。アメリカ軍部隊がフアナ・ディアスの外れに野営した時の話。彼らが会った地元民は、最初は愛想が悪かった。タバコを店で買ったら非常に冷たく応対された。家のポーチから女の子が自分たちを無表情に見ている。とはいえ、アメリカ軍の大部隊と将軍を見ると非常に愛想良くなって「アメリカ万歳」に変身する。だが連中はまだ親スペインか親アメリカなのか分からない。最後に「本当に正直な連中だ」と皮肉る。

7. キューバ関係　　307

29.「スティーヴン・クレインが解放されたキューバを見る」

　1898年8月28日掲載。ハバナからの記事。スペインとアメリカが8月12日に交戦状態を終結した後の8月下旬に、クレインはキューバのハヴァナに戻っていた。当地はまだスペインが実効支配していたが、彼は密かに年末まで潜伏生活をした。

　アメリカへの併合という意識が高まっている。スペイン人は現地人からの報復を恐れ、逆にアメリカ軍の進駐を望んでいる。泥棒たちも「アメリカ軍が来ないうちに盗んでしまおう」といっている。ハヴァナには飢饉はない。しかしマタンザスという東部60マイルのところでは、飢饉が生じている。

30.「スティーヴン・クレインはブランコを恐れない」

　1898年8月30日掲載。表題にある（ラモン・）ブランコ（・イ・エレナス）とは1897年10月にキューバのスペイン総督になっていた人物。クレインはハヴァナの雰囲気がアメリカの戦勝で変わったという。端的にいえば、長いものには巻かれろという雰囲気になった。ただし在住スペイン人は自分たちの将来を、「アメリカ側につくべきか」、あるいは立ち退きも含めて色々考えていると、現地の新聞から情報を引用しながらクレインは語る。ちなみに、クレインはハヴァナにはパスポートさえなくても簡単に入れたという。総督が湾内の船で9人の新聞記者を捕まえた時も、ホテルにいた自分は乱暴されたりしなかった。だから「ブランコ」は怖くないのである。

31.「ハヴァナは衰退を拒む、とスティーヴン・クレインは語る」

　1898年9月3日掲載。ハヴァナ発8月25日。現地から町の様子を語っている。当地が落ち着いているのは、プエルトリコなどでのアメリカ兵の規律正しさなどが報道されているからだという。だから、アメリカ軍が来ても、乱暴狼藉を働くことはないだろうと。街はアメリカ人を敵視しなくなっている。とはいえ、それは米西戦争の全体的戦況を知っているからではない。特にフィリピンの事情など、存在さえよく知られていない。商売人は将来の顧客であるアメリカ人を当てにしている。港には係留されたままのスペイン軍艦がいる。そういう中途半端な状況の中で物価だけが高騰している。

32.「スティーヴン・クレインがハヴァナを見る」

　1898年9月7日に掲載。ハヴァナ発。町のスペインの商人は、2年前にスペイン海軍が戦艦を購入するために80万ドルを募った。「戦艦は投資に合わない」と笑えない冗談をいっている。新聞の売り子が合衆国憲法を売り歩いている。地元の寺院にあるコロンバスの骨といわれるものをどう処理しようかと考えている者もいる。港は荷物で活気を増している。この何となく取り留めのない記事は、アメリカ志願兵への評価が高すぎるという、クレインが何回も唱えたことに急に話題が変わり、唐突に「それにしてもモーゼル銃は凄い」で終わる。

33.「食糧商による封鎖」

　1898年9月23日付掲載。キューバの港をアメリカが海上封鎖すると知った時、地元の食糧商がこの機に乗じて、法外な料金を吹っ掛けた。だから住民は「自分たちは戦艦ではなく食糧商によって封鎖された」と嘆いた。ブランコ総督の命令に背いて、食糧商は物資を密かに蓄え、不足だと見せかけ物価をつり上げ搾取したのである。が、封鎖が終わるという噂が流れると、人々は補給物資が来るまで待とうという気になり、買わなくなった。食糧商はやむなく価格を下げた。「恥知らず」とクレインは弾劾する。この件は短編「この壮大な嘘」で創作化される。

34.「兵卒の物語」

　1898年9月26日掲載。この記事はマラリアに罹患したクレインが、輸送船シティ・オブ・ワシントン号に乗って7月13日にヴァージニア州オールド・ポイント・カムフォートに、キューバから戻った時のことを述べている。小柄な女性がランチ船に乗って、入港してくる船に夫の姿を見つけようとしている。本船から「アリス！」という声。陸からも大勢が自分たち船上の者を見ている。船が着くと、女性たちは泣きながら負傷兵の列を見ている。クレイン自身万感極まり、自分も正規兵として生き、死にたいとさえ思う。一方では上陸後、キューバにいた頃から夢見ていた、アイスクリーム・ソーダを早速食べに行ったのだが…。非日常的感動と、日常性への執着の対比が面白い。

35.「スティーヴン・クレインがキューバの首都を観察」

10月2日掲載。9月20日ハヴァナ発。米西平和交渉が遅々として進展しないことを鋭く批判している。キューバからスペイン軍を追放するのが遅いという。「正規兵の進軍を見たいのに」とクレインは苛立つ。スペイン人は退去を遅らせようとしている。そして可能な限りドルを持ち出そうとしている。当地の商業活動も停滞気味である。いっそ次回の戦争では「陸海軍ともワシントン政府を攻撃しなくては」という。「そうすれば事は簡単だ。」

36.「スペイン人がキューバより立ち去る」

1898年10月6日掲載。スペイン人との間に子供が出来たが、終戦後置き去りにされる女性の嘆きを描いた感傷的な記事。啜り泣きが聞こえる。女の眼は子供を腕に抱いたまま、出港していくスペイン人将校の乗った蒸気船にくぎ付けである。女は子供を父に見せようと掲げる。美人でもないし年も取っている。そのことがかえって哀れである。こうなったのは、ある程度女性の自己責任である。現地の人はいうだろう。「因果応報だ。スペイン人よりここの人間を相手にしとけば良かったのに」と。だが女の「苦しみ」は「人の苦しみには違いなく、それは決して快いものではない」とクレインは書く。

37.「ハヴァナのスティーヴン・クレイン」

1898年10月9日掲載。ハヴァナの歩道は狭く曲芸師しか通れない。それでいつも道の優先権をめぐって住民たちは騒動を起こすとクレインはいう。木曜と日曜には、道はまるで故郷アズベリー・パークの遊歩道みたいに大混雑する。そもそも大混雑の中で人と会っても会釈だけではすまずに…と、通りの混雑・混乱の話に終始している。いわゆる暇ネタの類と思われ話も雑然としている。

38.「キューバ人の求愛の流儀」

1898年10月25日掲載。ハヴァナでの男女の出会いを、ユーモアを交えながら説明している。上流階級では、昔からフォーマルな出会いの機会がある。しかし庶民階級では、若者が女性の気を惹こうとする機会を自ら作らねばならない。まずお目当ての女性の家の前をうろつく。女が窓際に座っていてそれに気づく。そして時機を見て手紙を男が書く。大抵女は母親に渡す。その男は親によって色々

値踏みされる。その上で彼女の自宅に招かれて、一家のお眼鏡に適うかを本格的に試される。そのため3年から8年も訪問する。とはいえ習慣は違っても、「男は女を愛し、女は愛する男を待つ」心情は同じである。なぜなら「要するにキューバもオマハ（アメリカ・ネブラスカ州）も同じ月の下にあるのだから。」なぜオマハなのかは謎であるが。

39.「スティーヴン・クレインがハヴァナについて語る」

　再契約した後の1898年11月6日に掲載。クレインはこれ以降雇い主のハーストではなく、自らの代理人ポール・リヴィア・レイノルズを通じて配信するつもりだったが、実際には他の新聞に売れなかった。再契約したとはいえ、ハーストとの信頼関係は相当薄れていたらしい。まずクレインは、ハヴァナでは教会鐘楼の鳴らし方が激しいという。これが以下とどのようにつながるのかは不明であるが（多分「差異」の一例か）、ともかくキューバの事情を様々語っている。まず労働力があふれていること。タバコ業界の見通し。アメリカの弁護士がキューバで開業できるか、その習慣の違い。残ったスペイン人が今でも懲りずに敗戦について不満を漏らし、スペインの統治下に戻るのを夢見ている、などである。

40.「『やれ！　出来ない！』」

　1898年11月8日に掲載。1898年8月12日に暫定的に締結されたアメリカとスペインの休戦協定では、スペインは「直ちに」キューバ撤退を求められた。だが、両国の顧問団が撤退の解釈を巡って対立した。「アメリカ側は『やれ！』というが、スペイン側は『出来ない！』と答える」という。クレインはスペイン側に辛らつである。スペイン人にとっては、キューバはどうあっても自分たちのものであり、事実そうだったという意識がある。それが「嘘と遅延」につながっている。ともかく悪いのはアメリカの顧問団ではなく、ひたすらスペイン側の責任だとクレインは断定する。こんなキューバでは、アメリカ人の良い気質さえだめになるだろうと。

　一方彼はキューバの反乱軍兵士が3年間戦ったのに、立場が不安なことに同情的である。彼らは「自分たちはアメリカ人じゃないのか？」と聞いてくる。とはいえ、クレインによれば反乱軍も識別が必要である。つまり「ハヴァナ地域の反乱軍は、サンチャゴの戦いでほとんどか全く何もしなかった連中とは大違いなので」というのである。

41.「ハヴァナのクレイン氏より」

　1898年11月9日掲載。皆が躊躇(ためら)いがちに話すことがあるという。それはサンチャゴ占領以来、アメリカ兵士の中で地元民に対して態度の悪い者がいるという話題である。「占領政策とは、もっとも微妙な」問題だとクレインはいう。だから自制が必要だと。反アメリカ的新聞が、サンチャゴの状況をハヴァナにも盛んに伝えていて、懸念される。兵士個々に国家の代表という自覚がないと、ちょっとした過ちがマスコミや噂で大げさに取り上げられることになる。その例えはクレインらしく「ワインを一滴こぼしても、ワイン樽で溺れたと報道される」とふざけているが、全体的には駐留兵士の身の処し方、及び報道の本質をついた鋭い指摘をしている。

42.「2人のスペイン人」

　1898年11月11日掲載。クレインはアメリカ占領前のハヴァナ駐留のスペイン軍幹部2人を批判している。1人はルイ・マニュエル・ドゥ・パンド・ィ・サンチェス将軍である。彼は戦争前にアメリカ軍の非効率性をあげつらった。そういう中傷を、負けてからも欧米のマスコミに話すのだろうとクレインはいう。始末が悪いのは、パンドはハヴァナで影響力があることだ。

　もう1人はラファエロ・モントロという財務担当幹部である。アメリカ軍は、戦病者病院開設のために定期市を開いてその利益をあてたいと考えている。もっとも病院計画の詳細は未定であるが。ところがモントロは、定期市の収益の25％は政府が徴収すべきと主張した。怒った顧問団は彼を追放した。クレインはこういった「悪漢」は法治国家になろうとするキューバには置いておけないと罵倒している。

43.「ハヴァナの現状」

　1898年11月12日掲載の比較的長い記事。クレインはハヴァナ近郊の反乱軍の取材をしているが、まずそこへ行くために法外な交通費をふっかけられるという。戦争が終わって約3ヶ月経過しているが、反乱軍と共になおスペイン側の前線部隊もいた。その両者が共存していることにまずクレインは驚き、また両者の銃の比較などをしている。駐屯する中に、マリオ・ガルシア・メノカル（コーネル大学出身で、後の大統領）が率いる反乱軍の、その将兵になったアメリカ人砲兵

大尉がいた。メノカル自身は出かけていて、クレインは会えなかったが、その後会っている。当地の食料は、反乱軍の分は何とか足りているが、その近辺にいる民間人の女や子供は半分以上が飢餓状態である。身なりも惨めで病気にもなり、売春のようなことが起こっていると匂わせている。

44.「外交官というものの悲しむべき必要性」

1898年11月17日掲載。この記事と11月8日の「『やれ！ 出来ない！』」で話題としたスペイン軍撤退を巡るアメリカ軍事顧問団の記事を見ると、クレインの態度は矛盾して見える。後者では顧問団を擁護していたのに、ここでは批判的である。ともかくその人数が多すぎるという。対するスペイン側は（この点では2つの記事とも同じ）、「意図的遅延」が目立つ。そういう遅延が何の役に立つか知らないが、要するにそうしているのである。アメリカ軍の中でも駐屯地配備担当のフランク・J・ヘッカー大佐は、有言実行の例外的存在であるともいう。その後、クレインは話を戻して、いかに戦争前、キューバ在住のスペイン人が楽観的であったかという逸話を紹介する。最後にアメリカでは下級の役人たちに責任だけが押しつけられ、一方大使や大臣といったお偉方は手柄だけを持って故国に帰るという。焦点が定まっていない散漫な印象を受ける記事。

45.「スティーヴン・クレイン氏が新世界について語る」

ロンドンのアウトルック誌に1899年2月4日掲載。レイヴンズブルックでの、つまりイギリスに戻ってからのかなり長い会見記事。クレインの政治的見解を聞いている。「クレイン氏ほど、この方面に通暁している人はいない」と断って会見は始まっているが、中身にそう独自のものはない。キューバにはタバコや砂糖など可能性のある産業があるが、スペイン支配下では彼らがその利益を収奪していたという。クレインは米西戦争（フィリピンのことも含めて）におけるアメリカの帝国主義的意図を否定している。アメリカはキューバを独立させるだろうと思える。もっとも普通の兵士は、戦争中のキューバ反乱軍の不充分な戦闘には怒っている。だから独立には反対かもしれない。ロシア皇帝（ニコライ2世）が国際会議を呼びかけた点について、「個人的な意見ではなくアメリカ人一般として」、懐疑的な意見を表明している。だが実際には25ヵ国が参加して1899年5月18日にハーグで開催された。総じてクレインは、アメリカは「稀にしか軍事的にはならない」と強調している。

46.「アメリカ軍はどのようにして戦争をするか」

　ロンドン・デイリー・クロニクル紙に1899年7月25日掲載。手紙での返答という形式になっている。フィリピンでのアメリカ指揮官エルウェル・オーティス将軍が、現地のゲリラの状況を知らずに戦争をしていることを、キューバでの例を出して（ただしこちらはスペイン側が現地の反乱ゲリラの実態をよく知っていたこと）、比較して批判している。それにもかかわらず、オーティス将軍は間違いを認めず、新聞検閲でもするのでは、と皮肉で締めくくっている。

47.「キューバのアメリカ人と乞食」（仮題）

　タイトルがなく未完で、ハヴァナ滞在中の執筆と思える。初出はR・W・ストールマンとE・R・ハーゲマン編集の『スティーヴン・クレインの戦争報道集』(1964)。仮題はストールマンによる。キューバに来たアメリカ人で弁務官ほど健康に注意していたはずの者はいないのに、5人も亡くなった。新聞記者に牧場、土地投機関係者に至るまで民間人は健康で誰も亡くなっていない。彼らは熱帯病を全く気にしていない。理由は不明だが、この事実は興味深いという。またクレインは、ハヴァナの乞食はスペインから「輸入された」という。今でもそうしているかどうかは不明だが。そういう乞食はアメリカ人や現地キューバ人にはすぐにせがんでくるのに、スペイン人には近づこうともしないともいう。後者はケチだからだろうか、などと想像している。

48.「サンチャゴ砲撃」

　実際にはニューヨーク・ワールド紙1898年6月12日に掲載されていたが、スティーヴン・クレイン・スタディーズに1999年（第8号1巻）に初めてクレイン作として掲載された。内容は6月7日にサンプスン提督率いるアメリカ艦隊が、サンチャゴ港背後の陸地を激しく攻撃した時のこと。攻撃による凄まじい音、煙など、臨場感をもって描いているが、一方では新聞記者が大勢乗っている通信船が近づきすぎて退却を命じられるなど、取材合戦の凄さも書いている。ともかく、アメリカ軍の作戦は終了した。すると、また「通信船の出番である。」

(b) 創　作

1.「ある兵卒の回想」

　ニューヨーク・ジャーナル紙1898年9月25日に掲載。「スティーヴン・クレインによる聞き書き」とあるが、フィクションである。クレインは正規軍の兵卒の声という形で、戦争省で誰が実権を握っているかに大衆が無関心であることを非難している。「奴はどこにいる？」と戦争中無能だった者はどこにいるという問いかけで話は始まる。ところがそもそも大衆は戦争省の責任者の名前など知らない。だから戦争が始まると、責任者の席には無能な輩が座っている。大衆よ、目覚めろ、という理屈である。多分クレインの毒舌は、名指しはされていないが、軍需品や食料の不備、衛生状態などでよく批判された、米西戦争中の陸軍長官ラッセル・アルジャーに向けられたのだろう。

2.「馬具の代価」

　1898年9月にハヴァナでの潜伏中に書かれ、ブラックウッズ・エディンバラ・マガジン誌とコズモポリタン誌に同年12月に掲載。当初のタイトルは作品中から取った「細い赤糸で縫われた布」（これは「死の布」だと作品中でいわれる）であったが、これをクレインは気に入らなかった。作品の主題が、「馬具を付ける代価の話である。アメリカ軍の馬具だ。血で、飢えて、熱病という代償で払う」というのは、代理人ポール・リヴィア・レイノルズにクレインが語った（1898年11月3日付のハヴァナよりの手紙）通りであろう。「馬具」とは「武具」ともいい直せる。ジョセフ・コンラッドは『赤い武勲章』以来の傑作と呼び、またジャーナリスト仲間のリチャード・ハーディング・デイヴィスは「キューバ戦争が生んだ最大の傑作」とした。

　作品はクレインの記事「スティーヴン・クレインがサンファンでの戦いを迫真的に語る」（1898年7月14日）や「正規兵に栄誉はなく」（7月20日）を創作にしたものといえる。サンファンで戦った正規兵の奮戦について、一般にはあまり報道されなかった。創作でのジャック・マーティン、ジミー・ノラン、ビリー・グリアスンとアイク・ワトキンスの戦いにも正当な報いはなかったように見える。4人の兵士は、戦闘での個人的勇気、ヒロイズムなどに関心がなさそうだ。戦闘任務はただ黙々と果たすものだと見ている。ノランは「自分の仲間は物凄く勇敢

で、自分はそれに従っているだけだ」と思う。この気持ちを恐らく共有している4人は淡々と戦い、マーティンは腕を撃たれ、グリアスンに黄熱病の収容キャンプで会う。ワトキンスは肺を撃ち抜かれる。多分致命傷である。ノランは丘を登ったところで撃たれて戦死する。

　戦争とは『赤い武勲章』のヘンリーのように英雄的に戦うか、それとも逃げ出すかの二者択一ではない。小説の冒頭で4人は大勢に混じって、空腹と戦いながら砲兵部隊が通れるようにするために道を掘り返している。この一団をやがて襲う死や負傷については、腿を撃ち抜かれて溝に放置されたキューバ人の反乱兵が予兆となっている。その「声を上げての嘆き」が記された後、対照的にノランの死は簡潔に、しかし情感を込めて描かれる。出血しているのを知らず、「満足げに」ただ地面が湿っているのだとノランは言い張る。自分が死ぬとは自覚していない。

　戦いそのものの描写も淡々としている。「一日の戦いが始まる。」そして段落が変わって「誰も声を上げなかった」という短い一文が続く。こういう抑えた筆致によって、極限状況における冷静な兵士の態度をクレインが賞賛しているのは明らかである。『赤い武勲章』のヘンリーのパニックとは大違いだといえよう。しかしこれは描写面からいえば、前者ではもっぱら外面の様子が描かれたから、冷静に見えたのだといえなくもない。ヘンリーが大いに煩い、そしてここでの正規兵にもきっとあったであろう、心理上の葛藤などは省かれたとも考えられる。クレインも義務への忠誠を大げさに肯定しているわけではないようだ。負傷した反乱兵士の列を通り過ぎる若い将校は、その嘆き声に耳を貸さない。そこには冷徹な人間の非人間性という側面がある。「こういった人間は場合によっては愚かかもしれない」という文と、だが「こういう忠誠心と勇気は代々伝えられたものだ」という文が並列される[5]。正規兵の一連の行動が真の勇気なのか、「ヒロイズムの神秘」にも似た虚しい勇気なのか、解釈が分かれてくる。

　そもそも何のために戦っているかなど、問題になっていなかった。それなのに物語は皮肉にも、マーティンとグリアスンが収容された野戦病院のテントで、頭の狂った兵士が精一杯熱心にアメリカ国家を歌っている場面で終わる。狂気になったことは、戦争の恐ろしさを象徴する。冷静な人間と狂気の人間は一見対照的にも思える。しかし冷厳さが感情を枯渇させ（マーティンは撃たれた時にただ「悲しく」て「恥ずかしそうな」だけである）、他者への共感や同情を奪っているのなら、同じく正気ではないともいえよう。

いずれにせよ、ここには戦争に高揚を覚える感情は一切見当たらない。仲間の死を嘆く言葉は単なる感嘆符で口数少なく、饒舌さは狂気の人間のアメリカ国歌のみである。言葉は何も説明しないという「戦争の思い出」と共通する点がある。この作品については、ウィラ・キャザーが「もう少しで傑作」と1926年に評しているが、総じてクレインに厳しかったキャザーの評価としては例外といえる。恐らく、ヒロイズムをわざとらしく見せつけるのではなく、淡々と、というのが評価の理由ではなかったか。描写は非常にリアリスティックであり、武器なども現地取材の成果か、正確な記述になっているが、クレインらしい比喩的表現も散見される。たとえば情報収集の風船が撃ち落される描写は、「風船が死んでいく。敵味方双方の眼前で派手に見られながら死んでいく。」それからもう一つ、この擬人化の延長でもあり、タイトルの由来でもあるが、作品内では戦争における馬の役目、その献身に注目されている。

話を戻すことになるが、抑制された筆致であるとはいえ、戦争を声高に批判せず、正規兵を称えるような考えは、要するにラディアード・キプリング的な戦争賛美ではないかとの指摘もある。[6]「議会のお偉方の圧迫や国民の無関心にもかかわらず」、「忠誠心と勇気は」継承されていくというのもかえって鼻につく。ともかく、この作品はクレインの戦争への見方を示す重要なものと見られる場合が多い。

3.「ウィリアム・B・パーキンズのたった1人の攻撃」

1899年1月2日にウェストミンスター・ガゼット紙に初出。1898年6月10日のグアンタナモ湾上陸後、臨時駐屯地でのフィラデルフィア・プレスの従軍記者、ラルフ・D・ペインにまつわる事件をかなりそのまま語ったもの。パーキンズ(ペイン)は戦争を知らず、指揮に反抗して自らを危険にさらし、やっとのことで生還するが、全くの無駄骨であったという顛末である。

彼は海軍が駐屯して3日目に通信船から上陸する。ある兵士が詰まった弾薬を取り除こうと空中に発砲し、スペイン軍とゲリラの一斉射撃を招く。海軍は応戦し、パーキンズは茂みにスペイン軍兵士が隠れていると思い込み、負傷した兵士からライフルを借りて敵と思われる方向に突進する。彼がスペイン人兵士だと思ったのは、枯れたヤシの枝であった。パーキンズは集中攻撃にあう。彼は捨てられた砂糖煮沸器に逃げ込むが、散々攻撃されてようやく銃声が収まる。命からがら逃げ帰るが、砂糖煮沸機に逃げこんだという話を誰も信じてくれない。とも

かく彼は船に戻って来て、非常に思慮深い顔をしていた。

　この「実話」と取れるものに、クレインの戦争に対する「先入観」を見る批評家もいる。つまり、彼は基本的に『赤い武勲章』と同じく、無垢・エゴの拡大・現実との遭遇・真実を知るというパタンで事実を解釈して創作化しているというのである[7]。一方では、「戦争における不条理」といったこと以上に何も意味づけがなされていない作品という評価もある[8]。

　ともかく、従軍記者というのが「戦場の兵士」からは浮いていて、戦況を見ては単純に「嬉しがり」、「撃たれたいのか、この馬鹿！」という声も無視して、「応戦せねば」と勝手に思い込むところがおかしい。

4.「グアンタナモで砲火をぬって手旗信号を送る海軍兵士」

　1899年2月号のマックルアズ・マガジン誌に掲載。創作とスケッチ風記事の中間的な小品。昼は旗で、夜はランタンで信号を送る軍の慣行を扱っている。1898年6月10日にグアンタナモ湾での攻撃後、上陸してからの陣地キャンプ・マッカーラでのこと、それから特に6月14日のクスコでの戦いが中心。クレインは手旗信号を送る4人の兵士が、スペイン側からの「部隊丸ごと撃滅できそうな」激しい砲火にさらされる中、無防備なまま任務を遂行することに感銘した。「いつものことが起こった。スペイン側が兵士の影を見つけると、気が狂ったように攻撃してきた。なお『結構なことに』兵士は海の方を向いていて、スペイン側の弾丸には背を向けていなくてはならない。」もっとも、この際クレイン自身も手助けした。彼は特に海軍軍曹ジョン・H・クイックの、熟練した動作に魅せられた。その手旗は正確に沿岸に停泊中のアメリカ艦船に向けられていた。クイックはクスコでの行動を認められ、指揮官ジョージ・フランク・エリオット[9]より推薦され、もう1人の兵士と共に名誉勲章を授与された。この作品については、黙々と働く地味で、だが実はヒロイックな行動を称賛した[10]、愛国的なものという評価が一般的である。また「少なくとも、戦いを近くで見ると、見せ物として素晴らしい」という表現には、戦争を見せ物とし、そこで見た熟練の技に魅せられて、後に「その時は災難だと思ったが、今となってはよい経験だった」との感慨を覚えて満足する。それ以上に行かないクレインの限界を典型的に示すものともいえる。(a) 15.「赤い武勲章が彼の手旗信号」を参照。

5.「無名の部隊」

　1899年3月19日に配信されニューヨーク・ヘラルド紙などに掲載。1898年の10月初旬に、潜伏先のハヴァナで書いたと思われる。物語は、マルガリータという名のタンパ在住の美女がスミス氏という裕福な実業家の求愛を、母の願いを聞いて受け入れる経緯で、最初と最後が構成されている。一方物語の中心部分はキューバである。反乱軍のマノロ・プラット中尉（かつてフロリダに亡命していて、そこでマルガリータと恋仲になった）は、アメリカ軍から武器を上陸させる任務に当たっている。スペイン軍とスペイン側ゲリラ軍の両方が位置する、その間を通って、急な山道を反乱軍側ゲリラ本体まで武器を輸送しなければならない。後方警護に当たる中で、プラットは仲間を援護するために他の兵士とともに窪地に入る。敵に圧倒され彼以外は全員死亡し、彼自身も負傷する。その時1人の敵兵がやって来る。「マノロは目を閉じた。マシェット銃の閃光を見たくなかったから。」最後はプラットの死後数ヶ月のことである。マルガリータは恥ずかしそうにスミス氏の求婚を受け入れ、マノロの死にも平然として写真を破り捨てる。「英語で書きます。あなたを愛していると」という添え書きのある彼からの写真を…。[11]

　この話の対照は見え透いているかもしれない。マルガリータ親娘も、スミス氏も物欲、情欲に支配されている。マルガリータは「自分を明らかに別格の美女と自認し」、「お待たせして」と自意識過剰の上流階級気取りだが、一方「ヤシの木が生い茂る地」の泥沼にいるキューバのマノロはひたすら自己犠牲や義務の遂行しか考えていない。「基準があり、それに従うのだ。それが絶対だから。至高の行動規範だ。」マルガリータたちの浮ついた雰囲気と、戦場での敵味方問わず誰が撃っているのか分からない凄まじい現実感。戦闘とは無縁に緑地の紺碧の空を飛ぶ鳥…。こういう対照から、戦争での犠牲を肯定する、単なる戦争賛美ではないかという印象は残る。報われないマノロに対するお涙頂戴の物語として、受け入れてしまえば良いのかもしれない。それとも、控え目だが勇猛なマノロという普通の兵士を、クレインが称賛する言葉に、何らかの裏の意味、皮肉でも見出せば良いのか。[12] ちなみに、マノロの姓プラットは英語では「能なし」や「臀部」といったコミカルな意味があるし、またキューバ系の人間にはありえない姓のようである。確かに細かく見ると、敵陣内に装備も不充分なままで入っていく主人公には、猪突猛進の愚者といった趣もないではない。そういうことから、この話

7. キューバ関係　　319

は全部がパロディーではないのかという説さえある。ちなみにキューバ人が主人公という作品はクレインでは稀であるが、その人物像が描かれているわけではない。彼は個人というより、あくまで「中尉」という軍人として死んだ印象がある。

　この作品の主人公にクレインの行動規範の最終的な姿を見る向きもあるが[13]、それにしては話が単純過ぎる。またこの作品の曖昧さをよしとし、解釈の無決定性、重層性をポストモダン的だとして、積極的に評価するジョン・クレンデニングのような批評家もいるが[14]、それにしては話が感傷的な印象を残し過ぎている。率直なところ、むしろ出来の悪い作品ではないのか。

　作品の冒頭には「謎を解け」という7行詩が置かれている。「時は残酷に過ぎて、多くの者が生きて帰れない」とマノロの運命を歌っている。そして次に荒れ狂う海の情景が謳われ、それは「偽り」（恐らくマルガリータの偽りの愛）ゆえに激しく打ち寄せるという。それでも「不思議な繋がりがある」といい、また「謎を解け」で詩は終わる。この「繋がり」とは、そんなものはないという反語かもしれないし、あるいはダニエル・ホフマンが指摘している通り、仲間のために死を賭したマノロの、その仲間との繋がりを意味するのかもしれない[15]。

6.「善良なる者よ、神が汝らを安らかにすることを」

　アメリカではサタデー・イヴニング・ポスト紙の1899年5月6日号に、イギリスではコーンヒル・マガジン誌の1899年5月号に掲載。このタイトルは讃美歌第2編128番（日本語題「世の人忘るな」）に由来する。執筆は2月でレイヴンズブルックか、ブリード・プレイスで。キューバでの事実関係に非常に即した作品。戦争にそれほど派手な出来事はない。それにもかかわらず、派手な報道を期待するいわゆるイエロー・ジャーナリズムの正体を暴露する。クレインは作品中ではリトル・ネルという名前で、ニューヨーク・エクリプス紙（後に長編『戦地勤務』にも登場する架空の新聞社で実際はニューヨーク・ワールド紙）の特派員である。通信船ジェファソン・G・ジョンスン号（実際はソマーズ・N・スミス号）に乗り込み、高波に揉まれながら取材するが成果が乏しい。ハイチの配信所に入港すると、エクリプス紙から怠惰を責める電報を受け取る。

　物語の主要部分は、6月22日のアメリカ軍のダイキリ上陸を扱っている。作戦は非常に順調で、作品中のリトル・ネルも、雇われた新聞社同様、劇的なことを期待していたのに平凡だったとがっかりしている。それでも編集長ウォークリー

（シルヴェスタ・スコヴェル）のいる支局に行くと、ニュースのネタ探しで忙しい。「26歩兵部隊の指揮官は誰だった？」「アメリカ国旗を掲揚した奴は誰だ？」などの指示が飛び交う。次の日に、リトル・ネルとテイラー（エドワード・マーシャル）一行は、正規軍や義勇軍ラフ・ライダーズ（ただし下馬して行軍）と一緒に進む。最後はラフ・ライダーズが奇襲された6月24日のラス・グアシマス近くでの戦いを扱っている。その24日の朝、シャックルズ（アーネスト・W・マックレディ）とリトル・ネルは、ある海軍船の船長とその部下と共に朝食を取っていた。船長は理想や野心のない古参の軍人だが、サンファンの前線で不名誉な死を後に遂げる。そして、センセーショナルな新聞の見出しを哀れにも飾った。また当日テイラーは肺を撃ち抜かれ、リトル・ネルは仲間の無関心をものともせず苦労をして、テイラーの救助を求めに行く。翌朝、リトル・ネルはエクリプス紙からまた電報をもらう。怠惰であるとして帰国を命ぜられたのである。これはクレインのニューヨーク・ワールド社からの解雇に相当する。

　ジャーナリズムの実態を暴いたということであろうが、話全体は、要は「当て外れ」の連続ということであろう。自虐的な部分もあって、それは冒頭で「船上ではパジャマを、陸ではたまたまあるものを身につける」と自分の汚い格好を述べているところから、上陸作戦は淡々としているのに自分の場違いな「熱狂ぶり」（となると、センセーショナルな記事を期待する新聞社と同罪か）、「現地人はあまり感謝していない」という思い込み、さり気なく帰国命令を見せられる結末まで一貫している。

　作品は会話が織り込まれて臨場感があるが、配信記事以上のことはあまり出てこない。現場で喉がひたすら渇くこと、前述の古参船長の心境の推測、それとは対照的にウェスト・ポイントを出たての若きエリート中尉…。これくらいが目新しいだけで、クレインならもう少し面白くできたとも思わせる。ただし配信記事より当然後に書かれたものなので、「この後に起こった出来事もいえる。」それはネルたちが出会った船長も含めた人々の、後の戦死である。たとえばある仲間は「2日後に撃たれる運命なのに」、その時は水筒を借りようとしていた。「当て外れ」以上に、予想のつかない運命ということをクレインは強調している。

7.「軍曹の部下の狂気」

　サタデー・イヴニング・ポスト紙に1899年9月30日に挿絵付きで掲載。ハヴァナ滞在中に書いたのか、イギリス帰国後に書いたのかは不明。キューバ沿岸のア

メリカ軍の陣営近くで、前線の塹壕に入って部隊の指揮をするのが、ジョージ・H・ピーズリー軍曹である。まずはクレインらしく静謐な自然描写で始まる。「風もなければ生きているものなど何もない。」これが以下の騒ぎと対照される。

彼は見張りの1人であるドライデンが、任務中に恐怖に駆られ見えもしない「敵が見える」といい出して発狂したのを知る。騒げば敵軍の発砲を呼ぶ。そう恐れて、ピーズリーはドライデン、つまり「狂気の部下」(ここでは "madhouse" や "asylum" [精神病院] が実質「人」＝「狂人」になっている)をサボテンの後ろに匿おうとするが、いうことを聞かない。夜間、スペイン側のゲリラ部隊から攻撃を受ける。その最中にドライデンを見失う。アメリカ側は応戦中に弾薬が尽きかける。相手は接近してくる。「ゲリラは非常に近くまでにじり寄っていて、その発砲の炎が自分たちの頬を焦がすかと思えた。」突然、戦闘の騒音を上回る大声が聞こえる。訳の分からない歌を唄っている。それがドライデンで、双方とも驚いて発砲を止める。ゲリラ側は再び攻撃してこず、海軍側は救われる。ドライデンは自分がした役割を全く自覚しておらず、軍曹は皮肉にも「アメリカ軍で最も役に立つ、狂気の男だ」と最後に語る。

クレインの作品では、こういう偶然によるアンティ・クライマックスの喜劇は多いが、同時に、恐怖から狂気に至るという、戦争の過酷さを扱った作品ともいえる。[17]そういう精神的トラウマの例として精神史関係の学術誌で言及されたこともある。[18]さらにいうと、狂気という「発散」と、正規兵の規律正しい「抑制」や禁欲的勇気との対照が面白い。冷静沈着な、即ち正気のピーズリー軍曹が気を揉む様子も面白いが、彼もまた最後には「発散」して笑うことができる。戦争の不条理という思いが、キューバ関連の作品には顕著であるが、精神の不条理から究極的に「狂気」が生まれる。しかもその「狂気」も役に立つ場合があるという二重の不条理である。不条理は笑い飛ばすしかないということかも知れない。

8.「アドルファス号の復讐」

コリアーズ・ウィークリー誌に1899年10月28日掲載。ただし海軍の用語について、ロンドン駐在のアメリカ海軍随行員J・C・コーウェル(元は米西戦争の海軍司令官)に訂正を頼んで、その訂正をする前の掲載。訂正後のものは、ストランド・マガジン誌1899年12月号に掲載。なおフレッドスン・バワーズの『全集第6巻』(1970)は折衷主義を取っているが、この『全集』版に従っている。

1899年の冬から春にかけての執筆。キューバ沿岸で派遣船スリー・フレンズ

号やトリトン号に乗っていた経験に基づく。記事「大きなスペイン戦艦に追われて」や創作「善良なる者よ、神が汝らを安らかにすることを」と内容が重なる部分が多い。

　派遣船に乗っていた新聞記者はシャックルズ（「善良なる者よ、神が汝らを安らかにすることを」や「戦争の美徳」でも同名）という名前になっているが、実在のアーネスト・E・マックレディがモデルである。その他様々な実際の固有名詞（船名など）がここでは変更されている。4日間何もなく、取材のネタに困っていた新聞記者たちは（「静かな4日間の航海から何か面白いことを書こうとするのに忙しい」と皮肉る）、自分たちの乗っている派遣船アドルファス号が突如スペインの戦艦2隻に追い詰められ慌てる。船の機関士までが絶望の表情を浮かべると、退屈な気分が吹っ飛ぶどころか、パニックになりかける。突然おしゃべりになる者、ただ茫然とする者。とはいえそういう窮状に自然が無関心なのは、戦艦が追跡してくる青い海に、日光がきらきら照り返す穏やかな景色が象徴している。偶然アメリカの巡視船がやってきて派遣船をスペイン軍艦から救う。シャックルズは一転して「海戦が見られる」と喜び出す。彼は横付けしてきた巡視船に乗り込み船長とも会見する。その後船内での作業の様子がしばらく記述される。結局アドルファス号は水深の浅い港に誘導される。そこまで敵は追跡できない。その上別の2隻のアメリカ海軍船が交戦した。脱出・追跡・そして偶然による救出というパタンは、クレインのメキシコもの「駆けろ、馬たち」に似たところがある。

　作品の最後は、この一連の事件を報じた新聞を、当事者が読んでいる場面である。「何か実際と違う」と思っているようで、ネタ探しに狂奔する報道へのクレインの批判（自戒？）とも受け取れる。とはいえ、訂正を依頼したコーウェルは作品を誉めたが（1899年5月27日付手紙）、事実から膨らませた創作性に乏しく、冗長な感じも受けるので一般に評価は低い[19]。

9.「戦争の美徳」

　フランク・レズリーズ・ポピュラー・マンスリー誌1899年11月号に「ウェスト・ポイント出身者と志願兵；または戦争の美徳」のタイトルで掲載。『雨中の負傷』では「戦争の美徳」として所収。執筆時期は、同年の夏で当初クレインは作品を「307連隊の成功」と呼んでいて、このことで同一作品が別物と、クレインの死直後に誤解されたこともある。この話の元は、従軍記者仲間であったエド

ワード・マーシャルから聞いた、特にラフ・ライダーズにまつわるもののようである。元のタイトルにあるウェスト・ポイントの卒業生がゲイツ少佐で志願兵がリージ・ウィグラム兵士である。

　ゲイツは、退役して一旦スタンダード・オイル石油に勤める。そこでは自分も正当に評価されていると思っているが（「アメリカ政府と比べてもそうだ」という皮肉な記述もある）、それでも心は軍隊にあり、1898年に戦争が起こると、志願兵の歩兵部隊の少佐になる。そして彼が昔所属した正規軍の方針を、寄せ集めの志願兵部隊に課そうとする。もう1人の司令官リケッツ・C・カーモニー少佐が、部下に追従して人気を得ているのとは違い、ゲイツはどこまでも厳格である。部下のリージ・ウィグラムの慣れなれしい態度を、少佐は冷たく「何の用だ」と拒否する。リージは彼を恨む。それでもゲイツ少佐はそのストイックな任務への献身によって、何とかリージを始め部隊の支持を得ている。

　キューバでの戦闘で、人気のあったカーモニーは無能だと分かる。反対にゲイツは果敢に部隊を指揮して、正規軍に負けず劣らず勇敢に戦わせるが、自身は重傷を負う。リージは何とか救おうと、ゲイツの命令に従わず死ぬまで見守る。命令に従わないことで逆に忠誠を示すのである。物語の最後では、3人の従軍記者が客観的にゲイツの死の様子を話している。彼らの話は、ゲイツの墓の目印にする空き瓶を探しているリージによって中断される。彼は遺体を埋葬して瓶の中にゲイツの名前と部隊名を書く。

　ゲイツの職業軍人としての軍歴、加えてスタンダード・オイルという国策企業で鍛えられた、筋金入りの企業戦士としての精神がヒロイズムなのか、それともリージの非常に素朴な感情がヒロイズムなのか、そこにはっきりした答えはないようである。ただし、こういう自己犠牲をひたすら称揚する筋書きは、安易であるとも思える。ゲイツが撃たれたのに、それでもリージに「おまえは下がれ」と命令する。リージが涙ながらに「あなたのことが最初は分からず」というのは、確かに感傷的にも聞こえる。とはいえクレインは、たとえ感傷的であれ、当事者の親身ある交情に比べると、「どこのジューレップがうまいか」などと無邪気に話している新聞記者たちは、所詮戦争の傍観者だといいたいのかも知れない。が、むしろその日常感覚が肯定的にも受け取れる面もある。

10.「第2世代」

　コーンヒル・マガジン誌1899年12月号とサタデー・イヴニング・ポスト紙

1899年12月2日に掲載。同年の春から夏にかけて執筆。「戦争の美徳」と時期が重なっていたかもしれない。「第2世代」は身内主義と、階級特権により適性を欠いた士官を生むことを批判している。カドガン上院議員は、出来の悪い息子キャスパーをキューバでの戦いに送り込んで「何とかしよう」と考えている。父親は息子に陸軍部隊の兵站部の隊長の地位を確保してやる。

キャスパーは、父の友人である将軍の指揮下に入って、つまりその庇護の下でシボニーに上陸する。初めからキャスパーは自分の義務をまともに果たせない。置き忘れた鞍袋を探し回り、自分が監督するべき食料をくすねて、腹一杯食べる。上司にも見捨てられる。そしてサンファン要塞に、部隊は攻撃を仕掛ける。犠牲者は多く、特に士官に目立つが、キャスパーは生き残る。しかし彼は黄熱病にかかった大尉に水をやるのを断り、部隊では軽蔑されている。自宅に戻って、父親は息子に問いただす。息子はほとんど義務を果たさず、評判が良くなかったと認める。不本意ながらも、父親は、自分の親馬鹿ぶりを今更ながら恥じ入る。「おまえはろくでもなかったようだな」と。

クレインはキューバ戦争における士官を何度か風刺しているが、その象徴的人物としてこの息子を描いた。彼は遡って1896年の3月初旬、マックルア社からの派遣でワシントンに行って政治の実態を知ろうとした。しかし彼はすぐにその計画を断念する。なぜなら政治家連中はガードが固すぎるというのである。とはいえ、この短編には政府の実情及び政治家の影響力をクレインがある程度知っていたことが見てとれる。また、キューバ戦争の際にしばしば上・中流階級出身の志願兵の素行の悪さが伝えられたのに、マスコミが目をつぶって志願兵を称え、裏返しに正規兵を顧みなかったことへの怒りは、「正規兵に栄誉はなく」でも描いている。

この作品には、戦争を個人の問題に安易に還元したという批判ができるだろう。また勧善懲悪めいた物語の単純さを指摘する声もある。要はクレインらしい、心理的な面がない。[20] そもそも話が最初から「金持ちの息子は大体醒めているのに、キャスパーだけは例外で」と、戦争への無邪気な熱狂ぶりを冷やかして一本調子でもある。父に戦地から出す手紙で、キャスパーが、周囲は「ちょっと乱暴者で」と愚痴を漏らし、「ピクルスや薄手の下着」を送ってほしいなどと甘えるところで笑劇と化し、展開が見え透いている。何よりもダメ息子を作った張本人の父親（部下に息子個人の動静を特別に聞こうとして「立場を考えて下さい」と諫められる親馬鹿）には、批判が向いていないようにも見える。親が権力

的なのに子供は似たのか、それとも最後にダメ親と改めて思い知る親の識見を、子供は受け継がなかった点で似ていなかったのか。

11.「戦争の思い出」

　レディ・ランドルフ・チャーチルのアングロ・サクスン・レヴュー誌に1899年12月に短縮版で掲載され、『雨中の負傷』に全編が収録された。執筆は同年の夏から秋にかけて。この雑誌については注釈が必要かもしれない。レディ・ランドルフ・チャーチルは第7代マールバラ公爵の2番目の息子ヘンリー・ランドルフ・スペンサー・チャーチルと結婚していて、その子供が将来の首相ウィンストン・レナード・スペンサー・チャーチルである。姉は後にブリード・プレイスの所有者となるモレトン・フルーアンと結婚している。その点でクレインとは二重の縁でもある。1899年にレディ・ランドルフ・チャーチルは意匠を凝らした季刊誌アングロ・サクスン・レヴューを始める。高級な文芸誌で、各号が上品な皮革の装丁で17～18世紀の著名な本の模倣をしたものであった。ただし10号まで発行して1901年9月に終わるという短命であった。コーラもその会員であったロンドンのアメリカ女性協会とのつながりで、レディ・ランドルフ・チャーチルはボーア戦争時、病院船の必要物資の資金集めに重要な役割を果たした。戦争の過酷さを訴えるクレインの「戦争の思い出」が、こういう上流紙に掲載されたことは、この雑誌の幅の広さを証明するとともに、いささか皮肉でもある。そしてもう1つの皮肉は、経済的貧窮に陥ったクレインが、それでも無料で寄稿しようとしたのに、52.10ポンドの原稿料が払われたことである。20,000語を超す長い作品であるが、この長さは小説と短編の中間といえる。

「戦争の思い出」はキューバでの経験を多かれ少なかれフィクションを交えてまとめたものである。クレインのジャーナリスティックな記事とフィクションは混然一体となることがよくあったが、この作品はその究極といえる。想像と報道が、しかも距離の無い主観的立場からなされている。クレインは自伝的主人公をヴァーノール（ブリード・プレイスの酔っぱらいの家事手伝い兼コックにちなんでふざけて付けた名前）とし、ニューヨーク・ヘラルド紙の記者アーネスト・W・マックレディをマッカーディとしている。しかし他の記者、たとえばエドワード・マーシャルやシルヴェスタ・スコヴェル、ラルフ・ペインは実名で書かれている。コリアーズ・ウィークリー誌のジェイムズ・ヘアは「写真家のジミー」とされ、キューバでの戦いで重要な役目を果たした将校たち、たとえば「この戦

争で一番興味を持った人物」とクレインが書いたウィリアム・T・サンプスン提督、ウィリアム・R・シャフター将軍なども実名である。知り合った当初、サンプスンはこの戦争に非常に退屈しているようにクレインには見えた。が、最終的には「その無関心、いや無感動ともいえる態度の陰に、アメリカ最良の機敏で自信たっぷりの秀でた精神がある」と激賞する。

　クレインは目撃した重要な出来事で自分も関与し、その結果抱いた主観的印象を列挙している。愛国主義的調子のところもあるが、ひたすら戦争の不可解さをいう部分もある。また、あのヘンリー・フレミングのように怯えて逃げ出しそうな心境も見られる。時期的には、戦争が膠着状態で、派遣船で過ごした4月と5月からになる。5月の出来事としては、19日に派遣船スリー・フレンズ号が、アメリカ小型砲艦マチアスによって横から接触されたことがある。また6月10日のグアンタナモ湾での上陸と、その2日後軍医が死んだこと。6月17～18日にはスコヴェルと共に、サンチャゴ湾のスペイン艦隊を山から見下ろしに行ったこと。6月24日にラス・グアシマスの戦いでニューヨーク・ジャーナル紙の記者マーシャルが負傷したこと。7月1日にサンファン要塞にアメリカ軍が進攻したこと。7月5日にサンチャゴからエル・ケーニーへ民間人が避難したこと。7月6日の捕虜交換の儀式。最後は負傷兵を満載した輸送船でクレインがヴァージニア州のオールド・ポイント・カムフォートに戻ったことである。こういう内容なので、クレインが新聞記事として書いたものと、かなり重複する。

　クレインは、経験の主観性を前面に出し、表現主義的に描こうとしている。主人公のヴァーノールは事実・真相をつかめないと苛立つ。「戦争は美しくも醜くもない。単に人生なのだ。それなのに人生を書こうとしても必ず逃げていく。人生を絶対語れない。時に出来ると思うこともあるが。」戦争＝人生は本質的に不条理で、秩序などない。人生とは雑多なもので、大事なことと些事が並列される。派遣船には、船室の真ん中のシャンデリアからバナナの房が吊るされている。それが揺れて記者に当たりそうになる。そういう何ということもないことが印象に残る。そして「発砲がなければ状況は喜劇的…。だが発砲があれば腹這いになってもう喜劇ではない。銃弾がかすめれば皮肉屋にはなれず、子供みたいに」と淡々と書く。撃たれたギブス医師がひどく苦しんだあげく死んだ直後、急いで副官が訪ねてきて、医者はどこだと聞く。助けになるはずの医者が真っ先に死ぬ。しかし、それに対してもヴァーノールは、「誰かが自分のそばで死んでいく。苦しみながら…。絶対死なないのでは。死んでほしかった。やっと死んだ」

と、「まともな」感情を持てない。そしてこの死んだギブス医師と生きて「死んだように青白い顔で眠っている兵士」との区別がつかなくなる。そもそも恐怖の感覚が、「寒い」という皮膚感覚に取って代わられる。

　戦闘の最中にウィスキーを乞い求める兵士。負傷したマーシャルの手助けしてくれる者をヴァーノールが探す。と、「マーシャルはいないはずだが」という返事。サンファン要塞の攻撃中、まるで見物人のような男がスペイン軍の塹壕の後ろを行ったり来たりしている。前線救護所にいる大勢の負傷兵の中に、クレインは（ここではヴァーノールだとは装わない）ルーベン・マクナブを「偶然」見つける。クラヴェラック・カレッジ時代の級友で肺を撃ち抜かれている。この「偶然」により、それまで夢幻のように思っていた一切の出来事が、容赦ない「現実性」を持って襲ってくる。いや、正確にいえば夢と現実が交錯する。その究極が、エル・ケーニーの教会の戸口に置かれた手術台の上に横たわるスペイン人捕虜である。腰布以外に身につけていず、余りにもキリストのイメージにぴったりであった。

　ところがこのように圧倒的な、押し潰されるような、恐ろしい状況を、言葉では書けないとヴァーノールは絶望する。死ぬ人間でさえ単に「やられた」というのみである。それでヴァーノールが最後にいうのが、よく引用される「請け合ってもいい。何も自分は伝えていない。全く何も。何も」である。そしてクレインは、そういう伝えられないことに対応するかのように沈黙の価値を率直に認め、沈黙を強調する。この点では、騒然とした戦場で、饒舌であった『赤い武勲章』のヘンリーとは対照的である。

　そもそも、この作品でクレインは印象主義という言葉を使っている。印象主義は心の陰影を提示する。それはフランスの印象画家の思考版であり、印象には意味がないようで迫力としては圧倒的であると。これは従来のクレイン流の印象主義に固執しながら、それでもって伝えられないものを伝えようとして限界を打ち破ろうという意味であろうか。このような主観への徹底的沈潜をポストモダン的と見る向きもあるが、その結果は単にまとまりのない表層的感想の羅列で、失敗と評価する向きもある。たとえば敵方のゲリラの合図の声が「ハトに似ていて」美しいと思う。それはリアルなのだろう。が、それ以上に何の意味があるのか。一人のキューバ人将校が英雄気取りでロマンティックにも見える。が、その周囲には顔を赤らめ喘ぎながら汗だくの兵士たちがいるという。ヴァーノールは彼らに同情的なのだろうか？　撃たれたアメリカ人兵士が傷を手当している。そ

れが「喜びながらのようで、似つかわしく思える。」「負傷者は叫びそうなものだが、いかにも喜んで満足していそうなところが明らかだ。」「今はおかしいと思うがその時はそうでもなかった。」

　クレインは『赤い武勲章』のヘンリーを通じて、戦争にヒロイックな夢を抱かせた。彼自身が劇場感覚で、あるいはフットボールになぞらえスポーツ感覚で、軽やかに饒舌に書いた。『雨中の負傷』の多くの短編では、一転して戦争に何の夢も抱かずに黙々と任務に挺身する兵士を描いた。しかしこの「戦争の思い出」においては、一方ではなお、こういう一見キプリング流の英雄的行為を称えながらも、[22]書くという行為で、一体戦争における兵士の有り様の何を伝えられるのか、そのこと自体に疑問を持つに至ったのである。こういう伝達不能の意識は、友人のコンラッドが『闇の奥』(1902)で示唆したものにも似ている。
「戦争の思い出」のクレインは、実相を捉えようという意志の欠如なのか、それとも実態が絶対に捉えられないからなのか、ともかくその時その時の出会ったことを淡々と、ヴィジュアルに、価値判断せずに、まして声高に反戦でもなく、ことの重大さやそうでないかを一切考えずに描き出した。究極にまで来ている点で、確かに印象主義の極致といえるかもしれないが、結果はクレインの衰えなのか新境地なのか、そこは議論の余地がある。[23]

　ジャーナリスティックな記事と創作との混合の究極である「戦争の思い出」は、現実（記事）と夢（創作）の交錯する地点にある。[24]「戦争に恐ろしいほど肉薄して、かえって夢かと思いそうになる。」これはいいかえれば普通と異常との交錯でもある。兵士が「極めて普通に任務をこなす。」「明らかに苦しんでいるようには見えず、押し黙っている。」「運命論などどこにも見えない。」コンラッドとの共通性でいうなら、『ノストローモ』(1904)のデクー（かつてその人物像に、クレインが反映しているともいわれた）が述べた「これは夢に違いない。あまりにも人生に似ているから」ということかもしれない。捉えきれない現実・人生は夢に見える。[25,26]

12.「この壮大な嘘」

　クレインの死後、ニューヨーク・ヘラルド紙などで2部に分けられ、多くの場合1900年6月24日と7月1日に掲載。どこで執筆したかについては諸説があったが、最近はキューバからイギリスに帰国後書いて、ともかく1899年9月には完成していたとされている。ジョニーというアメリカのスパイが主人公だが、これは

「スティーヴン・クレインによる、C・H・スロールの素描」で書いた、チャールズ・H・スロールがモデルである。物語はキューバ戦争開戦前の1898年5月から始まる。「アメリカでは戦争が起こると期待が高まっている。」煽るように米西双方で愛国主義的報道が高まり、実情からかけ離れていく。ハヴァナ現地の親スペイン系新聞は、マニラ湾でのスペイン艦隊の敗北を大勝利として報道している。アメリカの新聞は特派員にキューバからの報道をしきりに要求して、つまらない出来事でも大げさに書くように圧力をかける。

元はサトウキビ・プランテーションのオーナーであったジョニーは、サトウキビ貿易に携わりながら、ハヴァナの防衛に関する情報を探して、アメリカ艦隊に送ろうとしている。が、これは無駄であった。なぜならアメリカの作戦に、ハヴァナの町そのものの攻撃は予定になかったので。それでも彼は身分を隠して必死に「壮大な嘘」を続ける。封鎖された町では食品が高騰した（この点は(a) 33.「食糧商による封鎖」に詳しい）。商売人がこの機に乗じて暴利を貪ろうとして、ジョニーは行きつけのカフェで食事をしようとすると、卵2個とコーヒーとパンで50ドルをふっかけられる。支払えないと侮辱までされる。戦争終結後の10月に、語り手がジョニーにキューバで会う。2人は同じカフェで豪勢に食べて、料金を払わないで出ていく。ジョニーにとっては「これで戦争は終わった。」

CIAの元祖のようなスパイが、その活動を当人はともかく、傍から見ると楽しんでいるかのような描き方が面白い。ジョニーは沿岸のアメリカ海軍への合図に何か白いものを振ることになっていたが、あいにく着ていたシャツは白くなくて…とか。ただし語り手が彼のことを真面目にどう思っているのかよく分からない。「狂っている」とも危惧し、最後の無銭飲食では「こんなことに2度と自分を巻き込まないでくれ」ともジョニーにいう。ともかく、キーワードが「嘘」であるのは疑いなく、新聞の嘘——クレインは「フィラデルフィアの住人がスペインからの攻撃を恐れて退去」とか、「ボストンは町に投資したアパッチ族によって包囲された」などの例をふざけて挙げる——、スパイが身分を偽る嘘、食糧がないという嘘などで、「戦争が終わった」というのは、こういう嘘もなくなった（露見した）からであろう。何となく虚しさが残る作品である。[27]

13.「米西戦争の劇」（仮題）

1900年1月9日付の代理人レイノルズからの手紙で、上演が断られたと書かれているので、恐らく1899年後半に書かれた。R・W・ストールマンにより

「ニューヨーク公共図書館会報 67号」(1963) に発表された。無題の未完の2幕劇。仮題はストールマンによる。

　1898年7月後半のサンチャゴ(・デ・クーバ)のサトウキビ・プランテーションが舞台と指定されている。第1幕では、イギリス人と2人の娘が、マヴィダというスペイン軍の大佐と食事をしている。と、ヘンリー・パタンというアメリカ軍士官の部下によりマヴィダは捕らえられる。大佐はパタンから、スペイン軍は降伏したと聞かされても信じない。それでもパタンは大佐を自分の裁量で釈放する。第2幕でマヴィダ大佐は部隊を引き連れて、アメリカ軍が占領したプランテーションを攻撃する。アメリカ軍は、武器が優勢なスペイン軍によって追い詰められるが、騎兵部隊が折り良くやってきてスペイン軍を撃退する。ニューヨーク・エクリプス紙(『戦地勤務』にも登場)の記者が、事態の進行を書き留めていくスタイルになっている。

　未完とはいってもかなり完成されていたので、上演を意図したのだろう。筋書きだけでは深刻にも見えるが、実際には冗談のやりとりで構成されていて、基本的に喜劇である。たとえば娘の1人が「『気にしないで』降伏すれば？」とあっさりいって周囲がギョッとし、またパタンがマヴィダに「英語を話せるか」と聞くと、「知ったことではない」と訛った「英語で」応じるなど、会話のおかしさで筋を運ぼうとしている。

註

1. Katz, "The Reception of Wounds in the Rain," *Stephen Crane Newsletter* 4:2 (1969): 9-10.
2. Amy Kaplan, *The Anarchy of Empire in the Making of U. S. Culture* (Cambridge: Harvard University Press, 2002), pp. 121-145; "The Spectacle of War in Crane's Revision of History," *New Essays on The Red Badge of Courage*, pp. 102-4.
3. またキューバ・プエルトリコ滞在中にクレインの見方は徐々に中立・冷静になったという指摘もある。Donald Vanouse, "Stephen Crane in Cuba: From Jingoism to Criticism," *Stephen Crane Studies* 11:2 (2002): 23-32.
4. John Patrick Leary, "America's Other Half: Slum Journalism and the War of 1898," *Journal of Transnational American Studies* 1:1 (2009): 1-33.
5. こういう負傷・暴力の肯定という観点については、E.R. Hagemann, "Crane's 'Real' War in His Short Stories," *American Quarterly* 8 (1956): 356-67.
6. Solomon, "Stephen Crane's War Stories," *Texas Studies in Literature and Language* 3 (1961): 67-80.
7. Colvert, "Stephen Crane: Style as Invention," 150.
8. Holton, p. 257.
9. ちなみにエリオットは公式文書だけでなく、個人的にもクレインも賞賛した。そういうクレイン宛の手紙が1899年2月17日付で残っている。
10. Holton, pp. 245-7.
11. 実はこの写真については、マノロが死んだとき持っていたマルガリータの写真が、どういう訳か彼女の手元に届けられていて、その写真を破ったという説（William Crisman, "'Distributing the News': War Journalism as Metaphor for Language in Stephen Crane's Fiction," *Studies in American Fiction* 30.2 [2002]: 211.）と、マルガリータが持っていたマノロの写真だという説がある。(David Kramer, "Strains of Failed Populism in Stephen Crane's Spanish War Stories," *War, Literature, and the Arts: An International Journal of the Humanitie*s 24 [2012]: 20.)
12. 皮肉な視点を見出す批評としては、Holton, p. 262, 265; Wolford, p. 77.
13. Deamer, "Stephen Crane's 'Code' and Its Western Connections," *The Importance of Place in the American Literature of Hawthorne, Thoreau, Crane, Adams, and Faulkner* (New York : Edwin Mellen, 1990), p. 143, 147.
14. Clendenning, "Prat Falls; A Revisionist Reading of 'The Clan of No-Name,'" *Stephen Crane Studies* 9:1 (2000): 2-8.
15. Hoffman, pp. 152-3.
16. Gullason, "The Significance of *Wounds in the Rain*," *Modern Fiction Studies* 5 (1959): 235-42.
17. Shaw, "Crane's 'The Sergeant's Private Mad-House,'" *Explicator* 58 (2000): 204-6.

18 Herbert Hendin and Ann Pollinger Haas, "Posttraumatic Stress Disorders in Veterans of Early American Wars," *The Psychohistory Review* 12:4 (1984): 25-30.
19 あえて例外を挙げれば、Wolford, *Stephen Crane: A Study of the Short Fiction* (Boston: Twayne, 1989), p.71.
20 Nagel, *Stephen Crane and the Literary Impressionism*, p. 16.
21 この点の解釈については Joseph J. Kwait, "Stephen Crane and Painting," *American Quarterly* 4: (1952): 331-38.
22 キプリング的なこの作品での兵士観については、Solomon, p. 77.
23 たとえば否定的なのが、Gibson, p. 97. 肯定的なのが Halliburton, pp. 173, 176.
24 この観点からマイケル・ロバートスンは、「革新的」として作品を高く評価している。Michael Robertson, "Stephen Crane's *Other* War Masterpiece," *War, Literature and the Arts*, pp. 160-71.
25 Joseph Conrad, *Nostromo: A Tale of the Seaboard*. 1904. (New York: Modern Library, 1983), p. 249.
26 コンラッドとクレインのこういう文脈での関連については、Swann, "Stephen Crane and a Problem of Interpretation," *Literature and History* 7 (1981): 91-123.
27 この作品をキューバ滞在時に書いたのか、それとも帰国後かは別にして、作品に漂う「虚しさ」はクレインのキューバ滞在中の生活の「虚しさ」を反映したものという解釈もある。Benfey, *The Double Life of Stephen Crane*, pp. 255-6.

8. 渡欧してからの活動

クレインがロンドンに初めて着いたのは、1897年3月29日か30日であった。ギリシャに向かうため滞在は数日であったが、『赤い武勲章』を激賞していたニューヨーク・タイムズのロンドン特派員であるハロルド・フレデリック、大手出版社のウィリアム・ハイネマン、そして特派員仲間のリチャード・ハーディング・デイヴィスなどに会っている。ギリシャから帰還した6月初旬に、一旦ロンドン南東部のサレー州オックステッド近郊のリンプスフィールド・チャートに泊まり、その後フレデリックが手配してくれた同州のレイヴンズブルックの館に住む。そして1898年4月13日にキューバ戦争の取材のためにイギリスを再度離れた。キューバ・プエルトリコでの取材や潜伏生活を送った後、1899年1月11日にニューヨークからロンドン南東の港グレイヴゼンドに戻ってきた。結局イギリスに滞在したのは死去するまでの合計2年半くらいであったが、重要な記事・エッセイ・創作を残している。[1] なお、大半はアメリカにイギリスの事情を紹介するといった趣旨で書かれている。掲載紙（誌）もアメリカが多い。

A：イングランド関係

1.「ウィーダの傑作」

ブック・バイヤー誌に1897年1月掲載。つまりクレインがイギリスに行く前の執筆であるが、テーマ上この項目で扱う。ウィーダとはイギリスの女流作家マリー・ルイーズ・ド・ラ・ラメーのペンネームであり、『フランダースの犬』（1872）の原作者である。クレインの書評の対象『2つの旗の下で』（1867）は2巻本の挿絵付きで1896年に再刊された。ハロルド・フレデリックの作品批評を除いては、この他にクレインの本格的書評は見当たらない。クレインは『2つの旗の下で』で、登場人物は殉教者が炎に身を捧げるのと同じく、美徳とヒロイズムに身を捧げるという。ウィーダは、軍隊生活やイギリス上流社会を舞台にした冒険と策略の世界を描いたので、クレインとは随分肌合いが違うが、彼の未完の最終長編である冒険活劇『オラディ』などとは共通性もある。ともかくクレインは、ウィーダの個人的誠実さを強調し、犠牲を理想とする作風を賞賛している。「自分は、ウィーダは卒業した」といっているが、総じて皮肉な調子は見当たらない。クレインはキューバを舞台にした「無名の部隊」で同じく感傷的とも思える犠牲を理想化して描いているが、この短編との関連を考えてもよいかもしれな

い。また自己犠牲を理想とすることには、1896年9月に、クレインが売春婦ドーラ・クラークを救った自らの態度が重なっているという説もある。[2]

2.「イギリスへの新たな侵略」

　マックルア社から配信され、1897年5月9日に多くのアメリカの新聞、たとえばピッツバーグ・リーダー紙などに掲載。クレインはスラングの使い方を話題にし、特に「バウンダー（"bounder"）」という言い回しがイギリスでは不正確に使われていると指摘する。あくまでユーモアを混じえながらであるが、クレインのスラングの定義は、作品で多用しすぎるという自己弁護かもしれない。「良いスラングは精妙で定義しがたい。その言葉に代わる表現があるのなら、それは良いスラングではない。良いスラングとは隙間を埋めるものである。」彼はその例を会話文で挙げている。つまり「奴はどっちかというとバウンダーだ」といった表現は、どうにも他の言葉で説明のしようがない。スラングとは精妙なので、ありとあらゆるニュアンスを持ちうるし、また逆に通常の基準からいえば特に何も意味しないこともある。要はその場の文脈で理解されるものだといいたいのだろう。

3.「ロンドン印象記」

　サタデー・レヴュー誌に1897年7月31日、8月7日、14日に3週連続掲載。8項目からなるロンドンの街角の生活を描いたスケッチ。行程は駅からタクシーに乗って、ホテルに行くまでである。クレインは、鉄道駅のポーターや御者に注目し「議会議事堂などより自分にとっては重要だ」という。ニューヨークの喧騒に比べて人口500万人もいるのにロンドンの静けさ、雨で濡れた歩道で馬車の馬が倒れる様子、山高帽がロンドンとアメリカ西部で持つ意味の違い。後者には「柄の悪い」イメージがあるという。ホテルで見た「リフト」（エレベーター）の老エレベーターボーイへの驚き、再びロンドンの静けさへの注目。標識や宣伝についてなどの感想を連ねている。個人が現実・異国を理解するには限界があるという意識は、メキシコ探訪記と共通する発想である。「各人が自分の視点という、いわば小さなシリンダーから覗いている」という言葉は、クレインが常に強調する、視点の主観性と限界を象徴する表現としてよく言及される。もっともこのエッセイは、サンフランシスコの雑誌ウェイヴ1897年9月18日付で、その細かな描写を「これではクレイン氏は生きてホテルまでたどり着けるか」と、からか

われることにもなる。

4.「いかにアフリディ族は巡礼地を作ったか」

　ニューヨーク・プレス紙に1897年9月19日掲載の小品。アフリディ族とは北インドの勇猛な民族で、パキスタンとアフガニスタン（1880年以降イギリスの事実上保護国）の国境に位置するカイバル峠でイギリス軍と対峙していた。彼らは自分たちの巡礼地を作りたいと思っていた。巡礼地に必要なのは聖人を飾る神殿である。だが埋葬する聖人がいない。そこで聖人とおぼしき人物を探して殺し、その遺骸の上に神殿を建てた。またイギリス軍も、略奪をやめてくれと賄賂を送り、アフリディ族の誉れを高めた。「この民族では、略奪が巧みな者が尊敬される。というか秀でるにはこれしかない」とか「毎日の賄賂は辛いので、交渉で一週2日は例外にしてもらった」など、いかにもクレインらしいブラック・ユーモアが見られる。

5.「イギリス『アカデミー』について」

　ブックマン誌に1898年3月掲載。クレインはあまり他の作家に言及しない点で、ある意味ユニークであるが、その例外の1つ。イギリスがフランスの真似をして文芸アカデミーを設立しようと試みることにまず皮肉をいう。「金儲けか宣伝目的だろう」と。またロンドンの一流誌「アカデミー」が1897年の最優秀文芸作品賞をスティーヴン・フィリップスとウィリアム・アーネスト・ヘンリーに授与したことをからかっている。クレインは、ヘンリー・ジェイムズの『メイジーの知ったこと』（1897）とジョセフ・コンラッドの『ナーシサス号の黒人』に与えられるべきだったと示唆する。またキプリングの『勇ましい船長』（1897）は、従来のキプリングの作品より劣るという理由で退けられたが、あくまで1897年の最良の作品を決める趣旨なので、これはおかしいとクレインはいう。今から思うとその作品評価は慧眼であり、論理も通っている。いかに権威を気取って芸術を論じたとしても、賢明な判断は期待できないとクレインは結論する。

6.「ハロルド・フレデリック」

　1890年代の代表的なリトル・マガジンの1つである、シカゴのチャップ・ブック誌に1898年3月15日掲載。フレデリックについて、初めは根なし草的な典型的国外居住者を想像していたのに、実際会ってみると、今なおいかにもアメリカ

人の新聞記者という感じであったという。それから彼の経歴、幼い頃からミルク配達などで苦労したことなどを述べた後、フレデリックの南北戦争についての中短編集『60年代』(1897)を中心に論じている。代表作『セロン・ウェアの破滅』(1896)にはほとんど触れていない[3]。クレインは初期の作品も含め、南北戦争以降の地方社会に密着した、アメリカ土着の精神を扱った歴史小説作家とフレデリックを考えている。『三月ウサギ』(1896)によってフレデリックがロマンティック・コメディーという従来とは違った作風になり、アメリカを舞台としなくなったことに、クレインは不満を漏らしている。土着性を脱したところに、むしろフレデリックの価値があるという今日の評価とは異なるかもしれない。

7.「近代海軍の短剣が暗闇で一刺し」

ニューヨーク・ジャーナル紙に1898年4月24日掲載の長文。『最後の作品集』では、「近代戦争の刺客」の表題で所収。アメリカ向けの記事であることを意識したのか、ロンドンのアイル・オブ・ドッグズの変貌ぶりをまず伝え、そこのヤロー造船所が建造した魚雷艇に関する話に移っている。表題は、魚雷艇の船首が「短剣のようである」ことから来ている。形状、搭載武器と操作性について詳述している（資料に頼った節がある）が、だらだらと引き延ばしている印象もある。結局、その戦闘能力は敵船に夜間、密かに近づいての不意打ちでのみ発揮される、としている。つまり他の条件では、「よほど下手でない限り、小型砲艦に一撃でやっつけられるだろう」と。

8.「スコッチ・エクスプレス」

アメリカではマックルアズ・マガジン誌に、イギリスではキャッセルズ・マガジン誌に1899年1月掲載。同行したウィリアム・L・ソンタグ・ジュニアの挿絵付き。1897年8月に、一足先にアイルランドに行っていたハロルド・フレデリックとケイト・リオンに会うため、クレインはスコッチ・エクスプレスにロンドンのユーストン駅からグラスゴーまで乗り、それからクライド川から当時クィーンズタウンという名であったコーブへと船に乗った。クレインはその内、グラスゴーまでの汽車旅行について書いている。スコットランドに行くというのは「アクセントやマナー、習慣の違うところに向かう」ということだ、とロマンティックな夢をかきたてている。

まず発車駅のユーストンの壮麗さに圧倒され、蒸気機関車の連結の様子などを

詳述している。出発した後、イギリスの鉄道は徐々に敷設されたので、路盤の整備具合がアメリカの鉄道とは違うなどと語りながら、ロンドンの郊外から目まぐるしく変わる景色を印象主義的に描いている。トンネルにしばしば邪魔されながらも輝くばかりのイギリスの田園風景、スコットランドの森、そしてニューヨークのスラムにも似た、刑務所じみたグラスゴー近郊の貧民街まで。途中蒸気機関車が3台交替した。このエッセイでは景観だけでなく、一方では列車と鉄道設備（路盤・トンネルなど）や、運転手の技量の素晴らしさにクレインは関心を寄せている。旅行エッセイとして視野が広く、評価が高い。

9.「幽霊」[4]

　クレインが唯一上演に成功した劇である。そして「幽霊」が結局彼の死を引き寄せたといえる。このミュージカル・コメディというか笑劇あるいは風刺劇は1899年12月28日の午後7時45分開演で、ブリード村のブリード・スクール・ハウスという小学校の講堂で一度のみ上演され（入場無料）、出版されていない。上演は3日間にわたるブリード・プレイスでのクリスマス行事（というか破天荒な大宴会）のメイン・イベントで、結果的に29日夜の宴会後、クレインが結核の出血で倒れることになった。

　原稿の断片のみが存在している。17頁で音楽4曲を含む。クレインは借金の返済のための執筆に忙しいにもかかわらず、11月から上演の準備を始め、共作にしたいと、文学仲間に形だけでも創作に協力してほしいと依頼した。依頼されたのは、H・B・マリオット＝ワトスン、ヘンリー・ジェイムズ、ロバート・バー、ジョセフ・コンラッド、A・E・W・メイスン、H・G・ウェルズ、エドウィン・ピュー、ジョージ・ギッシング、ライダー・ハガードである。マリオット＝ワトスンはふざけた答えを返した。別々の紙切れに1語ずつ書いてあって、次のように読める。「大抵の出版社は大馬鹿ものだ。（ただし『大』の部分は伏せ字である：原文は"d——d":damned）」皆、それなりに答えを返してきた。ジョージ・ギッシングや、ライダー・ハガードなどとはほとんど親しくもなかったようだが。素っ気ないものもあれば、しゃれたもの、ロバート・バーは長いユーモアのある詩を送ってきた。何を寄越したのか不明なものもある。

　もちろん「幽霊」のシナリオは大部分をクレインが書いた。物語の中心は、ブリード・プレイスの16世紀当時の持ち主であるゴダルド・オクスンブリッジの幽霊に、館が取りつかれているというものである。冒頭は、幽霊が「自己紹介」

した後、旅行で訪ねてきた父と子が登場し、「幽霊なんてものはいない」と子に言い聞かせている最中に、幽霊が「何だって？」と聞く場面で始まる。この幽霊の役はA・E・W・メイスンが演じた。登場人物名は、クレインの作品や他の共作者の登場人物から採られた。ルーファス・コールマンは『戦地勤務』の従軍記者である。息子ピーター・クウィント・プロドモア・モローは、ヘンリー・ジェイムズの『ねじの回転』とウェルズの『ドクター・モローの島』から採ったなど、ほとんどどうでも良いことであるが…。

　現存する資料や新聞記事からすると少なくとも2幕、多分3幕物で、対話、歌（譜面が残っている）、コーラス、ダンスで構成されていた。出来のほどは分からないが、アカデミー誌などの編集者であり、クレインの作品の書評も書いていて、この「幽霊」を見たC・ルイス・ハインドが、アカデミー誌1900年1月6日付に「台本の出版はないだろう」と述べていることで、推察はつく。またマンチェスター・ガーディアン紙の1900年1月13日付も、内容はともかく芝居は「素人」と片付けている。それにクレイン自身も中身をまじめに取り上げられたらたまらない、と思っていたのであろう。家主のモレトン・フルーアンに原稿を求められて、年が明けての1月1日に返事をしたが、作品は「クズ」で、音楽は『ミカド』（1885）などからの借用だから、と断っている。とはいえ、記憶とは恐ろしいもので、イーディス・リッチー・ジョーンズは、何と1954年になって「クレイン夫妻の仲睦まじさ」を上演中に見たといっている。実質的な台本出版は『全集第8巻』（1973）であるが、上演日を発表日とした。なお『全集』には地元紙の劇評も2つ掲載されている（1900年1月5日サセックス・エクスプレス紙とサウス・イースタン・アドヴァタイザー紙）。「クレイン氏により休日が豊かになった」とか「クレイン氏に感謝すべき」と、内容より、田舎で娯楽が提供されたことへの謝辞のようにも聞こえる。

10.「トランスヴァール国からの興味をそそられる教訓」

　ニューヨーク・ジャーナル紙とサンフランシスコ・エグザミナー紙に1900年1月7日掲載。クレインは南ア戦争に従軍記者として行きたかったようである。1899年9月29日に査証の申請をしている。南ア行きは実現しなかったが、ここでは戦争報道のあり方について意見を述べている。戦争が従軍記者によって報じられることを現地の軍は嫌がる。軍事に関する検閲はある程度必要だ。しかし報道によって作られた世論に軍は注意を払う必要がある。だからそういう検閲は、

国民が正しい情報を与えられるのを損なわない範囲に留められるべきである。そしてその情報を与える「従軍記者は、絶対に現地に行かねばならない。絶対に」と強調している。イギリスは、ボーア人との戦いで何度も苦杯をなめている。こういうニュースでイギリス人のプライドは傷つくし、戦争遂行に疑問の声が国民の間から寄せられることを政府は恐れるかもしれない。その心配はなく、一般的には何としても戦争を継続して勝利に導くべきという機運が高まっている。

　クレインは、南アフリカでのイギリス軍が射程距離の長い兵器を使っているので、実際の攻撃の効果が分からないこともある、と従軍記者としての経験（特にサンチャゴ・デ・クーバでの）に基づいて意見も述べている。

11.「スティーヴン・クレインが語る：ワトソンによるイギリスの戦争批判は非愛国的とはいえない」

　ニューヨーク・ジャーナル紙に1900年1月25日掲載。クレインは、南アフリカでのイギリスの政策に賛成していないと批判された詩人ウィリアム・ワトソンを弁護している。ワトソンの言葉を引用しながら、個人として国が好きであっても、その国の行動をすべて許すことにはならないという主張を全面的に支持する。そしてクレインは、フィリピンとアメリカの関係に対する自分の見解にも触れている。つまり、フィリピンでアメリカが軍事的成功を収めるのを切望するが、同時に「アメリカは正しく、扱いも公平で、何とか平等に統治しようとしている」と現地の人には思われたいのであると。だから、場合によっては名誉をもって撤退することもありうる。とはいえ、クレインの立場は全体的にはそれほどはっきりとしていない。彼は欧州列国の帝国主義政策には明確な立場を打ち出せるが、アメリカの帝国主義に対しては態度が曖昧である。弁護する時もあり、それだけ愛国的であったともいえよう。

12.「スティーヴン・クレインが語る：イギリス軍兵士は近代的ライフルの『実際の用途』を知らない」

　ニューヨーク・ジャーナル紙などに1900年2月14日掲載。南ア戦争に関する記事。当時ボーア人がイギリス軍を予想外にも打ち負かした。米西戦争後、アメリカ人がイギリス軍は火器の知識がないと批判したが、イギリス人は耳を貸さなかった。それなのに、「イギリス兵士は近代のライフルの射程を知らなかった。自分たちに向けられない限り」が本当であったと皮肉る。なお別原稿が部分的に

残っていて、そこにはアメリカはフィリピン政策に対するイギリスの批判に耳を貸したが、イギリスは南ア政策に対するアメリカの批判に耳を貸さない、と書かれている。

13.「ロンドンの噂話」

ニューヨーク・ジャーナル紙とサンフランシスコ・エグザミナー紙に1900年3月11日掲載。イギリスの事情をアメリカに知らせるという目的が明確な記事。ボーア戦争が、他の欧州列強の帝国主義的企てを誘発した。動きの鈍いイタリアでさえ、エジプトに狙いをつけていると。また下院のアイルランド独立派と反対勢力の対立も激化し、紛糾した。これに対してアーサー・バルフォア首相がどのように対処したかなどを伝えている。

14.「スティーヴン・クレインが語る:エドウィン・マーカムをアメリカン・アカデミーへの第一候補に」

ニューヨーク・ジャーナル紙に1900年3月31日掲載。「イギリス『アカデミー』について」と同じように、クレインは既成の権威をからかっている。アメリカの文壇は、本来の剛健なアメリカ文学ではなく、いかにも上品で保守的な文学を見つけるのが上手いと、皮肉たっぷりに語る。そういう「優れた穏健過ぎる」作家なら、その1人として、詩人エドウィン・マーカムをクレインは「推薦」する。マーカムは道徳的な詩で国際的名声を勝ち得ていた。ところで、ウィリアム・ディーン・ハウエルズとマーク・トゥエインにも言及していることで、一見クレインはこの2人もからかっているように見えるが、事実はイギリスやフランスの真似をして、文学を権威づけようとすることそのものを揶揄していると考えた方が正しいようだ。

15.「ボーア人の大移動」

コズモポリタン誌に1900年6月掲載の長文。ただし、ジョージ・M・シールの『南アでのボーア人史』(1887)に多くは基づいている。1806年にケープ植民地がオランダからイギリスに移譲された時、アフリカーナの農民(オランダ系土着民・ボーア人)とイギリスとはうまく折り合っていけると思われた、ということから始めている。ボーア人のケープ植民地から内陸への一連の移住は、1835年から1840年代まで続いた。移動した理由は、奴隷解放をせざるを得なくなっ

たこと、家畜が原住民に襲われてもイギリスが守ってくれなかったことなどによる。1842年のイギリス侵攻までが記述されている。

ボーア戦争でイギリスに対しボーア人が意外にも勝利したのを受けて書いたと思われるが、物語風に資料をアレンジしただけのようで、特に見るべきものはない。最後にイギリスの侵攻によって短命に終わったナタール共和国（1839〜43）のボーア人指導者ピーター・レティーフの植民地からの移動宣言10項目が（記事の字数を稼ぐためか）記載されている。

16.「劇場のドアで」

フィリスティン誌1900年9月号に死後発表。この話は、クレインがニューヨークでスラム取材をしていた頃の作品「吹雪の中の男たち」を思わせる。というのも、建物（「吹雪の中の男たち」の場合は安宿）に入ろうと並んだ人々の話であるから。ただし並んでいる所はロンドンで、しかも目当ては劇場である。

行列の人々は必死というより諦めといった気持ちで7時30分の開場を待っている。列に並ぶことで有名なイギリス人の、その典型をクレインは描いたのかもしれない。行列する人々の退屈しのぎにと、関心を引いて幾らかでもお金を稼ごうと、大道芸人が登場する。ギターを弾きながら歌う女の子。曲芸師の必死の呼びかけ。歌でもって、列の女性を感激して泣かせた少年。ミンストレル・ショーの芸人たちは、残念ながら劇場のドアが開いてお金をもらう時間がなかった。皆明らかに貧しそうで、並んでいる人たちに同情の念を抱かせる。ただしそれも劇場に入れば、いやその前から忘れている。というのも、7時30分近くになると、皆気もそぞろで「いつ開くのか、万一開かないなんてことは」と思っているからだ。軽いタッチではあるが、貧困の意味と他者の無関心を書いた「吹雪の中の男たち」と作品は同じ基調かもしれない。なお大道芸人の歌などは歌詞付きで載せられている。

17.「領主の狂気」

クランプトンズ・マガジン誌に1900年10月号掲載。未完でコーラがクレインより聞き書きをしたものを元に残りを書いたとされる。舞台はサセックスのクレインの館ブリード・プレイスによく似た館である。主人公のジャック・リントンは妻と共に10年ぶりに「訳の分からない放浪」から戻ってきた。隣人が驚いたことには、一転してリントンは書斎に閉じこもるのを好み、そこで苦しみながら

詩作をしているのである。その次に館の内装が説明されるが、恐らくブリード・プレイスのそれであろう。リントンは、毒を盛られた男が女性の足元で死ぬという詩を完成できない。その風貌も異様になり、村人は気が狂っているという。妻もそう思って、正気だと言い張るリントンをどうにか説得して、脳の専門家レドモンド医師に診てもらいにロンドンへと行く。医者は最初リントンの妻と話した後、リントンに告げる。「あなたのように正気の人を見たことがない。しかしこれも職務なので真実を話すが、あなたの妻が狂っている。正真正銘！」物語は笑劇的に終わる。そういえば、村人たちは領主の妻についてもその正気を疑っていた。ちなみに、この結末を内妻コーラは自分が作ったといっているが確証はない。

　この話はゴシック小説のパロディというより、設定を考えると、クレインの自己パロディのようである。彼は書斎で借金に追われて多分苦しみながら執筆していた。執筆を迫る浪費家（クレイン自身もそうであったが）の妻が狂気か、追い詰められた自分が狂気か、そういう状況を笑い飛ばしたくもなる時もあったであろう。リントンが書こうとしていた詩の内容も暗示的である。しかし死によってこの作品が未完になった事実を考えると話のように笑劇とはいかず、現実は悲劇で終わったというべきであろう。なお、リントンの妻は女性解放運動に熱心であったとされる。コーラと同じである。

18.「一旦アメリカズ・カップを取り戻したら」

『全集第8巻』（1973）に初めて掲載。1899年のアメリカズ・カップに関するもの。イギリスの帆船シャムロックはアメリカ船コロンビアに敗れた。負け惜しみで「イギリス在住のアメリカ人に『一旦アメリカズ・カップを取り戻したら、もう2度とアメリカには渡さないから』とイギリス人はいう」とクレインは伝えている。また、そもそも「アメリカのヨットはイギリスで造られた」などと弁解もする。なぜ「コロンビアがシャムロックより優れていた」と素直に認めないのか。ちなみに、クレインはビル・スミザースという名前を文中で使っている。この作品では、ただの端役であるが、『赤い武勲章』の兵士と同じ名前であり、クレインがわざわざ使ったことで、翻って『赤い武勲章』でのこの兵士の役割を見直すきっかけにもなる。

19.「ロンドンの消防士が不興を買う」

　無署名だが恐らくクレイン作と思える。ニューヨーク・プレス紙1897年11月28日掲載。コーラが「ヨーロッパ通信」を同紙に書いていた関係で寄稿したのか、あるいはその契約終了後もクレイン自身が継続的に契約したかったのでこの記事を送ったのか、などと考えられる。11月19日にロンドンのクリップルゲートで起こった火事は主に倉庫など100棟を焼き、失業者も多く出た。

　クレインはアメリカに比べてロンドンの消防体制が遅れていると指摘している。レンガや石造りの4、5階建ての建物（木造でも高層でもない）なのに、これほど被害が及んだのは、消防車が「おもちゃ」のように劣っていること。また火災現場に向かうのに未だに消防士が声で警告しながらなので（アメリカでは『マギー』にもあったように、銅鑼を鳴らす）、時間がかかるなどとクレインは批判している。

20.「イギリスには多くの不安な母親たちが」

　無署名だが恐らくこれもクレイン作と思える。ニューヨーク・プレス紙1897年12月5日掲載。イギリスは世界各地で戦っているが、士官の訃報は伝えられることはあっても、つい最近まで一般の兵士の戦死や戦傷が伝えられることはなかった。その点を政府が改善したのをクレインは評価している。

　世界各地のイギリス軍の中でも、クレインはギリシャのヴォロ港でのイギリス巡洋艦を話題にしているが、これは彼の従軍記者としての体験を直接反映していると思える。クレインは「政府は、戦時の兵士など、倒されるか、それとも前に進めるかの駒程度にしか考えていない」という。それに比べて家族の不安、特に母親の心配は同情を呼ぶ。「新聞を買う金もない老女が、広報で戦死戦傷者リストをじっくり見ながら突然声を上げた。『息子よ。殺されたの』と。ハンカチを目に当てながら『覚悟していたわ』といって立ち去った。」

註

1. この間のクレインの生活については、Gordon W. Milne, *Stephen Crane at Brede: An Anglo-American Literary Circle of the 1890's* (Washington, D.C: University Press of America, 1980); Solomon, *Stephen Crane in England : A Portrait of the Artist* (Columbus: Ohio State University Press, 1964).
2. Sorrentino, *Stephen Crane: A Life of Fire*, pp. 216-7.
3. この作品中の聖職者(メソディスト)については、偶然にもクレインの親族がモデルだという説がある。Sorrentino, *Stephen Crane : A Life of Fire*, pp. 253-254.
4. この作品の制作経緯・内容については Jesse S. Crisler, " 'Christmas Must Be Gay' : Stephen Crane's *The Ghost* – A Play by Diverse Hands," *Proof* 3 (1973): 69-120.

B：アイルランド関係

　クレインとコーラ「夫妻」は、1897年3月31日に知り合ったハロルド・フレデリックとその愛人ケイト・リオンと、ギリシャから帰って後の8月から9月にかけて3週間アイルランドで共に休暇を過ごした。当時はアイルランドでは自治運動が盛んであったが、事情に詳しかったフレデリックから、クレインは色々聞かされたかもしれない。フレデリックは、ダンマナス・ベイのアヒキスタ村在住の裕福な支持者から家を提供されていた。ここでクレインは「怪物」を書き、「アイルランド・スケッチ集」(全5作) の取材をする。[1] また『オラディ』(1903) の執筆のきっかけともなった。1898年の1月か2月に、フレデリックは生活費の節約のためにアイルランドでクレインと2つの「家族」一緒に住まないかと提案したが、クレインは断った。アイルランドに行く前から、クレインはアイリッシュを扱った作品を書いているが（たとえば1893年の「クランシーの通夜にて」）、一般のアメリカ人が持つアイリッシュへの偏見を、概ね彼も共有していた面がある。

(a) 記事・エッセイ

1.「クィーンズタウン」

「アイルランド・スケッチ集」の第1作。ニューヨーク・ジャーナル紙に1897年10月18日に掲載。ウェストミンスター・ガゼット紙に翌日掲載。クィーンズタウンとはコーブのことで、「支配者」ヴィクトリア女王にちなんで1849年から独立の1922年までこの名前であった。「1人また1人と乗客が、重たげなレインコートを着て船の甲板に出てくる。そして雨の滴るアイルランドの海岸に目を向けた」という落ち着いた書き出しから、土砂降りの雨中の街が印象深く語られている。アイルランドをいかにも抒情的に捉えようとしているが、一方ではあのメキシコ紀行と同じく「とかく旅行者は違いを見つけたがる」という自戒を忘れてはいない。とはいえクレインは、馬車の御者を例にとってアイルランド住民の「良い」気質（「優しさ」、「冗談好き」、「頭の回りの速さ」など）を語ろうとするし、また「ケルト人の狂ったように踊りはねる様」などという、彼らの熱狂性

というステレオタイプ的発想に基づいた揶揄もしている。

しかし最終的には「スレート色の海に浮かぶ」イギリス戦艦の誇示するような白い旗に視点が移り、イギリスの支配下であることを思い起こさせる方向に向かっていく。

2.「バリーデホブ」

「アイルランド・スケッチ集」の第2作。ウェストミンスター・ガゼット紙に1897年10月22日掲載。クレインは観光名所を見てその国を学んだ気になるのは、ナイヤガラを見てアメリカを学んだ気になるのと同じだといい、バリーデホブという「300人の住民と4人の警官しかいない、単に田舎」で「誰もお金を持っていない町」を見学に行く。となると、クレインであれば当然酒場ということになる。酒場の主人は酒好きで若死にする傾向にあるが、店のやりくりが出来る妻をちゃんと残す。アイルランド人は多才で、酒飲みの無学な農夫でさえ、世界の果て、たとえばロシアが極東で中国（清）に関心を寄せていると語れるし、そうかと思えば迷信も信じている。普通の観光に背を向けたクレインも、多弁で酒好き、迷信好きというアイルランド人のイメージから逸脱していない。いいかえれば基本的にはやはり観光客としての視点である。

3.「王立アイルランド警察」

「アイルランド・スケッチ集」の第3作でウェストミンスター・ガゼット紙に1897年11月5日掲載。クレインは「多くの警官の姿がアイルランドでは嫌でも目につく」といい、王立アイルランド警察を大英帝国の代理で、反乱再発抑制の役目を果たすことを期待された「正真正銘の武力」だと見ている。それで一般の人々との間に「フェンスのように厳めしく聳える区別があって」、警官は「一種の社会的な孤島」に住んで孤立しているという。騒動が起これば「アイルランド人がアイルランド人と戦うことになる」とまで言い切ったこの記事には反発があり、ニューヨーク・サン紙は同年11月6日付でこの記事を嘲笑した。またウェストミンスター・ガゼット紙は同年12月3日付で、引退した警官マイケル・F・モラハンが、アイルランドでは警官たちが社会的に距離を置かれているというクレインの主張にユーモアをもって反論している。[2]

4.「漁村」

「アイルランド・スケッチ集」の第4作で、ウェストミンスター・ガゼット紙に1897年11月12日掲載。クレインらしい印象主義的筆致が冴えている。最初は小川の描写から始まり、「その小川は岩を縫って『穢れなく』白く流れ落ちていく」と書く。と、左を見ると「『不吉』な流れに変わり、赤が薄くなってピンクの色に染まっている（『穢れなく』は"innocent"で、『不吉な』は"guilty"）」。鯖の加工処理がされているのである。鯖は「炎で縁取りがなされた」ように青光りし、作業場は「大きな木がかかり、葉っぱが影を作って宗教的な雰囲気を醸し出し、まるで奉仕に挺身する教会」のようである。クレインは加工の手順を説明している。デニーという陽気な若者がミッキーという陰気な老漁師と対比される。

漁船が漁を終えて戻ってくる朝の描写から、夕方、作業が終わり例の血に染まった小川がまばゆさを取り戻すまでが描かれている。情景の鮮烈さが印象に残り、また明記されていないが、たえず移民（若者には「アメリカがアイルランドから輸入したようなタイプ」という形容がある）ということが選択肢にあるアイルランド人の感慨と悲哀が背景にあるようだ。最後は寒風が老人のリューマチにこたえるという一節で終わる。

5.「老人の懇願」

「アイルランド・スケッチ集」の第5作目で最後の作品。ウェストミンスター・ガゼット紙に1897年11月23日掲載。「漁村」にも登場した老漁師ミッキーが、彼にとっての「天国」である酒場に行き、スタウト・ビールを注文する。中は騒がしく、ブタの買い付けに来た連中が大宴会を繰り広げている。ミッキーは、背が高くてがっしりしたノラというウエイトレスに、「お金を持っているのか」と何度もぶしつけに聞かれる。老人などは目障りで、彼女は羽振りの良いブタの買い付け人の方が大事である。「自分とも少しは話をしてくれ」とミッキーは「懇願」するが、ノラは「この老いぼれ」とすげない（この辺はアイリッシュ訛りで表記）。ミッキーが眠りこむと、ノラが引きずって通りに放り出す。商売優先の若い世代の強欲だが活発な様子、弱々しく絶えず咳をする老人、この対照が描かれている。行き場のない老人には、こんな酒場でも「天国」に変わりない。

(b) 創　作

1.『オラディ』

　クレインが1899年秋に執筆を開始したが、12月に肺出血、1900年4月の再出血でついに未完に終わった長編。4分の3にあたる25章までは、コーラに口述筆記させていた。人気の高い歴史ロマンスに挑んだことは、金銭が目当てであったと思える。アイルランドを舞台としたのには、1897年夏に、ハロルド・フレデリックと共に当地に出かけたことが影響している。また1899年10月初旬にも数日間アイルランドに旅行している。クレインは未完の部分をロバート・バーに委ねた。バーはスコットランド人で、多くの物語集やロマンティックな歴史小説を書いていた。バーとクレインは、サリーのレイヴンズブルックの近隣同士という縁で1897年6月に初めて会う。1898年の夏にクレインがハヴァナで消息を絶った時、コーラはバーに助けを頼んだ。船会社を通じて、コーラがニューヨークに船賃後払いで行く方法も考えてあげた。1899年4月8日のサタデー・イヴニング・ポスト紙で、バーはクレインのキューバ関連の作品を激賞した。またフレデリック・A・ストークス社との出版交渉に関してアドバイスなどもした。バーは劇「幽霊」の制作にあたり、長い風刺詩を寄せている（ただし上演には参加していない）。

　実はバーは共作の話に乗り気ではなかった。クレインが病床に臥せった5月17日には、コーラ宛てに自分ではなく、スチュワート・エドワード・ホワイトを代わりに推薦した手紙を書いている。それでも5月19日にドーヴァーの病院にいる末期のクレインを訪問し、『オラディ』の作品完成について話し合った。死期の近いクレインを安心させるためだったとの説もある。クレインの死後、コーラが作品を引き継いでも良いのではとも提案する。『赤い武勲章』に関するイギリスで最も早く、また影響力のある書評を書いたヘンリー・ブレレトン・マリオット＝ワトソンもクレインの「幽霊」に寄稿（ただし1行だけ）していたので、コーラは『オラディ』の完成を依頼した。が、彼も辞退した。またラディヤード・キプリングも断ったらしい。元々歴史小説家のA・E・W・メイスンはブリード・プレイスのクレインの館に頻繁に来ていたし、また彼も「幽霊」に寄稿し、主役も務めていたので、コーラはその縁で彼にも頼んだが2年間、何もせずに原稿を放置していた。最終的に1903年になって、フレデリック・A・ストークス社の仲

介でロバート・バーとクレインの兄ウィリアムが契約し、バーは全33章のうち最後の8章を書くことになった。短縮版がアイドラー誌に1904年に7回に分けて連載され、7月にイギリスで単行本（メシューエン社）として出版された。単行本のアメリカ版は前年の1903年に当のストークス社より発刊されたが、その際には内容にちなんでか、表紙にアイルランドの国花であるシャムロックがあしらわれた。ちなみに劇作家のデイヴィッド・ベラスコ（『赤い武勲章』の劇化も考えていた）が『オラディ』を、小説として完成する前に劇として考えていたという話があるが、実現していない。

　クレインとバーの表向きの分担は分かっているが、実際に、どれだけバーがクレインの「指示」に従ったか（クレインによる「指示」を逝去の地バーデンヴァイラーでコーラが書き留めて残している。ただし動揺していたのか、コーラの字は判読しがたい。『全集第6巻』[1971]の巻末に掲載）、また遡ってクレインの書いた部分を直したことはないのかなどについては、出版当時から関心が寄せられていた。前半の方が総じて優れているという評が一般的で、この点も含めて1960年代より本格的に分担の調査がされてきたが、決定的な事実は判明していない。[3]

　ニューヨーク・タイムズ紙（1903年11月21日付）を始め、クレインの他の作品との関連などあまり考えずに、『オラディ』はともかく「軽いが面白い」というのが当時の評価であったといえる。エドワード・ガーネットはスピーカー誌1904年8月4日付で、喜劇的調子と真面目な部分とが混在して芸術的には失敗としたが、面白いことは否定していない。ちなみに、常にクレインに好意的であったマンチェスター・ガーディアン紙は、1904年7月27日付の書評で「クレインらしくないが」、それでもクレインの生涯の作品、特に戦争小説以外の「怪物」や『第三のスミレ』などの価値を、この『オラディ』が損ねるものではないという微妙な評価をしている。

　作品の冒頭部分はアイルランドが舞台で、その後はイギリスへと移る。作風はクレインのこれまでの作品とは一変して、冒険活劇的ロマンス小説・ピカレスク・ナヴェルであるのと同時に、そういう作風への笑劇的風刺でもある。込み入っているので概略的（やや便宜的）に説明すると、主人公のトマス・オラディは単に「オラディ」（一度だけトムといわれる）と呼ばれ、臨終の床にある父にイギリスに行って書類を返して来いと命じられる。それは元々フランスで、戦友ウェストポート伯爵より父に託されたものであった。ところが不思議にも、オラ

ディの父は文盲なのでその書類の意味が分からないし、またオラディ自身も読むのを嫌っているので、内容などは、話がかなり進むまで分からないことになっている。

　オラディはコーブからブリストルに船で向かう。と、ブリストルのある宿屋で、ストレップ卿というウェストポート伯爵の息子と出会い、その友人であるロワイヤル大佐とフォリスター（黒人の海運業者で剣の名士）が、どうして伯爵が書類を手放したのか、その経緯を詳しく話してみせる。ところがその話の内容にはアイルランド人を野蛮な悪党呼ばわりする部分があったので、オラディが嘘だというと、当然の成り行き（？）で大佐に決闘を申し込まれる。フォリスターにも侮辱されたので、こちらも決闘になる。オラディにはいわばサンチョ・パンサ役のパディという従者がいた。決闘でオラディはロワイヤルを負傷させるが、例の貴重な書類はその間に盗まれていた。オラディはフォリスターを疑う。フォリスターはバースに逃げていた。オラディは追跡する。途中でジェム・ボトルズという追いはぎ——口やかましい母親に物心両面で頼っている。「『まっとうな』羊泥棒でいれば良かった。追いはぎなんてこんな危険で悪辣な稼業ではなく」と「後悔」している——の挑戦を受けるが、彼もまたオラディの従者となりバースに向かう。と、フォリスターはブリストルに舞い戻ったと知る。彼らも取って返し、ブリストル近郊でフォリスターを見つける。パディがフォリスターを部屋に閉じ込めるが、オラディは彼が書類を持っていないと知る。ブリストルの町に戻って、オラディは父の旧友で今は年老いたウェストポート伯爵と会うが、伯爵は書類に価値はなく、オラディは自分を破滅させようとする悪漢だと非難する。オラディは伯爵自身が書類を盗んだのだと気づき、取り戻す。オラディはその書類を伯爵の娘レディ・メアリーに渡す。オラディは彼女を好きになっていた。

　オラディはフォリスターとの決闘でも勝ち、伯爵夫人（夫を支配している。言葉がきつく、威張り散らし暴力沙汰も厭わない）以外は、彼を恐れるようになる。伯爵夫人はレディ・メアリーをロンドンに連れ去る。オラディの新たな探索が始まる。バースの近郊数マイルでパディとジェム・ボトルズと会う。彼らがウェストポート伯爵の馬車を襲い、書類を取って逃げていたのである。

　小説の第2部はロンドンが主な舞台となる。そこでオラディは老科学者のコード博士（「ディスコード：不調和」の裏返し）などに助けられて、ついにウェストポート伯爵の庭に侵入し、そこでレディ・メアリーと相思相愛だと知る。実はコード博士が裏切り者で伯爵の手の者だとは知らない。伯爵と夫人とコード博士

に引き連れられた伯爵の召使いが、パディとジェム・ボトルズを攻撃する。オラディはそのどさくさに書類を受け取り、再びレディ・メアリーと会い、彼女の膝下に書類を置く。分かったのは、書類はサセックス州の大きな地所（つまりクレインのブリード・プレイスの館）の証書だということであった。伯爵はフランスでの戦争の際、自分が捕らえられて身代金にされないように、オラディの父の手にその書類を委ねていたのであった。レディ・メアリーは、差し当たりオラディが書類を持っていて、法的権利について弁護士に相談すれば良いという。彼女はまた2人が一緒になれる策略も考えた。オラディとの結婚に反対する悪賢い母親の反対に勝つために、オラディを嫌いだという振りをする。だが不本意にも2人が一緒になれば、当然書類は伯爵である父に渡るのに、と匂わせるという計略である。強欲な母親は、娘の意志とは反することでもためらいなくするだろう、との計算づくである。

　パディ、ジェム・ボトルズと、ロンドンの教会で出会ったアイルランド出身のドノヴァン神父に伴われ、オラディは例の地所（ブリード・プレイス）へと向かう。オラディ一行は、密輸業者が使っていた地下トンネルを利用して、邸宅の実力での奪回を企んでいたストレップ卿が率いる伯爵側の一団を罠にかける。完敗して伯爵夫妻は書類と娘との結婚という交換取引に応じる。つまり貪欲に支配された夫人は、オラディがブリード・プレイスの所有権の書類を持っているなら、娘などくれてやるという。一方伯爵の方は実は娘の望みを知って、それを助けもする。オラディとレディ・メアリーはブリード・プレイスの教会でドノヴァン神父の下で結婚する。

　ともかく行動先行、逆にいえば内面が描かれることはあまりなく、性格の一貫性は軽視され、たとえばオラディは才気もあれば鈍感で、時に応じて賢人にも道化にもなる。エピソードが並べられ、従ってピカレスク的になり、多くの登場人物が軽快に、敵味方入り乱れ、また入れ替わり、それぞれ行動していく。その結果、目まぐるしく筋が展開する。貴族や学者（気取った衒学的な学者は文芸の練達と自負しているが、辛辣な言葉のやりとり合戦でオラディに負ける）のエゴ、気取り、偽善などへの風刺的ユーモアが満載で、オラディは、自分でも気づかずに社会を引っ掻き回し、その欠陥を巧みに指摘する人物になっている。従僕パディも、その無意識的知恵によって、他の登場人物や社会、政治、宗教などの欠点を鋭く指摘している。そしてまた生き生きした会話などが多く、真面目なテー

マ・問題——考えてみると、元々書類＝土地権利証書はウェストポートのものであり、これをオラディが返すのは当然である——を期待しなければ、長すぎる感はあるが展開も速いので結構面白い。またクレインの作品では一貫して「知覚の限界」が問題とされてきたが、その点がこの話では「無知」や「見聞きしたがどういうことか不確か」という喜劇性にある意味転化されている。

　そして行動重視の世界から、ロンドンに入ると一転して法律の世界にしばられるなど、その対照も興味深い。ここではアイルランド人などへのステレオタイプな見方も、それを逆手にとって嫌味のない喜劇に変えられている。ロバート・バーとの共作であるが、構成はほとんどクレインが決めていたと大体分かってきている。ただしレディ・メアリーの人物像だけは、クレインが退屈な伝統的ロマンスのヒロインに概ね収めているのに、バーの書いた結論部分では、彼女が結婚に繋がる狡猾な手を考えている点で、そういう人物像から発展・逸脱している面がある。

　金銭目当ての創作という点はあるにせよ、恐らくある程度同じ趣旨の『第三のスミレ』や『戦地勤務』より優れた作品と考えられるのではないか。エドワード・ガーネットは、クレインは印象主義的な独自のスタイル以上に発展しないだろうといっていた（アカデミー誌1898年12月17日）。この作品は、少なくとも従来のクレインとは違う。あくまで実利的、道徳的、現実的判断に支配された主人公たちを誇張してコミカルに描いている。しかし、失敗作といい切れるかどうかは疑問である。皮肉な調子も、高踏的とまでの嫌味はない。登場人物の喜劇的、人間的欠陥ぶりに「自分もそうだな」といった、いわば同じ視点に読者を立たせるところがある。すべて「遊び」の世界なのである。晩年のクレインは、『ホワイロンヴィル物語』でも同様であるが、生活のための創作という戦いにおいて、それを従来の戦争というテーマと重ねずに、時にはこういう新しい「遊び」の世界に転化させたようだ。借金という現実生活に追われながらの「遊び」の追求という、究極の皮肉はつきまとうのであるが。さらに、冒険の末に、結婚という形で作品を終わらせたのは、クレイン自身の人生、そして内妻コーラへの想いも重なっていたのではという説もある。[4]

註

1. 全体的評価については、Donald Vanouse, "Stephen Crane's Reports from Occupied Ireland," *Stephen Crane Studies* 5 (1996): 7-15.
2. この点については Vanouse, "The 'Rejoinder' to Stephen Crane from a Royal Irish Constable," *Stephen Crane Studies* 13:1 (2004): 14-18.
3. この点については、James Stanford Bradshaw, "Completing Crane's *O'Ruddy*: A New Note," *ANQ: A Quarterly Journal of Short Articles, Notes, and Reviews* 3:4 (1990): 174-78.
4. Sorrentino, "Stephen Crane's Sources and Allusions in 'the Bride Comes to Yellow Sky' and 'Moonlight on the Snow,'" *American Literary Realism* 40:1 (2007):61.

9. 詩　作

(a)『黒い騎手たちその他の詩』

1895年5月にコープランド・アンド・デイ社より出版された。この詩集は自由詩68編から成り立っている。タイトルはない。最初につけられたローマ数字と1行目で通常区別されている。

I　海から黒い騎手たちがやってきた　II　並んで3羽の小鳥が
III　砂漠で　　IV　私には千もの舌がある
V　かつて男がやってきて　VI　神は世界という船を入念に造られた
VII　見知らぬ人影が私のそばで身を屈めて　VIII　こちらを私は見た
IX　高いところに私は立って　X　たとえこの広い世界が消え去って
XI　さみしい場所で　　XII　さて　そこで　不正なる像よ　おまえを憎む（正確にいうと1行目ではなく、この前に3行にわたる前段の散文「親の罪が子に課せられ～」がある。）
XIII　私のささやかな生の証人がいるなら　XIV　真紅の戦いの音がとどろいた
XV「戦場での勇敢な行いを語れ」 XVI　慈善よ　汝は偽りなり
XVII　ひしめきあって多くの者が行進した　XVIII　天国で
XIX　神が怒って　XX　博識のある者がある日私を訪ねて
XXI　私の前にかつて　XXII　かつて山々が怒るのを見た
XXIII　星のなかの館よ　XXIV　地平線を追いかける男を見た
XXV　見よ　悪人の墓が　XXVI　私の前に大きな丘があって
XXVII　きらびやかな服を着た若者が　XXVIII「真実とは」と旅人がいった
XXIX　見よ　彼方の恒星から　XXX　私に勇気があるとして
XXXI　多くの職人が　XXXII　天使が数人
XXXIII　道で出会った方がいた　XXXIV　街道に私は立って
XXXV　男が空に　金色に輝く球を見た　XXXVI　預言者に会った
XXXVII　地平に山の頂きが集まった　XXXVIII　かつて大洋が私にいった
XXXIX　青い稲妻が雲間で瞬き　XL　そしてあなたは私を愛すと？
XLI　愛が一人ぼっちで歩いていた　XLII　砂漠を私は歩いた
XLIII　風の間からささやき声が　XLIV　私は暗闇の中に立ちつくしていた
XLV　伝統よ　汝は乳飲み子のための　XLVI　私の心から多くの激しい悪魔

が
　XLVII「私のように考えて」と男がいった　XLVIII　かつて男がいた
　IL　私は漆黒の世界で思いに耽って　L　あなたは神聖だという
　LI　見知らぬ神の前に男が赴いた　LII　愚か者よ　なぜ偉大になろうとする
　LIII　威張り散らす神よ　LIV　「こんなことは過ちだ」と天使がいった
　LV　焼けつく道を男がとぼとぼ歩いた　LVI　刺客に出会うのでは、とある男は恐れ
　LVII　目としぐさで　LVIII　賢人が高説をたれていた
　LIX　空を歩いていると　LX　私の人生という道には
　LXI　男と女がいた　LXII　火のような人生を送る男がいた
　LXIII　大聖堂があった　LXIV　友よ　君の髭が地上に垂れている
　LXV　かつて　私は素敵な歌を知っていた　LXVI　このボロの上着を脱ぎ捨てたら
　LXVII　神が天国で死んで横たわり　LXVIII　魂が駆け抜けるように

　クレインはいきなり『黒い騎手たち』の多くを書き上げたらしく、それ以前に習作は数えるほどしかない。詩作の直接的動機もよく分からない。1894年2月中旬に、コーウィン・ナップ・リンスンは、クレインが詩作するのを（本人は「たわごと」と呼んでいた）初めて見たという。その詩の中にはXIV・XVIII・XXXVIII・LXIIなどがあった。3月中旬に、クレインはハムリン・ガーランドのニューヨークのアパートに詩の草稿をいくつか持って行った。しかもその場でクレインはVIを書いてみせた。リンスンやガーランドなどは、クレインが自分は即興的に詩を作ると述べていたのを記憶している。またフォーラム誌の副編集長ジョン・D・バリーによれば、クレインが3日で30編の詩を書きあげたと話していたとのことである（ブックマン誌1901年4月号）。このようにクレインの天才的詩的霊感にまつわる逸話は多いが、実際には事前に推敲していた場合もあるだろう。とはいえ、『黒い騎手たち』の冒頭Iの「海から～やってきた」という「海」は、人間の無意識を指すともいわれるが、この詩集における神や罪の問題などは、すべて詩人クレインの心の奥（無意識も含めて）から発せられた直観的、ゆえに即興的なものとも思える。それが1890年代の詩の現状を打ち破り、今でも評価されるものになったといえる[1]。
　当初はガーランドの紹介で、ボストンのベンジャミン・フラワーの出版社に出

版交渉したようだが失敗したらしい。受け入れてくれたコープランド・アンド・デイ社は、ハーバート・コープランドとフレッド・ホーランド・デイがボストンで興した出版社で、1890年代に、イギリスの世紀末芸術運動の作品を扱っていたが、上記のバリーがコープランド・アンド・デイ社にクレインを推薦した。世紀末芸術運動の書籍を扱う他のアメリカの出版社としては当時、シカゴのストーン・アンド・キンボールなどがある。コープランド・アンド・デイの出版物の中には、イギリスの著名な作家、たとえばダンテ・ガブリエル・ロゼッティ、オスカー・ワイルド、ロバート・ルイス・スティーヴンスン、エリザベス・バレット・ブラウニングやウィリアム・バトラー・イェイツなどがあった。またイギリスの世紀末運動を体現したイェロー・ブック誌をアメリカで一時期刊行していた。コープランド・アンド・デイは先端的な作品を扱っていたために、逆にアメリカの既成の有名作家からは敬遠される傾向もあった。新進の芸術家に目をつける必要があり、その点でクレインと利害が一致した。

　出版の仲介をしたバリーは、早くからクレインの文学に興味を持っていたが、ショッキングな設定の小説『マギー』より、クレインの詩の方を気に入っていた。バリーは1894年4月14日に、後に『黒い騎手たち』となる詩のいくつかを、クレインに代わって、アンカット・リーヴス・ソサエティで朗読した。クレインが人前で話すのを嫌がり、自作の朗読を断固拒否したからである。この会では『小公子』の作者バーネット夫人を主賓に迎えて、何人かの作家の作品が読み上げられることになっていた。会の模様については5月1日にフィラデルフィア・プレス紙で、エリシャ・ジェイ・エドワーズが詳しく報じている。

　推薦を受けたコープランド・アンド・デイのデイは、詩人ルイーズ・イマジーン・ギニーの文学的審美眼を非常に信頼し、ギニーに『黒い騎手たち』の原稿の評価を依頼した。ギニーも作品に好感を持ち、出版を勧めた。けれどもデイがいくつかの詩の削除を求めたので、それに抵抗するクレインと、またギニーとデイとの間で何度かやりとりの上で内容がまとまった。その間クレインは苛立ったのだろう。『黒い騎手たち』の出版採否を直ちに答えるよう求めながら、「多くの点で納得できない」という声高（？）なコープランド・アンド・デイへの9月9日付の手紙を残している。自分の作品は「アナーキーを求めているものであって」、これを取ったら逆に倫理的側面が欠けるというのである。クレインのいうアナーキーとは、既成のものに誠実に逆らうこととでもいえるのであろうか。作品のタイトルについても、デイはギニーの意見を求めた。ギニーはクレインが提案した

『黒い騎手たち』というタイトルを認めるように勧めた。デイとギニーとの間のやりとりには、クレインの詩の反抗的表現の成熟性・妥当性を、時に疑っている面がある。コープランド・アンド・デイは一部妥協したが、総計7編の詩が省かれるということで、結局クレインも同意した。この7編のうちの3編は不明のままである。[2]

コープランド・アンド・デイが発表を認めないとした詩には、極めて瀆神的要素が大きい。省かれた詩のうち2編、「乙女にとって」と「木の舌を持った男がいた」は、後年『戦争は優しい』において発表された。「神がやってきて」と「空から人が」は、ダニエル・ホフマン編集の『スティーヴン・クレインの詩』(1957)に掲載された。(以下、『クレインの詩』と略記する。)

1895年5月に『黒い騎手たち』は出版されたが、事前にその刊行予告が、刊行本と同じ紙質で印刷されたチラシでなされた。そこには、ガーランドによる1893年6月アリーナ誌掲載の『マギー』の書評と、XXVIIIの「『真実とは』と旅人がいった」が掲載されている。黒いランの浮き彫りが施されていた。

出版された本は、50部の特別版(コープランド・アンド・デイはアメリカの作家についてはこのようにしていた)は和紙に緑のインクで印字されたもので、何冊かは白の上質皮紙に金色で印字されていた。詩はすべて大文字で各頁の上方に印刷され、余白が広く取られていた。

500部が発行された普及版では、中は灰色がかった簀の目入り用紙が使われていて、ボール紙の表紙には裏表ともフレデリック・C・ゴードンの原案による植物の黒いランの浮き彫りが施されていた。ゴードンは、1893～95年の間、旧画学生連盟の建物の、クレインの階上に住んでいた画家・挿絵画家で、クレインからコープランド・アンド・デイ社に『黒い騎手たち』の表紙デザインをしてもらうように持ちかけていた。1895年2月4日にゴードンはランのデザインをした図柄を送った。彼によればランは奇妙な習性があり、形も変わっていて、特殊な生態であり、一番詩のイメージに相応しいとのことであった。このアイデアにはクレインも共感した。ところが出版社はゴードンにデザインの変更を求めてきた。が、ゴードンは多忙のため要求には応じられないと答えてきた。そこでコープランド・アンド・デイ社は、自前の挿絵画家にゴードンの絵を改変させて『黒い騎手たち』市販の初版に用いた。

奇抜な装丁は、揶揄の対象ともなったが、かえってそのため売れ行きは良かった。断っておけば、革新的な装丁にクレインは細かく関わってはいない。しかし

本の内容と装丁は相乗効果をもたらしている。繰り返せばクレインも風変わりなレイアウトを大いに気に入った。結果的に批評家の目を内容と同じく装丁にも向かわせた。世紀末芸術との関連で、シンボリズムの典型であると、装丁面からもいわれるようになった。ブックマン誌1895年5月号で、ハリー・サーストン・ペックは肯定的な意味で、「詩におけるオーブリー・ビアズリー」とクレインを呼んだ。表紙から裏表紙にまたがる黒のつる模様という、いかにもといった感じの凝った図柄を、懐疑的で悲観的で往々にして皮肉っぽい詩の内容に結びつけて、デカダンス的に解釈したのである。イギリスのウィリアム・モリスのアーツ・アンド・クラフト運動に結びつけようとする評価も生まれた。偶然であるが時代の潮流に合っていたともいえる。ともあれ『黒い騎手たち』はコープランド・アンド・デイのベストセラーとなり2版、3版と重ね、最後に在庫は1冊もなかった。また同社は1896年にイギリスでのクレインの人気に目をつけて、ウィリアム・ハイネマン社に500部送り、販売を頼んだ。
　とはいえ全般的にいうと、クレインの詩人としての業績は同時代人からあまり高くなかった。若きクレインを指導したウィリアム・ディーン・ハウエルズは、1893年4月初旬にクレインに会った時、エミリー・ディキンスンの詩作のいくつかを読んで聞かせたそうである。クレインとディキンスンでは、思想も詩の形式も根本的に違うが、後者の警句的なところと神学的関心そのものは、『黒い騎手たち』に影響を与えたかもしれない。もっともハウエルズはクレインの自由詩が理解できなかったようだ。1896年1月25日付のハーパーズ・ウィークリー誌でも、ハウエルズは「自分なら、こんな無形式には書かない」と述べている。この書評の翌日にハウエルズはクレインに手紙を書いて、あくまでリアリズムの『マギー』などを評価し、それは「黒い騎手たちや赤い勲章なんかよりずっと良い」という言葉を残した。それでもクレインの詩の出版を手伝おうとした形跡はある。
　19世紀後半の有力な文芸批評家であるトマス・ウェントワース・ヒギンスンは、エミリー・ディキンスンに詳しく、それと比較する観点から1895年10月24日付のネイション誌に『黒い騎手たち』の書評を書いた。ヒギンスンはクレインの実験的要素を、「連の短さ、韻律はないが隠れたリズムの存在はホイットマンを凝縮したか、ディキンスンを拡大したかのようだ」といっている。もっとも、こういう形式に発展性があるのかと、疑問も呈している。
　肯定的評価の中で、クレインの詩に最も共感していたのは、雑誌『フィリス

ティン：反抗の雑誌』の創刊者エルバート・ハバードであろう。この1890年代に有名であったリトル・マガジンの1895年6月創刊号で、『黒い騎手たち』をハバードは書評し、その後はいくつもクレインの作品を掲載した。彼の詩のデカダンス的性格が、イェロー・ブック誌を模倣した反体制的なフィリスティン誌を発行したハバードにとっては、主たる魅力であったのだろう。もっともハバードはクレインを宣伝に利用した節もある。彼の詩のパロディーまでも掲載していたのである。たとえばフィリスティン誌1895年7月号の「斑点のある短距離走者」（つまり動物のチーター）などである。そもそもハバード自身は批評家でも芸術家でもなかった。1895年12月19日にバッファローでクレインのために晩餐会を開催したが、宣伝企画に巻き込まれたくないために事情を知る多くの招待客が出席を婉曲に断った。事前宣伝は凝っていて、クレインへの招待状、その回答、日付の設定のやりとりまで逐一報じている。実際その晩餐会は妙な具合になった。この会に出席した、クロード（・フェイエット）・ブラグドンという詩人兼画家によると、主賓のクレインが嘲笑されたそうである。彼はいたたまれずその場を去ろうとしたが、当のクレインに止められた。ハバードの雑誌のライヴァルであるロータス誌は翌年6月1日付で取り上げてハバードとクレインの蜜月ぶり（？）をからかっている。後年（1926年）エイミー・ローウェルは、ハバードがクレインの詩を称賛したことが、かえって正当な評価につながらなかったと述べている。

　その時のパンフレット「時は来たり」にはドゥワイト・R・コリンの絵で、『黒い騎手たち』にちなんで、男が地平線を追いかけ、揺り木馬に乗った黒い騎手が空を駆ける情景が描かれている。このパンフレットには来なかった（それとも来るのを避けた？）人たちのユーモアのある遺憾の意が列挙されているが、誤植騒ぎもあった。ハバードはまた自らが創刊した別の雑誌ロイクロフト・クォーターリーの第1号（1896年5月1日付）をクレイン特集とし、「思い出とその他：スティーヴン・クレインによる7編の詩と1編のスケッチ」と銘打って晩餐会の記録を記している。[3] ここに掲載された詩は後に『戦争は優しい』で収められた（『戦争は優しい』Ⅱ・Ⅲ・Ⅶ・Ⅷ・ⅩⅣ・ⅩⅨ・ⅩⅩⅥの7編。ただし裏表紙に『黒い騎手たち』のⅩⅩⅣも掲載）。このクレイン特集は非常に凝っていて、会に欠席した招待客の言葉の最後には、ジョン・L・バーレイ大佐という架空の人物まで登場させている。「彼」は『赤い武勲章』の迫真性を南北戦争時「戦友」であったとふざけながら誉め（？）、さらにクレインの文体を誇張してからかっ

ている。

　ハバードの宣伝効果はともかくとして、『黒い騎手たち』が評判になったことは間違いなく、だからこそパロディーにもされたのだろう。詩のパロディーは、フィリスティン誌以外でもたとえばシカゴ・ニューズ紙やミネアポリス・ジャーナル紙など、いくつかの新聞に掲載された。多くは観念的で壮大なテーマとスタイルの特異性を揶揄している。

　クレイン自身は時に散文よりも自分の詩を高く評価することもあった。なぜなら『赤い武勲章』の項で述べた通り、「個人的には『赤い武勲章』より、ささやかなあの『黒い騎手たち』の方が好きだ。後者に人生全体の思想を込めようとした。前者は、単なるエピソード、またはその増幅に過ぎない」だったからである。さらに「自分に正直に」がモットーであったクレイン（友人のジョン・ノーザン・ヒリアードへの1896年1月の手紙）にとっては、率直に自分を出した会心の作であったのかもしれない。一方では『黒い騎手たち』に関連して「自己満足の怖さ」ということも漏らしているが、逆にいえばそれだけ自信があったのかもしれない。

　クレインの詩の特徴は、デイヴィッド・ハリバートンが評した通り、「観念的な言葉が常に高らかに響くが必ずしも明快ではない」という表現に尽きるようである。[4]「I（アイ＝私）」という言葉の多用（詩集の中で約200回）で分かるように、自己を率直に出している一方、理屈が先に来ている嫌いがあり、表現においては、単に機智めいたもので終わっている場合がある。そういう時は大胆なだけで、今から見ると新しくも何ともないとも思える。下記に説明する通り、「罪」といった観念的（ある意味平凡な）なものが取り扱われ、対する真実・理想が「決して叶わぬ到達目標」だと嘆かれる（これもある意味陳腐）が、詩の出来不出来は、要はそれがどのように生き生きと表現されたかによる。韻律が自然に生まれていて、感情と意味が凝縮された時に持ち味が発揮される。また声高なためか、詩が直截（時には単調さにつながる）で、散文が象徴的という逆転現象がクレインでは見られる。詩の方が人間の孤独をいう傾向が強いようにも見えるが、絶望的ではあっても、何とかモラルを求め、認知してほしいと願うひたむきな面も強い。総じて初期の詩の方が反抗の色彩が強く、その後も反抗の姿勢は維持しながらも、次第に何とか信じられるものを求めようとして、それは保守的、因襲的なものに堕していくともいわれる。[5] 以下各詩の掲載順ではなく、テーマとして相互に関連すると思えるものをまとめて解説する。

『黒い騎手たち』の詩の多くは警句めいた自由詩で、多く共通するテーマが、処罰的神学を体現し、人間の「罪」を糾弾する復讐の神エホバと、もっと人間的な神、即ち堕落した人間に近く、同情的な寛容と慈悲の心を持つ神との対立である。というよりは外面的・外在的に権威的神を見ることこそ人間の傲慢さ、愚かさであり、真実の神とは内面の問題、人間の良心の問題であるといいたいのであろう。外面的神とは人間の想像力が作った組織の投影に他ならない。まずIの「海から黒い騎手たちがやってきた」は罪の創造をはっきりと規定する。

　　槍や盾が激しくぶつかる音がする
　　そして蹄の高鳴る音が
　　風を背に受け
　　喚声上げて髪がなびく
　　かくして罪が登場した

そういう罪が世に満ち溢れるのである。
　XXIX「見よ　彼方の恒星から」では、遠くから私が戻ってくると、しかめ面した人間に満ちているのに気づく。「それに嫌悪を感じ」神に聞くと、神は「これが世界　おまえの家だったところ」だといい、現実世界の醜悪さを知る。
　III「砂漠で」は、様々な解釈があるが、自分の心臓が罪のために苦いのに、「だけど自分は好きだ　苦いから」という、人間の恥じない罪深さを語っているともいえる。そしてこういう人間の罪を神は許さない。人間に高圧的に跪けという。
　XII「さて　そこで　不正なる像よ　おまえを憎む」には、その前段に聖書の「出エジプト記」第20章5節からの引用：「私を憎む者には」咎が末代まで及ぶという言葉が置かれ、その上でそういう神こそ「不正な像」や「邪悪な聖像」であり、私は「憎む」とクレインは言い放つ。
　XIII「私のささやかな生の証人がいるなら」でも、そういう「苦悩と苦闘の」生を愚か者と見る神に対し、「愚か者を脅すのは良くない」と断言する。
　LI「見知らぬ神の前に男が赴いた」では、「神は悲しいほどに賢明で…神性をがなりたてる…人間よ　跪け　身をすくめろ」と「喚くように怒鳴る」のである。そこで男は逃げ出し、「自らの内なる心という神」のもとに行く。その神は「限りなく包容力に満ちた　優しい目をした」神で「可哀想な子よ」という。

強権の神はXIX「神が怒って」にも出現する。「神が怒って　人間を殴打していた」のである。そういう「神の足に」人間が「激しくかみつく」が、神に追従するかのように、殴られている人を見て「人々は叫ぶ　『なんと悪い人間か』」と。だが、内心では「ああ、なんと恐ろしい神」と思っている。
　LIII「威張り散らす神よ」では、神に対して公然と挑戦的で、「あなたの槍」で「わが胸を突き刺そうとしても」「私はあなたを恐れない」とクレインはいう。そして「血染めの槍」であることから、すでに神が断罪を繰り返してきたことを示唆する。さらにクレインは対抗する慈悲の神を持ち出し、その神が毀損されるなら「死んだほうがましだ」と宣言する。
　XXX「私に勇気があるとして」では、「もし　私が　美徳の赤い剣」でもって「わが罪の血」を流したら、神は何を代償としてくれるかと聞く。神は「希望」だというが、そんな曖昧なものはいらないと、公然と私は反抗する。
　LVII「目としぐさで」は、明らかに『マギー』で、マギーが救いを求めた牧師が、あわてたように逃げる場面が反映している。「私は見た」という。「清く正しいという」あなたが、「ご自分のコートをさっと引くのを　嘘つき！」
　LIV「『こんなことは過ちだ』と天使がいった」では、牧師と天使は、「子犬ほどの」悪意も見逃さない。それに対し「子犬ほどの悪意しかないなら」「天使にとってのみの過ちだ」と反論する。人間はそういう神から逃げ出す。そして優しい神のもとに行き受け入れられる。
　L「あなたは神聖だという」では、無誤謬だと主張する「あなた」が「罪を犯すのを目撃する人がいる」と警告する。しかしその「あなた」は「友」でもあるので、私も同類ということかもしれない。
　XXXIX「青い稲妻が雲間で瞬き」は、雷のような怒りの神と、「かすかな息の音　遠くに聞こえるため息」のような慈愛の神との対照がなされる。前者を崇拝する者が「聞け　聞け　神の声を」というが、一人の男が「そうではない」と逆らい、後者の神こそ本当だとする。
　XVIII「天国で」では、人間は葉っぱに例えられる。いかに地上で立派な行いをしたかと神の前で語りだす葉っぱに混じって、1枚の葉っぱは、「私が立派な行いをしたとしても」それを知らないと謙虚に答える。その葉っぱこそ、慈愛の神は称える。
　XXXIII「道で出会った方がいた」では、人間が、自分が作った「もの」を何度も聞かれるが、悉く「それは罪だ」と神にいわれる。何度も同じことを問い質

され、それ以外にできないと告白すると、神は「かわいそうに」と慰めてくれる。そういう神とは、ともかく既製の神ではない。

XXXIV「街道に私は立って」いると、行商人が「小さな彫像を出して見せる」のであり、つまり神（の彫像）の押し売りである。それに対し「私は私の神で結構だ　他のものは持ち去ってくれ」と宣言して、既製品ではなく自前の神を探す。

VI「神は世界という船を入念に造られた」は、「一瞬　ある邪悪な声がして　何ごとと　神が振り向いた　すると何ということ　船は音も立てずに進水台を降りはじめ」「永久に舵なしで　訳の分からない航海に乗り出し」て、かくして「この代物を見て　多くの者が天空より笑った」と語る。つまり人間（の罪）を造った神が責任を果たさず、非難ばかりしているという抗議につながる。

怒りの神はクレインの母方のペック家の偏狭な宗教観に由来するとの説がある。また一方、慈愛の神が父方に由来するともいわれるが疑問もある。父はクレインが8歳の時に死んでいるので、直接の影響がどれほどあったか不明である。しかも父の著書『すべて神の子は神性を受け継いで』（1874）によると、人は「名状しがたい悪である。罪深い」のである。ともかくクレインの立場は一貫している。繰り返せば欲望を抱く罪な人間を造ったのは神なのに、その欲望と罪を神が断罪する。こういう矛盾を告発すると共に、悩める人間に同情的な、内面的神をクレインは対置するのである。[6,7]

前述した通り、怒りの神とはこの世の宗教的な「既製の権威」である。

XXXIIの「天使が数人」は、天使が地上に近づき人々が「肥え太った」教会に列をなすのを見る。「すると　天使たちは戸惑う　どうしてこんなに入っていくのか　なぜそんなところに長々といるのか」と。当然、聖職者の権威も認めない。

XVI「慈善よ　汝は偽りなり」では、慈善など「女の慰みもの」か「男の快楽」に過ぎないという。偽りの慈善とは、教会の信者がするもののようで、教会批判に結びついていく。

LXIII「大聖堂があった」の司祭は、正直である。堂々と振る舞いながらも、「まるで危険な場所にいるかのように　虚空を怯えた目で見て　過去の恐ろしげな顔を見ている」のであるから。過去の恐ろしげな顔は、聖人のことか、それとも自分が見捨てた者か分からないが、いずれにせよこの司祭は内面では罪の意識

を抱いている。

　LIXの「空を歩いていると」は「風変わりな黒い衣服を着た男（聖職者）が晴れやかな姿の人に会った」という。「わが主よ」と男は感激して問いかける。しかし「神は男など知らなかった」と聖職者の一人よがりをからかう。新約聖書「マタイによる福音書」第7章21〜23節を下敷きにしているといわれる。

　XLV「伝統よ　汝は乳飲み子のための」では、伝統の神は、既製のもの一切につながり、それを所詮「乳飲み子」向きのものとクレインは切って捨てる。とはいえ、「だが　ああ　われら皆乳飲み子」と、そういう伝統から自らを切り離す困難を認めている。

　クレインにとって自然もまた慈愛とは縁遠い。

　XXII「かつて山々が怒るのを見た」で山はひたすら人間を叱る。クレインはいう。挑む男に「勝てるか」と。と、尋ねられた近くの男は「勝てる」と答える。これは逆なようで、いつも人間の戦いは負け戦のようであるが、それでも「そこで　私は　先祖に　多くの功績を認める」のである。なぜならそういう営みを人間は長々と続け、たとえ負け戦であってもそこに価値があるからだ。

　XXXI「多くの職人が」では、人間が山の頂きに石造りの建物を建てて、その出来栄えに満足する。と、あっという間に壊れることで自然の脅威が示され、人間の自己満足が戒められる。下敷きになっても、皮肉にも「悲鳴を上げる時間がある」だけである。

　LII「愚か者よ　なぜ偉大になろうとする」は、傲慢な人間に身の程をわきまえよということであろう。「愚か者よ　枝を一本切り取り身に付けよ」と2度繰り返される。人間に対する味方は、自然の中でも「枝」くらいである。

　XXXVII「地平に山の頂きが集まった」では、山々が私に向かって「われら来たり」といいながら行進してくる。恐らくこの山は人への脅威・障害の象徴であろう。「私が見たとき」に行進が始まるということで、クレインの「サリヴァン郡スケッチ集」の「魔の山」と同じく、自意識内で起こっているとも思える。

　XXXVIII「かつて大洋が私にいった」は、自然の無関心、過酷さを訴えるこの詩集の中では例外となる。海で亡くなった恋人のことを嘆く女性を、その海が優しく慰めようともする。海は「私が彼女の恋人を　冷たい緑の海原に横たえた」という。だが「2匹の白魚が　彼の柩のそばで守っている」し、「海の王も泣いている」と。

人間の努力の虚しさ、いかに内面的真実・理想に到達しがたいかは、『黒い騎手たち』で、何度も歌われている。人間が反抗してもどこか虚しく滑稽でもあり、皮肉な視点でも見られる。
　II「並んで3羽の小鳥が」は、小鳥が「自分では歌がうまい」と思い込んでいる人間を笑うが、これは「歌」という真実をつかむ難しさを指していると考えられる。
　XI「さみしい場所で」も同じ系統で、私は賢人に対し、自分には「時代の知恵」があると誇るが、そういう一過性の知恵は真実とは違う。なお、ここではそういう浅薄な「時代の知恵」は新聞に載っているとされている。
　LV「焼けつく道を男がとぼとぼ歩いた」は、「一日中腹に詰め込み」食べてばかりの一見無為なロバを嘲笑した人間が、そのロバから「にやにや」されるということで、同類だと示唆される。人間の傲慢さを暗示したものである。こういう逆転の発想は
　LVI「刺客に出会うのでは、とある男は恐れ」でも共通する。この表題の人物に対し「犠牲者に出会うのでは」と恐れる人間が対照される。「前者は後者より賢明」というが、クレインの答えは逆という皮肉であろう。この「男」の心理は短編「ブルー・ホテル」のスウェーデン人の殺されるという強迫観念と関係があると指摘されている[8]。
　LXII「火のような人生を送る男がいた」には、クレインの散文を彷彿とさせる色彩があるし、近年注目されている詩といえる。現代のクレイン研究の第一人者、ポール・ソレンティーノのクレインに関する最も客観的な伝記『スティーヴン・クレイン：火のような人生』(2014)でも、この詩がタイトルになっている[9]。

　火のような人生を送る男がいた
　時という流れにおいてさえ
　紫がオレンジに
　オレンジが紫になる
　そういう中で人生は燃えた
　恐ろしい赤のシミは消えることなく
　だが死んで初めて
　自分が生きていなかったことに気づいた

この赤は、『赤い武勲章』の「赤い嘘」の赤に通じる虚飾のようであり、人生において本当に生きることの難しさを物語る。
　LXV「かつて　私は素敵な歌を知っていた」では、鳥かごに入れていた「ささやかな思想」が逃げ出す。「どんどん飛んで　砂のようになる　私と空の間に撒かれたみたいに」と、思想・真実と私の間に隔たりができる。「砂」という言葉からも連想されるように荒漠として捉えがたいものであり、遠い距離なのであろう。
　LXVI「このボロの上着を脱ぎ捨てたら」では、脱ぎ捨てて飛翔し天国を尋ねても「広大な天空以外に　何も見つけられなかったら」と恐れる。つまり神の無関心あるいは不在を危惧している。

　「賢人」("wise"という形容または"sage")と呼ばれる者の、この詩集の中での立場は、総じて意味が逆である。XLVIII「かつて男がいた」では、「何を飲んでも　苦味をみつけ　何に触れても　とげを感じる」賢人がいる。しかしそれでは彼はただ嫌味な「意見を持つのみ」で喜びも何もない人間に過ぎない。人間らしい大らかさをクレインは肯定する。
　LVIII「賢人が高説をたれていた」は、お伽話めいている。賢人が2つの像を前に、こちらは悪魔と指差すが、聞いていた者が像をすりかえる。だが賢人は気づかずに、聞いている者に「にやにや笑われる」が、それでも「賢人は賢人」と皮肉る。
　XXXVI「預言者に会った」も、人間の傲慢さを物語る詩で、私が預言者の持つ知恵の書と同じくらい知恵があると豪語すると、「突然盲目になる」という話である。「子供よ」と呼ばれたことで、自惚れの程度も分かる。とはいえ、他のクレインの詩を念頭に置くと、この預言者の知恵もどうなのかという疑いもある。
　IX「高いところに私は立って」では、所詮高いところに立つ私も、「罪という酒に酔いしれている」悪魔たちから、「仲間よ、兄弟よ」といわれる同じ罪深い存在である。
　IV「私には千もの舌がある」でその内の九百九十九の舌は嘘をつく。もう一つを使おうとしても、「私の口の中で死んでいる」のである。つまり人間は真実の探求にそもそも不向きなのである。
　VII「見知らぬ人影が私のそばで身を屈めて」は、それでも必死に真実の正体

を知ろうとする人間が「教えてくれ　真実はきれいなものなのか」と、「見知らぬ人影」に「おまえは誰か　どこから来たのか」と訝しく思われながらも問いかける様子が歌われる。

　XXIVの「地平線を追いかける男を見た」では地平線がその真実である。「地平線も男もどんどん回る　これに私は当惑して　男に呼びかけた『虚しいだろう』と私はいった…」しかしその私も真実を追いかけているのかもしれない。真実を追いかける正しさ・虚しさの両義をいったものであろう。

　XXVI「私の前に大きな丘があって」は、雪道を通って「何日もかけて」その高い丘に登っても、それはさらに「はるか彼方の花園を　見るため」だったように思われる。要するに真実は遠い。

　XXVIIIの「『真実とは』と旅人がいった」は直接的に、真実は「… 私にとって　息であり　風であり　影であり幻だ　長く追いかけているが触れたことがない　その衣服のへりにさえも」と、その捉えがたさを歌う。

　XXXV「男が空に　金色に輝く球を見た」も、天上に行って実際に球を見たら、それは土で出来ていた。しかし地上から見るとやはり金色に見えるという寓話で、真実への到達が難しいというテーマを持つ。[10]

　だからこそ、安易に真実をつかんだという「賢人」には容赦ない。

　XX「博識のある者がある日私を訪ねて」で、「道を知っている」というその男の言葉に狂喜して私はついていく。が、私は「進むべき道が分からなくなる」ので、彼に聞くと自分も「迷ってしまった」と認める。

　XLIV「私は暗闇の中に立ちつくしていた」は、最後「再び私を暗闇に戻してほしい」で終わる。そう願うのは「大きな光が射した」からである。人間は自分の内面（「自分のことば」や「自分の願い」）を知ろうともがくが、実際にそれが白日にさらされようとすると抵抗するということであろう

　XLVI「私の心から多くの激しい悪魔が」では、詩人として内面を言葉で吐露しようという行為につながる。「インクのなかでもがいた　我が心のなかのものを書く」ということは「妙なものだ」と思うのであるが、それが創造行為だというのであろう。とはいえ、背後に書くことの難しさ、真実の捉えがたさがつきまとう。

　XVII「ひしめきあって多くの者が行進した」では、「自分がどこに行くかも知らない」烏合の衆とは対照的に、「新しい道」を一人たどろうとして結局死んでいく者が描かれる。その「道」とは真実への道であるが、志半ばで倒れても、そ

の勇気は称えられる。

　最後の詩であるLXVIII「魂が駆け抜けるように」の魂は人であろうか。彼は神を探して駆け抜けるが、その探す声をこだまが嘲笑うかのようにオウム返しにする。ついには「神などありはしない」と思う。と「空から瞬く間に剣が落ちてきて　彼に打ちあたり　彼は死ぬ」と、この魂が地上にいるにせよ、天上であろうが、どこにも神は見当たらなかったのである。それでもまた、彼も称えられているようだ。

　またXLVII「『私のように考えて』と男がいった」では、そのように思考を強制する者への反感が描かれる。私は、「考えた末に」他人と同じように考えるくらいなら「ヒキガエル」になった方がましだと言い返すのである。

　繰り返せば捉え難く冷淡で、時には復讐する神や、無関心あるいは敵対する自然という状況の中で、人間は虚しく愛や真実、勇気、自己犠牲を求めるのである。

　XLII「砂漠を私は歩いた」では、真実であれ愛であれ求めていて見つからない場所が「砂漠」といわれる。その苦しみから逃れようとしても、神からここは「砂漠ではない」と突き放される。要はこの見つからない現世＝社会でもがき苦しむしかないのであろう。

　IL「私は漆黒の世界で思いに耽って」は長詩である。「どこへ足を向けてよいのか分からず」、真実を求めて「見よ　見よ　あそこだ！」と人々に誘われてさまよう私がいる。私には束の間「聖なる光」が見えるが、すぐに消える。「私は絶望して叫ぶ」が、それを愚弄する者たちがいる。他者に惑わされずに真実を求めよという教訓めいた印象がある。

　LXIV「友よ　君の髭が地上に垂れている」では、老いさらばえても「正義の凱旋」を求める人間を描く。そんな「正義の凱旋」など有り得ないというより、クレインは最後に「もっと優しい国」（有り得ない場所？）で探せということで、その「正義」なるものの実在・実態を疑う。

　V「かつて男がやってきて」では男＝神によって「整列」を命ぜられると、それに従う者・そうでない者との間で「猛烈な叫び声」があがり、その後延々と戦いが続く。「とうとう　男は　泣きながら　死んでいく」のだが、「整列」を命ぜられた人々は「単純な偉大さ」を知らなかったといわれる。「単純な偉大さ」とは形而上的なものであり、それを人々は世俗的な戦いと読み違えたのか、と解釈

されよう。

　こういった絶望的に皮肉な認識は、たとえば1898年に書かれたマーク・トゥエインの『不思議な少年』のペシミズムにも共通するし、ブックマン誌1896年3月号の書評で指摘された通り、トマス・ハーディーの『日陰者ジュード』（1896）の世界観に共通するものがあるともいえる。神という偶像を破壊する発想を、ハリエット・モンローは実は古臭いとポエトリー誌1919年6月号で評した。そういう保守性については、エイミー・ローウェルが1926年に指摘した通り、クレインの詩には反面教師的に伝統の権化である聖書がしみ込んでいて、思想だけでなく、「韻律、イメージ」などでもその影響があるともいわれる。[11]

　宗教的求道性とは別に、『黒い騎手たち』のいくつかの愛に関する詩には、伝統的なイメジャリーや感傷性、世紀末的色合いがある。というか、官能的でさえある。外在的な復讐の神の存在などに疑問を投げかけ、反抗したクレインが最終的には、ロマンティックな愛を理想にしたともいえる。
　LXI「男と女がいた」では、3連形式でまず1連において罪を犯した男女のうち、女だけが罰を加えられ、2連において罪を一緒に受けようとする男の、愛の勇気が歌われる。だが3連目ではそういう男は死に、そもそもそういう男と話す機会さえ人にはないという。つまりその真情を知ることはないというのか。
　XLI「愛が一人ぼっちで歩いていた」は、

　　岩がその脆い足を傷つける
　　イバラが美しい足を切り裂く
　　仲間がやってくる
　　だが　哀れにも助けにならない
　　なぜならその名は心の痛みだから

と、恋愛の不毛を歌っている。愛は文字通りズタズタにされるが、救ってくれるはずの「仲間」も救いにならない。なぜなら愛の「仲間」、いいかえれば愛に伴うものは所詮心の痛みで、二重に深手を負わせるので。傷ついた自分（「仲間」）が、傷ついた彼女（「愛」）にさらに傷を負わせるのだと解釈されるかもしれない。

Xの「たとえこの広い世界が消え去って」は、「暗黒の恐怖と　果てしない夜が残っても　神も　人も　立つべき場所もいらない　あなたとその白い腕があるなら　破滅への道も長きものに」と、典型的な世紀末的恋愛を語る。

　さらにXXIIIの「星のなかの館よ」では、愛する者との堕落が、荒涼とした天上の至福に勝るという考えが示される。「彼女がいるから　暗闇で　自分はじっと待っていられる」という。そして「天上の　黄金の日も　天上の　白銀の夜も」いらないとクレインは歌う。

　LXVII「神が天国で死んで横たわり」では、神の死と共に「紫色の風の翼が血を滴らせ」「地球は黄色くなって沈み」と世紀末的、黙示録的世界を歌いながら、「女の両腕が眠れる男の頭を　最後の獣が嚙み砕こうとするのを守ろうとする」という鮮烈で残酷なイメージが愛を支配する。神なき時代の男女の愛の尊さと運命、そのいわば負け戦的美学を歌ったと思われる。

　『黒い騎手たち』における愛は、理想と裏腹の罪・裏切り・幻滅などや、別れられない不義とも時に結びついている。

　XL「そしてあなたは私を愛すと？」では、恋人が私を愛しているといいながらも、「人の噂」や「世間という切り株」に惑わされ、自分のもとに来ることを躊躇う。そこで私は「心の冷たい臆病者」だとなじる。この詩は基本的に陳腐であるが、クレインの不倫の恋人であったリリー・ブランドン・マンローを意識していたと考えられる。

　VIII「こちらを私は見た」で「こちらを見ても　あちらを見ても」恋人はいない。たとえ見つかっても「私の心のなかの　恋人ほど美しくない」といわれる。内面への沈潜の姿勢は、理想の女性・真実など所詮外界では見つからないという気持ちの反映であろう。

　XXI「私の前にかつて」では、「美しい女性の姿を見ることができた」と思っても、眼前には「雪と氷と焼けつく砂」が延々とあるのだ。ここでは自然・女性・真理などが得難いものとしてかなり単純に結びついている。

　LX「私の人生という道には」も、途上で会った女性は「ヴェール」をつけたままで、じれた私は「彼女の抵抗も顧みず、ヴェールをはがす」とそれは「虚栄の容貌」をしていて、「私は自らに　馬鹿！　というしかなかった」のである。その自戒は、恐らく自分も「虚栄」を背負っていたということであろう。

　XLIII「風の間からささやき声が」は、ささやきは「さようなら！」と繰り返

す。それは真実、慈愛の神、女性のいずれでもあるようだ。自分が何度「行かないで」と願っても虚しい。

　XXV「見よ　悪人の墓が」では、「悪人」に花を手向ける乙女が　精霊によって戒められる。しかしクレインはいう。「もし　精霊が　正しいのなら　乙女は　どうして　泣いたのだろう」と。天上の論理と女性の情の対照において後者の大切さ・愛しさがはっきりと描かれる。悪人の墓に「花を供えてはならぬ」という精霊に逆らい、さめざめと泣く女性にクレインは共感する。

『黒い騎手たち』たちには、宗教的な戦い、愛の戦いなどではなく、戦いそのものに焦点をあてたものが3編あるが、特にユニークとは見なされていない。クレインの散文との関連を考えると、

　XV「『戦場での勇敢な行いを語れ』」が英雄的な行動、及び戦争の実情を暴いていて、一番興味深い。「守り抜き　勝利への辛い疾走」をしたと語っても「もっと勇敢な戦い」があっただろうと傍からは思われるのである。

　XIV「真紅の戦いの音がとどろいた」は、人間の理由のない、救い難い戦いへの欲望を描いているように見える。「女は泣き　子供は　不思議に思いながらも　走って逃げる」が、答えはない。皆、がなり立てるだけで「理由は依然不明なので」ある。

　XXVII「きらびやかな服を着た若者が」では、「不気味な森」で、クレインではお馴染みの「暗殺者」に若者が出会い殺される。けれども若者は「中世風のこのような死に方」こそ、本望だという。『赤い武勲章』のヘンリーはヒロイズムに幻滅するが、それ以前の無垢・無知な若者を歌っている。

(b)『戦争は優しい』

　フレデリック・A・ストークス社から1899年4月に出版された。クレインとストークス社との繋がりは1899年2月に出来たばかりであった。イギリスでハイネマン社も出版の企画をしていたが実現しなかった。『戦争は優しい』は1894年の秋から断続的に、しかし大半はクレインがイギリスに移った1897年以降に書かれた。1898年4月にキューバに行く前にイギリスで『戦争は優しい』に収める詩を集め始め、ハヴァナにいる間に10編の「不義の詩」の半数を書き加えて作業を終了している。多くの詩はそれまでに雑誌などで発表されている。この詩集の

デザイン・挿絵を担当したのはウィル・ブラッドリーである。特に初版29ページにある、城の堀端で馬が死にかけている挿絵は名高い。彼は後にアメリカを代表するアート・デザイナーになり、動画、映画の芸術監督になっていく。

タイトルのない詩がカスロン字体で灰色のカートリッジ紙に印刷された。『黒い騎手たち』と同じく、ページの下方が広い余白になっていて、大胆なアート・ヌーヴォーの挿絵が添えられている。本の表紙は詩集にある言葉をイメージ的に表象している。垂れ下がった木、花、竪琴、壺、剣を持った長い髪の女性など、極めて大胆なデザインであったが、そのため詩の内容と共に、この装丁は非常に批判もされた。

全37編が収められている。評判は総じて良くなかった。そもそも余白が多く、中身が少なくその割には、2ドル50セントは高いという声もあった。ニューヨーク・タイムズ紙1899年5月27日付では、「全くの失望に近い」と批評された。また様々な雑誌の編集をしていたルパート・ヒューズは1899年6月3日のクライティリオン誌で、『戦争は優しい』を「クレイン氏の寄せ集め」といって酷評した。また『黒い騎手たち』の書評でクレインの発展性に疑問を投げかけていたトマス・ウェントワース・ヒギンスンは、1899年11月16日のネイション誌の『戦争は優しい』評で、細かい分析はともかく、自分の予測が当たったと語った。クレインは初期の奇抜な衝動的詩作から進歩していないというのである。また『黒い騎手たち』を支援したジョン・D・バリーもリテラリー・ワールド誌1899年6月24日号で、失望感をあらわにしている。ウィラ・キャザーは1899年6月3日のピッツバーグ・リーダー紙で「クレイン氏は読者を侮辱しているか、あるいは自分を侮辱しているかのどちらかだ。さもなければ先祖返りをしてサルの原始的戯言をしゃべっているのか」と、その抽象性、寓意性を全く無意味と退けた。

当然、パロディーの対象に多くされた。ちなみに、ロバート・バーから紹介された、カール・エドウィン・ハリマンというデトロイト・フリー・プレス紙のコラムニストは、ブリード・プレイスにもよく遊びに来ていたが、クレインは知られている限り唯一彼にのみ、『戦争は優しい』を署名して贈っている。

クレインがイマジストの先駆者として認められ始めるのは1910年代になってからであるが、1916年にイマジストの1人であるカール・サンドバーグは「亡きイマジストたちへの手紙」で、「戦争は優しい　その戦争の優しさを君が登場するまで知らなかった」とクレインを称えた。クレインの先駆性という評価は、1920年スワニー・レヴュー誌7〜9月号でヴィンセント・スターレットや、ポエ

トリー誌（1919年6月）の編集者ハリエット・モンロー（ただし先述のように条件付きで）に引き継がれていく。

　3分の2の詩が警句的自由詩であるが、それ以外には連形式で、韻律を持つものもある。『黒い騎手たち』にならって最初の1行を示すと（括弧内は事前に掲載された雑誌。ただし「思い出とその他：スティーヴン・クレインによる7編の詩と1編のスケッチ」にも掲載されたものは『黒い騎手たちその他の詩』の項を参照。）

　　Ⅰ　泣くな乙女よ　戦争は優しいものだから（ブックマン誌1896年2月号）
　　Ⅱ　「ちいさな貝殻よ　海は何といった」（ブックマン誌1896年2月号）
　　Ⅲ　乙女にとって（『黒い騎手たち』で掲載拒否されたもの・ブックマン誌1896年4月号）
　　Ⅳ　多少のささやかなインク
　　Ⅴ　「正義の人を創ったことは」
　　Ⅵ　夜　船が輝く航跡を残して過ぎる様を語ろう（ブックマン詩1896年10月）
　　Ⅶ　カバの木の日没の歌を耳にしたことが（エルバート・ハバードによる1895年12月19日の晩餐会のパンフレット「時は来たり」の裏表紙・ブックマン誌1896年1月号）
　　Ⅷ　騎手が馬にまたがって疾風のように（ブックマン誌1896年6月号）
　　Ⅸ　素直な男がやってきた
　　Ⅹ　これが神だと（フィリスティン誌1898年4月号）
　　Ⅺ　砂漠で（フィリスティン誌1896年5月号）
　　Ⅻ　新聞とは半ば不正義の寄せ集め
　　ⅩⅢ　旅人が
　　ⅩⅣ　くすんだ茶色の壁に日の光が斜めに（フィリスティン誌1895年12月号の帯封の前面）
　　ⅩⅤ　あるとき家の屋根に男が登って
　　ⅩⅥ　木の舌を持った男がいた（『黒い騎手たち』で掲載拒否されたもの）
　　ⅩⅦ　成功した男が自らを投げ出して
　　ⅩⅧ　夜に（チャップ・ブック誌1896年3月号）
　　ⅩⅨ　木の頂きから死の悪魔がささやき（フィリスティン誌1895年8月号）
　　ⅩⅩ　心に金銭の重みが（フィリスティン誌1898年2月の帯紙の後面に削除版）

XXI 男が宇宙にいう　　XXII 自惚れた太った預言者が
XXIII スミレが咲かない所があって
XXIV 道で出会った方がいた（『黒い騎手たち』XXXIII とほぼ同じもの）
XXV 職工よ　夢を見させてくれ
XXVI きらきら輝く小さな輝き　その1つ1つが声に（フィリスティン誌1895年9月号）
XXVII 庭の木々が花を降り注ぎ

「不義の詩」
XXVIII あなたは私の愛　XXIX 悲しみを私が望んだというのなら　愛する人よ許してくれ
XXX 何とあなたの小さき指の動きは　XXXI あなたがゆったりと身を揺らせるのを私は一度見た
XXXII あなたの後ろにはなぜ　XXXIII それでも私といれば幸せだったのが
XXXIV あなたの笑い声を聞く　XXXV 時には夕暮れに
XXXVI 白昼に愛と遭遇して　XXXVII あなたの表情が輝くのを見た

　全体として『戦争は優しい』では、観念や視点が提示されたかと思えば繰り返されるといったパタンが目立ち、落ち着きのない印象がある。また戦争は道徳的判断の対象としては厳しく指弾されるが、その方法は一本調子で単調に響く場合がある。
　その強烈な反戦メッセージが成功している数少ない例は、Iの「泣くな乙女よ　戦争は優しいものだから」かもしれない。この乙女とは一説では、創作時期から考えて、ネリー・クラウスのことだともいわれる[12]。3つの連が「泣くな　戦争は優しいものだから」という痛烈に皮肉な「訓戒」で終わり、それぞれ乙女、幼い子供、そして戦場で子を亡くした母親に宛てられている。以下に示す通り、それぞれの連の間には、戦いの様相を示す2連が入る。詩はその2連では一見伝統的な修辞で戦争を称えるが、底流には大嘘だという意味がある。

　泣くな　乙女よ　戦争は優しいものだから
　おまえの恋人が天に向かって激しく両手を振り上げ

軍馬がおまえの恋人を残して暴走し去ったとて
泣くな
戦争は優しいものだから

かすれたような音を響かせる連隊の太鼓
戦闘に飢えるちっぽけな人間たち
この連中は猛訓練の挙句　死んでいくのだ
栄光という名の理由のないものが彼らの上を飛び交う
戦の神は偉大である　その王国も
屍が累々とある戦場

泣くな　赤子よ　戦争は優しいものだから
おまえの父が粘土の塹壕に転がり落ち
胸をかきむしり　苦しみもがいて死んだとしても
泣くな
戦争は優しいものだから

連隊の輝く軍旗が疾走する
赤と金の冠を戴いた鷲
この連中は猛訓練の挙句　死んでいくのだ
彼らに殺戮の美徳を教えよ
人殺しの素晴らしさをはっきりと
屍が累々とある戦場

母の心はボタンのように慎ましく
息子のきらびやかに輝く経帷子にかかっている
泣くな
戦争は優しいものだから

　またそういう戦争を称える報道への不信がⅫの「新聞とは半ば不正義の寄せ集め」という、イエロー・ジャーナリズに身を置き、絶えず扇情的、愛国的な報道を求められた、クレインの自戒を込めた苦々しい思いにつながっている。そう

いう思いが「新聞は法廷　誰もが親切にも不公平に裁かれ」「新聞は市場　そこで自由が売り渡される」と巧みにイメージを展開していく。

XXVI「きらきら輝く小さな輝き　その1つ1つが声に」では、クレインらしくその声に「紅　スミレ　緑　黄金」の色がついている。その声は神を称え、「誰も（牧師や神父の）聖歌の真実を疑えなくなる」という。一見神・教会を称える美しい詩と思えるが、恐らくこういう素晴らしい声でも、（それが来ない限り）人は疑いを抱くし、また牧師や神父に「小さい」("little") という形容がついているところに、クレインの隠れたアイロニーが窺えるということかもしれない。

XX「心に金銭の重みが」は、第一連でそういう金銭によって生まれる快楽・贅沢を歌いながら、以降では富があれば追従者が生まれ、酒や無駄話に費やし、芸術に無縁な俗物の商人、愚かな田舎者の金持ち…、と否定的な面を歌っていく。クレインの金持ち探訪記である「贅沢の体験」を連想させる。

XIII「旅人が」のように、散文的要素と寓意的な面を巧みに合わせたものもある。そのテーマは『黒い騎手たち』と同じく真実の到達しがたさ、安易な道を行こうとする人間の弱さである。真実への道では「雑草」が「ナイフ」の形をしている。そこで詩は「きっと他にも道があるだろう」で終わる。

XVI「木の舌を持った男がいた」は空虚な言葉（男は一般的な意味か、それとも聖職者か）に「満足する」ということで、安易な道に行こうとする人間のことを歌っている。「木の舌」であればカチカチと虚しく響くのみであろう。それなのに「満足するのは」「痛ましい」という。

XXVII「庭の木々が花を降り注ぎ」は一見ロマンティックな書き出しだが、子供たちがその花を競って集め、「山のように集めた者」と「たまたま残っていた花しか集められない弱者」とになる。この事態を「教師」が「神父」に問い質す。ところが答えは「強者が花をたくさん集めてどこが悪い」というもので、「教師」は「神父」の答えに感服するという皮肉で終わる。ここに適者生存の考えと、それに意外にも賛同する教会へのクレインの反発が見て取れるが、単純な寓意で終わっている印象もある。

XXIVの「道で出会った方がいた」が再録されたのは、人間的な神の重要性を改めて強調するということであろうが、その理由はV『正義の人を創ったことは』」にある通り、既製の神は正義の人3人を造ったというが、3人の内2人は死んだと平然と言い放つからである。既製の神は、正義の人など見放している。そ

して3人目も「負けて打たれて」いるのである。

　そしてXXII「自惚れた太った預言者が」は、そういう神を盲信する追随者＝預言者への糾弾である。預言者は叫ぶ。「わが知識に呪いあれ」と。なぜなら正邪は白黒ほどはっきりしていると思ったのに、世の中は灰色だった。人間世界の複雑さは、神＝預言者には相容れない。

　XVIII「夜に」は、4連がそれぞれ「夜に」「朝に」「夕に」再び「夜に」と続く。最初の「夜に」では、灰色の重い雲が谷をつつむ。擬人化された峰々が神をひたすら求める。「朝に」では澄んだ空に働く者たちの音が響き、峰々は自らを卑下しながら神を求める。「夕に」は遠くの谷に瞬くささやかな光の中、自らを怠惰だという峰々が神にひたすら問いかける。再び「夜に」では灰色の重い雲が谷をつつむ。やはり峰々は神を求める。この繰り返しが神を求める人間の性をそのまま歌ったのか、その虚しさを歌ったのかは微妙である。

　IV「多少のささやかなインク」では、書かれた本に大騒ぎするが、それはインク＝印刷に過ぎないという。こんな「安っぽい装身具で神は言葉にされるのか」といい、最後の言葉「神はどこに」は、人間の心の外や、書かれた言葉に神などいないという明確なメッセージなのであろう。

　X「これが神だと」という箴言に近い3行詩では、神など「印刷されたリスト」に過ぎないと断言する。

　II の「『ちいさな貝殻よ　海は何といった』」では、海のメッセージが船に伝えられる。その点で「オープン・ボート」のような状況も想定されるが、むしろ男が「灰色の服を着て」いて、それに女性が涙を流し、ということから、より一般的・通俗的な死・戦死などのイメージが浮かぶ。

　VIIの「カバの木の日没の歌を耳にしたことが」のように、自然の事物はたとえ擬人化されていても、実際にはそういう自然も神と同じく冷酷なのである。そういう距離感が、自然を愛でたと思う人物に対して、自然が「バラを見る前に緑色の景色を見ていただろう」と突き放すことで暗示される。

　IIIの「乙女にとって」は、いつもは穏やかな海であっても、水夫にとっては一旦海が荒れると「灰色の死の壁　この上ない空洞の壁」である。人間の状況は「自然の恐ろしい憎しみ」に翻弄されるものだとする。この詩の方が、クレイン自身の遭難を描いた「オープン・ボート」を彷彿とさせる[13]。そして人間の自惚れと、その存在に対する宇宙・自然の無関心は、次のXXI「男が宇宙にいう」に最もよく示されている。

男が宇宙にいう
　「自分は生きております」
　「だからといって」と宇宙は答える
　「自分では感じたこともない
　　義理など」

　恋愛を歌ったものとしては、XXV「職工よ　夢を見させてくれ」で男女の恋が素直にロマンティックに語られる。「わが恋人への夢を」「日光」や「微風」や「草原」などという自然と軽やかに結びつけながら。
　一方エロティックなイメージの詩もある。XI「砂漠で」はフードを被った男が女性のスネーク・ダンスを見ているという、アラブ風の光景である。「月光が注ぐ深い渓谷の静けさ」の中で「鋭い口笛に答えるかのように踊る」というだけで情景は明白であろう。それに対して男は受け身に見える。
　VIII「騎手が馬にまたがって疾風のように」は例外的に、男を勇敢で行動的で忠実な愛人として描いている。そして「女性を救うために」果敢な行動を見せるが、その点よりも我々の目は「馬は死んだ　城壁の麓で　忘れられて」という最後に向けられる。この馬は犠牲であり、愛に犠牲はつきものというのだろうか。
　VI「夜　船が輝く航跡を残して過ぎる様を語ろう」は2連形式で、最初は「荒涼として果てしない海」を航行する船を歌うが、それが愛の状況を指していることが第2連で分かる。「絶え間なく寂しい」愛の不毛なのである。
　XIX「木の頂きから死の悪魔がささやき」は、愛の不毛というより不吉さを歌った象徴的で難解な詩である。女が小舟の中から男を呼ぶ。男は「狩人」で、「灰色に近い緑の森」が見ている。女は「聞こえないの？」と呼ぶ。「血」や「苦悶」という言葉から連想からすると森は死を象徴しているようである。最後に「木の頂きから死の悪魔がささやき」とまた繰り返され、恋人たちを待つ不吉な前途につながっていく。

　詩によって出来不出来が激しいので、ここまで触れていない詩については、あまり取り上げられることがない。IX「素直な男がやってきた」は、素直な男が知恵を求める。それを馬鹿にする「教養のある」傍観者がいるが、要はどちらも同じという話である。その点を「ろうそくが2本あった」という言葉で暗示する。
　XIV「くすんだ茶色の壁に日の光が斜めに」は、そういう情景描写が2行あり、

一転してその後は人々が戦いに明け暮れる状況を描いている。「神に向かって勇ましい聖歌を歌い　衝突と雄叫びの歌」と共に車輪と蹄の音、そして戦争につきものの別れや喜び、嘆きが交錯する。

　XV「あるとき家の屋根に男が登って」は、男が天に向かって問いかけて叫ぶが、出て来たのは「武装した」神である。平和の希求の虚しさを歌ったものとも解釈されようが、そもそも男の問いかけ自体が「戦士の声」であった。度し難い人間の戦争への執着を示すと同時に、万事を戦いのイメージで語るクレインの特性を表したともいえるであろう。

　XVII「成功した男が自らを投げ出して」は、世俗の成功の「その虚しさ」を強調する以上の意味があるのかどうかは疑問である。「富の岸辺に感謝し」つつ、「賢明であると装いながら」も、実は下らないものを買っている。そして「満足そうに微笑む」金持ちの俗物性が、「無知」で「無垢」と皮肉られる。

　XXIII「スミレが咲かない所があって」は、女性2人と男1人を巡っての「不毛」な争いを歌っている。三角関係が収まるまで、「スミレは争う」という。ところがここにはスミレがない。ということは三角関係が収まらず、スミレは争い続けて滅び、だから咲きようもないということであろうか。あまり謎解きとしては面白くない。

　『戦争は優しい』の最後にある10編の感傷的恋愛詩「不義」の連作は、ひたすら陳腐で駄作としかいいようがない。自由詩でも定型詩でもない中途半端な行の羅列で、しかも不義で死の匂いのする複雑な恋心であるはずだが、表現は単純で新鮮味のない言葉に終始している。最初の5編は1896年12月か1897年初めに書かれた。残りの5編は1898年秋にハヴァナで書かれたか改訂がされた。繰り返せば、人妻への報われない男の愛が平凡に語られている。これらの詩の対象となった女性は、ネリー・クラウスかリリー・ブランドン・マンロー、コーラやハヴァナで知り合った女性ではないかと推測される[14]。そういう極めて個人的色彩の強い詩であり、問題はそれが全く昇華されていない点である。ニューオーリンズ・タイムズ・デモクラット紙のウォルター・パーカーはキューバでクレインが潜伏生活を送っていた当時、酒場などでよく出会っていたが、彼の回想録が、クレインがハヴァナで書いた「不義」の何作かの伝記的事実関係に言及している（1940年に公表）。ともかく連作「不義」のXXVIII「あなたは私の愛」は、12連のそれぞれ1行目が「あなたは私の愛」で始まるが、その陳腐さは5連目などで

9. 詩作　　383

明らかである。

　　あなたは私の愛
　　そしてあなたは他者の愛の燃え殻
　　この燃え殻に顔を埋め
　　それを愛する
　　悲しみは私に

が、そのありきたりな表現の中にどこか意識的自虐性が伺える。最後の連は皮肉にも、どれほど詩が平凡かに止めを刺すともいえる。

　　あなたは私の愛
　　そしてあなたは死
　　そう　あなたは死
　　不吉な　なお不吉な
　　それでもあなたを愛す
　　あなたを愛す
　　悲しみ　有難くも　悲しみは私に

　XXXII「あなたの後ろにはなぜ」では、「あなたの後ろにはなぜ　他の男の影がいつもあるのか」と嘆き、その影は「現実か」とも恐れる。そういう男を割り込ませる「自分は何たる愚か者か」とやはり自虐的に終わる。別の男を意識した詩なので、その男は誰なのか。そもそもこの「女」は誰なのかなど、伝記的推測が色々したくなるが、逆にいうとそれだけ直截で技巧のない詩なので、審美的面よりも興味をそそられるということかもしれない。

　最後のXXXVII「あなたの表情が輝くのを見た」は、「私を愛してお前の顔が輝く」時があったのに、「あなたはもう私を愛してはくれない　かつては確かに愛してくれたのに」と失恋を平凡に歌っている。不完全であるが脚韻と、「あなた」について"thy"や"thou"など旧式の表現が使われ、伝統的な詩形式に戻っている。

　XXIX「悲しみを私が望んだというのなら　愛する人よ許してくれ」は連作「不義」で2番目に長い詩である。長々と女性への恋い焦がれを言葉にするが、

途中で自分の愛を戦士の勇気と重ね合わせる。「勲章をくれ 大きな名誉がほしい 恋人よ それを持ってあなたの前を誇らしく歩くため」と。ただしこの気持ちは情欲「おまえを貪りたい」を隠す方便かもしれない。前に戻って「あなたの写真を部屋に飾る者」がいるということへの嫉妬混じりの…。

XXX「何とあなたの小さき指の動きは」は女が「剝き出しの腕を後ろにあてて 髪をかき撫でる」と、エロティックなイメージをクレインは喚起していくが、独りよがりの感もある。

XXXI「あなたがゆったりと身を揺らせるのを私は一度見た」では、女性の一挙一動を見ている。「他の女の子と楽しげにはしゃぎ 美しい声で楽しく」と。一転してクレインは詩の後半では、そういう女性を見つめる、自分の暗い想いを吐露する。

XXXIII「それでも私といれば幸せだったのが」は、お互いに「恋人」と呼び合った頃を思いながら、「騎士」や「戦い」のイメージをからめて女性への（失った）愛を嘆く。

XXXIV「あなたの笑い声を聞く」は、女の喜びを見ると自分の悲しみは募る。「自分は孤独だと思い知る」ので。つまり他の男の影がある。そして自分を「消えた野営の火」になぞらえる。

XXXV「時には夕暮れに」は「あなたは私を愛してくれた頃を 思い出してくれるだろうか」といい、「哀しみは私に 失ったものは」とひたすら嘆く。要するに受け身の姿勢に自己耽溺しているように見える。

XXXVI「白昼に愛と遭遇して」で、愛とは「気まぐれな小鬼」のようで、だから私は呪いたくなるという。そういう愛に振り回されていても、最後には「心はそれでも汝に向かって鼓動する」と、恋の衝動の止めがたさを語る。

(c) その他クレインの未編集の詩（31編）

1行目のみを記す。ちなみに「キャンサライズ」というエロティックな詩の存在もかつていわれたが、原稿が残っていない。

I「どちらかといえば」は、8歳の頃（1879年12月頃）恐らくクレインが書いた最初の詩。犬がほしいという子供の無邪気な、しかしおかしい詩。『全集第10巻』（1975）に初出。

II「ああ　やつれた財布よ　なぜ口を開ける」は詩人が空の財布を嘆いた喜劇詩。友人のコーウィン・ナップ・リンスンが『私のスティーヴン・クレイン』(1958)で発表。クレインが貧しくてニューヨーク市内で転々と居を移していた時期、財布がまるで悪戯っ子のように詩人に「お腹が空いた」と訴えるという自虐的な詩。「君を満たすものを持ち合わせていない」し、「お前も僕もやせ細り、罪さえも犯せない」とふざける。

　III「夜の小鳥たちよ」では、鳥は「愛でた花」や「彼方の牧草地や森」のことなどを歌ってみせ、つまり人間より経験を積んでいると語られる。1933年にハーバード・プレス社より出版された『クレインの未発表詩』で初掲載。ただし限定版で100部の発行のみ。

　IV「神がやってきて」は、『クレインの詩』に掲載。『黒い騎手たち』に掲載拒否されたもの。その理由は「私はリンゴを持っている」という3行目で明らかな通り創世記第2章のパロディーであるからだ。神はリンゴをぶら下げ、人間に「60年間座ったままで、ただしリンゴに触れてはいけない」という。しかし人間は開き直る。「なんて馬鹿げた　あなたが私の欲望を創ったのに」と。極めて挑戦的に「いいかね　愚かな神よ　もし私が60年をなんとか穢れなく過ごしたなら　あなたより私が偉大な神になる」と言い放つ。とはいえその批判の仕方には一本調子な面もあり、「ひねり」に乏しい。

　V「空から人が」は『クレインの詩』に掲載。これも『黒い騎手たち』から除外されたもの。男女が恐らく不義の罪を犯す。空から神がやってきて2人を縛るが、その束縛には効き目がない。原稿には斜線を引いて消された3行があり、そこを見ると束縛をものともしない者の、逆説的な「臆病」が示唆されている。また、男女では所詮見方が違うということも暗示されている。

　VI「木の頂きに住む灰色のものが」は『クレインの詩』に掲載。「灰色のもの」とは神であろう。その存在は、「荒野で死んだ人間」にしか見えない（罪人のことか）。しかし、「小枝の動き」や「不気味な笑いのような嘆き」で気配を感じるのだと繰り返す。罪を犯していなくても脅威を感じさせる神ということであろうか。

　VII「混じり合って」は『クレインの詩』に初出。派手に浮かれ騒ぐ口調に、刺すような不吉な言葉、恐ろしく不敬な思いが混じって、「花」（美しい言葉の隠喩か）を殺すと歌う。XIXの「楽しげな詩文でいうなかれ」と同じように美辞麗句をからかったのか。

VIII「年若く　血気盛んな1人の兵士」は『クレインの詩』に掲載されている。「国家による感謝を」というエッセイの冒頭に記載されているが、厳密にはクレイン作と断定されたわけではない（4.（b）8.「国家による感謝を」を参照）。任務より野心を重んじて戦場に赴き、現実を知って戦死する。が、その功績は国家によって花を手向けられ皮肉にも称えられる。実際は「黒い戦場の怒り」によりその顔は「悪戯っ子のように血気盛ん」で、ある意味不吉なのだが、それでも称えられる。「任務の花」として。

　IX「太い柱が並んで」は『クレインの詩』に初出。屋根のない柱がそびえている。ギリシャの遺構のようなイメージを持つが、そこにハゲタカと思える鳥がいて死にかけの野良犬を見ている。そういう荒廃した場所が天国なのか。

　X「大声で罰を叫び」はブックマン誌1929年4月号に初出。罰を声高に叫ぶ者たち（「稲妻のように激しい復讐の衝突」）と柔軟な心根の者とが対照される。もちろん私は後者であり、両者がいつか出会うと歌う。

　XI「人々の間に友を見つけようとするなら」は『クレインの詩』に初出。この詩は『戦争は優しい』のXXIV「道で出会った方がいた」において（人間が作った）「もの」（"wares"）を問うことがテーマであったのに呼応している。ただしこの詩では、「もの」が7度も繰り返され単調である。その「もの」とは罪であり、そういう罪の連関、共有を示唆する。

　XII「小川のほとりで若者と乙女が」は『クレインの詩』に初出。男女が小川や橋の欄干、船で遊ぶ様子を歌っているが非常にヴィジュアルで、「やわらかい絹のような水の輝き」や、船の櫂がかきたてる「銀色の水の波紋」などが、ロマンティックからエロティックなイメージへと向かう印象がある。

　XIII「ある男が嵐を吹き飛ばそうとラッパを作った」XIV「自殺者が天国に着いて」XV「ある男がいった『汝　木よ！』」XVI「ある戦士が山頂に立ち、星に挑戦する」XVII「花々を揺らす風」

　このXIII～XVIIはブックマン誌1896年5月に掲載5編のそれぞれ短詩。「伝説」（"Legends"）という総称がつけられた。欄外の挿絵はメラニー・エリザベス・ノートン。失敗しても「楽器」のせいにする、あるいは「誰も誉めてくれないから自殺した」とか、木や星と喧嘩する、あるいは風になぞらえられる人など、いずれも自然の無関心を前にして、いかに人間の営み・うぬぼれが不合理かというテーマだと思える。

　XVIII「私のための珍しい酒が」は『クレインの詩』に初出。絶望の酒だと2

度繰り返される。これは恋愛の絶望のようであるが、その悩み・怒りは死や戦死のイメージに結びつけられる。「騒乱と血と叫びの夢　死にゆく者の宙を舞う視線」と。

　XIX「楽しげな詩文でいうなかれ」は『全集第10巻』(1975) に初出。H・W・ロングフェローの詩「人生賛歌」(1838) の「悲しげな（"mournful"）詩文でいうなかれ」のパロディーである。「韻をたくさん含んだ言葉遣い」で伝統的な詩を書く、当時の国民的詩人であるロングフェローをからかっている。

　XX「丘の頂きに登って」は1898年6月のフィリスティン誌に掲載。『戦争は優しい』から除外された。単に「詩行」となっているが、シドニー・A・ウィザビーの『米西戦争の詩：スペインとの最近の戦いの間、新聞に掲載された詩の完全収録』(1898) で「青い軍勢」というタイトルで掲載されている。クレインもこのタイトルを記録に残している。「青い」とは南北戦争の北軍ではなく、常識的には米西戦争の軍であるはずだが、原稿によれば、この詩は米西戦争の前に書かれていると分かる。1897年のギリシャートルコ紛争の経験から書かれたものであろう。クレインはギリシャ軍の蛮勇であれ豪壮な戦いぶりに共感していた。ギリシャの歩兵隊は青い軍服を着ていた。

　この詩は人間が過酷な状況に勝利するヒロイズムを称え、神やキリスト、黙示録的イメージなどにより、特定の事象を越え、象徴的、寓意的である。クレインの詩や散文における丘・山の征服は、「サリヴァン郡スケッチ集」以来、時に精神的勝利を物語る。それを神が助ける。死を越えて（つまり犠牲・限界はつきものである）得た勝利とは、生き残った者の人間性の回復である。そこに向かって、青い軍勢は行進していく（「新たな軍勢の先頭に　青い軍勢が」）。そこに覚醒が生まれ、かくして人間は洞察力を得る。最後は

　　神が高らかに導く　はるかに導く
　　はるかに導く　神が高らかに導く
　　この新たな軍勢を
　　青い軍勢を

　この詩のように、戦争を通じて人間が洞察力を得て肯定されるという発想は、同じギリシャートルコ紛争を舞台としたクレインの小説「死と子供」には見られない。むしろ逆である。戦争に美徳を見る感覚にはついていけないところもある

だろう。ここに危ない世紀末の美学が見られるようにも感じられるが、一方ではこういう高揚した精神のパロディーにも思える。

　XXI「細い帆柱に乗って漂流する男」は1929年4月号のブックマン誌に掲載。『戦争は優しい』から除外された。5連で全29行。宇宙的孤立を象徴する。最初の2連（各5行）と、最後の2連（各5行）は、すべて「神は冷淡」という言葉が最後の行で繰り返される。視点は溺れていく男から見たもので、「ボトルの縁ほどもない小さな水平線」は、いかにもクレインらしい。9行からなる中間連は、溺れる男を見る目撃者の思いか、あるいは溺れる男の内的思索である。彼か目撃者は思う。あの慈悲深い伝統の神が、自らが創った人間を見守っているという。そして溺れる自分（男）を救うであろうと。しかし神は自然も人間の運命も制御しない。慈愛の神はいない。最後の連で死にゆく男は帆柱を手から放す。残ったのはただ意味なく絶え間ない波である。「力をなくした腕がゆっくりと漂う　そして海が　揺らめく海が　海が　神は冷淡」である。クレインの短編「オープン・ボート」と極めて似たテーマを扱っている。[16]当然その影響があったと考えられる（執筆は1897年1月の遭難体験以降と推察される[17]）。だが「オープン・ボート」と決定的に違うのは、ここには同胞愛は存在しようもない点である。ちなみにクレインにおいて一般に死は再生というイメージはない。単に孤独な死である。以下に最初と最後の連を記しておく。

　　細い帆柱に乗って漂流する男
　　ボトルの縁ほどもない小さな水平線
　　先端を黒い鞭のようにしたテント状の波
　　波の渦のなかの泡のようなすすり泣き
　　　　　　　　神は冷淡

この状況から緩やかに死に向かっていく様をビジュアルに描き出す

　　閉じ込められた空気で膨らんだ上衣
　　死の水に触れようとする顔
　　力をなくした腕がゆっくりと漂う
　　そして海が　揺らめく海が　海が
　　　　　　　　神は冷淡

XXII「戦いという不変の事実があって」は『クレインの詩』に初出。米西戦争を題材にして、愛国心の実態を暴露している。戦いは不変の真実で、「風まかせ」に人をたまたまある地での愛国の戦い（それは悪であれ「神性の」と呼ばれる）に向かわせる。ところがクレイン自身が目撃した通り実情は「任務の前に虫のようにはいつくばり」行軍する苦難である。そういう屈辱に対して、お偉方に抗議することもしない。詩の後半は怒りが制御されず、詩としては美的要素を損ねている。

　XXIII「褐色の小道に」は『クレインの詩』に初出。食料を満載した荷車が助けにやってくるが、それと共に違う価値観も押しつけてくる。「あなたが助けに来たのは分かっている　が　なぜ見知らぬ幸せを押しつけるのか」とクレインは抗議する。「空腹を満たしたら感謝して　消えろというのか」と。ただしこの詩には、詩的美よりもクレインの意見が出すぎているとの指摘もある。

　XXIV「ぶるるん　ぶーんと　くるくる　回る　車輪」はフィリスティン誌1898年12月の表紙に掲載。この1行目はすべて現在分詞形（〜ing）で動きを描き、2行目は「目もくらむ車輪！」と見る側を強調して、最後は一語「車輪！」と対象だけを強調する。この引用ですべてという短詩だが、斬新だとして評価が高い。

　XXV「戦場の夜、すべて思いやりのある神は聞き届ける」という1行で始まるこの詩には「戦争の賛歌」というタイトルがつけられている。

　戦争に関するクレイン最長の野心的な詩で、キューバ戦争の従軍記者仲間のチャールズ・マイケルスンによれば、クレインが使っていた鞍袋より原稿は発見されたとされる。『クレインの詩』で初出。「国家の轟き渡る声」という2行目に見られるように愛国的な調子で書かれている。ただし、そこに必ずしもキューバ戦争という特定の戦争に対する、クレインのマニフェスト・デスティニィに則ったような好戦的姿勢を見出す必要はない。ただし超えていく障壁に海や雪をかぶった山だけでなく、「ジャングル」も入っているのは事実であるが。むしろ先祖が独立戦争に参加した、そういう昔の歴史、あるいは戦争一般という形で考えたほうが妥当にも思える。兵士は「手探りで進みながらも」、その苦悩や犠牲には聖戦の趣があり、たとえ「痙攣し怒りながらの死」であっても「死は報奨であり深淵な運命」である。戦いを正当化し、最終的勝利を約束する。戦争を精神性にまで高めてという内容もともかく、「おお、神よ」（「人々の有様を見よ」といった意味の言葉が前後にある）という言葉の過度な繰り返しに象徴される、感嘆表現

の多用が、行き過ぎた高揚感と、詩としてのスタイル的な落ち着きを失わせている。連がなく読者に一気に迫る形式もやや息苦しい。

　XXVI「謎を解け」は短編「無名の部隊」のエピグラフとして掲載された詩。「無名の部隊」の項を参照。

　XXVII「裸女と死んだ小人」はブックマン誌1929年4月掲載。世紀末的な退廃性を持った詩。裸女と死んだ小人という途方もない対置が、倒錯的な性の抑圧を窺わせる。クレインの友人コーウィン・ナップ・リンスンによると、ボードレールの「道化とヴィーナス」(1869)に影響された作品ではないかということである。実際この詩には「必死におかしな無駄話」をする「道化」が登場する。この詩が、クレインは退廃的、ビアズリー的という評価に最もあてはまる。

　XXVIII「灰色に焼けつく道で」は『クレインの詩』に初出。忙しい通りを葬儀の馬車がゆるゆると通っていく。子供たちは、何だろうと見ている。一方いらだつ後続の馬車は、早く墓地まで行けと思っている。クレインのニューヨークに関する散文スケッチを思い出させる。「そうだ早くすませよう」で終わる。厳粛さと町の慌ただしさの対照・不釣り合いが面白い。

　XXIX「あまたの酒瓶が」は『クレインの詩』に初出。あまたの酒瓶を並べ陽気に騒ぐ女たちの明るい部屋と、不健康で青白い子供と一緒にいる女の貧しく暗い住処が対照される。とはいえ、いずれにせよ待つのは「すべては死」なので違いはない。

　XXX「神の特権」は『クレインの詩』に初出。神には特権がある。しかしこの世に悪がある。どうして神がいるのに悪があるのか。この答えは「たくさんのキャンドルをつけた」後でしか神は解かない。つまり我々の死後に。いいかえれば生前の人間には分からない。ダニエル・ホフマンはこの5行詩を、「神の無理解」を非難したクレインの姿勢が大きく変わって、神の御業は、(生前の)人間には理解も非難もしようがないのだと思うようになったと考えた。[18]

　XXXI「我が十字架よ！」は、『クレインの詩』に初出。十字架などは金銭で作られたものといい、心とは無関係である。ただし、この詩はそういう金銭のない貧困をクレインが自伝的に歌った、要するにもっと卑近なテーマだとホフマンは見ている。[19]

註

1. Annie Finch, "Stephen Crane and the Rhythms of the 1890," *The Ghost of Meter: Culture and Prosody in American Free Verse* (Ann Arbor: University of Michigan Press, 1993), pp. 57-79.
2. この経緯については Colvert, "Fred Holland Day, Louise Imogene Guniey, and the Text of Stephen Crane's *The Black Riders*," *American Literary Realism* 28 (1996) 18-24.
3. この表紙の揺り木馬に跨る騎手（詩のIのイメージ）と地平線を追いかける男（詩の XXIV のイメージ）の絵は有名である。玩具に跨ることも地平線を追いかけることも、人間の行動や罪の虚妄を暗示するとも解釈されている。Vanouse, "Hobby-Horses, Horseplay, and Stephen Crane's 'Black Riders,'" *The Courier* 13.3:4 (1976): 28-31.
4. Halliburton, p. 270.
5. John Blair, "The Posture of the Bohemian in the Poetry of Stephen Crane," *American Literature : A Journal of Literary History, Criticism, and Bibliography* 61 (1989): 215-29.
6. これは新約聖書の神と旧約聖書の神の対置であるという見方もある。Max Westbrook, "Stephen Crane's Poetry: Perspective and Arrogance," *Bucknell Review* 11 (1963): 24-34.
7. その「怒りの神」についての詩集全体での描写については Wertheim, "Stephen Crane and the Wrath of Jehova," *Stephen Crane: Modern Critical Views*. Ed. Harold Bloom. (New York: Chelsea House, 1987), pp. 41-48.
8. Benfey, *The Double Life of Stephen Crane*, p. 234.
9. Sorrentino, *Stephen Crane: A Life of Fire*, p. 231 を参照。
10. 一方、クレインの詩を広く 19 世紀の宗教の衰退・世俗性の流行という文脈から解釈すると、この「金色の球」はいわゆる金ぴか時代を反映した「金」を示唆するという説もある。Shira Wolosky, *Poetry and Public Discourse in Nineteenth-Century America* (New York: Palgrave Macmillan, 2010), p. 206.
11. その伝統性の1つとして、クレインの詩におけるリフレインの多用に焦点をあてることで、その詩を伝統性の中での革新性であると位置づけた優れた考察が Max Cavitch, "Stephen Crane's Refrain," *ESQ: A Journal of the American Renaissance* 54.1-4 [210-213] (2008): 33-54.
12. この点については、Robert M. Dowling, "'Do not Weep, Maiden': Nellie Crouse and Stephen Crane's 'War Is Kind,'" *Stephen Crane Studies* 16:2 (2007): 15-20.
13. Hoffman, pp. 90-91, 96.
14. この点については、Vanouse, "Women in the Writings of Stephen Crane: Madonnas of the Decadence," *Southern Humanities Review* 12 (1978): 141-48.

15 ホフマンは、この犠牲を「オープン・ボート」で誰よりもボートを漕いだのに溺死した給油係の死と結びつけている。Hoffman, p. 172.
16 この点については、ibid., pp. 271, 277.
17 一方では、そういう「海」のイメージから離れて、4連最初の「死を宣告された暗殺者の帽子」といった表現に、処刑される人間が被される頭巾を連想する向きもある。Monteiro, "Crane's 'A Man Adrift on a Small Spar,'" *Explicator* 32 (1973): Item 14.
18 Hoffman, p. 89.
19 Ibid., p. 181.

10. その他

A：「スピッツベルゲン物語」

　この名称は、架空の王国スピッツベルゲン対ロスティナの戦争における、歩兵隊の活動を描いた作品の総称である。1899年11月初旬までには4作が完成し、5作目は未完である。従来の戦争物語と違って、あえてクレインが架空の場所を選んだのは、社会背景などにとらわれず、戦ういずれの国に大義があるかなど関係なく、戦争の不条理という本質を描こうとしたからといわれる。ただし、スピッツベルゲンという名前は、北極海のノルウェー領の島に実在する。スピッツベルゲン軍の12連隊は、上層部からの信用がなく不本意にも王国の僻地の警護をしている。物語は話の展開順に従うと（執筆・発表順ではなく）、「12精鋭連隊」、「味方の榴散弾」、「神が望むなら、死を覚悟せねば」、「仰向けの顔」である。主人公のティモシー・リーン中尉を始め、兵士が徐々に戦争の現実に気づいていく展開になっている。未完の5作目「火の部族と白人（ホワイト・フェイス）」については、「火の部族と白人（ペイル・フェイス）」という関連する劇の断片も残っている。作品は、クレインのイギリスでの2つの館、つまりレイヴンズブルックとブリード・プレイスで書かれた。成熟した作品群という評価もあるが、以下に述べる通り、「仰向けの顔」以外にあまり論及されることはない。[1]

1.「12精鋭連隊」

　「スピッツベルゲン物語」4作の中で最初に書かれた。ポール・モール・マガジン誌の1900年2月号に掲載。ハロルド・フレデリックの内妻ケイト・リオンの姪であるイーディス・リッチーに、口述筆記をさせた。主人公ティモシー・リーン中尉は「味方の榴散弾」や「仰向けの顔」にも登場する。スピッツベルゲン歩兵隊12連隊の最初の戦闘を描く。500名の犠牲者を出しながらも、丘陵を攻撃して敵の強固な拠点を奪取し、中でも勇猛果敢な行動でリーンは賞賛される。しかし別の丘陵への攻撃で反撃に遭う。さらに犠牲者を出しながらも戦い抜き、ようやく敵は退却し拠点を確保するという経過をたどる。

　クレインの戦争を扱った他の多くの作品と同じく、戦争はヒロイックには描かれていない。その点ではクレインらしいロマンティックな戦争観への批判にも見える。[2]だが一方、兵士たちの心理が細かく、クレイン流の独特な表現で描かれているかといえば疑問である。リーンは単に父、祖父が軍人だったから自分もそ

うなったといわれる。作戦に意気揚々と志願し、いざ勇んで戦おうと思うが、結局主力には入れてもらえない。なぜなら高く買われていない連隊なので。彼も『赤い武勲章』のヘンリーのように、戦争を思ったようにはすぐに体験できず幻滅するし、端役だと悟っている。だが、殺される恐怖などはないらしく、攻撃命令を単にひたすら待って、いざ戦闘となれば「勇猛果敢に行け、精鋭部隊！」というステレオタイプな一言に従い戦う。これは全体も同じで、5,000人の敵を相手にした戦闘が淡々と描かれる。むしろこの全体から描くというのが、それまで個人の心理に重点的に描いたクレインにしては、大きな特徴ともいえる[3]。クレインの愛犬にちなんで名づけられたスポンジ連隊長や、リッチー少将（口述筆記のリッチーにちなむ）など、単に外面的描写に留まりそれほど推敲されて書かれているとは思えない。そもそも繰り返せばリーンは「戦争はこうあるべきで、勇敢なヒーローでなくてはならず、攻撃は成功で敵は撃退されるもの」という思い込みで動いている。そして戦況の描写は、味方は「塹壕に転げるように入って、逃げていく敵の背中を撃つ」など概して大雑把で、確かに戦闘は激しいのだろうが、その状況が何となくリアルではない面がある。喜劇的になっている部分さえある。敵方のロスティナ軍について「敵（のスピッツベルゲン）の攻撃を見たら、阻止しようとする。出来ないと分かれば、他の所へ逃げるに越したことはない。ロスティナ軍も英雄ではないが分別はある（のでそうした）」という叙述などは、状況と嚙み合わない軽い印象がある。

2.「仰向けの顔」

エインズリーズ・マガジン誌に1900年3月掲載。クレイン晩年の作品では、論じられることが恐らく「怪物」と同じくらい多い。出来には自信があったようで（1899年11月4日付の手紙）、クレインは当時の代表的舞台俳優であった、サー・ジョンストン・フォーブス＝ロバートソンに舞台化を促すために原稿を送っている。もっとも実を結ばなかったが。

「スピッツベルゲン物語」の結末になるもので、リーン中尉と副官、それに2人の兵士が、単に「オールド・ビル」と呼ばれる士官の埋葬に、ロスティナ軍の激しい砲火の最中に立ち会う。とはいえ、よく読むと銃弾については2度しか言及されていないが、それだけ「心」の問題ということであろう。一説では、クレインがキューバ戦争時にアメリカ軍の上陸後キャンプ・マッカーラで目撃した、海軍軍医のジョン・ブレア・ギブスの戦死（1898年6月12日）と埋葬に立ち会った

ことが背景ともいわれる。『ホワイロンヴィル物語』の「ホーマー・フェルプスの裁判、処刑、そして埋葬」と執筆時期が近く（9月頃）、埋葬の「大人版」である[4]。

「この遺体をどうしましょうか？」「埋葬しろ」という簡潔なやりとりで話が始まる。兵士たちは死体のボタンに付いた「乾いた血」が恐ろしくて早く済ませたいので、思わず浅く墓穴を掘る。恐怖のあまりか、場違いの「異様な笑い」も漏れる。リーンも死体のボタンにおずおずと触れながら、持ち物をポケットから取り出し、それから窪みに転がり落とす。その死体が自分たちを見ているように思える。土を入れる前に、耳を銃弾の音がかすめる。リーンと副官はうろ覚え（つまり的外れ）の埋葬の祈りを口ごもりながら唱える。そんなお座なりの祈りの言葉では、眼前の死というリアリティにはとても耐えられない。死体の青白い表情とその宙を見る視線から目を逸らしながら土をかける。その直後、シャベルを持った兵士が腕を撃たれる。リーンは2人の兵士に後方待機を命ずる。リーンが土を入れ続ける。シャベルの土を入れるたびに死体に当って、何度も場違いな音を立てる。そして土は死体の青白い顔に近づいていく。副官がもう止めてほしいという。顔だけは嫌なのだ。もちろんそれは我が身もいずれそうされるのかという恐怖からである。それでも土を入れると、「ドサッという音がした」。

　死の究極性、死体という「もの」になる事実が、兵士たちに嫌というほど突きつけられる。ある意味矛盾していて、「もの」であるのに、それを越えた恐怖を死体が語りかけてくる。そういう死体と距離を置きたい気持ちのあまり、彼らは精神的バランスを崩しそうになる。戦争に対し、張り詰めたものが崩れた時の恐ろしさである。戦死という不条理に対して、何とか「埋葬」という儀式で意味づけようとするが、その間にも撃たれる残酷さ…。こういったことをクレインは象徴的に簡潔に描いている。

「仰向け」の顔という状況はクレインの作品に度々登場する。ニューヨーク・マンハッタンを舞台とする「男が倒れて、人が集まる」でも、てんかんの発作で倒れた男の表情に死の予兆を読み込んで、見物人は釘付けになる。「怪物」のヘンリー・ジョンスンの仰向けの顔には溶けた薬剤が降りかかる。「死と子供」のペザも死体の剥き出しの顔（「自分を見ているような」）に否応なく引き寄せられる。こういう共通性を捉えたマイケル・フリードの批評以来、この「仰向けの顔」は特に注目されるようになった[5]。この短編では死んだ士官の顔が、死を体現する。仰向けの視線が、見る者に死という事実を突きつけ、捉えて離さないの

である。そして生者はそれを何とか受け入れないように必死になる。怖いのは、自分の方から死者を見つめるのではなく、死者が自分を見つめているように思えるからである。それはもちろん思い込みで、死を知りえないということなのかもしれないが。前述の通り、儀式とは現実の混沌とした様相に何とか折り合いをつけようとする、秩序立てようとする行為である。しかしその儀式がうまくいかない。その点でブラック・ユーモアめいたものが付きまとう[6]。

　リーンを初めとした兵士は、死を恐れずに、というかそのことは一応考えないで、これまで戦ってきたのであった。しかし埋葬、その同胞の死んだ顔に土がドサッと当るという（ある意味喜劇的な）事実を前にして、ひたすらたじろぎ、まして戦争に意味などを求めることが出来なくなる。土と死体の一体化は、結局人間は土に還るという事実を物語る[7]。そのことを「もの」と化した死体の物理性が教える。繰り返せば、見ていない「もの」＝死体、それが逆説的に真実を突きつけるのである。どうしようもない不条理を前にしてのリーンたちのうろたえぶりがリアルである。最後のドサッという音は、T・S・エリオットが提唱した客観的相関物に近いという指摘もある[8]。またリーンが副官のためらいをなじる叫び、いや悲鳴に近い声は、現実・外界に対する感情的反応が印象主義であり、それを越えて、いいかえれば現実とはあまり関係のない内面の反応となっているとするなら、これこそ表現主義的とも解されている[9]。

　僅か1500字ほどの作品は、逆にいうと無駄が一切なく、死に対峙した生者の精神的混乱を的確に伝えている。

3.「味方の榴散弾」

　エインズリーズ・マガジン誌1900年5月に掲載。アメリカでは生前未発表。2番目に書かれた。誰に功績があり、誰に責任があるかを巡っての物語。最初の戦闘では12連隊が第一功労者ともいわれるが、いや後方の砲兵部隊だという話もある。そういう中で12連隊の損失は大きく、リーン中尉が指揮を任される。彼は誇らしく思い、「将軍になる夢」まで見る。連隊は、2度目の交戦で敵陣地をゆっくりと攻略していく。ところが、占領したばかりの塹壕で休憩していた兵士たちが、自軍の砲兵部隊から攻撃を受ける。逃げた兵士たちはリッチー少将に「臆病者」などと非難される。だが、兵士たちが誤射により退却したとリッチーは知ると、連隊を称賛する。スポンジ連隊長などは、叱責された埋め合わせにメダルまでもらう。

これも戦争は全体像として描かれ、戦闘中の個人の心理などは省かれ、結末になって個人の思いに触れられる形式になっている。表現に安易さのようなものが目立ち「こっちだ。こっちへ来い！　そっちへ行くな！」といった言葉で戦況を描写している時がある。賞賛か非難か、くるくる変わるところに戦争の不条理を見る向きもあるが、基本的には、リーン中尉が出世を夢見ることなども併せて、喜劇である。

4.「神が望むなら、死を覚悟せねば」

　イラストレイティッド・ロンドン・ニューズ紙に1900年7月28日に掲載。つまりクレインの死後の掲載。「スピッツベルゲン物語」の3番目の話で、唯一リーン中尉が登場しない。拠点を死守しようとした12連隊の多数の戦死を描き、それ以前の話より遥かに残酷である。視点が連隊全体から明らかに個々人（の死）に移っている。

　他のスピッツベルゲンの連隊に先んじて、街道のある家を占拠するために、12連隊のモートン軍曹と15人の部下が派遣されるが、ロスティナ部隊に見えないところから攻撃される。民家に陣取る者たちは、モートン軍曹を初め混乱の中で戦死する。その恐ろしく細かな描写は『赤い武勲章』を思わせる。1人、また1人と撃たれていく。残酷な状況は、弾丸が「家に敵方から雨あられと降り注ぐ」から始まる。「喉を撃たれた兵士はゴボゴボといいながら、床に倒れた…。弱々しく仲間を見ながら。」「死体が放り投げられたように窓に引っかかる。腕はまっすぐなまま拳を握り締めて。」その死体を銃弾が3発貫く。部下のなぜ助けが来ないという悲鳴に、「黙れ！」といった途端モートンが撃たれ、喉を貫かれた死体の上に折り重なって、彼の方が沈黙してしまう。彼らは勇猛果敢に戦ったので、家に入ってきた敵の少尉はもっと多数の兵士が抵抗していたのではないかと思っていた。『ホワイロンヴィル物語』の「雄弁家を作る」でクレインが触れたテニスンの『軽騎兵の攻撃』(1854)に状況は（攻撃ではなく防御だが）似ている。なぜなら、守りようもない場所を守ろうとして兵士は死んだので。なお、最終的なアイロニーがある。退却命令を携えた使者は、途中で殺されていたのである。この嫌というほどのリアルな描写で、クレインが戦争の残酷さ、不条理さを伝えようとしたのは、誰でも分かる。逆にいうと、別の解釈のしようがないところもある。

5.「火の部族と白人（ホワイト・フェイス）」

　未完の短編で、『全集第10巻』（1975）に初めて掲載。戦争は終わり、スピッツベルゲン軍は勝利したらしくロスティナの首都を占領している。リーンは隊長に出世し、スポンジ連隊長から火を崇拝する野蛮な「神も及ばない」種族を鎮圧するために、僻地の山岳地帯に行くよう命ぜられる。この部分は多く会話で話が進む。出発後3日目に種族の領域内にリーンの部隊は進軍する。次に火の部族の13人の族長による会議に視点が移る。彼らインディアンは白人（つまりリーンたち）の正体を巡って、迷信などを交えたいかにもステレオタイプな野蛮なやりとりの結果、リーンたち侵略者を負かそうと誓う。そしてリーンの先遣隊と火の部族は対決するが、通訳の誤訳で交渉は捻じ曲げられ、結局スピッツベルゲンの部隊が部族に金品を支払うことで決着する。そういう部族をリーンは「軽蔑した。」「勇敢だが結局は迷信や途方もない虚栄心に支配されていると。」リーンの真面目な怒りはともかく、話全体は、クレイン的アンティ・クライマックスの喜劇的展開となっている。

6.「火の部族と白人（ペイル・フェイス）」

　劇の断章で、『全集第10巻』（1975）に初めて掲載。こちらは短編「火の部族と白人（ホワイト・フェイス）」の部族会議の場面から始まる。やはり白人の正体を巡って、色々話し合っているが、そこで途切れている。劇の方が先に執筆されたのではともいわれる。

註

1. Schaefer, "Life During Wartime—And After: Some Thoughts on Stephen Crane's Spitzbergen Tales," *War, Literature and the Arts*, pp. 209-22.
2. こういう解釈については、Shaw, " 'The Kicking Twelfth' : Stephen Crane's Demythologized Dramatization of War and Heroism," *Short Story* 1 (1993): 84-93.
3. Wolford, *Stephen Crane: A Study of the Short Fiction*, p. 78.
4. Holton, p.221
5. Fried, Realism, *Writing Disfiguration: On Thomas Eakins and Stephen Crane*, pp. 93-161.
6. William B. Dillingham, "Crane's One-Act Farce: 'The Upturned Face,' " *Research Studies* 35 (1967): 324-30.
7. こういう解釈については Knapp, pp. 173-4.
8. この擬態語の解釈については Frank Bergon, *Stephen Crane's Artistry* (New York: Columbia University Press, 1975), p. 37.
9. Bill Christophersen, "Stephen Crane's 'The Upturned Face' as Expressionist Fiction," *Arizona Quarterly* 38 (1982): 147-61.
10. Solomon, "Stephen Crane's War Stories," 79-80.
11. Wolford, *Stephen Crane: A Study of the Short Fiction*, p. 78.

B：「ワイオミング渓谷物語」

　ペンシルヴァニア州のワイオミング渓谷で1778年7月3日に起こった事件を中心に3編（「フォーティ・フォートでの戦い」、「フォーティ・フォートの降伏」、「老ベネットとインディアン」）からなる。クレインの書簡から1899年秋の執筆と思われる（10月1日に最初の原稿を代理人ピンカーに送っている）。作品の元になった資料は、母方の祖父ジョージ・ペック師の書いた『ワイオミング：その歴史、衝撃的出来事、ロマンティックな冒険』（1858）である。クレインはイギリスのブリード・プレイスの館に、この本を持参していた。絵もたしなんだ母メアリー・ペック・クレインが挿絵の1つを描いている。ところでペック師（執筆当時ワイオミング地区の統括長老）も、話の素材を義理の母親であるマーサ（・ベネット）・マイヤーズの著述に頼っている。彼女はトマス・ベネットの娘で、スティーヴン・クレインの母方の曽祖母にあたることになる。このトマス・ベネット（クレインの母方の曽々祖父）が作品中の老ベネット（インディアンがそう呼んだ）である。トマスは作品中ジョンに変えられたが、寡黙でストイックな古くからの居留民として描かれている。ニューイングランド出身の40人が、ペンシルヴァニア州ウィルクスバリー近くにあるワイオミング渓谷のサスケハナ川の西側の土手に、1769年に要塞を築いた。40人という数にちなんで、建設された町は「フォーティ・フォート」と命名された。なお語り手は老ベネットの16歳の息子ソロモンである。

　話の中心は、アメリカ植民地軍と民兵と、敵のイギリス軍とアメリカ人の王党支持派、さらにインディアン連合軍との戦いである。ソロモンはフォーティ・フォートでは専守防衛か攻撃かで意見の対立があったという。防衛を主とすることを植民地軍は主張し、一方民兵は渓谷の上からの攻撃を唱えた。1778年7月3日に300名の植民地軍と民兵が敵に相対するため進軍した。が、左側から崩され奮戦空しく植民地軍は全滅した。執筆当時、クレインは高額の原稿料を払ってくれる出版先を求めていたようで、金銭目当ての執筆という面もあるが、一方では（結果的に晩年となった）明らかに先祖回帰を示している記録とも、この一連の作品はいえる。白人対インデイアンの伝統的冒険物語といえなくもない。ただし文学的に見るべきものは乏しい。なお3作については、話の展開上順番が明らかなので、ここでは掲載順としていない。

1.「フォーティ・フォートでの戦い」

　連作の中で時代設定が一番早く、創作も一番早かったと思われる。キャッセルズ・マガジン誌の1901年5月号に掲載。300名の植民地軍と民兵（両者の不仲が強調されている）と、400名の敵軍との戦いを書いている。上記の通り、植民地軍は全滅し、民兵たちは敗走した。語り手ソロモンは経緯を淡々と話しているが、家に戻って「負けた」と父ジョンに告げると、聖書を読んでいた父は「予想していた」という。それで一挙に屈辱感がソロモンを襲う。語りで目立つのはインディアンを「酔っ払いの無礼者」とし、不気味に叫ぶ「地獄の悪鬼」と呼ぶ、つまりひたすら異質のものとして捉える、ステレオタイプな扱いである。ソロモンは敗走を「知恵」だというが、『赤い武勲章』のヘンリーの敗走の合理化を思わせる。

2.「フォーティ・フォートの降伏」

　『最後の作品集』（1902）で初出。雑誌での受け入れ先がなかったようだ。ソロモンが、イギリス軍とインディアンによって占領された後のフォーティ・フォートの状況を語る。母や娘は砦に戻ることになり、一方の老ベネット（ジョン・ベネット）やソロモン、彼の弟のアンドリューなどはデラウェアの居留区に逃れていて、イギリス軍の占領時にはいなかった。イギリス軍は、敗北した民兵たちにフォーティ・フォートの中の統率を任せた。が、最初はイギリス軍に従順であった勝利した側のインディアンが、侵入してあらゆる貴重品を奪った。当然酒も含まれる。植民地軍のワシントン将軍が渓谷を取り戻すために攻撃してくると知ったイギリス軍は、砦を焼いて放棄し少数のインディアン部隊だけを残した。ソロモンたちは密かに戻ってきて、略奪しつくされた中からの復興を目指した。

3.「老ベネットとインディアン」

　キャッセルズ・マガジン誌の1900年12月号に掲載。ベネットたちが、フォーティ・フォートの隠れ家を出て、畑を耕しにいく。と、インディアンに捕まる。彼らは老ベネット（ジョン・ベネット）が難敵として有名（その灰色のコートがトレード・マーク）であったので、捕虜にしたことを喜ぶ。インディアンたちは二手に分かれ、捕虜の護送と、残りは砦の監視に戻る。ところが老ベネットを護送するインディアンは油断する。それに乗じて捕虜たちはインディアンの大部分

を殺してしまう。老ベネット一行は武器を手にしてフォーティ・フォートに戻っていく。

　ここでもインディアンの「間抜けぶり」が強調される。夜寒くなって、火を熾こさせるために捕虜たちを解き放ったというのである。「全く締まりのないことだ。連中は捕虜たちが逃げるほど馬鹿ではないと思っていた。」逃げるのではなく、逆襲してきたのである。最後は「インディアンの死体の間に消えかけの火を残して」、老ベネットたちがと悠々と去っていく姿が強調される。

C：『ホワイロンヴィル物語』

　ホワイロンヴィルは、架空の田舎町であるが、この町を舞台としてクレインは問題作の中編「怪物」と、体裁は子供向けの短編14作を書いた。まず「怪物」であるが、ヘンリー・ミルズ・オールデンが編集者を務める、ハーパーズ・ニュー・マンスリー・マガジン誌に1898年8月に掲載された。この作品をメインとする単行本も、1899年12月にハーパー・アンド・ブラザーズから『怪物とその他の物語』として出版された。そこには「ブルー・ホテル」と、雑誌では発表されなかった、体裁は子供向けのホワイロンヴィル物語の1つである「彼の新しい手袋」も収録された。なお、イギリス版（拡大版）は1901年2月に同じくハーパー社より出版され、全く異質の「12時」、「雪上の月光」、「手枷をされて」と「赤と白の幻想」の4作品が加えられている。

　一方残りの13作の短編はハーパーズ・ニュー・マンスリー・マガジン誌に1899年8月から1900年8月まで連載された。挿絵はピーター・ニューウェル。この雑誌はアメリカで発行部数の多い雑誌の1つであった。当然読んだ読者は多かったはずである。クレインの師であったハムリン・ガーランドの同じように子供を扱った『大草原に生きる少年』（1899）も同年である。ともかく13作からなる単行本が、ハーパー・アンド・ブラザーズ社より1900年8月にアメリカで、1901年2月にイギリスで出版された。近年では、独立ではなく、上記の「彼の新しい手袋」や、場合によっては「怪物」も含めて連作として全体で評価されることが多い[1]。

「ホワイロン」とは「昔あるところに」というくらいの意味で、そういう懐かしい過去の田舎町を舞台にしているが、実際にはクレインが6〜7歳から11〜12歳まで住んだポート・ジャーヴィスでの体験を元にしている場合が多い。クレインの母方の兄弟などが組織していた鼓笛隊の名前が「ホワイロン鼓笛隊」であったそうだ。ちなみに兄ウィリアム・ハウ・クレインの娘エドナ・クレイン・シドベリーが1926年3月に、叔父クレインのポート・ジャーヴィス時代を回顧し、物語の背景を説明している。

「怪物」と「ナイフ」を除いて、子供の世界を扱っている。クレインの作品集では通常あまり名前は問題にはならない。というか匿名性が強い。ここで子供たちに名前がついているのは、それぞれが（悪賢く）育っていく、その成長過程を見

るためだったともいわれる。作品の時代設定は1870年代か80年代であるが、「怪物」だけは1890年代で、そこではホワイロンヴィルは田舎町というより小都市になっている。平凡な中産階級の、失敗もするが善意ある家族が住んでいて、町の中のことに専ら関心を持っている。子供たちを中心として巻き起こす騒動が穏やかな喜劇的皮肉を生み出す。子供の「歪んだ・主観的な」見方が、いかにその子供同士の関係（根本的に戦いから成り立ち、その点では『赤い武勲章』以来共通する）を左右するかに焦点があるといえるが、所詮は子供なので深刻ではない。だからクレインの目はそれほど辛辣ではない。ただし大人、特に見栄っ張りの主婦たちには容赦ないところもある。前述の通り、子供たちはいわゆるワルガキになっていく。その点では同時代の子供を偶像化した、フランシス・ホッジスン・バーネットの『小公子』(1886) などの少年物のパロディになっている[2]。とはいえ、クレインに「子供の残酷さは一過性のもの」という考えを否定し、「子供向けの本など本質的にありえない」といった明確な「イデオロギー」があったとも思えない[3]。

　作品は子供向けというより、子供について書かれた大人向けのものである。子供の世界の虚栄、屈辱、嫉妬、恐怖、闘争、残酷さ、暴力、仲間外れ、妥協、追従は大人の生活を反映している。子供は自由ではなく、子供内での序列を求める。子供は意図的に悪くはなく、無邪気であるというのも、作品を見る限り怪しい。ある意味本能のままで行動し、考えてみればこれこそ自然主義的世界だという指摘もある。そしてそういう子供の実態に目を塞ぎ、理想化した時、子供は女性好みになる。

　果たしてこのある意味他愛のない話（「怪物」は別にして）に、その喜劇性において初期の「サリヴァン郡スケッチ集」より進歩があったのかはよく分からない。それは、そもそも人間は子供から大人になって精神も成長するのかという、この作品集がもたらす疑問とも重なる。ともかく、主人公はジミー・トレスコットで、その一家を中心に、原則として話は展開する。そして一部の作品を除いて、大人たちに権威はあまりなく、その分だけ子供たちは自由に「ワルさ」をしているようにも見える。

　「怪物」以外に、印象主義的な筆致は見られない。それは子供の世界では「非常時」がないことの証拠かもしれない。いいかえればクレインらしい、凝縮した描写などが見られず、「穏やか」というか表現的にはルースな感じもするので、この面での評価は高くなく、晩年のクレインの才能の枯渇を指摘する声もある。ま

た（子供向けなら）言葉が難しすぎるとジョン・D・バリーは指摘した（ブックマン誌1901年4月）。子供を醜く描いているとして批判されたこともある（ネイション誌1901年2月28日付）。一方ではもちろん好意的な批評もあり、それは一言でいえば「あの『赤い武勲章』の作者にこれほど明るいユーモアがあるとは」といったものであった。（ロンドン・タイムズ紙1901年4月2日）またニューウェルの挿絵も、一般的には好評であった。（たとえばカトリック・ワールド誌1901年4月号）

　ともかく、ミルン・ホルトゥンの作品に対する評価が一番適切に思える。つまり「ここで子供が経験する痛みは振り返ってそう思うものであり、引き出された教訓は、決して今後のために何かを学ぶような類のものではないのである^4。」つまり異色である「怪物」との共通性は、一旦過ぎた「過去」は取り返しがつかないという思いであろう。

　以下2を除いて、ハーパーズ・ニュー・マンスリー・マガジン誌に掲載。掲載日のみ記す。

1.「怪物」

　1898年8月号に、これもピーター・ニューウェルの挿絵付きで掲載。他愛ない子供の世界を扱った他の『ホワイロンヴィル物語』とは全く違い、深刻な、論争的テーマを扱った作品。1897年夏にクレインはこの中編を、アイルランドのハロルド・フレデリックの滞在先で完成した。この作品のホワイロンヴィルはクレインが住んでいたポート・ジャーヴィスに市内の様子が特に似ている。1892年6月にこの町で、ロバート・ルイスという黒人がリンチ殺人された。この場にはいなかったが、クレインは報道でこの話を知っていて（あるいは家族より聞いて）、創作の動機の1つになった可能性がある^5。あるいは1879年にポート・ジャーヴィスにいた頃、7月4日の独立記念日の祝典で爆発騒ぎ・負傷者の救出を見た可能性があり、この影響もあるともいわれる^6。さらにまたニューヨーク市警察によって、売春婦ドーラ・クラークの弁護をしたことで迫害されたクレインが、この作品で地域から迫害されるトレスコット医師に自らを重ねたようにも見える。またヘンリー・ジョンスンについては、当時イギリスで有名であった、いわゆるエレファント・マンことジョセフ・メリックをモデルにしたのではともいわれる^7。

以下に「怪物」のみの書評を挙げておきたい。ザ・ウェイヴ誌のジョン・オハラ・コズグレイヴは1898年8月13日号で、それまでの多くのクレイン作品とは評価を変えていち早く激賞した。スペクテイター誌は1901年2月16日に、この作品だけでもクレインは残ると評価した。一方結末が曖昧で、そもそもテーマが「不吉な作品」とするシカゴ・イヴニング・ポスト紙（1899年12月18日）のような評価もあった。またクリティック誌1900年2月号のように「不快」と切って捨てる極論もあった。予想通り、エドガー・アラン・ポーやシェリー夫人のフランケンシュタインなどと比較して論じる書評もあったが（ブック・バイヤー誌1990年4月号）、話の内容はともかく、描写の生々しさなどをクレインの本領とする評もあった。（フィラデルフィア・ノース・アメリカン紙1899年12月29日）またロバート・ブリッジスは1908年9月1日付のライフ誌で、「恐怖が人の心に及ぼす影響」を作品が扱っていることから、ホーソーンとの類似を指摘した。ハウエルズは、クレインが『マギー』以降衰退したという評価をこの作品には当てはめず、1901年3月2日のアカデミー誌で「最も優れた短編」と称賛した。ただし一般向きでなかったのは事実だ。クレインの代理人レイノルズによると、女性向きでは到底ないとして掲載を断ってきたセンチュリー・マガジン誌の編集長リチャード・ワトスン・ギルダーのようなケースもあったようだ。ちなみに、この「怪物」のジミー・トレスコットのように火事から救われ、そして救った者は犠牲になるという体験をしたことに触発され、リンダ・H・デイヴィスは1998年に、クレインの伝記を書いている。

　「怪物」では、冒頭でジミー・トレスコットが、庭で遊んでいて、花壇のシャクヤクの花を間違って折ってしまう。これが伏線になっている。ジミーはもう一度花を立てようとするが出来ない。取り返しのつかない以降の展開の予兆である。黒人の馬丁ヘンリー・ジョンスンが、雇い主であるホワイロンヴィルで著名な医者エドワード・トレスコットの息子ジミー（2人は大の仲良しである）をトレスコット家の火事から救出する。しかし彼自身は机の脚に引っかかる。ガラス瓶の薬品が爆発して吹き飛び、その液体が仰向けになった顔にかかって酷い火傷を負う。その時の描写は、クレインの過去の印象主義的技法を彷彿とさせる。クレインが「火事」という状況にある意味魅せられていたのは、「退役兵」や「手枷をされて」、あるいは「皆がパニックに駆られた時」などでも分かる。ともかく、「部屋は咲き誇る花々の庭を思わせた。青紫、真紅、緑、青、オレンジ、赤紫が

あちこちで燃え盛る。」ヘンリーは怪物じみた容貌・存在と化す。なぜなら「実質今や顔がなく、その造作が焼けてしまった」ので。しかも精神的にも損傷を受ける。心身ともに何とも得体の知れないもの、おおよそ普通の表現ではいいようのない「怪物」に変わるのである。

　火事の前、ヘンリーは、単に黒人の若造というステレオタイプでしか町の人々には思われていなかった。いや正確にいえば、彼はその度外れの派手な洒落た姿で目立っていたのだが、それは「許容範囲」の逸脱であった。[10] 実質上顔の知られていない人物であったヘンリーが、火事で文字通り顔をなくす。この火事の勃発は、町の広場で、バンドの演奏が始まろうとする直前の汽笛の音でドラマティックに知らされていた。「汽笛のしわがれた警報が響き、公園の群衆を打ちのめし、軍隊行進曲の誇らしげな最初の勇ましい楽音を指揮しようとしていたバンドの指揮者に、その手をゆっくりと膝に降ろさせたのである。」

　当初ヘンリーは死んだと見なされていた。彼に対して町民は、彼が死んだものとの前提で哀悼の意を示していた。ところがヘンリーは生きていた。息子の命を救ったことに感謝して、トレスコットはヘンリーを、町はずれに住む別の黒人アレク・ウィリアムズの家に匿ってもらう。町の住民にヘンリーを見せたくないという配慮であった。ところが、ヘンリーは逃げ出し子供たちや「婚約者」ベラ・ファラガットの家に不意に現れ、町の人々を恐怖に陥れる。それ以後トレスコットは自分の家にヘンリーを保護する。町の人はジョン・トゥエルヴを先頭に、[11] トレスコットにヘンリーを追放して施設に入れろという。隣人のハニガン家は引っ越そうとする。その結果、トレスコットの医者としての仕事はうまくいかなくなる。トレスコット夫妻はコミュニティから追放される。

　小説は希望のない形で終わる。トレスコットの妻が自宅でティー・パーティーを開催するが、1人しか来る勇気がなかった。妻を慰めようとするが、トレスコットの視線は思わず、使われなかった茶器に目がいく。決して人々は露骨に追放しない。無言の意志で圧迫するのである。パーティーという本来虚飾のものが、上辺を繕うものが、一挙にここでその裏の真意を剥き出しにする。この作品は、同じく医者が孤立に追い込まれる状況を描いたヘンリック・イプセンの戯曲『民衆の敵』(1882)を思い起こさせるところがある。

　ヘンリーが黒人であり、彼が迫害を受ける点に、「黒人への迫害」という象徴的意味を求めることや、またクレインの黒人に対する理解、同情を「期待」するのは、多分誤りであろう。テーマは、単にそういうレヴェルではなく、人間

が取るべき責任という問題に及んでいる。確かに、「黒人」という要素が物語の展開に全く無関係とはいえない。トレスコット医師の隣人であるハニガンはヘンリー・ジョンスンがジミーを救いに行く時、家のドアを壊して行かせる。だが燃え盛る家にトレスコット夫妻を入れようとはしない。「黒人」の使用人なら良かったのだろうか。極論すれば、火事の野次馬はヘンリーに救助を期待し、そして「記憶」になってもらうことを期待していたのではないか。またヘンリーが黒人として白人の息子を救う一連の行為について、クレインは「彼は運命に屈伏している。その先祖から伝わった習慣の故に。この火災に心が完全に奴隷となって屈伏している」と書いた。トレスコット夫人の「ジミーを救って！」という叫びを、黒人のヘンリーは「命令」として聞き、白人の命令に従うという「先祖から伝わった習慣」に「屈伏した」のかもしれない。また火事の時に、掲げられていた「独立宣言の書」が粉々に壊れたことに、何らかの意味 ─ たとえば建国の精神の破壊、延いては南北戦争の経緯云々─ などを読み込んでも不思議ではない。この火事はヘンリーが引き起こしたという噂すらあったのだから。

それでも「黒人差別」という同情の観点からクレインはヘンリーを描きたかったとは思えない。クレインは色々な作品において黒人を単に滑稽で愚か者という類型で、ほとんど例外なく描いてきた。『ホワイロンヴィル物語』の別の作品でも、たとえばスイカ好きの道化じみた「ナイフ」のピーター・ワシントンとアレク・ウィリアムズなどは典型である。ヘンリー・ジョンスンも、前述の通り白人の領域を侵さない限りにおいて、その派手な身なりも（だからこそ「怪物」になると、その落差は大きいのであるが）笑いを誘うものとして見逃されていた。ジミーを救う前のヘンリーは、薄紫色のズボンをはき、麦わら棒をかぶり、派手な絹の帯を身に付け、ウォーターメロン・アリーに住む美女ベラ・ファラガットにすり足でお辞儀をし、大げさな言葉遣いで求愛する、滑稽な人物として描かれていた。恋人とその母、そしてヘンリーの黒人3人は「3匹のサルそっくり」といわれる。風刺はそれだけに留まらず、ヘンリーが死んだと分かると、ベラは婚約中であったと公表して見え透いた同情を買う。そして「怪物」となったヘンリーから逃げ出すベラの母親の姿は、笑劇的に描かれている。（「夫人はその途方もない体重にもかかわらず、実に身軽に高い垣根をよじ登った。」）

むしろクレインの意図は、そういう「どうでも良い」1人の黒人が、恐怖の対象となって存在感を持つ。それにまた「どうでも良い」（つまり典型の）保守的な田舎町の人が、どう対処するかという点にあったと思える。英雄と大悪人

の対決ではないのだ。そしてその間に介在する（実は右往左往する？）のがトレスコット医師であると。[16]町の声を代表する一団が、理髪店という、上辺を繕う象徴的場所に集まる。そもそも理髪店主のライフスナイダー自身が、「天使の子」のいささか常軌を逸した理髪師ニールトジーとは違い、保守的常識家である。ヘンリーの派手な身なりやステップ風の歩き方をからかっていた弁護士のヤング・グリスコムや、鉄道技師のベインブリッジなどが、「奴のどこが恐ろしいのか」といった話をしている。「顔がないからだ」と理髪店主はいう。顔という上辺のないものは見るに耐えない。剥き出しの真実は見られないということである。マーサ・グッドウィンという町の口うるさい女が、この感情的な町で反対意見を述べる数少ない1人かもしれない。が、その噂好きは「中国における女性の状況から、日曜学校の聖書クラスでの反目」など、対象に見境がなく現実感がない。本人の経験といえば、猟犬が虐待されているのを見たくらいである。彼女は現実を知らないから綺麗事をいっている節がある。それにまた理性より恐怖が勝ることを彼女も認めている。[17]

　ヘーゲンソープ判事はもう少し理性的な声を代弁する。トレスコット医師からジョンスンの顔が破壊され、精神疾患になりそうだと聞くと、判事はすぐに死なせろという。彼はトレスコットに「分別」という観点から、良心に従ってヘンリーを救うなどというヒロイックな行動は慎めと勧める。「君が奴を造るのだよ。分かっているね」とヘーゲンソープはいう。「奴こそ君が造るのだ。自然は彼を明らかに見捨てた。死んだのも同然だ。奴を生き返らせようとしている。君が造るのだ。奴は怪物になる。心を持たない。」この助言を偽善とするか、トレスコットの間違った理想主義に対する、実利的な対極と見るか、評価は分かれるであろう。ちなみにヘーゲンソープの忠告は、実は当時の法的な見解を踏襲している、との指摘もある。[18]また作品の全体的背景にダーウィンやウィリアム・ジェイムズの適者生存・実利性を見る向きもある。[19]

　確かにトレスコットが頑なに匿うことで、ヘンリーに対する恐怖感、「何かを象徴しているような意識」が、人々の間でかえって広がっている面がある。[20]そしてまたトレスコットとヘンリーは、所詮主人と使用人であって、そこに友愛のようなものを認めることは難しい。その親近感の欠如が、逆に医師の庇いたてを不可解にも見せる。彼の行為は、単なる問題の先送りに過ぎないのではないかとも思わせる。

　「怪物」を読んで、ある意味居心地が悪いのは、要は人間の持つ根源的な「偏

見」、あるいはそれに伴う恐怖感を作品が暴露して突きつけたからではないか。[21]また、トレスコット医師を含め、ほとんどすべての住人にアイロニカルな目が注がれ、その結果指標なし、出口なしの印象があるからかもしれない。この作品は1世紀ほど時代に先駆けたものという評価がある。なるほど、今でも当時の登場人物たちの反応と、現在の読者の反応が本音のところでどれほど違うかは疑問である。誰でも顔のないもの、まして精神的損傷を受けている、そういう事実上外面・内面の「個性」や「人格」のない者に対して、どう対処するか戸惑うかもしれない。もう本人は何も語れない。それならばどう見るかは、見る方の全く自由である。それを「偏見」というならばその通りである。アメリカのホワイロンヴィルという19世紀の田舎町だから起こったことともいえない。

　いいかえると『ホワイロンヴィル物語』の他の物語と「怪物」が本質的に違うのは、他の作品でも地方の息詰まるような偏見、社会的独断や宗教的信念などを時に率直に描いているが、しかしながら最終的には残酷さや偽善を暴きながらも、田舎町の本質的善良さを肯定している。やっぱり田舎の「良い町」とも思わせる。けれどもこの作品ではもっぱら前者のみで、いかなる意味の和解的な視点も与えられない。同じ「地方」社会の偏見を扱った傑作に、クレインの友人ハロルド・フレデリックの『セロン・ウェアの破滅』(1896)がある。フレデリックの作品では、主人公は田舎を離れて別の所に逃げることができた。しかし繰り返せば「怪物」では、たとえこの田舎町から逃げても、人間の本質的偏見には変わらないのでは、そしてそれはいつの時代でも──この「怪物」でも若い世代のジミーまでもが、ヘンリーを怖いもの見たさ、度胸試しの慰み者にして、平然と言い訳する[22]──そうではないかという普遍性、閉塞感がこの町には与えられている。

　なお作品の構成は入念である。前半の12章（各1章が非常に短い）は町の社会的背景とトレスコット家の火事を素早く描いていく形で、テンポが速い。[23]このトーンの違いについては1章から9章と、それ以降に分ける考えもある。[24]火事というクライマックスの後の後半12章では、ヘンリーという始末の悪い「怪物」をどう扱うのか、トレスコット医師を含め、町の人々の逡巡がそのままペースの遅さとなり、その遅いペースそのものがどうしようもない行き詰まりを伝えている。手のひら返しで町の住人がトレスコットを迫害するというのでもない。彼の行動に一定の理解をしているが…、というその中途半端さが、作品の途中での「変調」をかえって際立たせる。かつては作品の統一性の欠如とも見なされたが、

実は意図的だったと思える。[25] 最後に、作品での女性像は問題視されるかもしれない。ライフスナイダーの理髪店に集まった男たちは、了承は出来なくても、ともかくトレスコットの決断の重要性は分かっている。ところが女性たちは上述のマーサを除いて、ひたすら噂をしてヘンリーを恐れるばかりであるので。

2．「彼の新しい手袋」

　1898年11月にアメリカではマックルワズ・マガジン誌、イギリスではコーンヒル・マガジン誌に同時掲載。遡って5月30日にクレインは、キューバからこの作品が完成したという手紙を書いている。同月、スリー・フレンズ号に乗船していた時の執筆らしい。他の作品はイギリスに戻って書かれており、この時点で連作という意図があったのかどうか、不明な部分もある。この作品では、幼いホレス・グレン・（姓は未詳）は、自分の家族と仲間の間で板挟みになる。雪合戦をする子供たちに加われない。というのも、母親と叔母から、新しい手袋を汚さずに帰ってこいといわれているからだ。仲間は彼が困っているのを見て、一斉にはやし立てる。「手袋が心配なんだろう」と。

　一旦騒ぎは収まり、子供たちは別のインディアンごっこに熱中する。ホレスは仲間に加わりたくてしょうがない。と、「手袋が心配なんだろう」とまたはやし立てられる。ホレスは怒って雪の玉を作り、投げつける。再開された雪合戦は、ホレスの母が介入して終わる。息子を家に引っ張っていき、叔母と一緒に手袋が濡れているのを見て、1人で食事を取らせるという罰を与える。腹いせにホレスは食べない。が、食事はひどく魅力的に思え、それだけ自分が惨めになる。それに母親がハンガー・ストライキという脅しに屈しないのを知って、「カリフォルニアへ」家出しようと決める。が、雪のためひとまず薪小屋に隠れる。

　自分がいなくなって大騒ぎが起こっているのを見て、ホレスは喜ぶ。同時に今捕まったら罰せられると恐れる。また、自分が長く見つからなければ、母親の怒りも罪の意識に変わるのでは、と計算もしている。とはいえ母親は結局自分のことなど構ってくれないと考えると、嗚咽を漏らす。薪小屋から抜け出し町の肉屋を通る。空腹が耐え難くなる。肉屋の主人はホレスの身の上話を聞いて、ホレスの家に連れて帰る。彼の計略は実を結んだ。母親は取り乱していて、ホレスが戻ると、ひたすら喜ぶだけだった。

　子供同士の仲間外れや家出などは、傍から見ると他愛ないが、当人にとってはその時に感じる孤独などはリアルである。そうクレインはいいたいのかも知れな

い。ホレスが仲間に手袋のことを嘲笑われ苛められる。それは「苦悩も相手の悪意も一時的」だが本人には深刻である。また「青白い雪が舞い、人々は身を屈めて急ぎ足で道を歩いていく。」そんな中に出て行ったホレスが、自分は「浮浪者で、追い立てられ、友だちもなく貧しい」と思う心境は、大げさだがクレインがバワリーで見た浮浪者たちに似ている。とはいえ、『マギー』で見たバワリーの子供の凄まじい喧嘩とは、雪合戦は訳が違う。それに応じて、クレインの筆致も緊張感はなくのんびりしていて、そのためクレインは「日常を書かせると今一つ」という評価を招くのかもしれない。

　ちなみに、食事の拒否・空腹・肉屋・その肉屋にホレスの一家がご馳走するルートビールと、この話は食べ物で一貫しているという指摘もある。[26]『ホワイロンヴィル物語』の中で、この話だけが、親子の絆を実のある形で描いたともいわれる。ホレスは母と和解したい。だがそれには「不思議な子供っぽいしきたり、マナー」があると、こだわっているところが笑える。

3.「天使の子」

　1899年8月掲載。「オオヤマネコ狩り」の方が先に執筆された。「天使の子」は後述の「ストーヴ」と同じく、コーラという甘やかされ放題の一人娘と気の弱い父親、それにすぐ怒る母親を中心に展開する。名前から推察できるが、クレインの内妻コーラ・クレインの幼少期の話をクレインが聞いて、その家族をモデルにしているともいわれる。クレイン自身はこの話を1899年2月4日付の代理人ピンカーへの手紙ではあまり評価していない。執筆は1月下旬か。

　この一家の父はジミー・トレスコットの母の従弟にあたる。一家がリゾート地である夏のホワイロンヴィルを訪れたことから始まる。従弟は一見愚鈍そうな「夢想家で、腹を立てる度胸のない」画家で、「声が高圧的で犯しがたい威厳の持ち主」である行動的な妻と、恐らく母親似の娘コーラを伴っている。誕生日にコーラはお金を父にねだり、父は無造作に5ドルも渡してしまう。町の子供たち、つまり親戚のジミー・トレスコットや、ダン・アールとエラ・アールの兄妹、さらにマーゲート家の双子、それにフェルプス家の子供たちなど、彼女に「忠誠を競う」連中を引き連れてコーラは出かける。

　まずお菓子屋でお菓子を買って「絶対的権力をもって」分配し、それから少々頭が弱い（のか？外国人で、町の住人はその名前の発音で戸惑うほどで、当然人柄なども分からない）ニールトジーが営む理髪店に行く。いつもは従順なのに珍

しく嫌だと言い張ったダン以外は、当時子供の流行の髪型であった長髪を、全員が刈ってもらう。この辺はアレキサンダー・ポープの『髪盗人』(1712・1714) を思わせる。エラだけが不吉な予感がして泣きだす。案の定、親たちは、子どもたちの無残な短髪を見て仰天する。トレスコット医師は大騒ぎする母親たちを落ち着かせようとする。数日後コーラの母は休暇の予定を短縮して、娘を連れて駅へと向かう。夫は従順につき従う。

　物語は恐らく子供たちの羽目を外す無邪気さ、大人たちの体面（文字通り子供たちは「髪型」という体面を変えられた）を気にする保守性（外国人のニールトジーを追放しようという気持ちになる）、女のヒステリックな反応、そして男たちの無力さ——トレスコット医師の説得は役に立たず、コーラの父は黙従するだけで、5ドルを渡したのが自分だと妻にばれると「どうして僕を1人にしてくれないのか」とふて腐れる——をからかったのであろう。ただ、エルドリッジ・マーゲートという、双子の子供の祖父にあたる人物だけが、この悲喜劇に動揺しない。トレスコットによれば彼こそが「肩の上にちゃんと頭脳が載っている」数少ない町の住民なのである。エルドリッジはいう。「この（髪を刈った）ニールトジーだか何だか知らないが、全くの大馬鹿者だが、今更どうしようもないよ。もう子供の髪は刈られたんだから」と。ともかく、人を意のままに動かすわがまま娘コーラの独壇場である。

4.「オオヤマネコ狩り」

　1899年9月掲載。『赤い武勲章』の主人公ヘンリー・フレミングが3番目（もう1作は「退役兵」）に登場する作品。『ホワイロンヴィル物語』の中では「彼の新しい手袋」を除いて2番目に発表されたが、執筆されたのは「彼の新しい手袋」を除いて最初と考えられ、恐らく1899年1月であろう。設定としては南北戦争終了後のようで、「退役兵」でヘンリーは死ぬので、『赤い武勲章』の後に位置し、「退役兵」の前ということになる。

　ジミー・トレスコットとウィリー・ダルゼルたちは、町近郊の田園を探索に出かける。田園地帯は子供たちの冒険心をかきたてる場である。オオヤマネコの噂を聞いたウィリーに従って、それを撃ちに行こうというのである。ウィリーは、仲間に銃を持っていることで羨ましがられる。ウィリーにおまえも撃ってみろといわれ、怖がっているのを見透かされないように、ジミーは思い切って撃つ。と、その目標は間違ってヘンリー・フレミングの牧草地で草を食んでいた乳牛で

あった。スウェーデン人の雇われ農夫（これも「退役兵」の登場人物と同一と思える）に捕まり、ヘンリーの前に連れてこられて、理由を聞かれる。と、ジミーは「オオヤマネコだと思った」と答えると、ヘンリーたちは大笑いするだけである。

いかにも子供らしい空想が引き起こす騒動だが、子供たちの銃に関する見栄の張り合いや、捕まった時に「自分だけが助かろう」とするなど、いかにも「大人のミニチュア」らしい。「捕まれば罪があり、そうでなければ罪は恐らくないのだろう」も、その例である。また、オオヤマネコなんて本当はいない。それだけすでに開発された自然というテーマを扱っているともいわれる。その内容から、最後の「サリヴァン郡スケッチ集」ともいわれる。そして子供への罰もなければ教訓もないところが、いわゆる勧善懲悪の子供向けの話のパロディにもなっている。そもそもジミーがウィリーに銃を持っていないことを問い詰められていう言い訳に「少年の世界では、相手の非をいくら責めたてようが、本人が認めたことなどない」というのが、読者は誰でも「大人だって（概ね？）そうだろう」と思いたくなる[27]。

5.「恋人と告げ口屋」

1899年10月号に掲載。執筆は同年1月から2月と推察される。話は、前年クレインがキューバに行って不在の間、ブリード・プレイスの館に滞在していたクレインの知人の息子とハロルド・フレデリックの遺児（娘）との間で起こった「恋愛劇」に基づいているという説がある[28]。「天使の子」と「ストーヴ」のコーラは実際には出てこないが、ジミー・トレスコットの恋愛対象である。

ジミーは、休み時間中いつもは校庭で級友を苛めているのに、珍しく教室で手紙を書いている。コーラへの恋文である。そこをローズ・ゴーリッジ（告げ口屋）に見られてしまい、彼女は校庭に走って行き、他の生徒にふれ回る。はやし立てられたのに怒り、まずは彼女の「首を絞めようと」ジミーはする。一方聞きつけた生徒たちは「悪魔のような奴ら」で、「牙を血に染めた狼」のようにジミーという「餌食を探し回る。」手紙のことよりも「人が土壇場に追い詰められた」のを見て喜んでいるのである。ジミーは手当たり次第に殴りかかる。そして放課後先生に残される。それは喧嘩相手の名前をいわないからである。子供の初恋、それをはやしたてる級友という、いかにも子供時代の懐かしい話であるが、それをクレインは大げさな表現を使って残酷な喜劇に仕立てている。

とはいえ一点、まじめになる箇所があって、それは告げ口屋が女の子であり、だから女はおしゃべり、その一家もいわば女系でおしゃべりと、やや飛躍して論理を展開し、辛辣にコメントする部分である。クレインは「隣人の悪口を集団でいうことこそが憂さ晴らしで、それが人を傷つけているのを気にしていない」と非難する。ローズは母子家庭で育ち、隣人への悪口を聞きながら育ったということになっている。一方ジミーもふだんは「相手のことなどお構いなしの、大人のような残酷さで、自分より弱い連中を苛めていた」のである。

　単なる子供の苛めの話の背後に浮かぶものがあり、こういう点でも「大人向けの子供の話」と本作品集はいわれるのであろう。ともかく作品は、教室で居残りをさせられているジミーへの「ローズの満足そうな残虐な視線」で終わる。

6.「『見せびらかして』」

　1899年11月に掲載。同年3月頃に執筆か。ジミーがまたコーラとは別の、今度は（3週間前からだが）級友の女の子に熱を上げた、その顛末を描く。両親は真相を知らずジミーが学校に熱心に通うようになったので単純に喜んでいる。

　ジミーはある日下校途中、当の女の子の家まで後をつけながら、自分の手下のクラレンスを付き従え、女の子に強いところを見せるためにクラレンスや、途中で会ったトミー・センプルを苛めてみせる。と、ジミーたちはホレス・グレンが3輪車（今の子供用の乗り物というより、自転車の原型）に乗っているのに会う。ジミーはどっちが乗って速く走れるかで言いがかりをつける。ジミーも家に自慢の3輪車を持っていた。女の子とその友だちを意識して、2人は危険な崖でも3輪車で下れるとお互い譲らないが、実際は何とか先に相手にやらせようと心理戦を展開する。ジミーが空威張りするその自信の裏付けは、ホレスが3輪車を貸そうとしないと見越しているからである。ジミーの「ならやって見せろよ」という挑発に乗り、ホレスが先に試みる。ところが、彼は崖の縁まで行くと、落ちてしまう。物語はホレスが泣き喚きながらボロボロに壊れた3輪車を引いてとぼとぼ歩いていく場面で終わる。

　女の子を前にしての見栄、向う見ずな行為を笑う話である。子供たちも結構狭猾であるという本性を見せつけた作品であるが、大人ほどのはっきりした偽善的意識はなく、そのためクレインも断罪というより、ユーモラスに扱っている。

7.「雄弁家を作る」

　1899年12月に掲載。多分執筆は同年の春。この作品がクレインの人生を一番素直に反映した作品といえる。その点で逆に「想像力に欠ける」という批判もされよう。なぜなら、クレインは生涯人前で話すのが苦手だったからである。彼はクラヴェラック・カレッジでは暗唱を免除された。それから数年後、アンカット・リーヴス・ソサエティで自作の詩を朗読するように誘われたが、断固として断った。仕方なくジョン・D・バリーが代読した。そもそも生涯で、講演をしたなどという確たる記録は（フォード・マドックス・フォードはクレインの講演を聴いたというが当てにならない）一つもない。[29]

　作品にはクレインのいわば「恨み言」めいた言葉が最初に置かれている。「雄弁術は一生子供を苦しめるだけで、他人の前で自分の考えを述べる気をなくさせる。」ジミー・トレスコットは、学校のクラスで、毎週金曜の午後に課せられる級友の前での暗唱をひたすら恐れている。彼は何とか暗唱の課題を逃れようと策略を巡らす。暗唱はアルフレッド・テニスンの『軽騎兵の攻撃』という「訳の分からない」詩である。2回連続で仮病を使ってジミーは逃れる。が、3度目の金曜日になり、もはや父親にも手口が見透かされて逃れられそうにない。

　当日、暗唱が済んだ者たちは「他の苦痛を見せ物のように」待っている。ジミーの番が来たが、最初で詰まってしまい、ほとんど詩をいえず、先生を怒らせる。先生はジミーを席に戻らせ、来週もう少し良い暗唱をするようにと説教する。ジミーはほっとする。一週間でも子供にとっては充分長い期間であり、救われた気分になるのである。

　ともかく本人にとっては、その当座が凌げればよく、屈辱も一瞬なのであった。が、ここでクレインが「この日、人前で話すことに対する、どうしようもない能力の欠如の基礎が固まった」とコメントを入れる。ただし作品ではこの意図が露骨すぎるという評価もある。[30] ちなみにジミーが暗唱しそこなった『軽騎兵の攻撃』は、クリミア戦争におけるイギリス軽騎兵の無謀な特攻攻撃についての詩である。この一見意味不明な攻撃の詩の意味は、関心のないジミーにはそれ以上に意味不明である。それなのに覚えさせられる。恐らく特攻攻撃と同じくらい不条理だったのかもしれない。この「雄弁家を作る」では、ジミーが『軽騎兵の攻撃』の一節を口籠るところを、そのままセリフとして抜き出してからかい、しかも「進め、進め」という言葉でジミーが「止まる」ところがおかしい。いや、

10. その他　　419

始める前から「奇妙にお辞儀して、息が詰まり、意味不明の声を発する」のも笑える。

ちなみにテニスンの『軽騎兵の攻撃』を、クレインは詩集『戦争は優しい』でも風刺しているともいわれる。とはいえ一方では、クレイン自身も「スピッツベルゲン物語」の「神が望むなら、死を覚悟せねば」では、一見不毛な戦死をテニスン同様称えたようにも見える。

ジミーがパニック状態になっている時、「外のカエデの木は弱まる午後の太陽より赤々とし」、教室の中は静寂だが「既に炎の試練を乗り越えた子供たちの安堵感が流れ」、繰り返せば子供たちはひたすら他人の苦痛を見せ物として待っているところが何ともリアルである。地獄の業火（カエデ・太陽・炎という赤色で統一されている）なのだろうか。

8.「恥辱」

1900年1月号に掲載。前年の夏に執筆したと思われる。この話ではジミーは、今度はピクニックで仲間から笑われる。家の女中にピクニックの弁当を作ってくれと頼むがなかなか応じてくれない。ようやく作ってくれたと思ったら、労働者が使うような弁当箱にサンドイッチを入れて、ジミーに渡した。

ピクニックの場で女の子がジミーの弁当がおかしいというと、ほんとうは何とも思っていない男の子も皆それに同調する。そういう点は、町の大人が体面ぶって付和雷同するのと同じである。また「労働者じみたもの」を持つことで差別されるという点に、中産階級的意識が見えるともいえる。ジミーは馬鹿にされて、殴りかかりたいところだが、大人の目があったので出来なかった。孤立したジミーを、若い女性が救う。「数分前は不幸のどん底だったが、今は幸せだった。」彼女が自分のランチを勧めてくれて一緒に食べる。「彼女の策略の犠牲」（つまり話を合わせてくれた）になったジミーは、彼女からのプロポーズを大人になったら「受けよう」と束の間の夢を見る。

帰宅してジミーは厩にあった馬の胴掛けの下に食べなかった弁当を密かに捨てるが、馬丁のピーター・ワシントン（「怪物」のヘンリー・ジョンスンの後任）が見つけてしまう。もっともジミーは「知らないよ、そんなもの」と言い抜けようとするが…。子供の中での村八分をクレインはさり気なく書いている。ちなみに、この話にクレインの年上の女性・大人の女性への憧れの投影を見ることもできる。もっともその女性の姉の方は知らん顔を決め込んでいたが。それに要は、

ジミーはうまくあしらわれ、いわば飼いならされて、柄にもなく一時的に無害な少年にされてしまっただけなのである。人と違うことをして酷い目に遭うという点では、「恋人と告げ口屋」に似ている。

9.「馬車用ランプ」

1900年2月号に掲載。執筆したのは1899年の夏か9月初頭と考えられる。ジミー・トレスコットが他の少年からなんと銃を密かに譲り受けて帰ってくる。トレスコット家の黒人馬丁ピーター・ワシントンに、うかつにも銃弾のことを尋ねて感づかれ、父親に告げ口される。怒ったジミーはピーターに石を投げて仕返しする。その石の1つがはずみで馬車小屋のランプを壊す。トレスコットはジミーを部屋に閉じ込め、罰を待つように命じる。とんでもないことだと動揺する父に、母の方は「悪友ウィリー・ダルゼルのせいだ」と責任転嫁する。

ジミーの方も母と同じく責任転嫁する。つまり運命を呪い自分は「犠牲者」だと思っている。そこに当のウィリーなどがやってくる。彼は海賊ものの本にすっかりかぶれていて、彼に扇動された仲間たちはジミーの救出計画を思いつく。少年たちがジミーを「助け」出そうとした時に、トレスコットが入ってきてその「海賊ごっこ」の滑稽な様子を非常におかしがり、ジミーは罰を逃れる。「オオヤマネコ狩り」と同じく、子供が夢想から起こした行動に大人が笑ってしまい、罪を逃れるという話である。また、ウィリー・ダルゼルが登場する点も共通している。こういうだらしのない躾がダメだとクレインはいいたいのだろうか。[31] ピーター・ワシントンは「全く白人の」親は甘やかしてと嘆くばかりだが、ジミーは平然としている。

10.「ナイフ」

1900年3月号に掲載。1899年の8月末に執筆。子供が登場せず、トレスコット家の黒人馬丁ピーター・ワシントンが主人公である。もう1人、「怪物」でヘンリー・ジョンスンをしばらく預かったことがあり、今は教会で敬意を集めている（多分皮肉であろう）アレク・ウィリアムズも登場する。共にホワイロンヴィルの白人住民シ・ブライアントの庭の美味しそうなスイカが欲しくてたまらない。夜中2人はそれぞれ別々にナイフでスイカを切り取って盗もうとするが、ばったり会ってしまう。ピーターは咄嗟にアレクの犯行現場を押さえ、捕まえたと思い込ませる。翌朝、アレクはスイカ畑でナイフを見つけたシ・ブライアントに問い

ただされる。アレクはすぐにそのナイフがピーターのものだと分かり、自分はピーターに騙されていたと分かる。しかしブライアントにナイフの持ち主を聞かれると、ずっと遠い町の「黒」人の名前を挙げるという、「上手な嘘」（「ホワイト・ライ」）をつくのである。

　アメリカの黒人はスイカ好きだという俗説に則った話であるから、評価は色々であろう。黒人の不正直さ、いい加減さを不当に強調してからかったようなクレインの見方は、ステレオタイプといえる。古くはストールマンのように、「嘘」をついて仲間を守ったところにクレインの黒人に対する肯定的評価を見る向きもあったが、[32]それより黒人は「嘘つき」という典型であろう。ただし俗語の使用などには、リアリティがある。なお、この話では、ヘンリー・ジョンスンは死んだと判明する（「故ジョンスン」といわれている）。ピーターにとっては理想のお洒落な男だったとされている。その死によりトレスコット家は村八分から解放されたのだろうか。またこの話が、子供の話であるホワイロンヴィル物語に組み込まれたのは、黒人が、ジミーに似た「子供」のような大人として扱われているからかもしれない。また一方では、この「大人」の黒人も、他のホワイロンヴィルの「大人」の白人たちと何ら違いのない「ずるさ」を持っている。その意味で平等の扱いだともいえる。なお黒人たちは南北戦争後に北部のこの町に流れてきたのだという、珍しく社会的背景の説明がなされている。

11.「ストーヴ」

　1900年4月に掲載。執筆は前年の秋か。「天使の子」のリトル・コーラの無邪気な儀式ごっこが、大人の洗練された（しかし偽善的な）儀式であるティー・パーティー（「怪物」では村八分の意図を露骨に示す場）を当惑させることになる。

　コーラと両親がクリスマスの休暇にトレスコット家を訪問する。コーラはお気に入りのおもちゃである、小型のストーヴを持ってきている。雪が降り出したので、ストーヴをトレスコット家の貯蔵室に持ち込む。その間、トレスコット夫人はティー・パーティーを開いている。それはご婦人方の見栄の張り合いの場と化していて、お互い立場の優越性を見せつけたり、必死に気取って見せたりしている。クレインはいう。「ろくでもない連中のティー・パーティーで…腹の中では敵意さえ抱いて集まってくる。」当たっているのかもしれないが、中産階級の主婦へのステレオタイプな皮肉ともいえなくもない。

ともかくコーラが、ジミー（すでにコーラへの熱は醒めているが、仲間たちはまだ心酔している）に、ストーヴにカブを載せろと命ずる。トレスコット家の客間に、ストーヴで焦げるカブの悪臭が漂ってくる。いってみれば、お上品さへのテロリズムの役割を果たしているが、その悪臭は「お茶の品質など全く無縁の」ティー・パーティーが放つ悪臭でもある。この状況を「喜劇的見地から見ることも出来る」のだろうが、今はそんなことをいっている場合ではない。ティー・パーティーは中断する。トレスコットは、だらしのないコーラの父に、娘を叩けという。恐る恐る彼は叩くが、口うるさいが結局は甘い母親は「暴力」に仰天して、さらに娘を甘やかす。

　この話の焦点は、繰り返せば服装や茶器などを巡って嫉妬や心にもない賛辞などが飛び交うティー・パーティーという上辺の社交が、無邪気な子供が引き起こした「悪臭」によって無残に潰されるところにある。大人たちのあわてふためきぶりにより偽善が暴露される。結局は大人も子供も同じでもある。ただしその点が見え透いている作品にも見える[33]。ジミーがコーラの気まぐれな命令に逆らえないように、コーラの父も妻に全く頭が上がらないので[34]。

12.「ホーマー・フェルプスの裁判、処刑、そして埋葬」

　1900年5月に掲載。前年の9月に書かれたといわれる。子供が好きな儀式ごっこの話。町近くの森（そこは抒情的に描かれる）で、ウィリー・ダルゼルと仲間が戦争ごっこをしている。彼は読んだ本の通りにしたがる。その点で、「ブルー・ホテル」の三文小説の信奉者スウェーデン人のようでもある。マーゲートの双子の1人が合い言葉を問いかけるが、ホーマー・フェルプスはちゃんと答えられない。ホーマーは、その罰として捕虜になり「裁判・無罪の主張・処刑ごっこ」を受けなければならないが、それを必死に拒否する。そこでジミー・トレスコットが身代わりになり「銃で処刑される。」ホーマーは、仲間としてまた認めてもらうには、「埋葬ごっこ」という最後の儀式を受けるしかないと「運命論的に」知る。気は進まないが、ホーマーは承諾して「墓」に自分を埋めさせる。ウィリー・ダルゼルによるホーマーへの送る言葉、ジミーの深い男らしい嘆きなどが儀式を一層盛り上げる。

　誰にでも、儀式ごっこで「どうやろうか」で揉めたことや、またホーマーのように仲間外れにされた子がいたことは記憶にあるだろう。そういう子供時代の「〜ごっこ」の思い出を扱ったものと考えられる。ちなみにこの話を書いた時

に、同じ「埋葬」を描いた「スピッツベルゲン物語」の1つ「仰向けの顔」という「大人向け」の埋葬の意味を問う、評価の極めて高い小品をクレインは書いている。

13. 「喧嘩」

1900年6月号に掲載。執筆は前年の9月末から10月下旬にかけて。ジョニー・ヘッジという少年が引っ越してくる。この町ではよそ者は喧嘩で試されることで、子供内の序列が決まる。彼はまだその序列が決まっていないので、「ヘッジ」("Hedge":「垣根:境界」)という名前はぴったりである。ともかくジョニーはいきなりジミーとの喧嘩をガキ大将のウィリー・ダルゼルからけしかけられる。皆にはやしたてられ喧嘩をやらざるを得なくなり、追い詰められたジミーの形相を見て、一旦ジョニーは喧嘩を断り、皆に馬鹿にされる。学校でジョニーは最初「月の上に投げ出されたような」孤独に悩む。再びジミーとジョニーは喧嘩を迫られる。と、なじみのないやり方で、校庭での喧嘩でジミーだけでなく、「新たな戦法」を見せつけられ「パニックになった」ウィリーにも勝ってしまう。

このどんでん返しの結末より、それ以前のジョニーの孤独感に物語の焦点はあるようだ。いわゆる転校生の孤独(この子は父親がいない)には説得力がある。一方ジョニーにやられて「自分の名誉のために」泣いていたジミーが、ウィリーもやられたと聞いて「愉快そうに、にんまりと笑う」のも、残酷な子供の心を抉っている。こういう子供の性質は、『マギー』のスラムでもどこでも同じ、また大人とも同じという「普遍性」(深刻さは違うにせよ)を指摘する批評家もいる[35]。ウィリー対ジョニーの戦いは、「都会の悪ガキと貞淑な村人」に持ち越される。幼少期に引越しを繰り返したクレイン自身の経験が反映しているという指摘もある[36]。

14. 「都会の悪ガキと貞淑な村人たち」

1900年7月号に掲載。執筆は前年の10月頃。「喧嘩」の続編。ウィリー・ダルゼルを殴り合いでやっつけたジョニー・ヘッジ(都会の悪ガキ)の登場で、「一種の無政府状態」に子供たちは陥る。ウィリーの面目は丸つぶれで少数の手下以外は一斉に離れたが、一方ジョニーの地位もなお確定していない。下らない少年物の小説にかぶれた子供たちが、それになぞった「〜ごっこ」の遊びを始めると、ジョニーの弟が苛められ役になり、それをきっかけに再びウィリーとジョ

ニーの喧嘩が始まる。トレスコットの馬丁ピーター・ワシントンが一旦止めに入るが、彼が去ると戦闘再開となる。と、ジョニーの耳が「恐ろしい女」にひっ捕まえられて終わりを告げる。それはジョニーの母親で、息子を引きずって他の少年たちを追い払う。物語はふざけた言葉で終わる。「序列の戦いは終わった。もう問われることもない。覇権はヘッジ夫人のものである。」

　子供の世界も、結末で見られるように大人の決着のつけ方も、最後は、要は「理性ではなく腕力」なのだ。[37] またここにはよそ者対地元民という大人の縮図も伺える。ジョニーでなくその弟に目を付けるウィリーの「リアル」なずるさ、また「ジョニーの弟をロープの先で叩いたが、それは本気（リアリズム："realism"）で、痛くないわけではなかった」という表現の「リアル」さなどが目を引く。子供の世界が混乱に陥り、その中でジミーとジョニーがどのように立場を確保するか。「少年とは、簡単に自分の立場を調整し直す。それもただ大人になっていないからなのだ」は、反語にしか聞こえない。

15.「ささやかな巡礼（"Pilgrimage"）」

　1900年7月号掲載。その時の表題は「小さな巡礼者（"Pilgrim"）」として掲載された。上記は単行本になった時のもので、クレインの原稿に従っている。執筆は前年の11月初旬と思われる。ジミーはいつも長老派の日曜学校に出ていた。校長の熱のこもった弁舌に動かされ、子供たちはクリスマス・ツリーを廃止し、その資金をチャールストンの地震（サウスキャロライナ州を1886年に襲った大地震）の被害救済に充てることにする。しかしジミーは、友だちからクリスマス・ツリーがないことをからかわれると嫌になり、もっともらしい理由をつけて、別のプロテスタント教会の学校に変わる。これが「巡礼」というわけである。ところがジミーはこの教会も、長老派教会に出し抜かれないようにと、クリスマス・ツリーを飾らないと知る。唖然としながらも後悔して、ジミーはツリーというより、日曜学校そのものを忘れるようにする。

　この話を単純に笑い話とするか（ちなみに、ジミーに後悔の念など全くない。従ってここでも教訓になっていない）、子供の心を無視して、宗派同士の対抗心をむき出しにする、独りよがりの偽善的聖職者──「これまで空腹も渇きも、また不名誉に脅かされて心の傷を感じたことなどない人間」──の正体を暴露している、と見るか微妙である。確かにジミーが出席するクラスの女教師が説明する聖書の解釈はどう見ても愚かで、それを子供に指摘されても、言い抜ける場面[38]

などを見ると、クレインの強烈な聖職者への不信感を反映しているのかもしれない。子供たちも女教師に誉められた級友のクラレンスを、教会の入り口を出たら「早速痛めつけようとは思わないが、自分たちのプライドが回復できるような形で苛めてやろう」と決心している。また最後の場面で校長席の後ろにかかる聖ステファーノ（＝スティーヴン）の肖像画も意味深い。[39]大人も子供も負けずに偽善的である。特にジミーの「どう嘘をつくか」を学ぶ成長ぶりは、大人への一段階ともいえる。

註

1. Nagel, "The American Short-Story Cycle and Stephen Crane's Tales of Whilomville," *American Literary Realism* 32 (1999): 35-42.
2. この点については Ellen A. Brown, "Stephen Crane's Whilomville Stories: A Backward Glance," *Markham Review* 3 (1972): 105-09.
3. こういう「イデオロギー」を作品に見る批評として、Marcia Jacobson, "Stephen Crane," *Being A Boy Again: Autobiography and the American Boy Book* (Tuscaloosa: University of Alabama Press, 1994), pp. 116-32.
4. Holton, p. 223.
5. Jacqueline Golsby, " 'The Drift of Public Mind': Stephen Crane," *A Spectacular Secret: Lynching in American Life and Literature* (Chicago: University of Chicago Press, 2006), pp. 105-63; Elaine Marshall, "Crane's 'The Monster' Seen in the Light of Robert Lewis's Lynching," *Nineteenth-Century Fiction* 51:2 (1996): 205-24.
6. Sorrentino, *Stephen Crane : A Life of Fire*, pp. 54-55.
7. Alice Hall Petry, "Stephen Crane's Elephant Man," *Journal of Modern Literature* 10:2 (1983): 346-52.
8. 実際、この中編をゴシック小説風に解釈する批評はある。Nick Lolordo, "Possessed by the Gothic: Stephen Crane's 'The Monster,' " *Arizona Quarterly* 57:2 (2001): 33-56.
9. Linda H. Davis, *Badge of Courage: The Life of Stephen Crane* (Boston: Houghton Mifflin, 1998). この経緯については "The Red Room: Stephen Crane and Me," *American Scholar* 64:2 (1995): 207-20.
10. 火事をヘンリー・ジョンスンに関する劇的展開点と取らずに、それ以前から彼の黒人性・人間性は奪われていたという解釈もある。Adam Zachery Newton, "Creating the Uncreated Features of His Face : Monstration in Crane, Melville, and Wright," *Narrative Ethics* (Cambridge: Harvard University Press, 1995), pp. 175-239.
11. この名前は当然『新約聖書』ヨハネの福音書の第12章を連想させる。この点については Mark W. Evans, "Messianic Inversion in Stephen Crane's 'The Monster,' " *American Literary Realism* 31 (1998): 58-62.
12. 作品では露骨な黒人差別の実態というより、むしろそういう「差別」というイメージに登場人物（加えて作者クレインも）が影響されているという説もある。John Cleman, "Blunders of Virtue: the Problem of Race in Stephen Crane's 'The Monster,' " *American Literary Realism* 34 (2002): 99-134. またもっとある意味単純にヘンリーが顔・声をなくすことは、黒人の個性剥奪の象徴という見方もある。Mitchell, "Face, Race, and Disfiguration in Stephen Crane's 'The Monster,' " *Critical Inquiry* 17:1 (1990): 174-192.
13. Sorrentino, *Stephen Crane: A Life of Fire*, pp. 266-268 参照。

[14] Malcolm Foster, "The Black Veil Crepe: The Significance of Stephen Crane's 'The Monster,'" *International Fiction Review* 3 (1976) :87-91.
[15] もちろんここにクレインの偏見を読み込む解釈もある。Church, "The Black Man's Part in Crane's Monster," *American Imago* 5 (1988): 375-88.
[16] こういう3極構造については、James Hafley, "'The Monster' and the Art of Stephen Crane," *Accent* 19 (1959): 159-65.
[17] ヘンリーの実像と「白人」の目に映る(想像力が創る)彼との違いについては、John R. Cooley, "'The Monster' – Stephen Crane's 'Invisible Man,'" *Markham Review* 5 (1975): 10-14.
[18] Nan Goodman, "The Law of the Good Samaritan: Cross-Racial Rescue in Stephen Crane and Charles Chesnutt," *Shifting the Blame: Literature, Law and the Theory of Accidents in Nineteenth-Century America* (Princeton: Princeton University Press, 1998), pp. 98-132.
[19] Molly Hiro, "How it Feels to Be without a Face: Race and Reorientation of Sympathy in the 1890s," *Novel* 39:2 (2006): 179-203.
[20] こういう象徴性の読み込みについては Andrew Delbanco, "The Disenchanted Eye," *New Republic* 199:2 (1988): 33-36.
[21] ちなみに、「偏見」や「適者生存」という作品に関連する要素をどう教えるか、学問的レヴェルではなく(現代の)授業という観点で考察したのが、Jacqueline Wilson-Jordan, "Teaching a Dangerous Story: Darwinism and Race in Stephen Crane's 'The Monster,'" *Eureka Studies in Teaching Short Fiction* 8:1 (2007): 62-69.
[22] 要は大人の真似で、時代の進歩などない。この点については Sy Kahn, "Stephen Crane and the Giant Voice in the Night: An Explication of *The Monster*," *Essays in Modern American Literature*. Ed. Richard E. Langford. (DeLand, Florida: Stetson University Press, 1963), pp. 35-45.
[23] LaFrance, pp. 207-09.
[24] C. B. Ives, "Symmetrical Design in Four of Stephen Crane's Stories," *Ball State University Forum* 10:1 (1969): 17-26.
[25] たとえば Solomon, *Stephen Crane: From Parody to Realism*, p. 191.
[26] Wolford, *Stephen Crane :A Study of the Short Fiction*, p. 51.
[27] Solomon, *Stephen Crane: From Parody to Realism*, p. 210.
[28] Schaefer, *A Reader's Guide to the Short Stories of Stephen Crane*, pp. 207-8.
[29] ただしこの作品は、実はマーク・トゥエインの『トム・ソーヤの冒険』の第4章でのトムが暗唱を強制される場面に影響されたのでは、という説もある。Monteiro, "With Proper Words (or without Them) the Soldier Dies: Stephen Crane's 'Making an Orator,'" *Cithara: Essays in the Judaeo-Christian Tradition* 9:2 (1970): 67-68.
[30] Wolford, *Stephen Crane: A Study of the Short Fiction*, p. 57.

31 この話をまじめに取り上げる批評はあまりないと思えるが、要は大人も子供も駄目であるという評価は Solomon, *Stephen Crane : From Parody to Realism*, p. 219.
32 Stallman, *Stephen Crane: A Biography* (New York. George Braziller, 1968), p. 478.
33 たとえば Wolford, *Stephen Crane: A Study of the Short Fiction*, p. 94.
34 コーラのストーヴを軸に、子供のおもちゃについて文化史的に捉えた、極めて視野の広い（牽強付会の批判もある）考察がある。Bill Brown, "American Childhood and Stephen Crane's Toys," *American Literary History* 7 (1995): 443-76.
35 Neville Denny, "Imagination and Experience in Stephen Crane," *English Studies in Africa* 9 (1966): 28-42.
36 Stallman, *Stephen Crane: A Biography*, p. 479.
37 この点については、Holton, pp. 212-22.
38 この点の具体的説明については、Schaefer, *A Reader's Guide to the Short Stories of Stephen Crane*, pp. 191-2.
39 周知の通りキリスト教最初の殉教者である。ジミーはこの教会の「偽善」に嫌気がさして、離れていく。これに聖ステファーノの殉教は対応するという解釈もある。George S. Sojka, "Stephen Crane's 'A Little Pilgrim': Whilomville's Young Martyr," *Notes on Modern American Literature* 3 (1977): 3.

D：上記の分類に該当しない作品

1.「劇作家へのいくつかのヒント」

　トゥルース誌に1893年11月4日号掲載。クレインの大衆劇に対する見方が伺える。最初に、いわば「能書き」が10数行書かれる。それによると、劇とは一種の約束事・伝統に則っていて、それが大衆に支持されてきたのは事実であり、それなりに「貴重な可能性がある」という。次に、「自由に使っていい」とふざけながら、劇の体裁でもってそういう約束事・伝統の実例を示す。お決まりのヒーローやヒロインと悪漢が登場するアイルランドを舞台にしたメロドラマ。次に社交劇や国際的陰謀の挫折劇。さらに音楽劇で若者の恋が一旦叶わないが、最後には成就するといった類である。

　この執筆時期は、『マギー』に近いと思えるし、マギーやピートが見物に行く大衆メロドラマに対するクレインの屈折した見方と共通するものがある。ちなみにクレインは、本人の手では未完に終わった遺作『オラディ』で、正に「お決まりのヒーロー、ヒロインに悪漢が登場する、アイルランドからイギリスへと舞台にした国際的陰謀劇のメロドラマ」に、ただし「ひねりを利かせた」ものを書くことになる。

2.「いかにして太洋は出来たか」

　パック誌に1894年2月7日掲載の短い寓話。若者が賢人に、いかにして太洋は出来たのかと問う。すると賢人は次のように話す。男と女が荒野にいた。女が手を洗いたいので水を持ってきてほしいと頼む。男が持ってくるが、女は冷たすぎるとか熱いとかいう。これが何回も繰り返され、ついに「とうとう男が持ってきた水で、地上を覆う太洋が出来た。」すると、女が軽蔑していった。「あなたは何一つまともに出来ない。最初から自分が行けば良かった」と。この男女間の切実な（？）寓話の解釈は多様であろう。

3.「賢人の判断」

　ブックマン誌に1896年1月号掲載。タイトルはクレインによくあるように皮肉である。ある男が乞食に神の意志に従い慈悲としてパンを与える。もう1人の男

はその乞食が単に飢えているからパンを与える。町の人々の間でどっちが高貴かという議論が持ち上がる。まず当の乞食に聞いたが「美味しさも大きさも同じパンなので答えようがない」という。そこで人々は哲学者に聞こうとする。哲学者は勇んで答えようとするが、実際問いの内容を聞かされると「お前たちの目当ての人間とは、自分は違う」と、慇懃に答えて逃げる。

4.「全く偶然の物語」

バチェラー社より1896年3月15日の配信。シカゴ・トリビューン紙などに掲載。クレインには珍しい1人称の小説。話者が自らの妄想を語るという形式。つまり、彼の言葉は信用できない。狂気の自己弁護を始めるのである。
「そうだよ、俺は人殺しだ。でもあんな異常なことさえなければ」と「偶然」のせいにして、表題の通り殺人は成り行き上の「全くの偶然」だと言い張る。自称この「繊細で敏感な人物」は、恋敵の家を訪れ、客間で射殺した。ところが相手が倒れると、周囲のものすべてが人になったような錯覚に陥る。まず時計が動きを止める。床の白いタイルは「囁き合い」、ドアの方に彼が逃げ出すと邪魔するように椅子が身を投げ出す。それなのに彼は「いつか彼女は自分の勇気を分かってくれる」と信じている。彼が逃げ出してもずっと、血で汚れたタオルが人殺しだと大声で叫びながら追いかけてくる。そしてオレンジ色の斑点が彼のコートに浮かび上がり、拭っても消えない。どんな鈍い刑事でも、これなら簡単に捕まえられる。刑務所に入っても男は、今度はタイルに追いかけ回される。それでも彼は弁解を続けている。あるいは、狂気を逆手にとって罪がないとでもいいたいようでもある。しかしタイルが執拗にいう。「これが法だ」と。妄想と理屈を織り交ぜるエドガー・アラン・ポーにありそうな、またはそのパロディめいた話である。

5.「殉教者の血」

ニューヨーク・プレス・マガジン誌に1898年4月3日掲載。背景には、2月15日にハヴァナでアメリカ海軍の戦艦メイン号が沈没し、国内で愛国的・開戦支持の風潮が高まったことがあると思われる。内容は清国で1897年11月1日にドイツ人宣教師2人が殺された、いわゆる鉅野事件を参考にしていると判断される。3幕もの。クレインは帝国主義的政策については、親米、反欧州という考えを総じて持っていた。

この笑劇では清における、新興ドイツの帝国主義的動きを風刺している。第1幕で清は、ドイツ人宣教師に危害が加えられたら各地で鉄道と鉱山開発の権利をドイツに与える条約を結んでいた。そこでプロシャのヘンリー皇太子は、可能性を増やすために色んなところへ出来るだけ宣教師を送っておけと命令する。煙籖の宣教師が殺されそうで、つまり「殉教者の血」が流されそうだと聞いて、ヘンリーは、その宣教師は「適材適所」だと喜ぶ。

第2幕では、ヘンリー皇太子が早まって、清が煙籖の宣教師を殺したといい、今後宣教師の安全のための「保障」として煙籖の鉄道権益を与えろと要求する。清はこの要求を呑む。清の疲弊したイメージが「ともかく疲れた」という「中国語の」コーラスによって強調される。が、第3幕で膠州に煙籖の宣教師が現れ、皇太子は当惑する。しかし、宣教師自身拷問を受けたと聞いて、皇太子は「安心」する。「それで充分だ。充分だ」と。「ビールでも飲ませてやれ。」

6.「フランスの偽者の英雄」

ニューヨーク・ジャーナル紙とサンフランシスコ・エグザミナー紙に1899年10月15日掲載。クレインはフランスのジュールズ・ナポレオン・グエリンという、反ユダヤの大衆先導的政治指導者のことを話題にしている。グエリンは、1898年1月から2月にかけて反ユダヤ暴動を主導した。彼は1899年夏に逮捕されるが、クレインはフランス政府が過去、過激なデマゴーグに一貫して弱腰だったという。この点について、クレインはいささか長たらしく、仮定の話を織り交ぜながら論じている。またグエリンとアメリカの失業反対運動の改革者ジェイコヴ・S・コックシーとを比較し、後者は同じポピュリストでも紳士で、自分の名前を旗に書いて売り込むような自己中心的な前者とは違うという。クレインの議論のレベル、および引く例がそれこそややポピュリスト的で、それほど高尚な見解とはいえない。

7.『世界の大戦争』

リッピンコッツ・マガジン誌に1900年3月から11月にかけて掲載。クレインの名前で掲載されたが、実際にはほとんどケイト・リオンが資料を大英博物館で集め、かなりの部分彼女が書いた[1]。世界の大きな戦争についての8つの記事からなる連続物。クレインの死後、単行本がアメリカ版はJ・B・リッピンコット社より1900年12月に出版。イギリス版はチャップマン・アンド・ホール社から1901

年6月もしくは7月に出版。ジョン・スローンの挿絵が入っている。内容は「バンカー・ヒルの戦い」「ヴィットリア」「プレヴナ包囲」「ブルケルスドルフ高地の攻撃」「あるスウェーデン人のドイツでの戦い（第1部ライプチヒ　第2部ルツェン）」「バタホス攻撃」「ニューオーリンズに対する束の間の戦い」「ソルフェリーノでの戦い」である。

　この作品はリッピンコット社からの発案で、クレインはやる気はともかく、経済的必要性から引き受けた。自分なら、戦争ものは売れるという計算もあっただろう。1899年秋にクレインはニューオーリンズでの戦いに関する「ニューオーリンズに対する束の間の戦い」の資料収集を始めた。これは概ねクレイン作のようだが、最初からケイト・リオンが調査に関わっていた。「ソルフェリーノでの戦い」と「ブルケルスドルフ高地の攻撃」は、完全にケイト作のようだ。他のものについては、クレインも健康状態が許す時には、（聞き取らせることも含めて）執筆したかもしれないが、ケイトの関与の部分、程度などはよく分からない。

　この作品に対する評価は当然厳しいもので、たとえばスペクテイター誌は1901年8月3日付で制作事情を知らずに、皮肉にも「これはクレインらしくない」と書いた。また同誌は8月31日付でクレインは「実際の戦争の記述となると、文学的に想像したものより」劣るとした。一貫してクレインの作品に高い評価を与えていたマンチェスター・ガーディアン紙も1901年7月9日付での論評は控えめであった。

　現在クレイン作としてこの作品はほとんど論じられていない。物語風に歴史が語られているが、単に資料をそのように変えただけのようである。なお、誠に皮肉にも「プレヴナ包囲」が日本では「従軍記者クレイン」の作として、1904年の『英語青年』の「（日露）戦争記念号」に詳細な注釈付きで掲載された。ほとんど翻訳に近い。恐らく「クレインの作品」で一番早い紹介と思われる。トルコがいかにロシアの猛攻に耐えたかを語るこの作品掲載の意図は、もちろん日本の国威発揚である。

8.「赤と白の幻想」

　ニューヨーク・ワールド紙に1900年5月20日掲載。キューバ戦争の従軍記者たちが、暇潰しに語った話という前書きがある。まず語り手は「こういう風に事態は起こった。自分はそう思った。実際こう起こったかどうかは知らない。自分はそう思ったのだ」と、いかにも印象主義者クレインらしい条件をつける。そし

て物語を昔話風に語り始める。

　ニューヨークの農夫が4人の子供のいる前で妻の頭を斧で叩き割り、森に埋めた。ところが子供たちは隣人（とはいえ遠くに住んでいる）に聞かれると、母親は知らない男、赤毛で歯も手も真っ白な人物に殺されたという。語り手の推測によると、父は少しずつ子供たちにこう言い聞かせ、最終的に子供は絶対そうだと信じたのだ。だが隣人が噂を広め、母親の行方不明が知れ渡り、父が逮捕され、死体も発見される。結局陪審は父を絞首刑に処する。自白したというのである。その後何年かして語り手は成人した長男に会う。彼は父の自白は嘘だといい、「赤毛で歯も手も真っ白な人物を見つけられる。1万人の群衆の中からだって見つけられる」と思っている。この話は、要は主観の問題であるという、出来は別にして、繰り返せばクレインの印象主義的見解を示す典型的な作品ともいえる。なおこの短編は「手枷をされて」と並んで、アシニーアム誌1901年3月16日付で称賛されている。

9.「手枷をされて」

　生前未発表。イギリスの雑誌アーゴシー誌に1900年8月掲載。アメリカではトゥルース誌に1900年11月号掲載。クレインの旧画学生連盟でルームメートであった、R・G・ヴォスバラによる2点の挿絵付きで掲載。挿絵には「おいピート、トム、僕を縛ったまま置き去りにして！ みんな僕を置き去りに。僕だけを」という作品中からのセリフが付いているが、話はその通りである。1899年に書かれたが、作品はクレイン初期の印象主義的色遣い、または「怪物」の火事の場面を彷彿とさせる。ちなみにイギリスでは『怪物とその他の物語』に収められた。

　1人の俳優がメロドラマを演じている最中に、火事が起こる。彼は「嘘っぽい芝居でリアリティを出そうと」ほんものの手枷、足枷をしていた。そして舞台に置き去りにされる。燃え盛る劇場の中に激しい色が渦巻く。「あるものは真紅、オレンジもあり、紫や青、緑の炎がちらちらする。」その色が、劇場の外の「灯りが歩道の影を濃い青にしている。濃い黄紫に反射するところを除いて」という「日常」の色彩と対照的である。通りの角の火災警報箱に警官があわてて駆けつける。人々が混乱して逃げる様は生存競争と化し、「強者は残酷に」なり「弱者はネコのように」何かをつかもうと必死である。

　ユーモア雑誌のトゥルース誌に載ったが、俳優が必死になって逃げようとする

ところなどは、極めてリアルに描かれていて、喜劇的とは思えない。炎の中で朦朧としたのか、俳優は「心地よい涼しさ」を皮肉にも感じる。クレインが火事に興味があったのは新聞記事「皆がパニックに駆られた時」、「退役兵」、「怪物」などで明らかである。また、メロドラマにクレインは『マギー』以来興味があったが、ここではメロドラマの「絵空事」が、火事によって観客も役者も「現実」に引き戻される。なおこの短編は、「赤と白の幻想」と並んでアシニーアム誌の1901年3月16日付で称賛されている。

10.「先人」

　未完。ジョージ・ブラウン・バージンが自分の『更なる回想録（と紀行）』(1923)で、クレインが書いた作品の趣意書を公表した。趣意書のみで「書かれなかった」のであるから、無視も出来るが、興味深いのはこの作品が、ジョセフ・コンラッドとの共作として考えられていたことである。両者が初めて会った直後（1898年1月中旬）、クレインが共作を持ちかけた（当初は）劇である。コンラッドの1923年の記憶では、劇の舞台はアメリカ西部で、「ある男が（死んだ）『先人』を騙り、女性の心を得ようとするもので、場面にはロッキー山脈の麓の牧場が含まれ…、話はどうも明らかにメロドラマ的であった。」コンラッドは乗り気でないといったそうだ。クレインがどうして共作の話を持ちかけたのか不明だが、文学的共通性の他に、お互いに懐具合が寂しいのでこの大衆劇により起死回生を狙った節もある。

　ともかく、1898年3月19日に再度コンラッドに共作を持ちかけた後、クレインは4月初旬にクレインはピアスンズ・ウィークリー誌のC. アーサー・ピアスンのところに、「先人」の趣意書を持ち込んだ。そのつてで大衆小説家のバージン（アイドラー誌前副編集長）が見ることとなり、バージンはクレインの物語の筋を保管していて（小説に変えられていた）、25年後の回顧録に記載したという経緯である。

　クレインの小説版では、金銭トラブルに巻き込まれたイギリスの近衛騎兵である若い将校がアメリカに逃亡する。そして友人と共にアメリカ西部の牧場で新生活を始める。彼に対する疑惑は晴れていたが、それを知らずに彼は死ぬ。彼の許嫁は貴族の出身であるが、アメリカまで父親と一緒に追いかけてくる。牧場の近くで2人は元近衛兵の友人に会うが、彼は彼女にたちまち恋をする。彼は彼女を引き止めるために、元近衛兵はまだ生きているが、家畜の移動で今はいないと話

す。彼は死んだ元近衛兵＝「先人」の代わりに彼女の恋人になろうとする。そして駆け落ちまで企てる。女も（生きていると信じている）近衛兵を裏切って草原を馬で男と一緒に疾走する。馬は酷使のため息絶える。と、風が起こって一陣の雲が前に立ちはだかる。女はあの元近衛兵に追いかけられていると思い込む。男は自分が騙したと告白する。ロマンティックなファンタジーのようである。

11.「底知れぬ貪欲」

　未発表。初出は『全集第8巻』（1973）。1891年春にクレインがシラキュース大学に在学していた頃の作品と思われるが、それより前かもしれない。ともかく、署名入りの最初の作品である。舞台はニュージャージー州のパラダイスとなっているが、ニュージャージー州は冗談であろう。登場人物は聖ペテロ、ユダヤ人群集と貴族。場所と登場人物が劇形式で最初に指示されているが、後は普通の散文で書かれている。

　ユダヤ人の群集がパラダイスの門を襲う。そこを聖ペテロが守っているが負けてしまう。「ダイヤモンドで着飾った、大きな鼻をした」ユダヤ人が姦計を弄して前の席を独占する。対照的に貴族たちはきちんと列をなして入場する。彼らには前が見えない。振り向いてユダヤ人が貴族を馬鹿にしている。頭の良い1人の貴族が、策略を思いつく。布に「業務用に好適な不動産」の宣伝を大書して見せるのである（その部分は作品でも「広告」形式）。破格に安いと。大勢の「金貸しなどの」ユダヤ人が、たちまちこのバーゲンへと向かおうとする。あわてて聖ペテロは非常口の門まで開ける。それで「貴族たちは前列に座ることになる」で終わる。

　いうまでもなく反ユダヤ人的色彩がある。同時期にクレインが書いていたと思える『マギー』でも、ヒロインが最後に売春相手にしたのは（そして彼女を殺したかもしれないのは）、恐らくユダヤ人であった。一般的なユダヤ人に対する偏見を、クレインも持っていたのであろう。

12.「作品のアイデア」「新作のアイデア」（仮題）

　『全集第10巻』（1975）に初出。仮題は『全集』に従う。2つのメモが残っているが、同じ小説のものと考えられる。1899年の夏に、クレインはニュージャージー州における独立戦争の話を書こうとしたが放棄したようだ。単なる段取りのみが、コーラによる聞き書きで残っている。1775年の設定。自分の先祖と、ヘ

ンリー・フレミングの祖父の話を小説にしたかったと分かる。この祖父を話に導入しようという部分で途切れている。作品についてニュージャージー州歴史協会や兄ウィリアムなどに問い合わせをしている。後者では父の蔵書のことなどを尋ねているが、珍しく姉アグネスへの言及もしている。またフェニモア・クーパーなども参考にしようとしていたようだ。クレインは独立戦争に連なる子孫であることを非常に自慢していた。そこからの発想であろう。フレデリック・A・ストークス社とアメリカでの出版について契約していた。

13.「フランスの旅館を舞台にした劇」(仮題)

『全集第10巻』(1975)に初出。仮題は『全集』に従う。冒険ロマンスを風刺した劇形式の未完の作品。舞台は昔のフランスの小さな旅館で、4人の大酒飲みの兵士(イニシャルのみ)が決闘や謀議を巡って口論をする。敵は「知らない人」という領主や「悪漢の老医師」など。「ナンセンス！」というセリフが何度も出てくるが、その通りのドタバタ劇で、セリフのおかしさで筋を引っ張っていこうとしたようだ。本当に面白いかどうかは別にして「おまえは人間か、死体か？(人間なら) 話をしろ。さもないと武器にものをいわせるぞ」とか。『オラディ』との共通性があるようで、イギリスに行ってからの試みであったのは、間違いなさそうだ。

註

1. Katz, "Great Battles of the World: Manuscripts and Method," *Stephen Crane Newsletter* 3:2 (1968): 5-7.
2. この「束縛」のテーマについて、たとえばエドガー・アラン・ポーの「落とし穴と振り子」(1843) との関連を指摘するものに J. Jordan Cannady, "Entrapment: Four Studies," *Niekas* 45 (1998) 77-79.

E：断片原稿 (注：執筆年代の推定については『全集』に従って表記)

1．「マダム・アルベルティの覚書」

　デルサルト式運動に関するメモ。1890年夏。2.A.(b)23参照。

2．「12騎兵隊とインディアン戦争」

　インディアン戦争を背景としているが、話は12騎兵隊の連隊長がいかに厳格な人物かを語るもの。語り手はその兵隊の1人で、フェルトの帽子を連隊長に禁じられたことにまつわるエピソードを話す。アパッチ族の反乱を鎮圧する指令が下され、中尉と16人の兵士が先遣隊の護衛に行く。口うるさい連隊長に反発していた兵士たちは、命令を守らず皆フェルトの帽子をかぶる。ところがアパッチ族の気配を感じ、本隊に急いで戻る。と、フェルトの帽子姿を連隊長に見咎められ…で原稿は中断している。1890年頃。

3．「リチャード・エッジモント・シャープ氏」

　舞台はイギリスで、表記の人物が思慮深い表情で歩いている…。3行のみ。1890年前後。

4．「小型の三色の犬」

　書きかけのメモが4つ残っている。総合すると山に住む男の子と犬の話のようだが、場面は朝、男の子が眠そうに起きて、餌を待つ犬がいかにもじれている様子が描かれている。クレインらしいのは、小川の流れが石にぶつかる音を「狂った笑い（"mad laughter"）」と例えることや、犬が辛抱できずに土を引っ掻く様を「じれったくて固い地面をコツコツ叩いている」という、いかにも犬に詳しそうな表現であろう。1891年頃。

5．「アパッチ・クロッシング」

　断片原稿が2つ。アリゾナ州のアパッチ・クロッシングという田舎町には、40マイルほど離れたブレイザーに比べて、墓地がお粗末で大した人物も埋葬されていないという。そういう話がこじれてか、ホテルの酒場で賭博師とホテルの支配

人とでひと悶着起こりそうな…。1891年から翌年中頃。

6.「文人の国で」

断片原稿が2つ。最初のものは少女が目覚めるとすべてが紙で出来た国にいる。小人に、ここは文人の国だといわれ、王のところに連れていかれる。お伽噺風ではあるが、紙を抱えた旅人が、王の警護の人間に殴られるとか、この国に来た少女が「ここはただでさえ人口が多すぎるのに」などと嫌味をいわれる点からすると風刺劇だったと思われる。

もう1つの原稿は旅人が殴られるところから始まって、少女は若者に変わっている。彼は王のもとで詩を披露する。王は誉めるが、側近が「これは全部盗作だ」という。若者は否定し、王も言い分を認める。帰りの道中で、2人の男が「自分が詩の1行目を書いたら、こいつが真似をした」と言い争っているのに出くわす。1891年から翌年にかけて。

7.「見られたくないポーズでの写真」

3行だけの文。擦り切れたコートを着た男が目を血走らせてカメラ店にやってきて、包みをカウンターに乱暴に置く。写真の現像依頼か。1892年前半

8.「豪胆な勇気を持って聞け」(1)

と、老いた族長が震えながらいった。実質これだけ。1892年前半。9を参照。

9.「豪胆な勇気を持って聞け」(2)

8との関連は明らかだが、「勇気」を表すのに、8では「神経("nerve")」であるのに9では「胃("stomach")」になっているように単語が違う。ズールー族の老いた族長が消え入りそうな声で話す、となっている。ズールー族の族長を題材にした「王の贈り物」が1891年5月発表なので、この時期と推測される。

10.「突然濃縮ミルクが」

断片原稿は2つ。1つはリトルマンの話なので、明らかに「サリヴァン郡スケッチ集」の1つの予定だったと考えられる。リトルマンが湖に食器を洗いに行こうとする。仲間に「洗い方が気に入らなかったら、自分でやれ」と念を押して。皆はリトルマンが洗いに行くのを了承する。

もう1つは朝、恐る恐る荒涼とした場所から出て行くが、砂利道まで来ると勇気が湧いてくる、といったもので、これだけでは状況が不明。1892年前半。

11.「別離」

　混雑したレストランで喧騒の中、奥の方に男女のカップルが座っている。女の方は他愛もない話を陽気にしているが、男の方はグラスのウィスキーをじっと見つめ、明らかに話を聞いていない。そして男が決断したように…。多分別れ話と思えるがここで中断している。原題は"Desertion"でクレインには同名の作品があるが内容は違う。ここでは「別離」とした。友人のコーウィン・ナップ・リンスンなどの話からすると、1892年12月頃。

12.「ギュスターヴとマリー」

　場所はパリ。夫が家に帰ると、妻は寝室で休んでいるとのこと。行ってみると、窓のそばに長椅子を寄せて眠っている。読みかけの本を落として。何かただならぬ異変を感じ、夫はその名を呼ぶ。1893年後半から翌年前半。

13.「覚書」

　ある編集者が自分の寝室に、ある作家が書いた物語を、壁紙として貼っている。1894年前半。2行のみ。

14.「要旨」

　物語のアイデアか記事からのネタと思われるものが4つ書き残されている。野球でアンパイアと間違われて殺された・新しいアパートの高い天井・ブルックリンでの橋の新設の請願・自由の女神が近隣の照明を称えている（？）などのメモ書き。執筆時期は13と同じ頃か（1894年前半）。

15.「舞台好きの女性」

　舞台に熱狂する若い女の子は特殊な人種なのかどうか、また今では俳優も一旦舞台を降りたら普通なのでは、といった話。1894年9月か10月。

16.「マッチの束」

　マッチの燃えさし（？）の束や、カップに汚れたタオルなどが乱雑に置かれた

部屋で、男がスペースを見つけて原稿を書いている。4行ほど書いて見直すと最初は素晴らしく思えたが、段々つまらなく見え、最後には全く下らないと考える。クレイン自身の執筆の様子か。1894年春。

17.「悲しげな古い建物」

原稿断片が2種あって、やや異なる。高くそびえたビルの間に古い建物が立っていて悲しげで、倒される時を待っている。「かつてはこの建物も高く誇らしげであったのだが。」どちらの原稿も古い建物を擬人化しているが、後の原稿の方がその傾向がより強い。たとえば両隣のビルに「仲間だよね」、と問いかける。あるいは歩行者に「ほら建物は3つだから」と話しかける、とか。1894年後半。

18.「おもちゃ屋」

おもちゃ屋で店員が帰ると、一斉に陶器の犬や兵隊、小さな木馬などが、緊張をほぐして姿勢を緩め、おしゃべりする。1894年。

19.「メキシカン・スケッチ」

「山々の青い峰は海のようにうねり、焦げ茶色の平原に、メキシコの燃え盛る太陽の光線が射す」と、典型的なクレイン流印象主義的筆致で描かれている。ここに馬に乗った4人の男が登場し「ライス添えのチキン料理」とか、「その方がトルティーヤよりましだ」などと話している。クレインのメキシコ旅行の日程から考えて1895年前半。

20.「率直にいって良いとは」

恐らく他人の作品を上記のように「あまり良くない」と率直に評価している主人公（？）がいる。ただし自分も良くないものを書いたことがあるし、と言い訳をしているが。1895年。

21.「彼は知っていることを全部話してくれた」

表記は、ある島に流れ着いた主人公が、「彼」から島について教えてもらったというものと推察される。女王と貴族の間では対立があるが、「彼」は女王の味方だという。主人公は、この国の言葉を覚えるまで外には出られない。別の未完の作品「ダン・エモンズ」の続きではないかとも考えられる。1895年後半から

1896年前半。

22.「議会開会中」

　4つの項目からなるメモ。ニューヨーカーはニューヨークこそ色々な人の集まる国の中心と思っているが、ワシントンこそより雑多な人物が集まっている。ただし一方では典型的アメリカ人に見える人もいる。ニューヨーカーと南部から来た人の違いはケーブルカーの乗り方で分かる。ワシントンの議会開会期間が（恐らく）ナショナル・ギャラリーの参観と日程が重なり、後者の参観が制限されるということ。ワシントンの話が主なので1896年3月初旬にクレインが当地に行った時か。

23.「逮捕の権限」

　逮捕の権限が個人（特に悪人）に与えられることの危うさを書いたメモ。警官と悪党を並べているので、クレインが巻き込まれた不当逮捕事件（ドーラ・クラーク事件）の頃、つまり1896年9月中旬。

24.「教会パレード」

　ロンドンのハイドパークで行われる教会パレードについて。何ということのないパレードだと思えるが、実際にはこれがないと「大英帝国が傾くほどの」重要なセレモニーだという。1897年夏。

25.「そして彼が召喚されるだろう」

　実質上表記のみ。イギリスの電報用紙に書きなぐってあったとされる。裁判のことか。時期はクレインが渡英した1897年6月以降としか判断できない。

26.「（キューバに関する）覚書」

　メモの列挙。中尉の物語。戦友の遺体の埋葬に添える瓶を探している。「戦争の美徳」用のメモと考えられる。特派員仲間の（エドワード・）マーシャルと昼食を中尉にご馳走になったら、食後中尉自らが皿を洗いに行ったので、当惑したこと。ラフ・ライダーズに従軍して帰還中に次々に部隊と会ったが、特に正規兵の6連隊と16連隊が黙々と任務を遂行していること。グアンタナモ近くで拾った不発弾。近くに埋めて後で取りに行ったがなかったこと。ある兵士（？）が教

会の前で十字を切ったので止めてくれといったら「本気だ」と怒ったこと。騎兵隊のある兵士について。マーシャルが撃たれた時（1898年6月24日）、700ドル身につけていたというが、嘘ではないか。通信船スリー・フレンズ号の落書き。マックレディがいつも口ずさんでいる歌のこと。マラリアに罹患して一旦アメリカに戻ったら口に体温計を入れられたこと。「オープン・ボート」のような作品を、クスコを舞台に、同じように孤立した状況を設定に考えていること。なお、原題は「スティーヴンが述べたこと」であるが、内容から判断して「（キューバに関する）覚書」とした。1899年1月にイギリスにキューバから戻った前後。

11. 参考文献

(A) テキスト (クレイン作と推定されるものも含む)

Crane, Stephen. "Gay Bathing Suit and Novel Both Must Go." the *New York Tribune* 5 August 1888.
———. "A Newsboy Capitalist." the *New York Tribune* 3 August 1890.
———. *The Red Badge of Courage* 1895. With Introduction by Max J. Herzberg. New York: D. Appleton and Company, 1925.
———. *The Red Badge of Courage*. Ed. Henry Binder. New York: Norton, 1982.
———. "The Rise of Ocean Grove." the *New York Tribune* 17 August 1889.
———. *Stephen Crane Studies* 8:1 (1999):2-7. Ed. Joseph R. McElrath, Jr.
———. *Stephen Crane Studies* 9:2 (2000): 2-33. Eds. Michael Robertson, David I. Holmes and Roxanna Paez.
———. "Tent Life at Ocean Grove." the *New York Herald* 19 July 1891.
———. "Veterans' Ranks Thinner by the Year." the *New York Press* 31 May 1894.
———. "Where 'De Gang' Hears the Band Play." the *New York Herald* 5 July 1891.
———. *The Works of Stephen Crane*. 10 vols. Ed. Fredson Bowers. Charlottesville: University of Virginia Press, 1969-76.
———. " 'Youse Want "Petey,' Youse Do.' " the *New York Herald* 4 January 1892.

(B) 書簡

The Correspondence of Stephen Crane. I & II Eds. Paul Sorrentino and Stanley Wertheim. New York: Columbia University Press, 1988.
Stephen Crane's Love Letters to Nellie Crouse. Eds. Edwin H. Cady and Lester G. Wells. Syracuse: Syracuse University Press, 1954.

(C) 参考文献

(a) 単行本 (博士論文を含む)

Ahnebrink, Lars. *The Beginnings of Naturalism in American Fiction: a study of the works of Hamlin Garland, Stephen Crane, and Frank Norris, with Special Reference to Some European Influences, 1891-1903*. 1950:rpt. New York: Russell and Russell, 1961.

Alonzo, Juan J. *Badmen, Bandits, and Folk Heroes: The Ambivalence of Mexican American Identity in Literature and Film*. Tucson: The University of Arizona Press, 2009.

Backman, Gunnar. *Meaning by Metaphor: An Exploration with a Metaphoric Reading of Two Short Stories by Stephen Crane*. Uppsala, Stockholm: Almqvist & Wiksell International, 1991.

Barrish, Phillp J. *Literary Intellectuals and Discourses of Materiality: James, Crane, Cahan*. Diss. University of California, Davis, 1990.

Beebe, Maurice, ed. *Stephen Crane: Special Number, Modern Fiction Studies*. (Purdue University) 5:3 (1959).

Bender, Bert. *Sea-Brothers: The Tradition of American Sea Fiction from Moby-Dick to the Present*. Philadelphia: University of Pennsylvania Press, 1990.

Benfey, Christopher. *The Double Life of Stephen Crane*. New York: Alfred A. Knopf, 1992.

Bergon, Frank. *Stephen Crane's Artistry*. New York: Columbia University Press, 1975.

Berryman, John. *Stephen Crane: A Critical Biography*. Revised ed. New York: Farrar, Straus & Giroux, 1950.

Bloom, Harold. Edited and with an Introduction. *Stephen Crane's The Red Badge of Courage*. New York and Philadelphia: Chelsea House Publishers, 1987.

Broer, Paul Allan. *Stephen Crane: Man Adrift*. Diss. City University of New York, 1988.

Brown, Bill. *The Material Unconscious: American Amusement, Stephen Crane, and the Economics of Play*. Cambridge: Harvard University Press, 1996.

———. *Recreation and Representation in America, 1880-1900: The Economy of Play in the Work of Stephen Crane*. Diss. Stanford University, 1989.

Brown, Ellen Ann Raisanen. *The Uneasy Balance: A Study of Polarity in the Work of Stephen Crane*. Diss. Michigan State University, 1969.

Cady, Edwin H. *Stephen Crane*. Boston: Twayne Publishers, 1980.

Campbell, Donna M. *Resisting Regionalism: Gender and Naturalism in American Modern Fiction, 1885-1915*. Athens, Ohio: Ohio University Press, 1997.

Cazemajou, Jean. *Stephen Crane*. Minneapolis: University of Minnesota Press, 1947.

Church, Edward Joseph. *Images of Authority in Stephen Crane*. Diss. University of California, Irvine, 1986.
Colvert, James B. *Stephen Crane*. San Diego: Harcourt Brace Jovanovich Publishers, 1984.
Conder, John. *Naturalism in American Fiction: The Classic Phase*. Lexington: University Press of Kentucky, 1984.
Conrad, Jessie. *Joseph Conrad and His Circle*. New York: Dutton, 1935.
Davis, Linda H. *Badge of Courage: The Life of Stephen Crane*. Boston: Houghton Mifflin, 1998.
Delbanco, Nicholas. *Group Portrait: Joseph Conrad, Stephen Crane, Ford Madox Ford, Henry James and H. G. Wells*. New York: William Morrow and Company, 1982.
Dooley, Patrick K. *The Pluralistic Philosophy of Stephen Crane*. Urbana: University of Illinois Press, 1993.
——. *Stephen Crane: An Annotated Bibliography of Secondary Scholarship*. New York: G. K. Hall &Co., 1992.
Dowling Robert M. *Slumming in New York: From the Waterfront to Mythic Harlem*. Urbana: University of Illinois Press, 2007.
Dudley, John. *A Man's Game: Masculinity and the Anti-Aesthetics of American Literary Naturalism*. Tuscaloosa: The University of Alabama Press, 2004.
Ewing, James Milton, Jr. *Figurative Language in the Prose Fiction of Stephen Crane*. Diss. The University of Southern Mississippi, 1969.
Fagg, John. *On the Cusp: Stephen Crane, George Bellows, and Modernism*. Tuscaloosa: The University of Alabama Press, 2009.
Franchere, Ruth. *Stephen Crane: the Story of an American Writer*. New York: Thomas Y. Crowell Company, 1961.
Fried, Michael. *Realism, Writing Disfiguration: on Thomas Eakins and Stephen Crane*. Chicago: The University of Chicago Press, 1987.
Gandal, Keith. *The Virtues of the Vicious: Jacob Riis, Stephen Crane and the Spectacle of the Slum*. Oxford: Oxford University Press, 1997.
Garner, Stanton. *The Freedom of the Poet*. New York: Farrar, Straus & Giroux, 1976.
Giamo, Benedict. *On the Bowery: Confronting Homelessness in American Society*. Iowa City: University of Iowa Press, 1989.
Gibson, Donald B. *The Fiction of Stephen Crane*. Carbondale and Edwardsville: Southern Illinois University Press, 1968.
——. *The Red Badge of Courage: Redefining the Hero*. Boston: Twayne Publishers, 1988.
Giles, R. James. *The Naturalistic Inner-City Novel in America: Encounters with the Fat Man*. Columbia, South Carolina: University of South Carolina, 1995.

Gilkes, Lillian. *Cora Crane : A Biography of Mrs. Stephen Crane.* Bloomington: Indiana University Press, 1960.

Giorgio, Benjamin David. *Stephen Crane: American Impressionist.* Diss. The University of Wisconsin - Madison, 1969.

Gullason, Thomas A., ed. *A Garland of Writings: Stephen Crane's Literary Family.* Syracuse: Syracuse University Press, 2002.

——,ed. *Stephen Crane's Career: Perspectives & Evaluations.* New York: New York University Press, 1972.

Gunn, Drewey Wayne. *American and British Writers in Mexico, 1556-1973.* Austin: University of Texas Press, 1962.

Halliburton, David. *The Color of the Sky: A Study of Stephen Crane.* Cambridge: Cambridge University Press, 1989.

Haugen, David, and Susan Musser., eds. *War in Stephen Crane's The Red Badge of Courage.* Detroit: Green Haven Press, 2010.

Hazard, Sharon, and Elizabeth Hazard. *Historic Photos of Newark.* Nashville: Turner Publishing Company, 2009.

Hoffmann, Anastasia Carlos. *Outer and Inner Perspectives in the Impressionist Novels of Crane, Conrad and Ford.* Diss. The University of Wisconsin - Madison, 1968.

Hoffman, Daniel G. *The Poetry of Stephen Crane.* New York: Columbia University Press, 1956.

Holton, Milne. *Cylinder of Vision: The Fiction and Journalistic Writings of Stephen Crane.* Baton Rouge: Louisiana State University Press, 1972.

Johanningsmeier, Charles. *Fiction and the American Literary Marketplace: The Role of Newspaper Syndicates in America, 1860-1900.* Cambridge: Cambridge University Press, 1997.

Katz, Joseph, ed. *Stephen Crane in Transition.* Dekalb: Northern Illinois University Press. 1972.

——. Edited with an Introduction. *Stephen Crane in the West and Mexico.* Kent, Ohio: The Kent State University Press, 1970.

Killoran, David George. *A Critical Study of the Short Stories of Stephen Crane.* Diss. Tulane University, 1975.

Knapp, L. Bettina. *Stephen Crane.* New York: Ungar Publishing Company, 1987.

Krauth, Philip Leland. *The Necessary Coxcomb: The Theme of Egotism in the Works of Stephen Crane.* Diss. Indiana University, 1970.

LaFrance, Marston. *A Reading of Stephen Crane.* Oxford: Clarence, 1971.

——. *The Role of Illusion in the Work of Stephen Crane.* Diss. The University of Wisconsin - Madison, 1965.

Lears, Jackson T. J. *No Place of Grace: Antimodernism and the Transformation of American Culture 1880-1920*. 1983: rpt. Chicago: University of Chicago Press, 1994.

Lentz, Perry. *Private Fleming at Chancellorsville: The Red Badge of Courage and the Civil War.* Columbia, Missouri: University of Missouri Press, 2006.

Limson, John. *Writing after the War: American War Fiction from Realism to Postmodernism.* Oxford: Oxford University Press, 1994.

Linder, Lyle Dean. *Children in the Literary Work of Stephen Crane.* Diss. Duke University, 1974.

Link, Eric Carl, ed. *Critical Insights: The Red Badge of Courage.* Pasadena, CA: Salem, 2010.

——. *The Vast and Terrible Drama: American Literary Naturalism in the Late Nineteenth Century.* Tuscaloosa: The University of Alabama Press, 2004.

Maitino, John Rocco. *Literary Impressionism in Stephen Crane, Joseph Conrad, and Henry James.* Diss. University of California, Riverside, 1986.

Mariani, Giorgio. *Spectacular Narratives: Representations of Class and War in Stephen Crane and the American 1890s.* New York: Peter Lang, 1992.

——. *Spectacular Narratives: Stephen Crane, Ideology, Popular Culture.* Diss. Rutgers, The State University of New Jersey-New Brunswick, 1990.

Mazzorana, Mary Paul, O.S.F. *The Problem of Determinism in the Short Fiction of Stephen Crane.* Diss. The Catholic University of America, 1965.

Meredith, James H., ed. "Stephen Crane in War and Peace." *War, Literature and the Arts* (Special Edition), 1999.

Michaels, Walter Benn. *The Gold Standard and the Logic of Naturalism: American Literature at the Turn of the Century.* Berkeley: University of California Press, 1988.

Milne, Gordon W. *Stephen Crane at Brede: An Anglo-American Literary Circle of the 1890's.* Washington, D.C.: University Press of America, 1980.

Mitchell, Lee Clark. *Determined Fictions: American Literary Naturalism.* New York: Columbia University Press, 1989.

——, ed. *New Essays on The Red Badge of Courage.* Cambridge: Cambridge University Press, 1986.

Monteiro, George., ed. *Stephen Crane. The Contemporary Reviews.* Cambridge: The Cambridge University Press, 2009.

——. *Stephen Crane's Blue Badge of Courage.* Baton Rouge: Louisiana State University Press, 2004.

Morris, James Kelly. *Stephen Crane and Gothic Tradition.* Diss. The University of Mississippi, 1983.

Murfin, Ross C. Edited with an Introduction. *Conrad Revisited: Essay for the Eighties.*

Alabama: The University of Alabama, 1985.

Nagel, James. *Stephen Crane and Literary Impressionism*. University Park: The Pennsylvania University Press, 1980.

——. *Structure and Theme in the Work of Stephen Crane*. Diss. The Pennsylvania State University, 1971.

O'Donnell, Bernard. *An Analysis of Prose Style to Determine Authorship: "The O'Ruddy," A Novel by Stephen Crane and Robert Barr*. Berlin: Walter de Gruyter, 1971.

Piper, Mark Scott. *A Sublime Egotism: Irony and Meaning in the Fiction of Stephen Crane*. Diss. University of Oregon, 1975.

Pizer, Donald. *Critical Essays on Stephen Crane's The Red Badge of Courage*. Boston: G. K. Hall & Co., 1990.

Quinn, Evertson Matthew. *Strenuous Lives: Stephen Crane, Theodore Roosevelt and the American 1890s*. Diss. Arizona State University, 2003.

Richards, Gloria Ellen. *The Impressionism of Crane and Conrad: Author and Authority (John Fowles, Hart Crane, Joseph Conrad, Argentina)*. Diss. The University of Rochester, 1985.

Robertson, Michael. *The First "New Journalism" and American Fiction, 1880-1925: Studies in Howells, James, Crane, Dreiser, and Hemingway*. Diss. Princeton University, 1985.

——. *Stephen Crane, Journalism, and the Making of Modern American Literature*. New York: Columbia University Press, 1997.

Schaefer, Michael W. *A Reader's Guide to the Short Stories of Stephen Crane*. New York: G. K. Hall & Co., 1996.

Shaw, Mary Ann. *Stephen Crane's Concept of Heroism: Satire in the War Fiction of Stephen Crane*. Diss. Texas A&M University, 1985.

Sieglen, John H. *The Metonymous World of the Child in Stephen Crane's Whilomville Stories*. Diss. University of Southern California, 1969.

Slotkin, Alan Robert. *The Language of Stephen Crane's Bowery Tales: Developing Mastery of Character Diction*. New York: Garland, Taylor & Francis, 1993.

Smith, Joyce Caldwell. *The Comic Image in the Fiction of Stephen Crane*. Diss. Georgia State University, 1985.

Solomon, Eric. *Stephen Crane: From Parody to Realism*. Cambridge: Harvard University Press, 1966.

——. *Stephen Crane in England: A Portrait of the Artist*. Columbus: The Ohio State University Press, 1964.

Sorrentino, Paul, ed. *Stephen Crane: A Documentary Volume*. ("Dictionary of Literary Biography, 357") New York: Gale, 2010.

——. *Stephen Crane: A Life of Fire*. Cambridge: Harvard University Press, 2014.

——. *Stephen Crane Remembered*. Tuscaloosa: The University of Alabama Press, 2006.
——,ed. *Stephen Crane Studies*. 1 (1992)-19:2 (2010).
Sorrentino, Paul, and Stanley Wertheim. *The Crane Log: A Life of Stephen Crane: 1871-1900*. New York: G. K. Hall &Co., 1993.
A Special Stephen Crane Issue. Syracuse University Library Associates: Courier. 21:1(1986).
Stallman, Wooster R. *Stephen Crane: A Biography*. New York: George Braziller, 1973.
——. *Stephen Crane: An Omnibus*. London: William Heinemann Ltd, 1954.
Stoppe, Eleanor C. *A Transformational Analysis of Stephen Crane's Novels*. Diss. Saint Louis University, 1973.
Sundquist, Eric J. *American Realism: New Essays*. Baltimore: The Johns Hopkins Press, 1982.
Szumski, Bonnie., ed. *Readings on Stephen Crane*. San Diego: Greenhaven Press, 1998.
Vanouse, Donald Paul. *An Artifice Nearer To Nature: Decadence and Aestheticism in the Writings of Stephen Crane*. Diss. University of Minnesota, 1971.
Weatherford, Richard M., ed. *Stephen Crane: The Critical Heritage*. Boston: Routledge & Kegan Paul, 1973.
Wertheim, Stanley. *A Stephen Crane Encyclopedia*. Westport, Connecticut: Greenwood Press, 1997.
Wolford, Chester L. *The Anger of Stephen Crane: Fiction and the Epic Tradition*. Lincoln: University of Nebraska Press, 1983.
——. *Stephen Crane: A Study of the Short Fiction*. Boston: Twayne, 1989.
Wyrick, Jean Carroll. *Decorum and Structure in the Short Fiction of Stephen Crane*. Diss. The University of Texas at Austin, 1975.

(b) 論文・単行本の 1 部

Adams, Richard P. "Naturalistic Fiction: 'The Open Boat.' " *Stephen Crane's Career: Perspectives and Evaluations*. Ed. Thomas A. Gullason. New York: New York University Press, 1972. 421-29.

Albrecht, Robert C. "Content and Style in *The Red Badge of Courage*." *College English* 27 (1966): 487-92.

Alfred, Randal W. " 'The Gilded Images of Memory.' *The Red Badge of Courage* and 'The Veteran.' " *War, Literature and the Arts* (Special Edition, "Stephen Crane in War and Peace," 1999):100-15.

Andrews, William L. "Art and Success: Another Look at Stephen Crane's the *Third Violet*." Wascana Review 13:1 (1978): 71-82.

Bassan, Maurice. "The Design of Stephen Crane's Bowery 'Experiment'." *Studies in Short Fiction* 1 (1964): 129-32.

――. "An Early Draft of *George's Mother*." *American Literature* 36 January (1965): 518-522.

――. "Misery and Society: Some New Perspectives in Stephen Crane's Fiction." *Studia Neophilologica* 35 (1963): 104-20.

――. "Stephen Crane and 'the Eternal Mystery of Social Condition.' " *Nineteenth-Century Fiction* 19 (1965): 387-94.

――. "The 'True West' of Sam Shepard, and Stephen Crane." *American Literary Realism* 28:2 (1996):11-17.

Beards, Richard D. "Stereotyping in Modern American Fiction: Some Solitary Swedish Madmen." *Moderna Sprak* 63 (1969): 329-37.

Beaver, Harold. "Stephen Crane: The Hero as Victim." *Yearbook of English Studies* 12 (1982): 186-93.

Begiebing, Robert J. "Stephen Crane's *Maggie*: The Death of the Self." *American Imago: A Psychoanalytic Journal for Culture, Science and the Arts* 34 (1977):50-71.

Bell, Michael Davitt. *The Problem of American Realism: Studies in the Cultural History of a Literary Idea*. Chicago and London: The University of Chicago Press, 1993. 131-148.

Bender, Bert. *Evolution and the Sex Problem: American Narratives during the Eclipse of Darwinism*. Kent: The Kent State University Press, 2004. 52-71.

――. "The Nature and Significance of 'Experience' in 'the Open Boat.' " *Journal of Narrative Technique* 9 (1979): 70-80.

Benfey, Christopher. "Stephen Crane's Father and the Holiness Movement." *Courier* 25:1(1990): 27-36.

Bergon, Frank. Introduction to *The Western Writings of Stephen Crane*. New York: New

American Library, 1979. 1-27.
Billingslea, Oliver. "Why Did the Oiler Drown?" *American Literary Realism* 27 (1994): 23-41.
Blair, John. "The Posture of a Bohemian in the Poetry of Stephen Crane." *American Literature: A Journal of Literary History, Criticism, and Bibliography* 61:2 (1989): 215-29.
Blum, Morgan. "Berryman as Biographer, Stephen Crane as Poet." *Poetry* 78 (1951): 298-307.
Bochner, Jay. "The Coming Storm of Modernism." *American Modernism across the Arts*. New York: Peter Lang, 1999. 7-30.
Bonner, Thomas, Jr. "Crane's 'An Experiment in Misery.'" *Explicator* (1976): Item 56.
———. "Experience and Imagination : Conscience in the War Fiction of Stephen Crane and Ambrose Bierce." *War, Literature and the Arts* (Special Edition, "Stephen Crane in War and Peace," 1999) : 48-56.
Boxwell, D. A. "'Whipping the Turks' : Stephen Crane's Orientalism." *American Literary Realism* 31 (1998): 1-11.
Bradbury, Malcom. "Stephen Crane and His Critics." *The Red Badge of Courage by Stephen Crane*. London: Dent, 1993. 135-52.
Bradshaw, James Stanford. "Completing Crane's *O'Ruddy*: A New Note." *ANQ: A Quarterly Journal of Short Articles, Notes, and Reviews* 3:4 (1990): 174-78.
Brennan, Joseph X. "The Imagery and Art of *George's Mother*." *College Language Association Journal* 4 (1960): 106-15.
———. "Ironic and Symbolic Structure in Crane's *Maggie*." *Nineteenth-Century Fiction* 16:4 March (1962): 303-315.
———. "Stephen Crane and the Limits of Irony." *Criticism* 11 (1969): 183-200.
Brennan, Stephen C. "Literary Naturalism as a Humanism: Donald Pizer on Definitions of Naturalism." *Studies in American Naturalism* 5:1 (2010): 8-21.
Brooke-Rose, Christine. "Ill Logics of Irony." *New Essays on the Red Badge of Courage*. Ed. Lee Clark Mitchell. Cambridge: Cambridge University Press, 1986. 129-46.
Brown, Bill. "American Childhood and Stephen Crane's Toys." *American Literary History* 7 (1995): 443-76.
———. "Interlude: The Agony of Play in 'the Open Boat.'" *Arizona Quarterly* 45:3 (1989): 23-46.
Brown, Ellen Ann Raisanen. "Stephen Crane's *Whilomville Stories*: A Backward Glance." *Markham Review* 3 (1973): 105-09.
Budianta, Melani. "A Stained Glass Window: Stephen Crane's Cultural Translation." *American Studies International* 37 (1990): 71-78.

Buitenhuis, Peter. "The Essentials of Life: 'The Open Boat' as Existentialist Fiction." *Modern Fiction Studies* 3 (1959): 243-50.

Burgin, George Brown. *More Memories (and Some Travels)*. London: Hutchinson, 1922. 92-3.

Burns, Ladon C. "On 'The Open Boat.'" *Studies in Short Fiction* 3 (1966): 455-57.

Burns, Shannon, and James A. Levenier. "Androgyny in Stephen Crane's 'The Bride Comes to Yellow Sky.'" *Research Studies* 45 (1977): 236-43.

Burton, Rick, and Jan Finkel, "Stephen Crane, Baseball, and a Red Badge." *Nine: A Journal of Baseball History and Culture* 21:1 (2012): 103-117.

Campbell, Donna M. "American Literary Naturalism: Critical Perspectives." *Literature Compass* 8/8 (2011): 499-513.

———. "More than a Family Resemblance? Agnes Crane's 'Victorious Defeat' and Stephen Crane's *The Third Violet*." *Stephen Crane Studies* 16:1 (2007): 14-24.

Cannady, J. Jordan. "Entrapment: Four Studies." *Niekas* 45 (1998): 77-79.

Casey, Jon Anthony, Jr. "Searching for a War of One's Own: Stephen Crane, *The Red Badge of Courage*, and the Glorious Burden of the Civil War Veteran." *American Literary Realism* 44:1 (2011): 1-22.

Cate, Hollis. "Seeing and Not Seeing in 'the Blue Hotel.'" *College Literature* 9:2 (1982): 150-52.

Cather, Willa. "Introduction" to *The Works of Stephen Crane*, IX. Ed. Wilson Follett. New York: Alfred A. Knopf, 1926. ix-xiv.

Catz, Joseph. An Introduction to *The Portable Stephen Crane*. New York: The Viking Press, 1969. vii-xxvi.

Cavitch, Max. "Stephen Crane's Refrain." *ESQ: A Journal of the American Renaissance* 54.1-4 [210-213] (2008): 33-54.

Chametzky, Jules. "Realism, Cultural Politics, and Language as Meditation in Mark Twain and Others." *Prospects: An Annual Journal of American Cultural Studies* 8 (1983): 183-95.

Christophersen, Bill. "Stephen Crane's 'the Upturned Face' as Expressionist Fiction." *Arizona Quarterly* 38:2 (1982): 147-61.

Church, Joseph. "The Black Man's Part in Crane's Monster." *American Imago* 5 (1988): 375-88.

———. "The Determined Stranger in Stephen Crane's 'The Blue Hotel.'" *Studies in Humanities* 16 (1989): 99-110.

———. "Reading, Writing, and the Risk of Entanglement in Crane's 'Octopush.'" *Studies in Short Fiction* 29 (1992): 341-46.

Cleman, John. "Blunders of Virtue: The Problem of Race in Stephen Crane's 'The

Monster.'" *American Literary Realism* 34:2 (2002): 119-134.

Clendenning, John. "Crane and Hemingway: A Possible Biographical Connection." *Stephen Crane Studies* 5 (1996): 2-6.

———. "Prat Falls; A Revisionist Reading of 'The Clan of No-Name.'" *Stephen Crane Studies* 9:1 (2000): 2-8.

———. "Stephen Crane and His Biographers: Beer, Berryman, Schoberlin, and Stallman." *American Literary Realism* 28:1 (1995):23-57.

———. "The Thematic Unity of *The Little Regiment*." *Stephen Crane Studies* 14:2 (2005): 2-9.

———. "Visions of War and Versions of Manhood." *War, Literature and the Arts* (Special Edition, "Stephen Crane in War and Peace," 1999): 23-34.

Colvert, James, "Crane, Hitchcock, and the Binder Edition of *The Red Badge of Courage*." Ed. Donald Pizer. *Critical Essays on Stephen Crane's The Red Badge of Courage*. Boston: G. K. Hall, 1990. 238-63

———. "Fred Holland Day, Louise Imogen Guiney, and the Text of Stephen Crane's *The Black Riders*." *American Literary Realism* 28:2 (1996):18-24.

———. "Stephen Crane and Postmodern Criticism." *Stephen Crane Studies*, 1:1 (1992): 2-8.;

———. "Stephen Crane and Postmodern Theory." *American Literary Realism* 28:1 (1995): 4-22.

———. "Stephen Crane's Magic Mountain." *Stephen Crane: A Collection of Critical Essays*. Twentieth Century Views. Ed. Maurice Bassan. Englewood Cliffs, NJ: Prentice-Hall, 1967. 95-105.

———. "Stephen Crane : Style as Invention." *Stephen Crane in Transition*. Ed. Joseph Katz. Dekalb: Northern Illinois University Press. 1972. 127-152.

———. "Structure and Theme in Stephen Crane's Fiction." *Modern Fiction Studies* 5 (1959): 199-208.

———. "Style and Meaning in Stephen Crane's 'The Open Boat.'" *Texas Studies in English* 37 (1958): 34-45.

Conrad, Joseph. "His War Book: A Preface to Stephen Crane's *'The Red Badge of Courage.'*" *Last Essays*. New York: Doubleday, 1926. 119-24.

———. "Stephen Crane: A Note without Dates." *Notes on Life and Letters*. 1921:rpt. Whitefish, Montana: Kessinger Publishing, 2010. 49-52.

Cooley, John R. "'The Monster' – Stephen Crane's 'Invisible Man.'" *Markham Review* 5 (1975): 10-14.

Cowley, Malcolm. "'Not Men' : A Natural History of American Naturalism." *Kenyon Review* 9 (1947): 414-435.

Cox, James T. "Stephen Crane as Symbolic Naturalist: An Analysis of 'The Blue Hotel.'" *Studies in Short Fiction* 1 (1964): 224-26.

Crane, Robert Kellogg. "Stephen Crane's Family Heritage." *Stephen Crane Studies* 4:1 (1995):1-48.

Crisler, Jesse S. "'Christmas Must Be Gay': Stephen Crane's *The Ghost* – A Play by Diverse Hands." *Proof* 3 (1973): 69-120.

Crisman, William. "'Distributing the News': War Journalism as Metaphor for Language in Stephen Crane's Fiction." *Studies in American Fiction* 30.2 (2002): 207-27.

Currie, Mark. Edited with an Introduction. *Metafiction*. New York: Longman, 1995. 2-4.

D'Allessandro, Frank. "The Preservation of Asbury Park's 'Arbutus Cottage.'" *Stephen Crane Studies* 11:1 (2002) 3-7.

Davis, Linda H. "The Red Room: Stephen Crane and Me." *American Scholar* 64:2 (1995): 207-20.

Day, Cyrus. "Stephen Crane and the Ten-foot Dinghy." *Boston University Studies in English* 3 (1957): 193-213.

Deamer, Robert G. "Remarks on the Western Stance of Stephen Crane." *Western American Literature* 15 (1980):122-141.

———. "Stephen Crane and the Western Myth." *Western American Literature* 7 (1972): 111-23.

———. "Stephen Crane's 'Code' and Its Western Connections." *The Importance of Place in the American Literature of Hawthorne, Thoreau, Crane, Adams, and Faulkner*. New York: Edwin Mellen, 1990. 139-152.

Delbanco, Andrew. "The Disenchanted Eye." *New Republic* 199:2 (1988): 33-36.

Denny, Neville "Imagination and Experience in Stephen Crane." *English Studies in Africa* 9 (1966): 28-42.

Dillingham, William B. "Crane's One-Act Farce: 'The Upturned Face.'" *Research Studies* 35 (1967): 324-30.

Dingledine, Don. "'It Could Have Been Any Street': Ann Petry, Stephen Crane, and the Fate of Naturalism." *Reading America: New Perspectives on the American Novel*. Eds. Anne-Marie Evans and Elizabeth Boyle. Cambridge Scholars Publishing, 2008. 26-46.

Dooley, Patrick K. *A Community of Inquiry: Conversation between Classical American Philosophy and American Literature*. Kent, Ohio: The Kent State University Press, 2008. 1-63.

———. "Openness to Experience in Stephen Crane's 'In the Depths of a Coal Mine.'" *Caverns of the Night: Coal Mines in Art, Literature and Film*. Ed. William B. Thesing.

Columbia. South Carolina: University of South Carolina Press, 2000. 186-98.

———. " 'A Wound Gives Strange Dignity to Him Who Bears It' : Stephen Crane's Metaphysics of Experience." *War, Literature and the Arts* (Special Edition, "Stephen Crane in War and Peace," 1999):116-27.

Dow, William. "Performative Passages: Davis's *Life in the Iron Mills*, Crane's *Maggie*, and Norris's *McTeague*." *Twisted from the Ordinary: Essays on American Literary Realism*. Ed. Mary E. Papke. Knoxville: The University of Tennessee Press, 2003. 23-44.

Dowling, Robert M. " 'Do not Weep, Maiden' : Nellie Crouse and Stephen Crane's 'War Is Kind.' " *Stephen Crane Studies* 16:2 (2007): 15-20.

———. "Stephen Crane and the Transformation of the Bowery." *Twisted from the Ordinary: Essays on American Literary Realism*. Ed. Mary E. Papke. Knoxville: The University of Tennessee Press, 2003. 45-62.

Dowling, Robert M. and Donald Pizer. "A Cold Case File Reopened: Was Crane's Maggie Murdered or a Suicide?" *American Literary Realism* 42:1 (2009): 36-53.

Dudley, John. " 'Subtle Brotherhood' in Stephen Crane's *Tales of Adventure*. Alienation, Anxiety, and the Rules of Manhood." *American Literary Realism* 34:2 (2002): 95-118.

Dunn, N. E. "The Common Man's Iliad." *Comparative Literature Studies* 21:3 (1984): 270-81.

Edwards, Bradley C. "Stephen Crane's 'The Five White Mice' and Public Entertainments in Mexico City in 1895." *Stephen Crane Studies*, 14:1 (2005): 16-27.

Edwards, Forest Caroll. "Decorum: Its Genesis and Function in Stephen Crane." *The Texas Quarterly* 18:2 (1975): 131-43.

Ellison, Ralph. "Stephen Crane and the Mainstream of American Fiction." *Shadow and Act*. New York: Random House, 1964. 60-76.

Entin, Joseph. " 'Unhuman Humanity' : Bodies of the Urban Poor and the Collapse of Realist Legibility." *Novel* 34 (2001): 313-37.

Esteve, Mary "A 'Gorgeous Neutrality' : Stephen Crane's Documentary Anaesthetics." *ELH* 62:3 (1995): 663-89.

Evans, Mark W. "Messianic Inversion in Stephen Crane's 'The Monster.' " *American Literary Realism* 31 (1998): 58-62.

Everston, Matthew. "Stephen Crane and 'Some Others' : Economics, Race, and the Vision of a Failed Frontier." *Moving Stories: Migration and the American West, 1850-2000*. Ed. Scott Casper. Reno: Nevada Humanities Council, 2000. 71-98.

Eye, Stefanie Bates. "Fact, Not Fiction: Questioning Our Assumptions about Crane's 'The Open Boat.' " *Studies in Short Fiction* 35: (1998): 65-76.

Fagg, John. "Stephen Crane and the Literary Sketch: Genre and History in 'Sailing

Day Scenes' and 'Coney Island's Failing Days.'" *American Literary Realism* 38:1 (2005): 1-17.

———. "Unfulfilled Potential: Reading Ekpharasis in Stephen Crane's *Third Violet*." *Letterature d'America* 23:96 (2003): 5-27.

Faulkner, William. *Selected Letters*. Ed. Joseph Blotner. New York: Random House, 1977. 69.

Finch, Annie. "Stephen Crane and the Rhythms of the 1890." *The Ghost of Meter: Culture and Prosody in American Free Verse*. Ann Arbor: University of Michigan Press, 1993. 57-79.

Fleishman, Avrom. "The Landscape of Hysteria in *The Secret Agent*." *Conrad Revisited: Essays for the Eighties*. Ed. Ross C. Murfin. Tuscaloosa, Alabama: University of Alabama Press, 1985. 89-105.

Foote, Shelby. Introduction to The Modern Library Edition of *The Red Badge of Courage*. New York: Random House, 1993. vii-li.

Ford, Ford Madox. "Techniques." *Southern Review* 1 (1935):20-35.

Foster, Malcom. "The Black Veil Crepe: The Significance of Stephen Crane's 'The Monster.'" *International Fiction Review* 3 (1976) :87-91.

Fraser, John. "Crime and Forgiveness: 'the Red Badge' in Time of War." *Criticism: A Quarterly for Literature and the Arts* 9 (1967): 243-56.

French, Warren. "Stephen Crane: Moment of Myth." *Prairie Schooner* 55:1-2 (1981): 155-67.

Fried, Michael. "'A Blankness to Run at and Dash Your Head Against' : On Conrad's the Secret Agent." *ELH* 79:4 (2012): 1039-71.

Friedman, Elizabeth. "Cora's Travel Notes, 'Dan Emmonds,' and Stephen Crane's Route to the Greek War: A Puzzle Solved." *Studies in Short Fiction* 27:2 (1990): 264-65.

Friedman, Norman. "Criticism and the Novel: Hardy, Hemingway, Crane, Woolf, Conrad." *Antioch Review* 18 (1958):356-61.

Frus, Phyllis. "Two Tales Intended to Be 'After the Fact' : 'Stephen Crane's Own Story' and 'The Open Boat.'" *Literary Nonfiction: Theory, Criticism, Pedagogy* Ed. Chris Anderson. Carbondale: Southern Illinois University Press, 1989: 127-151.

Furer, Andrew J. "I fear the war business is getting rather tucked: The Use of War in Stephen Crane's *Active Service*." *American Literary Realism* 33:1 (2000):21-32.

Gandal, Keith. *Class Representation in Modern Fiction and Film*. New York: Palgrave, 2007. 121-152.

———. "A Spiritual Autopsy of Stephen Crane." *Nineteen-Century Literature* 51 (1997): 500-30.

——. "Stephen Crane's *Maggie* and the Modern Soul." *ELH* 60 (1993): 759-85.

Garner, Stanton. "Stephen Crane's 'The Predecessor' : Unwritten Play, Unwritten Novel." *American Literary Realism* 13 (1980): 97-100.

Garnett, Edward. "Stephen Crane." *Academy* 59 June 9 (1900):116-123.

Gaskill, Nicholas. "Red Cars with Red Lights and Red Drivers: Color, Crane, and Qualia." American Literature: A Journal of Literary History, Criticism, and Bibliography 81:4 (2009): 719-45.

Geismar, Maxwell. "Stephen Crane: Halfway House." *Rebels and Ancestors: The American novel, 1890-1915: Frank Norris, Stephen Crane, Jack London, Ellen Glasgow, Theodore Dreiser.* Boston: Houghton Mifflin, 1953. 69-136.

Gerstenberger, Donna. " 'The Open Boat' : Additional Perspective." *Modern Fiction Studies* 17 (1971): 557-61.

Giles, Ronald K. "Responding to Crane's 'the Monster.' " *South Atlantic Review* 57:2 (1992): 45-55.

Gilkes, Lillian. "Stephen Crane and the Harold Frederics." *Serif* 6:4(1969):21-48.

——. "*The Third Violet, Active Service,* and *the O'Ruddy*: Stephen Crane's Potboilers." *Stephen Crane in Transition: Centenary Essays.* Dekalb: Northern Illinois University Press. 1972. 106-26.

Gleckner, Robert F. "Stephen Crane and the Wonder of Man's Conceit." *Modern Fiction Studies* 5 (1959): 271-281.

Golsby, Jacqueline. " 'The Drift of Public Mind' : Stephen Crane." *A Spectacular Secret: Lynching in American Life and Literature*. Chicago: University of Chicago Press, 2006. 105-63.

Goodman, Nan. *Shifting the Blame: Literature, Law and the Theory of Accidents in Nineteenth-century America*. Princeton: Princeton University Press, 1998. 98-132.

Graff, Aida Farrag. "Metaphor and Metonymy: The Two Worlds of Crane's *Maggie*." *English Studies in Canada* 8:4 (1982): 422-36.

Grant, Douglas. "Stephen Crane: Kinds of Courage and Realism." *Purpose and Place: Essays on American Writers*. New York: St. Martin's, 1965. 136-41.

Green, Carol Hurd. "Stephen Crane and the Fallen Women." *American Novelists Revisited: Essays in Feminist Criticism*. Ed. Fritz Fleischmann. Boston: G. K. Hall & Co., 1982. 225-242.

Green, Melissa. "Fleming's 'Escape' in *The Red Badge of Courage*: A Jungian Analysis."*American Literary Realism* 28:1 (1995): 80-91.

Greenfield, Stanley B. "The Unmistakable Stephen Crane." *PMLA* 73 (1958):562-72.

Griffith, Clark. "Stephen Crane and the Ironic Last Word." *Philological Quarterly* 47 (1968): 83-91.

Gross, Theodore L, and Stanley Wertheim. *Hawthorne, Melville, Stephen Crane: A Critical Bibliography*. New York: The Free Press 1971. 203-301.

Guemple, Michael. "A Case for the Appleton *Red Badge of Courage*," *Resources for American Literary Studies* 21:1 (1995): 43-57.

Guetti, James. "Gambling with Language: Metaphor." *Wittgenstein and the Grammar of Literary Experience*. Athens: University of Georgia Press, 1993. 122-46.

———. *"Mixed Motives." Word-Music: The Aesthetic Aspect of Narrative Fiction*. New Brunswick: Rutgers University Press, 1980. 108-69.

Gullason, Thomas A. " 'Four Men in a Cave' : A Critical Appraisal." *Readers and Writers* (1967) 30-31.

———. Introduction to *The Complete Novels of Stephen Crane*. New York: Doubleday, 1967. 3-97.

———. "The Jamesian Motif in Stephen Crane's Last Novels." *The Personalist* 42 (1961):77-84.

———. "A Legacy for Stephen Crane: The Princeton Writings of the Reverend Jonathan Townley Crane." *Syracuse University Library Associates Courier* 25:2 (1990): 55-79.

———. "The Permanence of Stephen Crane." *Studies in the Novel* 10 (1978):86-95.

———. "The Significance of *Wounds in the Rain*." *Modern Fiction Studies* 5 (1959):235-42.

———. "Stephen Crane and the *New York Tribune*: A Case Reopened." *RALS* 22 (1996): 182-86.

———. "Stephen Crane at Claverack College." *Syracuse University Library Associates: Courier* 27:2 (1992): 33-46.

———. "Stephen Crane at Syracuse University: New Findings." *Syracuse University Library Associates: Courier* 29 (1994):129-140.

———. "Stephen Crane: In Nature's Bosom." *American Literary Naturalism: A Reassessment*. Eds. Yoshinobu Haktani and Lewis Fried. Heidelberg: Carl Winter 1975. 37-56.

———. "Stephen Crane's Short Stories : The True Road." *Stephen Crane's Career: Perspectives and Evaluations*. Ed. Thomas A. Gullason. New York: New York University Press, 1972: 470-86.

———. "Thematic Patterns in Stephen Crane's Early Novels." *Nineteenth-Century Fiction*. 16: 1 June (1961):59-67.

Hafley, James. " 'The Monster' and the Art of Stephen Crane." *Accent* 19 (1959): 159-65.

Hagemann, E. R. " 'Correspondents Three' in the Graeco-Turkish War: Some Parodies." *American Literature* 30 (1958): 339-44.

———. "Crane's 'Real' War in His Short Stories." *American Quarterly* 8 (1956): 356-67.

———. " 'Sadder than the End' : Another Look at 'The Open Boat.' " *Stephen Crane in Transition: Centenary Essays*. Ed. Joseph Katz. Dekalb: Northern Illinois University Press, 1972. 66-85.

Hall, Kathy. "Community Activists Join with Artists to Save Stephen Crane's Family Home." *Stephen Crane Studies* 6:1 (1997): 21-23.

Hapke, Laura. "The Alternate Fallen Woman in Maggie: A Girl of the Streets." *Markham Review* 12 (1983): 41-43.

———. "The American Working Girl and the New York Tenement Tale of the 1890s." *Journal of American Culture* 15:2 (1992) 43-50.

———. *Girls Who Went Wrong: Prostitutes in American Fiction: 1885-1917*. Bowling Green: Bowling Green State University Popular Press, 1989. 45-67.

Harrington, Paula. "No Mongrels Need Apply." *Minnesota Review: A Journal of Committed Writing* 73-74 (2009): 219-30.

Hayes, Kelvin J. "*The Third Violet* in Fort Worth." *Stephen Crane Studies* 16:2 (2007): 26-27.

Hemingway, Ernest. Introduction to *Men at War*. New York: Bramhill, 1942. xvii.

Hendin, Herbert, and Ann Pollinger Haas. "Posttraumatic Stress Disorders in Veterans of Early American Wars." *The Psychohistory Review* 12:4 (1984):25-30.

Herron, Ima. *The Small Town in American Literature*. Durham, North Calorina: Duke University Press, 1939. 184-186.

Herzberg, Max J. "Stephen Crane." *The Red Badge of Courage*. New York: D. Appleton and Company, 1925. v-xli.

Hilt, Kathryn. "Changes at Crane Birth Site." *Stephen Crane Studies* 6:2 (1997):15-6.

Hilt, Kathryn, and Stanley Wertheim. "Stephen Crane and Amy Leslie: A Rereading of the Evidence." *American Literary Realism* 32:3 (2000): 256-269.

Hiro, Molly. "How it Feels to Be without a Face: Race and Reorientation of Sympathy in the 1890s." *Novel* 39:2 (2006): 179-203.

Holmes, David I., Michael Robertson, and Roxana Paez. "Stephen Crane and the *New York Tribune* :A Case Study in Traditional and Non-Traditional Authorship Attribution." *Computers and the Humanities* 35 (2001):315-31.

Holton, Milne. "The Sparrow's Fall and the Sparrow's Eye: Crane's *Maggie*." *Studia Neophilologica: A Journal of Germanic and Romance Languages and Literature* 41 (1969): 115-29.

Hough, Robert L. "Crane and Goethe: A Forgotten Relationship." *Nineteenth-Century Fiction* 17:2 September (1962):135-148.

Huntsperger, Berger. "Populist Crane: A Reconsideration of Melodrama in *Maggie*." *Texas Studies in Literature and Language* 53:3 (2011):294-319.

Hussman, Lawrence. "The Fate of the Fallen Woman in *Maggie* and *Sister Carrie.*" *The Image of the Prostitute in Modern Literature*. New York: Frederick Ungar, 1984. 91-100.

Hutchinson, Cory. "The View from a Balcony: Narrative Distance and Its Effects on Perceptions of Knowledge and Meaning in 'The Open Boat.'" *Publications of the Arkansas Philological Association* 26:1 (2000): 25-35.

Ives, C. B. "Symmetrical Design in Four of Stephen Crane's Stories." *Ball State University Forum* 10:1 (1969): 17-26.

Jackson, Agnes M. "Stephen Crane's Imagery of Conflict in *George's Mother*." *Arizona Quarterly* 25 (1969): 313-18.

Jackson, David H. "Textual Questions Raised by Crane's 'Soldier of the Legion.'" *American Literature: A Journal of Literary History, Criticism, and Bibliography* 55:1 (1983): 77-80.

Jacobson, Marica. *Being a Boy Again: Autobiography and the American Boy Book*. Tuscaloosa & London: The University of Alabama Press, 1994. 116-132.

Johanningsmeier, Charles. "The 1894 Syndicated Newspaper Appearances of *The Red Badge of Courage*." *American Literary Realism* 40:3 (2008): 226-247.

Johnson, Bruce. "Joseph Conrad and Crane's '*Red Badge of Courage.*'" *Papers of the Michigan Academy of Science, Arts and Letters* 48 (1963): 649-55.

Johnson, George W. "Stephen Crane's Metaphor of Decorum." *PMLA* 78 (1963): 250-56.

Johnson, Glen M. "Stephen Crane's 'One Dash – Horses' : A Model of 'Realistic' Irony." *Modern Fiction Studies* 23 (1977): 571-78.

Johnson, Leigh. "Foreign Incursions: Stephen Crane and Katherine Anne Porter's Tourist Violence in Mexico." *Journal of Postcolonial Cultures and Societies* 2: 1-2 (2011): 37-55.

Kahn, Sy. "Stephen Crane and the Giant Voice in the Night: An Explication of *The Monster*." *Essays in Modern American Literature*. Ed. Richard E. Langford. DeLand, Florida: Stetson University Press, 1963: 35-45.

Kaplan, Amy. *The Anarchy of Empire in the Making of U. S. Culture* Cambridge: Harvard University Press 2002. 121-145.

——. "Black and Blue on San Juan Hill." *Cultures of United States Imperialism*. Eds. Amy Kaplan and Donald E. Pease. Durham: Duke University Press, 1993. 219-36.

——. *The Social Construction of American Realism*. Chicago: The University of Chicago Press, 1988. 1-14.

——. "The Spectacle of War in Crane's Revision of History." *New Essays on The Red Badge of Courage*. Cambridge, Cambridge University Press. 1986. 102-4.

Karlen, Arno. "The Craft of Stephen Crane." *Georgia Review* 28 (1974) :470-97.

Katz, Joseph. "Great Battles of the World: Manuscripts and Method." *Stephen Crane Newsletter* 3:2 (1968): 5-7.

———. Introduction to *The Red Badge of Courage*. New York: Bantam Books, 1983.v-xiii.

———. "The Reception of *Wounds in the Rain*" *Stephen Crane Newsletter* 4:2 (1969):9-10.

———. "Solving Stephen Crane's Pike County Puzzle." *American Literature* 55 (1983): 171-82.

———. "Stephen Crane and Irving Bacheller's Gold." *Stephen Crane Newsletter* 5:1(1970): 4-5.

Kazin, Alfred. "The Youth: Stephen Crane." *American Procession: Major American Writers, 1830-1930*. Cambridge: Harvard University Press, 1984. 256-274.

Kent, Thomas L. "Epistemological Uncertainty in *The Red Badge of Courage*." *Modern Fiction Studies* 27:4 (1981): 621-28.

Kersten, Holger. " 'The Pace of Youth' and the Phantoms of Hope." *War, Literature and the Arts* (Special Edition, "Stephen Crane in War and Peace," 1999): 172-82.

Kimball, Sue L. "Circles and Squares: The Designs of Stephen Crane's 'the Blue Hotel.' " *Studies in Short Fiction* 17 (1980): 425-30.

Kissane, Leedice. "Interpretation through Language: A Study of the Metaphors in Stephen Crane's the Open Boat." *Rendezvous: Journal of Arts and Letters* 1:1 (1966): 18-22.

Knapp, Daniel. "Son of Thunder: Stephen Crane and the Fourth Evangelist." *Nineteenth-Century Fiction* 24 (1969): 253-91.

Kramer, David. "Strains of Failed Populism in Stephen Crane's Spanish War Stories." *War, Literature, and the Arts: An International Journal of the Humanities* 24 (2012): 1-23.

Krause, Sydney J. "The Surrealism of Crane's Naturalism in *Maggie*." *American Literary Realism* 16:2 (1983): 253-61.

Kwait, Joseph J. "Stephen Crane and Painting." *American Quarterly* 4: (1952): 331-38.

Lavers, Norman. "Order in the *Red Badge of Courage*." *University Review* (Kansas City) 32 (1966): 287-95.

Lawlor, Mary. *Recalling the Wind: Naturalism and the Closing of the American West*. New Brunswick: Rutgers University Press, 2000. 139-163.

Lawson, Andrew. "Class Mimicry in Stephen Crane's City." *American Literary History* 16 (2004): 596-618.

———. "The Red Badge of Class: Stephen Crane and the Industrial Army." *Literature and History* 14:2 (2005): 53-68.

Leary, John Patrick. "America's Other Half: Slum Journalism and the War of 1898." *Journal of Transnational American Studies* 1:1 (2009): 1-33.

Leaver, Florence. "Isolation in the Work of Stephen Crane." *South Atlantic Quarterly* 61 (1962): 521-32.

Leigh, Johnson. "Foreign Incursion: Stephen Crane and Katherine Ann Porter's Tourist Violence in Mexico." *Journal of Postcolonial Cultures and Societies.* 2:1-2 (2011): 37-56.

Lolordo, Nick. "Possessed by the Gothic: Stephen Crane's 'The Monster.'" *Arizona Quarterly* 57:2 (2001): 33-56.

Lowell, Amy. Introduction to *"The Black Riders" and Other Lines. The Works of Stephen Crane.* Vol. 6. Ed. Wilson Follett. New York: Knopf, 1926. ix-xxix.

Lutes, Jean Marie. "Lynching Coverage and the American Reporter-Novelist." *American Literary History* 19:2 (2007): 456-481.

Lytle, Andrew. "'The Open Boat': A Pagan Tale." *The Hero with the Private Parts.* Baton Rouge: Louisiana State University Press, 1966. 60-75.

MacElrath, Joseph R. "Stephen Crane in San Francisco: His Reception in *The Wave.*" *Stephen Crane Studies* 2:1 (1993): 2-18.

McDonnell, Robert F., and William E. Morris. *Form and Focus.* New York: Harcourt, Brace and World. 1961. 363-400.

McFarland, Ronald E. "The Hospitality Code and Crane's 'the Blue Hotel.'" *Studies in Short Fiction* 18:4 (1981): 447-51.

McGurl, Mark. *The Novel Art: Elevations of American Fiction after Henry James.* Princeton: Princeton University Press, 2001. 78-105.

Marcus, Mordecai. "The Three-Fold View of Nature in 'The Open Boat.'" *Philological Quarterly* 41 (1962): 511-15.

———. "The Unity of *The Red Badge of Courage.*" *Text and Criticism.* Ed. Richard Lettis. New York: Harcourt, Brace, 1960. 189-95.

Marovitz, Sanford E. "Scratchy the Demon in 'The Bride Comes to Yellow Sky.'" *Tennessee Studies in Literature* 16 (1971): 137-40.

Marshall, Elaine. "Crane's 'The Monster' Seen in the Light of Robert Lewis's Lynching." *Nineteenth-Century Fiction* 51:2 (1996): 205-24.

Martin, C. John. "Childhood in Stephen Crane's *Maggie*, 'The Monster,' and *Whilomville Stories.*" *The Midwestern University Quarterly* 2 (1967):40-46.

May, Charles E. "The Unique Effect of the Short Story: A Reconstruction and an Example." *Studies in Short Fiction* 13 (1976): 289-310.

Mayer, Charles W. "Stephen Crane and the Realistic Tradition: 'Three Miraculous Soldiers.'" *Arizona Quarterly* 30 (1974): 127-34.

———. "Two Kids in the House of Chance: Crane's 'the Five White Mice.'" *Research Studies* 44 (1976): 52-57.

Meredith, James H. "One Hundred Years After the Publication of *The Red Badge of Courage* and Stephen Crane Still Draws a Crowd." *Stephen Crane Studies* 4:2 (1995): 64-68.

Metzger, Charles R. "Realistic Devices in Stephen Crane's 'The Open Boat.'" *The Midwest Quarterly* 4:1 (1962): 47-54.

Miles, Peter. "Ernest Skinner, Henry James, and the Death of Stephen Crane: A Cora Inspection." *ANQ* 8 (1995):19-26.

Milne, Gordon W. "Stephen Crane: Pioneer in Technique." *Die Neueren Sprachen* 8 (1959): 297-303.

Mitchell, Lee Clark. "Face, Race, and Disfiguration in Stephen Crane's 'The Monster.'" *Critical Inquiry* 17:1 (1990):174-192.

———. "Naturalism and the Languages of Determinism." *The Columbia Literary History*. Eds. Emory Elliott et al. New York: Columbia University Press, 1988. 534-49.

Mitchell, Verner D. "Reading 'Race' and 'Gender' in Crane's *The Red Badge of Courage*." *CLA Journal* 40 (1996): 60-71.

Monteiro, George. "After the *Red Badge*: Mysteries of Heroism, Death, and Burial in Stephen Crane's Fiction." *American Literary Realism* 28:1 (1995):66-79.

———. "Crane's 'A Man Adrift on a Small Spar.'" *Explicator* 32 (1973): Item 14.

———. "The Drunkard's Progress: Bowery Plot, Social Paradigm in Stephen Crane's *George's Mother*." *Dionysos: The Literature and Addiction TriQuarterly* 9:1 (1999): 5-16.

———. "Helen Trent." *Stephen Crane Studies* 13:2 (2004): 32-3.

———. "Judge William Howe Crane Gets His Wild Boar." *Stephen Crane Studies* 16:2 (2007): 21-25.

———. "The Logic beneath 'the Open Boat.'" *The Georgia Review* 26 (1972): 326-35.

———. "The Publication of 'A Fishing Adventure' in *Collier's Weekly*." *Stephen Crane Studies* 12:1(2003): 2-3.

———. "The Publication of 'Diamonds and Diamonds.'" *Stephen Crane Studies* 10:1 (2001): 8-10.

———. "Stephen Crane's 'Yellow Sky' Sequel." *Arizona Quarterly* 30: (1974): 119-26.

———. "Text and Picture in 'The Open Boat.'" *Journal of Modern Literature* 11 (1984): 307-11.

———. "Whilomville as Judah: Crane's 'A Little Pilgrimage.'" *Renascence* 19 (1967): 184-89.

———. "With Proper Words (or without Them) the Soldier Dies: Stephen Crane's 'Making an Orator.'" *Cithara: Essays in the Judaeo-Christian Tradition* 9:2 (1970): 64-72.

Morace, Robert A. "Games, Play, and Entertainments in Stephen Crane's 'the Monster.'" *Studies in American Fiction* 9:1 (1981): 65-81.

——. "Stephen Crane's 'the Merry-Go-Round': An Earlier Version of 'the Pace of Youth.'" *Studies in the Novel* 10 (1978): 146-53.

Morgan, H. Wayne. "Stephen Crane: The Ironic Hero." *Writers in Transition: Seven Americans.* New York: Hill and Wang, 1963. 1-22.

Mulcaire, Terry. "Progressive Visions of War in 'The Red Badge of Courage' and 'The Principles of Scientific Management.'" *American Quarterly* 43:1 March (1991):46-72.

Myers, Robert M. *Reluctant Expatriate: The Life of Harold Frederic.* Westport: Greenwood Press, 1995. 145-149.

Nagel, James. "The American Short-Story Cycle and Stephen Crane's Tales of Whilomville." *American Literary Realism* 32:1 (1999):35-42.

——. "Donald Pizer, American Naturalism, and Stephen Crane." *Studies in American Naturalism*.1:1-2 (2006) 30-35.

——. "Impressionism in 'the Open Boat' and 'A Man and Some Others.'" *Research Studies* 43 (1975): 27-37.

——. "The Narrative Method of 'the Open Boat.'" *Revue des Langues Vivantes* 39 (1973): 409-17.

——. "Stephen Crane and the Narrative Methods of Impressionism." *Studies in the Novel* 10 (1978): 76-85.

——. "Stephen Crane's Stories of War: A Study of Art and Theme." *North Dakota Quarterly* 43 (1975): 5-19.

——. "Stephen Crane's 'the Clan of No-Name.'" *Kyushu American Literature* 14 (1972): 34-42.

——. "Structure and Theme in Crane's 'an Experiment in Misery.'" *Studies in Short Fiction* 10 (1973): 169-74.

Naito, Jonathan Tadashi. "Cruel and Unusual Light: Electricity and Effacement in Stephen Crane's *The Monster*." *Arizona Quarterly* 62 (2006): 35-63.

Napier, James. "Land Imagery in 'The Open Boat.'" *CEA Critic* 29:7 (1967): 15.

Nelson, Ronald J. "A Possible Source for the Palace Hotel in Stephen Crane's 'The Blue Hotel.'" *Stephen Crane Studies* 8:1 (1999): 2-12.

Newmiller, William E. "The Color of War: A Computer Analysis of Color in *The Red Badge of Courage*." *War, Literature and the Arts* (Special Edition, "Stephen Crane in War and Peace," 1999): 141-46.

Newton, Adam Zachery. "Creating the Uncreated Features of His Face: Monstration in Crane, Melville, and Wright." *Narrative Ethics.* Cambridge: Harvard University Press, 1995. 175-239.

Noble, David W. "Norris, Crane, Dreiser." *The Eternal Adam and the New World Garden: The Central Myth in the American Novel Since 1830*. New York: George Braziller, 1968. 115-23.

Nothstein, Todd W. "Performance and Perspective on a Space-Lost Bulb: The Value of Impressionism in Stephen Crane's 'the Blue Hotel'." *EAPSU Online: A Journal of Critical and Creative Work* 5 (2008): 193-211.

Oates, Joyce Carol. "Imaginary Cities: America." *The Profane Art: Essays and Review*. New York: Dutton, 1983: 9-34.

Oehlschlaeger, Friz. *Love and Good Reasons: Postliberal Approaches to Christian Ethics and Literature*. Durham: Duke University Press, 2003. 212-250.

———. "Stephen Crane, Ripley Hitchcook, and Maggie: A Reconsideration." *Journal of English and Germanic Philology* 97 (1998): 34-50.

Orr, John C. "A Red Badge Signifying Nothing: Henry Fleming's Cooperate Self." *War, Literature and the Arts* (Special Edition, "Stephen Crane in War and Peace," 1999), pp. 57-71.

Øverland, Orm. "The Impressionism of Stephen Crane: A Study in Style and Technique." *Americana Norvegica: Norwegian Contributions to American Studies* 1 (1966): 239-85.

O'wen, Guy, Jr. "Crane's 'The Open Boat' and Conrad's 'Youth.'" *Modern Language Notes* 73 (1958):100-102.

Parades, Raymund A. "Stephen Crane and the Mexico." *Western American Literature* 6 (1971): 31-38.

Parker, Harshel. "The Talented Ripley Hitchcock." *American Literary Realism* 43:2 (2011): 175-182.

Pease, Donald. "Fear, Rage, and the Mistrials of Representation in *The Red Badge of Courage*." *American Realism: New Essays*. Ed. Eric J. Sundquist. Baltimore: Johns Hopkins University Press, 1982. 155-75.

Perosa, Sergio. "Naturalism and Impressionism in Stephen Crane's Fiction." *Stephen Crane: A Collection of Critical Essays*. Ed. Maurice Bassan. Englewood Cliffs, NJ: Prentice-Hall, 1967. 80-94.

Petry, Alice Hall. "Stephen Crane's Elephant Man." *Journal of Modern Literature* 10:2 (1983): 346-52.

Petty, Scott. "The Veracious Narrative of 'An Experiment in Misery': Crane's Park Row and Bowery." *Stephen Crane Studies* 3:1 (1994) 2-10.

Pizer, Donald, "Bad Critical Writing." *Philosophy and Literature* 22 (1998): 69-82.

———,ed. *The Cambridge Companion to American Realism and Naturalism: From Howells to London*. Cambridge: Cambridge University Press, 1995. 154-177.

——. "From a Home to the World: Stephen Crane's *George's Mother.*" *Papers on Literature and Language* 32 (1996): 277-90.
——. "The Garland-Crane Relationship." *Huntington Library Quarterly* 24:1 (1960):75-82.
——. "Maggie and the Naturalistic Aesthetic of Length." *American Literary Realism* 28:1 (1995):58-65.
——. "Self-Censorship and Textual Editing." *Textual Criticism and Literary Interpretation.* Ed. Jerome J. McGann. Chicago: University of Chicago Press, 1985:144-61.
——. "What Unit Did Henry Belong to at Chancellorsville, and Does *It* Matter?" *Stephen Crane Studies* 16:1 (2007): 2-13.
Puskar, Jason. *Accident Society: Fiction, Collectivity, and the Production of Chance*. Stanford: Stanford University Press, 2012. 65-107.
Rahv, Philip. "Fiction and the Criticism of Fiction." *Kenyon Review* 18 (1956): 276-99.
Randel, William. "The Cook in 'The Open Boat.'" *American Literature* 34 (1962): 405-11.
Rath, Sura P., and Mary Neff Shaw. "The Dialogic Narrative of 'the Open Boat.'" *College Literature* 18:2 (1991): 94-106.
Rechnitz, Robert M. "Depersonalization and the Dream in '*The Red Badge of Courage.*'" *Studies in the Novel* 6:1 (1974):76-87.
Reckson, Lindsay V. "'A Reg'lar Jim Dandy': Archiving Ecstatic Performance in Stephen Crane." *Arizona Quarterly* 68:1 (2012): 55-86.
Rich, Charlotte. "Nora Black and the New Woman in *Active Service.*" *War, Literature and the Arts* (Special Edition, "Stephen Crane in War and Peace," 1999): 223-35.
Robertson, Jamie. "Stephen Crane, Eastern Outsider in the West and Mexico." *Western American Literature* 13 (1978): 243-57.
Robertson, Michael. "The Cultural Work of *Active Service.*" *American Literary Realism* 28:2 (1996): 1-10.
——. "Stephen Crane's *Other* War Masterpiece.*" War, Literature, and the Arts* (Special Edition, "Stephen Crane in War and Peace," 1999): 160-71.
Rogers, Rodney O. "Stephen Crane and Impressionism." *Nineteenth-Century Fiction* 24 (1969): 292-304.
Rowan, Jamin." Stephen Crane and Methodism's Realism: Translating Spiritual Sympathy into Urban Experience." *Studies in American Fiction* 36:2 (2008):133-154.
Saunders, Judith P. "Wharton's Borrowing from Crane's *Maggie* in the Age of Innocence." *Edith Wharton Review* 19:1(2003): 1, 4-8.
Schaefer, Michael W. "'Heroes Had No Shame in Their Lives': Manhood, Heroics, and Compassion in the *Red Badge of Courage* and 'a Mystery of Heroism.'" *War, Literature, and the Arts: An International Journal of the Humanities* 18:1-2 (2006): 104-13.

———. " ' I... Do Not say That I am Honest' : Stephen Crane's Failure of Artistic Nerve in 'The Open Boat.' " *Philological Review* 31 (2005) 1-16.

———. "Life during Wartime-And After: Some Thoughts on Stephen Crane's Spitzbergen Tales." *War, Literature and the Arts* (Special Edition, "Stephen Crane in War and Peace," 1999):209-22.

Schellhorn, G. C. "Stephen Crane's 'The Pace of Youth.' " *Arizona Quarterly* 25 (1969): 334-42.

Schneider, Robert W. "Stephen Crane: The Promethean Protest." *Five Novelists of the Progressive Era.* New York: Columbia University Press, 1965. 60-111.

Schnitzer, Deborah. " 'Ocular Realism' : The Impressionism Effects of an 'Innocent Eye.' " *The Pictorial in Modern Fiction from Stephen Crane to Ernest Hemingway.* Ann Arbor: University of Michigan Press, 1988. 7-62.

Sears, Stephen W. *Chancellorsville.* Boston: Houghton Mifflin Company, 1996. 509-11.

Seltzer, Mark. "Statistical Persons." *Diacritics: A Review of Contemporary Criticism* 17:3 (1987): 82-98.

Shanahan, Daniel. "The Army Motif in *The Red Badge of Courage* as a Response to Industrial Capitalism." *Papers in Language and Literature* 32 (1996): 399-409.

Shaw, Mary Neff. "Crane's 'The Sergeant's Private Mad-House.' " *Explicator* 58 (2000): 204-6.

———. " 'The Kicking Twelfth' : Stephen Crane's Demythologized Dramatization of War and Heroism." *Short Story* 1 (1993): 84-93.

———. "Stephen Crane's 'An Episode of War' : A Demythologized Dramatization of Heroism." *Studies in Contemporary Satire* 18 (1991) 26:34.

———. " 'Three Miraculous Soldiers' : A Satire on Romanticized Notions of Traditional Heroism." *Studies in Contemporary Satire* 17 (1990): 58-64.

Shi, David E. *Facing Facts: Realism in American Thought: 1850-1920.* Oxford: Oxford University Press, 1995. 223-250.

Shroeder, John W. "Stephen Crane Embattled." *University of Kansas City Review* XVII (1950):119-129.

Shulman, Robert. "Community, Perception, and the Development of Stephen Crane: From *The Red Badge* to The Open Boat." *American Literature* 50:3 (1978):441-460.

Simoneaux, Katherine G. "Color Imagery in Crane's *George's Mother.*" *College Language Association Journal* 14 (1971): 410-19.

Sojka, George S. "Stephen Crane's 'A Little Pilgrim' : Whilomville's Young Martyr." *Notes on Modern American Literature* 3 (1977):3.

Solomon, M. "Stephen Crane: A Critical Study." *Masses & Mainstream* 9:1-2 (1956): 25-47, 31-42.

——. "Stephen Crane's War Stories." *Texas Studies in Literature and Language* 3 (1961): 67-80.

Sorrentino, Paul. "The Legacy of Thomas Beer in the Study of Stephen Crane and American Literary History." *American Literary Realism* 35:3 (2003): 187-211.

——. "Nelson Green's Reminiscences of Stephen Crane." *RALS* 24:1(1998): 49-83.

——. The Philistine Society's Banquet for Stephen Crane." *American Literary Realism* 15 (1982): 232-38.

——. "A Re-Examination of the Relationship between Stephen Crane and W. D. Howells." *American Literary Realism* 34:1 (2001): 47-65.

——. "Stephen Crane's Manuscript of 'The Devil's Acre." *Papers of the Bibliographical Society of America* 94 (2000): 427-32.

——. "Stephen Crane's Sources and Allusions in 'The Bride Comes to Yellow Sky' and 'Moonlight on the Snow.'" *American Literary Realism* 40:1 (2007):52-65.

——. "Stephen Crane's Struggle with Romance in *The Third Violet*." *American Literature* 70 (1998) : 265-91.

Stallman, Wooster R. "Crane's Short Stories." *The House That James Built*. East Lansing: Michigan State University Press, 1961. 103-110.

——. "Fiction and Its Critics: A Reply to Mr. Rahv." *Kenyon Review* 19 (1957): 290-99.

——. Introduction to the Modern Library Edition of *The Red Badge of Courage*. New York: Random House, 1951.v-xxxiii.

——. Introduction to *Stephen Cranes: Letters*. London: Peter Owen, 1960. vii-xv.

——. "Stephen Crane: A Reevaluation." *Critiques and Essays on Modern Fiction: 1920-51*. Ed. John Aldridge. New York: Ronald, 1952. 244-69.

Stein, William Bysshe. "Stephen Crane's *Homo Absurdus*." *Bucknell Review* 8 (1959):168-88.

Stone, Edward. "Introducing Private Smithers." *Georgia Review* 16 (1962): 442-45.

Stronks, James B. "A Realist Experiments with Impressionism: Hamlin Garland's 'Chicago Studies.'" *American Literature* 36 (1964): 38-52.

Swann, Charles. "Stephen Crane and a Problem of Interpretation." *Literature and History* 7 (1981): 91-123.

Thrailkill, Jane F. "Pragmatism and the Evolutionary Child." *American Literary History* 24:2 (2012): 265-280.

Travis, Jennifer. *Wounded Hearts: Masculinity, Law, and Literature in American Culture*. Chapel Hill: The University of North Carolina, 2005. 46-50.

Traxel, David . "Stephen Crane & Richard Harding Davis — An Unlikely Friendship." *War, Literature and the Arts* (Special Edition, "Stephen Crane in War and Peace," 1999): 11-22.

Tritt, Michael. "The Tower of Babel and the Skyscrapers in Stephen Crane's 'An Experiment in Misery.'" *ANQ: A Quarterly Journal of Short Articles, Notes, and Reviews* 16:2 (2003): 46-51.

Vanouse, Donald. "Hobby-Horses, Horseplay, and Stephen Crane's 'Black Riders.'" *The Courier* 13.3:4 (1976): 28-31.

———. "The 'Rejoinder' to Stephen Crane from a Royal Irish Constable." *Stephen Crane Studies* 13:1 (2004): 14-18.

———. "Stephen Crane in Cuba: From Jingoism to Criticism." *Stephen Crane Studies* 11:2 (2002): 23-32.

———. "Stephen Crane's Reports from Occupied Ireland." *Stephen Crane Studies* 5 (1996): 7-15.

———. "Women in the Writings of Stephen Crane: Madonnas of the Decadence." *Southern Humanities Review* 12 (1978): 141-48.

Vorpahl, Ben Merchant. "Murder by the Minute: Old and New in 'The Bride Comes to Yellow Sky.'" *Nineteenth-Century Fiction* 26 (1971): 196-218.

Waggoner, Hyatt H. "Stephen Crane." *Americans Poets from the Puritans to the Present.* Boston: Houghton Mifflin, 1968. 240-49.

Walcutt, Charles Child. "Stephen Crane: Naturalism and Impressionism." *American Literary Naturalism; A Divided Stream.* Minneapolis: University of Minnesota Press, 1956. 66-86.

Warren, Robin O. "The Cuban Insurrection and Northeast Florida in 'Stephen Crane's Own Story' and 'The Open Boat.'" *Stephen Crane Studies* 8:1 (1999): 8-19.

Weiss, Daniel. "'*The Red Badge of Courage.*'" *Psychoanalytic Review* 52 : 2-3 (1965): 32-52; 130-54.

Wertheim, Stanley. "Cora Crane's Thwarted Romance." *Columbia Library Columns* 36:1 (1986): 26-37.

———. "Crane and Garland: The Education of an Impressionist." *North Dakota Quarterly* 35 (1967): 23-28.

———. "Frank Norris's 'Green Stones of Unrest.'" *Frank Norris Studies* 15 (1993): 5-8.

———, ed. *Introduction to The Merrill Studies in Maggie and George's Mother.* Columbus: Charles Merrill, 1970. iii-viii.

———. "The New York City Topography of *Maggie* and *George's Mother.*" *Stephen Crane Studies* 17:1(2008): 2-12.

———. "Stephen Crane and the Wrath of Jehova." *Stephen Crane: Modern Critical Views.* Ed. Harold Bloom. New York :Chelsea House, 1987. 41-48.

———. "Stephen Crane's 'A Detail.'" *Markham Review* 5 (1975): 14-15.

———. "Two Yellow Kids: Frank Norris and Stephen Crane." *Frank Norris Studies* 27

(1999): 2-6.

———. "Unraveling the Humanist: Stephen Crane and Ethnic Minorities." *American Literary Realism* 30:3 (1998): 65-75.

Wertheim, Stanley, and Paul Sorrentino. "Thomas Beer: The Clay Feet of Stephen Crane Biography." *American Literary Realism* 22 (1990): 2–16.

West, Ray B., Jr. "Stephen Crane: Author in Transition." *American Literature* 34:2 (1962):215-228

Westbrook, Max. "Stephen Crane: The Pattern of Affirmation." *Nineteenth-Century Fiction* 14 (1959): 219-29.

———. "Stephen Crane and the Personal Universe." *Modern Fiction Studies* 8(1962): 351-60.

———. "Stephen Crane's Poetry: Perspective and Arrogance." *Bucknell Review* 11:4 (1963): 24-34.

———. "Stephen Crane's Social Ethic." *American Quarterly* 14 (1962): 587-96.

Wilson, Christopher P. "The Pace of Youth: Stephen Crane's Rhetoric of Amusement." *Journal of American Culture* 6 (1983): 31-38.

———. "Stephen Crane and the Police." *American Quarterly* 48:2 (1996):273-315.

Wilson-Jordan, Jacqueline. "Teaching a Dangerous Story: Darwinism and Race in Stephen Crane's 'The Monster.' " *Eureka Studies in Teaching Short Fiction* 8:1 (2007): 62-69.

Wolosky, Shira. *Poetry and Public Discourse in Nineteenth-Century America*. New York: Palgrave Macmillan, 2010. 201-210.

Wolter, Jurgen. "Drinking, Gambling, Fighting, Paying: Structure and Determinism in 'the Blue Hotel.' " *American Literary Realism* 12 (1979): 295-98.

Yanikoski, Charles. "Stephen Crane's Inamorata: The Real Amy Leslie." *Syracuse University Library Associates: Courier* 33 (2001): 117-133.

12. 索　引

(A) 人名（50音順）

過去の人物で生没年が不明な者は？で示す。現存の研究者については原則として空欄とした。

あ

アーサー、ティモシー・シェイ　Arthur, Timothy Shay (1809-1885)　**138**
秋山真之　Akiyama, Masayuki (1868-1918)　**305**
アズベリー、フランシス　Asbury, Francis (1745-1816)　**20**
アルジャー、ホレイショ　Alger, Horatio, Jr. (1832-1899)　**174**
アルジャー、ラッセル・A　Alger, Russell A. (1836-1907)　**291, 315**
アルベルティ、エヴァ・アレン（マダム・アルベルティ）　Alberti, Eva Allen (Madame Alberti) (?-?)　**439**
アレヴィ、ジャック＝フロマンタル　Halévy, Jacques-Fromental (1799-1862)　**220**
アレキサンダー、エベン　Alexander, Eben (1851-1911)　**60, 265**
アロンゾ、ジュアン・J　Alonzo, Juan J.　**219**
アンダスン、シャーウッド　Anderson, Sherwood (1876-1941)　**65**

い

イーヴリン、イーディス　Evelyn, Edith (?-?)　**62-63**
イーキンズ、トマス　Eakins, Thomas (1848-1916)　**66**
イェイツ、ウィリアム・バトラー　Yeats, William Butler (1865-1939)　**360**
イプセン、ヘンリック　Ibsen, Henrik Johan (1828-1906)　**18, 410**
イングリッシュ、フィービー　English, Phebe (?-?)　**14**

う

ヴァージル　Vergil (70-19 B.C.)　**200**
ウィーラー、（ジョージ・）ポスト　Wheeler, (George) Post (1869-1956)　**10-11, 31, 80**
ウィーラー、ジョセフ　Wheeler, Joseph (1836-1906)　**289**
ウィガム、ヘンリー・J　Wigham, Henry J. (?-?)　**292**
ウィザビー、シドニー・A　Witherbee, Sidney A. (?-?)　**388**
ウィッカム、ハーヴェイ　Wickham, Harvey (?-?)　**14**
ウィラード、ジョシュア　Willard, Joshua (?-?)　**118**
ウィリアムズ、アレキサンダー・S（「クラバー・ウィリアムズ」）　Williams, Alexander S. (1839-1917)：" Clubber Williams"　**164**
ウィリアムズ、タルコット　Williams, Talcott (1849-1928)　**188**
ウィリアムズ、ハーバート・P　Williams, Herbert P. (1871-?)　**38**
ウィルクスン、フランク　Wilkeson, Frank (1848-1913)　**185**
ウィルスン、エドムンド　Wilson, Edmund (1895-1972)　**64**
ウィンダム、ジョージ　Wyndham, George (1863-1913)　**189-190**
ウェイド、J・F　Wade, James F. (1843-1921)　**291**
ウェイラー、ヴァレリアーノ　Weyler, Valeriano (1838-1930)　**274, 287**
ウェルズ、H・G　Wells, George Herbert (1866-1946)　**55-56, 59-60, 63, 64, 124, 139, 170, 237, 263, 265, 277, 340-341**
ウェルチ、ハーバート　Welch, Herbert (1862-1969)　**124**

ウォートン、イーディス　Wharton, Edith
　(1862-1937)　130
ウォーナー、チャールズ・ダドリー
　Warner, Charles Dudley
　(1829-1900)　202
ヴォスバラ、R・G　Vosburgh, R.G.（?-?）154,
　176, 184, 434
ウルフォード、チェスター・L　Wolford,
　Chester L.　200, 204

え

エドワーズ、エリシャ・ジェイ　Edwards,
　Elisha Jay（1847-1924）123, 186, 188,
　360
エドワーズ、ジョナサン　Edwards,
　Jonathan（1703-1758）186
エマスン、エドウィン　Emerson, Edwin
　(1869?-1959)　292
エマスン、ラルフ・ウォルドー　Emerson,
　Ralph Waldo（1803-1882）147, 177
エリオット、T・S　Eliot, T.S.(1888-1965) 399
エリオット、ジョージ・フランク　Elliot,
　George Frank（1846-1931）289,
　301-302, 318, 332
エリクスン、デイヴィッド　Ericson, David
　(1870-?)　24, 177
エリスン、ラルフ　Ellison, Ralph
　(1914-1994)　201

お

オーツ、ジョイス・キャロル　Oates, Joyce
　Carrol（1938-）142
オーティス、エルウェル・スティーヴン
　Otis, Elwell Stephen（1838-1909）314
オールデン、ヘンリー・ミルズ　Alden,
　Henry Mills（1836-1919）406
オクスンブリッジ、ゴダルド　Oxenbridge,
　Goddard（1475-1531）55, 340

オリヴァー、アーサー　Oliver, Arthur
　(?-?)　80
オンタードンク、J・L　Onterdonk, J. L.
　(1854-1899)　190

か

カー、ルイス・E・ジュニア　Carr, Louis E.,
　Jr.（?-?）102
ガーネット、エドワード　Garnett, Edward
　(1868-1937) 45, 48, 54, 61, 63, 352, 355
カーハン、エイブラハム　Cahan, Abraham
　(1860-1951)　26, 116
カーマイケル、オットー　Carmichael, Otto
　(?-?)　291-292
カーライル、トマス　Carlyle, Thomas
　(1795-1881)　60
ガーランド、ハムリン　Garland, Hamlin
　(1860-1940)　17-19, 21, 23, 25-27, 29, 65,
　74, 77, 121, 123-124, 163, 180, 186, 213,
　291, 359, 361, 406
カールトン、サミュエル（クレインの偽名）
　Carleton, Samuel　274
カプラン、エイミー　Kaplan, Amy　295
ガラスン、トマス・A　Gullason, Thomas
　A.　93, 177, 246
カリー、マーク　Curry, Mark　103
ガンダル、キース　Gandal, Keith　134

き

ギッシング、ジョージ　Gissing, George
　(1857-1903)　55, 340
キッチェル、ジョン　Kitchell, John(?-?) 277,
　279
ギニー、ルイーズ・イマジーン　Guiney,
　Louise Imogene（1861-1920）360-361
ギブス、ジョン・ブレア　Gibbs, John Blair
　(1859-1898)　300, 327-328, 397

キプリング、ラディヤード　Kipling, Rudyard (1865-1936)　17, 19, 29, 65, 192, 317, 329, 333, 338, 351

キャザー、ウィラ　Cather, Willa (1873-1947)　32-33, 58, 187, 218, 267, 317, 376

キャッツ、ジョセフ　Katz, Joseph　65, 152

キャロル、ウィリアム・ウェアリング　Carroll, William Waring (?-?)　25, 118, 154, 176

ギルクス、リリアン　Gilkes, Lillian B. (1902-1977)　270

ギルダー、リチャード・ワトスン　Gilder, Richard Watson (1884-1909)　21, 23, 30, 124, 184, 409

ギルバート、ウィリアム　Gilbert, William Schwenck (1836-1911)　84

く

クイック、ジョン・H　Quick, John H. (1870-?)　302, 318

クイック、トム（伝説的インディアン）"Quick, Tom"　18, 104

クーパー、ジェイムズ・フェニモア　Cooper, James Fenimore (1789-1851)　18, 103, 437

ゲエリン、ジュールズ＝ナポレオン　Guérin, Jules-Napoléon (1860-1910)　432

グッドウィン、クラレンス・N　Goodwin, Clarence N. (?-?)　16

クラーク、ドーラ（別名ドーラ・ウィルキンズ・本名ルビー・ヤング）　Clark, Dora (?-?) : Dora Wilkins: Ruby Young　22, 39-40, 162-164, 274, 301, 337, 408, 443

クラウス、ネリー　Crouse, Nellie (?-1943)　22, 31, 39, 61, 168, 184, 208, 378, 383

グラント、ヒュー・J　Grant, Hugh J. (1858-1910)　179

クリールマン、アリス　Creelman, Alice (1858-1952)　63, 291-292

クリールマン、ジェイムズ　Creelman, James (1859-1915)　63, 291-292

グリーン、ネルスン　Greene, Nelson (1869-1956)　33, 154, 169, 176, 185

クレイン、アグネス・エリザベス　Crane, Agnes Elizabeth (1856-1884)　10-12, 167, 437

クレイン、イーディス　Crane, Edith F. (1886-?)　10

クレイン、ウィリアム・ハウ　Crane, William Howe (1854-1926)　11, 14-5, 19, 22, 28-29, 40-1, 43, 45-6, 57, 59-60, 103, 122, 257, 352, 406, 437

クレイン、ウィルバー・フィスク　Crane, Wilbur Fiske (1859-1918)　12, 15, 28, 68, 216

クレイン、エドムンド・ブライアン　Crane, Edmund Brian (1857-1922)　9-12, 18, 24, 28, 31, 35, 43, 45-6, 54, 57, 124, 167, 186, 208-212, 231, 235, 237, 252

クレイン、コーラ（コーラ・エセル・イートゥン・ハワース：イマジーン・カーター：レディ・スチュワート）　Crane, Cora (1865-1910) : Cora Ethel Eaton Howorth: Imogene Carter: Lady Stewart　8, 19, 28, 39, 41-45, 47-48, 50, 52-63, 93, 101, 111, 154, 167, 174, 177, 233, 252-4, 257, 260-261, 265, 266, 268-270, 274-275, 288, 291-293, 326, 344-346, 348, 351-352, 355, 383, 415, 436

クレイン、ジョージ・ペック　Crane, George Peck (1850-1903)　7, 10

クレイン、ジョナサン・クレイン（クレイン家の4代目）　Crane, Jonathan (1754-1780)　7

クレイン、ジョナサン・タウンリー　Crane, Jonathan Townley（1819-1880）　6, 8-9, 367
クレイン、ジョナサン・トゥンーリー　Crane, Jonathan Townley（pronounced "Tooneley"）（1853-1908）　12, 15, 21, 74, 79, 143
クレイン、スティーヴン（クレイン家の3代目）　Crane, Stephen（1709-1780）　7
クレイン、スティーヴン（クレイン家の初代）　Crane（Crayne), Stephen（1640?-1710?）　7
クレイン、ダニエル　Crane（Craine), Daniel（1672-1723）　68
クレイン、ヘレン（・メアリー）　Crane,（Mary）Helen（1881-1922）　59-60, 62
クレイン、ヘレン・R　Crane, Helen R.（1889-?）　28
クレイン、メアリー・ヘレン・ヴァン・ノーウィック・マレー＝ハミルトン　Crane, Mary Helen Van Nortwick Murray-Hamilton（1849-1933?）　7
クレイン、メアリー・ヘレン・ペック　Crane, Mary Helen Peck（1827-1891）　6, 9, 138, 403
クレイン、リジー・アーチャー　Crane, Lizzie Archer（?-?）　10
クレイン、ルーサー・ペック　Crane, Luther Peck（1863-1886）　7
クレイン、ロバート・ケロッグ　Crane, Robert Kellogg（1919-2010）　68
クレンデニング、ジョン　Clendenning, John　271, 320

け

ケイディー、エドウィン　Cady, Edwin H.　32
ゲーテ　Goethe, Johann Wolfgang von（1749-1832）　65, 69, 202
ケニーリー、アレキサンダー　Kenealy, Alexander C.（1865-1915）　52, 289
ケラー、ハリー　Kellar, Harry（1849-1922）　159

こ

コーウェル、J・C　Colwell, J. C.（?-?）　322-323
ゴードン、フレデリック・C　Gordon, Frederick C.（1856-1924）　24, 35, 176, 361
コープランド、ハーバート　Copeland, Herbert（?-?）　360
コーベット、ジェイムズ・J　Corbett, James J.（1866-1933）　77, 88
ゴス、ウォレン・リー　Goss, Warren Lee（1835-1925）　185
コズグレイヴ、ジョン・オハラ　Cosgrave, John O'Hara（1866-1947）　125, 140, 189, 409
コックシー、ジェイコブ・S　Coxey, Jacob S.（1854-1951）　432
ゴフ、ジョン・W　Goff, John W.（1848-1924）　179
コリン、ドゥワイト・R　Collin, Dwight R.（?-?）　363
コリンズ、ジョン・L　Collins, John L.（?-?）　185
コルヴァート、ジェイムズ・B　Colvert, James B.（1922-2013）　67, 111
コンスタンティン皇太子　Constantine, Prince of Greece（1868-1923）　44, 193, 253, 256-257, 259
コンラッド、ジェシー（・ジョージ）　Conrad, Jessie（George）（1873-1936）　47-48, 57
コンラッド、ジョセフ・Conrad, Joseph（テオドル・ユゼフ・コンラト・コジェニョフスキ（Teodor Józef Konrad

Korzeniowski) (1857-1924) 29, 45,
47-50, 55-56, 59-60, 63-64, 93, 167, 190,
196, 231-233, 277-278, 283, 287, 291,
315, 329, 333, 338, 340, 435
コンラッド、ジョン　Conrad, John
　(1906-1982)　48
コンラッド、ボーリス　Conrad, Borys
　(1898-1978)　48

さ

サッカレー、ウィリアム　Thackeray,
　William (1811-63)　21
サリーン、ガートルード　Selene, Gertrude
　(?-?)　169
サリヴァン、アーサー　Sullivan, Arthur
　Seymour (1842-1900)　84
サリヴァン、ジョン・L　Sullivan, John
　Lawrence (1858-1918)　88
サンドバーグ、カール　Sandburg, Carl
　August (1878-1967)　376
サンプスン、ウィリアム・T　Sampson,
　William T. (1840-1902)　52, 288-289,
　296-297, 299, 314, 327

し

シール、ジョージ・M　Theal, George M.
　(1837-1919)　343
ジェイムズ、ウィリアム　James, William
　(1842-1910)　412
ジェイムズ、ヘンリー　James, Henry
　(1843-1916)　29, 45, 55-56, 59, 61, 64-65,
　169, 181, 338, 340-341
ジェラルド、ルイーズ　Gerard, Louise
　(?-?)　81
シェリー、メアリー・ウルストンクラフト・
　ゴドウィン　Shelly, Mary
　Wollstonecraft Godwin (1797-1851)　409
シドベリー、エドナ・クレイン　Sidbury,
　Edna Crane (1886-1927)　406

柴五郎　Goro, Shiba (1860-1945)　305
シャーマン、ウィリアム・T　Sherman,
　William Tecumseh (1820-1891)　190
ジャイルズ、ロナルド・K　Giles, Ronald
　K.　66
ジャクスン、ストーンウォール　Jackson,
　Thomas Jonathan "Stonewall"
　(1824-1863)　185
シャフター、ウィリアム・R　Shafter,
　William Rufus (1835-1906)　287, 327
シュリー、ウィンフィールド・スコット
　Shley, Winfield Scott (?-?)　299
ジョーンズ、イーディス・リッチー　Jones,
　Edith Richie (?-?)　55, 57, 341, 396-397
ジョコサ、H・F（T）（クレインの偽名）
　Jokosa, H.F. (H. T.)　159
ショバリン、メルヴィン　Schoberlin,
　Melvin H. (1912-1977)　10, 168
ジョンスン、ウィリス・フレッチャー
　Johnson, Willis Fletcher (1857-1931)　75,
　89, 102, 124
ジョンスン、ジェイムズ・W　Johnson,
　James W. (?-?)　29
ジンマーマン、アーサー・オーガスタス
　Zimmerman, Arthur Augustus
　(1869-1936)　88

す

スィフト、ジョナサン　Swift, Jonathan
　(1667-1745)　178
スキナー、アーネスト・B　Skinner,
　Ernest B. (?-?)　59, 69
スコヴェル、シルヴェスター　Scovel,
　Henry Sylvester (1869-1905)　52, 252,
　288-290, 296, 321, 326-327
スコット、ウォルター　Scott, Walter
　(1771-1832)　192

スターレット、ヴィンセント・スターレット
　Starrett, Vincent（1886-1974）　64, 171,
　376
スタンリー、ヘンリー・M　Stanley,
　Henry M.（1841-1904）　13, 75
スチュワート、ドナルド・ウィリアム
　Stewart, Donald William（1860-1905）　42
スティーヴンス、ウォレス　Stevens,
　Wallace（1879-1955）　62
スティーヴンスン、ロバート・ルイス
　Stevenson, Robert Lewis（1850-1894）　29,
　360
スティグリーツ、アルフレッド　Stieglitz,
　Alfred（1864-1946）　121
スティムスン、ジョン・ウォード　Stimson,
　John Ward（1850-1930）　86
ストークス、ジョン・スコット　Stokes,
　John Scott（?-1918）　55, 291
ストールマン、R・W　Stallman, R.W.
　（1924-1977）　10, 65-66, 82, 168, 176-178,
　195-196, 225, 246, 260, 314, 330-331,
　422
ストラスモア、エロール・ヴァン・ダイク
　Strathmore, Erroll Van Dyck（?-?）　147
ストレイチー、リットン　Strachey, Giles
　Lytton（1880-1932）　168
ストロング、ウィリアム・L　Strong,
　William L.（1827-1900）　179
スプリングスティーン、ブルース
　Springsteen, Bruce（1949-）　68
スミス、ジョンストン（クレインの仮名）
　Smith, Johnston　22, 122
スミス、ハリー・B　Smith, Harry Bache
　（1860-1936）　24, 145
スメドリー、ウィリアム・T　Smedley,
　William T.（1850-1920）　280
スモレンスキー大佐（Colonel）Smolenski,
　Constatine（1842-1915）　253, 255-256,
　259-260

スロール、チャールズ・H　Thrall, Charles H.
　（1871-1950）　52, 297, 330
スローン、ジョン　Sloan, French John
　（1871-1951）　433
スワン、チャールズ　Swann, Charles　66

せ

聖ステファーノ（スティーヴン）　St.
　Stefano（?-35 or 36）　426, 429
セジウィック、アーサー・ジョージ
　Sedgwick, Arthur George
　（1844-1915）　125
セテワヨ、ズールー族（自称）王
　Cetewayo, "King" of the Zulus
　（1826-1884）　76, 81, 88-89
セルヴェラ、パスクワル　Cervera y
　Topete, Pascual（1839-1909）　289, 297,
　299
センガー、ルイス・C・ジュニア　Senger,
　Louis C., Jr.（?-?）　102, 151-152, 185-186

そ

ゾラ、エミール　Zola, Émile François
　（1840-1902）　24, 125, 138, 146, 184, 187,
　189
ソレンティーノ、ポール　Sorrentino,
　Paul　66, 369
ソンタグ、ウィリアム・L・ジュニア
　Sonntag, William L., Jr.（1869-1898）　339

た

タルミッジ、T・D　Talmage, Thomas De
　Witt（1832-1902）　131

ち

チェンバース、ジュリアス　Chambers,
　Julius（1850-1920）　254

12. 索　引　　481

チェンバレン、サミュエル・S
　Chamberlain, Samuel S.(1851-1916) 252,
　290
チャーチル、ウィンストン　Churchill,
　Winston Leonard Spencer
　(1874-1965)　55, 57, 326
チャーチル、ジョン・ウィンストン・スペン
　サー　第7代マールバラ公爵　Churchill,
　John Winston Spencer, 7th Duke of
　Marlborough (1822-1883)　326
チャーチル、レディ・ランドルフ・スペンサー
　Churchill, Lady Randolph Spencer
　(1854-1921)　57, 326

て

デイ、フレッド・ホーランド　Day, Fred
　Holland (1864-1933)　360-361
ティース、アルバート・G　Thies, Albert G.
　(?-?)　16, 76, 81, 88-89
ディール、コンラッド・ロッシ　Diehl,
　Conrad Rossi (1842-1933)　87
デイヴィーズ、アクトン　Davies, Acton
　(1870-1928)　184
デイヴィス、リチャード・ハーディング
　Davis, Richard Harding (1864-1916)　44,
　46, 53, 252, 255, 271, 289-290, 295, 315,
　336
デイヴィス、リンダ・H　Davis, Linda H.
　(1953-)　409
デイヴィス、ロバート・ハーディング
　Davis, Robert Harding (1869-1942)　191
ディクスン師、トマス　(The Rev.) Dixon,
　Thomas (1864-1946)　126
テイバー、ハリー・P　Taber, Harry
　Persons (1865-?)　35-37
テイラー、フレデリック　Taylor, Frederick
　(1865-1915)　201
ディキンスン、エミリー　Dickinson, Emily
　(1830-86)　23, 25, 362

テニスン、アルフレッド　Tennyson, Alfred
　(1809-1892)　281, 400, 419-420
デピュー、チョーンシー・M　Depew,
　Chauncey M. (1834-1928)　147-148
デフォー、ダニエル　Defoe, Daniel
　(1660-1731)　178
デュ・モーリエ、ジョルジュ　Du Maurier,
　George (1834-1896)　167
デルサルト、フランソワ　Delsarte, François
　Alexandre Nicolas Chéri (1811
　-1871)　87, 439

と

ド・フリーゼ、キャサリン　De Friese,
　Katharine (?-?)　60-61
ド・フリーゼ、ラファイエット・ホイト
　De Friese, Lafayette Hoyte
　(1852-1928)　60-61
トゥエイン、マーク　Twain, Mark
　(1835-1910)　29, 31, 37, 65, 343, 373, 428
ドライサー、セオドア　Dreiser, Theodore
　(1871-1945)　132, 138
トラヴィス、ジェニファー　Travis, Jennifer
　(?-?)　66
トルストイ　Tolstoy, Lev Nikolayevich
　(1828-1910)　184, 187, 189
トルドー、E・L　Trudeau, Edward
　Livingston (1848-1915)　53, 291
トルミー、アドニー・トルミー　Ptolemy,
　Adoni (?-?)　253
トルミー、コンスタンティン　Ptolemy,
　Constantin (?-?)　253
トレイル、H・D　Traill, Henry Duff
　(1842-1900)　124
トレント・ヘレン（架空？）　167

に

ニコライ2世　Nicholai II (1868-1917)　313

ニューウェル、ピーター　Newell, Peter
（1862-1924）　406, 408

の

ノートン、キャロライン　Norton, Caroline
（1808-1877）　280
ノートン、メラニー・エリザベス　Norton,
Melanie Elizabeth（?-?）　387
ノクスン、フランク・W　Noxon, Frank W.
（1873-1945）　17, 94, 124, 202
ノグチ、ヨネ（野口米次郎）　Noguchi, Yone
（1875-1947）　36, 274
ノリス、フランク　Norris, Frank
（1870-1902）　50-51, 69, 171, 189, 288,
295

は

バー、マーク　Barr, Mark（1871-1950）　7,
55
バー、メイベル　Barr, Mabel（?-?）　55
バー、ロバート　Barr, Robert
（1850-1912）　60, 62, 340, 351-352, 355,
376
パーカー、ウォルター　Parker, Walter
（?-?）　292, 383
パーカー、オールトン・ブルックス
Parker, Alton Brooks（1852-1926）　55
ハーゲマン、E・R　Hagemann, E. R.　178,
260, 314
バージン、ジョージ・ブラウン　Burgin,
George Brown（1856-1944）　435
ハースト、ウィリアム・ランドルフ
Hearst, William Randolph
（1863-1951）　41, 50, 172, 252, 265, 287,
291, 293, 311
ハーディー、トマス　Hardy, Thomas
（1840-1928）　124, 373

バーネット、フランシス・ホッジスン
Burnett, Frances Hodgson
（1849-1924）　360, 407
パイク、ゴードン　Pike, Gordon
（1865-1925）　145
パイク、チャールズ・J　Pike, Charles J.
（1866-1911）　145
ハインド、C・ルイス　Hind, C. Lewis
（1862-1927）　341
ハヴィ、H・C　Hovey, H.C.（?-?）　15, 76, 82
ハウエルズ、ウィリアム・ディーン
Howells, William Dean
（1837-1920）　17-19, 23, 25-27, 31, 37, 65,
74, 77, 90, 116, 123-124, 142, 153, 169,
191, 343, 362, 409
ハウスマン、A・E　Houseman, Alfred
Edward（1859-1936）　191
ハガード、ライダー　Haggard, Rider
（1865-1925）　340
ハサウェー2世、オデル・スネドゥン
Hathaway, Odell Sneden II
（1872-1934）　14
バス、ジョン　Bass, John
（1866-1931）　253-254
バチェラー、アーヴィング　Bacheller,
Irving（1859-1950）　27, 29-30, 37, 41,
43, 179, 187, 218, 226, 228, 274-275, 290
バチェラー、エドワード　Batchelor,
Edward（?-?）　94-95
バックリー、ジェイムズ・M　Buckley,
James M.（1836-1920）　62
バトゥン、ルーシャス・ルーシン　Button,
Lucius Lucine（?-?）　22-23, 31
ハネカー、ジェイムズ・ギボンズ　Huneker,
James Gibbons（1860-1921）　179-180
ハバード、エルバート　Hubbard, Elbert
（1856-1915）　35-37, 192, 275, 363-364,
377

12. 索　引　483

ハミルトン、アレキサンダー　Hamilton,
　Alexander（1755-1804）　147
バリー、ジョン・D　Barry, John D.
　（1866-1942）　23, 25, 123, 140, 359-60,
　376, 408, 419
ハリス、キャサリン　Harris, Catherine（架
　空？）　126
ハリスン、ベンジャミン　Harrison,
　Benjamin（1833-1901）　80
ハリバートン、デイヴィッド　Halliburton,
　David（1934-2014）　201, 364
ハリマン、カール・エドウィン　Harriman,
　Karl Edwin（1875-1935）　45, 61, 376
バルフォア、アーサー・ジェイムズ
　Balfour, Arthur James（1848-1930）　343
パレデス、レイモンド　Paredes,
　Raymond　219
ハワース、ジョン　Howorth, John（?-?）　42
バワーズ、フレッドスン　Bowers, Fredson
　Thayer（1905-1991）　65, 322
パンド、ルイ・マヌエル・ドゥ・イ・サン
　チェス　Pando, Luis Manuel de y
　Sánchez（1846-1927）　301, 312

ひ

ビア、トマス　Beer, Thomas（1889-1940）　10,
　45, 64, 120, 126, 167-8, 179, 181, 238
ビアス、アンブローズ　Bierce, Ambrose
　（1842-1914?）　17, 20, 108, 191, 205, 214,
　216
ピアス、ジェニー　Pierce, Jennie（?-?）　14
ビアズリー、オーブリー　Beardsley,
　Aubrey（1872-1898）　35, 362, 391
ピアスン、アーサー・C　Pearson, Cyril
　Arthur（1866-1921）　435
ビーヴァー、ハロルド　Beaver, Harold
　L.　200
ピーズリー、クラレンス・ルーミス
　Peaslee, Clarence Loomis（1871-?）　17

ヒギンス、ビリー（・ウィリアム）　Higgins,
　Billly（William）（?-1897）　275, 277-278
ヒギンスン、トマス・ウェントワース
　Higginson, Thomas Wentworth
　（1823-1911）　37, 189, 362, 376
ビゲロー、ポウルトニー　Bigelow, Poultney
　（1855-1954）　62-63
ヒッチコック、リプリー　Hitchcock, Ripley
　（1857-1918）　33-4, 37, 46, 177, 187, 190
ピュー、エドウィン　Pugh, Edwin
　（1874-1930）　340
ヒューズ、ハワード　Hughes, Howard
　（1905-1976）　34, 123
ヒューズ、ルパート　Hughes, Rupert
　（1872-1956）　34, 123, 189, 376
ピューリツァー、ジョセフ　Pulitzer, Joseph
　（1847-1911）　41, 50, 265, 287, 290-291
ヒリアード、ジョン・ノーザン　Hilliard,
　John Northern（1872-1935）　24, 364
ヒル、アロンゾ・F　Hill, Alonzo F.
　（1838-1896）　185
ヒル、デイヴィッド・ベネット　Hill, David
　Bennett（1843-1910）　179
ピンカー、ジェイムズ・B　Pinker, James B.
　（1864?-1922）　54, 58, 177, 403, 415
ヒンマン、ウィルバー・F　Hinman, Wilbur
　F.（1840-1905）　185

ふ

フィッツジェラルド、スコット　Fitzgerald,
　Francis Scott（1896-1940）　164
フィリップス、ジョン・S　Phillips, John S.
　（1861-1949）　27, 205
フィリップス、スティーヴン　Phillips,
　Stephen（1864-1915）　338
フォークナー、ウィリアム　Faulkner,
　William（1897-1962）　109, 192
フォーセット、エドガー　Fawcett, Edgar
　（1847-1904）　125

フォード、マドックス・フォード　Ford, Ford Madox（1873-1939）　45, 236, 419
フォーブス＝ロバートソン、サー・ジョンストン（Sir）Forbes-Robertson, Johnston（1853-1928）　397
フォレット、ウィルスン　Follett, Wilson（1887-1963）　35, 65, 293
フッカー、ジョセフ　Hooker, Joseph（1814-1879）　186
ブラウニング、エリザベス・バレット　Browning, Elizabeth Barrett（1806-1861）　360
ブラウン、カーティス　Brown, Curtis（1866-1945）　29-30, 61, 145, 178, 187
ブラウン、ハリー　Brown, Harry（?-?）　293
ブラウン、ビル　Brown, Bill　66
ブラグドン、クロード（・フェイエット）Bragdon, Claude（Fayette）（1866-1946）　36, 363
ブラックウッド、ウィリアム　Blackwood, William（1836-1912）　50, 287
ブラッドリー、ウィル　Bradley, Will（1868-1962）　376
ブラッドリー、ジェイムズ・A　Bradley, James A.（1830-1921）　20, 74, 78, 81, 84-88
フラワー、ベンジャミン・オレンジ　Flower, Benjamin Orange（1858-1918）　121, 123, 134, 359
ブランコ、イ・エレナス、ラモン　Blanco y Erenas, Ramón（1833-1906）　308-309
フリード、マイケル　Fried, Michael（1939-）　66, 398
ブリッジス、ロバート　Bridges, Robert（1844-1930）　409
フリント、トマス　Flint, Thomas（?-?）　118
フルーアン、クララ（クララ・ジェローム）Frewen, Clara（1851-1935）: Clara Jerome　55, 57, 62

フルーアン、サー・エドワード（Sir）Frewen, Edward（1661-1723）　55
フルーアン、モートン・フルーアン　Frewen, Moreton（1853-1924）　55, 57, 62, 326, 341
ブルック＝ローズ、クリスティン　Brooke-Rose, Christine Frances Evelyn（1923-2012）　66
ブルックス、シドニー　Brooks, Sydney（1872-1937）　190
フレデリック、ハロルド　Frederic, Harold（1856-1898）　37, 43, 45-47, 53-56, 60, 62-63, 167, 190, 227, 269, 277, 291-292, 336, 338-339, 348, 351, 396, 408, 413, 417
フレミング（クレイン）、メアリー・L　Fleming（Crane）, Mary L.（?-?）　18
フレンチ、マンスフィールド・J　French, Mansfield J.（1872-1953）　16
フロベール、ギュスターヴ　Flaubert, Gustav（1821-1880）　131

ヘ

ヘア、ジェイムズ・H　Hare, James H.（1856-1946）　51, 293-294, 326
ペイン、ラルフ・デラヘイユ　Paine, Ralph Delahaye（1871-1925）　293, 317, 326
ベッカー、チャールズ　Becker, Charles（1870-1915）　162-164
ヘッカー、フランク・J　Hecker, Frank J.（1846-1927）　313
ペック、ジェシー・トゥルーズデル　Peck, Jesse Truesdell（1811-1883）　8, 16
ペック、ジョージ　Peck, George（1797-1876）　7, 58, 403
ペック、ハリー・サーストン　Peck, Harry Thurston（1856-1914）　140, 362
ペトゥン、ジョン・B・ヴァン　Petten, John B. Van（1827-1908）　13

ベネット、(アーノルド・) ヘンリー・サンフォード　Bennett, (Arnold) Henry Sanford (1868-1927)　167
ベネット、トマス　Bennet, Thomas (?-?)　403
ヘミングウェイ、アーネスト　Hemingway, Ernest (1899-1961)　30, 61, 65, 168, 187, 192
ヘミングウェイ、グレイス・ホール　Hemingway, Grace Hall (1872-1951)　168
ベラスコ、デイヴィッド　Belasco, David (1853-1931)　192, 352
ベラミー、エドワード　Bellamy, Edward (1850-1898)　37
ペリス、ジョージ・H　Perris, George H. (?-?)　62
ベリマン、ジョン　Berryman, John (1914-1972)　10, 65-66, 168, 242
ベンフィー、クリストファー　Benfey, Christopher (1954-)　44
ヘンリー、ウィリアム・アーネスト　Henley, William Ernest (1849-1903)　338
ヘンリー皇太子 (プロシャ)　Henry, Prince of Prussia (1862-1929)　432

ほ

ホイットマン、ウォルト　Whitman, Walt (1819-1892)　362
ホイットニー、ウィリアム・C　Whitney, William Collins (1841-1904)　147
ボイド、ルー　Boyd, Lew (?-?)　103
ポー、エドガー・アラン　Poe, Edgar Allan (1809-1849)　20, 108, 218, 409, 431, 438
ホーキンズ、ブルックス・ウィリス　Hawkins, Willis Brooks (1852-1928)　30, 36, 39, 168
ホーソーン、ナサニエル　Hawthorne, Nathaniel (1804-1864)　147, 197, 409

ボードレール、シャルル=ピエール　Baudelaire, Charles-Pierre (1821-1867)　391
ポープ、アレキサンダー　Pope, Alexander (1688-1744)　416
ホーマー　Homer (?-?)　200
ホーラン、メアリー　Horan, Mary (?-?)　28, 291
ボーランド、アーミステッド　Borland, Armistead (?-?)　14
ポーリング、シドニー　Pawling, Sidney Southgate (1862-1922)　47
ホフマン、ダニエル　Hoffman, Daniel Gerard (1923-2013)　65, 213, 320, 361, 391, 393
ポラード、パーシヴァル　Pollard, Percival (1869-1911)　191
ホルコム知事 (Governor) Holcomb, Silas Alexander (1858-1920)　218, 220
ホルトゥン、ミルン　Holton, Milne (?-2000)　408
ホワイト、スチュワート・エドワード　White, Stewart Edward (1873-1946)　351

ま

マーカム、エドウィン　Markham, Edwin (1852-1940)　343
マーシャル、エドワード　Marshall, Edward (1869-1933)　30, 52, 187, 289-290, 304, 321, 323, 326-8, 443-4
マーフィー、エドワード　Murphy, Edward (?-?)　275, 278
マイケルズ、ウォルター・ベン　Michaels, Walter Benn (1948-)　66
マイケルスン、チャールズ　Michelson, Charles (1868-1948)　293, 390
マイヤーズ、マーサ (・ベネット)　Myers, Martha (Bennet) (?-?)　403

マクナブ、ルーベン　McNab, Reuben
　(?-?)　292, 328
マクニール、ハモンド・P　McNeil,
　Hammond P. (?-?)　63
マクブライド、ヘンリー　McBride, Henry
　(1867-1962)　145
マクラゲン、J・T　Maclagen, J. T. (?-?)　60
マッキントッシュ、バー　McIntosh, Barr
　(?-?)　292
マックラーグ、アレキサンダー・C
　McClurg, Alexander C.
　(1832-1901)　190-191
マックルア、S・S　McClure, Samuel Sidney
　(1857-1949)　27-28, 145, 186
マックレディ、アーネスト・W　McCready,
　Ernest W. (1869?-1950)　288, 300, 321,
　323, 326, 444
マティスン、ハリエット　Mattison,
　Harriet　14
マリアーニ、ジョルジオ　Mariani,
　Giorgio　67, 204, 267
マリオット＝ワトソン、ヘンリー・ブレレ
　トン　Marriot-Watson, Henry Brereton
　(1863-1921)　189, 340, 351
マンロー、ハーシー　Munroe, Hersey
　(?-?)　19
マンロー、リリー・ブランドン（アリス・オー
　ガスタ・ブランドン）　Munroe, "Lily"
　Brandon: Alice Augusta Brandon
　(1870?-?)　19-20, 89-90, 168, 374, 383

み

ミッチェル、リー・クラーク　Mitchell, Lee
　Clark　66
ミル、ジョン・スチュワート　Mill, John
　Stewart (1806-1873)　219
ミルトン、ジョン　Milton, John
　(1608-74)　200

め

メイスン、A・E・W　Mason, A.E.W.
　(1865-1948)　340-341, 351
メノカル、マリオ・ガルシア　Menocal,
　Mario Garcia (1866-1941)　312-3
メリック、ジョセフ（「エレファントマン」）
　Merrick, Joseph Carey (1862-1890): "The
　Elephant Man"　408
メンケン、H・L　Mencken, H. L.
　(1880-1956)　65

も

モーザー、ジェイムズ　Moser, James
　Henry (1854-1913)　218, 224
モートン、リーヴァイ・P　Morton, Levi P.
　(1824-1920)　179
モラハン、マイケル・F　Morahan, Michael F.
　(?-?)　349
モリス、ウィリアム　Morris, William
　(1834-1896)　35, 362
モリスン、アーサー　Morrison, Arthur
　George (1863-1945)　124
モンゴメリー、ジョージ　Montgomery,
　George (1870-1945)　256
モンゴメリー、チャールズ・B
　Montgomery, Charles B. (?-?)　275, 278
モントロ、ラファエロ　Montoro, Rafael
　(1852-1933)　312
モンロー、ハリエット　Monroe, Harriet
　(1860-1936)　64, 373, 376

や

ヤットマン師、C・H　(The Rev.) Yatman, C.
　H. (?-?)　83-84
ヤング、ウィッカム　Young, Wickham W.
　(?-?)　151

ゆ

ユイスマンス、ジョリス=カルル
　Huysmans, Joris-Karl（1848-1907）179

ら

ラーフ、フィリップ　Rahv, Philip
　（1907-1973）66
ラドゥン、L・P　Ludden, L. P.（?-?）220
ラメー、マリー・ルイーズ・ド（ウィーダ）
　Ramé, Maria Louise: Marie Louise de la
　Ramée : Ouida（1839-1908）336
ラルフ、ジュリアン　Ralph, Julian
　（1853-1903）254, 257

り

リー、ジョージ・ブロンスン　Rea（or
　Rhea）, George Bronson（1869-1936）293
リー、ロバート・E　Lee, Robert Edward
　（1807-1870）186
リース、ジェイコブ　Riis, Jacob
　（1849-1914）20, 78, 116-117, 125,
　130-131, 142
リヴィングストン、デイヴィッド
　Livingstone, David（1813-1873）75-76
リオン、ケイト　Lyon, Kate（1856-?）46,
　53-56, 59, 62, 292, 339, 348, 396,
　432-433
リトル、チャールズ・J　Little, Charles J.
　（?-?）56
リンク、エリック・カール　Link, Eric
　Karl　70
リンスン、L・S　Linson. L. S.（?-?）292
リンスン、コーウィン・ナップ　Linson,
　Corwin Knapp（1864-1959）23-24, 27,
　91, 134, 150-152, 154, 176, 184-185, 221,
　292, 359, 386, 391, 441

る

ル・プリンス、S・E　Le Prince, S.E.（?-?）87
ルイス、ロバート　Lewis, Robert
　（?-1892）408
ルーズヴェルト、セオドア　Roosevelt,
　Theodore（1858-1919）31, 37, 40-41, 51,
　163, 189, 201, 219, 233, 287, 289, 294,
　301, 303, 306
ルーディー、シャーロット　Ruedy,
　Charlotte（?-?）43-44, 54

れ

レイノルズ、ポール・リヴィア　Reynolds,
　Paul Revere（1864-1944）37-38, 49, 54,
　58-59, 233, 311, 315, 330, 409
レズリー、エイミー（エイミー・ハンティン
　トン?）Leslie, Amy（?-?）: Amy
　Huntington　19, 39-40, 163, 265
レズリー、エイミー（リリー・ウェスト）
　Leslie, Amy（1855-1939）: Lily
　West　39-40, 125, 163
レティーフ、ピーター　Retief, Pieter
　（1780-1838）344
レミントン、フレデリック　Remington,
　Frederic（1861-1909）231, 293

ろ

ローウェル、エイミー　Lowell, Amy
　（1874-1925）35, 65, 363, 373
ローゼンソール、ハーマン　Rosenthal,
　Herman（1843-1912）164
ロゼッティ、ダンテ・ガブリエル　Rossetti,
　Dante Gabriel（1828-1882）360
ロバートスン、マイケル　Robertson,
　Michael　67, 75, 333
ロレンス、D・H　Lawrence, D. H.
　（1885-1930）219

ロレンス、フレデリック・M Lawrence,
　Frederic M.（?-?）　17, 22, 102, 124, 151
ロングフェロー、H・W Longfellow, Henry
　Wadsworth（1807-1882）　66, 388
ロンドン、ジャック London, Jack
　（1876-1916）　171, 227

わ

ワイアット、イーディス Wyatt, Edith
　（1873-1958）　35, 64
ワイルド、オスカー Wilde, Oscar
　（1854-1900）　360
ワシントン、ジョージ Washington, George
　（1732-1799）　147
ワトスン、ウィリアム Watson, William
　（1858-1935）　342

(B) 作品に出てくる実在の地名

（有名なものは除く。発音は現地に原則
従う）

あ

アイル・オブ・ドッグズ Isle of Dogs,
　London　339
アグアドーレス川の「ブラディー・ベンド」（前
　線救護所）　"Bloody Bend" on the
　Aguadores River, Cuba　292, 294
アクロン Akron, Ohio　22
アズベリー・パーク Asbury Park, New
　Jersey　9, 11-12, 15, 17, 19-21, 24, 67,
　74-5, 77-81, 83-88, 90, 93, 95, 98, 102,
　117, 145, 163, 293, 310
アディロンダック山地 the Adirondacks,
　New York　94
アラモの砦 the Alamo, San Antonio,
　Texas　224
アンティータム Antietam, Maryland　192

い

イースト・オーロラ East Aurora, New
　York　35
イーストン Easton, Pennsylvania　16
イスタシワトル山 Mt. Iztacchihuatl,
　Mexico　225

う

ウィリアム・ストリート William Street,
　Manhattan　30
ウィルクスバリー Wilkes-Barre,
　Pennsylvania　403
ウェスタン・ブールヴァード Western
　Boulevard, Manhattan, New York
　City　159
ウェスト・ポイント West Point, New
　York　14, 321, 323-324

12. 索　引　489

ヴェレスティノ　Velestino, Thessaly, Greece 44, 252-253, 255-261, 269
ヴォロ　Volo, Greece 44, 253, 256, 258, 260, 269-270, 346

え

エイヴォン・バイ・ザ・シー　Avon-by-the-Sea, New Jersey 15, 17, 21, 74, 76-77, 79, 84, 86-87, 94
エーヴェルハルト・ヴィラ　the Villa Eberhardt, Badenweiler, Germany 60
エディヴィル　Eddyville, Dawson County, Nebraska 218, 220
エリザベスタウン　Elizabethtown, New Jersey 7, 68
エル・ケーニー　El Caney, Cuba 50, 289-292, 304-5, 327-8
エル・ポゾ　El Pozo, Cuba 289, 292-294, 303

お

オーシャン・アヴェニュー　Ocean Avenue, Long Branch, New Jersey 95
オーシャン・グローヴ　Ocean Grove, New Jersey 15, 20, 74-5, 77-78, 83-85, 87, 98, 100
オーシャン・ポート　Ocean Port, New Jersey 96
オールド・ポイント・カムフォート　Old Point Comfort, Virginia 290, 305, 309, 327

か

カーニー　Kearney, Nebraska 32, 220
カイバル峠　Khyber Pass, Pakistan and Afghanistan 338
カルキス（ハルキダ）　Chalkis (Chalkida), Greece 253, 257-258

き

キー・イースト・ビーチ　Key East Beach, Avon-by-the-Sea 94-95
キー・ウェスト　Key West, Florida 50-51, 287-288, 296-297, 300
キャナル・ストリート　Canal Street, New Orleans 223
キャムデン　Camden, New Jersey 179
キャンプ・マッカーラ　Camp McCalla, Cuba 300, 318, 397

く

グアンタナモ湾　Guantanamo Bay, Cuba 51, 287-290, 293-294, 300-301, 305, 317-318, 327, 443
クィーンズタウン（コーブ）　Queenstown (Cobh), Ireland 339, 348, 353
クスコ　Cuzco, Cuba 193, 289, 301, 318, 444
グランドラピッズ　Grand Rapids, Michigan 307
クリップルゲート　Cripplegate, London 346
グレイヴゼンド　Gravesend, Kent, UK 336

け

ケンブリッジ　Cambridge, Massachusetts 166, 172

こ

コニー・アイランド　Coney Island, Brooklyn, New York City 29, 152
コロンビア・サークル　Columbia Circle, Manhattan, New York City 159

さ

サーストン郡ペンダー　Pender, Thurston County, Nebraska 220

サラナック・レイク　Saranac Lake, New York　291
サリヴァン郡　Sullivan County, New York　17, 101, 103, 105
サン(ト)・ドミンゴ　Santo Domingo, Dominica　299-300
サンタ・アニタ　Santa Anita, Mexico　225
サンチャゴ(・デ・クーバ)　Santiago (de Cuba), Cuba　51-2, 289-290, 292, 298-299, 301, 303-305, 311-312, 327, 331, 342
サンファン(丘陵)　San Juan (Hill), Cuba　51-52, 289-290, 292-293, 295, 303, 305, 315, 321, 325, 327-328

し

シボニー　Siboney, Cuba　288-289, 292, 303, 306, 325
シャーク・リヴァー　the Shark River, Avon-by-the-Sea　30, 79, 80, 83-84, 86, 96-97
ジャクスンヴィル　Jacksonville, Florida　39, 41-3, 52, 59, 63, 274-275, 278, 293, 295

す

スーダ湾　クレタ島　Souda Bay, Crete, Greece　254-255
スクラントン　Scranton, Pennsylvania　27, 150
スパイタン・ダイヴァル　Spuyten Duyvil, Bronx, New York City　175
スプリング・レイク　Spring Lake, New Jersey　95-97

せ

セントラル・ステーション　The Central Station, Syracuse　17

た

ダイキリ　Daiquiri, Cuba　50-51, 289, 292, 303, 320
ダルース　Duluth, Minnesota　174-175
ダンマナス・ベイのアヒキスタ　Ahikista on Dunmanus Bay, Ireland　348

ち

チャールストン　Charleston, South Carolina　425
チャタム・スクェア　Chatham Square, Manhattan, New York City　119
チャンスラーズヴィル　Chancellorsville, Virginia　23, 184-186

て

デイトナ・ビーチ　Daytona Beach, Florida　42, 275, 277
テッサリア　Thessaly, Greece　253, 255, 261, 269
テルモピレー　Thermopylae, Greece　257

と

ドイヤー・ストリート　Doyer Street, Manhattan, New York City　164
トゥイン・レイクス　Twin Lakes, Pike County, Pennsylvania　151
トムプキンス・スクェア　Tompkins Square, Manhattan, New York City　122
ドモコ　Domoco, Greece　253, 257
トレントン　Trenton, New Jersey　12

な

ナタール共和国　Natalia Republiek　344

に

ニュー・ヘイヴン　New Haven, Connecticut　7

12. 索　引　　491

ニューアーク　Newark, New Jersey　6, 8,
　11, 21, 65, 184

ぬ

ヌエヴォ・ラレード　Nuevo Laredo,
　Mexico　222

ね

ネヴァド・デ・トルーカ　Nevado de
　Toluca, Mexico　222

の

ノースウッド・イン　Norwood Inn, Avon-
　by-the-Sea　87

は

バーデンヴァイラー　Badenweiler,
　Germany　56, 60, 352
ハートウッド　Hartwood, New York　28, 31,
　35, 167, 252
パイク郡　Pike County, Pennsylvania　17,
　29, 151, 158, 167
ハケッツタウン　Hackettstown, New
　Jersey　8
パセオ・デラ・レフォルマ　Paseo de la
　Reforma, Mexico City　238
パタスン　Paterson, New Jersey　9-10, 18
ハドスン　Hudson, Columbia County, New
　York　13
バリーデホブ　Ballydehob, Ireland　349

ひ

ピレウス　Piraeus, Greece　252, 254

ふ

フアナ・ディアス　Juana Diaz, Puerto
　Rico　307
ファルサラ　Pharsala, Greece　43, 270

フォーティ・フォート　Forty Fort,
　Pennsylvania　403-405
ブラックウェル・アイランド（ルーズヴェル
　ト・アイランド）　Blackwell Island
　(Roosevelt Island), New York City　22
ブラッドリー・ビーチ　Bradley Beach,
　New Jersey　20
プラヤ・デル・エステ　Playa Del Este,
　Cuba　301
ブルーミントン　Bloomington, New
　Jersey　10
フレデリックスバーグ　Fredericksburg,
　Virginia　37, 205, 210

へ

ベルマー　Belmar, New Jersey　95-97

ほ

ポート・ジャーヴィス　Port Jervis, New
　York　7, 9-11, 15, 17, 19, 28, 40, 43, 60,
　101-102, 151, 185-186, 406, 408
ポポカテペトル山　Mt. Popocatepetl,
　Mexico　225, 228
ポルト・プラタ（プエルト・プラタ）　Porto
　Plata（Puerto Plata）, Dominica　51, 288,
　299
ポンセ　Ponce, Puerto Rico　53, 291, 293,
　307

ま

マタンザス　Matanzas, Cuba　308
マリエル　Mariel, Cuba　288, 296
マルベリー・プレイス　Mulberry Place,
　Newark　6
マンモス・ケーヴ　Mammoth Cave,
　Kentucky　15, 76, 82

み

ミネッタ・ブルック　Minetta Brook, Greenwich Village, New York City　173
ミネッタ・レーン　Minetta Lane, Greenwich Village, New York City　173

め

メテデコンク　Metedeconk, New Jersey　157

ら

ライ　Rye, East Sussex　56, 59
ラス・グアシマス　Las Guásimas, Cuba　51-52, 289, 293, 301, 303, 321, 327
ラパハノック　Rappahannock, Virginia　185
ラブラドル　Labrador, Canada　160
ラマポ丘陵　Ramapo Hills, New Jersey　149

り

リンプスフィールド・チャート　Limpsfield Chart, Oxted, Surrey　336

れ

レイク・ヴュー　Lake View, New Jersey　18, 24, 124, 186

ろ

ローズヴィル　Roseville, New Jersey　11
ロング・ブランチ　Long Branch, New Jersey　95-96

わ

ワイオンミング渓谷　Wyoming Valley, Pennsylvania　58, 403

(C) 作品中の固有名詞

（人物名については、和名は作品中の通称に従う）

あ

アイク・ボストン　Boston, Ike（"Moonlight on the Snow"）　244
アイク・ワトキンス　Watkins, Ike（"The Price of the Harness"）　315-316
アドルファス号　the *Adolpus*　322-323
アパッチ・クロッシング　Apache Crossing, Arizona（"Apache Crossing"）　439
アレク・ウィリアムズ　Williams, Alek（"The Knife," "The Monster"）　410-411, 421-422
アンカス　Uncas（"The Last of the Mohicans"）　103
アンクル・クラレンス　Uncle Clarence（"Art in Kasas City," "The Camel"）　32, 246
アンクル・ジェイク　Uncle Jake（"Uncle Jake and the Bell-Handle"）　93-94
「暗殺者」　"The Assassin"（"An Experiment in Misery"）　27, 118-121, 225, 375
アンドリュー・ベネット　Bennet, Andrew（"Wyoming Valley Tales"）　404

い

イェロー・スカイ　Yellow Sky, Texas（"The Bride Comes to Yellow Sky"）　233-234

う

ヴァーノール　Vernall（"War Memories"）　326-328
ウィリー・ダルゼル　Dalzel, Willie（"The Carriage-Lamps," "The City Urchin and the Chaste Villagers," "The Fight," "Lynx-Hunting," "The Trial, Execution,

and Burial of Homer Phelps")　416-7, 421, 423-425

ウィリアム・B・パーキンズ　Perkins, William B ("The Lone Charge of Willam B. Perkins")　317

ウィルスン（「大声の兵士」）Wilson ("the loud soldier" or "the blatant soldier")(*The Red Badge of Courage*)　188, 193, 197-198

ウェストポート伯爵　(the Earl of) Westport (*The O'Ruddy*)　352-355

ウォー・ポスト　War Post, Texas ("Moonlight on the Snow")　244-245

ウォーウィクスン（グレート・グリーフ）Warwickson (Great Grief) ("Stories Told by an Artist," "The Silver Pageant")　154, 169

ウォークリー　Walkley ("God Rest Ye, Merry Gentleman")　52, 320

ウォーターメロン・アリー　Watermelon Alley ("The Monster")　411

え

(ニューヨーク・)エクリプス (新聞) the *Eclipse* (*Active Service*, "God Rest Ye, Merry Gentleman," "Spanish-American War Play")　265, 320-321, 331

エラ・アール　Earl, Ella ("The Angel Child")　415-416

エルドリッジ・マーゲート　Margate, Eldridge ("The Angel Child")　416

お

「老いぼれのミルト・ジャコービー」"ol Milt' Jacoby" ("An Indiana Campaign")　209

「親分」"the Major" ("A Freight Car Incident")　231

オールド・ビル　Old Bill ("The Upturned Face")　397

「おんぼろの兵士」"the Tattered Man" (*The Red Badge of Courage*)　195-196

か

カーサ・ヴェルデ　the Casa Verde ("The Five White Mice")　236, 238

カウボーイ (ビル)　the cowboy ("Bill") ("The Blue Hotel")　239-241

カドガン上院議員　(Senator) Cadogan ("The Second Generation")　37, 325

カフェ・コロラド　the Café Colorado ("The Wise Men")　238

カルヴァン・ブッシュ　Bush, Calvin ("The Last Panther")　104

き

キャスパー　Casper ("The Second Generation")　325

給油係・ビリー　the Oiler・Billie ("The Open Boat")　42, 275-282, 393

く

クラレンス　Clarence ("'Showin' Off'")　418, 426

グレイス・ファンホール　Fanhall, Grace (*The Third Violet*)　168-170

け

ゲイツ少佐　(Major) Gates ("Virtue in War")　324

ケルシー夫人　(Mrs.) Kelcey (*George's Mother*)　136-139, 193

こ

コーク　Coke (*Active Service*)　266, 268

コード博士　(Doctor) Chord (*The O'Ruddy*)　353

コーラ（リトル・コーラ）　Cora（little Cora）（"The Angel Child," "The Stove"）　415-418, 422-3, 429
ゴーント　Gaunt（"The Silver Pageant"）　23, 176
コック　the Cook（"The Open Boat"）　275-281
コリンスン　Corinson（"Stories Told by an Artist"）　23, 154

さ

サイラス・ドッジ　Dodge, Cyrus（"The Last Panther"）　104
サラ　Sarah（"Uncle Jake and the Bell-Handle"）　93-94
サンフランシスコ・キッド（フリスコ・キッド）　San Francisco Kid（'Frisco Kid）（"The Five White Mice," "A Man in the Name of Mud," "The Wise Men"）　236, 238, 245

し

シ・コンクリン　Conklin, Si（"The Veteran"）　196
シ・ブライアント　Bryant, Si（"The Knife"）　421-422
ジェイク　Jake（"Twelve O'Clock"）　243
ジェファスン・G・ジョンスン号　the *Jefferson G. Johnson*　320
ジェム・オーグルソープ　Oglethorpe, Jem（*The Third Violet*）　168
ジェム・ボトルズ　Bottles, Jem（*The O'Ruddy*）　353-354
ジェロズル・ブロンスン　Bronson, Jerozel（"An Indiana Campain"）　209
ジミー　Jimmie（*Maggie*, "A Newsboy Capitalist," "Where 'De Gang' Hears the Band Play"）　122, 127-131, 136, 142, 146

ジミー　Jimmie（"The Veteran"）　196, 211-212
ジミー・トレスコット　Trescott, Jimmie（*Whilomville Stories*）　281, 407, 409, 411, 413, 415-426, 429
ジミー・ノラン　Nolan, Jimmie（"The Price of the Harness"）　315-316
（写真家の）ジミー　Jimmie, the photographer（"War Memories"）　326
（ほくろの）ジミー　Jimmie the Mole（"Diamonds and Diamonds," "Yen-Hock Bill and His Sweetheart"）　177
ジム・クロッカー　Crocker, Jim（"The Black Dog"）　108
ジム・コンクリン（「のっぽの兵士」）　Conklin, Jim（"the tall soldier"）（*The Red Badge of Courage*）　193-197, 211
ジム・ファーガスン　Ferguson, Jim（"The Auction"）　173
ジャック　Jack（"An Experiment in Luxury"）　148
ジャック　Jack（"Jack"）　94
ジャック・ポッター　Potter, Jack（"The Bride Comes to Yellows Sky," "Moonlight on the Snow"）　233-235, 244-245
ジャック・マーティン　Martin, Jack（"The Price of the Harness"）　315-316
ジャック・リントン　Linton, Jack（"The Squire's Madness"）　344-345
シャックルズ　Shackles（"God Rest Ye, Merry Gentleman"）　321, 323
ジュリー　Julie（"Yen-Hock Bill and His Sweetheart"）　172
ジョージ・H・ピーズリー　Peasley, George H.（"The Sergeant's Private Madhouse"）　322
ジョージ・ケルシー　Kelcey, George（*George's Mother*）　136-140, 143

ジョージ・ホランデン　Hollanden, George（*The Third Violet*）　168

ジョーンズ・マウンテン　Jones' Mountain（"The Mesmeric Mountain"）　111

ジョニー　Johnnie（"The Blue Hotel"）　239, 241-242

ジョニー　Johnnie（"This Majestic Lie"）　329-330

ジョニー・ヘッジ　Hedge, Johnnie（"The City Urchin and the Chaste Villagers," "The Fight"）　424-425

ジョン・L・バーレイ大佐　（Colonel）Burleigh, John L.（*A Souvenir and a Medley*）　36, 363

ジョン・スティムスン　Stimson, John（"The Pace of Youth"）　90

ジョン・トゥエルヴ　Twelve, John（"The Monster"）　410

ジョン・ベネット（老ベネット）　Bennet, John; Ol' Bennet（"Wyoming Valley Tales"）　403-405

す

スィフト・ドイヤー　Doyer, Swift（"In the Tenderloin: A Duel between an Alarm Clock and a Suicidal Purpose," "Yen-Hock Bill and His Sweetheart"）　164-165

スウェーデン人　the Swede（"Lynx-Hunting," "The Veteran"）　211, 417

スウェーデン人　the Swede（"The Blue Hotel"）　208, 211, 239-243, 369, 423

スクラッチー・ウィルスン　Wilson, Scratchy（"The Blue Hotel," "Moonlight on the Snow"）　233-235, 244-245

スタンリー（犬）　Stanley（*The Third Violet*）　170

ストレップ卿　（Lord）Strepp（*The O'Ruddy*）　353-354

スピッツベルゲン国　Spitzbergen（"The Spitzbergen Tales"）　396-397, 400-401

スポンジ連隊長　（Colonel）Sponge（"The Kicking Twelfth"）　397, 399, 401

スミス氏　（Mr.）Smith（"The Clan of No Name"）　319

せ

船長　the Captain（"The Open Boat"）　42, 278, 280-281

そ

ソープ　Soap（"New York Boarding House Tale"）　178

ソロモン・ベネット　Bennet, Solomon（"Wyoming Valley Tales"）　403-404

た

ダン・アール　Earl, Dan（"The Angel Child"）　415

ダン・エモンズ　Emmonds, Dan（"Dan Emmonds"）　177-178

ダン・デンプスター　Dempster, Dan（"The Little Regiment"）　210-211

ち

チャイナ（ロバ）　China（"In the Depths of a Coal Mine"）　150

て

ティモシー・リーン　Lean, Timothy（"The Spitzbergen Tales"）　396-401

テイラー　Tailor（"God Rest Ye, Merry Gentleman"）　321

テッド（「そばかすの男」）　Ted（"the freckled man"）（"The Reluctant Voyagers"）　92

デニー　Denny（"A Fishing Village"）　350

と

東部の男（ブランク氏） the Easterner（Mr. Blanc）（"The Blue Hotel"） 238-241

ドノヴァン神父 （Father）Donovan（*The O'Ruddy*） 354

賭博師 the gambler（"The Blue Hotel"） 240-241

トマス（トム）・オラディ O'Ruddy, Thomas（Tom）（*The O'Ruddy*） 352-355

トマス・M・ゴードナー Gordner, Thomas M.（*Active Service*） 265-266

トミー Tommie（"A Dark-Brown Dog," "A Great Mistake," *Maggie*, "An Ominous Baby"） 24-25, 127, 132, 134-135, 141

トミー Tommie（"Sailing Day Scenes"） 149

トミー・センプル Semple, Tommie（"'Showin' Off'"） 418

トム Tom（"A Self-Made Man"） 174

トム Tom（"Christmas Dinner Won in Battle"） 227-228

トム Tom（"Manacled"） 434

トム・ガードナー Gardner, Tom（"Four Men in a Cave"） 107

トム・シャープ（のっぽの男） Sharp, Tom（the tall man）（"The Reluctant Voyagers"） 92

トム・ボールディン Boldin, Tom（"An Indiana Campaign"） 207, 209

トム・ラーパント Larpant, Tom（"Moonlight on the Snow"） 244-245

ドライデン Dryden（"The Sergeant's Private Madhouse"） 322

トリクセル Trixell（"New York Boarding House Tale"） 178

トレスコット医師 （Dr.）Trescott（*Whilomville Stories*） 164, 408-414, 416, 421, 423

トレスコット夫人 Mrs. Trescott（*Whilomville Stories*） 410-411, 422

に

ニールトジー Neeltje, William（"The Angel Angel"） 412, 415-416

ニューヨーク・キッド the New York Kid（"The Five White Mice," "A Man by the Name of Mud," "The Wise Men"） 236-238, 245

ね

ネル Nell（*Maggie*） 132-133

ネルスン・クロッカー Crocker, Nelson（"The Last Panther"） 104

の

ノーラ・ブラック Black, Nora（*Active Service*） 265-266

ノラ Nora（"An Old Man Goes Wooing"） 350

（マイケル・）ノラン Nolan,（Michael）（"Night Attacks on the Marines and a Brave Rescue," "Regulars Get No Glory"） 306

は

バーソロミュー Bartholomew（"Dan Emmonds"） 178

パープル・サンダースン Purple Sanderson（"Stories Told by an Artist"） 154, 169

ハズブルック Hasbrouck（*The Red Badge of Courage*） 194, 197-198

パッチー（マイク）・タリガン Tulligan, Patsey（Mike）（"The Duel That Was not Fought"） 135

ハッティ Hattie（*Maggie*） 130

パディ Paddy（*The O'Ruddy*） 353-354

12. 索　引　　497

パトリック・スカリー　Scully, Patrick（"The Blue Hotel"）　239, 242
ハニガン　Hannigan（"The Monster"）410-411
ハリスン・B・ウェインライト　Wainwright, Harrison B.（*Active Service*）　265-267
パレス・ホテル　The Palace Hotel（"The Blue Hotel"）　220, 239
ハンディヴィル　Handyville（*George's Mother*）　136

ひ

ピーター・ウィズビー　Witheby, Peter（"An Indiana Campaign"）　209
ピーター・クゥイント・プロドモア・モロー　Moreau, Peter Quint Prodmore（"The Ghost"）　341
ピーター・タウンリー　Tounley, Peter（*Active Service*）　268
ピーター・ワシントン　Washington, Peter（"The Knife," "The Monster," "Shame"）　411, 420-422, 425
ピーティー　Petey（"Youse Want 'Petey,' Youse Do"）　146
ピート　Pete（"Manacled"）　434
ピート　Pete（*Maggie*）　122, 127-133, 137, 140, 439
ビッグ・ワトスン　Watson, Big（"Twelve O'Clock"）　243
ビリー　Billie（"Billie Atkins Went to Omaha"）　227
ビリー・グリアスン　Grierson, Billie（"The Price of the Harness"）　315-316
ビリー・シンプスン　Simpson, Billie（"Moonlight on the Snow"）　245
ビリー・デンプスター　Dempster, Billie（"The Little Regiment"）　210-211
ビリー・マコニグル　Maconnigle, Billie（"The 'Tenderloin' As It Really Is"）　166

ビル　Bill（"A Man and Some Others"）　232
ビル・スミザース　Smithers, Bill（"If the Cup Once Gets Over Here," *The Red Badge of Courage*）　204, 345
ビル　Bill（"Yen-Hock Bill and His Sweetheart"）　172

ふ

ファウンドリング号　the *Foundling*（"Flanagan and His Short Filbustering Adventure"）　283-284
フィル・ビンクス　Binks, Phil（"Mr. Bink's Day Off"）　149
フェルプス家の子供　the Phelps children（"The Angel Child"）　415
フォート・ロンパー　Fort Romper, Nebraska（"The Blue Hotel"）　220, 238
フォートマン大佐　(Colonel) Fortman（"A Christmas Dinner Won in Battle"）　227
フォリスター　Forister（*The O'Ruddy*）　353
「太った男」　the pudgy man（"Sullivan County Sketches"）　17, 102, 106, 108, 110-112
ブラック・ジョン・ランドルフ　Randolph, Black John（"Billie Atkins Went to Omaha"）　227
フラッシャー　Flasher（"Diamonds and Diamonds"）　177
フラナガン　Flanagan（"Flanagan and His Short Filibustering Adventure"）　283-284
フランク　Frank（"The Pace of Youth"）　90
ブリーカー　Bleeker（*George's Mother*）　137-139, 143
ブルー・ビリー　Blue Billie（*George's Mother*, *Maggie*）　136

ブレイザー　Blazer, Arizona（"Apache Crossing"）　439
プレイサー　Placer（"Twelve O'Clock"）　243-244
フレッド　Fred（"Where 'De Gang' Hears the Band Play"）　122
フレッド・コリンズ　Collins, Fred（"A Mystery of Heroism"）　206-207, 215
フレディー　Freddie（"The Wise Men"）　238
フロッシー　Flossie（"The 'Tenderloin' As It Really Is"）　166
フロリンダ・オコーナー（「スプラッター」）　O'Conner, Florinda（"Splutter"）（*The Third Violet*, "The Cat's March"）　169, 171

へ

ベインブリッジ　Bainbridge（"The Monster"）　412
ヘーゲンソープ判事　（Judge）Hagenthorpe（"The Monster"）　412
ペザ　Peza（"[The] Death and the Child"）　261-264, 398
ヘッジ夫人　(Mrs.) Hedge（"The City Urchin and the Chaste Villagers"）　425
ペノイエ（ペニー）　Pennoyer (Penny)（"Stories Told by an Artist"）　154, 169, 176
ベラ・ファラガット　Farragut, Bella（"The Monster"）　410-411
ベン・ロドゥル　Roddle, Ben（"Twelve O'Clock"）　243
ベンスン　Benson（"The Five White Mice," "The Wise Men"）　236, 238
ヘンリー・ジョンスン　Johnson, Henry（"The Monster"）　164, 398, 408-414, 420-422, 427-428

ヘンリー・スパイタンダイヴァル　Spuytendyvil, Henry（"A Poker Game"）　175
ヘンリー・パタン　Patten, Henry（"Spanish-American War Play"）　331
ヘンリー・フレミング（「若者」）　Fleming, Henry（"the youth"）（"Lynx-Hunting," *The Red Badge of Courage*, "The Veteran"）　57, 66, 102, 185, 187-188, 192-208, 210-213, 215, 264, 271, 279, 294, 316, 327-329, 375, 397, 404, 416-417

ほ

ホーカー　Hawker（*The Third Violet*）　23, 167-172
ホーマー・フェルプス　Phelps, Homer（"The Trial, Execution, and Burial of Homer Phelps"）　423
ホセ　Jose（"One Dash – Horses"）　229-230
ポップ　Pop（"The Wise Men"）　238
ホレス・グレン　Glenn, Horace（"His New Mittens," "'Showin' Off'"）　414-415, 418

ま

マーゲートの双子　the Margate twins（"The Angel Angel"）　415, 423
マーサ・グッドウィン　Goodwin, Martha（"The Monster"）　412, 414
マージョリー・ウェインライト　Wainwright, Marjory（*Active Service*）　265-268
マイク・クランシー　Clancy, Mike（"At Clancy's Wake"）　146-147
マヴィダ　Mavida（"Spanish-American War Play"）　331

マギー　Maggie（*Maggie*, "Where 'De Gang' Hears the Band Play"）　24, 122, 125, 127-136, 140-141, 145, 165, 366, 430
マッカーディー　McCurdy（"War Memories"）　326
マノロ・プラット　Prat, Manolo（"The Clan of No Name"）　319-320, 332
マミー・ロス　Mammy Ross（"Stephen Crane in Minetta Lane"）　173
マルガリータ　Margharita（"The Clan of No Name"）　319-320, 332

み

ミグルズヴィル　Migglesville, Indiana（"An Indiana Campaign"）　209
ミッキー　Mickey（"A Fishing Village," "An Old Man Goes Wooing"）　350
ミルドレッド　Mildred（"A Christmas Dinner Won in Battle"）　227-228

め

メアリー・ウェインライト　Wainwright, Mary（*Active Service*）　268
メアリー・ジョンスン　Johnson, Mary（*Maggie*）　127-129, 131, 133
メアリー・ヒンクソスン　Hinckson, Mary（"Three Miraculous Soldiers"）　208-209

も

モートン軍曹（Sergeant）Morton（"And If He Wills, We Must Die"）　400

や

ヤング・グリスコム　Griscom, Young（"The Monster"）　412
ヤング・ボビー・シンチ　Cinch, Young Bobbie（"A Poker Game"）　175

よ

「陽気な声の男」　"the Man of the Cheery Voice"（*The Red Badge of Courage*）　197

ら

ライフスナイダー　Reifsnyder（"The Monster"）　412, 414
ラモン・コロラド　Colorado, Ramón,（"One Dash – Horses"）　31

り

リージ・ウィグラム　Wigram, Lige（"Virtue in War"）　324
リケッツ・C・カーモニー　Carmony, Rickets C.（"Virtue in War"）　324
リジー　Lizzie（"The Pace of Youth"）　90
リチャード・エッジモント・シャープ　Sharp, Richard Edgemont（"Mr. Richard Edgemont Sharp"）　439
リチャードスン　Richardson（"One Dash – Horses"）　229-230
リッチー少将　(Major General)Richie（"The Spitzbergen Tales"）　397, 399
リトル・ジム　little Jim（"The Veteran"）　196
リトル・ネル　Little Nell（"God Rest Ye, Merry Gentleman"）　320-321
リトルマン（ビリー）the little man（Billie）（"Sullivan County Sketches"）　101-102, 106-112, 440
リンクルズ　Wrinkles（"The Silver Pageant," "Stories Told by an Artist"）　154, 169, 176

る

ルーク・バーナム　Burnham, Luke（"A Freight Car Incident"）　231

ルーファス・コールマン　Coleman, Rufus（*Active Service,* "The Ghost"）265-268, 341

れ

レヴェルヴィル　Levelville（"Christmas Dinner Won in Battle"）227

レディ・メアリー　(Lady) Mary（*The O'Ruddy*）353-355

レドモンド医師　(Dr.) Redmond（"The Squire's Madness"）345

ろ

ローズ・ゴーリッジ　Goledge, Rose（"The Lover and the Telltale"）417-418

ロスティナ国　Rostina（"The Spitzbergen Tales"）396-397, 400-401

ロワイヤル大佐　(Colonel) Royale（*The O'Ruddy*）353

(D) クレイン（家）・及び作品にまつわる住所以外の名称

（施設・学校など）

あ

アービュタス・コテージ（スティーヴン・クレイン・ハウス）　Arbutus Cottage (The Stephen Crane House) 11

アズベリー・パーク・スクール　Asbury Park School 11-12

アディロンダック・コテージ・サナトリウム　Adirondack Cottage Sanitarium 291

アメリカ海軍戦艦ドルフィン号　the U.S.S. *Dolphin* 302

アメリカ海軍戦艦ニューヨーク号　the U.S.S. *New York* 51-52, 288-289, 296-299

アメリカ海軍戦艦ボルティモア号　the U.S.S. *Baltimore* 82

アメリカ海軍戦艦メイン号　the U.S.S. *Maine* 287, 431

アメリカ・キリスト教哲学会　the American Institute of Christian Philosophy 15, 76

（ロンドン）アメリカ女性協会　the Society of American Women (in London) 57, 60, 63, 326

アメリカ青年職工友愛組合　JOUAM : the Junior Order of United American Mechanics 21, 75, 79-80

アメリカ独立革命の子孫協会　the National Society of the Sons of the American Revolution 7

アメリカ・トラクト協会　the American Tract Society 256

アンカット・リーヴス・ソサエティ　Uncut Leaves Society 25, 360, 419

う

ヴィズカヤ号　the *Vizcaya* 298

12. 索　引　501

ウィルミントン号　the *Wilmington*　297

え

エヴァーグリーン・セメトリー（現ヒルサイド）　Evergreen Cemetery, Elizabeth (now Hillside), Newark　62

お

オーバニー・ロー・スクール　Albany Law School　28
オリンピア　Olympia, Broadway, New York City　160
オレンジ・ブラッサムス　Orange Blossoms　186, 196

か

画学生連盟　the Art Students' League　18, 24, 33, 35, 118, 154, 167-168, 176, 184, 186, 292, 361, 434
カレッジ・オブ・ニュージャージー　the College of New Jersey　8

く

グアディアナ号　the *Guadiana*　254
クラヴェラック・カレッジ・アンド・ハドソン・リヴァー・インスティテュート　Claverack College and Hudson River Institute　8, 13, 75-76, 292, 328, 419
グランド・セントラル・パレス　Grand Central Palace　160
クリスチャン・サイエンス　Christian Science　53
クロス・ストリート・チャーチ　Cross Street Church　10

こ

コモドア号　the *Commodore*　42-43, 274-278, 283, 291, 293, 296
コロンビア号　the *Columbia*　345

「コンサート」　"Concert"　254, 260

さ

作家クラブ　the Author's Club　37

し

シー・ガート駅　Sea Girt Station, Monmouth County, New Jersey　96
ジェファスン・マーケット警察裁判所　Jefferson Market Police Court　40, 146, 174
シティ・オブ・ワシントン号　the *City of Washington*　290, 293, 305, 309
シティー・ホール・パーク　City Hall Park　119
シャムロック号　the *Shamrock*　345
女性キリスト教禁酒同盟　the Women's Christian Temperance Union (WCTU)　9-10, 138
シラキュース大学　Syracuse University　8, 14, 16-17, 22, 56-57, 76, 88, 94, 124, 202, 436
シン・シン刑務所　Sing Sing Prison, Ossining, New York　164-165

す

スティーヴン・クレイン・ソサエティ　the Stephen Crane Society　65
スポンジ（愛犬）　Sponge　60, 62
スリー・フレンズ号　the *Three Friends*　50-52, 288, 293, 296, 298-300, 322, 327, 414, 444

せ

センテナリー・カリージェット・インスティテュート　Centenary Collegiate Institute　8, 10-11
セント・ジェームズ・ホテル　St. James Hotel, Jacksonville, Florida　274

セント・ポール号　the *St. Paul* 302
セントラル・メトロポリタン・テンプル
　Central Metropolitan Temple 62

そ

ソマーズ・N・スミス号　the *Sommers N. Smith* 51, 288, 293, 302, 320

た

第1回大陸会議　the First Continental Congress 7
タマニー・ホール派　Tammany Hall 179
タレット・ジャックス号　the *Turret Jacks* 298

て

デルサルト (式)　the Delsarte method 87, 439
デルタ・ウプシロン・フラタニティー　Delta Upsilon fraternity 16

と

ドゥルー・メソディスト・チャーチ　Drew Methodist Church 9
ドーントレス号　the *Dauntless* 296
トリトン号　the *Triton* 288, 297, 323

に

ニュージャージー州歴史協会　the New Jersey Historical Society 57, 437
ニューヨーク・セントラル鉄道　the New York Central Railroad 147

は

ハートウッド・クラブ　Hartwood Club 28, 167
ハドソン・ハイスクール　the Hudson High School 76
パナマ号　the *Panama* 296

ふ

フィリスティン協会　the Philistine 17, 35-37
ブリード・スクール・ハウス　Brede School House 340
ブリード・プレイス　Brede Place, Sussex 7, 48, 54-57, 59-63, 244, 320, 326, 340, 344-345, 351, 354, 376, 396, 403, 417
フレンチ・オペラ・カンパニー　French Opera Company 220
フレンチ・オペラ・ハウス　French Opera House 220
フレンチ・ボール　the French Ball 164
ブロードウェイ・ガーデン　Broadway Garden 162

へ

ペニントン・セミナリー (・スクール)　Pennington Seminary (School) 8, 12, 102
ペンデニス・クラブ　Pendennis Club 21, 22, 24, 124

ほ

ホテル・ドゥ・ドリーム　Hotel de Dream, Florida 41

ま

マチアス号　the *Machias* 51, 288, 300, 327

め

メソディスト・エピスコパル・チャーチ　Methodist Episcopal Church 7, 10, 12
メソディスト・チャーチ・トラクト協会　the Tract Society of the Methodist Church 8

も

モリー・マグアイアズ　Molly Maguires　151
モンマスパーク競馬場　the Monmouth Park Racetrack　96

や

ヤロー造船所　Yarrow Shipyard, Isle of Dogs　339

ゆ

ユニオン・パシフィック鉄道　the Union Pacific Railroad　232

ら

ラフ・ライダーズ　Rough Riders　51-52, 289, 293, 301, 303, 306, 321, 324, 443
ラファイエット・カレッジ　Lafayette College　14, 16, 60, 65, 80
ランタン（ランソーン）・クラブ　Lantern (Lanthorn[e]) Club　26, 30-31, 37, 40, 43, 116, 237

れ

レイヴンズブルック・ヴィラ　Ravensbrook Villa, Oxted, Surrey, Sussex　44-46, 48, 54-57, 233, 238, 253, 258, 261, 313, 320, 336, 351, 396
レイク・アヴェニュー・ホテル　Lake Avenue Hotel, Asbury Park　87
レインズ法　the Raines law　178

ろ

ロード・ウォーデン・ホテル　Lord Warden Hotel, Dover　60
ロゼモン・デザレイ校　Rosemont-Dézaley School, Switzerland　60

（E）新聞・雑誌・出版社・配信社

あ

アーゴシー誌　*Argosy*　434
アイドラー誌　*the Idler*　352, 435
アウトルック誌　*Outlook*　161, 294, 313
アカデミー誌　*Academy*　45, 56, 61, 63, 170, 238, 338, 341, 355, 409
アシニーアム誌　*Athenaeum*　238, 266, 434-435
アソシエイティッド・プレス　the Associated Press　15
アメリカン・マーキュリー誌　*American Mercury*　28
アリーナ誌　*the Arena*　18, 23, 121, 123, 125, 134, 361
アングロ・サクスン・レヴュー誌　*Anglo-Saxon Review*　326

い

イェール・レヴュー誌　*Yale Review*　26
イェロー・ブック誌　*the Yellow Book*　360, 363
イラストレイティッド・アメリカン紙　*the Illustrated American*　38
イラストレイティッド・ロンドン・ニューズ紙　*the Illustrated London News*　283, 400

う

ヴィデット誌　*the Vidette*　13-14, 75-76
（ウィリアム・）ハイネマン社　William Heinemann Ltd.　47, 61, 64, 124, 166, 187, 190, 205, 264, 336, 362, 375
（ザ・）ウェイヴ誌　*the Wave*　50, 125, 140, 189, 337, 409
ウェストミンスター・ガゼット紙　*Westminster Gazette*　43, 124, 156, 224, 252, 254, 258-259, 317, 348-350

え

英語青年　the Rising Generation　433
エインズリーズ・マガジン誌　Ainslee's Magazine　397, 399
エディンバラ・マガジン誌　Edinburgh Magazine　50, 287, 315
エドワード・アーノルド社　Edward Arnold Publishers Ltd.　136, 177

お

オマハ・デイリー・ビー紙　the Omaha Daily Bee　224, 292

か

カーティス・ブラウン社　Curtis Brown Ltd.　30
カトリック・ワールド誌　Catholic World　408
ガルヴェストン・デイリー紙　the Galveston Daily　218
カンザス・シティ・スター紙　the Kansas City Star　157

き

キャッセルズ・マガジン誌　Cassell's Magazine　339, 404

く

クライティリオン誌　Criterion　34, 176, 184, 277, 376
クランプトンズ・マガジン誌　Crampton's Magazine　344
クリスチャン・アドヴォケット誌　Christian Advocate　7-9
クリティック誌　Critic　140, 294, 409

け

ケルムスコット・プレス　Kelmscott Press　35

こ

コープランド・アンド・デイ　Copeland & Day　25, 29, 34-35, 358, 360-362
ゴールデン・ブック・マガジン誌　Golden Book Magazine　111
コーンヒル・マガジン誌　Cornhill Magazine　174, 320, 324, 414
コズモポリタン誌　Cosmopolitan　25, 109, 141, 315, 343
ゴッディーズ・マガジン誌　Godey's Magazine　34, 123, 189
コネティカット・キャンパス・ファイン・アーツ・マガジン誌　Connecticut Campus Fine Arts Magazine　93
コリアーズ・ウィークリー誌　Collier's Weekly　51, 107, 238, 292-293, 322, 326

さ

ザ・スケッチ誌　the Sketch　90
サウス・イースタン・アドヴァタイザー紙　the South Eastern Advertiser　341
サザン・レヴュー誌　Southern Review　236
サセックス・エクスプレス紙　the Sussex Express　341
サタデー・イヴニング・ポスト紙　the Saturday Evening Post　320-321, 324, 351
サタデー・レヴュー誌　Saturday Review　56, 124, 139, 337
サンフランシスコ・エグザミナー紙　the San Francisco Examiner　269, 293, 341, 343, 432
サンフランシスコ・クロニクル紙　the San Francisco Chronicle　223, 277

12. 索　引　505

し

J・B・リッピンコット　J. B. Lippincott 432-433
ジェントル・ウーマン誌　the Gentlewoman 212
シカゴ・イヴニング・ポスト紙　the Chicago Evening Post 267, 409
シカゴ・デイリー・ニューズ紙　the Chicago Daily News 39, 125, 161
シカゴ・トリビューン紙　the Chicago Tribune 40, 292, 431
シカゴ・ニューズ紙　the Chicago News 364
シカゴ・ポスト紙　the Chicago Post 253
シラキュース・デイリー・スタンダード紙　the Syracuse Daily Standard 89
シラキュース・ユニヴァーシティ・ヘラルド紙　the Syracuse University Herald 110

す

スクリブナーズ　Scribner's 252
スクリブナーズ・マガジン誌　Scribner's Magazine 125, 277
スティーヴン・クレイン・アソシエーション　the Stephen Crane Association 65
スティーヴン・クレイン・スタディーズ誌　Stephen Crane Studies 66, 314
スティーヴン・クレイン・ニューズレター誌　Stephen Crane Newsletter 65
ストーン・アンド・キンボール　Stone & Kimball 47, 360
ストランド・マガジン誌　Strand Magazine 322
スピーカー誌　Speaker 352
スペクテイター誌　Spectator 59, 62, 170, 409, 433
スワニー・レヴュー誌　the Sewanee Review 376

せ

センチュリー・カンパニー　Century Company 184
センチュリー・マガジン誌　Century Magazine 21, 23, 122, 124, 184-185, 231, 293, 409

そ

ソルトレイク・シティ・トリビューン紙　the Salt Lake City Tribune 222

た

ダイアル誌　Dial 190
タウン・トピック誌　Town Topics 164
ダブルデイ・アンド・マックルア　Doubleday & McClure Company 28

ち

チャップ・ブック誌　Chap-Book 47, 338, 377
チャップマン・アンド・ホール　Chapman & Hall 432
チャップマンズ・マガジン誌　Chapman's Magazine 210, 233

て

D.アプルトン・アンド・カンパニー　D. Appleton & Company 33-34, 123, 166, 177, 187, 190, 205, 214
ディグビー、ロング・アンド・カンパニー社　Digby, Long and Co. 62
デイリー・エクスプレス紙（イーストン）　the Daily Express (Easton) 16
デイリー・スプレイ紙　the Daily Spray 12, 98
デイリー・タトラー紙　Daily Tattler 140
デイリー・テレグラフ紙　the Daily Telegraph 47, 278

デトロイト・フリー・プレス紙 *the Detroit Free Press* 45, 376
デモレスツ・ファミリー・マガジン誌 *Demorest's Family Magazine* 192, 201

と

トゥルース誌 *Truth* 146-147, 430, 434

に

ニューオーリンズ・タイムズ・デモクラット紙 *the New Orleans Times Democrat* 292, 383
ニュー・レヴュー誌 *New Review* 47, 189
ニューアーク・サンデー・コール紙 *the Newark Sunday Call* 62
ニューヨーク(・モーニング)・ジャーナル紙 *the New York (Morning) Journal* 40-41, 43-44, 50, 52-53, 63, 78, 81, 90, 162-163, 165-166, 172, 191, 252-258, 265, 268-269, 287, 290, 292-293, 307, 315, 327, 339, 341-343, 348, 432
ニューヨーク・イヴニング・サン紙 *the New York Evening Sun* 184
ニューヨーク・イヴニング・ポスト紙 *the New York Evening Post* 50
ニューヨーク・サン紙 *the New York Sun* 116, 123, 157, 159, 186, 191, 349
ニューヨーク・タイムズ紙 *the New York Times* 46-47, 58, 124, 153, 189-190, 205, 267, 277, 294, 336, 352, 376
ニューヨーク・トリビューン紙 *the New York Tribune* 15, 17-18, 20-21, 36, 57, 61, 68, 74-75, 79-80, 82, 88-90, 94, 98, 102, 117, 122, 124, 140, 163, 205, 253
ニューヨーク・プレス・マガジン誌 *New York Press Magazine* 431
ニューヨーク・プレス紙 *the New York Press* 29-31, 44, 61, 91, 116, 118, 123, 135, 145, 148-149, 152-157, 178-179, 187-188, 191, 213, 226, 268-269, 275-277, 338, 346
ニューヨーク・ヘラルド紙 *the New York Herald* 17-18, 98, 122, 146, 288-289, 293, 319, 326, 329
ニューヨーク・メール・アンド・エクスプレス紙 *the New York Mail and Express* 294
ニューヨーク・ワールド紙 *the New York World* 10, 26, 29, 38, 41, 50-53, 61, 116, 163, 165-166, 235, 252, 265, 274, 287-290, 293, 296-297, 300-306, 314, 320-321, 433
ニュー・リパブリック誌 *New Republic* 35, 64

ね

ネイション誌 *Nation* 125, 362, 376, 408
ネブラスカ・ステート・ジャーナル紙 *the Nebraska State Journal* 32, 173, 187, 218, 220-221, 223, 228-229

の

ノース・アメリカン・レヴュー誌 *North American Review* 64, 170, 191, 237, 263, 265, 277

は

ハーパー・アンド・ブラザーズ Harper and Brothers 33, 406
ハーパーズ・ウィークリー誌 *Harper's Weekly* 26, 123, 191, 261, 305, 362
ハーパーズ・ニュー・マンスリー・マガジン誌 *Harper's New Monthly Magazine* 406, 408
ハーパーズ・マガジン誌 *Harper's Magazine* (1829-1900) 62, 140, 202, 290
ハーバード・プレス the Harvard Press 386

バチェラー、ジョンスン・アンド・バチェラー配信社　Bacheller, Johnson and Bacheller syndicate　29, 90, 158, 161, 163, 173, 206-207, 209, 218-219, 226, 228, 295, 431
パック誌　Puck　430

ひ

ピアスンズ・ウィークリー誌　Pearson's Weekly　435
ビードゥル・アンド・アダムス　Beadle & Adams　242
ピッツバーグ・リーダー紙　the Pittsburgh Leader　33, 159, 218, 256, 267, 295, 337, 376
ビンガムトン・クロニクル誌　Binghamton Chronicle　15

ふ

フィラデルフィア・アメリカン紙　the Philadelphia American　164
フィラデルフィア・ノース・アメリカン紙　the Philadelphia North American　409
フィラデルフィア・プレス紙　the Philadelphia Press　12, 30-31, 98, 123, 186-188, 221, 293, 298, 300-301, 306, 317, 360
フィリスティン誌（反抗の雑誌）　the Philistine: A Periodical of Protest　35-37, 121, 189, 275, 344, 362-364, 377-378, 388, 390
フォートナイトリー・レヴュー誌　Fortnightly Review　124
フォーラム誌　Forum　23, 25, 359
ブック・バイヤー誌　Book Buyer　336, 409
ブック・ニューズ誌　Book News　188
ブックマン誌　Bookman　49, 140, 177, 265, 338, 359, 362, 373, 377, 387, 389, 391, 408, 430

ブラック・アンド・ホワイト誌　Black and White　261
ブラックウッズ・エディンバラ・マガジン誌　Blackwood's Edinburgh Magazine　287, 315
フランク・レズリーズ・ポピュラー・マンスリー誌　Frank Leslie's Popular Monthly　244, 323
プランマーズ・トレード・ジャーナル・ガス・スチーム・アンド・ホット・ウォーター・フィッターズ・レヴュー誌　Plumbers' Trade Journal, Gas, Steam, and Hot Water Fitters' Review　227
ブレインズ誌　Brains　30
フレデリック・A・ストークス　Frederick A. Stokes Company　264, 294, 351-352, 375, 437

ほ

ポエトリー誌　Poetry　64, 373, 376
ポート・ジャーヴィス・ユニオン紙　the Port Jervis Union　151
ポートランド・オレゴニアン紙　the Portland Oregonian　160
ホーム・マガジン・オブ・ニューヨーク誌　Home Magazine of New York　110
ポール・モール・ガゼット誌　Pall Mall Gazette　189
ポール・モール・マガジン誌　Pall Mall Magazine　243, 396
ポケット・マガジン誌　Pocket Magazine　228-229
ボストン・グローブ紙　the Boston Globe　161, 300, 303
ボストン・バジェット誌　Boston Budget　125
ポピュラー・マガジン誌　the Popular Magazine　182

ま

マックルアズ・マガジン誌　McClure's Magazine　27, 150, 186, 205, 210-211, 233, 283, 318, 339
マックルア通信社　McClure syndicate　27, 38, 43, 145, 150, 153, 157, 159-161, 166, 186, 205, 208, 252, 264, 283, 325, 337
マンチェスター・ガーディアン紙　the Manchester Guardian　233, 341, 352, 433

み

ミネアポリス・ジャーナル紙　the Minneapolis Journal　364
ミネアポリス・タイムズ紙　the Minneapolis Times　292
ミネアポリス・トリビューン紙　the Minneapolis Tribune　158
ミュージカル・クーリエ誌　Musical Courier　81, 180
ミュージカル・ニューズ誌　Musical News　81

め

メシューエン　Methuen　294, 352
メソディスト・クォータリー・レヴュー誌　Methodist Quarterly Review　7-8
メトロポリタン・マガジン誌　Metropolitan Magazine　174

ゆ

ユース・コンパニオン誌　the Youth's Companion　212
ユニヴァーシティ・ヘラルド誌　University Herald　16, 76, 88

ら

ライフ誌　Life　409

ラドゲート・マンスリー誌　Ludgate Monthly　237
ランソーン・ブック　the Lanthorne Book　31, 237

り

リッピンコッツ・マガジン誌　Lippincott's Magazine　59, 432
リテラリー・ニューズ誌　Literary News　267
リテラリー・ワールド誌　Literary World　376
リンカン・イヴニング・コール紙　the Lincoln Evening Call　218

れ

レズリーズ・ウィークリー誌　Leslie's Weekly　124, 292

ろ

ロイクロフト・クォータリー誌　Roycroft Quarterly　36, 158, 363
ロイクロフト・ショップ　Roycroft Shop　35
ロータス誌　the Lotus　363
ロンドン・スタンダード紙　the London Standard　256
ロンドン・タイムズ紙　the London Times　53, 252, 408
ロンドン・デイリー・クロニクル紙　the London Daily Chronicle　314
ロンドン・マーキュリー誌　London Mercury　64

わ

ワシントン・ポスト紙　the Washington Post　160

(F) クレインの作品

（詩集について、BR は『黒い騎手たちその他の詩』[*The Black Riders and Other Lines*]、WK は『戦争は優しい』[*War Is Kind*]、収録の略。UP は未編集の詩 [Uncollected Poems] の略）

あ

「ああ やつれた財布よ なぜ口を開ける」 "Ah, haggard purse, why ope thy mouth" (UP) 22, 386

「愛が一人ぼっちで歩いていた」 "Love walked alone" (BR) 358, 373

「アイルランド・スケッチ集」 "Irish Notes" 46, 348-350

「青い稲妻が雲間で瞬き」 "The livid lightnings flashed on the horizon" (BR) 358, 366

「仰向けの顔」 "The Upturned Face" 93, 158, 264, 396-399, 424

『赤い武勲章：アメリカ南北戦争のエピソード』 *The Red Badge of Courage: An Episode of the American Civil War* 18, 21, 23-27, 29-30, 32-35, 38, 40, 44, 46-48, 50, 56, 58, 62-66, 69, 80, 102, 105, 109, 111, 124, 127, 139, 145, 163, 166-167, 176, 179, 184-206, 208-214, 218, 238, 256, 264, 271, 279, 282, 290, 294, 301-302, 315-316, 318, 328-329, 336, 345, 351-352, 363-364, 370, 375, 397, 400, 404, 407-408, 416

「赤い武勲章が彼の手旗信号」 "The Red Badge of Courage Was His Wig-Wag Flag" 193, 301, 318

「赤と白の幻想」 "An Illusion in Red and White" 406, 433-435

「悪鬼の計算役」 "A Ghoul's Accountant" 108

「悪魔のいる場所」 "The Devil's Acre" 165

「アスファルトの花」 "Flowers in (or of) Asphalt" 179-180

「アズベリー・パーク」 "Asbury Park" 85

「アズベリー・パークでの『ピナフォア』」 "'Pinafore' at Asbury Park" 84

「アズベリー・パークでの夏のスポーツ」 "Summer Athletic Sports at Asbury Park" 88

「アズベリー・パークでの幼児のパレード」 "Baby Parade at Asbury Park" 88

「アズベリー・パークのパレードでの幼児たち」 "The Babies on Parade at Asbury Park" 84

「アズベリー・パークの夏の最盛期」 "The Height of the Season at Asbury Park" 88

「アズベリー・パークの夏の住人たちとその様子」 "Summer Dwellers at Asbury Park and Their Doings" 78, 117

「アズベリー・パークの花々」 "Flowers at Asbury Park" 87

「アズベリー・パークの混雑」 "Crowding into Asbury Park" 20, 77

「アズベリー・パークの人だかり」 "Throngs at Asbury Park" 84

「アズベリー・パークの大勢の観光客」 "A Multitude of Guests at Asbury Park" 88

「アズベリー・パークの大遊歩道」 "Asbury Park's Big Broad Walk" 85

「アズベリー・パークの電線事故」 "Lightning's Pranks at Asbury Park" 83

「アズベリー・パークの土曜日」 "Saturday at Asbury Park" 86

「アズベリー・パークの当たり年」 "A Prosperous Year at Asbury Park" 83

「アズベリーでの新たな動き」 "Asbury's New Move" 12, 98

「アドルファス号の復讐」"The Revenge of the *Adolphus*" 288, 294, 302, 322
「あなたがゆったりと身を揺らせるのを私は一度見た」"Once I saw thee idly rocking"（WK）378, 385
「あなたの後ろにはなぜ」"Tell me why, behind thee"（WK）378, 384
「あなたの笑い声を聞く」"I heard thee laugh"（WK）378, 385
「あなたの表情が輝くのを見た」"I have seen thy face aflame"（WK）378, 384
「あなたは私の愛」"Thou art my love"（WK）378, 383-384
「あなたは神聖だという」"You say you are holy"（BR）359, 366
「アパッチ・クロッシング」"Apache Crossing" 439
「アヘンによる様々な幻想」（「アヘン患者：スティーヴン・クレインがアヘンの害と犠牲者を語る」）"Opium's Varied Dreams"（"They Who Smoke Opium: Stephen Crane Tells of the Vice and Its Victims"）38, 157
「アヘン中毒のビルとその恋人」"Yen-Hock Bill and His Sweetheart" 164, 172
「あまたの酒瓶が」"Bottles and bottles and bottles"（UP）391
「アメリカ軍はどのようにして戦争をするか」"How Americans Make War" 314
「(ニューヨークの)ある芸術家による物語」"Stories Told by an Artist（in New York）" 23-24, 154, 167, 169, 176
「ある1コマ」"A Detail" 38, 161
「あるスウェーデン人のドイツでの戦い（第1部ライプチヒ 第2部ルツェン）」"A Swede's Campaign in Germany : I. Leipzig II. Lützen" 433

「あるとき家の屋根に男が登って」"Once a man clambering to the house-tops"（WK）213, 377, 383
「ある小説家の冒険」"Adventures of a Novelist" 156, 162-164
「ある戦士が山頂に立ち、星に挑戦する」"A warrior stood upon a peak and defied the stars"（UP）387
「ある男がいった『汝 木よ！』」"A man said: 'Thou tree!'"（UP）387
「ある男が嵐を吹き飛ばそうとラッパを作った」"A man built a bugle for the storms to blow"（UP）387
「ある兵卒の回想」"Memoirs of a Private" 315
「アンクル・ジェイクと警報ベルのつまみ」"Uncle Jake and the Bell-Handle" 12, 93

い

「イェールの男が逮捕される」"Yale Man Arrested" 256
「いかにアフリディ族は巡礼地を作ったか」"How the Afridis Made a Ziarat" 338
「いかにして太洋は出来たか」"How the Ocean Was Formed" 430
「イギリス『アカデミー』について」"Concerning the English 'Academy'" 49, 56, 338, 343
「イギリスには多くの不安な母親たちが」"England a Land of Anxious Mothers" 346
「イギリスへの新たな侵略」"New Invasion of Britain" 337
「一旦アメリカズ・カップを取り戻したら」"If the Cup Once Gets Over Here" 204, 345
「一年ごとに退役兵の影は薄くなり」"Veteran's Ranks Thinner by a Year" 213

「威張り散らす神よ」 "Blustering God"
  (BR)　359, 366
「イマジーン・カーターのファルサラでの冒
  険譚」 "Imogene Carter's Adventure at
  Pharsala"　270
「いやな幼児」 "An Ominous Baby"　24,
  134-135, 141
「インディアナでの戦闘」 "An Indiana
  Campaign"　205, 207, 209-210
「インディアン戦争の記録」 "A
  Reminiscence of Indian War"　105

う

「ウィーダの傑作」 "Ouida's
  Masterpiece"　171, 336
「ヴィガ運河」 "The Viga Canal"　225
「ヴィットリア」 "Vittoria"　433
「ウィリアム・B・パーキンズのたった1人
  の攻撃」 "The Lone Charge of William
  B. Perkins"　287, 294, 317
「ヴェレスティノのクレイン」(「ヴェレスティ
  ノのスティーヴン・クレイン」) "Crane
  at Velestino"（"Stephen Crane at
  Velestino"）　253-255
「ヴェレスティノの戦闘のあらましをイマ
  ジーン・カーターが報告」 "Imogene
  Carter's Pen Picture of the Fighting at
  Velestino"　44, 269
「ヴェレスティノ断章：ギリシャ-トルコ両
  軍に同行して」 "A Fragment of
  Velestino : With Greek and
  Turk"　258-259, 261
『雨中の負傷：戦争の物語』 *Wounds in the
  Rain: War Stories*　33, 57, 62, 294, 323,
  326, 329
『雨中の負傷：1898年の米西戦争に関する物
  語集』 *Wounds in the Rain: A Collection of
  Stories Relating to the Spanish-American
  War of 1898*　33, 57, 62, 294, 323, 326,
  329
「自惚れた太った預言者が」 "When the
  prophet, a complacent fat man"
  (WK)　378, 381
「海から黒い騎手たちがやってきた」 "Black
  riders came from the sea"
  (BR)　358-359, 365
「海辺のエイヴォン学校」 "Avon's School
  by the Sea"　15, 76, 88
「海辺の楽しみ」 "Joys of Seaside Life"　78,
  90
「海辺のホテルのダンス・パーティー」 "The
  Seaside Hotel Hop"　81

え

「エイヴォン・バイ・ザ・シーの生物学講座」
  "Biology at Avon-by-the-Sea"　17, 77
「エイヴォン・バイ・ザ・シーの改修」
  "Improvements at Avon-by-the-Sea"　86
「エイヴォン・バイ・ザ・シーの観光客」
  "Guests at Avon-by-the-Sea"　84
「エイヴォン・バイ・ザ・シーの芸術講座」
  "Art at Avon-by-the-Sea"　87
「(エイヴォン)臨海講座：その2」 "The
  Seaside Assembly (2)"　80
「エイヴォン臨海講座」 "Avon Seaside
  Assembly"　15, 76, 82
「エイヴォン臨海講座の近況」 "The Seaside
  Assembly's Work at Avon"　80
「エル・ケーニーの難民に混じってスペイン
  人の脱走兵も」 "Deserters among the
  Refugees at El Caney"　304

お

「押収したモーゼル小銃を志願兵に」
  "Captured Mausers for
  Volunteers"　306

「王の贈り物」"The King's Favor" 16-17, 76, 81, 88-89, 440
「王立アイルランド警察」"The Royal Irish Constabulary" 349
「大いなる失敗」"A Great Mistake" 24, 135, 141
「大金持ちクラブの夜」"A Night at the Millionaire's Club" 147, 159
「大きなスペイン戦艦に追われて」"Chased by a Big 'Spanish Man-O'War'" 302, 323
「オークション」"The Auction" 173
「多くの職人が」"Many workmen"（BR）358, 368
「大声で罰を叫び」"Chant you loud of punishments"（UP）387
「オーシャン・アヴェニューで」"On Ocean Avenue" 95
「オーシャン・グローヴでのテント生活」"Tent Life at Ocean Grove" 98
「オーシャン・グローヴでの集会開催」"Meetings Began at Ocean Grove" 77
「オーシャン・グローヴでの流行」"High Tide at Ocean Grove" 84
「オーシャン・グローヴに着くと」"Arriving at Ocean Grove" 85
「オーシャン・グローヴの興隆」"The Rise of Ocean Grove" 98
「オーシャン・グローヴの整備」"Improvements at Ocean Grove" 85
「オーシャン・グローヴを行きかう人々」"Workers at Ocean Grove" 83
「オープン・ボート：事実の後で記された物語 沈没した蒸気船コモドア号の4人の経験」"The Open Boat: A Tale Intended to Be after the Fact. Being the Experience of Four Men from the Sunk Steamer 'Commodore'" 42-43, 47-48, 50, 60, 62, 64, 92-93, 102, 136, 156, 178, 231-232, 243, 274-285, 305, 381, 389, 393, 444
『オープン・ボートとその他の物語』 *The Open Boat and Other Stories*（『オープン・ボートとその他の冒険物語』 *The Open Boat and Other Tales of Adventure*）28, 119, 164, 173, 235
「（キューバに関する）覚書」"Things Stephen Says" 443-4
「オオヤマネコ狩り」"Lynx-Hunting" 57, 193, 415-417, 421
「丘の頂きに登って」（「青い軍勢」）"When a people reach the top of a hill"（"The Blue Battalions"）（UP）388-389
「小川のほとりで若者と乙女が」"A lad and a maid at a curve in the stream"（UP）387
「お客が臨機応変に」"The Guests Rose to the Occasion" 87
「臆病の青い勲章」"The Blue Badge of Cowardice" 44, 193, 253, 256
「オクトプッシュ」（「魚釣りの冒険」）"Octopush"（"A Fishing Adventure"）107-108
「男が宇宙にいう」"A man said to the universe"（WK）378, 381-382
「男が空に 金色に輝く球を見た」"A man saw a ball of gold in the sky"（BR）358, 371
「男が倒れて、人が集まる」（「ニューヨークのある通りでの情景」）"When Man Falls, a Crowd Gathers"（"A Street Scene in New York"）155, 398
「男と女がいた」"There was a man and a woman"（BR）359, 373
「男とその他の者たち」"A Man and Some Others" 21, 40, 48, 231-233, 277, 293
「乙女にとって」"To the maiden"（WK）361, 377, 381

「オノガンダの大きな昆虫」(「大きな電気で光る昆虫」) "Great Bugs in Onoganda" ("Huge Electric Light Bugs") 17, 89
「覚書」 "Literary Notes" 441
「おもちゃ屋」 "The Toy Shop" 442
『オラディ：ロマンス』 The O'Ruddy: A Romance 46, 58, 60-62, 171, 177-178, 336, 348, 351-355, 430, 437
「愚か者よ　なぜ偉大になろうとする」 "Why do you strive for greatness, fool?" (BR) 359, 368

か

「海軍への夜襲と勇敢な救出」 "Night Attacks on the Marines and a Brave Rescue" 305
「外交官というものの悲しむべき必要性」 "Our Sad Need of Diplomats" 313
「外交政策の３つの点描」 "A Foreign Policy in Three Glimpses" 82
「海上封鎖をする艦隊、タレット・ジャックス号船上での会話」 "Sayings of the Turret Jacks in Our Blockading Fleets" 298
「街道に私は立って」 "I stood upon a highway" (BR) 358, 367
「怪物」 "The Monster" 19, 46, 49, 59, 66, 79, 155-156, 164, 243, 348, 352, 397-398, 406-414, 420-422, 434-435
『怪物とその他の物語』 The Monster and Other Stories (1899) 406, 434
「画学生連盟の建物」(仮題) "The Art Students' League Building" 24, 176
「科学とカニ漁」 "Science and Crabbing" 94
「駆けろ、馬たち」 "One Dash-Horses" 31, 219, 229-230, 236-237, 323

「風の間からささやき声が」 "There came whisperings in the winds" (BR) 358, 374
「褐色の小道に」 "On the brown trail" (UP) 390
「かつて　私は素敵な歌を知っていた」 "Once I knew a fine song" (BR) 359, 370
「かつて山々が怒るのを見た」 "Once I saw mountains angry" (BR) 358, 368
「かつて大洋が私にいった」 "The ocean said to me once" (BR) 358, 368
「かつて男がいた」 "Once there was a man" (BR) 359, 370
「かつて男がやってきて」 "Once there came a man" (BR) 358, 372
「悲しげな古い建物」 "A Mournful Old Building" 442
「悲しみを私が望んだというのなら　愛する人よ許してくれ」 "Love forgive me if I wish you grief" (WK) 378, 384-385
「『カバの木の日没の歌を耳にしたことが』」 "'I have heard the sunset song of the birches'" (WK) 377, 381
「神が怒って」 "A god in wrath" (BR) 358, 366
「神が天国で死んで横たわり」 "God lay dead in Heaven" (BR) 359, 374
「神が望むなら、死を覚悟せねば」 "And If He Wills, We Must Die" 396, 400, 420
「神がやってきて」 "A God came to a man" (UP) 361, 386
「神の特権」 "The patent of a lord" (UP) 391
「神は世界という船を入念に造られた」 "God fashioned the ship of the world carefully" (BR) 358, 367
「貨物列車での出来事」 "A Freight Car Incident" 231

「華麗な栄光」"The Silver Pageant" 23-24, 167, 176
「彼の新しい手袋」"His New Mittens" 288, 406, 414-416
「彼は知っていることを全部話してくれた」"He Told Me All He Knew" 442-443
「カンザス・シティの芸術」"Art in Kansas City" 32, 246
「『歓楽街』で」"In the 'Tenderloin'" 166
「『歓楽街』で：目覚まし時計と自殺の意図との一刻の争い」"In the Tenderloin: A Duel between an Alarm Clock and a Suicidal Purpose" 164
「『歓楽街』見たまま」"The 'Tenderloin' As It Really Is" 165

き

「黄色い小型犬」"A Yellow Under-Sized Dog" 161
「議会開会中」"During a Session of Congress" 443
「飢餓のためにキューバ人は諦めの境地に」"Hunger Has Made Cubans Fatalists" 304
「騎手が馬にまたがって疾風のように」"Fast rode the knight"(WK) 363, 377, 382
「来るべき夏に備えての動き」"A General Hum of Preparation for the Hot Days in Prospect" 95
「木の頂きから死の悪魔がささやき」"The chatter of a death-demon from a tree-top"(WK) 363, 377, 382
「木の頂きに住む灰色のものが」"There is a grey thing that lives in the tree-tops"(UP) 386
「木の舌を持った男がいた」"There was a man with tongue of wood"(WK) 361, 377, 380

「キャプテン」"The Captain" 20, 89
「キャンサライズ」"Cantharides" 385
「キューバのアメリカ人と乞食」(仮題) "Americans and Beggars in Cuba" 314
「キューバ沿岸の封鎖とともに」"With the Blockade on Cuban Coast" 298
「キューバ人の求愛の流儀」"How They Court in Cuba" 310
「ギュスターヴとマリー」"Gustave and Marie" 441
「教会パレード」"Church Parade" 443
「漁村」"A Fishing Village" 350
「きらきら輝く小さな輝き その1つ1つが声に」"Each small gleam was a voice"(WK) 363, 378, 380
「きらびやかな服を着た若者が」"A youth in apparel that glittered"(BR) 358, 375
「ギリシャ人の気概」(仮題) "The Spirit of the Greek People" 260
「ギリシャ紛争の従軍記者」"Greek War Correspondents" 256
「近代海軍の短剣が暗闇で一刺し」(「近代戦争の刺客」) "The Little Stilettos of the Modern Navy Which Stab in the Dark" ("The Assassins in Modern Battles") 339

く

「グアンタナモで砲火をぬって手旗信号を送る海軍兵士」"Marines Signaling under Fire at Guantanamo" 287, 318
「クィーンズタウン」"Queenstown" 348
「くすんだ茶色の壁に日の光が斜めに」"A slant of sun on dull brown walls"(WK) 363, 377, 382-383
「クマとヒョウ」"Bear and Panther" 20, 105
「クマを殺す」"Killing His Bear" 109

「クランシーの通夜にて」"At Clancy's Wake" 24, 146, 348

「グランドラピッズ・アンド・ポンセ」"Grand Rapids and Ponce" 307

「クリスマスの晩餐を勝ち取って」"A Christmas Dinner Won in Battle" 31, 226-227

「苦しみのテント」"A Tent in Agony" 22, 109

「クレインが上陸の模様を語る」"Crane Tells the Story of Disembarkment" 51, 303

「『グレート・グリーフ』が休日の晩餐にありついた顛末」"A Tale about How 'Great Grief' Got His Holiday Dinner" 154

「黒い犬:幽霊にまつわる夜の恐怖」"The Black Dog : A Night of Spectral Terror" 20, 108

『黒い騎手たちその他の詩』*The Black Riders and Other Lines* 24-26, 29, 34-36, 50, 58, 80, 111, 158, 176, 189, 192, 358-378, 380, 386

「軍事短信」"Battalion Notes" 13

「軍曹の部下の狂気」"The Sergeant's Private Madhouse" 207, 294, 321

「軍隊の登場が一般の人の目を引く」"The Presence of the Militia Attracts a Crowd of Civilians" 96

け

「劇作家へのいくつかのヒント」"Some Hints for Play-Makers" 430

「劇場のドアで」"At the Pit Door" 344

「ケラーは霊媒になる」"Kellar Turns Medium" 159

「喧嘩」"The Fight" 424

「賢者たち:メキシコにおけるアメリカ人の生活の一端」"The Wise Men: A Detail of American Life in Mexico" 31, 231, 235, 237, 245

「賢人が高説をたれていた」"The sage lectured brilliantly"(BR) 359, 370

「賢人の判断」"The Judgment of the Sage" 430

こ

「濃い褐色の犬」"A Dark-Brown Dog" 24, 135, 141

「恋人と告げ口屋」"The Lover and the Telltale" 417-418, 421

「豪胆な勇気を持って聞け」(1) "Listen Oh Man-with-a-Gigantic-Nerve" 440

「豪胆な勇気を持って聞け」(2) "Hearken, Hearken, Oh, Man-with-a-Copper-Stomach" 440

「小型の三色の犬」"A Small Black and White and Tan Hound" 439

「心ならずもの航海」"The Reluctant Voyagers" 91, 278

「心に金銭の重みが」"The impact of a dollar upon the heart"(WK) 377, 380

「こちらを私は見た」"I looked here"(BR) 358, 374

「告解火曜日の祭り」"The Fete of Mardi Gras" 222

「国家による感謝を」"The Gratitude of a Nation" 213, 387

「コニー・アイランドの落日」"Coney Island's Failing Days" 29, 152

「このボロの上着を脱ぎ捨てたら」"If I should cast off this tattered coat"(BR) 359, 370

「この壮大な嘘」"This Majestic Lie" 294, 297, 309, 329-330

「5匹のハツカネズミ」"The Five White Mouse" 49, 66, 122, 135, 219, 231, 235-237, 245, 296

「これが神だと」 "You tell me this is God?"
（WK）377, 381
「壊れた荷馬車」 "The Broken-Down Van" 21, 117, 121
「『コンサート』の印象」 "An Impression of the 'Concert'" 254
「混雑した車中での罪のない騒ぎ」 "A Lovely Jag in a Crowded Train" 156
「『こんなことは過ちだ』と天使がいった」 "'It was wrong to do this,' said the angel"（BR）359, 366

さ

『最後の作品集』 *Last Words* 62, 111, 154, 175-176, 228, 245, 339, 404
「最後のヒョウ：サリヴァン郡の昔の思い出」 "The Last Panther: An Ancient Memory of Sullivan County" 104
「最初の陸上戦で我が軍4名が死亡」 "In the First Land Fight Four of Our Men Are Killed" 300
「作戦停滞がキー・ウェストの艦隊の士気を損なう」 "Inaction Deteriorates the Key West Fleet" 297
「作品のアイデア」（仮題）"Plans for Story" 436
「叫ぶ木」 "The Holler Tree" 91, 111, 207
「ささやかな巡礼」（「小さな巡礼者」）"A Little Pilgrimage"（"A Little Pilgrim"）425-426
「さて そこで 不正なる像よ おまえを憎む」 "Well, then, I hate Thee, unrighteous picture"（BR）358, 365
「砂漠で」 "In the desert"（BR）358, 365
「砂漠で」 "On the desert"（WK）377, 382
「砂漠を私は歩いた」 "I walked in a desert"（BR）358, 372
「さみしい場所で」 "In a lonely place"（BR）358, 369

「サリヴァン郡スケッチ集」 "Sullivan County Sketches" 17-20, 22, 91, 94, 101-102, 105, 107, 109, 111, 177, 207, 209, 228, 242, 368, 388, 407, 417, 440
「サリヴァン郡のクマたち」 "Sullivan County Bears" 104
「サリヴァン郡の風習：狩猟話の進化に関する研究」 "The Way in Sullivan County: A Study in the Evolution of the Hunting Yarn" 105
「サンチャゴ砲撃」 "Bombardment of Santiago" 295, 314
「サンチャゴに急ぐパンド」 "Pando Hurrying to Santiago" 301
「3人の素晴らしい兵士」 "Three Miraculous Soldiers" 205, 208
「サンプスンがいかにその包囲網を狭めたか」 "How Sampson Closed his Trap" 299
「サンプスンがマリエルで港を調査」 "Sampson Inspects Harbor at Mariel" 296

し

「刺客に出会うのでは、とある男は恐れ」 "A man feared that he might find an assassin"（BR）359, 369
「自殺者が天国に着いて」 "When the suicide arrived at the sky"（UP）387
「慈善よ 汝は偽りなり」 "Charity, thou art a lie"（BR）358, 367
「死と子供」 "(The) Death and the Child" 49, 207, 261-264, 271, 388, 398
「地元民を休日にした兵士の埋葬」 "A Soldier's Burial That Made a Native Holiday" 307
「シャーク・リヴァーの河畔で」 "Along the Shark River" 20, 79
「シャーク・リヴァーの河畔で」 "On the Banks of Shark River" 86

12. 索 引　517

「ジャージー沿岸での楽しみ」 "Joys of the Jersey Coast" 83
「ジャージー沿岸の雷」 "Lightning on the Jersey Coast" 85
「ジャック」 "Jack" 94
「12騎兵隊とインディアン戦争」 "The Twelfth Cavalry and the Indian Wars" 439
「12時」 "Twelve O'Clock" 243, 406
「12精鋭連隊」 "The Kicking Twelfth" 396
「重要なのは」(仮題)(「メキシコの下層階級」) "Above All Things" ("The Mexican Lower Classes") 33, 225
「出航日の情景」 "Sailing Day Scenes" 149
「殉教者の血」 "The Blood of the Martyr" 431
「小説家スティーヴン・クレインからの誕生日の言葉」 "A Birthday Word from Novelist Stephen Crane" 41, 172
「小連隊」 "The Little Regiment" 205, 210
『小連隊とその他アメリカ南北戦争のエピソード』 *The Little Regiment and Other Episodes of the American Civil War* 33, 38, 205, 207, 211
「食糧商による封鎖」 "The Grocer Blockade" 309, 330
『ジョージの母』(原題『素手で立ち向かう女』) *George's Mother* (*A Woman without Weapons*) 24-26, 38, 40-41, 56, 61, 64, 80, 102, 111, 116, 125, 136-140. 146, 177, 193
「女性の目から見た戦争」 "War Seen through a Women's Eyes" 269
「職工よ 夢を見させてくれ」 "Aye, workman, make me a dream" (WK) 378, 382
「序文」 "A Prologue" 158
「白い帽子の男」 "The Man in the White Hat" 259

「真紅の戦いの音がとどろいた」 "There was crimson clash of war" (BR) 358-359, 375
「新作のアイデア」(仮題) "Plans for New Novel" 436
「『真実とは』と旅人がいった」 "'Truth,' said a traveller" (BR) 358, 361, 371
「新聞とは半ば不正義の寄せ集め」 "A newspaper is a collection of half-injustice" (WK) 377, 379-380
「新聞配達少年の胴元」 "A Newsboy Capitalist" 122

す

「スコッチ・エクスプレス」 "The Scotch Express" 339
「スティーヴン・クレインがキューバの首都を観察」 "Stephen Crane Makes Observations in Cuba's Capital" 310
「スティーヴン・クレインがサンファンでの戦いを迫真的に語る」 "Stephen Crane's Vivid Story of the Battle of San Juan" 289, 305, 315
「スティーヴン・クレインがハヴァナについて語る」 "Stephen Crane on Havana" 311
「スティーヴン・クレインがハヴァナを見る」 "Stephen Crane's Views of Havana" 309
「スティーヴン・クレインから見たアズベリー・パーク」 "Asbury Park as Seen by Stephen Crane" 81
「スティーヴン・クレインがワールド紙のために最前線に」 "Stephen Crane at the Front for the World" 303
「スティーヴン・クレインが解放されたキューバを見る」 "Stephen Crane Sees Free Cuba" 308

「スティーヴン・クレインが語る：イギリス軍兵士は近代的ライフルの『実際の用途』を知らない」"Stephen Crane Says: The British Soldiers Are Not Familiar with the 'Business End' of Modern Rifles" 342
「スティーヴン・クレインが語る：エドウィン・マーカムをアメリカン・アカデミーへの第一候補に」"Stephen Crane Says: Edwin Markham Is His First Choice for the American Academy" 343
「スティーヴン・クレインが語る：ワトソンによるイギリスの戦争批判は非愛国的とはいえない」"Stephen Crane Says: Watson's Criticism of England's War Are Not Unpatriotic" 342
「スティーヴン・クレインが戦争の恐怖を語る」"Stephen Crane Tells of War's Horrors" 257
「スティーヴン・クレイン氏が新世界について語る」"Mr. Stephen Crane on the New America" 313
「スティーヴン・クレインによる、C・H・スロールの素描」"Stephen Crane's Pen Picture of C. H. Thrall" 297, 330
「スティーヴン・クレインによると、ギリシャ人は止めようがない」"Stephen Crane Says Greeks Cannot Be Cured" 254
「スティーヴン・クレインのテキサス」"Stephen Crane in Texas" 224
「スティーヴン・クレインはブランコを恐れない」"Stephen Crane Fears No Blanco" 308
「スティーヴン・クレイン自らが語る」"Stephen Crane's Own Story" 43, 275-279, 282
「捨てられて」"A Desertion" 140
「ストーヴ」"The Stove" 415, 417, 422-423

「素直な男がやってきた」"Forth went the candid man"（WK） 377, 382
「スピッツベルゲン物語」"The Spitzbergen Tales" 264, 396-401, 420, 424
「スプリング・レイクでのテニス」"Tennis at Spring Lake" 97
「スプリング・レイクのほとんどのコテージが予約済み」"Nearly Every Cottage Let at Spring Lake" 95
「スプリング・レイクの滞在客」"Guests at Spring Lake" 96
「スプリング・レイクの滞在客の中に混じって」"Among the Guests at Spring Lake" 96
「スプリング・レイクの大勢の客」"Many Guests at Spring Lake" 97
「スプリング・レイクは繁盛」"A Good Season at Spring Lake" 97
「スペイン人がキューバより立ち去る」"How They Leave Cuba" 310
「スミレが咲かない所があって」"There was a land where lived no violets"（WK） 378, 383
「スモレンスキーの肖像」"A Portrait of Smolenski" 260
「スリー・フレンズ号の間一髪の脱出」"Narrow Escape of the Three Friends" 300

せ

「『正義の人を創ったことは』」"'Have you ever made a just man?'"（WK） 377, 380
「正規兵に栄誉はなく」"Regulars Get No Glory" 306, 315, 325
「成功した男が自らを投げ出して」"The successful man has thrust himself"（WK） 377, 383

「贅沢の体験」"An Experiment in Luxury" 27, 119, 148, 170, 380
『世界の大戦争』 *Great Battles of the World* 59, 62, 432-433
「雪上の月光」"Moonlight on the Snow" 233, 244-245, 406
「選挙の夜に街頭で聞いたこと」"Heard on the Street Election Night" 179
「『戦場での勇敢な行いを語れ』」"'Tell brave deeds of war'" (BR) 358, 375
「戦場の犬」"The Dogs of War" 44, 258
「先人」"The Predecessor" 49, 435
「前線の女性特派員」"Woman Correspondent at the Front" 269
「戦争のエピソード」(「腕の喪失」) "An Episode of War" ("The Loss of an Arm") 212
「戦争の思い出」"War Memories" 52, 57, 259, 264, 294, 300, 304-305, 317, 326-329
「『戦争の賛歌』: 戦場の夜、すべて思いやりのある神は聞き届ける」"'The Battle Hymn': All-feeling God, hear in the war-night" (UP) 293, 390-391
「戦争の美徳」(「ウェスト・ポイント出身者と志願兵: または戦争の美徳」) "Virtue in War" ("West Pointer and Volunteer; Or Virtue in War") 294, 323, 325, 443
『戦争は優しい』 *War is Kind* 33-34, 45, 53, 58, 213, 292, 361-363, 375-385, 387-389, 420
『戦地勤務 (: 小説)』 *Active Service (: A Novel)* 28, 33, 49, 58, 142, 228, 264-268, 320, 331, 341, 355
「1895 年テキサス州ガルヴェストンにて」"Galveston, Texas, in 1895" 224
「善良なる者よ、神が汝らを安らかにすることを」"God Rest Ye, Merry Gentleman" 52, 294, 303-304, 320, 323

そ

「底知れぬ貪欲」"Greed Rampant" 436
「そしてあなたは私を愛すと」"And you love me?" (BR) 358, 374
「そして彼が召喚されるだろう」"And His Name Shall Be Called under Truth" 443
「率直にいって良いとは」"Frankly I Do Not Consider" 442
「その名が地に落ちた男」"The Man by the Name of Mud" 235, 245
「空から人が」"One came from the skies" (UP) 361, 386
「空を歩いていると」"Walking in the sky" (BR) 359, 368
「ソルフェリーノでの戦い」"The Battle of Solferino" 59, 433
「それでも私といれば幸せだったのが」"And yet I have seen thee happy with me" (WK) 378, 385

た

「ダイアモンズ、ダイアモンズ」"Diamonds and Diamonds" 177
「退役兵」"The Veteran" 57, 155, 185, 193, 196, 205, 211-212, 409, 416-417, 435
『第三のスミレ』 *The Third Violet* 23-24, 28, 32, 35, 38, 46, 154, 166-171, 176, 178, 207, 265, 267, 352, 355
「大した英雄ではなく」"Not Much of a Hero" 18, 104
「大聖堂があった」"There was a great cathedral" (BR) 359, 367
「第 2 世代」"The Second Generation" 37, 294, 324-326
「逮捕の権限」"The Right of Arrest" 443
「高いところに私は立って」"I stood upon a high place" (BR) 358, 370

「多少のささやかなインク」"A little ink more or less!"（WK）377, 381
「戦いという不変の事実があって」"There exists the eternal fact of a conflict"（UP）390
「戦われなかった決闘」"The Duel That Was not Fought" 29, 135, 236
「たとえこの広い世界が消え去って」"Should the wide world roll away"（BR）358, 374
「楽しげな詩文でいうなかれ」"Tell me not in joyous numbers"（UP）386, 388
「旅人が」"The wayfarer"（WK）377, 380
「魂が駆け抜けるように」"A spirit sped"（BR）359, 372
「ダルースからの男」"A Man from Duluth" 174
「ダン・エモンズ」"Dan Emmonds" 37, 177, 442
「弾丸での損傷のみ」"Only Mutilated by Bullets" 300
「炭鉱の奥底で」"In the Depth of a Coal Mine" 27, 150

ち

「『ちいさな貝殻よ　海は何といった』」"'What says the sea, little shell?'"（WK）363, 377, 381
「恥辱」"Shame" 420-421
「地平線を追いかける男を見た」"I saw a man pursuing the horizon"（BR）358, 363, 371
「地平に山の頂きが集まった」"On the horizon the peaks assembled"（BR）358, 368

つ

「月の勝利」"The Victory of the Moon" 228-229

て

「手枷をされて」"Manacled" 406, 409, 434-435
「テルモピレーで待機するギリシャ軍」"Greeks Waiting at Thermopylae" 257
「天国で」"In Heaven"（BR）358-359, 366
「天使が数人」"Two or three angels"（BR）358, 367
「天使の子」"The Angel Child" 412, 415-417, 422
「伝統よ　汝は乳飲み子のための」"Tradition, thou art for suckling children"（BR）358, 368

と

「『ドゥ・ギャング』がバンド演奏を聞くところ」"Where 'De Gang' Hears the Band Play" 122
「洞窟の4人」"Four Men in a Cave" 106, 108
「洞窟を通って」"Across the Covered Pit" 15, 76, 82
「東方問題」"The Eastern Question" 260
「都会の悪ガキと貞淑な村人たち」"The City Urchin and the Chaste Villagers" 424-425
「時には夕暮れに」"I wonder if sometimes in the dusk"（WK）378, 385
「独立独歩の男」"A Self-Made Man" 174
「年若く　血気盛んな1人の兵士」"A Soldier, young in years, young in ambition" 387
「『どちらかといえば』」"'I'd Rather Have —': Last Christmas they gave me a sweater"（UP）11, 385
「突然濃縮ミルクが」"A Flurry of Condensed Milk" 440

「友よ　君の髭が地上に垂れている」 "Friend, your white beard sweeps the ground"（BR）359, 372

「トランスヴァール国からの興味をそそられる教訓」 "Some Curious Lessons from the Transvaal" 341

「トルコ軍」 "The Turkish Army" 261

な

「ナイフ」 "The Knife" 406, 411, 421-422

「泣くな乙女よ　戦争は優しいものだから」 "Do not weep, maiden, for war is kind"（WK）377-379

「なぜ若い店員は罵ったのか。期待はずれのフランス小説」 "Why Did the Young Clerk Swear? Or, the Unsatisfactory French" 146

「謎を解け」 "Unwind my riddle"（"The Clan of No Name," UP）320, 391

「夏の浮浪者」 "The Summer Tramp" 12, 98

「7人の赤ん坊の大泣き」（「サリヴァン郡エピソード」） "An Explosion of Seven Babies"（"A Sullivan County Episode"）110

「並んで3羽の小鳥が」 "Three little birds in a row"（BR）358, 369

「何とあなたの小さき指の動きは」 "Ah, God, the way your little finger moved"（WK）378, 385

に

「『ニュー・イーラ号』の難破」 "The Wreck of the 'New Era'" 93, 278

「ニューオーリンズに対する束の間の戦い」 "The Brief Campaign against New Orleans" 433

「ニューオーリンズのグランド・オペラ」 "Grand Opera in New Orleans" 220

「ニュージャージー海岸の幽霊」 "Ghosts on the New Jersey Coast" 154, 278

「『ニューヨーク』の屋上庭園とそこの人々」 "The Roof Gardens and Gardeners of New York" 160

「ニューヨークの下宿屋の物語」（仮題） "New York Boarding House Tale" 178

「ニューヨークの自転車レース場」 "New York's Bicycle Speedway" 159

「庭の木々が花を降り注ぎ」 "The trees in the garden rained flowers"（WK）378, 380

ね

「ネコのマーチ」（"The Cat's March"）171-172

「ネブラスカでの過酷な生存競争」 "Nebraska's Bitter Fight for Life" 32, 219

の

「野ブタ狩り」 "Hunting Wild Hogs" 103

は

『パイク郡パズル』 *Pike County Puzzle* 29, 151-152

「ハーヴァード大学対カーライル・インディアンズ」 "Harvard University against the Carlisle Indians" 166

「パーク・ロウのレストランで」 "In a Park Row Restaurant" 153, 167

「灰色に焼けつく道で」 "A grey and boiling street"（UP）391

「灰色の袖」 "A Gray (or Grey) Sleeve" 205, 207-208

「ハイチとサン・ドミンゴはアメリカに好感」 "Haiti and San Domingo Favor the United States" 299

「ハヴァナのクレイン氏より」"Mr. Crane of Havana" 312
「ハヴァナのスティーヴン・クレイン」"Stephen Crane in Havana" 310
「ハヴァナの現状」"In Havana As It Is To-day" 312
「ハヴァナは衰退を拒む、とスティーヴン・クレインは語る」"Havana's Hate Dying, Says Stephen Crane" 308
「ハウエルズによれば、リアリストは時を待たねばならない」"Howells Fears the Realists Must Wait" 153
「ハウエルズのことがエイヴォン・バイ・ザ・シーで論じられる」"Howells Discussed at Avon-by-the-Sea" 77
「博識のある者がある日私を訪ねて」"A learned man came to me once"（BR）358, 371
「白昼に愛と遭遇して」"Love met me at noonday"（WK）378, 385
「馬具の代価」(「細い赤糸で縫われた布」) "The Price of the Harness"（"The Woof of Thin Red Threads"）48, 50, 53, 287, 294, 306, 315-317
「馬車用ランプ」"The Carriage-Lamps" 421
「バダホス攻撃」"The Storming of Badajos" 433
「ハックルベリー・プディングの叫び：キャンプ体験のよく分からない考察」"The Cry of a Huckleberry Pudding : A Dim Study of Camping Experiences" 110
「派手な水着と小説は追放」"Gay Bathing Suit and Novel Both Must Go" 98
「花々を揺らす風」"The wind that waves the blossoms"（UP）387
「花嫁イェロー・スカイに来る」"The Bride Comes to Yellow Sky" 49, 135, 231-235, 238, 243-245

「バリーデホブ」"Ballydehob" 349
「パレードと娯楽」"Parades and Entertainments" 79-80
「ハロルド・フレデリック」"Harold Frederic" 47, 338
「バンカー・ヒルの戦い」"The Battle of Bunker Hill" 433

ひ

「ひしめきあって多くの者が行進した」"There were many who went in huddled procession"（BR）358, 371
「『ピーティー』を探せよ、そうしろよ」"Youse Want 'Petey,' Youse Do" 18, 146
「人々の間に友を見つけようとするなら」"If you would seek a friend among them"（UP）387
「火の部族と白人（ホワイト・フェイス）」"The Fire-Tribe and the White-Face" 396, 401
「火の部族と白人（ペイル・フェイス）」"The Fire-Tribe and the Pale-Face" 396, 401
「火のような人生を送る男がいた」"There was a man who lived a life of fire"（BR）359, 369-370
「ビリー・アトキンスがオマハへ行く」(「旅行切符」) "Billie Atkins Went to Omaha"（"An Excursion Ticket"）31, 98, 226
「ヒロイズムの神秘：アメリカでのある戦いの詳細」"A Mystery of Heroism : A Detail of an American Battle" 35, 112, 184, 205-207, 211, 316
「貧窮の体験」"An Experiment in Misery" 23, 25, 27, 118-121, 148, 176
「ビンクス氏の休暇」"Mr. Binks' Day Off" 149

ふ

「プエルトルコ人の『日和見ぶり』」 "The Porto Rican 'Straddle'" 307
「フォーティ・フォートの降伏」 "The Surrender of Forty Fort" 403-404
「フォーティ・フォートでの戦い」 "The Battle of Forty Fort" 403-404
「不義の詩」 "Intrigue" 292, 375, 378, 383
「舞台好きの女性」 "Matinee Girls" 441
「2人の男とクマ」 "Two Men and a Bear" 106
「2人のスペイン人」 "Spaniards Two" 312
「太い柱が並んで」 "A row of thick pillars" (UP) 387
「吹雪の中の男たち」 "The Men in the Storm" 23, 27, 29, 121, 344
「不法戦士の業界事情」 "The Filibustering Industry" 295
「ブラッドリー氏の勧告にもかかわらず、店は開店」 "All Open in Spite of Mr. Bradley" 86
「フラナガンとその束の間の不法戦士活動」 "Flanagan and His Short Filibustering Adventure" 283-284
「フランスの偽者の英雄」 "France's Would-Be Hero" 432
「フランスの旅館を舞台にした劇」(仮題) "Play Set in a French Tavern" 437
「プリンストンがケンブリッジでハーヴァードと対戦」 "How Princeton Met Harvard at Cambridge" 172
「ブルー・ホテル」 "The Blue Hotel" 32, 102, 208, 211, 220, 231, 233, 236, 238-244, 369, 406, 423
「ブルケルスドルフ高地の攻撃」 "The Storming of Burkersdorf Heights" 59, 433
「プルケ酒で酔うのは辛い(:邪悪な蛇の妄想を起こす酒…)」 "A Jag of Pulque is Heavy (: A Drink That Will Fill One's Vision with Serpents...)" 222
「ぶるるん ぶーんと くるくる 回る 車輪」 "Rumbling, buzzing, turning, whirling Wheels" (UP) 390
「プレヴナ包囲」 "The Siege of Plevna" 433
「ブロードウェイのケーブルカーで」 "In the Broadway Cable Cars" 159
「文人の国で」 "In the Country of Rhymers and Writers" 440

へ

「『兵士6人』との話」 "My Talk with 'Soldiers Six'" 259
「米西戦争の劇」(仮題) "Spanish-American War Play" 330
「兵卒の物語」 "The Private's Story" 309
「別離」 "A Desertion" 441
「ペノイエが日曜の晩餐を調達した経緯」 "How Pennoyer Disposed of His Sunday Dinner" 154
「蛇」 "The Snake" 158
「ベルマーでのブラックバス漁」 "Black Bass Fishing at Belmar" 95
「ベルマーでの楽しみ」 "Joys of Life at Belmar" 97
「ベルマーは繁盛」 "A Good Season at Belmar" 97
「ヘンリー・M・スタンリー」 "Henry M. Stanley" 13, 75

ほ

「砲撃による激しい交戦」(「スティーヴン・クレインによる話」) "Artillery Duel Was Fiercely Fought on Both Sides"

(''Stephen Crane's Story'') 289, 295, 302-303
「ボーア人の大移動」"The Great Boer Trek" 343
「ポーカー・ゲーム」"A Poker Game" 175
「ホーマー・フェルプスの裁判、処刑、そして埋葬」"The Trial, Execution, and Burial of Homer Phelps" 398, 423-424
「捕獲されたパナマ号の悲痛な船長」"The Terrible Captain of the Captured Panama" 296
「星のなかの館よ」"Places among the stars"（BR）358, 374
「細い帆柱に乗って漂流する男」"A man adrift on a slim spar"（UP）389
「ホット・スプリングス見聞」"Seen at Hot Springs" 220
「ホテル側の期待を上回るほど客が殺到」"The Crowds Surpass the Hopes of the Hotel Keepers" 96
「ホテル滞在客の動向」"Among the Visitors at the Various Hotels" 96
『ホワイロンヴィル物語』*Whilomville Stories* 57, 59, 62, 127, 134, 142, 193, 244, 281, 288, 355, 398, 400, 406-426

ま

『マギー：街の女　ニューヨークの物語』*Maggie: A Girl of the Streets, A Story of New York* 17-19, 21-26, 33-34, 37-41, 44, 50, 56, 61, 64, 66, 102, 109, 116-118, 120, 122-136, 139-141, 146, 159, 162, 165, 188, 191, 198, 226, 274, 346, 360-362, 366, 409, 415, 424, 430, 435-436
「混じり合って」"Intermingled"（UP）386
「マダム・アルベルティの覚書」"Notes on Madame Alberti" 439
「全く偶然の物語」"A Tale of Mere Chance" 431
「マッチの束」"Little Heap of Matches" 441-442
「魔の山」"The Mesmeric Mountain" 111, 368

み

「味方の榴散弾」"The Shrapnel of Their Friends" 396, 399-400
「見知らぬ神の前に男が赴いた」"A man went before a strange god"（BR）359, 365
「見知らぬ人影が私のそばで身を屈めて」"Mystic shadow, bending near me"（BR）358, 370
「『見せびらかして』」"'Showin' Off'" 418
「道で出会った方がいた」"There was one I met upon the road"（BR）（WK）358, 366, 378, 380, 387
「ミッドナイト・スケッチ集」"Midnight Sketches" 173
「皆がパニックに駆られた時」(「火事」) "When Every One Is Panic Stricken"(''The Fire'') 155-156, 409, 435
「ミネッタ・レーンのスティーヴン・クレイン」"Stephen Crane in Minetta Lane" 173
「見よ　悪人の墓が」"Behold, the grave of a wicked man"（BR）358, 375
「見よ　彼方の恒星から」"Behold, from the land of the farther suns"（BR）358, 365
「見られたくないポーズでの写真」"The Camera in a Compromising Position" 440

む

「無名の部隊」"The Clan of No Name" 171, 287, 294, 319, 336, 391

め

「メキシカン・スケッチ」"Mexican Sketch" 442
「メキシコ・シティの目抜き通り」"The City of Mexico" 225
「メキシコでの銀貨自由鋳造」"Free Silver Down in Mexico" 221
「メキシコのスティーヴン・クレイン：その1」"Stephen Crane in Mexico（1）" 221
「メキシコのスティーヴン・クレイン：その2」"Stephen Crane in Mexico（2）" 221
「メキシコの帽子、シャツ、拍車」"Hats, Shirts, and Spurs in Mexico" 223
「メテデコンクの恐ろしいスフィンクス」"The Ghostly Sphinx of Metedeconk" 154, 157
「目としぐさで」"With eye and with gesture"（BR） 359, 366

も

「モヒカン族の最後」"The Last of the Mohicans" 103
「モンマスパーク競馬を目当てにロング・ブランチの混雑」"Throngs of People at Long Branch for the Monmouth Park Races" 96

や

「野球」"Baseball" 13, 76
「焼けつく道を男がとぼとぼ歩いた」"A man toiled on a burning road"（BR） 359, 369
「家賃の支払いについて」"As to Payment of the Rent" 154
「ヤットマン師による信仰復興」"Mr. Yatman's Conversions" 83
「山の声」（メキシコの物語）"The Voice of the Mountain"（"Mexican Tales"） 228-229
「やれ！ 出来ない！」"'You Must! – We Can't'" 311, 313

ゆ

「雄弁家を作る」"Making an Orator" 281, 400, 419-420
「雄弁な悲しみ」"An Eloquence of Grief" 173-174
「遊歩道で」"On the Boardwalk" 20, 78, 90
「遊歩道での幼児のパレード」"A Baby Parade on the Board Walk" 87
「幽霊」"The Ghost" 58-59, 340-341, 351

よ

「要旨」"In Brief" 441
「ヨーロッパ通信」"European Letters" 44, 46, 268-269, 346
「預言者に会った」"I met a seer"（BR） 358, 370
「夜に」"In the night"（WK） 377, 381
「夜の小鳥たちよ」"Little birds of the night"（UP） 386
「夜　船が輝く航跡を残して過ぎる様を語ろう」"I explain the silvered passing of a ship at night"（WK） 377, 382

ら

「ラクダ」"The Camel" 32, 246
「裸女と死んだ小人」"A naked woman and a dead dwarf"（UP） 391

り

「リチャード・エッジモント・シャープ氏」"Mr. Richard Edgemont Sharp" 439

「領主の狂気」"The Squire's Madness" 344
「臨海講座：その1」"The Seaside Assembly（1）" 86

る

「ルイーズ・ジェラルド―ソプラノ歌手」"Miss Louise Gerard – Soprano" 81
「ルーズヴェルトのラフ・ライダーズが果敢な攻撃で損失」"Roosevelt's Rough Riders' Loss Due to a Gallant Blunder" 301

ろ

「老人の懇願」"An Old Man Goes Wooing" 350
「老ベネットとインディアン」"'Ol' Bennet' and the Indians" 403-404
「6年の漂流」（「筏の物語」）"Six Years Afloat"（"Raft Story"） 160
「6番街」(仮題)"Sixth Avenue" 178
「ロバがいかにして丘を持ち上げたか」"How the Donkey Lifted the Hills" 228-229
「ロング・ブランチの人だかり」"Throngs at Long Branch" 95
「ロンドンの噂話」"The Talk of London" 343
「ロンドンの消防士が不興を買う」"London's Firemen Fall From Grace" 346
「ロンドン印象記」"London Impressions" 93, 337

わ

「ワイオミング渓谷物語」"Wyoming Valley Tales" 58, 403-405

「若者のペース」(「ザ・メリー・ゴー・ラウンド」)"The Pace of Youth"（"The Merry-Go-Round"）24, 90-91, 238
「我が十字架よ！」"My cross!"（UP）391
「私には千もの舌がある」"Yes, I have a thousand tongues"（BR）358, 370
「私に勇気があるとして」"Supposing that I should have the courage"（BR）358, 366
「私の心から多くの激しい悪魔が」"Many red devils ran from my heart"（BR）358, 371
「私のささやかな生の証人がいるなら」"If there is a witness to my little life"（BR）358, 365
「私の人生という道には」"Upon the road of my life"（BR）359, 374
「私のための珍しい酒が」"Oh, a rare old wine ye brewed for me"（UP）387-388
「私の前に大きな丘があって」"There was set before me a mighty hill"（BR）358, 371
「私の前にかつて」"There was, before me"（BR）358, 374
「『私のように考えて』と男がいった」"'Think as I think,' said a man"（BR）359, 372
「私は暗闇の中に立ちつくしていた」"I was in the darkness"（BR）358, 371
「私は漆黒の世界で思いに耽って」"I stood musing in a black world"（BR）359, 372

(G) クレイン以外の作品名

あ

『新しい運命の浮沈』 *A Hazard of New Fortunes*（1889） 77
『アフリカの緑の丘』 *Green Hills of Africa*（1935） 61, 65
『アメリカの悲劇』 *An American Tragedy*（1925） 138

い

『イェクル：ニューヨークのユダヤ人貧民街』 *Yekl: A Story of the New York Ghetto*（1896） 116
「イギリスから見たスティーヴン・クレイン」 "Stephen Crane from an English Standpoint"（August 1900） 64
『居酒屋』 *L'Assommoir*（1876） 125, 138
『勇ましい船長』 *Captains Courageous*（1897） 338
『偉大なるギャッツビー』 *The Great Gatsby*（1925） 164
「一兵卒の思い出」 "Recollections of a Private"（1890） 185
『イーリアス』 *Illias*（?） 200

う

『ヴィクトリア女王』 *Queen Victoria*（1922） 168
『ヴィクトリア朝偉人伝』 *Eminent Victorians: Cardinal Manning, Florence Nightingale, Dr. Arnold, General Gordon*（1918） 168

お

「落とし穴と振り子」 "The Pit and the Pendulum"（1843） 438
「思い出とその他：スティーヴン・クレインによる詩7編とスケッチ1作」 *A Souvenir and a Medley: Seven Poems and a Sketch by Stephen Crane*（May 1896） 36, 158, 363, 377

か

『壊滅』 *La Débâcle*（1892） 24, 184, 189
『髪盗人』 *The Rape of the Lock*（1712・1714） 416

き

「90年代の旋風：スティーヴン・クレイン」 "A Vortex of the Nineties: Stephen Crane"（2 January 1924） 64
「キューバやプエルトリコでの戦争特派員仲間」 "Our War Correspondents in Cuba and Puerto Rico"（May 1899） 290
『金曜の夜：文芸批評と鑑賞』 *Friday Nights: Literary Criticisms and Appreciations*（1922） 63

く

「クレインのイマジスト的スタイルについて」 "On Crane's Imagist Style"（11 September 1915） 35
「クレインの詩の再評価」 "A Reassessment of Crane's Poetry"（June 1919） 64
「クレインの戦争小説」 "His War Book"（1925） 64
『クレインの未発表詩』 *A Lost Poem by Stephen Crane*（1933） 386
『グローリア・ムンディ』（『イチゴの葉』） *Gloria Mundi*（1898）（*Strawberry Leaves*） 47, 270

け

『軽騎兵の攻撃』 *The Charge of the Light Brigade*（1854） 400, 419-420
「劇作家としてのイプセン」 "Ibsen as a Dramatist"（1890） 18

こ

『コーラ・クレイン』 *Cora Crane*（1960） 270
『5番街の冬』 *Winter – Fifth Avenue*（1893） 121

さ

『さかしま』 *À rebours*（1884） 179
『酒場で10日間夜を過ごして』 *Ten Night in a Bar-Room and What I Saw There*（1854） 138
『更なる回想録（と紀行）』 *More Memories (and Travels)*（1923） 435
『三月ウサギ』 *March Hares*（1896） 47, 339

し

『ジェイスン・エドワーズ：普通の人』 *Jason Edwards: An Average Man*（1892） 22
『色彩論』 *Zur Farbenlehre*（1810） 202
『シ・クレッグ伍長と彼の「仲間」』 *Corporal Si Klegg and His "Pard"*（1887） 185
『シスター・キャリー』 *Sister Carrie*（1900） 132
『自由論』 *On Liberty*（1859） 219
『小公子』 *Little Lord Fauntleroy*（1886） 360, 407
『シュロップシャーの若者』 *A Shropshire Lad*（1896） 191
「小説に描かれたニューヨークの貧民生活」 "New York Low Life in Fiction"（26 January 1896） 116
「人生賛歌」 "A Psalm of Life"（1838） 388

す

『スティーヴン・クレイン』 *Stephen Crane*（1950）(by John Berryman) 168
「スティーヴン・クレイン」 "Stephen Crane"（9 June 1900）(by Edward Garnett) 61

『スティーヴン・クレイン：アメリカ作家の研究』 *Stephen Crane: A Study in American Letters*（1923） 64, 167
『スティーヴン・クレイン：オムニバス』 *Stephen Crane: An Omnibus*（1952） 65
『スティーヴン・クレインの詩』 *The Poetry of Stephen Crane*（1957） 361, 386-387, 390-391
「スティーヴン・クレインの人生の知られざる時期」 "The Darkest Hour in the Life of Stephen Crane"（February 1901） 184
『スティーヴン・クレイン全集』 *The Works of Stephen Crane* 10 vols.（1969-76）(Ed. Fredson Bowers) 63, 65, 74, 94, 146, 155, 159, 179, 188, 213, 226, 260-261, 295, 322, 341, 345, 352, 385, 388, 401, 436-437
『スティーヴン・クレイン全集』 *The Works of Stephen Crane* 12 vols.（1925-27）(Ed. Wilson Follett) 35, 65, 293
「スティーヴン・クレインについて」 "Re: Stephen Crane"（1940） 292
「スティーヴン・クレインの勝利」 "Stephen Crane's Triumph"（26 January 1896） 46
「スティーヴン・クレインの少年時代」 "Stephen Crane's Boyhood"（10 June 1900） 10
『スティーヴン・クレインの戦争報道集』 *The War Dispatches of Stephen Crane*（1964） 260, 314
『スティーヴン・クレインの全短編とスケッチ集』 *The Complete Short Stories and Sketches of Stephen Crane*（1963） 93, 246
『スティーヴン・クレインのニューヨーク・スケッチ集』 *The New York City Sketches of Stephen Crane*（1966） 178

「スティーヴン・クレイン：日付け抜きの覚書」
　"Stephen Crane: A Note without Dates"
　（December 1919）　64
「スティーヴン・クレイン：1つの解釈」
　"Stephen Crane: An Appreciation"（17
　December 1898）（by Edward
　Garnett）　45
『スティーヴン・クレイン：火のような人生』
　Stephen Crane: A Life of Fire（2014）　369
『スティーヴン・クレイン：文献目録』
　Stephen Crane : A Bibliography（1923）　64
「ストーンウォール・ジャクスンが正しいと
　分かって」"When Stonewall Jackson
　Turned Out Right"（1887）　185
『すべて神の子は神性を受け継いで』
　Holiness the Birthright of All God's Children
　（1874）　367

せ

『セバストポール』　Sebastopol Sketches
　（1855）　189
『セロン・ウェアの破滅』　The Damnation of
　Theron Ware or Illumination（1896）　339,
　413
「戦場で小説家クレインはかく行動する」
　"How Novelist Crane Acts on the
　Battlefield"（23 May 1897）　253

た

『大衆娯楽』　Popular Amusements（1869）　9
『大草原に生きる少年』　Boy Life on the
　Prairie（1899）　406
『ダンスに関する考察』　An Essay on Dancing
　（1849）　9
「短編小説研究1号」　Studies in Short
　Fiction 1（1963-4）　177, 246

て

『デイヴィッド・レヴィンスキーの向上』
　The Rise of David Levinsky（1917）　116

と

「道化とヴィーナス」"Le fou et la Vénus"
　（in Le Spleen de Paris [1869]）　391
『どうすれば救われるか』　What Must I Do to
　Be Saved？（1858）　8
「時は来たり」"The Time Has Come"
　（December 1895）　363, 377
『ドクター・モローの島』　The Island of
　Doctor Moreau（1896）　341
『トム・ソーヤの冒険』　The Adventures of
　Tom Sawyer（1876）　428
『トリルビー』　Trilby（1894）　167

な

『ナーシサス号の黒人』　The Nigger of the
　"Narcissus"（1897）　47, 49, 64, 338
「亡きイマジストたちへの手紙」"Letters to
　Dead Imagists"（1916）　376
「7つ島のフレイア」"Freya of the Seven
　Isles: A Story of Shallow Waters"
　（1912）　69
『南アでのボーア人史』　History of the Boers in
　South Africa（1887）　343
「南北戦争の戦いと指導者たち」"Battles
　and Leaders of the Civil War"（1884
　November -1887 November）　23, 184

に

『ニューヨーク公共図書館会報60号』」
　Bulletin of the New York Public Library 60
　（1956）　176-177
『ニューヨーク公共図書館会報61号』
　Bulletin of the New York Public Library 61
　（1957）　82

『ニューヨーク公共図書館会報 67 号』
　Bulletin of the New York Public Library 67
　（1963）　331
『ニューヨーク公共図書館会報 71 号』
　Bulletin of the New York Public Library 71
　（1967）　225
『人間が為す悪』　The Evil That Men Do
　（1889）　125

ね

『ねじの回転』　The Turn of the Screw
　（1898）　341
『熱中の策略：その意図と結果』　Arts in
　Intoxication: The Aim and the Results
　（1870）　9

の

『ノストローモ：海辺の町の物語』　Nostromo
　: A Tale of the Seaboard（1904）　329

は

『ハーパー版 赤い武勲章とその他の物語（序
　文）』　Introduction to the Harper
　edition of The Red Badge of Courage and
　Other Stories（1957）　213
「ハヴァナのスティーヴン・クレイン」
　"Stephen Crane in Havana"（1900）　292
「馬車でボストンへ」"By Horse-Car to
　Boston"（1870）　157
「斑点のある短距離走者」"Spotted
　Sprinter"（July 1895）　363

ひ

『日陰者ジュード』　Jude the Obscure
　（1895）　124, 373
『ピナフォア』　H.M.S. Pinafore（1878）　84
『緋文字』　The Scarlet Letter（1850）　197
『豹の眼』　Tales of Soldiers and Civilians
　（1891）　205

『貧困の子供たち』　The Children of the Poor
　（1892）　125

ふ

「不安な緑の小石」"The Green Stone of
　Unrest（by S---N・CR-E）"（18
　December 1897）　50
『不思議な少年』　The Mysterious Stranger
　（1898）　373
『2つの旗の下で』　Under Two Flags
　（1867）　336
『フランケンシュタイン：あるいは現代のプ
　ロメテウス』　Frankenstein: or The
　Modern Prometheus（1818）　409
『フランダースの犬』　A Dog of Flanders
　（1872）　336

へ

『米西戦争の詩：スペインとの最近の戦いの
　間、新聞に掲載された詩の完全収録』
　Spanish-American War Songs: A Complete
　Collection of Newspaper Verse during the
　Recent War with Spain（1898）　388
『別世界の生活』　How the Other Half Lives
　（1890）　117, 125
『ペンデニス』 Pendennis（1848-50）　21

ほ

『ボヴァリー夫人』　Madame Bovary
　（1856）　131
「誇らしき敗北」"A Victorious Defeat"
　（1883）　12
『ポトマックの陸軍兵卒の思い出』
　Recollections of a Private Soldier in the Army
　of the Potomac（1887）　185

ま

「マラタ島の農園主」"The Planter of
　Malata"（1914）　49

「マンモス・ケーヴの迷路とその驚異」
"Mazes and Marvels of Mammoth Cave"(1892) 15, 82

み

『ミーン・ストリート物語』 Tales of Mean Streets (1894) 125
『ミカド』 The Mikado (1885) 341
『民衆の敵』 En Folkefiende (1882) 410

む

『無垢の時代』 The Age of Innocence (1920) 130

め

『メイジーの知ったこと』 What Maisie Knew (1897) 338

も

『モヒカン族の最後』 The Last of the Mohicans (1826) 18, 103

や

『闇の奥』 Heart of Darkness (1902) 329

ゆ

『誘惑の場所での3年』 Three Years in a Man-Trap (1972) 138
『ユダヤの女』 La Juive (1835) 220

ら

「ライン川のビンゲン」 "Bingen on the Rhine"(1883) 280

ろ

『ロード・ジム』 Lord Jim (1900) 49, 64, 93, 196
『60年代』 In the Sixties (1897) 339

わ

「ワールド紙先遺隊によるキューバでのスリルに満ちた冒険」 "Thrilling Adventures of World Scout in Cuba"(1898) 297
『ワイオミング:その歴史、衝撃的出来事、ロマンティックな冒険』 Wyoming: Its History, Stirring Incidents, and Romantic Adventures (1858) 58, 403
「私が知っているスティーヴン・クレイン」 "When I Knew Stephen Crane"(1900) 33, 218
「私の叔父 スティーヴン・クレイン」 "My Uncle, Stephen Crane"(January 1934) 28
「私の知るスティーヴン・クレイン」 "Stephen Crane as I Knew Him"(April 1914) 26
『私のスティーヴン・クレイン』 My Stephen Crane (1958) 23, 386
『我らの仲間たち:ポトマックの陸軍兵士の個人的体験』 Our Boys: The Personal Experiences of a Soldier in the Army of Potomac (1864) 185

久我俊二（くが・しゅんじ）

慶應義塾大学法学部教授（英語）
本書に直接関連する論文：
"Feminine Domesticity and the Feral City: Stephen Crane's *George's Mother*, *Maggie*, and 'A Detail.'" *Stephen Crane Studies* 13（2004）
"Momentous Sounds and Silences in Stephen Crane." *Stephen Crane Studies* 15（2006）
"The Sound and the Fury in Stephen Crane's *Maggie* and *George's Mother*." *Stephen Crane Studies* 17（2008）
"Filling the Gap: How the Japanese Have Read and 'Seen' Crane's Works." *Stephen Crane Studies* 19（2010）

スティーヴン・クレインの「全」作品解説

2015年3月19日初版第一刷発行

著　者：久我　俊二
発行者：中野　淳
発行所：株式会社 慧文社
　　　　〒174-0063
　　　　東京都板橋区前野町 4-49-3
　　　　〈TEL〉03-5392-6069
　　　　〈FAX〉03-5392-6078
　　　　E-mail:info@keibunsha.jp
　　　　http://www.keibunsha.jp/

印刷・製本　モリモト印刷株式会社
ISBN978-4-86330-068-2
落丁本・乱丁本はお取替えいたします。
© 2015, Kuga Shunji. Printed in Japan

慧文社の本

セロン・ウェアの破滅

◎アメリカ・リアリズム文学の傑作を本邦初訳！

ハロルド・フレデリック 著
久我俊二 訳

A5判・上製

定価：3000円＋税
ISBN978-4-86330-001-9

キャロル・オーツも激賞したアメリカ・リアリズム文学の傑作！ 作家兼ジャーナリストとして19世紀末の米・英を舞台に活躍したハロルド・フレデリック（1856〜1898）の代表作を本邦初訳！
若きメソディスト牧師が、新任地で進歩的なカトリック司祭や富豪の令嬢らと交流し、知的世界に憧れて「啓蒙」されてゆくと同時に、いつしか純朴さを失い「堕落」の道を歩んでゆく……彼に訪れる結末は破滅か、再生か？
南北戦争後の宗教事情、アイルランド移民の状況など当時の世相をリアルに描きつつ、近代化を突き進む19世紀末の米国社会の葛藤を象徴的に描き出した古典的名著。イギリス版の訳も脚注に付記、訳注も充実！

ハロルド・フレデリックの人生と長編小説──詐欺師の系譜

◎本邦初・本邦唯一の本格評伝！

久我俊二 著

A5判・並製

定価：2500円＋税
ISBN978-4-905849-32-2

作家兼ジャーナリストとして英・米を舞台に19世紀末に活躍したハロルド・フレデリックの本邦初の本格的作家論・作品論！ 代表作『セロン・ウェア』他、主要8作品を紹介し、その生涯と思想を辿る。英文学研究に必携！

マイ・フェア・レディーズ──バーナード・ショーの飼い慣らされないヒロインたち

◎愛すべきじゃじゃ馬娘たち！

大江麻里子 著

A5判・上製

定価：2500円＋税
ISBN978-4-905849-24-7

名作『マイ・フェア・レディ』の原作者として知られるバーナード・ショーの演劇作品に登場する、闊達で機知に富み、しばしば「女らしくない女」と評されるヒロインたちの分析を通じて、ショーの理想とした男女関係や社会のあり方を探る。英文学研究者・演劇研究者必携！

慧文社　〒174-0063　東京都板橋区前野町4-49-3　TEL03-5392-6069 Fax03-5392-6078
http://www.keibunsha.jp／E-mail:info@keibunsha.jp　ご注文は書店又は直接小社へ

慧文社の本

新版 D.H.ロレンス文学論集
◎名訳で読むロレンスの文学批評！

特異の思想で知られる英国の作家・思想家ロレンスの著した代表的な17篇の「文学論」を掲載。英文学研究・ロレンス研究に必携の名著が、新装・新訂版でよみがえる！ 旧版の内容・表記に大幅な加筆・修正を加え、現代の読者にも読みやすくなった本邦唯一のロレンス文学論集！

D.H.ロレンス 著
羽矢謙一 訳

四六判・上製

定価：3500円＋税
ISBN978-4-905849-14-8

新訳 欲望という名の電車
◎あの名作を清新な翻訳で！ 近代戯曲の傑作！

没落する繊細なアメリカ、粗野で力強いアメリカ―ブロードウェー初演でマーロン・ブランドが好演しピューリッツァ賞を受賞、映画ではヴィヴィアン・リーがアカデミー主演女優賞を受賞した近代戯曲の傑作を、原書に忠実かつ誰にでも親しみやすい清新な翻訳で！

テネシー・ウィリアムズ 著
小田島恒志 訳

四六判・並製

定価：1700円＋税
ISBN978-4-905849-30-8

サーデグ・ヘダーヤト短篇集
◎イラン現代文学の巨匠が描く二十世紀の心象風景

内省と苦悩、諧謔と風刺、嫌悪と絶望―20世紀イランを代表する大作家ヘダーヤトが、第二次大戦前後の激動のイランにあって、時代の波に翻弄されつつ、ときにリアルに、ときには表現主義的に、ときには風刺的に、またときには内省的、哲学的に時代の諸相を描いた珠玉の選択10篇。

サーデグ・ヘダーヤト 著
石井啓一郎 訳

四六判・並製

定価：3000円＋税
ISBN978-4-905849-80-3

小沼丹の藝　その他
◎端正な文章で綴った珠玉のエッセイ集！

著者の師である小沼丹の代表作「村のエトランジエ」と「黒と白の猫」を論じた表題作「小沼丹の藝」、英国滞在の思い出を綴った「ハムステッドの日日」他、小林秀雄、福田恆存、三浦哲郎、国語問題、日常の情景など、穏やかな情感と深い思索を端正な文章で綴った珠玉のエッセイ集。

大島一彦 著

四六判・並製

定価：2800円＋税
ISBN978-4-905849-33-9

フェルハドとシリン
◎麗しの姫に恋した絵師は「鉄の山」の聖者になる…

二十世紀トルコを代表する詩人が、幻想的に、悲しくも美しく描く、愛と自己犠牲と希望の物語。トルコ語原典よりの初訳。訳者による解説付。

ナーズム・ヒクメット 著
石井啓一郎 訳

四六変形判・上製

定価：3000円＋税
ISBN978-4-905849-05-6

慧文社　〒174-0063　東京都板橋区前野町4-49-3　TEL03-5392-6069 Fax03-5392-6078
http://www.keibunsha.jp/　E-mail:info@keibunsha.jp　ご注文は書店又は直接小社へ

慧文社の本

新装版 対訳 J.S.バッハ声楽全集
◎本邦初・完全対訳全集！音楽家・研究者・愛好家に必携！

若林敦盛 訳

ドイツ・バロック期の大音楽家で「音楽の父」と謳われるヨハン・ゼバスティアン・バッハ。その芸術の真髄ともいえる声楽作品の「歌詞」を、原文に忠実に、かつ明快な口語体にて完全対訳。「マタイ受難曲」や教会カンタータ等、主要な声楽作品を網羅。音楽家、研究者から愛好家まで必携！

B5判・並製
定価：6000円＋税
ISBN978-4-86330-021-7

日本語・台湾語・英語・中国語・韓国語対照
五カ国語共通のことわざ辞典
◎意味内容の共通する250以上のことわざを原文で比較・対照！

張福武 著

5カ国語で意味内容の共通する200以上の「諺」・「慣用句」を集めて、それぞれ原文を掲載・対比させ、一つ一つにわかりやすい解説を付けました。楽しく読めてためになる、活用自在ことわざ辞典！

A5判・上製
定価：7000円＋税
ISBN978-4-905849-86-5

岡倉天心『茶の本』の思想と文体——The Book of Teaの象徴技法
◎The Book of Tea 出版から百年！

東郷登志子 著

才知溢れる国際人にして日本文化の伝道師・岡倉天心の思想と言語芸術のエッセンス"The Book of Tea"(『茶の本』)。比喩性に満ちた英雅文体で従来謎めいた書とされてきたが、「音象徴」と「交響楽的手法」という斬新な視点から、現代的メッセージを含んだその真髄に迫る！

A5判・上製
定価：3000円＋税
ISBN978-4-905849-49-0

父の国　ドイツ・プロイセン
◎父は、ヒトラー暗殺計画を知っていた…

ヴィプケ・ブルーンス 著
猪股和夫 訳

父はヒトラー暗殺計画を知っていた！ 1944年のクーデター未遂事件。その嫌疑をかけられ処刑されたドイツ国防軍将校の父を追憶すべく、ドイツ第一線のジャーナリストが筆を執る。本国ベストセラーの歴史ドキュメンタリー。

四六判・上製
定価：3800円＋税
ISBN978-4-905849-45-2

学者の職分——マックス・ウェーバー『職業としての学問』を読む
◎学者とは？学問にいかなる意味ありや？

牧野雅彦 著

人間にとって「学問」とは何か、学者であるということは何を意味するのか？ ウェーバーが晩年に行った講演『職業としての学問』を丹念に読み解き、哲学史や宗教社会学を踏まえて、その今日的意味を探る。「学問のために生きる」全ての人に必携！

四六判・並製
定価：2000円＋税
ISBN978-4-905849-39-1

慧文社　〒174-0063　東京都板橋区前野町4-49-3　TEL03-5392-6069 Fax03-5392-6078
http://www.keibunsha.jp/　E-mail:info@keibunsha.jp　ご注文は書店又は直接小社へ